Folgende Titel der Reihe »Das Erbe der Macht« sind bisher erschienen:

Erschienene E-Books

Band 1-12

Weitere Serien des Autors bei der Greenlight Press

Ein MORDs-Team (All-Age Krimi)

Heliosphere 2265 (Sci-Fi)

Über den Autor:

»Lern erst mal was Gescheites, Bub.« Nein, das war nicht der erste Satz, den ich nach meiner Geburt zu hören bekam, das war erst später. Geboren wurde ich am 21.03.1982 in Landau in der Pfalz. Gemäß übereinstimmenden Aussagen diverser Familienmitglieder wurde aufgrund der immensen und andauernden Lautstärke, die ich als winziger ›Wonneproppen‹ an den Tag legte, ein Umtausch angemahnt. »Mamma, können wir ihn nicht zurückgeben und lieber einen Hund nehmen?« Glücklicherweise galt hier: Vom Umtausch ausgeschlossen. Es folgt also eine glückliche Kindheit und turbulente Jugend. Natürlich verrate ich hier keine weiteren Details, das würde zum einen den Spannungsbogen kaputtmachen, zum anderen bleibt dann nichts mehr für meine Memoiren übrig ...

Mehr von sich erzählt der Autor unter: www.andreassuchanek.de

Weitere Informationen:

http://www.greenlight-press.de

http://www.facebook.com/ErbeDerMacht

http://www.twitter.com/ErbeDerMacht

Das Erbe der Macht

Schattenchronik IV

Allmacht

(Bände 10-12)

von Andreas Suchanek

1. Auflage Februar 2018

Autor: Andreas Suchanek
Cover: Nicole Böhm
Lektorat: Beate Szentes, Andreas Böhm
Satz: Jürgen Straub

Bibliografische Information der Deutschen Nationalbibliothek Die Deutsche Nationalbibliothek verzeichnet diese Publikation in der Deutschen Nationalbibliografie; detaillierte bibliografische Daten sind im Internet über http://dnb.dnb.de abrufbar.

Herstellung und Verlag:
Greenlight Press
Gartenstr. 44B
76133 Karlsruhe
E-Mail: info@greenlight-press.de

Printed in Germany
ISBN: 978-3-95834-277-4

Sie finden uns im Internet unter:
http://www.greenlight-press.de
http://www.facebook.com/ErbeDerMacht
http://www.twitter.com/ErbeDerMacht

Der Titel SCHATTENCHRONIK wurde durch Jörg Kaegelmann, BLITZ-Verlag, genehmigt.

X

Ascheatem

Was bisher geschah

Das Rennen gegen die Zeit ist in vollem Gange.

Sowohl die Schattenfrau als auch die Lichtkämpfer heften sich an die Fersen zum letzten Sigilsplitter. In Ägypten finden Kleopatra, Chloe und Chris einen Hinweis auf die legendären Silberknochen. Alex, Jen, Chris, Nikki und Suni reisen zu Captain Nemo, der ihnen den Weg zu dem Artefakt weisen soll. Doch in der Unterwasserbasis sind alle Magier von Kreaturen aus der Zeit vor dem Anbeginn in einen Schlaf versetzt worden. Ihre Essenz wird dazu benutzt, Eier mit Nachwuchs auszubrüten. Ein Plan der Schattenfrau, die Nemo ausschalten wollte. Im letzten Augenblick kann das schützende Kristallgitter reaktiviert werden und Suni setzt ihre neu gewonnene Macht ein. Die Kreaturen aus der Zeit vor dem Anbeginn sterben.

Nemo bringt die Freunde nach Antarktika, wo sich die Silberknochen befinden. Damit steht das letzte Gefecht im Kampf um die Allmacht bevor.

Gleichzeitig regiert im Castillo die Paranoia. Patricia Ashwell hat es in den Rat geschafft und macht Stimmung gegen Max, der von Johanna bei seinem Treffen mit Marcus beobachtet wurde. Max flieht. Gegenüber Johanna enthüllt Edison, dass das zu einem Plan gehört. Das dunkle Refugium soll infiltriert und der gefangene Leonardo befreit werden.

Die Lichtkämpfer ahnen nicht, dass auch sie getäuscht wurden. Marcus ist niemand anderes als James Moriarty, der die Prophezeiung aus den Hinterlassenschaften der Schattenfrau ebenfalls kennt und Alfie zu seiner Waffe machen will. Der Bruder von Alexander Kent traf vor Wochen auf den Unsterblichen und wird von diesem seither manipuliert.

Der Kampf geht in die nächste Runde.

Prolog

Der Schnee knirschte unter ihren Stiefelsohlen. Sie hinterließen Abdrücke auf dem weißen Pulver, über das seit Jahrzehnten niemand mehr geschritten war. Eisige Kälte hing in der Luft, frisch und schwer.

Die Schattenfrau atmete tief ein.

So also roch Triumph.

Sie fuhr mit ihren behandschuhten Fingern über die Wände. Der Schnee türmte sich am Ende der Linien zu winzigen Pulverklumpen auf.

»Eine Ewigkeit lang unberührt«, säuselte die Schattenfrau. »Und dann komme ich.«

Die flauschige Wärme ihrer Thermokleidung schützte sie vor den tödlichen Temperaturen auf Antarktika. Die Kapuze war mit Fell ausgekleidet. Atem kondensierte vor ihrem Mund, wallte auf und verpuffte.

Der Raum war kreisrund und lag tief unter der Erde, verborgen im ewigen Eis. Einzig im Zentrum befand sich kein Schnee. Eine Fläche von fünf Schritten im Radius. Der Rand bestand aus magischen Symbolen, eingemeißelt in Stein.

Und da lagen sie.

Die Silberknochen.

Das letzte Überbleibsel jenes Mannes, der sich einst geopfert hatte, um den Traumkrieg zu beenden. Ein Siegel, manifestiert und erdgebunden in den Knochen eines Unsterblichen.

Im Verlauf ihres Lebens hatte es nicht viele Momente gegeben, in denen sie den Tod eines Unsterblichen miterleben durfte. Zugegeben, sie hatte bei dem einen oder anderen Ereignis ihre Finger im Spiel gehabt. Fallen zu stellen und zuzuschauen, wie einer der Mächtigen fiel, war unvergleichlich. Aus diesem Grund konnte sie die Knochen mit den eingeritzten Symbolen sofort zuordnen.

Die Erinnerung an die damalige Zeit war nebulös, wie vieles in ihrem langen Leben. Die Schattenfrau hatte den Traumkrieg miterlebt. Die gnadenlose Brutalität, mit der Feinde einander beeinflussten – herrlich. Magier sprangen von Brücken, legten ihre Waffen nieder oder jagten sich selbst Kraftschläge durch die Brust. Die Manipulation über die Träume war eine perfekte Waffe.

»Und die armen Nimags wussten gar nicht, wie ihnen geschah.« Sie grinste.

Kurz vor dem Kreis hielt sie inne und zog mit den Zähnen ihren rechten Handschuh aus, der linke folgte. Eine Armbewegung und die Kapuze glitt in den Nacken.

Endlich.

Das Ziel ihrer langen Suche lag direkt vor ihr. Mochte es auch noch verborgen sein: Zwischen Chaos und Träumen, Leid und Kampf würde es ihr doch nicht mehr entkommen.

Die Lichtkämpfer waren auf dem Weg. Der Indikatorzauber, den sie in das deaktivierte Kristallnetz von Nemos Basis gearbeitet hatte, hatte sie informiert. Der Schutz war wiederhergestellt. Sie konnte sich nur zwei Personen vorstellen, die in schöner Regelmäßigkeit ihren Weg kreuzten und nervten. Das Chaos-Duo war auf dem Weg.

»Ihr seid zu spät.« Sie streckte ihre Hand aus, berührte die eiskalten Knochen. »Somnus Planum Excitare.«

Die Welt verging in einem ewigen Traum.

1. Schön und doch tödlich

Die Nautilus hielt auf die Passage zu. Das Packeis bildete eine schmale Schneise, in der das Navigieren zur Kunst wurde.

»Möglicherweise krachen wir gleich gegen einen Eisberg«, kommentierte Alex.

»Du hast zu oft Titanic gesehen«, beschied ihm Jen.

»Solange ich nicht am Ende schockgefrostet untergehe und du den Diamanten bekommst, soll es mir recht sein.« Er grinste frech. »Hast du am Ende des Films geweint?«

»Ich habe ihn nicht einmal gesehen«, gab sie mit funkelnden Augen zurück. »Du etwa?«

»Ähm.« Alex räusperte sich und besann sich auf seine männliche Ehre. »Nein.«

Er ging zu Chris hinüber.

»Ich habe geflennt wie ein Duschkopf«, gab Chloe leise neben ihr zu. »Hätte den Eisberg am liebsten mit einem Kraftschlag zerschossen.«

»Ich auch«, sagte Jen aus dem Mundwinkel. »Aber muss er ja nicht wissen.«

Sie grinsten einander an.

Mittlerweile hatte Jen Alex über die Besonderheit von Antarktika aufgeklärt. Lange vor dem Traumkrieg und den Silberknochen hatte man bei dem Kontinent eine Besonderheit festgestellt: Magie verhielt sich hier unberechenbar. Daher durften sie ab sofort keine Zauber mehr wirken. Glücklicherweise galt das für jeden, auch für die Schattenfrau. Natürlich hatte Alex – Kindskopf, wie er war – einen kleinen Kraftzauber auf Chris jagen wollen. Die beiden hatten irgendeine tiefsinnige Diskussion über Bier geführt. Besagter Kraftschlag hatte wie eine Flamme gewirkt, die an die Zuleitung eines Gasherds gehalten wurde. Jen hatte das *Puff* noch in den Ohren. Im nächsten Augenblick war Alex durch die Luft gesaust und gegen die Wand gekracht. Mit rußgeschwärztem Gesicht, verbrannten Augenbrauen und zerzausten Haaren hatte er doch tatsächlich die Frechheit besessen, »Cool!« zu sagen.

Nemo hatte ihn daraufhin in seine Kabine *eingeladen*. Das Gebrüll des Unsterblichen drang durch die Wände bis auf die Gänge. Danach gab Alex sich handzahm.

»Wir bräuchten einen Nemo im Castillo«, seufzte Jen.

»Was meinst du?«, fragte Alex.

»Ach, nichts.«

Sie standen gemeinsam an der Reling und betrachteten die Umgebung. Während Suni noch im Heilschlaf regenerierte, kuschelte Nikki sich tief in ihre Thermojacke. Chloe umklammerte einen Becher mit Kaffee. Chris hielt die Arme verschränkt und blickte entschlossen drein.

»Ein kurzer Sprung ans Ziel wäre mir jetzt lieber«, gestand Alex.

»Mir auch.« Jen schaute zu Nikki. »Aber wer weiß, wo wir rauskämen. Ich möchte nicht als Eisskulptur enden. Oder als Explosion, die den Kontinent ausradiert.«

Nemo hatte verdeutlicht, dass die Antarktika-Effekte der Magie noch viel gefährlichere Ausmaße annehmen würden, sobald sie ihr Ziel erreichten. Ein Kraftschlag konnte zur Atomexplosion werden.

Alex kam wieder herüber.

»Das ist das erste Mal, dass ich froh darüber wäre, wenn der Masseerhaltungssatz hier funktionieren würde«, sagte er. »Aber nein. Stein zu Gold geht nicht. Wasser zu Bier, keine Chance. Kraftschlag zur Atombombe, sicher.«

»Wie sagt Edison immer: Magie ist nicht dazu da, unsere Wünsche zu erfüllen.« Jen schielte sehnsüchtig zu Chloes Kaffeebecher. Ihrer war leer und es blieb keine Zeit mehr für Nachschub.

Die Nautilus wurde langsamer.

Entgegen der ursprünglichen Planung würden sie alle von Einstein angefertigten Zaubertränke und Apparaturen zurücklassen. Für die Dauer des Einsatzes wurden sie zu gewöhnlichen Nimags.

Nemo kam auf sie zugestapft. Er hielt die Hände hinter dem Rücken verschränkt, ging mit polternden Schritten über das Deck. Er trug seine dunkelblaue Uniform und ignorierte die Kälte schlicht. Der schwarze Rauschebart wirkte gepflegt, die Augen blitzten energiegeladen. Der Unsterbliche hatte seine Stärke zurückgewonnen und strahlte mit jedem Schritt die geschmeidige Kraft eines Pumas und Autorität eines Löwen aus.

»Wir sind soweit.«

Wie um seine Worte zu bestätigen, stoppte die Nautilus.

»Ihr könnt von Bord gehen. Ich werde euch nicht begleiten können, doch wenn ihr meinen Anweisungen Folge leistet, werdet ihr auf die Wächterin treffen. Sie bringt euch zum Ziel.«

»Danke für alles«, sagte Jen.

»Ich bin euch zu Dank verpflichtet. Ohne euer Eingreifen wären meine Männer und ich von den Kreaturen des Anbeginns verzehrt worden und das Meer wäre heute von ihnen beseelt.«

Die Freunde stiegen über eine ausgefahrene Planke hinüber auf das Eis. Nemos Männer hatten Schlitten mit Proviant und Rucksäcke für sie abgestellt.

Jen spürte die Erhabenheit des Augenblicks in ihrem Innersten widerhallen. Nur wenige Menschen betraten im Verlauf ihres Lebens diesen Kontinent. Er war schön und gefährlich, uralt und doch voller Leben. Hätte sie ihren Weitblick einsetzen dürfen, vermutlich hätte sie Pinguine, Robben und eine Vielzahl anderer Lebewesen ausgemacht. Das hier war einer der wenigen relativ unberührten Lebensräume, es gab keine Menschen. Sie seufzte. Doch selbst aus der Ferne zerstörten die Nimags diesen Ort. Das Eis schmolz fort, die Klimaerwärmung vernichtete den Lebensraum und ließ ihn schrumpfen.

»Alles klar?«, fragte Alex.

»Sicher. Also, wo geht es lang?«

Chris schwenkte einen Kompass. »Nemo hat mir genau erklärt, worauf wir achten müssen.«

Skeptisch blickte Chloe auf das kleine Gerät aus Messing und Eisen. »Nimm's nicht persönlich, ich traue dir jederzeit zu, einen Eisberg mit purer Muskelkraft zu verschieben, aber einen Kompass zu lesen, na ja. Wieso ist Kevin noch mal daheimgeblieben?«

Während sie noch kicherte, formte Chris einen Schneeball und warf ihn direkt in ihre Kapuze. Aus Chloes Lachen wurde ein Kreischen.

»Punki auf Eis«, verkündete Chris stolz. »Wollen wir dann?«

Zwischen den beiden entstand ein verbaler Schlagabtausch, den Jen ausblendete.

Sie überprüfte den Schlitten und die Rucksäcke und versuchte, dem Verlangen, Magie zu wirken, nicht nachzugeben. Eine Wärmesphäre, leicht wie eine Feder über das Eis schweben, ein Sprung mit Nikki direkt zum Ziel – nichts davon war möglich.

»Beeilen wir uns«, sagte Alex. »Momentan haben wir gutes Wetter, aber das mit dem Tageslicht ist so eine Sache. Könnte knapp werden.«

Die Worte brachten Jen ins Gedächtnis zurück, dass er noch immer wie ein Nimag dachte. Keiner von ihnen hätte auf etwas geachtet wie das Licht oder das Wetter. Normalerweise konnten sie sich auch mit Leichtigkeit gegen die Natur schützen oder Lux-Sphären erzeugen.

Hier war das anders.

Ein Sturm konnte den Tod bedeuten. In der Dunkelheit vermochten sie nicht über das Eis zu marschieren. Allzu leicht konnte eine verborgene Gletscherspalte sie verschlingen.

Auch Chloe und Chris wirkten nun ernst.

Jeder schulterte seinen Rucksack. Alex und Chris zogen gemeinsam für den ersten Streckenabschnitt den Schlitten. Später würden auch Chloe, Nikki und sie übernehmen.

Immer wieder wandte Jen sich um und schaute zurück. Die Nautilus schrumpfte in der Ferne zu einem immer kleiner werdenden Punkt zusammen. Nemo stand reglos an der Reling und blickte ihnen hinterher. Irgendwann war er verschwunden.

Allein.

Ab jetzt waren sie auf sich gestellt.

Einen Schritt vor den anderen setzend, drangen sie tiefer auf den fremden Kontinent vor. Antarktika. Eine schöne und doch tödliche Welt nahm sie auf.

2. Ein Geist aus Wind und Wetter

Die Sonne war fast am Horizont versunken, als in der Ferne ein Gebäude auftauchte. Beinahe hätte Jen ihren Weitblick eingesetzt oder im Reflex den Kontaktstein verwendet. Im letzten Augenblick besann sie sich eines Besseren. Eine weitere Stunde verging, dann erreichten sie das Haus.

»Nett«, sprach Alex aus, was alle dachten.

Das Gebäude wirkte von außen unscheinbar. Grob gehauene Wände ragten empor und erschufen einen sechseckigen Turm auf einem Podest. Eine Veranda führte zur Eingangstür. Zwei Holzstützen wuchsen links und rechts in die Höhe, hielten einen Balkon. Oben auf der Spitze gab es eine Aussichtsplattform.

Hinter den Fenstern verbargen rot-weiße Vorhänge das Innere. Aus dem Schornstein schraubten sich Rauchkringel in den Himmel.

»Hallo«, brüllte Alex, worauf Jen zusammenzuckte.

»Kent, dort vorne hängt ein Türklopfer!«

Hunde bellten.

Chloe rannte zur Seite des Gebäudes. »Huskys!«

Jemand hatte im Abstand von einigen Schritten Holzbretter in den Boden gerammt. Dazwischen spannten sich Drahtseile. Fünf Huskys lagen im Schnee. Hinter ihnen ragte ein Holzschuppen empor, in dem Decken auslagen.

Chloe ging vor den Hunden in die Knie. »So hübsch und so stolz.«

Einer der fünf kam nach vorne, knurrte und streckte die Nase in die Höhe. Sekunden später wurde das Knurren zu einem freundlichen Bellen.

»Es scheint, als wurden wir akzeptiert«, vermutete Alex. »Aber sollte Frauchen nicht mittlerweile auch aufgetaucht sein?«

»Das ist seltsam.« Chris zog seinen Essenzstab. Ein Blick von Jen und er steckte ihn fluchend wieder weg. »Ich hasse Antarktika.«

Sie gingen zur Vordertür und klopften.

»Wie bekommen wir die Tür auf?«, fragte Alex schließlich.

»Kannst du sie nicht aufbrechen? Du weißt schon …« Jen stocherte mit ihrem rechten Zeigefinger in einem imaginären Schloss.

»Ich kann keine Tür aufbrechen«, sagte Alex.

»Nicht?«

»Wie kommst du darauf, dass ich es könnte?«

»Hm.« Jen schaute zwischen ihm und dem Schloss hin und her. »Also. Weil du pfiffig bist?«

»Wegen meiner Herkunft?!«

»Leute.« Chloe machte eine beschwichtigende Geste. »Entspannt euch. Gerüchte künden davon, dass ich mein erstes Schloss mit neun Jahren knacken konnte. Das gehörte zur Speisekammer.« Sie verschwand und kehrte mit einem Stück Draht zurück. »Lasst das mal Tante Chloe machen.«

Chris trat grinsend beiseite. »Weißt du, ich hätte sie auch eingetreten.«

Chloe tätschelte ihm den Arm. »Ja, ist klar. Dabei hättest du dir nur wehgetan, Muskelbirne.«

Es klackte, als sie im Schloss herumstocherte. Jen beobachtete fasziniert, wie die Freundin lauschte und den Draht bewegte.

»Voilà.« Chloe deutete mit ausgebreiteten Armen auf die Tür, die nach innen aufglitt. »Nennt mich Panzerknacker-Punk.«

Sie betraten das Haus.

Der Boden war mit hellen Dielen ausgekleidet. In der Luft lag der Geruch von Kaffee, Tee und Honig. Und von Gewürzen, die Jen nicht zuordnen konnte. An einem Kleiderständer hingen Steppwesten, am Boden standen Schneeschuhe.

Linker Hand befand sich ein Einlass in der Wand, in dem es drei Regalbretter gab. Sie waren vollgestellt mit Büchern in unterschiedlichen Sprachen. Einige davon konnte Jen sofort zuordnen, andere blieben undefinierbar. Das machte ihr erneut deutlich, dass sie nicht mehr auf den Kontaktstein zählen konnte.

Alex schien das Gleiche zu denken. »Ist das Russisch?«

»Alter, das ist Griechisch. Das da ist ein Lambda und das ein Omega.«

»Hallo?«, rief Nikki leise.

Jen bereute es zutiefst, Nemos Angebot abgelehnt zu haben, Schusswaffen einzupacken. Obwohl sie täglich mit lebensgefährlichen Zaubern hantierten, hatte jeder von ihnen eine tiefe Abneigung gegenüber Nimag-Waffen. Alex hatte da weniger Berührungsängste und kurzerhand am Schießstand auf der Nautilus geübt. Die Tatsache, dass er rechts und links alles getroffen hatte, jedoch kein einziger Schuss auf die Zielscheibe ging, hatte Jen endgültig davon überzeugt, auf Knarren zu verzichten.

Von der Diele zweigten drei Räume ab, eine Treppe führte nach oben.

Jen betrat die Küche. Über einem Gasherd hingen zerkratzte Metallpfannen, daneben stand eine Cafetiere. An den Wänden hingen Bilder, die das Huskyrudel zeigten. Beim Spielen, um die Wette laufend und im Gehege. Auf einem der Bilder zogen sie einen Schlitten. Die Wächterin liebte die Tiere offensichtlich.

»Jen!«, rief Alex.

Sie hörte es an seiner Stimme, noch bevor sie den Körper sah. Mit langsamen Schritten, um den Augenblick einige Sekunden hinauszuzögern, betrat sie das Wohnzimmer.

Der Raum war heimelig eingerichtet: ein flauschiger Sessel, ein gemütliches Sofa, eine Decke am Boden. Letztere vermutlich für die Hunde. Daneben lag eine Frau. Auf der tiefbraunen Haut ein heller Schleier. Die klaren blauen Augen blickten ins Leere, das schwarze Haar stand wirr zu allen Seiten ab. Auf ihren Wangen verliefen Schnitte.

»Verdammt.« Jen sank neben ihr auf die Knie. »Dieses elende Monster.«

»Zuerst Nemo und seine Leute, dann das hier.« Alex trat ans Fenster. »Sie tut alles, damit wir die Silberknochen nicht erreichen.«

Sicherheitshalber fühlte Jen den Puls. Nichts. Die Wächterin war tot, der Körper eiskalt. Ihre Haut war hart wie Porzellan, die Lippen rissig.

»Meint ihr, die Schattenfrau weiß, wo die Knochen sind?«, fragte Chris.

Nikki saß zusammengekauert auf dem Sessel. Immer wieder schaute sie zu der Toten herüber. »Wie ist sie gestorben?«

Jen untersuchte die Wächterin von Antarktika. »Gute Frage. Ich sehe keine Wunden, außer jenen auf der Wange. Ein Zauber kann es nicht gewesen sein.«

»Was, wenn die Schattenfrau Magie wirken kann?«, überlegte Alex. »Sie hat immerhin einen Sigilsplitter.«

»Nicht hier«, sagte Chloe nachdrücklich. »Ich habe mir in Nemos Bibliothek ein Buch über Antarktika durchgelesen. Jede Art von Magie ist unberechenbar. Die Sigilsplitter sind auch nur Essenzproduzenten.«

»Gift«, warf Chris ein. »Wenn sie die Wächterin dazu gezwungen hat, es zu trinken, ging es ohne Magie oder oberflächliche Verletzungen.«

Ein kalter Hauch fuhr durch den Raum. Risse bildeten sich auf der Haut der Toten.

Jen sprang zurück. »Was ist das?!«

Der Körper der Wächterin explodierte, verwandelte sich in einen Wirbelsturm aus Schneeflocken. Die Freunde schnellten beiseite. Chloe sprang aus dem Raum, Nikki mit einem Satz hinter den Sessel, Jen und Alex duckten sich unter dem Fenster.

Die Schneeflocken wirbelten ein letztes Mal auf, bevor sie herabfielen, sich vereinten und zu einer Person wurden.

Der Wind ebbte ab.

Verdutzt starrten sie auf die Inuit-Frau, die unverletzt vor ihnen stand. Sie wirkte frisch und ausgeruht, ihre Wunden waren verschwunden.

»Ich bin Sila. Und es wurde auch verdammt noch mal Zeit, dass ihr endlich auftaucht.«

3. Der Neue

Die Dunkelheit zog sich langsam zurück, wohlige Wärme wurde zur Realität.

»Sieh an, Schneewittchen erwacht auch ohne seinen Prinzen«, erklang eine Stimme.

Max öffnete die Augen und schaute sich um. Das Erste, was er erblickte, war Madison Sinclair. Die Schattenkriegerin saß mit übereinandergeschlagenen Beinen neben seinem Bett, blätterte in einer Zeitschrift – die sie jetzt beiseitelegte – und war unverschämt wie eh und je.

»Ist das die Hölle?«

Madison lächelte. »In deinem Fall ist das noch nicht sicher.«

Vorsichtig wuchtete er seinen Oberkörper in die Höhe. Seine letzte Erinnerung war der Sprung, den er mit Crowley aus der Waldhütte in Kanada vollführt hatte. Am Ziel war er zusammengebrochen. Doch warum? Ihm war schwindelig.

»Toller erster Auftritt. Der große Schattenkrieger-Metzler und Überläufer fällt einfach um.« Madison sah ihn abschätzig an. »Wir dachten zuerst, Edison hätte dir noch einen Zauber aufgehalst, aber du bist clean. Leider. Beweg dich.«

Max stand vorsichtig auf.

Er hatte auf einem einfachen Holzbett gelegen, das in einer Reihe mit anderen stand. Eine Heilmagierin eilte am Ende des langgezogenen Raums zu einem liegenden Schattenkrieger und verabreichte ihm eine Tinktur. Durch zwei Fenster fiel Sonnenlicht in den Raum.

»Mit Bewegen meinte ich das Gegenteil von dem, was du gerade tust!« Madison stapfte einfach davon.

Max folgte ihr.

Das Haar der Schattenkriegerin ähnelte einer Scheuerbürste. Buschig stand es in alle Richtungen ab. Ihre schwarze Haut wirkte seidig, die engen Jeans betonten jede Kurve. Er schätzte Madison auf Mitte zwanzig.

»Wie du dir zweifellos denken kannst, ist das hier …«

»… das dunkle Refugium.«

Madison prustete los. »Genau. Der Hort des Bösen. Das Zentrum der Dunkelheit. Pathetischer geht es ja nicht. Man könnte auch schlicht Hauptquartier sagen.«

»Wie nennt ihr denn das Castillo?«

»Hort der Idioten. Zentrum der Einfalt. Wir sind da kreativ.«

Gegen seinen Willen musste Max lachen. »Und wo befindet sich euer Hauptquartier? Ich meine, auf der Welt.«

»Immer langsam. Du magst Crowley ja überzeugt haben und verwanzt bist du auch nicht, aber ich traue dir keinen Meter weit.« Sie deutete mit einem süffisanten Lächeln auf seinen Ring. »Den brauchst du wohl nicht mehr, hm?«

Max schaute zu seiner linken Hand, an deren Ringfinger ein einfacher silberner Ring glänzte. »Die Verlobung findet nicht statt.«

»Dachte ich mir.« Sie zuckte mit den Schultern.

In seinen Vorstellungen hatten die Schattenkrieger stets in einer Burg gehaust. Oder in Höhlen. Auf jeden Fall irgend etwas Ungemütliches. Doch die knarzenden Holzdielen, flauschigen Teppichböden und edlen Gemälde an den Wänden erinnerten eher an ein Herrenhaus. Kunstvolle Schnitzereien zierten die Fensterrahmen, bildeten kleine Fabelwesen aus. Das Glas war stellenweise getönt. Im Vorbeigehen erhaschte er einen Blick auf einen weitläufigen Garten voller Beete, Ginsterbüsche und Bäume.

Ein paar Schattenkrieger schlenderten durch die Mittagssonne, plauderten und lachten.

Auf dem Weg zu ihrem Ziel kamen ihnen Jungen und Mädchen, Männer und Frauen entgegen. Sie musterten Max skeptisch, nickten und verschwanden um die nächste Ecke.

»Du bist das Gesprächsthema schlechthin. Die eine Hälfte will dich in eine Statue verwandeln und dann ein Aurafeuer zünden, die andere dir eine Chance geben. Immerhin gab es schon einmal einen Verräter, der auf unsere Seite gewechselt ist, dein Glück.«

Max schluckte. Wie würde er reagieren, wenn er *ihm* gegenüberstand? Würde er ihn möglicherweise erkennen? Niemand wusste, wer er war oder wie er aussah. Die Unsterblichen hatten jeden Hinweis aus den Geschichtschroniken getilgt, und von den damaligen Lichtkämpfern war niemand mehr am Leben. Einzig die Tat war bekannt. Der Verräter hatte das Kristallnetz zerstört und den Schattenkriegern damit den Zugang zum Castillo geebnet. Der Versuch, die Erschaffung des Walls zu verhindern, war gescheitert, doch viele waren dabei gestorben. Es war der Beginn jenes Krieges gewesen, der bis heute tobte.

»Ich zeige dir jetzt dein Zimmer«, verkündete Madison. »Du kannst ein paar Minuten durchatmen. Später will der Rat dich sehen.«

»Klar.«

»Bist nicht so der große Redner, hm?«

»Hängt immer vom Gesprächspartner ab.«

Madison grinste. »Der geht an dich.«

Sie stiegen Treppen empor und erreichten das Stockwerk direkt unter dem Dach. Der Gang führte zu einem Raum, der einem Wohnzimmer ähnelte und in dem ein offener Kamin in die Wand eingelassen war.

»Für das Flohpulver«, erklärte Madison.

»Hä?«

Sie verdrehte die Augen. »Vergiss es. Hier treffen wir uns abends, um zu quatschen.«

Max fühlte die Wärme, die der Platz verströmte, obgleich der Kamin nicht mal brannte. Der Bezug auf dem Sofa war abgewetzt und verschlissen. Die Sessel dagegen waren kantig, neu und unbequem. An den Wänden hingen Gemälde, auf denen Gruppen abgebildet worden waren. »Teams?«

Madison nickte. »Siehst du die drei Gemälde links?«

»Klar.« Sie zeigten lachende Männer und Frauen, die stolz ihre Essenzstäbe in die Höhe reckten.

»Die hast du alle getötet.«

Max' Magen war noch immer ein Klumpen, als sie die Tür öffnete. Ihn erwartete ein kleiner, aber gemütlicher Raum. Ein Fenster führte zum Garten hinaus, ein Bett stand an der einen, ein Regal an der anderen Wand. Unter dem Fenster nahm ein Schreibtisch die gesamte Breite ein.

»Bis wir sicher sind, dass du zu uns gehörst, darfst du keine Dimensionsveränderungen vornehmen. Danach steht es dir frei, dich einzurichten.«

Die meisten Magier neigten dazu, aus wenig Platz mehr zu machen. Oder wie hatte Alex gesagt: »Es ist wie bei der Tardis. Von außen nur eine Telefonzelle, innen aber ein gewaltiges Raumschiff mit allem Drum und Dran.«

Mittlerweile lag er jedem damit in den Ohren, seine Lieblingsserie doch ebenfalls anzuschauen. Vor allem Jen weigerte sich beharrlich, was in ständigen gegenseitigen Frotzeleien über die Serienvorlieben des anderen mündete.

»Bist du noch da?«, fragte Madison.

»Alles gut. Ich bin nur müde.«

»Klar, Dornröschen. Dann ruh dich aus. Ich hole dich nachher ab.«

Sie verließ das Zimmer.

Max legte seinen Essenzstab auf den Schreibtisch und atmete tief durch. Mit zittrigen Beinen sank er auf das Bett. Wie kam dieser Ring an seinen Finger? Wenn er genauer darüber nachdachte, war er schon lange dort gewesen. Eine Illusionierung hatte ihn verborgen. Doch weshalb? Was sollte das alles? Und wieso hatte er ihn für einen Verlobungsring gehalten?

Die Wut über die Unsterblichen, Patricia Ashwell, ja sogar Eliot Sarin war fort. Sein Innerstes schien von einem tiefgehenden Schmerz befreit, den er seit Langem mit sich herumtrug.

Sein Geist fühlte sich seltsam träge und langsam an.

War es ein Fehler gewesen, die Lichtkämpfer zu verraten?

Das hast du nicht, wisperte eine Stimme in seinem Inneren.

Ein greller Schmerz explodierte hinter seinen Augen und löschte Max' Bewusstsein aus.

4. Der trojanische Lichtkämpfer

Der Schlaf wich abrupt.

Max öffnete die Augen. Sein Verstand arbeitete messerscharf. Er blieb liegen, atmete langsam ein und wieder aus. Der gesamte Plan nahm in seinem Geist Gestalt an: das Aufeinandertreffen mit Marcus, die Zusammenarbeit mit Edison, der Max zum Agenten ausbildete; die Idee, das Refugium zu finden, später ergänzt durch das Vorhaben, Leonardo zu befreien; die mittels einer hypnotischen Manipulation herbeigeführte Panik, unterstützt von Eliots Gebaren.

Er richtete sich auf.

Mit einem Schritt war er am Tisch, nahm seinen Essenzstab auf und ließ ihn durch die Luft fahren. Ein Symbol aus burgunderfarbener Essenz entstand. »Agnosco.«

Als hätte jemand Rotwein mit einem Zerstäuber über das Zimmer verteilt, flirrten die winzigen Punkte durch die Luft. An vier Stellen hinterließen sie ein dunkles Glühen.

»Ich hätte es nicht anders gemacht«, murmelte Max. »Aber in meinen eigenen vier Wänden lege ich Wert auf Privatsphäre.«

Er hob den Essenzstab. »Fricare!« In einem brutalen Auflodern roher Kraft wurden die magischen Beobachter ausgelöscht. »Das wäre geklärt.«

Max suchte den Raum sorgfältig ab und fand weitere Beobachter. Einer war Teil der Fensterscheibe, ein anderer als Buch illusioniert. Besonders pfiffig war die Bodenleiste, die um ein Dimensionsfach erweitert worden war, in dem eine Beobachtersphäre mit angeschlossenem Bernsteinspeicher lag.

Er konnte nur hoffen, dass er alle gefunden hatte. Verlassen würde er sich darauf keinesfalls. Jeder Schritt führte sinnbildlich über eine hauchdünne Glasplatte. Darunter wartete der Abgrund. Jeder Riss wurde zu weiteren, sich verästelnden Brüchen. Am Ende würde er fallen oder wohlbehalten auf der anderen Seite ankommen.

Wenn ich sterbe, bringt Kevin mich um.

Einstweilen schien er nicht in Gefahr zu sein. Edison hatte den Zauber, der Max den gesamten Plan vergessen ließ, kurz vor Crowleys Sprung gelöscht. Doch erst jetzt, wo er alleine war, war dieser gänzlich gewichen. Nicht auszudenken, wenn sie ihn noch einmal befragt hätten. Was durchaus noch geschehen konnte. Immerhin wollte der

Rat ein Schwätzchen mit ihm halten. Max glaubte nicht daran, dass sie erneut Wahrheitszauber ausprobierten, konnte sich aber nicht sicher sein.

Madison war nicht ohne Grund als seine Aufpasserin ausgewählt worden. Sie gab sich frech, mochte ihn aber durchaus hassen. Immerhin hatte er mal eben ein Dutzend Schattenkrieger erledigt.

Das Bild stieg unweigerlich aus seiner Erinnerung empor.

Durch die Archivverbindung waren Castillo und das Refugium der Schatten verbunden gewesen. Er sprang auf die andere Seite und kämpfte gegen Madison und Crowley. Durch einen Artefakt-Trick waren die feindlichen Krieger zu Statuen geworden. Max löste Steine aus der Decke. Sie regneten herab und durchschlugen die Schattenkrieger.

Er schüttelte den Kopf.

Mochten die Teams auf den Gemälden auch gelächelt haben, an jenem Tag hatten sie Lichtkämpfer getötet. Der Angriff war von ihnen ausgegangen. Er würde nicht mit einem schlechten Gewissen darauf reagieren.

Er lächelte.

Genau das war es, was Madison wollte. Natürlich. Deshalb die Betonung der heimeligen Atmosphäre, die kleine Rundschau und die Möglichkeit, ein paar Minuten alleine zu sein. Sie würden ihn auf Herz und Nieren testen. Nicht nur darauf, ob er überlaufen wollte. Auch, ob er sich für den Kampf eignete.

»Das wird ein Spaß«, stöhnte er.

Ein Blick aus dem Fenster zeigte erneut den Garten. Mittlerweile war die Sonne hinter den Wolken verschwunden. Max öffnete das Fenster. Es roch nach Laub, Erde und Regen, vermengt mit einem Hauch Blütenduft.

Trotzdem konnte er nicht daraus schließen, wo er sich befand. Er wusste weder Tag noch Uhrzeit. Europa? Ein anderer Kontinent? Alles war möglich.

Immerhin gab es vor dem Fenster keine Gitterstäbe, was hoffen ließ. Sie machten ihm den Einstieg einfach. Trotzdem unterschätzte er Saint Germain keine Sekunde. Der Unsterbliche war durchtrieben bis ins Mark.

Ein Klopfen an der Tür riss ihn aus seinen Überlegungen.

»Ja!«

Die Tür wurde geöffnet.

Vor ihm stand Marcus. »Na, hast du dich eingelebt?«

»Oh, hallo. So weit würde ich nicht gehen, aber ich bin gut angekommen.« Er grinste. »Vermutlich bekommst du jetzt einen Stern.«

»Wie bitte?« Er schloss die Tür und betrat den Raum.

»Na, weil ich zu euch übergelaufen bin.«

Marcus lachte auf. »Da nimmst du dich ein bisschen zu wichtig. Unsere Gespräche haben nie dazu gedient, dich zu manipulieren. Glaub mir, ich hatte andere Projekte.«

Marcus war hochgewachsen, hatte dunkles Haar und trug einen Vollbart. Sein Alter war schwer einzuschätzen. Etwa Ende vierzig oder Anfang fünfzig. Im Gegensatz zu ihren Treffen vor dem Castillo wirkte er hier nicht gemütlich. Nein, er hatte etwas von Edison. Kerzengerader Körper, breite Schultern, ein stahlharter Blick. »Nimm dir alle Zeit, die du brauchst.«

»Der Rat will mich befragen.«

»Verblüfft dich das?«

»Nicht wirklich.«

»Aber immerhin hast du die Beobachter alle entfernt, Gratulation.« Marcus deutete auf das Dielenbrett. »Sogar den hier.«

Vor den Fenstern sangen Vögel ein Lied.

Max warf Marcus ein Lächeln zu. »Wer bist du?«

»Ha.« Er klatschte in die Hände. »Dachte ich es mir doch. Sehr gut. Sagen wir mal so: Der Rat will mit dir sprechen, um dich einzuschätzen. Und genau das tut ein Teil des Rates in diesem Augenblick.«

So gut Max sich auch unter Kontrolle hatte, für ein paar Sekunden musste ihm der Schock über die Enthüllung anzusehen gewesen sein. »Du bist …«

»… einer der Unsterblichen«, vollendete Marcus den Satz.

»Wer?«

»Ah. Wie ich durch unsere Gespräche weiß, liest du viel.«

Max nickte.

»Dann sollte es dir leicht fallen. Ich mag London, weißt du. Dort hatte ich in meinem ersten Leben als Nimag geschäftlich viel zu tun.«

»Wann?«

»19. Jahrhundert.«

Ein Zeitraum, der von 1801 bis 1900 alles einschloss und Max daher nicht weiterhalf. Es hatte genügend bösartige Menschen zu jener

Zeit gegeben. Doch der Rat rekrutierte sich aus geschichtlichen Größen.

»Es gibt einen Ort in der Schweiz, den ich hasse.« Marcus lächelte, doch seine Augen blieben kalt.

Eine Gänsehaut überzog Max' Arme. »Die Reichenbach-Fälle.«

»Was für ein cleverer Junge.«

»James Moriarty.«

Der Unsterbliche deutete eine Verbeugung an. »Wie er leibt und – wieder – lebt. Schau nicht so entsetzt, das ändert nichts.«

Es änderte alles. Warum hatte ein Unsterblicher versucht, ihn zu manipulieren? Was bezweckte er damit? Wieso hatte er sich mit Max abgegeben?

»Tausend Fragen und mehr.« Moriarty nickte. »Zu gegebener Zeit werden sie alle beantwortet. Vorausgesetzt, du bist tatsächlich auf unserer Seite. Andernfalls …«

»Ja?«

»Hast du schon einmal etwas von Feuerzangen-Bill gehört?«

Max schüttelte den Kopf.

»Eine jener tumben Kreaturen, von denen es damals zuhauf welche gab. Lass es 1886 gewesen sein. In dieser Zeit war es leicht, Lakaien anzuwerben. Die Reichen lebten in Saus und Braus, der Rest der Menschen ging vor die Hunde. Eine Entlassung bedeutete Hunger, Kälte und Tod. Loyalität suchte man oft vergebens. Ich hatte mir natürlich einen gewissen Ruf aufgebaut, niemand kam auf die Idee, mich zu betrügen.« Er lächelte versonnen, was Max einen Schauer über den Rücken jagte.

»Es ging um einen Auftrag, den Feuerzangen-Bill für mich ausführen sollte. Seinen Spitznamen verdankte er der Art, wie er seine Opfer liquidierte. Möchtest du wissen, wie?«

Max war sich da nicht sicher, doch Moriartys Frage war rhetorischer Natur gewesen.

»Er schlich sich des Nachts in die Häuser, fesselte seine Opfer und zog sie nackt aus. Dann brach er eine Feuerzange auseinander und zog die Greiffläche ab. Es blieb eine simple Eisenstange. Diese erhitzte er in der Glut. Dann führte er jene Stange bei seinem Opfer rektal ein.«

Max hätte sich im Reflex beinahe übergeben.

»Unschöne Sache. Die Schreie, das Gebrüll. Aber effektiv. Am Ende zog er die Stange heraus, baute sie wieder zur Feuerzange zusammen und kleidete das Opfer an. Von außen waren keine Verletzungen auszumachen. Offiziell starben sie an Herzversagen oder ähnlichen ordinären Dingen. Meist kam es nicht einmal zu einer Untersuchung der Obrigkeit.«

Moriarty wirkte, als warte er auf Beifall.

»Verstehe mich nicht falsch, das Vorgehen war barbarisch. Aber eben auch zielführend. Siehst du, wenn irgendein Lakai oder Straßenjunge tot in der Gosse gefunden wurde, geschah nichts. Aber bei den hochwohlgeborenen Adligen sah das anders aus. Daher diese Art des Todes. Sie verschleierte das Verbrechen. Wie es das Schicksal will, kam mir jedoch ein alter Bekannter in die Quere, der die Zeichen zu deuten wusste. Er und sein Schoßhund, ein Doktor, fanden heraus, auf welche Art die Personen gestorben waren und verfolgten die Spur bis zu Feuerzangen-Bill.«

Max konnte sich denken, von wem Moriarty sprach. Und es bedeutete nicht weniger, als dass auch diese Figur alles andere als fiktiv war.

»Bedauerlicherweise geriet Feuerzangen-Bill ins Plaudern. Unschön. Dafür bestrafte ich ihn persönlich. Und zwar auf jene Art, die er seinen Opfern angedeihen ließ.« Moriarty zog seinen Essenzstab hervor. »Wusstest du, dass man mit zwei verbundenen Zaubern einen Essenzstab erhitzen kann? Potesta Incendere!«

Moriartys Essenzstab glühte wie ein heißes Schüreisen.

»Potesta löst den Kraftschlag aus, doch ich halte die gewirkte Kraft im Inneren, lasse sie langsam abstrahlen. Das Ganze verbunden mit einem Entflammungszauber. Was du hier siehst, ist entflammte Kraft, die nach außen wirkt. Äußerst effektiv.« Er ließ das Glühen erlöschen. »Ich toleriere keinen Verrat.« Ein abruptes Lachen folgte. »Du solltest dein Gesicht sehen. Komm schon, der Rat wartet auf dich. Und solange du loyal bist, wirst du in mir deinen besten Freund in diesen Hallen haben.«

Moriarty führte Max hinaus und legte ihm die Hand auf die Schulter. Sie fühlte sich heiß an. Als wolle sie sich tief in seine Haut brennen.

5. Gebunden an die Stätten der Vorfahren

Sila stand in ihrem Wohnzimmer, die Fäuste in die Hüften gestemmt, und warf ihnen einen vorwurfsvollen Blick zu. »Sie hat mich getötet.«

»Ooookay«, sagte Alex zaghaft. »Das tut mir leid. Aber jetzt scheint es dir ja wieder gut zu gehen, äh, also: Du lebst.«

»In der Tat.« Sila wirkte kein bisschen weniger empört. »Sie hatte etwas bei sich. Eine Metallplatte, in der Würmer gefangen waren.« Die Wächterin beschrieb im Detail, wie die Würmer über die Schnitte in ihre Haut eindrangen und sie von innen heraus auffraßen, während Erinnerungen an die Schattenfrau übertragen wurden.

»Aber wieso bist du noch oder wieder am Leben?«, wunderte sich Chris.

»Ich bin seit Äonen die Wächterin dieser Stätten. Magie bindet mich an das Land. Solange Antarktika existiert, werde auch ich existieren. Niemals hätte ich ihr den Weg offenbart, doch sie nahm ihn sich mit Gewalt aus meinem Geist.«

»Die Schattenfrau hat also einen Vorsprung«, schloss Jen. »Aber noch hat sie nicht gewonnen. Sie hat versucht, uns aufzuhalten, doch wir sind hier.«

Vor dem Fenster jaulten die Hunde.

Sila öffnete die Verandatür und trat hinaus in den Schnee. Jen war versucht, ihr hinterherzurufen, dass sie keine Zeit hatten. Jede Sekunde konnte über Wohl und Wehe der magischen Gemeinschaft entscheiden. Doch sie unterließ es. Immerhin war Sila gerade gestorben und wiederauferstanden.

Die Freunde folgten ihr hinaus.

»Was tust du da?«, erkundigte sich Chloe.

»Wir kämpfen einen ewigen Kampf. Mal ist es aussichtslos, mal erringen wir den Sieg. Doch wie es auch ausgeht, das Land ist beständig. Und ebenso meine Gefährten.« Sie deutete auf die Huskys. »Vergesst niemals die reine Seele eines Kindes oder eines Tieres, während ihr für das große Ganze einsteht.«

Sila öffnete das Gatter.

Die Tiere kamen herbeigeeilt. Ihr Fell glänzte in der untergehenden Sonne, ihre Blicke wanderten abschätzend über die Gruppe.

»Ich gebe ein miserables Futter ab«, verkündete Alex. »Bin total zäh.«

»Und substanzlos«, ergänzte Jen.

Chloe kicherte. »Beachtet die beiden gar nicht.« Sie ging auf die Tiere zu. In zwei Schritten Entfernung sank sie auf ein Knie.

Einer der Huskys kam näher. Direkt vor Chloe sank er auf die Hinterbeine. Leuchtende Augen, klar wie Saphire und tief wie ein Ozean, schauten zu ihr herüber.

»Wie heißt er?«, wollte Chloe wissen.

»Sein Name lautet Ataciaru. In unserer Sprache bedeutet das: der mit der verwandten Seele.«

Chloe streckte ihre Hand aus.

Ataciaru schnüffelte daran, dann stupste er mit seiner Schnauze Chloes Nase. Diese kicherte und begann damit, den Husky am Hals zu kraulen.

Jen konnte spüren, dass etwas geschah. Zwischen dem Tier und Chloe entstand eine Verbindung. Nichts Magisches, nichts Greifbares, doch auf eine instinktive Art spürbar.

»Wow«, sagte Alex neben ihr.

»Du spürst es auch?«

»Ja«, erwiderte er heiser. »Irgendwie gruselig.«

»Was wisst ihr über die Traumebene?«, fragte Sila plötzlich.

Jen fasste zusammen, was Edison und Nemo ihnen erklärt hatten. Dass es sich um eine chaotische Sphäre handelte, auf der Träume zu Realität wurden. Nur die stärksten Geister konnten manifeste Bereiche schaffen. Gelang dies nicht, fiel man durch Tausende von Traumfragmenten, ohne sich bewusst zu sein, dass es Träume waren. Vor langer Zeit hatten Traummagier damit begonnen, über die Träume Nimags und andere Magier zu beeinflussen. Dies war unter dem Namen ›Traumkrieg‹ in die Geschichte eingegangen.

Der bekannte Schriftsteller Jules Verne – selbst ein Unsterblicher – hatte sein unsterbliches Leben aufgegeben und ein Siegel an seine Knochen gebunden, das den Zugang verbarg. Fortan war die Traumebene nicht mehr erreichbar.

Nemo hatte die Silberknochen versteckt. Seitdem konnten Unsterbliche nicht mehr in ihre Nähe gelangen, und Magie wirkte auf Antarktika derart chaotisch, dass niemand sie hier einsetzte. Die einzige Ausnahme bildete die Wächterin, die eins mit dem Land war.

Sila nickte. »Das sind Worte der Logik, ausgesprochen von einem wissenschaftlichen Geist. Doch was euch erwartet, könnt ihr nicht einmal ansatzweise begreifen. Habt ihr auf dem Weg hierher das luzide Träumen geübt?«

»Gott ja«, entfuhr es Alex.

Jen schmunzelte.

Luzides Träumen bedeutete nichts anderes, als dass man sich bewusst wurde, gerade zu träumen. Gelang dies, vermochte man unter gewissen Umständen den Traum zu steuern. Um das zu erlernen, gab es Mechanismen, die jeder Mensch anwenden konnte.

Zuerst hatte sie einen Wecker gestellt. Dieser läutete jede Stunde des Tages. Sobald er klingelte, hielt Jen sich die Nase zu, schloss den Mund und versuchte zu atmen. Da es sich um die Realität handelte, ging das natürlich nicht. Doch das Unterbewusstsein speicherte die Geste.

Als sie in der darauffolgenden Nacht eingeschlafen war, hatte sie im Traum automatisch ihre Nase zugehalten, den Mund geschlossen und versucht zu atmen. Es gelang. Denn im Traum konnte man *immer* atmen.

Erschrocken und mit rasendem Herzen war sie aufgewacht.

Einige Minuten später hatte es im Nebenzimmer einen Rums gegeben. Alex war ebenfalls aus dem Traum hochgeschossen – und direkt aus dem Bett gefallen.

»Vergesst nie, dass euer eigenes Unterbewusstsein gegen euch kämpft«, mahnte Sila. »Es versucht, euch zurück in die Unbewusstheit des Traums zu zerren. Auf der Traumebene ist dies noch viel stärker. Habt ihr euch ein Symbol erschaffen?«

Jen fuhr in Gedanken über das Mal auf ihrem linken Unterarm. Nemo hatte jedem von ihnen mit schwarzer Tinte ein Zeichen auf die Haut gemalt. Es war eingesickert, als handle es sich um ein Tattoo. Sobald der Wecker geklingelt hatte, hatten sie es kontrolliert und daraufhin die Prüfroutine mit dem Atmen eingeleitet.

Im Traum war es ebenfalls vorhanden, und immer, wenn Jen daraufblickte, machte sie den Test.

In der zweiten Nacht war sie länger und stabiler im Bewusstsein zu träumen verankert geblieben. Nur das Steuern wollte ihr nicht gelingen. Versuchte sie zu fliegen, sauste sie in den Abgrund. Wollte sie die Umgebung beeinflussen, brach alles zusammen.

Bei Alex war es umgekehrt. Er benötigte länger, um sich den Traum zu vergegenwärtigen. Doch gelang dies, konnte er ihn problemlos steuern.

»Du bist zu verkrampft«, hatte er zu ihr gesagt. »Mach dich einfach locker. Du hast so viel Angst loszulassen, dass du dein eigener Feind bist.«

Er hingegen war ein kleiner Träumer, konnte sich deshalb aber problemlos auf die fantastische Welt in einem solchen einlassen.

Eigentlich sind wir ein ganz gutes Team.

Das würde sie natürlich niemals laut aussprechen.

»Ihr werdet euch der Frau, die im Schatten wandelt, entgegenstellen«, sagte Sila. »Möge das Land euch beschützen.«

Sie hob beide Arme.

Als kippte jemand ein Tintenfass in eine den Sonnenschein spiegelnde Pfütze, schoben die Wolken sich vor die Sonne. Der Wind frischte auf, Schneeflocken trieben heran.

Die Huskys sprangen zurück in ihren Pferch, das Gatter schloss sich. Nur Ataciaru blieb. Er setzte sich neben Chloe und schaute hinauf in den Himmel.

»Und so treffen wir alle unsere Entscheidung und wählen den Pfad unserer Bestimmung.« Silas Stimme war nur ein Flüstern, doch obwohl der Wind mit jeder Sekunde stärker wurde, konnte Jen ihre Stimme glasklar vernehmen. »Mag das Schicksal entscheiden und uns in den Hauch von Morgen tragen.«

Schneeflocken hüllten sie ein, wirbelten durch die Luft, peitschten Jen ins Gesicht. Sie konnte die Hand vor Augen nicht mehr sehen, geschweige denn die anderen. Eiskalte Luft schnitt wie Rasierklingen in ihre Haut, Tränen rannen über ihre Wangen.

»Alex!«

Sie glaubte, eine Erwiderung auf ihren Ruf zu hören, doch das mochte auch Einbildung gewesen sein.

Plötzlich war der Boden fort.

Jen fiel.

6. Ein Hauch vom Anbeginn

Jen plumpste direkt neben ihm in den Pulverschnee.

Verdutzt starrte Alex sie an. »Und da behauptet immer jeder, alles Gute kommt von oben.«

Sie warf ihm einen Kraftschlag-Blick zu. »Ich verpasse dir gleich einen solchen Tritt, dass du Nemo direkt vor die Füße knallst.«

Pafff.

Chris landete vor ihnen im Schnee, dicht gefolgt von Nikki. Chloe und Ataciaru bildeten den Abschluss, wobei beide elegant auf ihren Füßen oder Pfoten aufkamen. Sila entstand aus einem Schneeflockenwirbel.

»Eine kleine Vorwarnung wäre ganz nett gewesen!«, blaffte Jen.

»Dort, wo ihr hingeht, werdet ihr keine erhalten.« Die Wächterin deutete nach oben.

Alex' Mund klappte gen Nordpol. Oder Südpol? Er wusste es nicht genau.

Sie waren direkt vor einer Zitadelle gelandet. Ein schwarzes Loch von der Größe eines Hauses bildete den Eingang. Die aus Eis geschlagenen Mauern reichten rechts und links bis zum Horizont. Hoch über ihnen thronte ein Drache aus Eis, dessen Maul weit aufgerissen war.

»Wenn der in Irland so aussieht, will ich ihn gar nicht kennenlernen«, murmelte Alex.

Chloe winkte ab. »Der ist ganz anders. Und total zahm. Er spuckt nur Feuer, wenn er bedroht wird.«

Alex musterte sie von oben bis unten. Manchmal war Chloe ihm nicht geheuer. Leonardo hatte von seinem Besuch in Irland überall am Körper verkohlte Stellen zurückbehalten.

»Nehmt euer Gepäck«, wies Sila sie an.

Erst jetzt bemerkte Alex die Rucksäcke, die ebenfalls den Weg hierhergefunden hatten. Sie zogen sie über und folgten der Wächterin, die auf das dunkle Loch zustapfte. Im Inneren ging sie in die Knie, grub ein Bündel aus und öffnete es. Eingeschlagen in Wachspapier lagen darin sieben Fackeln. Sila nahm sechs hervor und reichte jedem eine. Mit zwei Feuersteinen entzündete sie sie.

»Technik funktioniert hier nicht«, erklärte sie.

»Natürlich nicht«, sagte Jen.

Alex ließ die Fackel durch die Luft sausen. »Wenn du ganz schnell bist, sieht es aus wie eine Essenzspur.«

»Ich halte dir meine Fackel gleich an den Arsch, dann flitzt du noch schneller als jede Essenzspur da rein.« Jen nickte in Richtung Dunkelheit.

Sila setzte sich kommentarlos an die Spitze.

Nach wenigen Schritten wurde der Pulverschnee unter ihren Füßen zu glattem Gestein. Die Wände bestanden aus meterdickem Eis. Im Abstand von wenigen Schritten gab es Vertiefungen, die jedoch leer waren.

Eine Treppe führte nach unten. Ihre Stufen schienen sich endlos zu erstrecken und mit jedem Meter fühlte Alex seine Brust enger werden. Wie tief waren sie bereits?

Als die Treppe endete, traten sie hinaus auf eine Empore. Die schiere Größe war atemberaubend. Ein Geländer grenzte den Gang ab. Kunstvoll geschlagene Ornamente aus Eis zierten die Oberfläche. Dahinter wartete ein Abgrund, dessen Tiefe er nur erahnen konnte. Eine Brücke ohne Geländer führte darüber hinweg, verlor sich auf der anderen Seite.

Über dem Abgrund ragten Statuen aus den Wänden hervor. Menschliche Silhouetten ohne Gesicht, die schwere Steine auf dem Rücken schleppten. Schuppenartige Kreaturen, die Eier in Händen hielten.

»Oh, verdammt«, flüsterte Chloe.

»Es sind Bildnisse aus der Zeit vor dem Anbeginn«, erklärte Sila und bestätigte damit Alex' Vermutung.

»All das hier …«, begann Jen.

»… ist uralt«, bestätigte die Wächterin. »Es wurde einst von Magiern entdeckt und nach Hinterlassenschaften abgesucht. Doch außer den Statuen und einer gewissen Ausstrahlung gibt es hier nichts mehr. Nur Schatten einer längst vergangenen Zeit.«

»Gut so«, flüsterte Nikki. »Mit solchen Überbleibseln hatten wir mehr als genug zu tun.«

Alex konnte in dem Ekel, der sich auf Nikkis Gesicht abzeichnete, die Spiegelung seiner eigenen Gefühle erkennen. Die Erinnerung an die aufplatzenden Eier, den eitrigen Geruch und die Ausstrahlung von Grausamkeit und Tod würde er immer mit sich tragen. Außerdem war er gestorben.

Bereits nach dem Angriff durch die Schattenfrau, die ihm einen Kraftstoß in die Brust gejagt hatte, hatten die Albträume begonnen. Damals wäre er *beinahe* gestorben. Er wusste nicht genau, was er allnächtlich erlebte, nur dass er schweißgebadet erwachte. Die Erinnerung verblasste so schnell, dass er sie nicht halten konnte.

Nach seinem Tod unter Wasser hatte die Intensität der Albträume zugenommen. Einmal war er an Bord der Nautilus sogar aus dem Bett gefallen. Den anderen gegenüber hatte er behauptet, dass das wegen der luziden Träume geschehen war.

»Wir werden die Brücke passieren«, verkündete Sila.

»Natürlich werden wir das«, kommentierte Jen.

Zwei Personen konnten nebeneinander gehen, kamen dem Abgrund jedoch gefährlich nahe. Sie verlegten sich darauf, wie eine Entenfamilie hintereinander über den Streifen aus glattem Stein zu watscheln.

Wie die Treppe schien auch die Brücke kein Ende zu nehmen. Irgendwann gab es hinter und vor ihnen nur noch den einsamen leeren Streifen, rechts und links ein gähnender Abgrund.

Allein der Weg zu den Silberknochen erwies sich als Belastung für die Nerven. Nikki wirkte bleicher als sonst, Chris schweigsamer, Jen schnippischer. Einzig Chloe schritt unbeeindruckt dahin, neben sich Ataciaru. Der Husky sah sich aufmerksam um. Ab und an entfuhr ihm ein Knurren, darüber hinaus war er still.

Endlich erreichten sie die andere Seite.

Jeder von ihnen atmete auf.

»Es ist nicht mehr weit«, verkündete Sila.

Alex konnte es spüren. Die Fremdartigkeit. Die Luft roch anders. Das Klacken ihrer Stiefelsohlen auf dem Stein hallte dumpf wider. Die Flammen loderten schwächer. Etwas hier entzog allem Lebenden die Kraft. Am liebsten wäre er sofort wieder umgekehrt.

Sila führte sie einen weiteren Gang entlang, noch eine Treppe hinab und durch einen länglichen Raum, in dem Bilderrahmen aus Stein an den Wänden hingen. Ihr Inneres war leer.

»Wo sind die Bilder?«, fragte Jen.

Sila hob beide Handflächen in die Höhe. »Was einst gefunden wurde, wurde fortgebracht oder war nie hier.«

Sie betraten einen schmalen Gang, an dessen Ende ein Torbogen in einen domartigen Raum führte. Säulen trugen die gewölbte Decke. Im Zentrum hatte jemand ein Steinpodest erschaffen, in das magische Symbole eingemeißelt waren.

Im Inneren lag ein Skelett aus Silber, bedeckt von weiteren Zeichen, die eingebrannt worden waren.

Daneben kauerte die Schattenfrau. Sie hatte ihre Augen geschlossen und die Finger auf die Stirn des Skeletts gelegt. Ihr Brustkorb hob und senkte sich regelmäßig.

»So nah«, flüsterte Jen.

Die größte Feindin der Lichtkämpfer kniete wehrlos vor ihnen, versunken in die Welt der Träume.

»Und doch könnt ihr ihr nichts tun«, erklärte Sila. »Der Kreis schützt vor Nimag-Waffen und verhindert das Wirken von Gewalt. Außerdem kann keine Magie gewirkt werden. Jener, der sich einst opferte, wollte keine Gewalt in diesen Hallen.«

»Genau genommen wollte er niemanden hier haben«, ergänzte Alex. »Nemo musste es ihm schwören.«

Sila nickte. »Doch das Wohl der Welt steht über seinem Wunsch.« Sie deutete auf das Skelett. »Jene von euch, die die Bürde der Reise auf sich nehmen, müssen im Kreis niederknien und das berühren, was einst Leben trug.« Sie sprach den Zauber, der den Traum einleitete – der einzige, der gewirkt werden konnte.

Alex' Hände waren feucht. »Na schön. Packen wir es an. Ich gehe.«

»Ich auch«, sagte Jen sofort.

»Dabei.« Chloe stemmte die Fäuste in die Hüfte und ihr Blick machte jedem klar, dass sie sich nicht umstimmen lassen würde.

Chris setzte an: »Ich …«

»Nein, nein, nein«, stoppte ihn Jen. »Du und Nikki haltet Wache. Falls wir in Schwierigkeiten geraten, seid ihr das Rettungskommando. Und für den Fall, dass wir versagen«, sie deutete auf die Schattenfrau, »müsst ihr sie aufhalten. Wenn sie den Splitter bekommt, kann sie ihn hier noch nicht einsetzen.«

Chloe warf Sila einen fragenden Blick zu. »Sie kann ihn hier doch nicht einsetzen, oder?«

Die Wächterin schüttelte den Kopf. »Außerhalb dieses Kreises darf Magie nicht gewirkt werden. Andernfalls sind die Folgen unabsehbar.«

»Sind wir uns einig?«, fragte Jen.

Die anderen nickten reihum.

Alex trat mit Jen und Chloe in den Kreis.

Jen berührte die Knochen von Jules Verne und sprach den Zauber. Ihre Lider flatterten. Sie schlief sofort ein.

Chloe tat es ihr gleich.

»Bis später.« Alex nickte Nikki, Chris und Sila aufmunternd zu. »Somnus Planum Excitare.«

Und sein schlimmster Albtraum wurde Wirklichkeit.

7. In gemütlicher Runde

Das Feuer im Kamin loderte, die Holzscheite knisterten. Funken sprangen davon, verglühten auf dem unebenen Stein. Daneben stand ein Schürhaken. Max würde die Teile nie wieder betrachten können, ohne an die morbide Geschichte Moriartys erinnert zu werden.

Er fragte sich unweigerlich, weshalb das Refugium der Schatten gemütlicher wirkte als das Castillo. Überall gab es diese flauschigen Teppiche, in denen man bei jedem Schritt versank. Wundervolle Gemälde, Pflanzen, die am Fenster oder auf dem Regal standen, und dicke Bücher mit Einbänden unterschiedlicher Farbe.

»Ich bringe unseren neuesten Welpen«, verkündete Moriarty.

Alle Blicke wandten sich ihm zu.

Sie hatten bequeme Sessel aufgestellt, in denen sie alle saßen.

Saint Germain trug Kleidung passend zu einem italienischen Sommer. Ein aufgeknöpftes Hemd, Chinos und Lederslipper. Sein Haar war kurz geschnitten und gegelt. »Max Manning. Willkommen in unserer illustren Runde.«

Dschingis Khan war in seine typische Robe aus gelbem Stoff gekleidet. Ein breiter Gürtel wurde von einer metallenen Schließe gehalten. Sein Gesicht wirkte aufgedunsen, der Schnurrbart war lang und hing nach unten. »Schlächter. Du hast uns einen beeindruckenden Kampf geliefert. Ich hätte dich gerne von oben bis unten aufgeschlitzt, um dich für unseren Verlust zahlen zu lassen, aber da du die Seiten gewechselt hast, werde ich mich einstweilen zurückhalten. Bis du versagst.«

»Was denkst du dir dabei, Moriarty?« Rasputin war schlank. Er trug einen schwarzen Mantel, der bis zu seinen Stiefeln hinabreichte. Jede Bewegung war brutale Eleganz. Seine Augen blitzten energiegeladen, ja feurig.

Ein Raubtier auf dem Sprung.

»Sag es mit Worten, Grigori«, erwiderte der Verbrecherkönig. »Hatten wir nicht darüber gesprochen?«

»Ich werde es dir in jeder Sprache sagen, die du verstehst: Es ist ein Fehler, diesen Lichtkämpfer in unsere Reihen zu integrieren.«

»Meine Meinung«, fügte Crowley hinzu. Er saß in seinem Sessel, hatte die Füße über die Lehne gelegt und aß einen Apfel. »Macht eine

Statue aus ihm. Oder verpasst ihm einen kurzen Kraftschlag zwischen die Augen.«

»Warum?«, fragte Max. »Weil ich gegen dich und Madison gewonnen und die Hälfte eurer Leute erledigt habe?«

Der Apfel prallte auf den Boden und kullerte davon.

Crowley erhob sich langsam. »Was hast du gesagt?« Sein Hemd spannte über dem Bauch, der Dreitagebart war auf dem Weg zu einem Fünftagebart und wirkte ungepflegt. Und in den Augen … Ein gehetzter Ausdruck, eindeutig.

»Ich habe an der Seite meiner Freunde gekämpft«, stellte Max klar. »Das war meine Aufgabe. Im Gegensatz zu dir.«

Moriarty legte ihm die Hand auf die Schulter. »Unser junger Freund hat Feuer. Habe ich zu viel versprochen?«

»Das wird sich erweisen«, knurrte Rasputin.

»Sobald du deinen eigenen Freunden im Kampf gegenüberstehst und ihr Blut fließt, wird deine wahre Gesinnung offenbart, nicht vorher«, erklärte Dschingis Khan.

»Ich habe schon so viele mit falschen Gesichtern gesehen, Max Manning, leicht werde ich es dir nicht machen. Der Wahrheitszauber mag enthüllt haben, was im Moment der Flucht deine Intention war. Doch Menschen bereuen nur allzu schnell ihre Entscheidungen.« Der Graf schenkte ihm den Hauch eines Lächelns.

»Misstrauen, wohin man schaut«, kommentierte Moriarty. »Ich stehe hinter dir, Max.« Er bewegte seinen Mund ganz nah an dessen Ohr. »Und ich bin sicher, du wirst mich nicht enttäuschen.«

Max streifte seine Hand ab und sprang wütend direkt vor die Sessel. Sein Zeigefinger stach gegen Crowleys Brust.

»Was denkt ihr euch eigentlich?! Ich habe die letzte Bindung an mein altes Leben abgebrochen, meine Freunde verraten und ihr behandelt mich wie …«

»… einen Verräter«, unterbrach Saint Germain. »Erspare uns deine enervierenden Emotionen. Kaputte Seelen gibt es zuhauf. Angetrieben von Depression, dem Gefühl allein oder verraten worden zu sein. Der Gier nach Anerkennung hinterherlechzend.« Er winkte ab.

»Es sind die Schwächsten der Schwachen und ihrer Loyalität kann man niemals sicher sein.« Der Graf erhob sich. »Wir haben einst einen anderen Verräter in unsere Reihen aufgenommen.« Er deutete auf den leeren Stuhl. »Das erwies sich als die richtige Entscheidung. Er öffnete uns die Tore zum Castillo und beinahe hätten wir die Erschaffung des Walls verhindern können. Mag auch nicht eingetreten sein, was damals befürchtet wurde, so befinden wir uns doch in einem ewigen Kampf.«

Verblüfft wich Max zurück. »Nicht eingetreten sein, was befürchtet wurde? Aber der Wall zehrt von uns allen.«

Saint Germain verzog nur abschätzig die Lippen. »Und wir können froh sein, dass es *nur* dazu kam. Natürlich haben die Unsterblichen euch nie alles erzählt, was damals geschehen ist. Warum auch? Es ist Geschichte, der Wall seit einhundertsechsundsechzig Jahren errichtet. Doch es hätte auch anders ausgehen können, glaub mir.«

»Wie dem auch sei«, mischte Moriarty sich ein. »Hier geht es nicht um den Wall, seine Erschaffung oder den Verräter. Max hat sein Leben riskiert, um zu uns überzulaufen, und der Zaubertrank hat enthüllt, dass er es ernst mit uns meint. Damit stehen wir in einer gewissen Verantwortung.«

»Manchmal ist es mir rätselhaft, wie es dir gelingen konnte, ein Verbrecherimperium zu errichten«, schoss Saint Germain eine verbale Klinge ab. »Hast du damals auch jeden mit offenen Armen empfangen?«

Moriarty erwiderte den Blick des Grafen gelassen. »Nur jene, die es verdienten.«

Erst jetzt realisierte Max die unterschwellige Spannung im Raum. Während sich Rasputin, Dschingis Khan und Crowley nebeneinander gesellt hatten, standen sich Moriarty und der Graf von Saint Germain frontal gegenüber.

Den Lichtkämpfern war bekannt, dass der Graf die Schattenkrieger anführte. Grundsätzlich besaß natürlich jeder eine Stimme, doch Germain war der Strippenzieher, der Intrigant, der Planer. Moriarty war der jüngste Unsterbliche. Er war noch nicht lange ins Leben zurückgekehrt.

Die beiden konkurrieren.

Indem sich der Verbrecherkönig auf seine Seite geschlagen hatte, war der Graf automatisch gegen Max. Er musste sich vorsehen. In einem Machtkampf zwischen zwei Unsterblichen zerrieben zu werden, konnte er sich nicht leisten. Doch ebenso wenig konnte er Distanz zu Moriarty wahren. Das würde der niemals zulassen.

»Madison Sinclair genießt unser Vertrauen, nicht wahr?«, fragte Moriarty listig.

»Natürlich«, stimmte Crowley sofort zu. Immerhin galt er als ihr Förderer.

Rasputin und Khan nickten kurz und abgehackt.

Moriarty breitete die Arme aus. »Dann kann sie Max weiterhin als Gefährtin zur Seite stehen und ihn anleiten.«

Überwachen.

Ein Nicken ging durch die Reihen der Unsterblichen, dem sich auch Saint Germain anschloss.

»Ausgezeichnet.« Der Verbrecherkönig wandte sich Max zu. »Damit hast du die Inquisition erst einmal überstanden. Doch glaube nicht, dass das alles war. Madison wird dir weitere Informationen zukommen lassen. Einstweilen kannst du gehen.«

Max nickte.

Er ging zur Tür und warf einen letzten Blick in den Raum. Saint Germain und Crowley hätten ihn am liebsten sofort getötet. Rasputin und Khan waren unentschlossen, warteten noch ab. Moriarty stand auf seiner Seite.

Vor der Tür wartete Madison bereits. »So ein Pech, ich hatte gehofft die grillen dich. Ich hab deine erste Aufgabe.«

Ihr Grinsen verhieß nichts Gutes.

8. Der unverschämte Norden

Max starrte auf das Loch in der Erde.

Es führte in einen bodenlosen Abgrund. Die Dunkelheit schien ihn anzulachen und dazu aufzufordern, doch einen Schritt nach vorne zu tun. Die Schwärze war von viereckigen Steinen eingefasst. An vier Seiten – nach einem kurzen Test fand er heraus, dass es sich dabei um die vier Himmelsrichtungen handelte – ragten hüfthohe Statuen empor.

»Widerlich.« Er ging in die Knie und betrachtete die Wasserspeier aus der Nähe. »Wer hat euch denn verbrochen?«

»Noch ein Wort und du bekommst 'nen Freifahrtschein nach unten spendiert«, keifte die Statue zurück.

Max machte einen Satz. »Du kannst sprechen?!«

»Du bist ein ganz Schneller, was? Und unter uns: Wenn ich solche Glupschaugen hätte wie du, wäre ich still.«

»Das ist Norden«, erklang eine Stimme hinter ihm.

Max fuhr herum.

Vor ihm stand ein Mann in den Zwanzigern. Er besaß helle Haut und rotblondes Haar. Sommersprossen zierten sein Gesicht. Er grinste verlegen. »Sorry, wollte dich nicht erschrecken. Ich bin Jason.«

»Max.«

»Alter, wer du bist, weiß jeder hier.«

Sie schüttelten einander die Hand.

»Ich bin ein Neuerweckter. Kam kurz vor dem großen Kampf, war aber nicht dabei.«

Max räusperte sich. »Sei froh.«

»Das ist ja nicht zum Aushalten«, krakeelte die Statue. »Entweder ihr nehmt euch ein Zimmer oder geht an die Arbeit.«

Jason lief knallrot an. »Ach, halt die Klappe, Norden.«

»Können die anderen auch sprechen?«

»Nö, nur der. In ihm ist die Schutzmagie aktiv. Hat Madison dir nicht erzählt, was wir zu tun haben?«

»Sie hat mich hierhergestellt, gesagt ›warte‹ und ist gegangen.«

»Na, willkommen im Club«, posaunte Norden. »Mir ging es auch so. Und seitdem stehe ich hier und warte darauf, dass blöde kleine Magier den Spruch aufsagen. Total langweilig. Und ihr beiden Hohlbirnen macht es nicht besser.«

»Kann man ihn auch abstellen?«, fragte Max.

Jason lachte. »Keine Ahnung. Aber das wäre für unsere Aufgabe eher hinderlich.« Er zeichnete vier magische Symbole in die Luft. Sie loderten in orangerot, was Max sofort an Jasons Haare erinnerte. »Porta Aventum.«

Der Norden begann sich zu drehen.

Steine kamen seitlich aus dem Schacht geglitten und bildeten eine Wendeltreppe.

»Wir sollen da runter?«

Jason nickte. »Wir müssen.«

»Boah, wenn ich demnächst kotze, weil ich mich ständig drehen muss, sagt nicht, ich hätte euch nicht gewarnt.« Norden verschränkte die Klauen vor der Brust. »Und falls die Treppe verschwindet, während ihr hinuntersteigt, war das ein bedauerlicher Fehler. Ob das Aurafeuerwerk durch den Schacht nach oben steigt?«

Jason winkte ab. »Er kann die Treppe nicht einziehen. Das muss jemand auslösen. Also keine Bange.«

Max traute es Madison durchaus zu, genau das zu planen. Doch er schwieg zu dem Thema. »Was ist dort unten?«

»Das Artefaktlager.«

Max' Magen zog sich zusammen. »Sprechen wir hier von Zauberbüchern oder …«

Jason schaute betreten zu Boden. »Na ja, da stehen noch ein paar der Teile, die aus eurem Castillo gestohlen wurden. Wir sollen sie einlagern.« Er zog ein Pergament hervor. »Genau nach Anleitung.«

»Und kommt besser nicht vom Weg ab.« Norden kicherte.

»Wir könnten ihm mit einem Kraftschlag einen Flügel abschießen«, überlegte Max. »Wer zuerst trifft?«

»Hey, hey! Das hab ich gehört. Ich verpetze euch an Crowley.« Norden klappte seine Flügel auf dem Rücken ein, wobei der Stein knirschte und Bröckchen zu Boden rieselten.

»Nicht mehr der Jüngste, was?« Max warf der Statue einen gehässigen Blick zu.

Norden schwieg.

»Gehen wir schnell nach unten, bevor er wieder anfängt zu plappern.« Jason stieg die Stufen hinunter.

Max folgte ihm dichtauf. Der Geruch von frischem Shampoo und Duschgel stieg ihm in die Nase. Irgendetwas Fruchtiges. Schnell schüttelte er den Kopf. Jason war der Feind.

Um sie herum wurde die Luft kühler und stickiger, roch nach muffigem Alter und verrottenden Geheimnissen. Jason ließ eine Lichtsphäre entstehen, die die Stufen erhellte. Sie erreichten wohlbehalten das untere Ende.

Vor ihnen war ein steinernes Portal in die Wand geschlagen. Dahinter zweigten drei Gänge ab.

Jason zog das Pergament hervor. »Heute müssen wir links.«

»Heute?«

»Das ändert sich täglich. Man benötigt immer eine neue Karte, sonst verliert man sich und findet nie wieder aus dem Labyrinth heraus. Als Madison mir beim ersten Mal den Weg zeigte, fanden wir ein Skelett.«

»Ernsthaft?!«

»Irgendein Lichtkämpfer aus den 1980ern. Hat wohl versucht, hier unten einzubrechen.«

Max bekam eine Gänsehaut. »Ich bleibe in deiner Nähe.«

Jason grinste schelmisch. »Damit kann ich leben.«

Innerlich verfluchte Max sich für das einsetzende Kribbeln in seinem Bauch. Andererseits war der Blödmann nun mal süß. Und er schaute ja nur.

Sie hielten sich exakt an die Karte und landeten in einem domartigen Gewölbe. In der Mitte standen Dutzende von Kisten, die Max sofort erkannte. Darin hatten die Schattenkrieger die Artefakte aus dem Castillo getragen.

»In den Deckeln der Kisten wurden Pergamente hinterlegt«, erklärte Jason. »Wir müssen uns exakt an den darauf verzeichneten Weg halten und sie alle an ihren Bestimmungsort bringen. Dabei dürfen wir keines der anderen Artefakte anfassen.«

»Das musst du nicht extra sagen. Diese Teufelsdinger können für immer hier unten bleiben.«

Magische Artefakte hatten die Angewohnheit, von ihrem Besitzer einen hohen Preis einzufordern. Manchmal bestand der einfach aus Essenz. Doch viel öfter waren es furchtbare Dinge. Das hing natürlich immer davon ab, wer sie erbaut hatte. Eine alte Hinterlassenschaft? Eine Konstruktion von Saint Germain? Oder von Einstein?

»Ich nehme die dort drüben«, erklärte Jason. »Wenn wir uns aufteilen, werden wir schneller fertig.«

»Tolle Idee.« Max öffnete seine Truhe. Darin lag eine altmodische

Porzellanpuppe mit Sprüngen im Gesicht. »Das darf doch nicht wahr sein, du!«

Das blöde Ding tauchte immer wieder auf. Es hatte wohl irgendeinen Nimag-Schriftsteller in den Wahnsinn getrieben und war dann von einem Team um die Jahrhundertwende geborgen worden.

Er nahm das Pergament heraus, schloss die Truhe und betrachtete den aufgezeichneten Weg. Mittels eines einfachen Levitatem-Corpus-Zaubers ließ er das Behältnis in die Höhe steigen.

In den Ecken der Gänge entdeckte Max fußballgroße Spinnweben. Wuselnde Kreaturen verschwanden in den Schatten, als die Lux-Sphäre die Umgebung erhellte. Der Boden war von feinem Sand bedeckt, der bei jedem seiner Schritte in die Luft wirbelte.

Etwa jede Minute tauchte ein Alkoven in der Wand auf, in dem ein Podest emporragte. Darauf stand ein Artefakt, versehen mit einem Pergament, das die Herkunft erklärte. An einer Stelle hielt Max fasziniert inne. Es war eine goldene Taschenuhr, die seine Aufmerksamkeit erregte. Laut Pergament hatte sie H. G. Wells gehört, dem berühmten Schriftsteller. Mit ihr war es möglich, die Zeit anzuhalten. Doch der Preis war hoch. Mit jeder Minute, die der Besitzer stoppte, verlor er ein Jahr seines Lebens. Am unteren Ende gab es einen Hinweis, den einer der Schattenkrieger ergänzt hatte: »Kann auch als Waffe eingesetzt werden. Nimag unterschieben und durch Alterung töten.«

Max konnte nur den Kopf schütteln.

Schließlich erreichte er sein Ziel. Er hob die Puppe aus dem Koffer. Unweigerlich überfiel ihn das tiefe Bedürfnis, diese an sich zu drücken. Schauten die Augen nicht gütig drein?! Und dazu die wunderschöne Porzellanhaut.

»Hey, was machst du da?!«

Jasons Stimme riss Max aus seiner Trance. Schnell stellte er die Puppe ab. »Ich hab nur …«

»Das blöde Ding. Einem Schattenkrieger ist das Gleiche passiert. Bist du okay?« Er schaute Max ängstlich an.

»Alles gut.«

»Das war echt knapp. Eine Berührung des Porzellans auf deiner Wange und du wirst wahnsinnig. Unumkehrbar.«

Jason justierte die vier Bernsteine in den Messingeinfassungen, die um das Podest herum befestigt waren. Einen Zauber später waberte eine Sphäre über dem Artefakt. Die beklemmende Ausstrahlung verschwand.

Max schob das Pergament an das Holz und befestigte es.

»Machen wir weiter.« Jason legte ihm die Hand auf die Schulter. »Aber das nächste Mal lässt du das Artefakt auf das Podest schweben. Nicht berühren.«

»Klar. Gute Idee.«

Pwap.

Jason sprang aufschreiend zurück. Das Pergament mit der Wegbeschreibung ging in Flammen auf.

Verdutzt starrten sie beide auf die Ascheflocken, die zu Boden rieselten und sich auf dem Sand verteilten.

9. Dream a little dream

Wo waren die anderen?

Jen blickte sich verblüfft um. Eben noch hatte der Flur von anderen Schülerinnen gewimmelt. Das leise *Klack*, mit dem der Minutenzeiger der alten Schuluhr eins weitersprang, erklang. Wassertropfen fielen auf der Schultoilette ins Waschbecken. Bei jedem Aufprall warf der Boden hinter ihr Wellen. Als habe jemand einen Stein in einen See geworfen. In der Vitrine mit den Pokalen der Basketball- und Lacrossemannschaft spiegelten sich Gesichter von Menschen, die sie nie zuvor gesehen hatte.

Die Schulbücher wogen so viel wie ein Wackerstein. In der Tat waren es welche, doch Jen schleppte sie weiter. Sie kam noch zu spät zum Benimmunterricht. Professor Kent würde ihr wieder auf den Hinterkopf schlagen, wie er es immer tat. Sie spürte die Beule bereits.

Mit jedem ihrer Schritte wurden die Steinbücher schwerer, bis sie schließlich durch den Boden von Jens Tasche rutschten und zu Boden fielen.

»Nein!«

Schrill schluchzend kniete sie sich auf das klebrige Linoleum und klaubte die Splitter zusammen. Das durfte nicht sein. Ohne Bücher würde sie dumm werden. Dabei wollte sie doch studieren. Unbedingt.

Tränen rannen über ihre Wangen, kullerten zu Boden und verwandelten sich dort in Blut. Schlieren bildeten sich; aus Rot wurde Magenta. Die Farbe mochte sie viel mehr. Möglicherweise ließen sich diese lustigen Steinchen einfärben. Woher kamen die überhaupt? Egal.

Sie tunkte eines davon in die Magentapfütze. Der Stein wurde zu einem Vogel, der forthüpfte, zu einem Fisch wurde und im Linoleum abtauchte, als er abermals Wellen warf.

Jens Blick fiel auf ihren linken Unterarm. Ein Tattoo. Etwas regte sich in ihrem Bewusstsein, wollte an die Oberfläche. Dieses Ding bedeutete …

… ja, was?

Gedankenverloren hielt sie sich die Nase zu und versuchte, durch den Mund zu atmen. Es funktionierte.

»Ein Traum!«

Mit einem Schlag kehrte die Erinnerung zurück. Das hier war die

Traumebene und folglich die gesamte Umgebung eine Ausgeburt ihrer Fantasie.

Ächzend kam sie in die Höhe. Eben war sie noch ein Teenager gewesen, jetzt besaß sie wieder ihren eigenen Körper. Aber wo waren die anderen? Nemo hatte sie gewarnt, Sila ebenso. Jeder wurde mit den Ängsten seines Unterbewusstseins konfrontiert.

»Na ja, so schlimm fand ich die Schule jetzt nicht. Eigentlich war eher ich das Ekel.«

Jeeeeen!

Ein Windhauch fegte durch die Gänge, wirbelte Blätter vor sich her, die aus dem Nichts erschienen. Der Boden wurde zu einer Erdfläche, der Rest blieb, wie er war.

Jen!

Aus dem Windhauch wurde ein peitschender Schlag, ihr Name nicht länger sanft ausgesprochen, sondern hasserfüllt. Als nutzte ihn jemand als Waffe, die er gegen sie ins Feld führen wollte.

Rasierklingen fielen von der Decke.

Jen begriff, dass jeder Gedanke hier Wirklichkeit werden konnte. Alles hier war nur eine Illusion. Steuerbar. Sie konzentrierte sich auf die Rasierklingen, wollte sie zu Vögeln werden lassen. Stattdessen wurden Steine daraus, die gegen ihren Körper prallten.

»Du kannst den Traum nur kontrollieren, wenn du an dich selbst glaubst, in dir ruhst und dir deiner eigenen Kraft bewusst bist«, drangen Nemos Worte aus der Vergangenheit an ihr Ohr.

»Hallo, Jen«, sagte Paula.

Sie fuhr zurück. »Vergiss es, Paula und ich sind Freunde.«

Damals, als Paula neu an die Schule gekommen war, hatte Jen mit ihren Freundinnen das Mädchen gemobbt. Doch am Ende waren sie Gefährtinnen geworden. Eine Verbindung, die bis heute anhielt. Paula war mittlerweile Polizistin. Sie trafen sich noch ab und an, schlürften gemeinsam einen Kaffee oder spazierten durch den Central Park.

»Freunde!« Das Mädchen spuckte die Worte aus. »Niemals. Mag ich es dir auch vorspielen, in Wahrheit will ich nur dein Leid.«

Blutstropfen rannen aus den Augen des Mädchens. Sie trug die Schuluniform, war um die fünfzehn und sah exakt so aus, wie Jen Paula in Erinnerung hatte.

»Ein bisschen dick aufgetragen, oder nicht?«

In Wahrheit war es ziemlich gut. Jen kämpfte gegen die Angst an, die in ihrem Inneren aufloderte. Mit langsamen Schritten wich sie zurück, immer weiter.

Die Wände um sie herum wurden zu schwarzem Glas, hinter dem schattenhafte Kreaturen gebeugt vorüberzogen. Auf ihren Rücken waren Kisten, riesige Steine oder andere Leiber geschnallt.

»Die Verdammnis wartet auf dich«, flüsterte Paula.

Jen warf sich herum und rannte, als wäre der Teufel hinter ihr her.

Er blickte skeptisch in die Tasse. »Und den hast *du* gemacht?«

»Ich kann Tee kochen«, sagte seine Mum mit einem gefährlichen Unterton.

»Klar.« Er grinste frech, trank aber trotzdem.

Sie zog ihn in eine Umarmung. »Wurde auch Zeit, dass du mal wieder da bist. Ich weiß schon kaum mehr, wie du aussiehst.«

Gemeinsam sanken sie auf das Sofa.

Die Wände der Wohnung waren fort. Stattdessen wartete eine endlose Weite voller Schnee und tobenden Stürmen. Alex kuschelte sich in seinen dicken Pullover ein, zog die Ärmel bis über die Hände. Vor der Couch stand ein Fernseher. Röhrenmonitor, Neunzigerjahre.

»Wollen wir gemeinsam einen Film schauen?«, fragte seine Mum.

»Okay. Aber nicht wieder Downton Abbey.« Er konnte die Dialoge mittlerweile auswendig mitsprechen.

Seine Mum klatschte in die Hände.

Der Bildschirm flimmerte kurz, dann erschien ein Mann. Er trug einen Frack, die Haare waren zurückgegelt, der Körper war gespannt wie eine Bogensehne. »… Edison. Heute behandeln wir das Thema, luzides Träu…«

Ein weiteres Klatschen – und das Bild verschwand.

»Das klang doch interessant.«

Seine Mum winkte ab. »Weißt du, ich schufte mir tagtäglich den Buckel krumm, da werde ich in meiner eigenen Wohnung noch entscheiden dürfen, was im Fernsehen läuft!«

»Tut mir leid.« Die Schuld fühlte sich an, als hätte jemand Säure in seine Brust gegossen. »Aber ich helfe dir doch gerne.«

»Nein, nein, nein«, wiegelte seine Mum ab. »So war das nicht gemeint. Du tust schon genug. Konzentriere dich gefälligst auf die Schule.« Sie seufzte. »Aber es wäre schön, wenn dein nichtsnutziger Bruder etwas beitragen würde.«

»Alfie?«

Seine Mum lachte auf. »Ach, Schatz.« Sie strich ihm über die Wange. »Manchmal sind deine Scherze nicht komisch. Ich meine Alex.«

Er fuhr zurück. »Aber … ich bin Alex.«

»Diesen Namen will ich hier nicht mehr hören«, fauchte seine Mum. Ihre Augen waren blutunterlaufen, die Haut grau und pergamentartig.

Alex wich zurück. Sein Blick fiel in den Spiegel, der dort stand, wo bisher der Fernseher emporgeragt hatte. Das Bild seines kleinen Bruders starrte zurück. »Aber ich bin Alex.«

Die Gewissheit war absolut.

Das Spiegelbild wechselte.

Seine Mum kreischte auf. »Du!«

Sie sprang auf ihn zu, packte ihn am Kragen und wirbelte ihn durch die Luft. Die Wände waren wieder da, ebenso die Fenster. Scherben klirrten, die Feuerleiter war plötzlich neben ihm – Feuerleiter? –, dann krachte er auf den Beton.

Aufstöhnend rappelte er sich in die Höhe.

Eine Menschenmenge kam auf ihn zu. Sie trugen Fackeln und Mistgabeln, doch er erkannte sie wieder. Zac war dabei, sein bester Freund. Die Jugendgang, die Alfie einst hatte rekrutieren wollen. Der Bäcker, der Fleischer, der Pub-Besitzer.

Und eine rundliche Frau – eine Köchin –, die ihre Fäuste in die Hüften stemmte und ihm zurief: »Krempel gefälligst deine Ärmel hoch!«

Alex sprang auf.

Ihm blieb keine Zeit für einen logischen Gedanken. Er nahm die Beine in die Hand und rannte, was das Zeug hielt. Die versammelten Menschen von Angell Town wollten ihn lynchen.

Der Geruch von Weidegras, das sanfte Plätschern eines Flusses, das Muhen der Kühe weit in der Ferne – das war Heimat.

Chloe lächelte.

Egal, wie schlecht es ihr auch ging: Sobald sie nach Hause kam, fiel der Ballast von ihr ab.

Sie schlenderte über die grünen Wiesen, riss einen Grashalm heraus und zerkaute ihn. Am Firmament stieg die Sonne höher, warf ihre warmen Strahlen herab und machte diesen Sommertag perfekt.

In der Ferne sah sie einen Wolf, der einen Hügel erklomm. Bei genauerem Hinschauen stellte sie fest, dass es ein Husky war. Sie lachte über ihre eigene Dummheit.

Ein fremdes Lachen hallte an ihr Ohr.

Der Schock raste durch Chloes Körper, als hätte sie in eine ungesicherte Steckdose gelangt. Sie war zu keiner Regung mehr fähig, keinem Atemzug. Jeder Muskel verkrampfte sich, ihre Sinne waren bis aufs Äußerste gespannt.

Das Lachen wurde zu einem Gurgeln. Faustschläge. Schmerz. Blut. Angst.

»Jamie!«

Chloe suchte verzweifelt den Horizont ab. Ihr kleiner Bruder wurde zusammengeschlagen. Sie musste helfen, schnell. Andernfalls würde sich alles wiederholen. Sie rannte in eine Richtung, doch überall waren nur grasbewachsene Hügel. Ihre Beine wurden schwer wie Blei. Die Umgebung veränderte sich nicht, sie kam nicht vorwärts.

»Jamie!«, brüllte Chloe.

Sie warf sich nach vorne, robbte durch die Erde. Schlammiger Boden wirbelte auf, ihre Hände wurden zu Klauen. Wieso erreichte sie ihn nicht? Wieso kam sie immer zu spät?

Die Schläge verstummten.

Ein letztes Aushauchen, der Atem schwieg.

Das beständige Piepsen lebenserhaltender Geräte drang an ihr Ohr.

»Es tut mir so leid«, flüsterte sie.

Tränen suchten sich den Weg über ihre Wangen. Wie sie sie hasste. Schwäche. Schuld. Versagen. All das machte sie aus. Denn in jenem einen Moment, in dem es darauf angekommen war, hatte sie versagt.

Neben ihrem rechten Ohr erklang ein Knurren.

»Wah!« Chloe schrie und warf sich zur Seite.

Der Schmerz in ihrem Inneren verschwand, wurde von dem Knurren zur Nichtigkeit korrigiert.

»Aber … wieso?«

Neben ihr saß ein Husky. Sein Blick fixierte Chloes Arm. Ein verschlungenes Tribal war in die Haut gestochen worden. Oder gemalt?

Bevor sie sich näher damit befassen konnte, öffnete sich eine Erdspalte und verschlang den Hund. Noch während sie panisch dorthin blickte, erklangen Schritte. Überlaut hallten sie auf dem Gras wieder.

»Wie fühlt man sich als Mörderin?« Liam sah noch genauso hochnäsig aus, wie sie ihn in Erinnerung hatte. Schwarzes Poloshirt, ein ironisches Lächeln im Gesicht, die goldene Rolex am Handgelenk.

»Sollte ich das nicht dich fragen?«, fauchte Chloe.

»Ich?« Er legte die Hand auf die Brust. »Das Gericht hat mich von jeder Schuld freigesprochen. Kann ich doch nichts ’für, wenn dein armes kleine Jamielein sich verkloppen lässt.« Er grinste. »Du dagegen hast mich getötet. Vorsätzlich.«

Eine Lüge. »Du hast mich angegriffen. Ich habe mich nur verteidigt.«

Sie hatten vor der Schlucht gekämpft. Am Ende war Liam hintenübergekippt. Chloe hatte ihn am Poloshirt gepackt und gehalten. Dann waren ihre Gedanken zu Jamie gewandert. Sie hatte losgelassen.

»Am Ende hast du mich umgebracht, das weißt du«, flüsterte er. »Warum nur haben sie dich ins Castillo gesteckt, hm? Dschingis Khan ist doch eher dein Seelenverwandter.«

Brüllend warf Chloe sich auf ihn. Ihre Fäuste flogen durch die Luft, wieder und wieder. Haut platzte auf, Blut spritzte. Liam wehrte sich nicht. Der Rausch verflog. Wimmernd wich Chloe zurück.

»Was habe ich getan?«

»Was du immer tust.« Liam erhob sich. Sein Gesicht war nur noch eine breiige Masse, Knochen waren deformiert und gebrochen. »Du tötest. In dir steckt ein Killer. Und eines Tages werden deine Freunde das begreifen.«

»Nein«, flüsterte sie. Der Wind trieb ihre Worte davon, fort in die Bedeutungslosigkeit.

»Aber ja.« Liam hob die Hand.

Chloe wirbelte durch die Luft. Unter ihr tat sich der Abgrund auf, in dem Liam einst sein Ende gefunden hatte.

»Ein Leben für ein Leben, heißt es nicht so?«

Sein höhnisches Lachen echote in ihren Ohren, während sie dem Tod entgegenfiel.

10. Darf ich stören?

»Potesta«, brüllte Jen.

Es war nur logisch. Auf dem Boden von Antarktika funktionierte keine Magie. Doch das hier war ein Traum. Folglich mussten Zauber wirken. Taten sie auch. Jen flog durch die Luft und hatte gerade noch genug Zeit zu begreifen, dass der Schlag gegen sie selbst gegangen war, da durchstieß sie auch schon die Wasseroberfläche.

Wasser?

Sie kam prustend in die Höhe. Die Schwimmhalle der Schule sah noch genauso aus, wie sie sie in Erinnerung hatte. Der Geruch von Chlor hing in der Luft. Das Sternenlicht spiegelte sich im Wasser. Hinter ihr schoss eine Haiflosse heran.

»Das ist doch nicht zu fassen.«

Jen hob beide Arme und konzentrierte sich auf den Traum. Es gelang. Sie stieg in die Höhe und konnte auf dem Wasser laufen, als wäre es fester Untergrund. Bevor ihr dämliches Unterbewusstsein es sich anders überlegen konnte, rannte sie zu dem gefliesten Sitzbereich neben dem Becken.

Natürlich war das nur die Illusion von Sicherheit. Letztlich konnte all das hier von einer Sekunde zur nächsten implodieren. Der Gedanke allein ließ das Sternenlicht verschwinden. Dunkle Wolken zogen auf und erschufen eine endlose Leere über dem Schwimmbad.

»Denk nicht daran, Jen«, sprach sie sich selbst zu.

Sie konnte diese blöde Traumebene kein Stück ausstehen. Wie sollte man vernünftig handeln, wenn alles hier vollständig instabil war?

Nein!

Sie rief sich zur Ordnung. Es war formbar. Und damit unterlag es grundsätzlich ihrer Kontrolle. Laut Edison konnte sie sogar in andere Träume überwechseln und – solange sie das bewusst tat – diese auch steuern. Die Kontrolle beruhte jedoch auf dem Selbstvertrauen.

»Toll, was sagt das über mich aus, hm?«

»Willst du das wirklich wissen?«

Das Wasser färbte sich schwarz, transformierte sich zu Teer. Blasen blubberten, stiegen in die Höhe und verströmten den Geruch einer frisch asphaltierten Straße an einem heißen Sommertag.

»Ein Gespräch mit dem bescheuerten Teil meines Unterbewusstseins«, begrüßte Jen Paula. »Ja, unbedingt. Selbstgespräche sind doch gesund.«

»Wie fühlt es sich an, wenn jeder einen verachtet?«, fragte Paula.

»Pfff. Netter Versuch.«

»Deine Eltern können wir natürlich nicht mehr fragen, die sind zusammen mit Jana in jener Nacht gestorben, als du endlich mal aus dir herausgegangen bist. Hast du deshalb so viel Angst davor, die Kontrolle aufzugeben? Weil du nicht weißt, was dann geschehen würde?«

Sie stand auf dem Teer, kam langsam näher. Bei jedem Schritt erklang das Geräusch von Schuhsohlen, die aus dem Matsch gehoben wurden und blubbernd wieder darin versanken.

»Sie sehen dich alle an und halten dich für zugeknöpft, für die Planerin, die Distanzierte.« Paula spuckte einen Teerbatzen aus. »Sieh es ein, du bist nicht wirklich ihre Freundin, magst du auch die Teamleiterin sein. Oh ja, so sehen sie dich. Sobald du einen Raum betrittst, erstirbt das Lachen, Rücken werden durchgestreckt, Missionspergamente entrollt.« Sie lachte auf. »Dylan ist nicht mit dir zusammen, weil er dich mag. Er ist verletzlich, benötigt gerade jemanden zum Anlehnen und Ablenken.«

Die Worte brannten wie Säure auf Jens Seele. Und mochten sie auch nur dazu gedacht sein, sie zu verletzten, so wusste sie doch, dass ein Kern Wahrheit darin zu finden war. Die Perfidität war grenzenlos. Ihr eigenes Unterbewusstsein wurde zur Waffe in diesem Kampf.

»Du weißt, dass ich recht habe. Traurig. Sooo traurig.«

»Was?«

»Du. Dein Leben. Was du bist. Ein Besäufnis täte dir mal gut.« Paula wurde zu einem verschwommenen Etwas, stand plötzlich vor Jen. »Teer soll einen hohen Alkoholgehalt besitzen.«

Sie packte Jen an den Haaren und riss sie nach vorne.

Der klebrige Teer schwappte über ihr zusammen. Schloss sie ein. Gierige Finger zogen sie in die Tiefe.

Alex rannte keuchend durch die Unterführung. Aus dem Schatten traten weitere Mitglieder der Jugendgang, Klappmesser sprangen auf.

Er schlug einen der Angreifer nieder und rannte weiter.

Sie hasst mich.

Seine Mum wollte lieber Alfie in der Nähe haben, während sie Alex verabscheute. Genau wie sein Dad es getan hatte. Er war fortgegangen, nie zurückgekehrt, getötet worden.

Sie hassten ihn alle, weil er sich nach oben gearbeitet hatte. Zu Recht. Er ließ sie im Stich. Seine Mum, Alfie, seine Freunde. Und wofür?

Um die Welt zu retten, flüsterte eine lautlose Stimme.

»Die Scheißwelt ist nicht mehr zu retten.«

Regen zog auf.

Das Karussell des Spielplatzes drehte sich, die Schaukel hing nur noch an einer Kette. Die Wippe schwankte auf und ab, quietschte dabei wie ein rostiges Gartentor.

Er steuerte auf jenen schicksalhaften Ort zu, der sein Leben verändert hatte. Die verlassenen Bauruinen. Unverputzte Betonbauten ragten in die Höhe, unverglaste Fenster beobachteten ihn; wie gefallene Riesen, die sich nie wieder erheben würden.

Gebrüll erklang.

Vor ihm tauchten ebenfalls Bewohner auf. Sie hielten allerdings keine Fackeln und Mistgabeln, sondern Kalaschnikows in ihren Händen. Kugeln flogen ihm um die Ohren. Instinktiv wandte Alex sich nach links und stürzte in den Hauseingang. Treppen aus Beton, bedeckt von Wasserlachen, führten nach unten und oben. Er entschied sich für den Weg in die Höhe.

Das Stimmengewirr blieb hinter ihm zurück.

Keuchend erreichte er das Dach. Hätte hier nicht der erste Stock sein sollen? Egal. Er war oben. In Sicherheit.

Ein Blick nach unten zeigte ihm, dass seine Verfolger in das Haus hineindrängten. Was sollte er tun? Was konnte er tun? Hektisch fuhr er sich durch die Haare.

»Wenn ich kurz stören dürfte?«

Neben ihm stand ein alter Herr, gekleidet in Stoffhose, Weste und Jackett. Sein Gesicht war von einem grau melierten Vollbart bedeckt, was Alex sofort an Captain Nemo erinnerte. Der Unbekannte besaß eine hohe Stirn und lichtes schwarzes Haar. Er hielt eine edle Porzellantasse in Händen, in der Tee schimmerte.

»Bin beschäftigt«, sagte Alex.

Er schaute nach unten und überlegte, ob er etwas als Wurfgeschoss benutzen konnte. Ein Stück Zement vom Dach vielleicht? Aber hier gab es nichts. Nur eine ebene, graue Fläche.

»Tee?« Der Alte reichte ihm die Tasse.

»Oh, danke.« Alex schlürfte drauflos, was den Alten missmutig das Gesicht verziehen ließ.

»Trinkt man jetzt also auf diese Art?«

»Hm?«

Er winkte ab. »Wenden wir uns den wichtigen Dingen zu. Mein Name ist Jules Verne.«

»Aha.« Alex trank weiter. Konnte er das Haus möglicherweise einstürzen lassen?

»Wenn Sie so freundlich wären, Ihre Ärmel nach oben zu schieben.«

»Hm?«

»Die Ärmel!«

Alex fuhr zusammen und ließ die Tasse fallen. Sie verwandelte sich in zwei wunderschöne Porzellanvögel, die davonflogen. »Ohhh«, seufzte er.

»Sie besitzen wahrlich die Aufmerksamkeitsspanne eines Neugeborenen.«

»Ey, ey, ich bin nicht mehr der Neuerweckteste.«

»Gütiger, wir sind alle verloren.«

Nun wurde Alex doch sauer. »Was soll diese Frechheit, hm?« Er zog die Ärmel in die Höhe. »Jetzt ist mir kalt. Oh, was ist das? Ein Tattoo?« Eine Erinnerung versuchte zaghaft, sich Gehör zu verschaffen.

Langsam hob er die Finger an die Nase. Er sollte etwas tun.

Verne stand neben ihm, verschränkte die Arme und wirkte ungeduldig. »Wenn Sie sich etwas beeilen würden.«

»Können Sie nicht endlich still sein?« Alex winkte mit der Hand, worauf ein Wirbelsturm den Alten erfasste.

Verne schnippte mit dem Finger und die Luft war wieder unbewegt. »Halten Sie sich die Nase zu.«

Alex prustete. »Ist das irgendein Witz? Oh. Moment. Das sollte ich wirklich tun.« Er hielt sich die Nase zu und versuchte, mit geschlossenem Mund zu atmen.

Es gelang.

Die Erinnerung brach über ihn herein wie ein Orkan. »Ich träume.«

»Halleluja.«

»Sie sind Jules Verne.«

»Sie sehen mich tief beeindruckt von Ihrer Auffassungsgabe.«

»Das ist die Traumebene.«

»Und so kann das noch die ganze Zeit weitergehen, aber ich fürchte, uns fehlt exakt das. Zeit.« Jules Verne deutete auf den Treppenaufgang. »Sie sind gleich hier.«

Alex machte eine Wischbewegung mit der Hand. Der Zement floss über den Treppenaufgang und härtete aus.

»Faszinierend«, kommentierte Verne. »Es ist eindeutig schwerer für Ihr Bewusstsein, sich Gehör zu verschaffen. Dafür beherrschen Sie die Manipulation ausgezeichnet.«

»Was tun Sie hier?«, fragte Alex. »Sollten Sie nicht tot sein?«

»Das bin ich. Ganz und gar. Mein Körper zumindest. Doch mein Geist stellt das Siegel für die Traumebene dar. Ich erschuf ein stabiles Element in diesem Chaos aus Träumen. Ich nehme an, ihr seid hier, um *sie* aufzuhalten.«

Es gab für Alex keinen Zweifel daran, wen er damit meinte. »Die Schattenfrau, richtig.«

»Das also ist ihr Name.« Er nickte. »Ich wurde schon lange auf sie aufmerksam.«

»Wie das?«

»Ihre Träume sind anders, als sie sein sollten«, erklärte Verne. »Ich kann es nicht beschreiben, doch auf mich wirkt es stets, als träume ein Wesen, dessen Dualität aus Gut und Böse im ewigen Widerstreit gefangen ist.« Er winkte ab. »Nichtsdestotrotz ist mir klar, was sie hier will.«

»Wie können wir …«

Ein Knall zerriss den Zement.

Aus dem Aufgang stieg Alex' Mum empor. »Du missratenes Gör, ich werde dir die Haut abziehen!«

Seine Augen weiteten sich.

»Lösen Sie sie auf«, sagte Verne.

»Es ist meine Mum.«

Ein Seufzen. »Mitnichten. Nur ein Traum.«

Alex' Blick haftete auf ihr, als sie näherkam. Wütend. Unendlich wütend. Seine Gedanken begannen zu zerfasern.

»Das ist Ihr Unterbewusstsein, das Sie zurück in den Traum zerren will. Das Vergessen. Lassen Sie es nicht zu.«

Alex wehrte sich, doch seine Gedanken wurden zunehmend wirr.

»Dafür haben wir keine Zeit.«

Jules Verne trat nach vorne und versetzte Alex einen Stoß. Mit rudernden Armen fiel er in die Tiefe.

Piep, piep, piep.

Das monotone Geräusch weckte Chloe. Sie musste kurz eingeschlafen sein. Ihr Blick fiel auf Jamie. Er schlief. Natürlich tat er das. Die Ärzte hatten längst jede Hoffnung aufgegeben. Er würde nie wieder erwachen. Eines Tages würde aus dem *Piep, Piep, Piep* ein *Piiiieeeeeep* werden.

»Du bist erbärmlich«, sagte Jamie.

Chloe sprang auf. Der Stuhl kippte nach hinten weg. Zuerst starrte sie auf das leere Bett, dann auf den Jungen im weißen Krankenhaushemd. Seine Arme und Beine waren dünn wie bei einem Storch, das Gesicht ausgemergelt.

»Jamie?«

»Jamie«, äffte er sie nach. »Du kannst mich auch wandelnde Leiche oder Storchenjunges nennen.« Er stakste näher, die Beine zitternd wie Espenlaub im Wind. »Wieso hast du mich nicht geheilt?«

Chloe starrte ihn nur an. Ja, warum nicht? »Die Unsterblichen haben es verboten.«

»Ah, verstehe.«

Schweigen senkte sich herab. Sein vorwurfsvoller Blick stieß wie ein Dolch direkt in ihr Herz. »Die große Chloe O'Sullivan. Unangepasst, anarchistisch, tut was sie will. Eine trotzige Reaktion, sonst nichts. Du ekelst dich vor dir selbst, weil du dich an die Regeln hältst, und spielst deshalb nach außen den Punk. Das ist erbärmlich.«

»Aber … nein. Ich bin, wer ich bin! Das ist kein Theater!«

»Ach so. Dann *willst* du mich also nicht heilen.«

»Doch!«

»Was denn nun? Bist du stark und gehst deinen eigenen Weg? Dann hättest du mich doch gerettet. Oder bist du eine schwache Mitläuferin, die ihren Bruder dahinvegetieren lässt?« Er stach mit seinem Zeigefinger gegen ihr Jochbein. »Ein einfacher Zauber und ich wäre wieder wach, könnte atmen, lachen, das Leben leben, das mir genommen wurde.«

»Sie würden dir die Freiheit wieder stehlen.«

»Dann ist es also Angst.« Er nickte verstehend. »Natürlich. Du hast Angst vor der Strafe, willst dein komfortables Leben nicht aufgeben. Was ist da schon ein Bruder wert?«

Jedes Wort traf wie ein Fingerstoß, ein Messerstich, ein Peitschenhieb. Ihr ewiger innerer Kampf wurde ans Licht gezerrt. Jede Nacht lag sie wach und dachte über die eine Frage nach: Sollte sie Jamie einfach retten? Das Gebot brechen? Die Lichtkämpfer durften in kein Nimag-Leben eingreifen, es sei denn, um Manipulationen der Schattenkrieger rückgängig zu machen oder zu beschützen. Der Rest wurde dem Schicksal überlassen.

»Wieso ist mein Leben weniger wert als der Erhalt deiner magischen Macht?«

Chloes Gedanken wirbelten. Darauf gab es viele Antworten. Und keine einzige. Doch unter all dem Chaos aus logischem Abwägen, Gesetzen und Vorschriften wollte sie nur eines – sie hatte es immer gewollt: dass Jamie ihr dafür vergab, nicht dagewesen zu sein.

Wie oft hatte sie sich vorgestellt, dass er erwachte. Glücklich, gesund und zufrieden. Doch würde er erfahren, dass sie eine Magierin war und ihm nicht geholfen hatte, was dann? Würde er sie hassen? Verstehen? Verachten?

Die Antwort stand vor ihr.

Als Chloe an sich hinabblickte, trug sie ein Krankenhaushemd. Ihr Piercing war fort, ihre Tattoos ebenfalls. Ihre Kleidung lag in der Ecke.

»Ich zeige dir, wie es sich anfühlt.«

Sie lag im Bett, war angeschlossen an Schläuche. Hoffnungslosigkeit kroch in ihre Adern wie eiskaltes Wasser. Sie konnte den Arm nicht mehr heben, die Decke nicht zurückschlagen.

»Ein paar Jahre ans Bett gefesselt, das wird dir guttun.«

Jamie lachte.

Chloe schrie.

11. Das verrückte Labyrinth

Das war Madison.«

»Vielleicht auch einer der anderen«, warf Jason ein. »Von denen ist keiner gut auf dich zu sprechen.«

Max schüttelte den Kopf. »Das war sie. Der Smiley war eindeutig.«

Nachdem das Pergament verbrannt war, erschien ein kichernder Smiley in der Luft, der kurz darauf verblasste. Bedauerlicherweise schien es sich um einen örtlichen Zauber zu handeln, denn mit Jasons Karte geschah dasselbe.

Max versuchte, seinen Essenzstab auf eine Himmelsrichtung auszurichten, doch es misslang. »Da braucht man Norden einmal wirklich und er ist nicht da.«

Vermutlich kicherte sich die blöde kleine Statue dort oben die Seele aus dem Leib.

»Vielleicht finden wir den Weg, wenn wir uns beeilen.« Jason schritt unsicher aus.

Max ließ seinen Blick über die Umgebung schweifen. Bis jetzt schienen ihm die Alkoven noch vertraut.

»Warte.« Er deutete auf die Taschenuhr von H. G. Wells. »Die nehmen wir mit.«

»Bist du irre?!«

»Falls wir zu lange brauchen, verschieben sich um Mitternacht die Wände, oder?«

Jason nickte. »Dann benötigt man eine neue Karte.«

»Mit der Uhr könnten wir Zeit gewinnen.«

»Eine Minute kostet dich ein Lebensjahr.«

»Falls es um unser Leben geht, wäre es das wert. Außerdem würdest du sie einsetzen, du bist jünger.« Er löschte das Schutzfeld und nahm die Uhr hervor. »Nur für den Notfall.«

»Okay, aber sag niemandem etwas davon. Wir dürften hier unten normalerweise nichts herausnehmen. Nur mit Genehmigung der Unsterblichen.«

»Manche Dinge sind überall gleich.« Er ließ die Uhr in der Tasche verschwinden. »Versuchen wir es weiter.«

Es vergingen lediglich Minuten, bis Max keine Ahnung mehr hatte, wo sie sich befanden. Auf dem Weg zum Ziel hatte er auf die Kiste geachtet und nur ab und an aufgeschaut. Das rächte sich jetzt. »Links oder rechts?«

Jason sah in beide Gänge hinein. »Ehrlich gesagt habe ich keine Ahnung.«

Ein Krachen erklang. Sand rieselte von der Decke. Über ihnen hatte sich die Norden-Statue auf die Oberkante der Labyrinthwand niedergelassen. »Irgendwelche Probleme?«

»Du hast etwas damit zu tun, stimmt's?« Max beäugte die Statue misstrauisch.

»Hier unten geschieht nichts, von dem ich nichts weiß. Ist immerhin der einzige Ort, an dem ich mich bewegen kann. Solange sich ein Magier dort aufhält. Die nächsten Tage können wir uns unterhalten, tiefschürfende Gespräche führen und so.«

»Was soll das?«, meldete Jason sich wütend zu Wort. »Wir haben einen Auftrag.«

»Und ich sehe Dschingi schon vor mir, wie er sich aufplustert. Nicht einmal das bekommt Max zustande. Du bist dann Kollateralschaden, Rotschopf.«

Jason fasste sich reflexartig an die Haare. »Das ist rotblond. Und ich werde ihnen sagen, dass du und Madison etwas gedreht habt.«

»Eher nicht.« Norden ließ freudig seine Flügel schlagen. »Sie finden nämlich nur noch eure Gebeine.«

»Wenn das so ist.« Max riss seinen Essenzstab in die Höhe. »Gravitate Negum!« Das Symbol sickerte in die Statue ein.

»Du blöder kleiner …« – *Rumms.*

Der Stein war abrupt schwerer geworden. Norden lag vor ihnen im Staub und wand sich. »Mach das sofort rückgängig!«

»Wieso?«, fragte Max. »Wir sterben doch sowieso.«

»Ihr könnt mir nichts tun.« Die Statue lachte hämisch. »Der Zauber dieser Gewölbe …«

»Potesta Maxima!«

»… Aua! Hör auf damit, Löcher in meine Flügel zu schießen!«

»Im Gegenteil.« Max hob den Essenzstab erneut. »Ich pulverisiere dich Stück für Stück, wenn du uns nicht den Weg hier herauszeigst.«

»Niemals.«

»Potesta Maxima.«

Paff.

»Okay, okay, vor der rohen Gewalt muss ein überlegener Intellekt wie ich ihn mein Eigen nenne nachgeben. Aber ich werde es nicht vergessen!«

Max erschuf ein Siegel, das er in den Stein einsickern ließ. Auf diese Art konnte Norden sich nicht allzu weit von ihnen entfernen und der Gravitate Negum jederzeit wieder aktiviert werden. Einstweilen hob er den Zauber auf.

Die Statue stieg in die Höhe.

»Los!«, rief Max.

Sie folgten ihr. Norden machte sich einen Spaß daraus, immer gerade noch im Blickfeld zu bleiben. Er sauste durch die Luft.

Irgendwann kamen sie an einem Wasserfall vorbei, der in einen See plätscherte. Es roch nach Algen.

Alkoven flogen vorbei, Artefakte wurden zu einem verwaschenen Fleck, den Max nur aus den Augenwinkeln wahrnahm. Er ging jede Wette ein, dass Norden sie nicht auf direktem Weg zurückbrachte.

Doch schließlich erreichten sie den zentralen Raum mit den übrigen Kisten. Madison saß mit übereinandergeschlagenen Beinen auf einer davon, trank eine Coke light und blätterte in einer Modezeitschrift.

Als sie ankamen, zog sie eine Stoppuhr hervor und betätigte den Knopf. »Kein neuer Rekord, aber nahe dran.«

Max riss seinen Essenzstab in die Höhe.

»Mach keinen Blödsinn, Manning. Das war ein Test.«

»Ein Test?«

Norden krachte neben ihnen zu Boden und kugelte sich vor Lachen. »Du hättest die Panik in ihren Augen sehen sollen, Madison. Er hat sogar geweint.« Dabei deutete er auf Max. »Und Rotschopf hat nach seiner Mami gerufen.«

Sie verdrehte die Augen. »Lass es gut sein.«

Die Statue erhob sich. »Hier hat niemand Humor.«

»Was für ein blöder Test war das denn?!«, ereiferte sich Jason.

»Max ist übergelaufen, du bist neu. Es ging darum herauszufinden, welches Mittel ihr einsetzt, um aus dem Labyrinth zu entkommen. Manche benutzen Artefakte, andere ausgebuffte Zauber und wieder andere den brutalen Weg. Sie foltern Norden. Hätte ich nicht von dir gedacht, Manning.«

Max schaute zur Statue hinüber, deren Löcher in den Flügeln sich wieder schlossen.

»Toll. Kommen noch mehr solcher Prüfungen?«, fragte Jason missmutig.

»Das ganze Leben ist eine Prüfung. Ha. Das wollte ich schon immer mal sagen. Aber du hast Glück, Avens, für dich kommt nichts mehr. Manning hier steht erst am Anfang. Es soll ja Spaß machen.« Sie zwinkerte. »Also. Gehen wir.«

»Wir sind fertig?«, fragte Jason.

»Du nicht. Darfst weiter Kisten verstauen. Norden, ab zurück auf deine Plattform.«

»Jaja, man wird herumkommandiert, gefoltert und am Ende heißt es ›Zurück auf deine Plattform‹.« Die Statue erhob sich und segelte davon. Selbst als sie zu einem kleinen grauen Punkt geworden war, konnte Max das Gemotze als unidentifizierbares Gebrabbel noch hören.

»Wir beide haben einen Auftrag.«

»Ernsthaft?«

»Aber ja. Und es wird dir gefallen.« Madison grinste böse. »Es geht um Patricia Ashwell.«

12. Bei Nacht und Nebel

Die Müdigkeit machte sich bemerkbar.

Max hatte seit seiner Flucht nur wenig auf natürliche Art geschlafen. Langsam, aber sicher rief das Bett. Doch Madison kannte kein Pardon. Zuerst der Auftrag, denn der sei wichtig. Und zugegeben, der Name Patricia Ashwell ließ alle Alarmglocken läuten.

»Was ist das?«, fragte er skeptisch.

»Ein Zaubertrank.«

»Ach, echt? Ich will wissen, welcher.«

Madison grinste. »Lass dich überraschen.« Sie entkorkte ihre Phiole und kippte den Trank auf ex.

Max bereitete sich innerlich auf die nächste Prüfung vor und trank.

Sie standen in einem kleinen Wäldchen in der Nähe eines Herrenhauses in Sheringham. Madison hatte ihm ein kurzes Briefing angedeihen lassen. Die Kleinstadt lag an der Nordseeküste von Norfolk in England. Hauptsächlich lebten die Bewohner von Fischfang, Landwirtschaft und Tourismus. An das Meer grenzten weite grüne Dünen, lange Strände und eine Promenade. Das Herrenhaus von Lord Trenton war weitab gelegen und durch Magie vor den neugierigen Augen der Nimags geschützt. Niemand nahm das Anwesen wahr.

In den vergangenen Wochen hatte ein Infiltrationsteam der Schattenkrieger alles vorbereitet und ein paar Schutzzauber still und heimlich neutralisiert. Der Rest war von größerem Kaliber.

Madison marschierte einfach drauflos. Als bestünde die umgebende Mauer nur aus einer Illusion, trat sie durch das feste Gestein. Max begriff und folgte ihr zügig. Der Trank gehörte zu den gefährlichsten Zaubern, die es gab. Ein Mensch wurde dadurch zum Teil aus der Wirklichkeit gelöst. Hielt er die Wirkung zu lange aufrecht, trieb er ab – ohne je zurückzukehren.

»Grigori war so freundlich, die verbliebenen Fallen auszukundschaften«, erklärte sie. »Neutralisatorzauber wurden in den Trank eingearbeitet. Wir können einfach hineinspazieren.«

Max war beeindruckt und gleichzeitig am Rande einer Panik. Diese Tränke waren unberechenbar. »Okay.«

»Mach dir nicht in die Hose.«

Sie rannten über die Wiese und am Ende einfach weiter durch die Hauswand.

Madison reichte ihm das Gegenmittel und kippte ihres selbst. Sie wurden wieder Teil der Realität. »Weiter.«

Im Haus war es dunkel, lediglich das Arbeitszimmer war erhellt.

Madison flüsterte. »Generate Mirage.«

Eine einfache Illusionierung ließ sie mit der Umgebung verschmelzen. Hier drinnen erwartete Lord Trenton scheinbar keinen ungebetenen Besuch.

Er war hochgewachsen, besaß schmale Schultern und ein kantiges Kinn. Die grauen Haare bildeten einen lichten Ring, er mochte um die fünfzig sein.

Grimmig schaute er auf eine Glasplatte, auf der sich das Antlitz von Patricia Ashwell spiegelte.

»Wir sind so weit gekommen, lass mich jetzt nicht hängen, Mortimer.«

»Von vorsichtigem Taktieren kann hier keine Rede mehr sein.«

»Und warum auch?! Leonardo befindet sich in Gefangenschaft, Tomoe hängt im Bernstein fest. Der Rat ist geschwächt. Max Manning ist unser Hebel. Ein Verräter, der von Edison sogar noch ausgebildet wurde. Ha! Und als Sahnehäubchen macht er die Grants angreifbar, immerhin hatte er eine Beziehung zu Kevin Grant. Möglicherweise wusste dieser sogar von allem.«

Trenton seufzte. »Es ist eine Sache, die Meinung der großen Familien dahingehend zu beeinflussen, dass sie Druck auf Johanna aufbauen, um dich dadurch in den Rat zu erheben. Machen wir uns nichts vor, sie haben dem nur zugestimmt, weil sie die Zeichen erkannt haben. Hätten die Unsterblichen dich abgelehnt, hätten wir noch mehr Unmut gegen sie erzeugen können. In der heutigen Zeit verlangt jeder nach Transparenz. Doch den Rat vollständig zu ersetzen, geht recht weit.«

Patricias Gesicht hatte einen grimmigen Ausdruck angenommen. »Mortimer, wir stehen vor dem größten Kampf unseres Lebens. Meine Tochter mag ein *missratener Balg sein, aber sie besitzt Wissen und Talent. Unter der Führung der Unsterblichen wurden derart viele Fehler gemacht, dass wir verlieren werden.«*

»Hör auf, mich mit Angst beeinflussen zu wollen«, konterte der Lord. »Dafür kennen wir uns zu gut. Du kannst den Unsterblichen öffentlich Versagen vorwerfen, aber *ein* Überläufer ist nicht genug.«

»Ein Wechselbalg im Castillo, ein Einfall der Schattenkrieger, der

Tod meines Sohnes und das Überlaufen von Max Manning – *das alles ist nicht genug?«*

»Wir wissen beide, dass all diese Dinge unter der Führung eines *normalen* Rates ebenfalls geschehen wären.« Trenton ließ sich nicht aus der Ruhe bringen.

Neben ihm stand ein bauchiges Weinglas, in dem eine blutrote Flüssigkeit schwappte. Er trank einen fein bemessenen Schluck davon.

»Ich fürchte, ohne einen weiteren gravierenden Auslöser, einen Fehler der Unsterblichen, wirst du den Rat nicht absetzen können.«

»Doch wenn dieser geschieht, wirst du dann auf meiner Seite sitzen und dafür stimmen?«

Max hatte über Kevin viel davon mitbekommen, wie die Politik der großen Familien funktionierte. Die meisten waren damit zufrieden, dass die Unsterblichen als Rat die magische Gesellschaft lenkten. Tomoe übernahm das Finanzielle, Edison die Agenten, Einstein die Technik, Leonardo und Johanna bildeten die Spitze, und Kleopatra … nun, so genau wusste das niemand. Was würde geschehen, wenn Patricia versuchte, den Rat abzusetzen? Ging das einfach so? Bedeutete es Bürgerkrieg? Oder würden die Unsterblichen ohne Widerrede abziehen?

»Sollte etwas Gravierendes vorfallen, ist dir meine Unterstützung gewiss«, erwiderte Lord Trenton schließlich.

»Danke, Mortimer, ich wusste, auf dich ist *Verlass. Du entschuldigst mich, ich habe noch ein paar Klinken zu putzen.«* Sie zwinkerte.

Die Glasplatte trübte sich milchig ein, der Kontakt war beendet worden.

»Überraschung!« Madison sprang in den Raum. »Potesta.«

Lord Trenton zuckte zusammen, Max ebenso.

Der Kraftschlag Madisons ließ den Essenzstab des Lords davonwirbeln, das Weinglas kippte um, die blutrote Flüssigkeit lief über die Tischplatte und tropfte auf den Teppich.

»Madison Sinclair«, rief Lord Trenton verblüfft. Sein Blick erfasste Max. »Manning. Grundgütiger.«

Der Lord erbleichte.

»Was tust du?!«, fauchte Max Madison an.

»Den Auftrag ausführen. Informationsbeschaffung und Liquidierung des Lords.«

»Was?!«

Trenton erbleichte. Er hob die Hand, um einen Zauber zu wirken, doch Madison verfestigte die Luft um ihn herum, verdammte ihn so zur Bewegungslosigkeit.

»Einseitig durchlässig«, erklärte sie. »Schieß einen Kraftschlag direkt durch sein Herz.«

»Aber …«

»Wenn du es nicht tust, werde ich das übernehmen. Aber dann gibt es keinen Platz für dich in den Reihen der Schattenkrieger.«

Max schloss die Augen. »Eine Prüfung.«

»Du gehörst zur schnellen Sorte, hm?« Sie zwinkerte.

»Einfach so jemanden töten?«

Nun umwölkte sich Madisons Stirn. »Du hast die Hälfte meiner Freunde mit einem Steinregen ins Nirwana befördert. Jetzt stehst du auf unserer Seite und bist nicht einmal dazu in der Lage, *ein* Leben zu nehmen?«

»Mhmpf«, schnaufte Lord Trenton.

Die verhärtete Luft verhinderte, dass er auch nur den Mund öffnete.

»Jaja.« Madison winkte ab. »Wir haben das gleich, mein Lord. Nur die Ruhe. Das geht dann auch ganz fix mit dem Sterben.«

»Man merkt dir den Umgang mit Crowley an.«

»Danke.«

Er konnte spüren, dass sie auch auf einen Angriff von ihm gefasst war. Keine Chance, sie auszuschalten. Gleichzeitig hätte das seinen Auftrag zunichtegemacht.

»Also, Manning, entscheide dich. Tötest du Lord Trenton – oder war es das?«

13. Ein Plausch im 18. Jahrhundert

Das Klappern von Kutschenrädern auf unebenen Straßen vermengte sich mit dem Klacken von Pferdehufen auf dem Untergrund.

»Ich entschuldige mich für mein rüdes Verhalten.« Jules Verne stand am Fenster und blickte hinaus. »Doch es war unabdingbar, dass wir diesen Ort erreichen.«

Bei besagtem Ort handelte es sich um ein Arbeitszimmer. Es war klein, aber gemütlich. Schwere Vorhänge umrahmten das Fenster, der Schreibtisch war beladen mit kunstvoll gebundenen Büchern. Eine Wand wurde von einem Regal eingenommen, die andere von einer Couch.

»Was ist das hier?«

»Ein fixer Punkt in purem Chaos«, erwiderte der Schriftsteller. Gemächlich schritt er zum Schreibtisch und ließ sich auf dem Stuhl nieder. Aus dem Nichts erschien ein weiterer, auf den Verne deutete. »Bitte.«

Alex sank darauf nieder. »Nemo hat davon gesprochen.«

»Ah, mein treuer Freund. Hält er also noch immer Wache.«

»Das tut er. Aber sollten wir uns nicht beeilen, wenn die Schattenfrau bereits kurz davor steht, den letzten Sigilsplitter zu bekommen?«

»Gemach, gemach.« Verne hob eine Tasse empor und trank einen Schluck Tee. »Die Zeit ist hier auf der Traumebene eine trickreiche Angelegenheit. Sekunden werden zur Ewigkeit. Ewigkeit vergeht in einem Augenblick. Ich habe bei unserer Ankunft die zeitliche Synchronizität dieses Raums mit dem Rest entkoppelt. Dort draußen vergehen nur Sekunden, während wir uns hier unterhalten.«

»Wenn das so ist.« Alex lehnte sich entspannt zurück.

»Das Schicksal der Welt steht trotzdem auf dem Spiel.«

»Das weiß ich. Aber es geht doch nichts über«, Alex schaute auf seine Hand, wo im gleichen Augenblick eine eisgekühlte Cola materialisierte, »ein wenig Entspannung«.

Verne taxierte ihn mit einem Blick. »Interessant. Aber kommen wir zum Punkt. Was ist dort draußen über die Traumebene noch bekannt?«

Alex fasste kurz zusammen, was Edison ihnen erzählt hatte.

»Das ist gut. Ich hätte es ebenso gehalten. Das Wissen um diese Sphäre hat noch nie etwas Gutes hervorgebracht. Der Traumkrieg hat die schlimmsten Abgründe der magischen Gesellschaft offenbart. Ich dachte damals, dass es unmöglich ist, sie zu versiegeln. Doch meine Reisen führten mich an entlegene Orte und brachten mich mit den Hinterlassenschaften aus der Zeit vor dem Anbeginn in Kontakt.«

»Das dachten wir uns schon.«

Verne nickte betrübt. »Ich bin nicht stolz darauf. Doch es war die einzige Möglichkeit, die Traumebene zu verschließen. Ich verzichtete auf meine Unsterblichkeit und erschuf mit diesem letzten Opfer das Siegel. Gebunden an meine Knochen konnte niemand hierherwechseln. Ich nahm Nemo das Versprechen ab, meine Gebeine nach Antarktika zu bringen und sie mithilfe der Inuit-Wächter an diese Stätte zu binden.«

»Wächter? Davon gibt es mehrere?«

Vernes Blick schweifte in die Ferne. Dann nickte er. »Diese Zauber zu verstehen, das Band zwischen Land und Wächter zu begreifen, erfordert viele Jahre des Studiums. Erst nachdem ich die Traumebene versiegelt hatte und in dieser Präsenz umherstreifte, um einen festen Vortex zu erschaffen, bemerkte ich seine Anwesenheit. Eine mächtige Präsenz.«

»Das Sigilbruchstück.«

»Einmal beging ich den Fehler, mich ihm zu nähern. Es kam als Ascheatem über mich und verschlang alles, was ich bin. Als kleiner letzter Rest vermochte ich zu entkommen.«

»Du weißt also, wo es ist?«

Verne schüttelte verblüfft den Kopf. »Meine Erwähnung des Verschlingens scheint dich eher anzustacheln.«

»Uns Londoner kann nichts verschrecken.«

»Ich verstehe. Seit damals hat der Ascheatem einen Wall um sich errichtet. Eine letzte Hürde für all jene, die zu ihm vordringen wollen. Jeder wird mit etwas anderem konfrontiert, muss sich seinen ureigenen Dämonen stellen.«

»Kommt nicht überraschend.« Alex ließ seine Cola wieder verschwinden. »Wir hatten eine unterirdische Pyramide mit toten Menschen und eine alternative Version von London. Dass das hier kein Spaziergang wird, war klar.«

»Du wärst beinahe an der Dame gescheitert, die, wenn ich es richtig interpretiere, deine Mutter ist.«

Alex' Wangen wurden heiß. »Es war eine Horde wütender Londoner. Da kann man nur abhauen. Außerdem wusste ich nicht, dass ich träume.«

»Exakt. Das wird erneut geschehen. Und du musst dich schneller zurechtfinden. Dein Unterbewusstsein wird erneut versuchen, dich auszutricksen. Dieses Mal haben einfache Ärmel gereicht.«

»Am Ende habe ich es aber doch geschafft. Ich bin eben ein schlaues Kerlchen.«

Verne verdrehte die Augen. »Migräne im Traum, ich wusste, dass das irgendwann passiert.«

Alex grinste noch breiter.

»Also gut, du hast Gefährten mit hierhergebracht, richtig?«

»Jen und Chloe, ja.«

»Wir werden ihnen helfen, ihre Träume als das zu erkennen, was sie sind. Danach führe ich euch zum Portal, das den Zugang markiert. Dahinter wartet der Ascheatem.«

»Wir könnten Hilfe gebrauchen.«

»Oh, da bin ich mir sicher. Aber ich habe mein Leben einmal für die Welt geopfert, das ist genug. Der Ascheatem würde mich erneut verschlingen und nichts mehr zurücklassen. Wer verweilt dann in dieser Sphäre und wacht über die Träume?«

»Das Siegel ist doch da.«

»Ja, noch.« Wieder entschwand Vernes Blick in weite Ferne. »Doch nichts ist von Ewigkeit. Vergiss das nie, Alexander Kent. Eines Tages, mag es morgen oder in hundert Jahren sein, wird jemand kommen und das Siegel brechen. So ist es immer. Für diesen Tag bin ich hier.«

Eine Gänsehaut kroch Alex' Arme empor. Obwohl es nur ein Traum war, glaubte er, die Schatten zu spüren, die von der Zukunft herangetragen wurden. Und letztlich hatte Verne recht. Bevor die Schattenfrau gekommen war, hatte niemand damit gerechnet, dass ein so gefährlicher Gegner erwachsen konnte. Es stand völlig außer Frage, dass es andere bösartige Monster gab, die im Verborgenen auf ihren Moment lauerten.

»Ausgezeichnet.« Der tote Unsterbliche klatschte in die Hände. »Auf diesen Blick hatte ich gehofft. Jetzt nimmst du die Sache ernst, mein Freund.«

»He, das war nicht nett.«

»Und wann ist das Leben schon ›nett‹?«

»Nicht mal im Traum?«, fragte Alex.

»Dort am allerwenigsten.«

Jules Verne schnippte mit den Fingern.

Das Büro wurde von einem chaotischen Wirbel aus Traumfragmenten ersetzt. Menschen warfen sich von einer Bettseite zur anderen, rannten und kamen dabei nicht voran, stürzten von Hausdächern oder standen nackt im Klassenzimmer. Es war alles dabei. Ängste, Wünsche, Hoffnungen. Dieser Ort verband alles in einem Schmelztiegel aus Milliarden von Fragmenten.

Sie erreichten ihr Ziel.

14. Unter den Engeln ruht die Wahrheit

Teer! Überall Teer!

Jen zuckte zurück.

»Alles in Ordnung, Schatz?« Ihre Mum saß am Tisch und ließ ihren Pinsel über das unfertige Gemälde gleiten.

»Ich bin wohl eingeschlafen«, erwiderte Jen zaghaft.

»Das kannst du auch in deinem Bett tun«, blaffte ihr Dad. Vor ihm stand eine Bierflasche, die fünfte. Er hatte sein Jackett ausgezogen, trug nur ein weißes Unterhemd und Sweatpants.

Sein Atem stank nach Alkohol.

Jana rollte sich auf der Couch zusammen, als trommelten die Schläge bereits auf sie herab. Die dünne Wolldecke bot nur gefühlten Schutz.

Jen saß am Fußende der Couch und starrte in die Flammen. Der offene Kamin verströmte Wärme, Holzscheite knisterten. Draußen braute sich ein Unwetter zusammen. Blitze zuckten am Firmament, Donner grollte. Noch war das Gewitter weit entfernt, doch es kam rasch näher.

Die Bäume im Garten raschelten, die Wipfel bogen sich zur Seite. Sie konnte durch das Fenster den Gartenteich sehen, dessen Wasser sich kräuselte. Einer der Gartenzwerge war umgefallen. Ihre Granny hatte ihn einst aus Deutschland mitgebracht.

Erste Regentropfen fielen herab.

»Schließ die Verandatür«, schnauzte Jens Dad.

Ihre Mum zuckte zusammen. Der Pinsel glitt auf das Stofftuch. Ihr Blick kehrte zurück in die Wirklichkeit. Sie schwebte zu dem Rechteck aus Dunkelheit, fragil und sphärisch wie eine Elfe. Mit zittrigen Fingern schloss sie die Tür, sperrte die Nacht aus. Ein warmer Blick glitt über Jen und Jana. Der Pinsel wurde wieder aufgenommen, farbige Flächen entstanden. Ihre Mum verschwand aus der Wirklichkeit, wie sie es immer tat.

Jen hätte sie gerne begleitet. An Orte voller Wunder, weite Landschaften, Magie und Frieden. Die Verzweiflung fraß in ihrem Inneren, unaufhörlich. Tag für Tag starb ein weiterer Teil ihrer Seele.

Jen wollte weg.

Fort aus diesem Leben.

Eine Träne rann über ihre Wange. Ihr Blick glitt zu Jana. Nur noch Knochen lagen unter der Decke. Sie war schon so lange tot.

Die Leinwand stand noch immer vor der Verandatür.

Doch Jens Mum war nur ein Haufen Erde und Staub. Der Pinsel zitterte im Wind, als die Tür aufsprang. Blätter fegten in den Raum. Die Möbel waren feucht und verrottet. Die Gemälde stellenweise von der Wand gefallen.

»Bist du stolz auf dich?«, fragte ihr Dad.

»Sollten deine Knochen nicht auch hier liegen?«, fragte sie zurück.

Sie sollte Angst vor ihm haben, doch da war nur Abscheu. Und Leere.

»Und stattdessen sind es deine Mum und deine Schwester.« Sein Oberkörper war von Schnitten bedeckt, schwelenden Wunden und hervorstehenden Knochen. »Du musst stolz sein. Ein einziger Augenblick der Befreiung und du hast alles verloren. Du bist heute noch so wertlos wie damals. Keine echten Freunde, arrogant, distanziert. Kleine dumme Jennifer.«

In ihrem Geist machte es klick.

Und bevor Jen auch nur einen klaren Gedanken fassen konnte, brach ihre Wut hervor. Magentafarbene Essenz schoss als Sturm in den Raum, entfesselt aus all ihren Ängsten, gewachsen über die Jahre. Und wie schon zweimal zuvor in ihrem Leben verging alles in Flammen und Chaos.

Jen blinzelte.

Stille.

Die Essenz war fort. In Sichtweite erhob sich die Villa. Hinter dem Fenster konnte Jen Jana und sich selbst erkennen, ihre Mum führte den Pinsel über die Leinwand.

»Die letzten Augenblicke eines Idylls«, erklang eine Stimme neben ihr.

»Mark!«

Er lächelte. »Genau genommen nur ein Teil deines Unterbewusstseins, aber Mark ist okay.«

»Ich habe alles zerstört.«

»Es war ein falsches Idyll. Eine Illusion, unter deren Oberfläche Kummer und Leid gewachsen sind wie ein Tumor. Es musste so kommen.« Er schwieg. »Und das weißt du.«

Jen konnte den Blick nicht von ihrer Mum nehmen. Sie war mehrere Hundert Meter entfernt, dennoch vermochte sie problemlos durch die Terrassentür zu schauen. »Sie malt uns.«

»Jana und dich«, bestätigte Mark. »Sie mag in ihren Träumen gelebt haben, um der Realität zu entfliehen, aber ihr beide wart immer Teil dieser Träume.«

Jen konnte die Tränen nicht zurückhalten. Sie strömten über ihre Wangen wie Wasserfälle.

»Du weißt, was das hier ist«, sagte Mark.

»Ein Traum.«

»Lass uns ein Stück gehen.«

Er hakte sich bei ihr unter. Gemeinsam betraten sie den Garten hinter der Villa. Steinerne Engel reckten ihre Arme gen Himmel, flehten um Vergebung und blieben doch erdgebunden. Wuchernde Büsche bogen sich im Wind. Es roch nach Regen.

»Ich vermisse dich«, hauchte Jen.

»Ich weiß.« Er grinste sein Lausbubengrinsen. »Aber andererseits verstehst du dich ziemlich gut mit Alex.«

»Er ist kindisch, frech, hat nur Flausen im Kopf …«

»… hat das Herz am rechten Fleck, ist eine treue Seele, hat hohe moralische Ansprüche und, soweit ich das beurteilen kann, sieht er gut aus.«

»Ha! Das glaubst du doch selbst nicht.«

»Ich bin ein Teil deines Unterbewusstseins«, erwiderte Mark. »Ergo scheinst du es zu glauben.«

Sie schritten an einem Engel vorbei, der einem Mann nachempfunden war. Er war nackt und stand einem anderen gegenüber.

»Oh, schau.« Mark blickte von einem zum anderen. »Dylan und Alex. Wie haben die beiden nur den Weg in deinen Traum gefunden?«

Jen grummelte. »Das ist jetzt wirklich nicht der richtige Augenblick. Außerdem bin ich mit Dylan zusammen.«

»Und solange du nicht zweifelst, ist ja alles gut. Ich weiß, das Unterbewusstsein kann manchmal nerven.«

Sie verpasste ihm einen Rippenstoß. »Wenn du ich bist, dann bin ich ziemlich frech.«

»Eindeutig.«

Sie blieben stehen.

Der Wind trieb den Regen heran. Feine Tropfen, die sanft herabfielen. Der Donner war noch weit entfernt, Blitze waren nur leuchtende Abdrücke in der Ferne.

»Ein schöner Ort«, sinnierte Mark. »Friedlich. Immer wenn du nicht weiterwusstest, bist du hierhergekommen.«

»Es ist eine Mahnung.«

»Und ein Antrieb.« Er nickte. »Du warst schon lange nicht mehr hier. Du solltest das unbedingt ändern.« Er strich ihr über die Wange, sanft wie ein Windhauch. »Unter diesen steinernen Flügeln lag mehr als einmal die Wahrheit verborgen.«

»Hör auf mit diesem Gequatsche oder ich schnippe mit den Fingern und verwandle dich in eine alte Zigeunerin.«

Mark prustete los. »Das ist meine Jen.« Er packte ihre Arme und begann einen langsamen Walzer zu tanzen.

Musiknoten tanzten durch die Luft, aus Bronze gestanzt. Sie leuchteten von innen heraus und spielten eine Melodie. Jen hätte ewig in diesem Augenblick verweilen können.

»Dir läuft die Zeit davon«, mahnte Mark.

»Ich weiß. Aber wir haben das dritte Sigil fast erreicht.«

»Ich spreche von der Box. Jene, die Mark dir hinterlassen hat.«

Sie verkrampfte. »Wir haben keine Spur.«

»Ach nein?« Er wirbelte sie herum und zurück in seine Arme. »Das sehe ich anders. Ich, als dein Unterbewusstsein, habe dir gerade einen Tipp gegeben.« Er seufzte. »Besuche die Engel. Mark wusste, dass du stets dorthin zurückkehrst.«

Jen starrte mit offenem Mund auf ihren gestorbenen Freund. Er lächelte, der Wind zerzauste die ohnehin verstrubbelten Haare.

»Natürlich!«

»Na also. Übrigens, ich wüsste, für welchen der beiden ich mich entscheiden würde.« Er nickte in Richtung der steinernen Abbilder von Dylan und Alex.

»Da gibt es nichts zu entscheiden!«, fuhr sie ihn an.

Doch Mark war fort. Sie sprach mit der Luft.

»Und da sag noch einmal jemand, es sei ungewöhnlich, wenn ich Unterhaltungen mit Schränken führe«, erklang Alex' Stimme.

Er erschien nicht abrupt. Zuerst war seine Stimme da, dann kam der Rest. Wie ein unscharfes Kamerabild, das jemand einpegelte. Neben ihm stand ein älterer Herr.

»Darf ich vorstellen, das ist Jules Verne.« Alex schaute bedauernd umher. »Und ich hatte eigentlich gehofft, dass du einen erotischen Traum erlebst.«

»Kent!«, brüllte sie ihn an. »Das ist nicht witzig!«

Sie begannen sich anzuschreien.

Verne starrte entgeistert von Alex zu ihr. »Wir sind hoffnungslos verloren.«

15. Außer Kontrolle

»Genug!«

Es war Chloes eigene Stimme, die von den Wänden widerhallte, obgleich sie noch immer bewegungslos im Krankenhausbett lag.

Sie wusste nicht, wie das möglich war, doch es spielte keine Rolle.

Ihr Körper zerplatzte, wurde zu einem Schwarm schwarzer Schmetterlinge und flatterte durch das Krankenzimmer.

»Aber ich habe dich eingesperrt!« Trotzig stampfte Jamie auf.

Sie schnippte mit den Fingern. Er verschwand von einer Sekunde auf die andere. Chloe hob die Hände – und das Krankenhaus verging. Sie stand vor der Kneipe. Natürlich war ihr klar, dass eine Zeitreise auf diese Art völlig unmöglich war. Doch was spielte es für eine Rolle? Regeln waren bedeutungslos.

Liam saß mit seiner Bande im Schankraum, ein wenig entfernt unterhielt Jamie sich mit einem Mädchen. Seltsamerweise war deren Gesicht verschwommen, wenn Chloe sie anblickte. Das Gleiche galt für alle anderen in dem Raum. Nur ihr Bruder und sein Angreifer – mit Clique – waren deutlich auszumachen.

Liam stand auf.

Er torkelte angetrunken zu Jamie hinüber. »Wenn das nicht der kleine O'Sullivan ist. Wie geht es deiner Schlampe von Schwester?«

»Verzieh dich.« Ihr Bruder blieb gelassen, obwohl es in seinem Inneren brodelte. Sie konnte es spüren.

»Hat sie schon das ganze Dorf durch?«, provozierte Liam weiter. »Ich hab hier ein paar Kumpels, die würden auch gerne mal ran.«

»Die wüssten doch gar nicht, wie es geht«, schoss Jamie zurück.

Damit zog er sich die Wut der anderen beiden zu. Sie kamen näher. Das gesichtslose Mädchen sprang auf und rannte davon.

Liam packte Jamie am Kragen. »Du kleine Teppichratte glaubst, du hast hier was zu sagen? Wird Zeit, dass wir deiner Schwester einen Denkzettel verpassen.«

Jamie wirkte völlig unberührt. Er zog einfach das Knie in die Höhe, worauf Liam zurücktaumelte. Seine beiden Kumpel packten Jamie und zerrten ihn vor die Tür. Liam sah sich ein letztes Mal um, warf dem gesichtslosen Mädchen ein Zwinkern zu und stapfte hinaus.

Chloe musste keinen Schritt tun. Sie stand einfach bei der Gruppe.

»Also, was denkt ihr? Wollen wir unserem kleinen O'Sullivan hier Manieren beibringen?«

Und so begann es.

Sie traten, schlugen, bis Jamie sich nicht mehr bewegte. Oder so hätte es geschehen sollen. Doch Chloe hob die Hand. Alle drei Angreifer wurden rückwärts gegen die nächste Wand gestoßen.

Die Gaffer hinter dem Kneipenfester rissen überrascht die Augen auf.

»Was?!« Eine Blutblase zerplatzte vor Jamies Mund.

»Alles wird gut.« Sie ließ ihre Hand darüber schweben, um ihn zu heilen. »Versprochen.«

Doch es funktionierte nicht.

»Aber du hast es versprochen.« Sein Blick brach.

Ihr Körper wurde zu einem tauben Etwas, das nicht mehr länger eins mit ihrem Geist war. Fassungslos starrte sie auf ihren toten Bruder.

»Neeeeiiiinnn!« Ihr Schrei wurde zu einem Orkan, der durch die Gassen fegte und Häuser binnen eines Wimpernschlags zerschmetterte.

»Ihr!«

Sie hob die Hand und ballte sie zur Faust. Liam und seine Kumpel wurden auf der Stelle zerquetscht.

Chloe wandte sich dem Pub zu. »Und ihr habt nur zugeschaut? Was seid ihr für Menschen?!«

Ihr Atem wurde zu einer Feuerwolke, die den Pub einäscherte. Doch ihr Hass und ihre Trauer kannten keine Grenzen. Sie verdunkelten das Firmament, ließen die Erde aufbrechen und einen Feuersturm heranrasen.

Die Welt verging in einem Armageddon.

Und sie stand wieder im Pub.

Liam ging gerade auf Jamie zu.

»Nein.«

Ein Gedanke und sie standen alle vor der Kneipe.

»He, so läuft das nicht!«, protestierte Liam.

Sie vernichtete ihn und seine Kumpel mit einem Gedanken.

»Wow, und ich dachte, meine Träume wären schlimm«, sagte Alex.

Mitten auf der Straße schälten sich drei Silhouetten aus dem Nichts. Jen, Alex und ein unbekannter Mann.

»Nein.« Chloe wich zurück. »Das lasse ich nicht zu.«

Der alte Mann runzelte die Stirn. »Sie ist tiefer in ihren Traum geglitten, als es bei euch beiden der Fall war.«

»Die Zeit hat euch geschickt, richtig?« Chloe schaute panisch zu Jamie. Mit einer Handbewegung erschuf sie eine Contego-Sphäre. »Aber ich lasse nicht zu, dass ihr es korrigiert. Ich habe ihn gerettet.«

»Oh, nein«, hauchte Jen. »Das ist Jamie. Ihr kleiner Bruder. Er liegt im Koma. Das muss die Schlägerei sein, die alles verursacht hat.«

Der Alte betrachtete skeptisch die Umgebung. »Dieser Traum ist eine Endlosschleife. Der Junge ist dazu verdammt, immer wieder zu sterben. Ewige Qual.«

»Das wird er nicht!«, brüllte Chloe.

»Hör zu.« Alex machte einen Schritt nach vorne. »Wie wäre es, wenn du uns die Hand gibst und wir gemeinsam«, er zögerte kurz, »mit Jamie diesen Ort verlassen. Du weißt schon, ihn in Sicherheit bringen«.

Chloe lachte. »Für wie blöd hältst du mich eigentlich?«

Ein Blitz fuhr direkt vor Alex in den Boden. Er sprang zurück.

»Können wir uns nicht schützen?«, fragte er den Alten.

»Durchaus. Aber es ist ihr Traum, sie hat ein Heimspiel. Und ihr Hass scheint unendlich.«

»Auf uns?« Jen war fassungslos.

»Auf das Schicksal«, erklärte der Opi. »Und das ist schlimmer. Die Traumsubstanz ist ausgehärtet, ein Eingriff wird schwierig. Sie ist verletzt, schlägt um sich wie ein verwundetes Tier. Das Leid über den Verlust ihres Bruders scheint über die Jahre gewachsen zu sein.«

»Er liegt im Koma und sie darf ihn nicht heilen«, erklärte die neunmalkluge Jen.

»Ich verstehe.« Der Opi warf Chloe einen bedauernden Blick zu. »Und wir repräsentieren dieses Verbot. Das ist nicht gut.«

Nun machte er einen Schritt voran.

»Nein!«, brüllte Chloe. Sie streckte beide Arme aus und schwebte in die Höhe. Flammen umzüngelten ihre Hände.

»Das hat sie sich jetzt ein bisschen von der Schattenfrau abgeschaut«, kommentierte Alex. »Kein Grund, gleich böse zu werden!«, rief er ihr zu.

Doch Chloe wollte kein Gerede mehr.

Sie blickte zu Jamie, der in diesem Moment tot zu Boden fiel. Einfach so.

»Ihr!«

»Verschwindet«, befahl der Alte. »Sie wird all das hier zerstören. Ich muss sie aus dem Traum lösen. Aber das dauert.«

»Aber …«, begann Alex.

»Los!«, unterbrach ihn Verne. »Ich leite euch zur Barriere. Dort müsst ihr die letzte Hürde überwinden. Dahinter wartet der Ascheatem.«

Er berührte Jen und Alex kurz nacheinander. Beide wurden unscharf, verschwanden schließlich.

»Du willst dich mit mir messen, Opi«, spie Chloe ihm entgegen.

»Nein, junge Dame. Ich will dir helfen«, widersprach er ekelhaft sanft.

Das machte Chloe noch wütender.

Sie beschwor die Vernichtung herauf und warf ihm ihren Hass auf die Welt entgegen.

16. Ein Lord und ein Verräter

Lass dir Zeit.« Madison betrachtete eingehend die Gemälde. »Aber nicht zu viel.«

Der verschüttete Rotwein tropfte vom Tisch auf den kostbaren Teppich.

Tapp, tapp, tapp.

Max starrte auf den zum Tode verurteilten Lord. Er gehörte zur Gemeinschaft der Magier, stand auf der Seite des Guten, mochte er auch mit Patricia Ashwell paktieren.

Edison und er hatten über ein solches Szenario gesprochen. War es eine Option, einen Lichtkämpfer zu töten, um sein Cover aufrechtzuerhalten?

Der Unsterbliche hatte eine diffizile Antwort gegeben. Ging es um das Wohl der ganzen Welt, war es eine Option. Denn sollten alle Menschen sterben, brachte es auch nichts, einen einzigen zu retten. Alles darunter musste der jeweilige Agent vor seinem Gewissen selbst entscheiden. Und später vor einem Tribunal rechtfertigen.

Max sah das ein wenig anders.

Ein Leben auszulöschen kam nicht infrage. Es *musste* einen anderen Weg geben. Bedauerlicherweise versteckte dieser sich gerade ziemlich gut.

Komm schon, Manning, streng dich an.

»Tick, tack, mein Bester«, säuselte Madison. Sie beugte sich gerade über ein paar Bücher. »Wer ist Lord Byron? Der Einband sieht cool aus.«

Tick, tack.

Max kam eine Idee. Seine Hand fuhr in die Hosentasche. Unter seinen Fingerkuppen ertastete er die Uhr von H. G. Wells. Er konnte die Zeit stoppen. Eine Minute kostete ein Lebensjahr. Nichts, was er gerne verschleuderte, aber so konnte er möglicherweise Lord Trentons Leben retten.

Max zog die Taschenuhr hervor. Ein Blick darauf zeigte, dass sie ganz normal ging. An der Oberseite gab es nur einen Knopf. Er betätigte ihn.

Ein Rotweintropfen erstarrte im Fallen.

»Madison?« Sie regte sich nicht.

»Okay, dann los.«

Er hastete zu Madison. In ihren Taschen fand er die Phiole mit der

Essenz, die sie aus der Realität hatte gleiten lassen. Ein paar Tropfen waren zurückgeblieben. Er hechtete zu Trenton und verteilte sie auf dessen Brust. Genau dort, wo er hinfeuern würde. Die Phiole wanderte zurück in Madisons Tasche. Er nahm die zweite heraus und gab ein paar Tropfen des Gegenmittels in das Hemd. Zwischen der Wirkung beider Substanzen würden nur wenige Sekunden liegen.

Mit dem Essenzstab verfestigte er den Rotwein und ließ ihn in das Hemd einwirken. Da die Zeit stillstand, würde er sich erst danach ausbreiten und einen roten Fleck bilden.

Damit blieb nur eine Sache.

Max zeichnete drei Symbole auf den Körper des Lords. Die Essenz waberte. »Generate Mirage Mortus.« Bei jedem seiner Worte erzitterte eines der Symbole und rieselte in den Körper ein. Hier stoppte der Zauber.

Alles, was sich weiter als ein paar Zentimeter von Max entfernte, wurde in der Zeit eingefroren.

Der Zauber würde den Lord in einen todesähnlichen Schlaf versetzen. Doch etwas fehlte.

»Verdammt, verdammt.«

Bisher waren nur wenige Sekunden vergangen, doch wenn er sich allzu sehr Zeit ließ, würde er altern. Und Madison ihm das ansehen.

»Aportate Bernstein!«

Glücklicherweise schien der Lord einen Vorrat davon im Haus zu haben, so wie jede magische Familie. Max ließ Essenz von sich selbst in den Magiespeicher einsickern und verknüpfte den Zauber damit, bevor er den Stein in die Hosentasche des Lords schob.

So würde der Todesschlaf problemlos einige Tage andauern. Er riss ein Blatt aus dem Briefbogen des Lords und hinterließ eine Nachricht darauf, schob es in die Westentasche des Mannes.

40 Sekunden.

Damit blieb nur noch eins. Er erschuf eine Illusionierung, die ein Aurafeuer darstellte. Madison konnte nicht spüren, wenn ein Lichtkämpfer starb, daher würde sie den Schwindel nicht erkennen.

Max sprang an seinen alten Platz und betätigte den Knopf der Taschenuhr.

Madisons Blick war noch immer auf das Regal gerichtet. Der Rotweinfleck breitete sich auf dem Hemd aus, der Todesschlafzauber wirkte.

»Potesta Maxima!«

Der Kraftschlag sauste durch die Brust des Lords, genau an der Stelle, die für wenige Sekunden der Realität entzogen war. Die Tinktur verlor ihre Wirkung, er konnte sehen, wie das Flimmern nachließ.

Der Lord erschlaffte.

Die lodernde Essenzenergie flammte auf. Das Aurafeuer kam und verschwand.

Madison fuhr herum, konnte gerade noch beobachten, wie das Leuchten in der Decke versickerte. »Wow.« Sie ließ ihren Luftaushärtungszauber erlöschen, worauf der Lord unsanft auf den Boden krachte. »Du hast es wirklich getan.« Völlig verblüfft starrte sie ihn an.

Erst jetzt sah Max, dass sie zwar in Richtung der Bücher geschaut, ihren Essenzstab aber die ganze Zeit erhoben gehalten hatte.

»Was dachtest du denn?«

»Dass du mich angreifst natürlich.« Sie maß ihn von oben bis unten. »Du bist tatsächlich ein Verräter.« Sie schüttelte den Kopf. »Erbärmlich.«

Max ignorierte sie.

Madison kniete neben Trenton nieder, fühlte dessen Puls und horchte nach seinem Atem. »Definitiv tot. Du hast seine Brust durchschlagen.« Sie betrachtete die Wand. »Ganz schöner Wums, du hast die Wand durchschossen.«

Was vermutlich daran lag, dass der Lord kein echtes Hindernis für den Kraftschlag dargestellt hatte. Die kinetische Energie war erst von der Wand abgebremst worden.

Glücklicherweise verzichtete Madison darauf, einen Indikatorzauber zu wirken. Für sie war es eine simple Aktion gewesen.

»Du bist ganz bleich«, merkte sie an. »Nicht so der stabilste, nervlich gesehen, hm?« Sie kniff ihm in die Wange. »So bekommst du etwas Farbe. Jederzeit gerne.«

»Sonst noch irgendwelche Beauty-Tipps?«

Sie schürzte die Lippen. »Viel zu retten ist da sowieso nicht mehr. Aber gehen wir. Deine alten Licht-Kumpels dürften nach dem Aurafeuer ziemlich schnell hier sein. Außerdem«, sie grinste böse, »haben uns die Beobachter im Haus mittlerweile erfasst.«

Sie spazierten aus der Vordertür hinaus. Von hier aus konnte Madison die letzten Schutzzauber auflösen.

Die Grundstücksgrenze blieb hinter ihnen zurück.

Plopp.

Crowley erschien. »Er hat es wirklich getan?«

Madison nickte. »Wir sollten verschwinden.«

Der Unsterbliche packte sie beide. Die Welt wurde ersetzt von der Eingangshalle des Dunklen Refugiums.

Max ließ die beiden einfach stehen und verschwand in seinem Zimmer. Nach außen hin musste er zumindest so tun, als hätte der Mord ihn mitgenommen. Jeder würde auf diese Art reagieren. Blieb nur zu hoffen, dass die Lichtkämpfer korrekt reagierten. Allen voran Edison.

An diesem Abend störte ihn niemand mehr.

Auf seinem Schreibtisch erschien wie von Geisterhand eine Platte mit belegen Broten und Getränken. Er schaufelte alles in sich hinein, erschuf einen Zauber, der ihn im Notfall aufweckte, und versank in einen tiefen Schlaf.

Als er am Morgen erwachte, saß Moriarty auf seiner Bettkante.

»Wah!« Max zuckte in die Höhe.

»Ich bin beeindruckt«, gestand der Unsterbliche. »Zugegeben, auch in mir gab es noch berechtigte Zweifel. Doch mit dem Tod des Lords hast du alle Verbindungen zu den Lichtkämpfern gekappt. Mittlerweile bist du das Gesprächsthema Nummer eins in der magischen Welt. Die Beobachter im Herrenhaus haben dich dabei aufgenommen, wie du dem guten Mortimer einen Kraftschlag durchs Herz feuerst. Du bist auf der Most-Wanted-Liste nach oben gerückt. Weit nach oben.« Moriarty lächelte zufrieden und trat an das Fenster. »Dir ist klar, was jetzt geschieht?«

»Patricia Ashwell wird das ausnutzen und die Familien dazu anstacheln, den Rat abzusetzen.«

Moriarty klatschte in die Hände. »Absolut. Das Weib hat Feuer. Ich bin unsicher, ob es ihr gelingt, aber Chaos ist garantiert.«

»Haben diese ganzen verdammten Prüfungen dann jetzt ein Ende?«

Moriarty schwieg eine Weile. Schließlich sagte er: »Normalerweise hätten sie das. Aber ich habe dich hierhergebracht. Daher verlange ich noch einen letzten Beweis. Erst dann gehört dir – ob du es glaubst oder nicht – mein Vertrauen. Und das der anderen Ratsmitglieder. Siehst du, wir benötigen keinen weiteren Schattenkrieger, der in der Reihe mitläuft. Du hast bewiesen, dass du kaltblütig sein kannst. Und pragmatisch. Das gefällt mir. Wir brauchen jemanden wie dich.«

»Was ist die letzte Prüfung?«

Moriarty lächelte diebisch. »Etwas, das deine Loyalität mir … uns gegenüber verdeutlicht. Ich fürchte nur, dass Dschingis alles andere als begeistert sein wird.« Er wandte sich der Tür zu. »Komm mit.«

Max konnte die Umgebung sofort als Zellentrakt einordnen. Und noch bevor Moriarty den Essenzstab schwang und ein schweres Holztor sich öffnete, wusste er, wer ihn dahinter erwartete.

»Leonardo«, flüsterte Max.

17. Wo Unsterbliche fallen

Leonardo da Vinci lag am Boden.

Nackt. Striemen bedeckten seinen Körper. Jemand hatte seinem Fleisch tiefe Schnitte zugefügt. Ein Auge war zugeschwollen, ein Bein gebrochen. An der Seite lagen zwei Zähne.

Leonardo wirkte auf seine eigene Art noch immer imposant. Breite Schultern, gewaltige Muskeln, dicke Oberarme.

Er kauerte auf einem Haufen Stroh. Eine Ledermanschette lag um seinen Hals, ein Seil führte zur Wand und verschwand darin. Eisenschellen ketteten beide Arme und Beine aneinander.

»Max«, keuchte Leonardo.

»Oh ja«, verkündete Moriarty. »Es scheint, als gäbe das ein 2:0. Von uns ist noch keiner zu euch übergelaufen, aber gleich zwei zu uns. Ich würde meinen Führungsstil überdenken, mein Bester. Ach, halt. Dafür ist es zu spät.«

»Ich verstehe nicht«, sagte Max. »Kerkert ihr Unsterbliche nicht in eurer Version des Immortalis-Kerkers ein?«

»In der Tat«, bestätigte Moriarty. »Eine gefühlte Ewigkeit innerhalb von Tagen. Du glaubst nicht, wie schnell man dort dem Wahnsinn anheimfällt. Tomoe war allerdings ein harter Brocken. Der Hintergedanke ist, dass der Tod eines Unsterblichen zur Ernennung eines neuen führt. Wozu den bekannten Feind ersetzen?«

Eine bestechende Logik.

»In diesem Fall wollte Dschingis allerdings zuerst seinen Spaß. Du musst wissen, dass Leonardo und er aufgrund diverser Vorkommnisse in der Vergangenheit nicht gut aufeinander zu sprechen sind. Nun sollte die Einlagerung erfolgen, aber ich habe diesen Plan abgeändert.«

Er schwang seinen Essenzstab und erzeugte eine grau-weiße Spur wie rieselnde Ascheflocken. Aus dem Nichts schälte sich ein Podest. Es stand außerhalb der Reichweite Leonardos und war von einem silbrigen Schimmer umgeben. Darauf lag der Essenzstab des Unsterblichen.

»Du tötest ihn«, verkündete Moriarty. »Ein Stich durchs Herz mit seinem Essenzstab.«

»Ihr lernt von der Schattenfrau.«

Moriarty verzog abschätzig das Gesicht. »Mitnichten. Die Idee ist eine gänzlich andere.« Der Unsterbliche winkte Max zu dem Podest. »Schau ihn dir an.«

Max runzelte die Stirn. »Was ist das? Sieht aus wie ein Netz aus Bernstein.«

»Flacher hauchdünner Bernstein, der auf den Stab aufgebracht wurde, um genau zu sein. Die Idee ist, Leonardo im Moment seines Todes die Kraft zu entreißen.«

»Kraft?«

»Jene Flamme, die Unsterblichkeit verleiht. Das Sigil vergeht in die Ursubstanz, die Essenzreste verwehen. Doch seit einigen Jahren experimentiere ich, suche nach Antworten auf die Frage, was die Unsterblichkeit ausmacht. Woher kommen wir? Wer ernennt uns?«

Fragen, die sich jeder Magier irgendwann stellte.

Die Unsterblichkeit und die Ernennung waren eines der größten Rätsel der magischen Gesellschaft, auf die bisher niemand eine Antwort kannte.

»Kann es gelingen, die Flamme der Unsterblichkeit im Moment des Todes zu konservieren?« Moriarty deutete auf den Stab. »Ich glaube ja, denn sie ist an das Sigil gebunden. Und Sigil und Essenzstab sind eins. Das Bernsteinnetz soll verhindern, dass die Macht im Stab sich verflüchtigt. Es zieht außerdem alles ab, was mit dem Stab in Berührung kommt.«

Max war übel von so viel Perfidität. Moriarty schien noch schlimmer zu sein als jene Version von ihm, die von Sir Arthur Conan Doyle in Buchform verewigt worden war.

»Und ich soll derjenige sein, der ihn tötet?«

Moriarty nickte. »Teil des Experiments. Ein Lichtkämpfer soll den Essenzstab führen. Andernfalls könnte es zu Komplikationen kommen.«

»Ich … aber …«

Moriarty legte ihm väterlich die Hand auf die Schulter. »Du erlöst ihn damit von seinem Leid.«

»Aber …«

»Max, du kannst nicht mehr zurück. Der Mord an Lord Trenton hat diese Möglichkeit endgültig zerstört.«

Bei den Worten weitete sich Leonardos nicht geschwollenes Auge.

»Du bist ein Gejagter. Wir heißen dich mit offenen Armen willkommen, doch du musst dazu bereit sein, Befehle zu befolgen. Andernfalls werden die anderen dich nicht länger hier dulden. Madison brennt darauf, dich zu töten. Du musst wissen, dass sie mit einem der von dir getöteten Versager ein regelmäßiges Stelldichein hatte.«

»Ah, das erklärt einiges.«

»Du wirst es tun?«

»Ich ... brauche Zeit.«

Moriartys Augen blitzten für eine Sekunde verärgert auf. Doch dann nickte er. »Sie sei dir gewährt. Lass innerlich los, bereite dich darauf vor und bring es schlussendlich hinter dich.«

Moriarty führte ihn wieder hinaus.

Max warf einen letzten Blick auf Leonardo, traute sich jedoch nicht, ihm ein Zeichen zu geben.

Das Portal schloss sich hinter ihnen mit einem dumpfen Laut.

»Du bist für heute freigestellt. Schau dir alles an, kehre in dich.« Moriarty ging davon.

Max schlug instinktiv den Weg zu den Gärten ein. Er benötigte frische Luft. An einer uneinsehbaren Stelle kauerte er sich neben einen Busch und erbrach Magenflüssigkeit. Richtig, er hatte noch nicht gefrühstückt. Gut so.

»Ich hab es schon gehört«, sagte Jason.

Max schaute auf.

Der Neuerweckte betrachtete ihn mitleidig. »Lord Trenton.«

»Genau.«

Jason zog ein Taschentuch hervor und reichte es Max.

»Danke.«

»Ich weiß nicht, ob ich es gekonnt hätte.«

»Du bist ein Schattenkrieger.«

Ein zaghaftes Lächeln erschien auf dem Gesicht des anderen Mannes. »Ja, obwohl ich nicht so ganz verstehe, wie diese Auswahl funktioniert. Sie starren in ein mit Wasser gefülltes Becken und bekommen den nächsten gezeigt, in den ein Licht hineinflitzt.«

»Ein Becken?«

Jason nickte.

Eine interessante Information. Die Schattenkrieger besaßen also keinen Onyxquader. Er erinnerte sich, in Einsteins Vorlesung davon gehört zu haben, dass diese damals versucht hatten, das Artefakt zu stehlen. Es war misslungen.

Wie waren neue Magier vor der Erschaffung des Walls überhaupt aufgespürt worden? Er wusste, dass es den Onyxquader zu dem Zeitpunkt noch nicht gegeben hatte. Dieser stand irgendwie mit dem Wall in Verbindung und dieser wiederum mit der gesamten magischen Gesellschaft.

»Was ist das für ein Becken?«

Jason zuckte mit den Schultern. »Keine Ahnung. Aber so haben sie mich gefunden. Ich war auf einer Demo, weißt du. Habe gerade 'nen riesigen Backstein gegen die Scheibe von 'ner Pharmafirma geworfen. Und plötzlich wird mir übel. Ich taumle in eine Gasse und ein Licht saust in mich hinein. Mein Freund war zu dem Zeitpunkt bei mir, hat aber nichts davon mitbekommen. Kurz darauf kam Madison.«

Der Wall hatte alles maskiert.

»Mittlerweile bin ich Single«, plauderte Jason weiter. »Die ersten paar Monate darf man das Refugium ja nicht verlassen und bekommt neben den Kursen echt dämliche Aufgaben zugeteilt. Momentan darf ich ständig den Übungsraum aufräumen, sobald Moriarty dort fertig ist. Er unterrichtet scheinbar jemanden.«

»Ist das ungewöhnlich?«, fragte Max.

»Ziemlich«, erwiderte Jason. »Und überall liegen dann diese Artefakte herum. Gürtel mit Bernsteinklumpen, ein Essenzstab mit eingelassenen Bernsteinelementen, Intarsien-Angriffswaffen. Das muss ein schwacher Magier sein, wenn er all das Zeug zur Unterstützung benötigt.«

Max konnte seinen Schrecken gerade noch verbergen. Sie wussten, dass der verstorbene Agnus Blánc mit einem gewissen M im Bunde gewesen war. Er hatte Artefakte geliefert, mit denen sogar Nimags Magie einsetzen konnten. Eine Brille, die Illusionierungen überwand, war nur eines der Artefakte. Doch wen trainierte Moriarty im Geheimen?

Sie spazierten an den Rand des Gartens.

Eine gewaltige transparente Kuppel überdeckte das Areal. Max betastete sie. »Fühlt sich an wie Stein.«

»Ein paar Neuerweckte haben Kraftschläge drauf abgefeuert, die kamen aber zurück. Gab schwere Verletzungen. Geht es dir besser?«

»Ja, danke.« *Er ist der Feind.* »Ich muss mit Madison sprechen.«

»Oh, ich dachte, du hast etwas Zeit. Schade.«

Max versuchte, den enttäuschten Blick zu ignorieren. »Vielleicht nach dem Gespräch.«

»Das wäre schön.« Jason grinste ihm zu und eilte davon.

»Manning, du blöder Idiot. Denk mit dem Kopf. Wenn Kevin das sehen könnte.« Sofort machte sich ein Stich schlechten Gewissens breit.

Doch die Ausrede war nicht einmal eine Lüge.

Er eilte zu Madison.

18. Träumst du schon vom Opernhaus?

Sie fielen durch eine weite Fläche aus Träumen. Um sie herum nahm all das Gestalt an, was das Unterbewusstsein vieler Nimags und Magier ihnen allnächtlich bescherte. Ein transparentes Abbild Jule Vernes schwebte zwischen Jen und Alex, hielt sie fest und verhinderte, dass sie auseinandertrieben.

Klänge wurden zu Farben, Farben zu einem Geschmack. Es erinnerte Alex an die Eigenschaft eines Sprungportals. Hier schien alles möglich.

»Viel Glück«, wünschte das Bruchstück des Unsterblichen, der in Wahrheit bei Chloe geblieben war.

Er gab ihnen einen Stoß.

Jen wirbelte im Nichts davon, Alex stürzte zwischen Träumen hindurch und verlor sich in der Unendlichkeit.

Irgendwann schlug er auf.

Er blieb einige Sekunden liegen, atmete durch und wappnete sich für das Kommende. Roter Teppich kleidete den Boden aus. Die Wände waren weiß. Wandleuchten ragten hervor und vertrieben die Finsternis. Auf Emporen standen Büsten, Gemälde hingen an den Wänden. In der Luft lag ein süßlicher Geruch. Aus der Ferne klang Musik an seine Ohren.

Eine Gänsehaut legte sich auf Alex' Arme, wanderte seinen Rücken empor. Er war hier schon einmal gewesen, alles wirkte vertraut.

Vorsichtig setzte er einen Schritt vor den anderen.

»Das Opernhaus«, flüsterte er.

Nebulös, am Rand seiner Erinnerung, konnte er einen Fetzen erhaschen. Das hier war jener Traum, der ihn allabendlich heimsuchte – seit die Schattenfrau ihn beinahe getötet hatte.

Es war unwirklich und doch real.

Alex ging schneller.

Die Wände flogen an ihm vorbei. Grimmig dreinblickende Männer schauten auf ihn herab. Ihre Blicke schienen auf ihm zu ruhen.

Er folgte dem Klang der Musik. Ein vertrautes klassisches Stück. Jeder kannte es. Trotzdem wollte der Name ihm nicht einfallen. Als habe jemand mit einem Schwamm das Wort aus seinem Gedächtnis gewischt.

Alex eilte noch schneller voran, die Zeit drängte.

Hinter dem nächsten Durchgang erwartete ihn der Saal. Ein Orchester spielte auf der Bühne. Der Dirigent schwang seinen Taktstock, ein Chor sang. Männer und Frauen saßen und standen, spielten Geige und andere Instrumente. Ihre Gesichter blieben unkenntlich, diffus.

Er blickte auf.

Hoch über ihm thronten sie. Die Unsterblichen. Die Ränge waren voll besetzt. Aber nicht nur mit jenen, die er kannte. Dazwischen standen Männer und Frauen in der Kleidung der unterschiedlichsten Epochen. Einige davon waren einst im Rat gewesen, bevor sie starben oder sich opferten. Ja, da stand Jules Verne. Auch Nemo und Tomoe.

Hier waren sie alle.

Jene, die einst ihren Dienst abgeleistet hatten, und jene, die es noch tun würden. Licht und Schatten vereint in diesem wichtigen Moment.

»Was ist hier los?« Er trat auf die Unsterblichen zu. »Wieso träume ich das alles?«

»Und so fügt es sich«, erklang eine Stimme. Ein Mann in einer Kutte trat aus dem Schatten.

Alex fuhr zurück. »Wer bist du?«

»Mein Name ist Joshua.«

»Aber … ich verstehe gar nichts mehr.«

»Verzeih mir, doch ich wollte sehen, wie es geschieht. Daher nehme ich teil an diesem Traum. In Wahrheit liege ich in meinem Bett im Castillo.«

Alex starrte sein Gegenüber entsetzt an. »Du bist kein Teil des Traums. Du bist ein Besucher. Aber du bist tot.«

Der Letzte Seher lächelte. »Du bist jener, der dereinst kommen wird. Aus deiner Sicht bin ich nur noch Staub und Knochen. Doch in meiner Gegenwart bist du nicht einmal geboren. Wir teilen einen Traum über den Abgrund der Zeit hinweg.«

»Dann ist der Wall in deiner Zeit noch nicht einmal erschaffen?«

»Ah, es wird also gelingen.«

Alex stockte. »Wie kann ich dir das überhaupt sagen. Verändert das nicht die Geschichte?«

»Wir Seher stehen zwischen dem, was ist, und dem, was sein kann. Mach dir darüber keine Sorgen. Ich habe die Schatten der Zukunft gesehen, in all ihren Facetten.«

»Und es niedergeschrieben«, flüsterte Alex.

Joshua lächelte. Er hatte ein jungenhaftes offenes Gesicht. Es würden noch Jahre vergehen, bis der Wall entstand und der Letzte Seher starb. Sein braunes Haar fiel ihm bis zu den Schultern, die Augen leuchteten voller Tatendrang. »Damit überdauert, was nicht verloren gehen darf. Der Foliant ist also erhalten geblieben. Hat er meinen Erben erreicht?«

»Das hat er. Oder wird es.«

Joshua lächelte zufrieden. Er betastete Alex vorsichtig …

… und zuckte zurück. »Du bist ein Magier!«

»Richtig.«

»Aber … das ist unmöglich.«

»Jetzt geht das wieder los.« Alex verdrehte die Augen. »Ist 'ne komplizierte Geschichte.«

»Du verstehst nicht, das kann nicht sein. Es *darf* nicht sein.«

»Das ist jetzt wirklich der falsche Zeitpunkt, um darüber zu diskutieren. Wenn ich nicht durch diese Barriere – und das ist der Traum wohl – gelange, spielt nichts mehr eine Rolle. Die Schattenfrau wird den Ascheatem bekommen und die drei Sigile vereinen.«

»Und Allmacht verdunkelt das Firmament«, flüsterte Joshua. »Ich verstehe.« Er packte Alex' Arm fester. »Was immer hier auch geschieht, ich werde im Foliant eine Nachricht für dich hinterlassen. Mein Erbe muss sie für dich zugänglich machen.«

»Okay.«

»Jetzt, fürchte ich, wirst du den Weg allerdings erst zu Ende gehen müssen. Ich bin nur ein Beobachter.« Joshua zog sich in den Schatten zurück.

Bevor Alex etwas sagen konnte, durchfuhr ihn ein stechender Schmerz.

Jemand stand hinter ihm.

Die Spitze eines gekrümmten Dolches ragte aus Alex' Brust. Er konnte spüren, dass andere den Raum betraten. Sie nahmen neben ihm Aufstellung. Der Dolch stieß noch öfter zu. Doch davon bemerkte er nichts mehr.

Alex brach in die Knie.

Das Orchester spielte, der Chor sang, er starb.

Und der Kreislauf begann von Neuem.

Der Himmel wurde von fliegenden Kreaturen verdunkelt. Magier stürmten heran, Essenzstäbe flammten auf. Jen erkannte Schattenkreaturen der unterschiedlichsten Art. Dazwischen mischten sich jene Wesen, die in Nemos Unterwasserbasis beinahe alle getötet hatten. In der Ferne erhob ein Drache sein Haupt und spie Feuer auf die Kämpfer.

Das Armageddon war gekommen.

Jen zog ihren Essenzstab. Hier im Traum war er nicht zerbrochen.

»Großartig. Und was jetzt, soll ich eine komplette Armee erledigen?«

Sie kam nicht mehr zum Nachdenken. Geflügelte Kreaturen schossen heran, Klauen fuhren durch die Luft.

»Contego!«

Die Sphäre entstand im letzten Augenblick. Doch Schutz war trügerisch. Immer mehr Angreifer wandten sich ihr zu. Schwerter droschen auf sie ein, Kraftschläge wurden gefeuert. Die Schwerkraft veränderte sich.

Jen fiel in den Himmel, nur um kurz darauf wieder dem Erdboden entgegenzurasen. Sprungmagier tauchten auf, warfen ihre Zauber und verschwanden.

Die Sphäre kollabierte.

»Und du bist also die Kriegerin«, erklang eine Stimme.

Jen sah empor.

Der Unbekannte trug eine Rüstung. Der Helm verbarg das Antlitz. »Lächerlich.«

Er deutete in die Ferne.

Ein Mann stieg in die Luft empor, gehalten von Zaubern. Er war nackt.

»Dylan!«

»Das hier ist Krieg«, sagte der Behelmte. »Und wie ich dir versprochen habe: Ich nehme dir alles, was dir lieb ist. Für den Kampf, der ewig währt.«

Er zog sein Schwert und warf es in einer fließenden Bewegung. Die Klinge durchstieß die Luft wie ein Pfeil, befreit von ihrem Gewicht. Die Spitze durchbohrte Dylan auf Herzhöhe. Er fiel tot zu Boden.

»Ich hasse diesen verdammten Traum«, fluchte Jen. »Wenn du glaubst, dass mich das ablenkt, irrst du dich!«

Beinahe wäre es geglückt. Doch all das hier war nicht echt.

Jen erhob sich, ein grimmiges Lächeln auf den Lippen. »Keine Rücksicht, kein Zurückweichen.« Ihr Essenzstab loderte in magentafarbenem Feuer.

»Du wirst fallen.«
»Nicht heute.«
Eisen traf auf Holz.

19. Dreimal dreht sich der Schlüssel

K*lack.*

Die Ketten schnitten ihr ins Fleisch. Hoffnungslosigkeit zog sie hinab in tiefste Tiefen.

»Morgen werde ich einen neuen Trank an dir testen«, verkündete der Erste Stabmacher. »Angeblich macht er die Haut resistent gegen Feuer. Er funktioniert allerdings noch nicht richtig.«

Clara glaubte, den Schmerz der Flammen bereits zu spüren.

Seine Kutte wirbelte auf, als er aus dem Raum trat und sie allein ließ. Sie wusste nicht, was schlimmer war. Die andauernden Schmerzen, die er ihr zufügte – oder die Einsamkeit. Manchmal ertappte sie sich dabei, dass sie Freude über seine Ankunft empfand. Seine Stimme vertrieb die Stille. Doch dann kam die Qual und sie verfluchte ihn aus vollem Herzen.

Wie lange würde das Martyrium noch andauern? Wann durfte sie endlich sterben?

Eine Feder kratzte auf Papier.

Johanna saß an einem ausladenden Tisch, biss soeben in einen Donut und schrieb.

»Hilf mir«, krächzte Clara.

Die Unsterbliche sah auf. Ein Kichern entfuhr ihr. »Leonardo!«

Er war plötzlich da. »Was ist los?«

»Schau.«

Sein Blick taxierte Clara. Er stieß ein prustendes Lachen aus. »Versagerin.«

»Helft mir!«

Johanna schüttelte den Kopf. »Was denkst du dir nur? So wichtig bist du nicht. Unsere Zeit ist kostbar. Wir sind Unsterbliche.«

Clara wollte schreien. »Nehmt mir wenigstens die Ketten ab!«

»Wozu?«, fragte Leonardo. »Du würdest trotzdem gegen ihn verlieren. Du bist schwach, ängstlich, wertlos.«

»Wenigstens einmal sind wir einer Meinung«, sagte Patricia. Sie saß auf einem der Regalbretter und besaß die Größe eines Gartenzwerges. »Wozu beschäftigt ihr euch noch mit ihr? Wir haben Wichtigeres zu tun.«

Sie verschwanden.

»Nein, kommt zurück.« Claras Stimme klang brüchig.

Sie wollte die Ketten abstreifen, aber alleine war sie zu schwach. Und sie war immer alleine. Tränen stahlen sich aus ihren Augen, rannen über die Wangen und tropften zu Boden. Dort wurden sie zu schwarzem Rauch, der kringelnd emporstieg.

Die Schwaden stiegen ihr in die Nase.

Rauch.

Er stand für etwas. Ein Symbol. Sie musste etwas tun. Doch was?

Atme.

Sie schloss die Augen, verschloss die Lippen und atmete nicht länger durch die Nase. Doch ihre Brust hob und senkte sich.

Ein Traum!

»Ich brauche euch nicht«, flüsterte sie. »Niemanden von euch.«

Die Ketten zerfielen in winzige Bruchstücke. Sie erhob sich. Ein Gedanke genügte und sie stand direkt vor dem Ersten Stabmacher.

»Wie oft muss ich dich noch töten?«

Sie packte ihn am Hals und hob ihn in die Höhe. Knochen knirschten.

»Ich werde immer ein Teil von dir sein«, flüsterte er.

»Und ich werde dich mit Freude stets aufs Neue zerschmettern.«

Sie schloss ihre Hand und zerquetschte seinen Hals. Er erstarrte, die Haut wurde zu Porzellan, Risse breiteten sich aus. Staub rieselte zu Boden.

»Genug mit diesem Firlefanz.«

Sie wollte gar nicht daran denken, wie lange sie bereits in diesem Albtraum gefangen war. Die letzte Hürde hatte sich als effektiv erwiesen. Da sie als Clara gefangen gehalten worden war, hatte es keinen magischen Rauch gegeben. Somit fehlte das Symbol, das sie dazu brachte, den Atemtest durchzuführen. In allen anderen Träumen zuvor war der Rauch immer da gewesen und sie hatte es sofort durchschaut.

Sie glitt durch die Gänge wie ein Haifisch im Wasser, ein Falke im Wind, eine Schlange im Gras. Ihr Ich war pure Macht. Dieser Ort bestand einzig aus Gedanken, Fantasie, Kraft. Herrlich. So würde sich das Leben anfühlen, sobald sie die Allmacht besaß.

Ein einziger Schritt trennte sie davon.

Es war reiner Instinkt, der sie in jenen Raum führte, wo das Zeitportal existiert hatte. An seiner Stelle stand eine einfache Holztür mitten im Raum. Es war die Tür zu ihrem Kinderzimmer daheim in Chicago. Dem Zimmer von Clara Ashwell.

Die Schattenfrau glitt darauf zu. Rauchwolken entstanden um sie herum.

»So soll es sein.«

Sie öffnete die Tür und trat hindurch.

Klack.

Alex fiel auf den Teppich.

Er war erneut gestorben. Die Erinnerung blieb, doch er konnte nichts tun, um den ewigen Kreislauf zu unterbrechen. Wie von selbst rannte er durch den Gang, der Musik entgegen.

Dieses Mal schenkte er den Gemälden mehr Beachtung. Sie zeigten Männer aus unterschiedlichen Epochen und Ländern. Da gab es einen französischen Grafen mit weißer Perücke und Schönheitsfleck; der vermutlich aufgeklebt war, da ging er jede Wette ein.

Ein anderer war in lederne Hosen und eine Steppweste gekleidet. Er hatte einen Vollbart, hielt eine Armbrust in den Händen.

Alex erreichte den großen Saal.

Erst jetzt nahm er die anderen Gänge wahr. Zusammen mit jenem, aus dem er herausgetreten war, waren es vier.

Wieder blickten die Unsterblichen auf ihn herab. In ihren Blicken las er Hoffnung, Abscheu, Wut, den Willen zu siegen und vieles mehr.

Er wollte sich umdrehen und dem in die Augen schauen, der ihm stets den Dolch in den Rücken rammte. Doch es ging nicht.

Flehend richtete er den Blick hinauf zur Decke. Sie war nach innen gewölbt und stellte die Hälfte eines Globus dar. Die Kontinente und Meere waren eingezeichnet, doch nicht in der heutigen Form.

Wann war heute?

Für Joshua lag es viele Jahre in der Vergangenheit. Der Letzte Seher stand noch immer an Ort und Stelle.

Der Stich kam.

Wieder ragte die Klinge aus Alex' Brust.

»Es ist nur ein Traum«, sagte Joshua. Seine Silhouette verschwand.

Alex knickte in die Knie.

Nur ein Traum.

Da war er sich nicht sicher. Es fühlte sich anders an. Als sei es so viel mehr. Und doch …

Er berührte die Spitze der Klinge, ließ sie zu Wasser werden, das zu Boden rann.

Natürlich!

Die Gesetze der Traumebene galten überall. Ein starkes Bewusstsein vermochte zu gestalten, zu manipulieren, zu erschaffen.

»Ich sterbe nicht mehr!«, brüllte er.

Die Unsterblichen verschwanden in einem aufziehenden Nebelhauch.

Er fuhr herum.

Doch hinter ihm stand niemand. Der Mörder war fort, der Kreis durchbrochen.

Die Musik verstummte. Wo bisher das Orchester gespielt hatte, stand eine Holztür. Er erkannte sie sofort. Es war die Wohnungstür daheim in London, wo seine Mum und sein Bruder lebten.

Er lächelte, als er die Klinke herabdrückte.

Und trat durch die Tür.

Klack.

Der Himmel senkte sich herab.

Es musste Einbildung sein.

Wieder prallte das Schwert auf den Essenzstab. Funken sprühten, wo die Essenz beider Waffen aufeinandertraf. Es hatte ein wenig gedauert, doch schließlich hatte sie begriffen, dass es kein gewöhnliches Schwert war, sondern die Erweiterung eines Sigils.

Der Unbekannte mochte eine Rüstung tragen, erwies sich aber als überraschend wendig und schnell. Seine Attacken kamen so zügig, dass sie nur noch mit Ausweichen beschäftigt war.

»In einem Kampf dürft ihr nicht in die Defensive geraten. Wer nur noch reagiert, hat bereits verloren. *Gebt den Ton an, agiert«,* stieg Edisons Rat aus ihrer Erinnerung empor.

Jen wirkte einen Zauber auf den Boden, damit der Ritter einsank. Doch er ging einfach darüber hinweg.

»Du bist eine Närrin, Jennifer Danvers«, höhnte er.

»Wer bist du?«

»Dein Feind. Spielt der Rest eine Rolle?«

Ein Gegner konnte viele Gesichter haben. Und ja, sie war davon überzeugt, dass es stets von Bedeutung war, hinter den Schleier zu blicken. Wissen war Macht.

Sie täuschte einen Sturz vor.

Ihr Gegner holte mit dem Schwert aus und stieß zu. Die Spitze sank in die Erde. Jen legte all ihre Kraft in den nächsten Zauber. Die Gravitation wurde verändert, jedoch nur für den Helm.

Er flog in Richtung Himmel davon.

Sie blickte in ihr eigenes Antlitz.

»Aber, wieso …«

»Der einzige Feind, gegen den du auf ewig kämpfst, bist du selbst.« Sie lachte.

Ein Schalter in ihrem Geist wurde umgelegt.

Es stimmte.

Sie kämpfte darum, die Kontrolle zu behalten. Alles zu überblicken, zu lenken, zu planen. Und focht doch einen ewigen Kampf gegen sich selbst. Angetrieben von Schuld.

Eine Last glitt von ihren Schultern.

Jen lächelte. »Es ist nur ein Traum.«

Und zum ersten Mal begriff sie es.

Ein Gedanke genügte und die Ebene war leergefegt. In diesem Augenblick war sie eins mit sich selbst und akzeptierte die Schuld, die Teil ihres Lebens war. Doch sie würde nicht länger kontrollieren, was Jen tat.

Mit spielerischer Leichtigkeit drückte sie den Himmel wieder in die Höhe und schritt auf die Tür zu, die auf der weiten Ebene stand. Sie war aus Holz, doch der Rahmen bestand aus zwei steinernen Engeln, die einander die Hand reichten.

Sie öffnete die Tür …

… und trat hindurch.

20. Alles oder nichts

Mit einem schabenden Geräusch öffnete sich das Portal.

»Aber ich bleibe dabei«, stellte Madison zum hundertsten Mal klar.

Max verdrehte die Augen. »Ich will nur mit ihm reden.« Sein Essenztab baumelte hinter Madisons Gürtel. »Was sollte ich denn sonst tun?«

»Weiß ich, was in deiner Hohlbirne vorgeht?«

Leonardo lag auf dem Rücken. Mit trüben Augen blickte er zur Decke empor. Sein Überlebenswille schien vollständig gewichen.

»Moriarty hat gesagt, ich kann in Ruhe über alles nachdenken, und dazu gehört auch, dass ich mit Leonardo spreche. Immerhin war er einst so etwas wie …«

»Dein Chef?«

»Und Mentor.«

»Oha. Hattet ihr was am Laufen?«

»Nein!« Max konnte nur den Kopf schütteln.

»Sei doch nicht immer so ernst. Ich verrate dir was: Es geht um Spaß. Alles andere im Leben ist egal.«

»Hast du denn eine Affäre mit einem Unsterblichen?«, provozierte Max.

»Klar.«

»Was?«

»Ist doch lustig. Und er hat ’ne Ausdauer …« Sie schloss verträumt die Augen. »Jetzt bring dein Männergequatsche hinter dich. Ich habe noch was anderes zu tun.«

»Oh, bevor ich es vergesse. Da wäre noch etwas.«

Max holte aus und platzierte seinen Faustschlag exakt auf Madisons Kinn. Sie verdrehte die Augen und krachte zu Boden.

»Manchmal ist der direkte Weg einfach der effektivste.«

Er ging neben Leonardo in die Hocke. »Bist du okay? Blöde Frage. Kannst du aufstehen?«

Leonardo stöhnte. Er war mehr tot als lebendig.

»Theresa hat mir etwas mitgegeben.« Er fuhr mit dem Nagel seines rechten Zeigefingers in einem bestimmten Muster über den Ring an seinem linken Ringfinger. Eine Phiole erschien in der Hand. »Heilserum.«

Er entkorkte die Flasche und träufelte Leonardo vorsichtig die Flüssigkeit in den Mund. Einen kleinen Rest tropfte er auf die Wunden. Sie begannen sich sofort zu schließen.

Es knackte, als das gebrochene Bein sich wieder einrenkte. Leonardo stöhnte auf. Zähne wuchsen nach. Bewundernswert. Max hätte vermutlich gebrüllt. Die Schmerzen mussten grauenvoll sein.

»Wie hast du das geschafft?«, fragte der Unsterbliche mit brüchiger Stimme.

Max wusste sofort, dass Leonardo die Infiltration meinte. »Ich bin mittlerweile vollwertiger Agent. Edison und ich haben den Plan ausgetüftelt. Ist kompliziert.«

»Lord Trenton?«

»Lebt. Allerdings dürfte Edison mittlerweile damit beschäftigt sein, dem übrigen Rat die Wahrheit zu erklären. Immerhin gab es kein Aurafeuer. Irgendwann wird der Lord erwachen und dann erfahren die Schattenkrieger davon. Daher musste ich mich etwas beeilen.«

Nicht zu vergessen Patricia, die mittlerweile vermutlich die Messer wetzte.

Leonardo versuchte, sich aufzurichten. Max wollte helfen, doch der Unsterbliche winkte ab. Schließlich kam er auf die Beine.

»Essenzstab.« Er streckte die Hand aus.

Max nahm zuerst seinen eigenen wieder an sich. Dann führte er eine Elementtransformation durch und nahm Leonardos Stab aus dem Glaskasten, legte dafür aber Madisons hinein. Man konnte nie wissen.

Das Glas wurde wieder fest.

»Ich kann ihn nicht benutzen, solange dieses Bernsteingitter aufgebracht ist.« Leonardo fluchte. »Wo befinden wir uns?«

»Keine Ahnung. Das gesamte Areal ist von einer Kuppel bedeckt, die zwar Licht hereinlässt, aber davor wuchert nur Gestrüpp. Man sieht nicht weit.«

»Ideen?«

»Wir improvisieren.« Max malte ein Symbol in die Luft. »Generate Mirage.«

Ein Schleier legte sich über Leonardo und kurz darauf stand Madison an seiner Stelle.

Leonardo blickte an sich hinab. »Nett.«

»Du solltest nicht sprechen. Deine Stimme verrät dich.«

Max schleifte Madison tiefer in die Zelle. Dann traten sie beide hinaus. Er verschloss das Portal. Damit konnte sie ihnen zumindest nicht mehr gefährlich werden. Solange niemand die Illusion durchschaute, hatten sie einen Vorsprung.

»Erst einmal hier raus«, sagte Max.

Sie schritten zügig durch die Gänge, ohne zu rennen. Die Mehrheit der Schattenkrieger saß beim Essen oder gammelte in den Aufenthaltsräumen.

Der erste Stock lag verlassen vor ihnen. Sie schritten über die Galerie, unter ihnen lag die Eingangshalle.

»Max, Madison!« Moriarty kam herbeigeeilt. »Das war ja ein kurzes Gespräch. Der gute Leonardo war wohl einsilbig.«

»Es gab nicht viel zu sagen«, erklärte Max. »Er hat nur irgendwelche Beleidigungen gebrabbelt.«

Leonardo stöhnte. Ein leises Knirschen war zu vernehmen. Der Heiltrank tat noch immer seine Wirkung.

»Alles in Ordnung, Madison? Du siehst blass aus.«

Leonardo nickte.

»Sie hat schon lange nichts mehr gegessen«, improvisierte Max. »Vermutlich schlägt das auf den Magen.«

Leonardo nickte eifrig.

»Natürlich. In den letzten Tagen haben wir euch ordentlich auf Trab gehalten, das muss ich gestehen.« Er wandte sich lächelnd der Madison-Illusion zu. »Soweit ich weiß, hat der Koch heute Steaks auf den Grill gehauen. Soll ich die Küche kontaktieren und dir eines zukommen lassen?«

Max spürte die Falle. Er wusste nicht, was es war, doch Moriartys lauernde Stimme verriet ihn.

Leonardo nickte.

Moriartys Augen wurden zu Schlitzen. »Ach. Keine Vegetarierin mehr?«

Max war eine Sekunde schneller als der Verbrecherkönig. Während sein Kraftschlag traf, ging der von Moriarty in die Decke, als er über die Brüstung der Galerie segelte.

»Lauf!«, brüllte Leonardo.

Die Illusionierung zerfaserte.

Gemeinsam rannten sie in Richtung Treppe, um den Ausgang zu erreichen. Auf halber Höhe begann die Flügeltür sich zu schließen.

»Wir schaffen es nicht.« Leonardo keuchte.

Max zog die Taschenuhr von H. G. Wells hervor. »Das werden wir sehen.«

Bevor er den Knopf jedoch betätigen konnte, riss Leonardo sie ihm aus der Hand. »Ich weiß, was das ist. Ich übernehme das.«

Die Zeit gefror.

»Als Unsterblicher machen die Jahre mir nichts aus. Ich werde nicht altern.«

Sie rannten zum Portal.

Hinter ihnen war Moriarty in der Bewegung erstart. Er hatte den Essenzstab gezückt, um das Portal zu schließen. Der Sturz hatte sein Bein erwischt, daher stand er wackelig auf den Füßen.

Ein paar Schattenkrieger waren im Lauf eingefroren. In Kürze würden Leonardo und er von allen gejagt werden.

Mit einem Satz waren sie im Freien.

»Durch die Kuppel kommen wir nicht raus«, verkündete Leonardo nach einem Blick. »Ich kann die Zauber darauf spüren.«

Max' Gedanken rasten.

»Ich habe eine Idee.«

Er führte Leonardo zum Loch mit den Statuen und wollte hinunterspringen – natürlich mit einem Schwerkraftzauber –, als der Unsterbliche ihn zurückhielt.

»Nicht.« Er nahm einen herumliegenden Ast und warf ihn hinab.

Bereits nach wenigen Zentimetern erklang ein Surren und unsichtbare Klingen zerfetzten das Holz. Die Bruchstücke blieben einen Meter tiefer in der Luft hängen.

»Und ich hatte so gehofft, dass du springst, mieser Verräter«, krakeelte die Norden-Statue.

Max erschuf mit fliegenden Fingern die notwendigen Symbole und sprach die Worte.

Norden begann sich zu drehen und die Stufen fuhren aus der Wand.

»Fotografisches Gedächtnis«, verkündete er.

»Das hattest du früher nicht«, sagte Leonardo. »Edison scheint dich gut vorbereitet zu haben.«

Den benötigten Trank zu brauen, dauerte viele Monate. Edison hatte eine letzte Phiole in seinem Repertoire gehabt und sie Max gegeben. Der Zauber konnte massive Nebenwirkungen haben und wurde generell nicht mehr eingesetzt. Doch für die Befreiung Leonardos hatte Max alles aufs Spiel gesetzt. Glücklicherweise mit Erfolg.

Sie rannten die Treppen hinab.

»Hierher!«, brüllte Norden. »Sie sind hiieerr!«

»Wieso ist das Ding nicht eingefroren?«, fragte Max.

»Auf ihm liegt ein sehr alter Zauber. Das immunisiert ihn gegen Artefakte und Magie bis zur mittleren Ordnung.«

Irgendwann erreichten sie den Boden.

Leonardo schrie auf.

Die Taschenuhr glühte. »Sie ist nicht für Unsterbliche gemacht. Jeder normale Magier wäre längst zu Staub zerfallen. Sie ist zu lange in Betrieb.«

Er musste sie fallen lassen.

Auf dem Boden schmolz das Metall. Nur ein unförmiger Klumpen blieb zurück, aus dem Zahnräder herausragten.

Die Zeit nahm wieder ihren gewohnten Gang.

»Wir müssen …«

»Und ich hatte so gehofft, dass Madison sich irrt«, seufzte Jason.

Er stand mit erhobenem Essenzstab vor ihnen, hatte scheinbar noch ein paar Kisten wegbringen wollen.

»Gebt auf. An mir kommt ihr nicht vorbei.«

21. Durch Wasser und Wind

Hör zu, es tut mir leid, aber es ist wahr. Ich bin nie übergelaufen.« Max sah keinen Sinn darin, Jason etwas vorzulügen. »Ich wollte nur Leonardo befreien.«

Die Enttäuschung im Blick seines Gegenübers brannte ihm auf der Seele. »Du hast getötet.«

»Nicht wirklich. War ein kleiner Trick. Trenton schläft nur. Die Meldung ist ein Fake. Du weißt schon«, er lächelte, obgleich es völlig missglückte, »Fake-News«.

»All das war für dich nur ein Spiel.« Jason wirkte enttäuscht, doch kurz darauf umwölkten sich seine Augen. Die Wut kam. »Ich habe Madison gesagt, dass sie sich irrt. Dass du auch gegen *sie* bist.«

Leonardo hielt sich wohlweislich im Hintergrund, platzierte sich aber in Treppennähe.

»Gegen sie?«

»Die da oben, die uns in Ketten legen. Den Wall.«

»Jason, das ist kein politisches Ding. Wir sind dazu da, die Nimags zu beschützen. Und im Gegensatz zu euch töten wir nicht einfach jeden, der uns im Weg steht.«

»Das klingt aus dem Mund des Schlächters aber seltsam.«

»Ich habe das Castillo verteidigt«, erwiderte er. »Eure Armee ist bei uns eingefallen und hat gewütet. Wenn der Wall fallen würde, wäre es noch viel schlimmer.«

»Oder besser. Jeder wäre frei, seinen Weg selbst festzulegen. Wir könnten wieder mit Nimags zusammenarbeiten und die verkrusteten politischen Systeme aufbrechen. Anschläge verhindern. Waffen zerstören. Frieden schaffen. Für alle.«

Es brach Max das Herz, da all das Dinge waren, die er selbst auch gerne geändert haben würde. Die Welt zu einem besseren Ort zu machen.

»Nicht auf diese Art.«

»Ich kann euch nicht vorbeilassen.«

»Dann tut es mir leid.«

Max schoss einen Kraftschlag ab, den Jason parierte. Flink rollte er sich ab, ging hinter einer Kiste in Deckung und rief: »Ulcerus.«

Der Wundzauber hatte den Effekt einer Klinge, die über die Haut fuhr. Max konnte nicht mehr ausweichen. Blut rann ihm von der Stirn über das Gesicht.

»Actate Excitare. Aetate Impetus!«, brüllte er und deutete auf die Mauer.

Der Zauber ließ Stein lebendig werden. So hatte Tomoe das Castillo verteidigt. Doch nichts geschah.

Leonardo tauchte hinter einer der Kisten ab. »Die Wände sind magisch imprägniert. Die Umgebung kannst du nicht benutzen.«

»Levitatem Corpus«, brüllte Jason.

Max wurde schwerelos. »Gravitate Negum.« Er hielt mit einer Änderung der Schwerkraft dagegen und sank wieder zu Boden. »Potesta Maxima!«

Der Kraftschlag krachte gegen die Truhe und warf Jason auf den Rücken. Der ließ sich davon jedoch nicht beirren, rollte sich ab, sprang auf und rief: »Ignis Aemulatio.«

Eine Explosion brauste durch die Luft auf Max zu.

»Contego Negum!« Die Schutzsphäre wurde zu einem unsichtbaren Trichter, der das Feuer nach oben ablenkte.

»Sie kommen!«, rief Leonardo.

Sie verloren zu viel Zeit.

Max zielte auf das Pergament mit dem Lageplan und schoss einen Feuerstrahl ab. Es zerfiel zu Asche.

»Jetzt kommst du auch nicht mehr hier weg!«, rief Jason.

Max zog zwei Phiolen aus dem Ring. Er hielt sie Leonardo entgegen. »Wandeltränke.«

»Wozu sollen wir werden?«

»Erst einmal Hund. Jagdhund. Jason und ich waren gestern im Labyrinth, der Geruch ist als Tier noch wahrnehmbar.«

Sie stürzten sie hinunter.

»Widerlich.« Max verzog angeekelt das Gesicht. »Animus transformere canem.«

Zu spät begriff er den Fehler. Er hatte die Rasse nicht angegeben.

Ein Zittern lief über seine Haut, dann wurde er mit samt seiner Kleidung und allen direkt am Körper befindlichen Gegenständen zu einem flauschigen, weiß-braun gescheckten Basset, Leonardo zu einem Schäferhund.

Max gähnte. Er hatte Hunger. Seine Schnauze fuhr in die Luft. Er roch Mensch.

Kraulen! Kuscheln!

Mühevoll kämpfte er gegen den Drang des tierischen Instinkts an und rannte nicht zu Jason, um sich von ihm kraulen zu lassen. Vermutlich wäre das in die Annalen der Schattenkrieger-Historie eingegangen. Ein Kampf, der damit endete, dass ein Lichtkämpfer zu einem Plüschtier wurde.

Leonardo knurrte einmal laut, dann rannte er los.

Max folgte ihm dichtauf.

Über ihm schlugen Kraftschläge in die Wand ein. Einer raste ganz knapp an seinem Hinterteil vorbei, das gemeinerweise immense Ausmaße angenommen hatte.

Immer wieder musste er seinen Körper davon abhalten, irgendwo stehen zu bleiben und einen interessanten Geruch näher zu untersuchen. Wenigstens nahm er ganz klar Jasons Duft wahr, obgleich sie sich von ihm entfernten. Es war eine fast erloschene Spur.

Leonardo sauste voran, Max kam kaum hinterher. Er war schwerer und hatte obendrein kürzere Beine.

Beinahe hätte er an einer Ecke gehalten und sie markiert.

Jason folgte ihnen nicht. Glücklicherweise schien er nicht erpicht darauf zu sein, im Labyrinth verloren zu gehen.

»Da sind sie!«, posaunte Norden.

Die Statue flatterte hoch über dem Labyrinth und gab den Verfolgern weiter, wo sie sich befanden.

Verfolger?

Ja, er roch es genau. Es waren viele. Ein Geruch nach Alter und Boshaftigkeit vermengte sich mit Schweiß und Brutalität.

Moriarty und Khan.

Der als Mensch unbewusst wahrgenommene Geruch konnte von seiner Bassetschnauze sofort zugeordnet werden. Die beiden würden Leonardo und ihn umgehend töten.

In der Ferne rauschte Wasser.

Trinken.

Max änderte die Richtung. Leonardo knurrte, folgte ihm am Ende aber doch.

Sie erreichten den unterirdischen Wasserfall, der in einen See mündete.

Max leitete die Rücktransformation ein. »Himmel, das ist ja übel.«

»Es gehört viel Übung dazu, den Instinkt des Tieres mit dem verbliebenen menschlichen Intellekt zu unterdrücken«, erklärte Leonardo. »Ich bevorzuge es, als Falke durch die Luft zu streifen. Aber wie du ja weißt, ist es gefährlich.«

Niemand wusste, wie lange ein Wandeltrank vorhielt. Es hing von der Zusammensetzung des Gemischs, der Größe, dem Gewicht und der aktuellen Essenzmenge ab, die das Sigil produzierte. Kurz gesagt: Es war unkalkulierbar.

»Ich spüre noch eine Restwirkung«, sagte Max.

Leonardo ging neben dem Teich in die Knie. »Mein Weitblick funktioniert nicht. Warte.« Er tauchte die Hände in das Wasser, erschuf kobaltblaue Symbole und sagte: »Agnosco.«

Der Zauber lieferte eine Interpretation der Umgebung ebenso, wie er Magie aufspüren konnte.

»Es gibt ein unterirdisches Tunnelsystem. Das *könnte* ein Ausweg sein.«

»Ich weiß nicht, wie lange wir noch Tiergestalt annehmen können.«

»Dort vorne!«, brüllte Norden.

»Ich schieße diese blöde kleine Statue gleich vom Himmel«, fluchte Max.

Leonardo grinste. »Alternativ unternehmen wir einen Tauchgang.«

Sie wechselten einen Blick.

»Also los«, sagte Leonardo.

Natürlich hatte Max sich über die infrage kommenden Tiere an Land, in der Luft, unter der Erde oder im Wasser informiert.

Sie sprachen den Zauber.

Sekunden später sausten zwei Fächerfische mit einhundertzehn Stundenkilometern in das unterirdische Tunnelsystem.

Es war ein Rennen gegen die Zeit. Denn mit jeder verstreichenden Sekunde ließ die Wirkung des Tranks nach.

22. Unvollendet

Sie standen in jenem Raum im Castillo, in dem vor vielen Jahren der Wall erschaffen worden war. Alex war gleichzeitig mit ihr erschienen, ebenso die Schattenfrau.

Zeit hatte auf dieser Ebene eine andere Bedeutung, wie Jen erneut feststellte.

Sie bemerkten einander, doch niemand griff an. Die Erhabenheit des Augenblicks erfasste sie alle. Es war keine Traumszene, die sich hier abspielte, es war Erinnerung. Vom Sigilsplitter manifestiert aus Traumsubstanz.

Zwölf Magier hatten sich versammelt, um den Wall zu schmieden. Ihre Macht sollte etwas formen, das mehr als ein Jahrhundert in der Zukunft noch immer Bestand hatte.

Sie saßen im Schneidersitz am Boden auf Lederkissen.

Männer und Frauen, Jung und Alt. Einzig die Stärke der Magie zählte.

Sie hatten einen leisen Singsang angestimmt, während ihre Hände Symbole in die Luft zeichneten. Ein Gemeinschaftszauber höchster Präzision. Jen erinnerte sich an den Kampf im Haus von Agnus Blánc. Damals hatte der Bund des Sehenden Auges ebenfalls Symbole verknüpft.

Gebannt betrachtete sie die ineinanderfließenden Auraspuren, die etwas gänzlich Neues erschufen. Als mische ein Maler Farben, um auf seiner Leinwand Fantasie zu manifestieren.

Schreie erklangen.

Vor dem Fenster kollabierte das Kristallnetz.

In diesem Augenblick stürmten Horden von Schattenkriegern in das Castillo, die sich seit Monaten auf jenen Tag vorbereitet hatten. Ein Lichtkämpfer, ein angeblicher Unterstützer des Walls, öffnete die Tore. Doch die Magier ließen sich nicht beirren, sie wussten, was von diesem Augenblick abhing.

Der Wall erwachte, wie ein schlafendes Tier, das sich träge in der Sonne von einer Seite zur anderen warf.

Eine glatzköpfige Frau krümmte sich. Mit offenem Mund stieß sie einen gutturalen Laut aus, dann ging ihre ganze Kraft auf den Wall über.

Sie starb.

Jen fuhr zusammen. »Ich dachte, die Schattenkrieger hätten die Erschaffer umgebracht.«

Alex trat neben sie. »Es war ein Opferzauber.« Seine Stimme war nur ein Flüstern.

Die Magier waren zusammengekommen, um zu sterben. Und mit ihrem Tod den Wall zu erschaffen.

Das Sterben ging weiter.

Einer nach dem anderen kippte zur Seite oder nach hinten, röchelte oder starb schweigend. Sie gaben ihr Leben für die Sicherheit ihrer Kinder und der nachfolgenden Generationen. Um eine bessere Welt zu erschaffen.

Schließlich waren nur noch drei übrig.

Jen wusste, was nun geschah. Und auf einer tieferen Ebene ihres Bewusstseins manifestierte sich ein Gedanke. Ein Schock. Denn sie begriff wahrhaftig, was das bedeutete.

Die letzten drei waren nicht mit vollen Herzen bei der Sache. Sie glaubten nicht an den Wall, zweifelten. Und so zerrissen ihre Sigile, zerbrachen in Stücke. Teile flossen in den Wall, doch die drei Übrigen – mochten sie auch bereits mit dem Wall verbunden sein – flohen.

Der Silberregen-Splitter raste davon. Wie sie heute wussten, würde er in Dark London Schutz suchen.

Der Feuerblut-Splitter sprang in einen unterirdischen Tempel, wo er ausharrte, bis Alex ihn erbeutete.

Der letzte Splitter wirbelte in die Höhe. Sein Essenzatem schoss in die Tiefe und verbrannte die zwölf Magier. Ascheflocken wirbelten auf und umhüllten das Bruchstück.

Der Ascheatem war geboren.

Doch Jen war stockstarr. »Er wurde nie vollendet.«

»Was?« Alex schaute verdutzt zu ihr herüber.

»Der Wall. Verstehst du nicht, der Wall besteht aus der Macht der zwölf Sigile. Um vollständig zu entstehen, hätten sie alle in ihn eingehen müssen. Doch drei Bruchstücke fehlen.«

Alex‘ Augen weiteten sich in Begreifen. »Du meinst …«

»Seit einhundertsechsundsechzig Jahren existiert ein unfertiger Wall. Die letzten Splitter sind nie in ihm aufgegangen. Ich dachte, es wäre nur die Essenz nötig gewesen – das dachten wir alle –, aber das war falsch. Die Sigile sind das Fundament. Verstehst du?«

»Er hat Lücken?«

Jen strich sich fahrig durch die Haare. »Keine Ahnung. Aber es bedeutet, dass das größte Projekt der magischen Geschichte nie vollendet wurde. Und das kann nicht gut sein.«

Über ihnen wallte der Ascheatem.

Jen konnte sein Tasten spüren. Das Sigil hatte sich nicht in fester Form manifestiert wie seine beiden Geschwister. Es hatte die Form des Ascheatems beibehalten.

»So wunderschön.« Die Schattenfrau hob ihre Hand in die Höhe. »Es wird Zeit, dass du zurückkehrst.«

Sie sprang hinauf.

Gedankenschnell ließ Jen eine Mauer entstehen, die sich vor dem Splitter aufbaute. Ihre Feindin krachte dagegen und wurde zu Boden geschleudert.

»Du hast dazugelernt«, sagte Alex beeindruckt.

Das hatte sie.

Sie versuchte nicht länger, den Traum zu kontrollieren, sondern war eins mit ihm, ließ die Fantasie fließen. Sich von ihr leiten.

Die Schattenfrau schlich näher, die Muskeln angespannt, die Augen zu Schlitzen gekniffen. »Ihr seid wie Unkraut. Ich hätte meine Kraft zuerst darauf verwenden sollen, euch zu töten.«

»Hattest du nicht etwas davon gefaselt, mich erst leiden zu lassen?« Jen nahm die gleiche Haltung ein.

»Oh, absolut. Bei Alex sieht die Sache jedoch anders aus.« Sie schnippte mit dem Finger.

Einhundertsechsundsechzig Schwerter erschienen aus dem Nichts und rasten auf Alex zu. Er erschuf eine Barriere, doch sie durchdrangen sie problemlos.

»Lauf, Gassenjunge.«

Und genau das tat Alex. Er wich den Schwertern aus, schlug Haken und versuchte, sie irgendwie zu demanifestieren.

»Du wirst den Ascheatem nicht bekommen«, fauchte Jen.

»Das dachtet ihr beim Silberregen-Splitter auch. Und letztlich bekam ich ihn doch.«

Mit jedem Wort aus dem Mund ihrer Gegnerin wurde Jen überdeutlich, dass nicht mehr Clara vor ihr stand. Eine Wolke des Hasses umgab ihre ehemalige Freundin. Es versetzte ihr noch immer einen Stich. Wie gerne hätte sie sich mit ihr an einen Tisch gesetzt und über ein Buch geplaudert, so wie früher. Doch das war vorbei. Edison hatte ihnen eingebläut, sich nicht der Schwäche von Emotionen hinzugeben. Die Schattenfrau war gnadenlos.

Jen rief sich Gryff ins Gedächtnis. Und Max in seinem Verlies. »Ich halte dich auf.«

»Versuch es.«

Sie sprangen gleichzeitig.

Zwei orange-rot lodernde Feuerbälle umwallten die Fäuste der Schattenfrau, zwei magentafarbene Jens.

Zwei Sonnen prallten aufeinander.

23. Es kann nur eine geben

Steine zerfielen zu Pulver, Holz zu Asche.

Das Castillo wankte.

In der normalen Welt hätte Jen diesen Kampf verloren. Doch hier auf der Traumebene besaß die Schattenfrau die gleichen Stärken und Schwächen wie sie. Fantasie war der Schlüssel.

Die Wände waren fort.

Der Boden des Raumes schwebte im Nichts zwischen Traumszenen. Während um sie herum Menschen in Abgründe fielen, nackte Körper sich aufeinander bewegten und Lippen sich sanft berührten, kämpften sie unter dem Ascheatem. Er schwebte über ihnen, Gott und Schiedsrichter zugleich.

»Potesta Maxima!«, brüllte Alex.

Doch der Kraftschlag surrte ins Nichts.

»Dumm gelaufen, Gassenjunge«, spottete die Schattenfrau. »Hier funktioniert das anders.«

»Eifer des Gefechts.«

Alex hob seine Hände und warf der Schattenfrau etwas Unsichtbares entgegen. Mitten in der Luft manifestierten sich Schlangen. Sie zuckte tatsächlich zusammen und verlor für einen Augenblick die Konzentration.

Clara hat Schlangen gehasst.

Ein aufschnappendes Maul schoss voran, direkt auf den Hals der Schattenfrau zu.

Sie schnippte.

Die Tiere verschwanden.

»Wir sind in der Überzahl«, verkündete Alex.

»So, seid ihr das?« Die Schattenfrau grinste. »Welch geistreiche Worte in einem Traum.«

Jen wollte Alex eine Warnung zurufen, doch es war zu spät. Hinter ihm war jemand materialisiert. Ein Dolch bohrte sich in seinen Rücken, die Spitze ragte aus seiner Brust.

»Wisst ihr, in einem Traum kann man nicht wirklich sterben«, verkündete die Schattenfrau. »Es geht dann einfach weiter mit der nächsten Szene. Es sei denn, der Körper erleidet einen Schock, so übermächtig, dass das Herz aufhört zu schlagen.«

Jen dachte nicht nach, sie handelte instinktiv. »Wach auf!«

Ihre Stimme wurde zum Donnerhall einer Göttin, schien die Fasern des Seins zu durchdringen.

Alex löste sich auf.

»Er hat ja auch lange genug geschlafen«, kommentierte die Schattenfrau. »Und macht es zu zweit nicht viel mehr Spaß?«

»Wieso bist du so voller Hass?« Sie wollte die Frage nicht stellen, kam sich dumm dabei vor, doch immer wenn sie die Schattenfrau sah, sah sie auch Clara. Unter all der Unversöhnlichkeit vergraben.

»Himmel, jetzt geht das wieder los. Ich habe dich von einem Balkon geworfen, deinen Essenzstab zum Sterben verurteilt, die Schattenkrieger ins Castillo gelassen und dafür gesorgt, dass Gryff stirbt. Was muss denn noch passieren, damit du mit dem Gefasel aufhörst?«

Der Stein des Bodens erweiterte sich blitzartig.

Neben dem Raum des Castillos wuchs der Garten ihres Elternhauses empor, gefolgt von dem Herrenhaus, in dem Mark gestorben war. Die Pyramide in Indien schloss sich an, die Spitze des Eiffelturms in Paris folgte.

Ein gewaltiges Schachbrett aus unterschiedlichen Orten entstand. Hoch über ihnen blieben die Traumszenen sichtbar, mittendrin schwebte der Ascheatem.

»So viele Niederlagen.« Die Schattenfrau sah sich um. »Fügen wir eine weitere hinzu!«

Ein Schlag traf Jen, der sie zwischen die Steinengel schleuderte. Der Buchsbaum, den sie noch nie hatte leiden können, bohrte sich in ihren Rücken.

»Im Gegensatz zu dir habe ich mich eine Ewigkeit lang auf die Traumebene vorbereiten können.« Mit wiegenden Hüften schritt die Schattenfrau heran. »Ich war dabei, als der Traumkrieg tobte. Das hier ist ein Heimspiel.«

Der Buchsbaum stand von einer Sekunde zur nächsten in lodernden Flammen.

Jen stieg mit einem Gedanken in die Luft. Schwerelos hing sie über den Bruchstücken der Träume und Erinnerungen. Weit in der Ferne erkannte sie Nostradamus' Bibliothek. Daneben Leonardos Büro. Auf der anderen Seite wurde die Fläche des Eiffelturms zu den Verbotenen Katakomben, die in das Refugium von Lady Morgause übergingen.

Ein Hammer von der Größe eines Hauses hing plötzlich über ihr und fuhr herab.

Jen erschuf einen Amboss. Funken schlugen, doch sie blieb unverletzt.

Sie schaute hinüber auf die Eiffelturmspitze. Dort stand die Schattenfrau. Eine weitere schritt lächelnd durch Nostradamus' Bibliothek. Wieder eine saß auf der Pyramidenspitze im indischen Tempel.

»Tja, was jetzt?« Ein Lachen hallte von überall her an ihre Ohren.

»Drei auf einen Streich?«, schlug Jen vor.

Eine riesige Hand erschien aus dem Nichts, packte alle drei und zerquetschte sie. Während zwei der Schattenfrauen verpufften, löste sich die Hand auf, die die dritte umklammerte.

»Na schön, genug gespielt.«

Der Boden erzitterte. Die Engel erwachten zum Leben und rasten auf Jen zu. Überall schossen Feuer empor, deren gierige Flammen sich nach ihr ausstreckten. Ein Sog erfasste sie, trieb sie in Richtung Pyramide, daran vorbei und auf einen jener schwarzen Abgründe zu. Obwohl es nur ein Traum war, glaubte sie, das gierige Tasten einer uralten Präsenz zu spüren, die sie in die ewige Finsternis zerren wollte.

Im letzten Augenblick ließ sie eine asphaltierte Straße über der Schwärze entstehen. Ein Stückchen Nimag-Realität, das erdete. Sie durfte sich nicht davontreiben lassen von surrealer Fantasie.

»Perspektive.«

Ihr kam eine Idee.

Einen Gedanken später besaß sie selbst die Größe eines Wolkenkratzers, während die Schattenfrau eine Ameise darstellte. Bevor ihre Feindin gegensteuern konnte, erschuf Jen einen Glaskäfig und stülpte ihn über die Schattenfrau.

»Du konntest dich also gut vorbereiten, ja? Dann bin ich wohl einfach besser.«

Ein Schrei erklang.

Die Schallwellen trafen Jen und ließen sie kippen. Sie krachte zu Boden. Die Umgebung drohte in einem Schwindelgefühl zu verblassen.

»Nein!«

Wut drängte die Benommenheit zurück. Der Bereich wurde wieder scharf, die Schattenfrau blieb in ihrem Glaskäfig.

Jen schaute nach oben zum Ascheatem. »Ich kann dich beschützen.«

Ganz langsam, zaghaft wie ein Kind, glitt die Wolke zu Boden. Wurde kleiner und kleiner. Rauchschwaden umfingen Jens Hand. Eine

Phiole von der Größe eines Fingergliedes entstand, der Rauch kroch hinein.

Sie hängte sich den Sigilsplitter um den Hals.

Lächelnd blickte sie zur Schattenfrau. »Dieses Mal hast du verloren. Gewöhne dich dran. Und jetzt«, sie fixierte den winzigen Leib, »wach auf!«

24. Das Leuchtfeuer

Schuppen wurden zu Haut, Kiemen schlossen sich.

Max schlug mit seiner Schwanzflosse aus, doch plötzlich waren da zwei Beine. Er bekam nicht länger Luft.

Hände packten ihn, zerrten ihn in Richtung Licht. Glücklicherweise erwies sich besagtes Licht nicht als das Jenseits, sondern die Erdoberfläche. Keuchend fiel er zu Boden.

Kühle Luft strömte in seine Lungen.

Leonardo kniete neben ihm, ebenfalls keuchend. Er wirkte einen Trocknungszauber, wofür Max ihm dankbar war. Innerhalb von Sekunden klebte ihre Kleidung nicht mehr am Körper.

»Wo … sind … wir?«, fragte er japsend.

Leonardo blickte in den Himmel, schloss die Augen und wirkte einen Lokalisierungszauber. »Sibirien. Das ist das Putorana-Gebirge. Russland.«

Der See, aus dem sie aufgetaucht waren, lag nur wenige Schritte entfernt.

»Sie sind vermutlich schon auf dem Weg hierher.« Leonardo suchte den Horizont ab. »Mein Weitblick funktioniert. Aber die Dämpfungsmagie liegt hier über allem. Wir haben ihren Radius noch nicht verlassen.«

Max rappelte sich auf. »Dann los.«

Sie taumelten davon.

»Ich habe mit Edison vereinbart, dass wir ein Leuchtfeuer zünden.«

Magier in Not besaßen diese Möglichkeit. Der Nachteil war jedoch, dass alle anderen Magier in der Umgebung – ob Lichtkämpfer oder Schattenkrieger – ein solches Feuer wahrnahmen.

»Cornelius steht bereit«, ergänzte Max.

Neben Nikki war Cornelius der einzige Sprungmagier, der nicht gerade eine Pause im Bernstein einlegte.

Als Max realisierte, dass Leonardo darüber noch gar nichts wusste, brachte er ihn auf den neuesten Stand. Er berichtete auch von Patricia und der Suche nach dem letzten Sigilsplitter.

»Das klingt nach einer Menge Chaos«, kommentierte Leonardo. Er wirkte abwesend.

Erst jetzt begriff Max, dass der Unsterbliche gerade aus brutalster Folter entkommen war. Er selbst wusste, wie sich Hoffnungslosigkeit anfühlte, welchen Hass man gegen seine Peiniger entwickelte, wie tief die Wunden sein konnten. Nicht zu vergessen der immerwährende Schmerz. Aus genau diesem Grund konnte er Claras Verhalten bis zu einem gewissen Grad nachvollziehen. Nicht rechtfertigen, nicht gut heißen, aber nachvollziehen.

»Geht es einigermaßen?«

Leonardos Gesicht verzog sich grimmig. »Ich habe Schlimmeres überlebt. Es ist ein weiteres Kapitel in einem langen Leben. Denkst du, ich war noch nie in einem Verlies, wurde noch nie gefoltert? Die Zeiten waren damals brutaler und menschenverachtender als heute. Das galt auch für die magische Gesellschaft.« Er schickte ein Lächeln hinterher. »Aber mir ist klar, was du riskiert hast, um mich zu befreien. Dafür danke ich dir. Ich stand kurz davor, meine Unsterblichkeit aufzugeben.«

»Geht das denn so einfach?«

Leonardo nickte. »Jeder von uns kann es jederzeit tun. Im Moment des Todes wird eine Macht freigesetzt. Ich glaube nicht, dass Moriarty die Unsterblichkeit einfangen kann. Doch es gab manch einen unter uns, der mit diesem Opfer Gewaltiges vollbracht hat. Ein letztes Geschenk. Bevor er«, womit Leonardo eindeutig Moriarty meinte, »sein Experiment an mir durchgeführt hätte, hätte ich den letzten Schritt getan. Ich war bereit«.

Max nickte in stillem Verstehen. Er selbst hatte sich damals auf den Tod vorbereitet, seine Essenz absichtlich über das Limit verbraucht, um mit seinem Aurafeuer alle im Castillo vor dem Wechselbalg zu warnen. Einzig Kevin und Theresa war es zu verdanken, dass er noch immer lebte.

In der Ferne stieg ein Falke in die Lüfte.

»Sie kommen.« Leonardo begann zu laufen.

Max fixierte das Tier mit seinem Weitblick und schoss einen Kraftschlag ab. Er besaß keine Wirkung. »Geschützt.«

»Sie lassen ihn als Beobachter in der Luft, während ein Team am Boden die Contego-Sphäre etabliert.« Leonardo fluchte. »Damit haben sie uns.« Er warf ein magisches Symbol in die Luft. »Agnosco!«

In der Ferne, gerade noch zu sehen, flammte eine Barriere auf.

Sie mussten auf die andere Seite.

Plopp!

Aus dem Nichts erschien ein Sprungmagier.

Max hatte solche Szenarien im Übungsraum trainiert und warf seinen Kraftschlag so schnell, dass der andere seine Schutzsphäre nicht mehr hochziehen konnte. Bewusstlos kippte er hintenüber.

Andere würden kommen.

Die Wut von Moriarty und Khan würde sie zu Höchstleistungen antreiben.

Ein Blick zurück zeigte ihm, dass die beiden Unsterblichen ihre Körper schwerelos gemacht hatten und heranahten. Eine Woge des Hasses umwölkte Moriarty. Max musste unweigerlich an Feuerzangen-Bill denken. »Schneller!«

»Wir werden es auf diese Art nicht schaffen«, verkündete Leonardo.

»Was ist mit dem Physicorum-Zauber?«

Er wusste, dass Chris ihn in Ägypten im Kampf gegen die Anubis-Kreaturen eingesetzt hatte. Der Zauber machte den Körper stark, schnell und robust, saugte die Essenz aber auf wie ein Schwamm. Danach kam eine Schwächephase, die – wenn man nicht rechtzeitig abbrach – den Tod bedeuten konnte.

»Wir haben keine andere Wahl«, stimmte Leonardo zu.

Max erschuf die Symbole. »Corpus Transformere. Corpus physicorum.«

Eine Lohe der Kraft fuhr in seinen Körper.

Leonardo und er rasten über das Geröll des Bergmassivs. Vorbei an tiefen Schluchten und einsam emporragenden Büschen. Sie sprangen über umgefallene Baumstämme und sprinteten Pfade entlang.

Immer näher kam die Barriere.

Sie dämpfte Magie, konnte jedoch problemlos von Magiern und Nimags überschritten werden. Er konnte ihre Struktur mit den geschärften Sinnen spüren. Alles war klar, deutlich und leicht.

Das Sigil in seinem Inneren loderte gepeinigt auf, so schnell floss die Essenz davon.

Wenige Meter vor der Barriere musste Max den Zauber löschen. Andernfalls hätte es seine Aura vernichtet. Leonardo hielt ein paar Schritte länger durch. Zu ihrer Linken gab es einen weiten Abgrund. Ein Wasserfall plätscherte in die Tiefe.

Rechts ragte eine steile Felswand empor.

»Weiter!«, brüllte Max.

Der Unsterbliche taumelte auf die wabernde Luft zu.

Ihre Gegner stürzten herab. Kurz vor dem Boden gingen sie in einen Gleitflug über.

Leonardo taumelte über die Grenze, reckte seinen Essenzstab und brüllte: »Signum Maxima!«

Kobaltblaue Essenz stieg empor, Flammen züngelten in den Himmel.

Khan brüllte vor Wut und warf sich durch die Barriere. »Du entkommst mir nicht!«

Moriarty hatte zwischen Max und der Barriere Position bezogen. »Ich muss schon sagen, da hast du mich doch tatsächlich hinters Licht geführt. Madison tobt vor Wut und der gute Jason steht dem in nichts nach. Du machst dir Freunde, wohin du auch kommst.«

»Eine meiner besten Fähigkeiten.«

Max wusste, dass er unter dem Dämpfungsfeld keine Chance hatte. Selbst davor konnte er auf Dauer nicht gegen einen Unsterblichen gewinnen. In der aktuellen Situation vermochte ein Baby ihn mit seiner Rassel bewusstlos zu schlagen.

»Dein Weg endet hier.« Moriarty riss seinen Stab empor. »Ulcerus.«

Der Schlag riss eine tiefe Wunde in Max' Brust. Er taumelte, weigerte sich aber, in die Knie zu brechen.

»Verstehe mich nicht falsch, ich habe durchaus Hochachtung vor einem guten Plan«, erklärte Moriarty. »In diesem Fall hast du damit allerdings meine eigenen Pläne durchkreuzt, mein Experiment sabotiert und weißt obendrein, wo unser Domizil liegt. Hm. Wie hast du den Wahrheitszauber überlistet, den Crowley dir als Trank verabreichte?«

»Eine kleine Gedächtnismanipulation. Ich wusste es selbst nicht besser.«

»Ah, das trägt eindeutig Edisons Handschrift. Natürlich. Das einzige Schlupfloch. Wir untersuchten dich nicht auf etwas Derartiges, nur auf deinen Willen überzulaufen.« Moriarty gab sich in Plauderlaune, doch hinter seinen Augen blitzte der Hass. »Du hast meine Position im Rat untergraben. Saint Germain sitzt fester im Sattel denn je.«

Auf der anderen Seite der Barriere kämpften Khan und Leonardo, wobei letzterer keine gute Figur machte. Der Physicorum-Zauber hatte auch seine Essenz verbraucht. Immer weiter wich er zurück, verlegte sich darauf, seine Schutzsphäre aktiviert zu halten.

Max konnte nicht einmal mehr eine solche erschaffen.

»Beinahe«, sagte Moriarty. »Aber beinahe ist eben nicht gut genug. Potesta! Ulcerus! Ignis!«

Eine Wunde entstand auf Max' rechtem Arm. Hätte der Essenzstab nicht hinter seinem Gürtel gesteckt, er hätte ihn verloren. Der Kraftschlag schmetterte gegen sein Bein, brachte ihn zu Fall, eine Feuerspur versengte seine Haare.

»Das war meine Wut«, erklärte Moriarty. »Aber dem ist nun Genüge getan. Bringen wir es mit Rationalität zu Ende.«

Der Stab zielte exakt zwischen Max' Augen.

Plopp!

»Moriarty!«, rief jemand.

Der Unsterbliche fuhr herum.

Ein Kraftschlag sauste durch die Barriere, traf ihn in die Brust und schleuderte ihn in die Schlucht. Den Wasserfall hinunter. Beinahe hätte Max vor so viel poetischer Gerechtigkeit gekichert.

»Wasserfälle scheinen dir stets aufs Neue zum Verhängnis zu werden, Moriarty.« Max stöhnte. Er konnte nicht auftreten, Blut verschleierte seine Sicht.

Ein Brüllen erklang. Eindeutig Khan.

Jemand griff nach seinem Arm. Cornelius.

»Schnell.« Der Sprungmagier zog ihn auf die andere Seite der Barriere.

Edison hatte Khan zurückgetrieben und griff nach Leonardos Arm. Cornelius wiederum packte ihn mit rechts und Max mit links.

»Wie besprochen?«, fragte Cornelius.

»Wie besprochen«, bestätigte Edison.

Die Umgebung verging in einem Wabern.

25. Ende gut, alles gut

Jen wollte die ganze Welt umarmen.

Feuerblut und Ascheatem ruhten sicher in den Katakomben. Die Schattenfrau mochte entkommen sein, doch diesen Kampf hatte sie verloren. Geführt von Sila waren die Freunde sicher zur Nautilus zurückgekehrt, die sie von Antarktika fortgebracht hatte.

Nikki hatte sie nacheinander ins Castillo zurückgebracht, wo die Unsterblichen sie freudig empfangen hatten. Edison würde mit den beiden Splittern den dritten herbeirufen und dann war es vorbei. Überraschend simpel.

Jen hatte sich in die Bücherecke des Turms verkrochen. Sie trug eine Jogginghose, ein Spaghettiträger-Top und ein Wollpulli lag bereit. Heute wollte sie Dylan nicht sehen, obwohl er sie gerne zum Abendessen eingeladen hätte. Auf dem Selfie, das er nach einer OP gemacht hatte, wirkte er müde, aber zufrieden.

»Wir haben sie alle gerettet.«

Die anderen saßen in der Küche bei Tilda. Alex hatte sie gefragt, ob sie auch kommen wollte. Heute nicht. Ein wenig Einsamkeit tat ihr gut. Es kam selten vor, dass sie einfach Ruhe hatte, keine Mission anstand, die Welt nicht in Gefahr schwebte.

Sie nahm einen Keks, verschlang ihn und kippte Milch hinterher. Vier Kekse später breitete sich ein wohliges Völlegefühl in ihrem Magen aus.

»Scheiß auf die Kalorien.« Sie grinste und verputzte noch einen.

Sie schnappte ihr Smartphone, das sie im Castillo eigentlich nie benutzte, und aktivierte die Playlist. Sie wählte keinen Song, sondern ließ das System zufällig einen heraussuchen und legte die Ausgabe auf die drahtlosen Boxen.

Eine tiefe Stimme sang:

»*… sun is sleeping quietly.*«

Ein Song, den sie selten abspielte, aber mochte.

»*For my dreams I hold my life*
For wishes I behold my nights.«

Ein schöner Text. Ein Leben voller Träume, Nächte voller Wünsche.

Sie nahm das Buch auf, legte es aber wieder weg, ohne zu lesen. Ihre Gedanken glichen einem unruhigen Ozean. Was war nur los mit ihr?

Die beiden Statuen stahlen sich in ihr Bewusstsein. Dylan und Alex. Pah, ihr Unterbewusstsein wusste gar nichts. Dämliches Teil.

Sie schlenderte zum Fenster und schaute hinaus auf die Ländereien. Das Schwimmbecken, der Teich am Waldrand, der alte Spielplatz und die weiten Felder. Morgen wollte sie ausreiten. Einfach die Seele baumeln lassen. Abends konnte sie Dylan besuchen.

In den nächsten Tagen würde sie Chloe bitten, ein paar Illusionierungen über einen alten Laden in Boston zu legen. So würde es tatsächlich wirken, als besitze sie eine Kunstgalerie.

Sie hasste Lügen.

Unwahrheiten, verborgen hinter einer schönen Fassade. Falls es mit Dylan ernster wurde, musste sie mit den Unsterblichen sprechen. Ein Permit konnte nicht so schwer zu bekommen sein. Andere führten auch Beziehungen mit Nimags.

Sanfte Töne schwangen in der Luft.

»*Sleeping. Weeping.*«

Ja, schlaf. Morgen würde sie bis zum Mittag schlafen, entspannen und sich beim ersten Sonnenstrahl einfach wohlig von der einen zur anderen Seite drehen. Und wehe, jemand weckte sie. Zur Sicherheit würde sie eine Falle in ihrem Zimmer einbauen. Alex hatte schon einmal die Tür aufgerissen, »Guten Morgen, Schlafmütze« gebrüllt und war dann davongerannt.

»Dieser elende Kindskopf.«

Sie schüttelte den Kopf.

Natürlich war er ganz süß. Und sein Körper konnte sich definitiv sehen lassen. Sein ständiges Herumgejogge hatte einen positiven Einfluss. Kein Gramm Fett am Körper.

Sie schielte zu den Keksen. Möglicherweise hätte einer weniger gereicht? Quatsch!

Ein Summen wie von hundert Bienen lag in der Luft.

Verblüfft schaute Jen zum Fenster. Da war nichts. Das Geräusch kam von anderswo. Sie brauchte einen Moment, konnte es schließlich jedoch dem Tresor zuordnen.

»Der Foliant!«

Sie entriegelte das Schließsystem und nahm das ledergebundene Buch heraus. Es vibrierte in ihren Händen. War es endlich bereit, weitere Informationen zu enthüllen?

Vorsichtig legte sie es ab und griff nach ihrem Kontaktstein. Langsam zog sie die Hand zurück. Nein. Der Foliant war ihr Erbe. Natürlich würde sie die Informationen teilen, aber lesen wollte sie alleine in dem alten Pergament. Immerhin mochte es durchaus sein, dass Joshua seine Worte direkt an sie richtete.

Sie blätterte zu den Prophezeiungen.

Bereits zu viele Verse hatten sich erfüllt. Doch sie wusste, dass noch weitere Seiten darauf warteten, ihr Wissen preiszugeben. Niederschriften, die Joshua zeit seines Lebens getätigt hatte. Prophezeiungen, Texte, Mitschriften. Nachdem Nostradamus ihr gezeigt hatte, wie sie Zugang zu dem Artefakt bekam, konnte sie darauf zugreifen, falls der Foliant es wollte.

Uralte Magie wohnte ihm inne. Er enthüllte erst, wenn es an der Zeit war, nicht vorher. Was immer das bedeuten mochte.

Jen blätterte weiter.

Die Seiten waren leer.

Verblüfft runzelte sie die Stirn. Das Papier fühlte sich rau an, knisterte bei jedem Blätterschlag. Gelbstichig und brüchig schmiegten sich die Seiten aneinander.

»Wieso rufst du nach mir, enthüllst aber nicht, was in dir geschrieben steht?«

»I *wish for this night-time*
to last for a lifetime.«

Jen blätterte schneller.

Leere Seiten flogen an ihr vorbei, schienen sie zu verhöhnen.

Da!

Sie stoppte.

Worte, geschrieben von schwarzer Tinte, entstanden. Sie bildeten sich auf den Seiten wie Blutstropfen, die jemand herabfallen ließ.

Ihre Augen verfolgten jede Bewegung, klammerten sich an jedes Wort.

Aufschreiend wich sie vor dem Buch zurück, als ein einziger Satz vollständig gebildet war. Mit zittrigen Fingern hielt sie sich die Nase zu und versuchte, durch den Mund zu atmen.

Es funktionierte.

Wie ein Fanal leuchteten die Worte vor ihr auf.

»Du träumst noch immer.«

26. Ein Ende mit Schrecken

»Waaah!«

Alex schreckte auf, verlor auf dem glatten Untergrund den Halt und landete im Schnee.

»Willkommen im Club«, begrüßte ihn Chloe.

Verblüfft sah er sich um. Sila saß im Schneidersitz am Boden, hatte die Augen geschlossen und schien zu meditieren. Chris und Nikki lümmelten auf ihren ausgerollten Thermo-Schlafsäcken und knabberten an Eiweißriegeln. Chloe lehnte an der Wand und kraulte Ataciarus Nacken, was der Husky sich mit einem wohligen Knurren gefallen ließ.

»Was ist passiert?«

»Alter, das fragen wir dich! Noch etwas länger und ich hätte euch persönlich da rausgeholt«, erwiderte Chris.

»Wie lange waren wir denn da drin?«

»Über vierundzwanzig Stunden«, erwiderte Chris.

Alex' Magen, der in diesem Augenblick laut knurrte, bestätigte die Aussage. Er nahm sich einen der Riegel und verschlang ihn.

»Wie geht es dir?«, fragte er Chloe, während er gleichzeitig einen Blick auf Jen und die Schattenfrau warf. Beide verharrten in ihrer ursprünglichen Haltung.

»Alles gut. Jules Verne hat mir ordentlich eine verpasst und mich geweckt.«

»Hör mal, wegen Jam…«

»Vergiss es. Sag lieber, was da drin abgeht.«

»Wir haben gegen die Schattenfrau gekämpft«, erklärte er. »Sie hat mich vermöbelt und Jen hat mich dann mit einem Brüller geweckt. Jetzt kämpfen die beiden gegeneinander.«

»Na, wunderbar.« Chris schielte hinüber zum magischen Kreis. »Falls die Schattenfrau gewinnt, sollten wir bereit sein.«

»Soweit das überhaupt geht«, merkte Chloe an. »Sag mal, Sila, kann die Macht eines Sigilsplitters hier angewendet werden?«

Die Wächterin schwieg.

»Hallo!«, rief Chloe. »Das ist nicht der richtige Zeitpunkt für Schläfchen.«

»Du hast ja so recht.« In einer fließenden Bewegung kam die Schattenfrau in die Höhe. Vor ihrer Brust manifestierte sich eine kleine

Phiole, die mit Rauch gefüllt war. Ein Lederband wand sich um ihren Hals. »Überraschung, das Nickerchen ist vorbei. Für mich. Jen bleibt noch ein wenig länger. Für immer, um genau zu sein. Bis sie den Freitod wählt und endgültig stirbt. Eingekapselte Träume sind wirklich ungesund.«

Chris und Nikki sprangen auf, hoben die Hände in Abwehrhaltung. Alex zog seinen Essenzstab. Damit fühlte er sich zumindest etwas sicherer.

Heute nenne ich dich Placebostab.

Sila verblieb in ihrer Haltung, Ataciaru sprang auf alle Viere, beobachtete die Schattenfrau jedoch nur lauernd.

»Ach Göttchen, wie goldig. Die Zwergentruppe probt den Aufstand. Wisst ihr, nach all der Zeit seid ihr mir doch ans Herz gewachsen.« Sie verzog abschätzig die Lippen. »Das war gelogen. Ihr habt verloren. Ich habe zwei Splitter und kann den dritten jederzeit herbeirufen. Ihr habt nichts mehr.«

»Wir lassen dich nicht mit dem Splitter gehen.« Alex blockierte den Weg.

»Und aufhalten wollt ihr mich wie?«

»Du kannst keine Magie einsetzen«, warf Chloe ein. Damit sind wir in der Überzahl.«

»Kann ich nicht?« Die Schattenfrau öffnete die rechte Hand. Lodernde Essenz flammte auf. »Scheint zu funktionieren. Zugegeben, Nebeneffekte treten trotzdem auf. Aber hey, damit dürft ihr euch herumschlagen. Die Spiele sind vorbei.«

»Keine Magie auf diesem Grund. Keine Gewalt.« Sila saß in einem Augenblick und drückte im nächsten die Hand der Schattenfrau hinab. »Du wirst diesen Kampf nicht hier austragen.«

Alex war überzeugt davon, dass die Wächterin im nächsten Moment zu Staub zerfallen würde.

Doch die Schattenfrau ließ ihren Arm langsam sinken.

»Und was, wenn ich es einfach tue? Du kannst mich nicht aufhalten.«

»Das Land kann es. Die Regeln dieses Ortes sind älter als der Wall. Stell dich gegen mich und du stellst dich gegen unsere Vorväter, gegen die Macht des Landes. Antarktika wird dich verschlingen.«

In den darauffolgenden Sekunden hätte man einen Essenzstab fallen hören können.

»Also gut.« Sie wandte sich Alex zu. »Freu dich, Gassenjunge, ihr werdet das Ende erleben. Und ich verspreche euch, es wird anders, als sich jeder von euch in seinen schlimmsten Albträumen ausmalen kann. Andererseits kannst du mir auch gerne nachlaufen und versuchen, mich hinter den Grenzen von Antarktika aufzuhalten.«

Die Schattenfrau schenkte ihm einen Augenaufschlag, dann glitt sie auf den Ausgang zu.

Alex stellte sich ihr noch einmal in den Weg. »Was ist mit Jen?«

»Wie ich sagte, die Gute bleibt, wo sie ist. Ich habe sie in einem Traum eingekapselt. Und jetzt geh mir aus dem Weg, oder ich lasse es darauf ankommen und verbrenne dich zu Asche.« Sie lächelte böse. »Asche, die ich deiner Mum in einer Urne überreiche.«

»Du elende …«

Chloe legte eine Hand auf Alex' Arm. »Nicht. Ich kann es nachvollziehen. Aber wir müssen uns ebenso an die Regeln halten wie sie. Aus Respekt vor Sila und dem Land.«

Worte, die er so nicht von Chloe erwartet hatte. Und gleichzeitig doch genau von ihr.

Wie ein Hai im Wasser glitt die Schattenfrau aus dem Raum und verschwand zwischen Schnee und Eis. Ihre Schritte würden sie nach oben tragen, sie würde Antarktika verlassen. Und dann?

Er wollte gar nicht daran denken.

»Ich hole Jen dort raus«, entschied er.

Ataciaru knurrte.

»Was hast du denn?«, Chloe kraulte sein Nackenfell. Die Schnauze des Hundes witterte etwas. »Beeil dich besser.«

»Wenn du mit ihr körperlichen Kontakt herstellst und den Traum beendest, wird sie ebenfalls erwachen«, erklärte Sila.

»Körperlicher Kontakt klingt immer gut.« Alex sank neben Jen in die Knie. Er streifte zuerst seinen Handschuh ab, dann ihren. Die Finger der linken Hand mit den ihren verschränkt, berührte er mit der anderen Jules Vernes Knochen. »Somnus Planum Excitare.«

Die Welt machte einen Satz.

Er fiel in die Tiefe und knallte hart auf den Steinboden von Tildas Küche. Eine Bratpfanne sauste auf sein Gesicht zu.

Alex schnippte.

Tilda und die Pfanne verschwanden. »Sorry, aber diesmal nicht.«

Er rannte hinaus. Wo war Jen? Das Castillo war groß, und obgleich er Umgebungen manipulieren konnte, hatte er keine Ahnung, wie man einen echten Menschen in einem Traum fand.

»Komm schon, Jen, wo bist du?«

Alex rannte zum Turmzimmer.

Auf einem Beistelltisch neben der Couch stand eine Schale mit Keksen, daneben ein Glas Milch. Auf dem Schreibtisch lag der Foliant.

Die sonst leere Seite enthielt lediglich zwei Sätze.

Du träumst noch immer.
Flieh, indem du stirbst.

Entsetzt starrte er auf die Zeilen.

Die Schrift verschwand und wurde durch neue ersetzt.

Zu spät, Gassenjunge.
Dieser Tod wird endgültig sein.

Alex' Gedanken rasten. Natürlich, der Traum war von der Schattenfrau vorgegeben. Doch Jen musste glauben, dass der Foliant als Teil ihres Traums Hinweise von Joshua enthielt, oder genauer: von ihrem Unterbewusstsein.

»Sie wird sich umbringen.«

Aber wie?

26. Vertrauen in einen Traum

Jen verfluchte die Schattenfrau mit jeder Faser ihres Seins. Gleichzeitig war sie wütend auf sich selbst. Wie hatte sie nur derart blind an einen Sieg glauben können?

Es wirkte so verdammt real.

Das kalte Glas der Phiole, in der der Sigilsplitter eingesperrt war. Die Rückfahrt auf der Nautilus. Die Freude in den Gesichtern der anderen Lichtkämpfer. Der Moment des größten Triumphs.

»Du elendes Miststück!«

Stattdessen hing sie in einem Traum.

Nachdem der Foliant die Worte geschrieben hatte – sie dankte ihrem Unterbewusstsein im Stillen –, hatte sie die Bücher geöffnet. Damit stellte sich ein weiteres Gesetz als wahr heraus. Auf den Seiten stand unlesbares Gekrakel. Im Traum waren normale Bücher nicht mit echtem Text befüllt.

Die Schattenfrau hatte also den Kampf gewonnen. Irgendwann, vermutlich, als Jen schwindelig geworden war, hatte sie den Übergang in einen weiteren Traum eingeleitet. Ein Traum in einem Traum. Davor hatte Edison gewarnt.

»Sie hat den letzten Splitter.«

Jen hoffte, dass es Alex, Nikki, Chris und Sila gelungen war, die Schattenfrau aufzuhalten.

Da die Traummanipulation nicht mehr funktionierte, kämpfte sie sich mühsam die Stufen hinauf. Wie war es ihrer Gegnerin gelungen, Jen in einen Traum einzukapseln, darin gefangen zu setzen? Kein Zauber wollte funktionieren, Fantasie ließ sich nicht manifestieren.

Die Tür klemmte.

Wütend trat Jen dagegen. Wieder und wieder. Irgendwann krachte das Holz gegen die Wand.

Sie tastete sich vorsichtig auf das Dach des Castillos. Hier oben blies ein heftiger Wind, sie musste aufpassen, nicht davongerissen zu werden. Paradox, schließlich wollte sie nichts anderes, als hinunterzuspringen.

Es war die einzige Möglichkeit.

Im Castillo fanden sich keine Waffen, keine Tränke oder Kräuter. Die einzige Möglichkeit, den Traum zu beenden, war ein Sprung in den Abgrund. Sie würde auf den Bodenplatten aufschlagen und erwachen.

»Dieses Mal werde ich es prüfen.«

Sie stakste vorsichtig über den Dachfirst. Rechts und links fielen die Schindeln schräg ab. In der Mitte schlängelte sich eine Metalllinie zur anderen Seite und über die Dächer der angeschlossenen Flügel.

In der Mitte blieb Jen stehen, setzte sich hin und rutschte auf den Ziegeln bis hinunter zur Kante.

Nur ein Schritt trennte sie vom Abgrund.

»Und dabei bin ich gar nicht der Castillodach-Sprung-Typ«, murmelte sie. »Blöde Traumebene.«

Der Wind wehte stärker, mal mehr, mal weniger. Fast glaubte sie, dass er Worte in ihr Ohr wisperte. Er klang wie Alex.

»Jen!«, brüllte der Wind.

Sie schaute auf.

Alex kroch über das Dach zu ihr herüber.

»Du darfst nicht springen!«, rief er.

Sie verdrehte die Augen. »Toll. Entweder du bist mein dämliches Unterbewusstsein, das im letzten Moment die Hosen voll hat, oder *sie* hat dich als Sicherheit eingebaut.«

»Ich bin echt!« Ein Ziegel brach unter ihm weg. Er konnte sich jedoch fangen und klammerte sich ans Dach. »Welcher Vollhorst hat diese dumme Ebene eigentlich erschaffen?!«

Fast klang er wie der echte Alex.

»Vergiss es, das zieht nicht. Ich springe.«

»Dann stirbst du.«

»Das ist ja auch die Idee. Ich will aufwachen«, klärte sie ihr Unterbewusstsein auf. »Aber das weißt du natürlich.«

»Ich bin echt!«

»Ja, klar.«

»Jennifer Danvers!«, brüllte er. »Ich habe noch nie etwas derart Stures, Nervendes, Kraftraubendes, Zickiges, …«

»Du wiederholst dich.«

Alex schrie frustriert auf. »Du kletterst jetzt gefälligst wieder nach oben. Ich kann uns beide aufwecken.«

»Wenn ich die Schattenfrau wäre, würde ich einen künstlichen Alex genau das Gleiche sagen lassen.«

»Ich werde dich so heftig verprügeln, dass du deine Version von Shades of Grey schreiben kannst!«

»Versuch's doch!«

»Tue ich ja!« Er kroch wieder auf sie zu.
»Wenn du näherkommst, springe ich.«
»Wolltest du das nicht sowieso tun?«
»Ich meine sofort.« Jen räusperte sich. »Also jetzt gleich.«
»Du hast Angst.«
»Ich springe gleich in meinen Traum-Tod. Was für eine schlaue Feststellung. Du bist ein authentischer Alex.«
»Und du Zicken-Jen in Perfektion«, keifte er. »Die Schattenfrau hat dich in den Traum eingekapselt. Der Foliant ist nicht der echte.«
»Das weiß ich! Mein Unterbewusstsein …«
»Nein! Das war *sie*. Keine Ahnung, wie das alles funktioniert, aber wenn du in einem eingekapselten Traum stirbst, wachst du nicht auf. Dein Körper akzeptiert den Tod.«
»Du behauptest also, dass du der echte Alex bist?«
»Hundert Prozent original.«
Sie schwieg. War es möglich? Im Traum vermutlich schon. Andererseits war es die perfekte Falle. Er tauchte genau dann auf, wenn sie sich der Flucht näherte, dem Tor nach draußen. Ging sie zurück, würde er sie vielleicht einsperren oder fesseln. Ohne Magie konnte sie aus keiner Zelle fliehen.
Allein der Gedanke, auf ewig in der künstlichen Version des Castillos eingesperrt zu sein, ließ ihre Brust eng werden.
»Ha! Du kannst gar nicht echt sein.«
»Aha. Und wieso?«
»Wenn das hier ein eingekapselter Traum ist, komme ich nicht hinaus und niemand hinein.«
»Öhm. Aber es hat augenscheinlich funktioniert.«
»Netter Versuch.« Jen machte sich bereit für den Sprung.
»Jennifer Danvers, du hörst sofort auf mit dem Scheiß. Schau mich an.«
Sie wandte den Blick.
»Vertrau mir.«
Die Welt um sie herum verfiel in Schweigen.
»Dieser Ort hat mir gezeigt, wie stark ich sein kann. Es gibt nur eine Person, der ich hundertprozentig vertraue.« Sie lächelte bitter. »Mir selbst.«
Sie sprang.
Alex' Augen weiteten sich. Er begriff es in der gleichen Sekunde.

Und sprang ebenfalls.

Der Boden schoss heran. Alex erreichte sie, umklammerte ihren Körper. »Verprügeln sag ich nur!«

Der Hof des Castillos füllte Jens Blickfeld aus.

Alex brüllte etwas.

Aus Stein wurde Schnee.

Der Traum verwehte.

27. Patricias Coup

Kevin stand in der Menge und starrte gleichermaßen gebannt und entsetzt auf Patricia Ashwell.

Erneut war die Bühne in der Eingangshalle aufgestellt worden. Über das Kontaktsteinnetzwerk wurde ihre Rede überall in die Welt übertragen. Die großen Familien und Leiter der Häuser hatten allen verdeutlicht, dass die Stellungnahme des Rates wichtig sein würde.

Da die Gemeinschaft der Magier eine demokratische war, sollte jeder teilnehmen, um am Ende seine Meinung kundzutun.

Als Patricia das Wort an sich riss, wurde sofort deutlich, was sie bezweckte.

Johanna und Kleopatra hielten sich im Hintergrund, Einstein und Edison waren nicht anwesend.

»Es ist genug!« Sie ließ ihren Blick in die Runde schweifen. »Seit Jahren wird die Gemeinschaft der Magier von einem Rat angeführt, bestehend aus Unsterblichen. Einfache Magier ächzen unter der Last veralteter Regeln und streiten in sinnlosen Kämpfen. Das Castillo macht hauptsächlich von sich reden, indem es Chaos produziert. Der Wechselbalg, der Einfall der Schattenkrieger, der Verlust des Archivs und schließlich«, sie schüttelte betrübt den Kopf, »der Verrat von Max Manning. Am gestrigen Abend wurde Lord Trenton, ein hoch angesehenes Mitglied unserer Gesellschaft, tot in seinem Haus gefunden. Die Beobachter haben die Eindringlinge eindeutig identifiziert. Es handelte sich um Madison Sinclair und Max Manning. Letzterer erhob seinen Essenzstab und richtete Lord Trenton mit einem Herzschuss.«

Ein Raunen ging durch die Menge.

»Wir sehen uns bösen Mächten gegenüber, die noch brutaler und erfindungsreicher sind als alles bisher Dagewesene. Sollen wir weiterhin Schwäche an der Spitze tolerieren? Tomoe Gozen – im Bernstein. Leonardo da Vinci – Gefangener der Schattenkrieger. Kleopatra – Gefangene ihres pubertierenden Körpers und kaum entscheidungsfähig.«

Bei diesen Worten funkelte die unsterbliche Teenagerin Patricia wütend an, schwieg jedoch überraschenderweise.

»Es ist eine Farce. Ich spreche den Unsterblichen ihre Errungenschaften nicht ab und ihre Jahrhunderte währende Erfahrung sollte der Gemeinschaft zugutekommen. Als Berater sind sie zweifellos geeignet. Doch sollten andere die Regierung übernehmen. Ein Rat aus Magiern.«

Ihr Lächeln machte deutlich, wen sie gerne als Gleiche unter Gleichen innerhalb des neuen Rates sehen wollte. »Bevor es zu weiteren …«

Plopp.

Aus dem Nichts heraus erschienen vier Gestalten auf der Tribüne.

Aufschreiend wich Patricia zurück.

Max taumelte und fiel blutüberströmt auf die Holzplatten. Leonardo direkt neben ihn. Cornelius ging sofort in die Knie.

»Theresa«, sagte Edison nur.

Die Heilerin schob sich durch die umstehende Menge. Kevin hastete ihr hinterher.

»Verhaftet ihn!«, brüllte Patricia.

Doch Eliot Sarin, der ein wenig seitlich stand, reagierte nicht.

Edison schob Claras Mutter beiseite und richtete den Blick auf die Menge. »Es ist genug!« Unwissentlich wählte er die gleichen Auftaktworte wie Patricia Ashwell. »Wir haben einen Feind dort draußen, der danach giert, uns zu zerstören. Und ihr verzettelt euch in politischen Scharmützeln. Max Manning ist kein Verräter. Er ist ein Agent. In meinem Auftrag wurde er in das dunkle Refugium eingeschleust, wo er Leonardo unter Einsatz seines Lebens und seiner Gesundheit befreite.«

Wieder ging ein Raunen durch die Menge. Kevin erreichte die Tribüne und stieg die Stufen empor.

»Es mag sein, dass wir Rückschläge erleiden müssen. Das gilt für jeden in einem Krieg. Und einen solchen führen wir, da sollte sich niemand Illusionen hingeben. Doch der Rat setzt kein Leben leichtfertig aufs Spiel, er handelt wohlüberlegt. Wir wissen nun, wo sich das Refugium der Schatten befindet, Max hat überlebt und ist zurückgekehrt, Leonardo konnte befreit werden. Die Gefangenen im Bernstein warten darauf, erlöst zu werden.«

Kevin ging neben Max in die Knie. »Du Idiot.«

»Hey, schön dich wiederzusehen.« Sein Blick war verschleiert. Aus seinen Wunden strömte Blut. »Bin gerade ein wenig …«

Seine Lider flatterten, er verlor das Bewusstsein.

»Theresa!«, brüllte Kevin.

»Schrei mir nicht ins Ohr«, sagte die Heilerin direkt neben ihm.

Ihr Essenzstab nahm die Arbeit auf. Gleichzeitig öffnete sie ihr ledernes Gürtelmäppchen und fischte Phiolen hervor.

»Was ist mit Lord Trenton?!«, keifte Patricia, sichtlich überrollt von den Ereignissen.

Edison schwang seinen Essenzstab. Ein Bild entstand in der Luft, das den alten Lord zeigte, wie er von einem Heilmagier erweckt wurde. »Ihm geht es gut. Max Manning hat sein eigenes Leben auch hier aufs Spiel gesetzt, um Mortimer lediglich in einen Todesschlaf zu versetzen. Kein Magier steht über dem anderen. Und so hätten wir auf die Befreiung Leonardos verzichtet, um den Lord zu beschützen. Doch Max gelang es, beides zu verbinden.«

Patricias Kiefer mahlten, doch ihr Gift schien versiegt.

»Große Herausforderungen erwarten uns. Wir müssen zusammenstehen«, sprach Edison in die Menge. »Ich möchte Patricia Ashwell danken.«

Beinahe wäre Kevin ein »Hä?!« entfahren.

»Sie hat der Gesellschaft der Magier einen großen Dienst erwiesen, indem sie dem Rat zur Seite stand. Leonardo ist zurückgekehrt und Tomoe wird aus dem Bernstein befreit. Damit sind wir wieder vollzählig und ich verabschiede Patricia mit meiner Hochachtung.«

Bei derart viel Lügerei hätte Kevin beinahe Würgegeräusche von sich gegeben.

Patricia sagte etwas, doch auf Edisons Klatschen hin fielen die übrigen Lichtkämpfer mit ein. Claras Mum wirkte irritiert, nickte am Ende jedoch lächelnd.

Dieser Halunke.

Edison hatte es drauf, das musste er ihm lassen.

»Ich bringe dich hinaus, Patricia«, säuselte Kleopatra lächelnd.

Patricia schürzte die Lippen und stolzierte davon.

Beide verließen die Halle. Kevin konnte gerade noch erkennen, wie Kleopatra Patricia das Bein stellte und diese aufschreiend zur Seite kippte.

Es sei dir gegönnt.

Und damit meinte er beide.

»Max und Leonardo sind soweit stabil«, verkündete Theresa. »Keine tödlichen Wunden. Aber ich bringe sie auf den Krankenflügel.«

»Sobald Leonardo wach ist, informiere mich sofort«, bat Edison, der zu ihnen getreten war. »Wir werden den Bernstein sofort auflösen. Keine Verzögerungen mehr.«

Der Unsterbliche strahlte jene Art von Unruhe aus, die Kevin seit Tagen an die Nieren ging. Die Ungewissheit über das Schicksal von Max und der Verbleib des Einsatzteams, das den letzten Splitter jagte.

Wo waren Jen, Alex, Chris, Chloe, Nikki und Sunita?

Cornelius packte Leonardo und Max und brachte beide mit einem Sprung zum Krankenflügel.

»Ich hoffe, du verstehst, dass wir dich belügen mussten«, sagte Edison.

»Kevin, es tut mir leid«, fügte Johanna hinzu.

»Was … oh, ja, ich bin überrascht. Das war nicht in Ordnung.«

Die Unsterblichen warfen sich einen verblüfften Blick zu.

»Ich habe euch in der Waldhütte belauscht, ich wusste alles«, gab Kevin zu. »Aber es war trotzdem nicht in Ordnung. Das nächste Mal will ich eingeweiht werden.«

Damit ließ er die beiden einfach stehen und eilte zum Krankenflügel. Er wollte da sein, wenn Max erwachte.

Der konnte sich auf was gefasst machen.

28. Das Überraschungsei

Alex sprang zurück. »Das hätte jetzt echt nicht sein müssen!«

Verwirrt sah Jen sich um. »Du warst echt.«

»Sag ich doch die ganze Zeit.« Etwas leiser ergänzte er: »Ich dachte immer, ich sei unverwechselbar.«

»Was ist passiert?«, fragte Chris.

Ataciaru wühlte mit seinen Tatzen im Schnee. Chloe stand daneben und betrachtete das Schauspiel. Sila wirkte verstört.

»Sie dachte, ich bin eine Illusion der Schattenfrau und ist vom Dach gehüpft«, erklärte Alex. »Ich konnte sie gerade noch packen und den Traum beenden.«

Die Silberknochen lagen inmitten des magischen Kreises und verströmten eine Aura der Macht. Für Alex' Geschmack durften sie das gerne weiter tun, allerdings wollte er nie wieder Dreamdiving machen.

»Was soll man in diesem ganzen Traummist auch denken?!« Jen fluchte lauthals. »Oh. Vielleicht ist das hier auch …« Sie hielt sich die Nase zu und versuchte zu atmen. »Kein Traum.«

Vermutlich würden sie in den nächsten Tagen alle ständig ihre Nase zuhalten und versuchen, mit geschlossenem Mund zu atmen.

»Die werden alle denken, wir sind irre«, murmelte Alex.

»Was hast du da?«, fragte Chloe.

Der Husky sprang zurück.

Ein rot-braunes Wabern stieg über der Stelle in die Höhe, die er mit seinen Tatzen freigelegt hatte. Ein Ei aus Holz, mit Bernsteinintarsien.

»Das ist die Essenzspur der Schattenfrau«, sagte Jen.

Sie wichen zurück.

»Sie bricht die Regeln«, flüsterte Sila. »Wie kann sie nur? Ich werde sie jagen.«

Chris begutachtete das Artefakt. »Handtellergroß. Bernsteinspeicher eingebaut, alle befüllt.« Er wandte sich den anderen zu. »Das ist eine Essenzgranate. Aber ich kann die Zeichen im Holz nicht erkennen.«

Sobald der Trigger betätigt wurde, gaben die Bernsteine Essenz frei und versorgten damit die Symbole im Holz. Welcher Zauber auch immer implementiert war, er würde aktiviert werden.

Sila trat an das Holzei heran und kniff die Augen zu schmalen Schlitzen zusammen. »Ich kann es nicht entfernen. Nicht hier unten.«

»Alle raus!«, rief Jen.

Das Ei explodierte.

Essenzfinger bohrten sich in die Decke. Alex erkannte sofort, was es war: eine Vektorumkehr. Das Gewicht der Decke wurde erhöht. Und zwar weitaus mehr, als es normal der Fall gewesen wäre.

Chloe und Chris warfen sich durch den Eingang nach draußen in den Gang. Sila zerstob in Schneeflocken. Nikki war nur einen Schritt von der Sicherheit entfernt. Jen und er befanden sich am weitesten im Raum.

Er wollte losrennen, doch es war zu spät. Schnee und Eis prasselten herab. Die Welt wurde schwarz und schwer.

Alex hatte Glück. Kein Eissplitter durchbohrte ihn, kein Steinfragment zerquetschte seinen Schädel. Trotzdem konnte er sich nicht bewegen. Schon wurde der Sauerstoff knapp.

Ein Kratzen und Schaben erklang.

Luft.

»Hörst du mich, bist du okay?«, fragte Jen.

»Glaub schon.« Er spuckte den Schnee aus, der in seinem Mund zu Wasser geschmolzen war. »Wie hast du das gemacht?«

»Der Hohlraum? Das war ich nicht.«

Erst jetzt nahm Alex das Glühen der Silberknochen wahr. Jen hatte sich noch direkt neben den Knochen befunden – im Schutzkreis. Er selbst dicht daneben. Sein Körper war noch immer unter Massen aus Schnee begraben, doch Jen hatte eine Öffnung aus der Schutzzone heraus zu ihm gegraben. Dadurch bekam er Luft.

»Du hattest Glück«, sagte sie. »Ich habe dreimal an der falschen Stelle gebuddelt, wusste nur ungefähr, wo du bist. Weißt du was von den anderen?«

»Chris und Chloe sind draußen. Sila passiert schon nichts. Aber bei Nikki bin ich unsicher.«

Er bewegte sich vorsichtig, doch unter den Massen aus Schnee kam er nicht über ein paar Zentimeter hinaus. »Verdammt!« Diese Enge.

»Bleib ruhig. Du hast Sauerstoff und bist einstweilen sicher. Die Enge ist unangenehm, wird dich aber nicht töten.« Jen berührte seine Wange.

Die Nähe tat gut; das Gefühl, nicht allein zu sein. Trotzdem benötigte er all seine Willenskraft, die Panik zu unterdrücken. Tonnen aus Schnee und Eis türmten sich über ihnen auf.

»Die anderen werden uns hier rausholen.« Jen versuchte, ihrer

Stimme einen sicheren Klang zu geben, doch Alex durchschaute ihren Versuch, ihm Mut zu machen.

»Du weißt schon, dass sie keinen Zauber einsetzen können«, gab er zu bedenken. »Selbst Sila scheint hier unten gehemmt zu sein.«

»Ihnen wird etwas einfallen. Kommst du mit der Kälte klar?«

»Die Thermokleidung hilft. Außerdem tut es gut, mal nicht in ’ner Sauna zu sitzen. Ihr Mädels mögt es ja immer warm.«

»Dann dürftest du dich in dieser Eisgruft ja wohlfühlen, Mister.«

»Tue ich vielleicht auch. Ein bisschen.«

Jen lachte, schlang die Arme aber um ihren Oberkörper. Es war eisig kalt. Und entgegen seiner Behauptung schützte die Thermokleidung nicht genug.

»Ich würde ja ein Feuer machen«, sagte Jen, »aber dabei würde vermutlich halb Antarktika in die Luft gehen.«

»Wer wird eigentlich informiert, wenn du stirbst?«, fragte Alex aus einem Impuls heraus.

»Du bist wirklich eine Stimmungskanone«, kommentierte Jen. »Außer euch wird niemand informiert. Zu den Verwandten meiner Eltern habe ich keinen Kontakt mehr.«

Das fand er ziemlich traurig.

»Und bei dir? Deine Mum und Alfie?«

Er nickte, besann sich dann aber darauf, dass sie das kaum sehen konnte. »Und Zac, mein bester Freund. Ehrlich, als ich diese Liste angefertigt habe, wurde mir ganz übel. Der Gedanke, dass ihnen jemand gegenübersitzt und irgendeine Geschichte über einen Unfall verkündet. Offiziell bin ich ja Angestellter der Holding, Finanzsektor.«

»Clara hat erzählt, dass Gryffs Eltern seinen Tod damals schrecklich aufgenommen haben. Aber da er angeblich ein Polizist bei Interpol war, gab ihnen das irgendwie Trost.« Sie sank an der Seite zu Boden, hielt ihre Hand aber weiter an seiner Wange. »Ich frage mich, was sie wohl gesagt hätten, wenn sie die Wahrheit gewusst hätten.«

»Meine Mum würde mir eine runterhauen und mich in die Besenkammer einsperren.« Alex kicherte. »Du kommst hier erst raus, wenn du mit dem Unsinn aufhörst«, machte er sie nach. »Alfie fände es bestimmt cool. Ich sage dir, wenn er Magier wäre, hätte er nur Flausen im Kopf.«

»Ganz im Gegensatz zu dir.«

»Genau.« Er konnte ihr Schmunzeln förmlich im Dunkeln hören.

»Aber ich bin ehrlich gesagt froh, dass er von alldem niemals etwas erfahren wird. Ein simples Nimag-Leben. Beruf, Frau, Familie, so soll es sein.«

»Wünschst du dir das auch?«

»Klar. Irgendwann.« Er traute sich kaum, die Frage zu stellen, tat es letztlich aber doch. »Und du? Ich meine, wo du Dylan jetzt datest.«

»Kent, meine Hand liegt an deiner Wange. Ich kann dich schlagen.«

»Es war ernst gemeint.«

»Na ja, wir daten ja noch nicht lange. Mal schauen, was daraus wird. Aber irgendwann möchte ich es, ja. Und eines verspreche ich dir: Meine Kinder werden niemals Lichtkämpfer.«

»Meine auch nicht«, sagte Alex kategorisch. »Notfalls sperre ich sie in den Wandschrank.«

Sie lachten beide.

»Ich hätte dich gar nicht so eingeschätzt«, murmelte Jen in die einsetzende Stille.

»Was meinst du?«

»Kinder. Familie. Ein ruhiges Leben.«

»Hey, mein Leben wird nicht ruhig. Ich werde der beste Dad der Welt.«

»Das glaube ich dir sogar.« Jens Stimme war nur noch ein Flüstern.

Die Zeit verging.

Sie plauderten und schwiegen, lachten und spendeten einander Trost. Vereint in der Dunkelheit.

29. Schokolade mit Marshmallows

Alex blinzelte.

Da waren Geräusche, eindeutig. Ein Hecheln. Jemand buddelte sich durch den Schnee. Er konnte seine Füße bewegen.

»Ich habe ihn!«, rief jemand.

Es raschelte, Schnee und Steinbrocken kullerten beiseite.

»Sie sind da!«, rief er Jen zu.

Jemand zerrte ihn heraus ins Licht. Alex blinzelte.

Nikki warf sich in seine Arme. »Ich dachte, du bist tot.«

»Ey, so schnell werde ich nicht zu einem Fischstäbchen. Und du hast es auch geschafft.«

»In letzter Sekunde.«

Es wimmelte von Nemos Männern und Frauen. Sie trugen pelzbesetzte Mäntel über ihren Uniformen, Säbel an den Seiten. Überall standen Handlampen herum, die mit Öl befüllt waren, Hacken und Spaten an der Seite.

»Wo sind die anderen?«

»Auf der Nautilus«, erklärte Nikki. »Sie sind die ganze Nacht durchgelaufen und zusammengebrochen. Ich kam wieder mit zurück.«

Erst jetzt sah er, wie müde sie war und spürte die eigene Schwäche wie eine hochhausgroße Welle herannahen. »Was ist mit Jen?«

Einer von Nemos Männern kroch aus dem gegrabenen Stollen. Hinter ihm kam Jen.

»Ich hab es doch gesagt, sie finden uns«, sagte Jen.

Alex lächelte.

Dann kippte er um.

Als er blinzelnd die Augen öffnete, lag er auf einer Trage, die von Huskys gezogen wurde. Die Sonne stand niedrig am Firmament. Hatte er einen Tag geschlafen?

Er fühlte sich müde und schwach.

Die Welt machte erneut dem Reich der Träume Platz, obgleich er genug von wirren Fantastereien hatte.

Das nächste Erwachen kam, als sie die Nautilus erreichten. In der Ferne stand der Mond am Himmel. Alex befreite sich aus den Fellen und tapste über die Planke auf das Deck von Nemos Schiff.

Nikki wurde von einem der Männer getragen. Der Weg zurück in die unterirdische Zitadelle hatte sie völlig erschöpft. Jen ging einigermaßen aufrecht, doch einen Augenblick lang war er überzeugt davon, dass sie in das eisige Wasser kippen würde. Er machte sich schon bereit, sie aufzufangen.

Doch Jen erreichte das Deck unbeschadet.

Die Planke wurde eingezogen, als die letzten Männer an Bord waren. Die Huskys rannten davon, zurück ins ewige Eis von Antarktika. Im silbrigen Mondlicht sah Alex Sila, die auf einem Hügel stand und ihnen nachschaute. Er konnte ihre schlechte Stimmung geradezu spüren. Die Schattenfrau war entkommen. Sollte sie sich jemals wieder auf den Boden von Antarktika wagen, würden die Wächter definitiv Rache üben, doch einstweilen blieb diese verwehrt.

Die Wächterin hob die Hand und winkte ihm zu.

Er erwiderte den Gruß.

Dann war sie fort, eins geworden mit Schnee, Eis, Wind und dem Land.

Alex erreichte seine Kabine, wo er auf das Bett stürzte und sofort einschlief.

Es mussten einige Stunden vergangen sein, als er wieder erwachte. Das gleichmäßige Geräusch des Schiffsmotors war zu vernehmen, was eher dem Summen eines Elektromotors in einem Auto glich.

Etwas hatte ihn geweckt.

Es klopfte erneut.

»Herein!«

Es war Jen. »Bist du okay?«

»Klar. Nur etwas müde.«

»Nemo ruft uns in die Bibliothek. Kommst du?«

Natürlich tat er das.

Als sie eintrafen, saß Chris mit einer Tasse Kaffee in einem Sessel, Nikki schlürfte eine heiße Schokolade mit Marshmallows. Von Chloe gab es keine Spur, doch Ataciaru lag zusammengerollt auf der Couch.

»Er weicht Chloe anscheinend nicht mehr von der Seite«, verkündete Nikki.

»He, geh da runter. Das ist der beste Platz auf der Couch.«

Der Husky knurrte.

»Toll, sie hat ein lebendes Handtuch.«

»Wie bitte?« Jen schaute ihn verblüfft von der Seite an.

»Na, eines, womit man die Liege im Urlaub reserviert. Am Strand. Das machen die Deutschen ganz oft.« Er kicherte. »Ich habe ein paar

Mal einfach die Handtücher vertauscht, da sind sie ganz verwirrt rumgerannt.«

Jen verdrehte die Augen. »Alexander Kent, meine Damen und Herren – der Garant für diplomatische Zwischenfälle auf internationaler Ebene.«

»Zac fand es auch lustig und er ist halb Deutscher. Zugegeben, einmal war es eine russische Familie. Der Mann hätte uns beinahe verprügelt.«

Jen sank neben Ataciaru auf die Couch und kraulte sein dichtes Fell.

Kurz darauf erschien Chloe, worauf der Husky aufsprang und ihr Platz machte. »Danke.« Sie lächelte ihm zu.

Sie warteten einige Minuten, dann öffnete sich die Tür, und Nemo trat ein. Der Unsterbliche kam mit angespanntem Körper herbeigeeilt. »Wir erreichen in wenigen Minuten einen Punkt, an dem die Kontaktsteine wieder funktionieren. Springen könnt ihr aber noch nicht. Wir müssen sofort das Castillo informieren.«

»Ich habe ihm bereits alles erzählt«, erklärte Chris.

Trotzdem ließ Nemo sich den Ablauf der Mission noch einmal von Jen, Alex und Chloe erzählen. Immerhin waren sie es gewesen, die die Traumebene besucht hatten.

»Jules wacht also noch immer.« Ein Lächeln umrahmte Nemos Augen mit Falten. »Das sieht ihm ähnlich. Vermutlich betrachtet er die Träume und denkt sich Geschichten aus. Oder er schickt seine Ideen an Autoren dort draußen, die dann ihre eigene Version davon erzählen.«

Zwanzig Minuten später verließ die Nautilus den Bereich von Antarktika.

Jen griff nach ihrem Kontaktstein und sandte einen Ruf zu Edison ins Castillo. Die anderen waren eingeklinkt.

»Endlich«, erklang die Stimme des Unsterblichen. »Was ist passiert?«

Er saß an seinem Schreibtisch im Castillo.

Jen fasste die Ereignisse zusammen.

»Ich werde sofort veranlassen, dass der Feuerblut-Splitter besser geschützt wird«, sprach er. »Ich fürchte *allerdings, dass wir damit nur wenig Zeit erkaufen können.«*

»Sie wird nicht angreifen«, sagte Jen. »Noch nicht.«

»Warum bist du dir da *so sicher?«*, fragte Edison. »Sie hat über die *Jahrhunderte auf diesen Augenblick hingearbeitet.«*

»Eben. Keiner von uns hat die Wahrheit erkannt. Der Wall wurde niemals fertiggestellt. Sie weiß es. Das ist die wahre Macht der Splitter. Einzeln sind es magische Artefakte, mit denen sie jeden von uns erledigen kann. Schlagen jedoch alle Magier der Welt gegen sie los, reicht das nicht aus. Sie will mehr.«

»Allmacht«, sandte Edison.

»Genau«, warf Alex ein. »Aber dazu reicht es nicht, die drei Splitter zu besitzen. Sie benötigt mehr.«

»Sie wird sie verschmelzen«, sagte Chloe, »das ist doch klar. Damit würden die Splitter zu dem werden, wozu sie bestimmt waren.«

»Ein Bruchstück des Walls.« Der Schock Edisons über diese Erkenntnis pflanzte sich durch das Kontaktsteinnetzwerk fort.

»Exakt. Und damit hätte sie nicht nur potenzierte Kraft, sie könnte auch auf eine unerschöpfliche Quelle an Essenz zugreifen. Und wenn ich den Gedanken fortführe, wäre sie vermutlich dazu in der Lage, uns Essenz zu entreißen. Denn der Wall speist sich aus der Essenz von Sigilen.«

Die wahre Dimension des Plans zur Allmacht raubte Alex den Atem. Gelang es der Schattenfrau, die Splitter zu verschmelzen, konnte niemand sie mehr aufhalten. Es gab dann keine bekannte Macht mehr, die sich ihr in den Weg stellen konnte.

»Wie gelingt ihr das?«, fragte Jen. »Gibt es Aufzeichnungen zur Erschaffung des Walls?«

»Dazu kann ich euch nichts sagen«, erwiderte Edison. »Das war vor meiner Zeit. Es gibt nur einen Ort, an dem die Antwort darauf zu finden ist*: das Archiv. Glücklicherweise haben wir hier ein paar gute Nachrichten zu verkünden.«* Er berichtete von Max' angeblicher Flucht zu den Schattenkriegern, seiner Tätigkeit als Doppelagent und der Befreiung von Leonardo. »*Er ist noch zu geschwächt, doch in einigen Stunden können wir den Bernstein auflösen. Außerdem hat Johanna den Zugang zum Archiv etabliert.«*

Alex atmete auf. Wenigstens besaßen sie damit wieder Optionen. Doch was bisher ein Marathon gegen die Zeit gewesen war, wurde nun zu einem Sprint. Die Schattenfrau stand kurz vor dem endgültigen Sieg.

»Sobald ihr den Bereich von Antarktika verlassen habt, soll Nikki euch sofort ins Castillo bringen«, gab Edison vor. »Ich trommle den Rat zusammen. Wir haben bereits Notfallpläne für ein solches Szenario entworfen. Alles Weitere besprechen wir, sobald ihr hier seid.«

Die Verbindung erlosch.

Alex' Gedanken fuhren Achterbahn. Max ein Doppelagent. Patricia war aus dem Rat geflogen – das hätte er zu gerne gesehen. Und Leonardo war zurück. Eigentlich hätte ihn all das freuen sollen.

Doch der spürbare Hass der Schattenfrau, der in den Träumen omnipräsent gewesen war, hatte sich in seine Erinnerung gebrannt.

Sie wird alles zerstören.

»Ihr solltet eure Sachen zusammenpacken«, empfahl Nemo. »Demnächst erreichen wir die letzte Grenze.«

Er ging zur Tür.

»Was ist mit Suni?«, rief Chloe ihm nach.

»Sie ist erwacht, aber noch immer entkräftet«, erklärte Nemo. »Ihr könnt euch von ihr verabschieden, doch ich werde sie auf der Nautilus gesund pflegen lassen und dann nach Indien bringen.«

Er verließ den Raum.

Die Stille senkte sich herab wie ein Leichentuch. Geschaffen von der Schattenfrau, um ihnen jede Hoffnung zu rauben.

30. Unter vier Augen

Alex saß auf dem Bett und starrte die Wand der Kabine an. Chris hatte bereits gepackt und war zu Nikki verschwunden. »Um ihr zu helfen«, hatte er mit einem Zwinkern verkündet.

Alex musste immer wieder zurückdenken an die Erlebnisse auf der Traumebene. Insbesondere jene Erfahrung im Opernhaus. Was hatte der Traum zu bedeuten? Er wusste nun, dass er ihn oft durchlebt hatte, jedoch ohne Erinnerung daran. Joshua war allerdings vorher nie darin vorgekommen.

Unabhängig von dem Rätsel um seinen Tod und die Unsterblichen hatte ihm die Verblüffung des Sehers darüber, dass Alex ein Magier war, am meisten zugesetzt. Er versuchte, es zu ignorieren, was ihm nur unzureichend gelang.

Seit er von dem wilden Sigil in seinem Inneren wusste, war alles anders.

Ein Klopfen erklang.

»Herein!«

Jen betrat den Raum. Sie sah sich verschwörerisch um und schloss die Tür. »Hör mal, ich dachte mir, wir können noch kurz unter vier Augen sprechen.«

»Klar.«

Sie sank neben ihm auf das Bett und berichtete von den Ereignissen, kurz bevor Alex mit Jules Verne aufgetaucht war.

»Mark?«, fragte er ungläubig.

»Nein.« Jen winkte ab. »Mein Unterbewusstsein, das sein Äußeres angenommen hatte. Verstehst du nicht, ich habe mich die ganze Zeit über gefragt, wo Mark seine Informationen hinterlassen hat. Du weißt schon, die Schatulle.«

»Auf jeden Fall eine ziemlich blöde Idee, alles so gut zu verstecken, dass du es nicht findest.«

»Vergiss nicht, eigentlich hätte mich die Information darüber, wo er alles verborgen hat, erreichen sollen«, gab sie zu bedenken. »Jemand muss sie abgefangen haben. Falls bei den steinernen Engeln aber ein Hinweis zu finden ist, ergäbe das durchaus Sinn.«

»Dann sollten wir dort nachsehen«, sagte Alex.

»Mein Gedanke. Aber unbemerkt. Falls er wirklich Informationen über die Zwillinge und das wilde Sigil hinterlassen hat, dürfen die

Unsterblichen nichts erfahren. Die Eltern von Chris und Kevin könnten sonst vor einem Tribunal landen.«

»Schon klar. Fragt sich nur, ob uns in den kommenden Tagen und Wochen eine ruhige Minute bleibt«, gab er zu bedenken.

Jen nickte traurig. »Weißt du, so oft Edison es auch sagt, ich sehe trotzdem immer die unschuldige, goldige Clara hinter dieser dämonischen Fratze. Das hätte mich im Kampf beinahe den Sieg gekostet. Ähm, eigentlich hat es das ja.«

»Ich will mir das gar nicht vorstellen«, gestand Alex. »Ich kannte sie ja nur kurz, bevor die Sache mit dem Zeitstrudel geschah. Schlimm genug. Wenn ich mir vorstelle, ich müsste … Alfie plötzlich als Feind betrachten. Schrecklich. Man kann Gefühle doch nicht einfach abschalten.«

»Glaubst du, wir haben noch eine Chance?«

Er hatte Jen schon oft müde oder aufgebracht, wütend oder nett erlebt. Aber noch nie so demoralisiert. Alex legte sich Worte zurecht, verwarf sie jedoch sofort wieder. Lügen brachten nichts. »Eine letzte Chance. Und selbst das wäre Glück.«

Jen kroch aufs Bett und lehnte sich mit ihrem Rücken gegen seinen. Schweigend saßen sie da und lauschten dem Klang der Wellen, der durch das geöffnete Bullauge zu hören war.

»Die Unsterblichen werden alles tun, um die Verschmelzung zu verhindern«, sagte er leise. »Sie kommen wieder ins Archiv, da muss es doch etwas geben.«

»Sie ist so schlau«, murmelte Jen. »Das war sie schon immer. Clara Ashwell, Bücherwurm aus Leidenschaft. Ohne den verfluchten Trank wäre sie nie zu dieser widerlichen Person mutiert.«

»Vielleicht können wir sie besiegen und zu Wesley Mandeville schicken«, überlegte er. »Der könnte sie dann zurückführen in die Zeit vor dem Trank.«

Jen lachte auf. »Nur leider hat die Schattenfrau nichts mehr mit Clara gemeinsam. Der Trank hat die gute Seite in ihr nicht eingekapselt, er hat sie ausgelöscht.«

»Und da bist du sicher?«

»Leider ja. Vergiss nicht, ich war dabei. An jenem Tag, in diesem Turmzimmer, ist Clara gestorben. Endgültig. Es war die Geburtsstunde der Schattenfrau.«

Er wusste, wie sehr Jen der Verlust schmerzte. Nach dem Tod ihrer

Familie war das Castillo zu einer neuen Heimat für sie geworden, Clara zu ihrer besten Freundin.

Jen schluchzte.

Er wollte sich umwenden, um sie zu trösten, wusste aber, dass ihr das nicht recht gewesen wäre. Stattdessen ging er mit dem Kopf zurück, damit sein Hinterkopf ihren sanft anstupste.

Sie lehnten aneinander, ohne sich anzusehen.

»Es wird alles gut.«

»Lügner«, sagte sie leise.

»Hey, mit der Einstellung wird das aber nichts. Du wirst doch nicht auf den letzten Metern aufgeben. Komm schon.«

Stille.

»Nein.« Entschlossener: »Nein, das werde ich nicht. Wie könnte ich? Es geht hier nicht nur um mich, sondern mal eben um die ganze Welt. Magier und Nimags.«

Der Gedanke hatte etwas Erschreckendes.

Von ihren Entscheidungen, ihrem Einsatz, ihrem Durchhaltevermögen, hing der Fortgang des Krieges ab. Und schließlich auch das Ende.

»Manchmal bin ich einfach müde.« Die Worte entschlüpften ihm, bevor er überhaupt begriff, sie gesagt zu haben.

»Das sind wir alle.« Jen wackelte mit dem Kopf, was auf seinen Haaren kitzelte. »Vielleicht brauchen wir einfach ein paar Stunden Schlaf und ein paar Tage Urlaub.«

»Ein verborgener Strand auf Hawaii«, träumte Alex, »oder eine Insel, die noch niemand entdeckt hat. Ein Sprung und wir haben Ruhe.«

»Ich würde so gerne mal in einen Delfin transformieren und mit ein paar Tümmlern um die Wette tauchen«, gab sie lachend zu. »Und dann einfach an den Strand legen, ohne einen Gedanken an das Morgen zu verschwenden.«

Alex glaubte, das Quietschen der Delfine in der Ferne zu vernehmen, die sanfte Meeresbrise auf seinen Wangen. Unter ihm nur feiner Sand, ein Cocktail in Griffweite.

Lachen drang an sein Ohr. Die anderen waren auch dabei. Aber er und Jen lagen allein am Strand, wurden von niemandem gestört.

Die Tür wurde aufgerissen. Das Geräusch ließ den Traum zerbersten.

»Seid ihr soweit?«, fragte Chris. »Störe ich bei etwas?«

»Immer«, konterte Jen mit einem Zwinkern und sprang auf. »Sind wir in Reichweite?«

»Nikki hat Chloe und Ataciaru schon ins Castillo befördert«, verkündete er. »Die Unsterblichen werden sich freuen, wir haben jetzt einen Hauswolf.«

Er packte seinen Koffer und flitzte hinaus.

»Na dann«, sagte Alex. »Auf zum Endspurt.«

Jen nickte. »Packen wir es an.«

Epilog

Es regnete.

Sie trat auf den Balkon des Turmes von Iria Kon, breitete die Arme aus und streckte das Gesicht in den Regen. So also fühlte er sich an, der absolute Triumph. Nein, nicht absolut. Ein letztes Mosaikstück fehlte noch. Sie hatte es vor vielen Jahren vorbereitet, in der Gewissheit, dass sie nun darauf zählen konnte.

Um ihren Hals hing die Lederkette mit der Phiole, in der der Ascheatem waberte. Darüber die Kette mit dem Silberregen-Splitter. Einzig das Feuerblut fehlte noch.

Der Regen wurde stärker, prasselte ihr aufs Gesicht und lief daran herab. Kühl, rein und klar. Sie lachte, schleuderte ihren Triumph gegen die Elemente. Bald würde sie die Gezeiten in der realen Welt mit einem Gedanken steuern können, wie sie es auch auf der Traumebene getan hatte.

Die Schattenfrau trat zurück in die Turmspitze. Im Inneren wirkte es, als befände sie sich in einem gemütlich eingerichteten Familienhaus. Regale aus hellem Holz dominierten den Raum, Mentigloben bedeckten jedes Brett. Erinnerungen, gesammelt in einer gefühlten Ewigkeit.

Sie ging am Regal entlang und strich mit den Fingern über das Glas der Globen. Rauschende Maskenbälle in Venedig, Expeditionen an den Amazonas und das Inka-Reich, Jagden und Kämpfe in den Hauptstädten der Welt. All das repräsentierten diese winzigen magischen Artefakte.

Erinnerungen verblassten allzu leicht. Ein gewöhnlicher Mensch konnte sich an zahlreiche Details seines Lebens nicht mehr erinnern. Sie hatte viele Leben gelebt, wusste endlich, wer sie wirklich war.

Manches Mal war die Gegenwart, der Kampf gegen die Lichtkämpfer, ihr vorgekommen wie ein ferner Traum. Unwirklich und unbedeutend. Sie hatte am Hof des Sonnenkönigs getanzt, hatte die blutgetränkten Straßen während der Französischen Revolution durchschritten. Sie kannte das Schlachtfeld von Waterloo und die Schützengräben des Ersten Weltkrieges.

Sie hatte so viel erlebt. Doch immer getrieben von einer gewissen Machtlosigkeit. Sie war ein Spielball und letztlich geschaffen worden durch einen Moment größter Not. Jetzt war es fast soweit.

»Keine Schwäche mehr.«

Sie wurde von der Getriebenen zum Raubtier. Es gab niemanden auf diesem Erdenrund, der es mit ihr aufnehmen konnte, sobald sie die Allmacht wahrlich besaß.

Die Schattenfrau ließ den Raum der Erinnerungen mit den Mentigloben und der Sanduhr hinter sich, schritt die Treppe hinab und eilte durch Zimmerfluchten. Schließlich erreichte sie den Raum. Hier ragte das Artefakt empor, das Saint Germain aus den Verbotenen Katakomben des Castillos für sie geborgen hatte.

Sie musste ihm zugutehalten, dass er sich an seinen Teil der Abmachung hielt. Martin war tot, wie er es nicht anders verdient hatte, und das Artefakt war hier.

Natürlich ahnte der Graf nichts von der Wahrheit. Sie alle gingen davon aus, dass der Wall vor einhundertsechsundsechzig Jahren entstanden war und seither von ihnen zehrte. Doch dass die letzten Sigile ein Bruchstück darstellten, wusste niemand. Der Wall war niemals vollendet worden.

Die Geschichte, wie die Magier sie kannten, war eine Lüge. Und gleichzeitig die Grundlage für ihren größten Triumph.

»Ich war ja bereits als Clara die Schlaueste im Raum«, flüsterte sie. »Aber mittlerweile gilt das wohl für die ganze Welt.«

Sie kicherte.

Immerhin, Saint Germain musste ihr genau genommen dankbar sein. Sobald sie mithilfe des Bruchstücks über die Allmacht gebot, konnte der Wall niemals vollendet werden. Und letztlich ging das ja in etwa in die gleiche Richtung wie dessen Vernichtung.

»Damit wird er sich zufrieden geben müssen.«

Denn sie würde den Wall auf keinen Fall zerstören. Durch seine Existenz war sichergestellt, dass sie tatsächlich die Mächtigste war und blieb.

Und das Artefakt würde ihr dabei helfen.

»Seid ihr bereit, Humpty und Dumpty? Denn dieser Vorhang hebt sich nur für euch.«

Sie strich mit ihren Fingern liebevoll über das Hexenholz der Apparatur, glitt über die Eisennieten, die Bernsteinintarsien und die Chrombeschläge.

Ihre Gedanken richteten sich auf Chris und Kevin. Die Zwillinge, die ohne sie niemals geboren worden wären.

»Also schön, bringen wir es zu …«

Ende

XI

Zwillingsfluch

Prolog

Die Ziegel zerbarsten. Tonstaub wirbelte in die Dunkelheit, Splitter prasselten auf den Boden. Der Atem der Vergangenheit wehte ihr ins Gesicht. In diesem Fall stank besagter Atem nach Verwesung und Dreck.

»Ich habe nie verstanden, warum Indiana Jones und Lara Croft derart beliebt sind. Oder einmal sein werden.« Die Schattenfrau schüttelte den Kopf.

Sie trug Stiefel, kurze Hosen, ein ärmelloses Shirt und darüber eine Allzweckjacke, was ihr einen Tomb-Raider-Basislook verpasste und ihre Gedanken unweigerlich zurück auf ihre Kindheit lenkte.

Anuk schaute ratlos zu ihr herüber. Der junge Inka hielt seine Bola fest umklammert, dazu bereit, sie jederzeit auf einen Angreifer zu schleudern. Immerhin verzichtete er darauf, den Lederriemen mit den eingeflochtenen Steinen nach ihr zu werfen. Ihre Magie war ihm bekannt, seit sie seinen Freund eingeäschert hatte. Seither war er handzahm.

»Fiat Lux!«

Eine Leuchtkugel entstand in der Luft. In ihrem blutroten Schein stieg die Schattenfrau über die aufgebrochene Schwelle und betrat den verborgenen Teil des Tempels. Hier hatte der letzte Hohepriester sein Volk beschützt, bis die Spanier mit ihren Explorationsmagiern gekommen waren.

Es knirschte, als Ziegelsplitter und Steinbröckchen unter ihren Stiefelsohlen zerbarsten.

»Ich könnte in einem Whirlpool liegen und Cocktails schlürfen, die noch niemand erfunden hat. Aber nein, stattdessen krieche ich durch diese alte Bruchbude.«

Stein und Ton waren mit Schutzsymbolen gegen magische Sprünge versiegelt. Sie musste den klassischen Weg nehmen. Glücklicherweise hatte sie keine kreischende Blondine dabei wie Indiana Jones. Anuk zitterte lautlos.

Etwas raschelte in der Dunkelheit.

»Potesta!«

Ihre Worte hallten in der Dunkelheit davon wie das Echo einer längst vergangenen Zeit, das durch die Gänge glitt und nun, Jahrhunderte nach seiner Zeit, zurückkehrte.

Der Kraftschlag traf eine Ratte und schleuderte sie davon. Das Tier quiekte, rappelte sich auf und flitzte davon.

Verblüfft starrte die Schattenfrau auf das pelzige Wesen. Es hätte tot sein sollen, hatte den Kraftschlag stattdessen jedoch überstanden. Ihre Magie war in den Mauern des Tempels offensichtlich geschwächt.

»Bringen wir diesen Mist hinter uns«, zischte sie.

Ihre Schritte trugen sie durch die Gänge. Den Essenzstab hielt sie erhoben, allzeit bereit, sich zu verteidigen. Doch nichts geschah. Keine Falle, kein Zauber, kein Gegner. Steinstufen führten in die Tiefe, wo eine gewaltige Halle wartete. Sie ließ die Leuchtkugel in die Höhe steigen und enthüllte Skulpturen, Ölbecken, gewebte Teppiche mit Knoten darin und schließlich ... Wandmalereien. Untypisch für die Kultur der Inka.

Sie trat näher heran. »Das ist es.« Ihre Worte waren nicht mehr als ein Flüstern. »Der Zwillingsfluch.«

Die Schattenfrau hatte das Ziel ihrer Suche erreicht. Jahre später setzte sie einen Plan in Gang, der zahlreiche Leben beeinflusste. Und alles, was sie dafür benötigte, war die Verzweiflung einer Frau, die Mutter werden wollte.

1. Unter den Engeln ruht die Wahrheit

»Schön hier.«

Jen verdrehte die Augen. »Hör auf zu versuchen, freundlich zu sein.«

Alex grinste frech. »Wie du magst. Dann bin ich es ab jetzt nicht mehr.« Er wandte sich ab und fand sich Auge in Auge mit einem steinernen Engel wieder. »Waahhh!«

»Kent! Stell dich nicht so an. Es ist nur eine Statue.«

»Das glaubst du vielleicht.« Und sofort begann er wieder von seiner Lieblingsserie zu erzählen, in der es total gefährliche Wesen gab, die sich als steinerne Engel tarnten.

Jen ließ ihn plappern. Es war ja irgendwie goldig.

Ihnen blieb nicht viel Zeit. Im Castillo herrschte Weltuntergangsstimmung. Johanna hatte alle Magier aufgerufen, über die Sprungtore nach Alicante zu wechseln. Ältere, Verletzte und Junge würden in sicheren Häusern untergebracht werden, die von Ordnungsmagiern mit den stärksten existierenden Schutzzaubern versehen wurden. Jeder, der etwas vom Kämpfen verstand, sollte sich der Armee anschließen. Falls sie keine wundersame Lösung fanden, um die Schattenfrau von der Verschmelzung der Sigilsplitter abzuhalten, würde Johanna die Streitmacht nach Iria Kon führen.

Im ausbrechenden Chaos neu eintreffender Magier, einer Tilda, die plötzlich für die doppelte Anzahl kochen musste, und Ordnungsmagiern, die der neuen Masse kaum Herr wurden, hatten sich Alex und Jen davongemacht.

Sie wollten im Garten von Jens Familie nach Marks Schatulle suchen.

»Bist du denn sicher, dass dein Mark-Unterbewusstsein dich nicht hereinlegen wollte?«, fragte Alex. »Vielleicht war er eine Manifestation deiner lustigen Seite, die so selten zum Einsatz kommt, dass sie dich jetzt ärgern will. Als Strafe.« Er kicherte.

»Wenn du so weitermachst, zeige ich dir gleich meine brutale Seite. Die möchte sich, seit ich dich kenne, nämlich überraschend oft manifestieren.«

Alex grinste lausbubenhaft und schwieg.

Er trug einfache Jeans, rote New-Balance-Sneaker und ein eng anliegendes, ebenfalls rotes Shirt, das am Kragen einen hellblauen

Streifen hatte. Das dunkelblonde Haar war sauber geschnitten und ein Hauch Aqua di Gio umwehte ihn. Überhaupt legte er momentan großen Wert auf sein Äußeres. Jen stellte verärgert fest, dass sie seit ihrem Traum ebenfalls verstärkt auf *sein* Äußeres achtete.

Blödes Unterbewusstsein.

Für einen Augenblick sah sie wieder die beiden Statuen. Dylan und Alex, die sich gegenüberstanden. Natürlich gab es da gar nichts zu überlegen. Ihre Affäre mit Dylan hatte sich längst zu etwas entwickelt, das man als Beziehung deuten konnte. Sie würde das nicht aufgeben, weil ein kleiner Zweifel am Horizont erschien.

»Jen?« Alex musterte sie besorgt.

»Sorry. Du weißt schon, Erinnerungen.«

Er nickte betreten. »Klar. Bringen wir es schnell hinter uns.«

Die Bruchbude namens Villa ragte in Sichtweite empor. Hier hatte Jen einst die Kontrolle verloren und damit den Tod ihres Vaters, ihrer Mutter und ihrer Schwester Jana ausgelöst. Der Traum, in dem sie vor allem gegen sich selbst gekämpft hatte, war in dieser Hinsicht befreiend gewesen. Sie hatte ihre Schuld akzeptiert, ließ sich von ihr aber nicht länger kontrollieren.

Jen vertrieb alle Gedanken an das Gestern und fokussierte sich auf das Hier und Jetzt. Mark hatte die Schatulle in diesem Garten versteckt. Darin befanden sich die Antworten auf die Frage nach den Zwillingen und dem Wilden Sigil. Angeblich hatte er Jen Hinweise hinterlassen, damit sie die wichtigen Informationen bekam. Doch diese hatten sie nie erreicht.

Die Engel waren über den Garten verteilt, standen mal dicht beieinander, mal einsam im Grün. Ein Unwetter vor zwei Tagen hatte heftig unter ihnen gewütet. Nicht, dass es noch einen großen Unterschied machte – hier war alles verwildert und verwachsen. Einige der Statuen lagen umgekippt am Boden.

»Wie steht es um deine neue Wohnung?«, fragte Jen, während sie ihren Blick schweifen ließ.

Alex' Augen begannen zu leuchten. »Sie ist toll. Du kommst doch zur Einweihungsparty?«

»Wann ist die?«

»Sobald wir die Schattenfrau erledigt haben und noch leben.«

»Guter Zeitplan.«

Er lachte bitter auf. »Quasi eine neue Zeitrechnung. Was ist mit deiner Galerie?« Er bückte sich und schabte mit seinem Essenzstab Moos von einem der Abbilder.

»Frag nicht. Dylan will sie unbedingt besichtigen. Ich habe Johannas Erlaubnis, eines der Geschäfte umzubauen.«

»Das ist doch gut.«

»Ich habe nur keine Ahnung von Kunst«, fluchte sie. »Muss mich da erst einlesen.«

»Das wird Dylan gar nicht merken.«

Sie lachte auf. »Doch, das wird er. Eines seiner Hobbys ist es nämlich, alle möglichen Museen zu besuchen. Anders gesagt: Im Gegensatz zu uns beiden ist er gebildet.«

»Ist doch mal was anderes als Zaubersprüche und Überlebenskampf.«

Jen richtete eine der umgestürzten Statuen auf und untersuchte sie genau. »Wie steht es denn um dein Wissen? Der Unterricht ist ja nun schon länger ausgefallen.«

Alex schürzte die Lippen. »Ich lese abends in den Büchern zur Kampfmagie, aber das war bisher zu wenig. Ein Teil von Marks Wissen ist weg. Ich habe es gemerkt, als ich einen Zauber für eine multiple Schutzsphäre erschaffen wollte. An einem Tag ging es noch, am nächsten konnte ich mich nicht mehr daran erinnern.«

Das ererbte Wissen musste vertieft werden, sonst verschwand es.

»Sobald wir alles ausgestanden haben, gibt es wieder Vorlesungen, alltägliche Aufträge ... Normalität eben.« Es klang wie ein Mantra, mit dem sie versuchte, sich selbst zu überzeugen.

Konnte es überhaupt je wieder weitergehen wie zuvor?

»Ich habe etwas!« Alex kniete neben einer der gefallenen Statuen.

Jen war mit wenigen Schritten bei ihm. Im Sockel klaffte ein Loch. Dahinter gähnte ein leeres Fach. »Verdammt!«

»Ein Schattenkrieger?«

Jen malte ein magentafarbenes Symbol in die Luft und wirkte einen Agnosco-Zauber. »Keine Rückstände von Essenz. Es war das Unwetter.«

»Aber wer hat sie dann herausgenommen?« Alex runzelte die Stirn. »Ein Nimag?!«

»Vielleicht. Oder es ist ein altes Fach, in dem sich die Schatulle von Mark gar nicht befand.«

»Das glaubst du doch selbst nicht.« Er zeichnete mit der Spitze seines Essenzstabes das Symbol für den Spurzauber auf den Sockel des gefallenen Engels.

In der hereinbrechenden Dämmerung flirrte eine Spur aus bernsteinfarbenem Nebel durch die Luft, wurde immer länger und verschwand schließlich zwischen den Bäumen.

»Glück gehabt«, murmelte Alex. »Es war jemand hier und es scheint noch nicht lange zurückzuliegen.«

Sie erhoben sich gleichzeitig und folgten der Spur. Am Ziel wartete hoffentlich der Nimag mit der Schatulle und dem letzten Erbe von Mark.

Die gefallenen Engel blieben hinter ihnen zurück.

2. Nimags, Bier und Kartenspiel

Einer der Umstände, mit denen Alex immer wieder zu kämpfen hatte, war der Jetlag. Das Sprungtor unter dem Castillo benötigte nur Sekunden, um sie überall auf der Welt abzusetzen. Doch während in Alicante aktuell helllichter Tag war – Mittag, um genau zu sein –, herrschte hier in Green Bay Nacht.

Die Spur führte sie die Washington Street entlang. Kleine Läden und Bars wechselten sich mit leeren Ladenflächen ab. Sie kamen am Meyer Theatre vorbei. Ein Kino, das in einem großen Gebäude aus braunem Stein mit grünen Fassadenelementen untergebracht war. Große Klapptüren führten in einen Vorraum, in dem Alex durch die Scheiben den Ticketstand und die Popcornmaschine erkennen konnte.

»Da drin habe ich meinen ersten Kuss bekommen.« Jen lächelte versonnen.

»Von wem denn?«, fragte Alex neugierig.

Ihm gefiel die Atmosphäre von Green Bay. Er wäre gerne auf den Michigansee hinausgefahren, doch die Zeit drängte. Überhaupt machte es ihn traurig, dass sie so oft in die Welt hinauszogen, aber stets nur, um zu kämpfen. Wenn die nächste Hürde genommen war, würde er sich Nikki schnappen und mit ihr und den anderen einen Ausflug unternehmen.

Und die Essenzstäbe bleiben zu Hause.

»Paula.«

Alex schaute verdattert zu Jen. Dann begriff er, was sie gerade gesagt hatte. »Was?!«

»Wir waren Teenager.«

»Nice.«

Sie verpasste ihm einen Schlag auf den Hinterkopf. »Wieso erzähle ich dir so was nur?«

»Weil du meinen treuen Augen nicht widerstehen kannst? Oder meinem Charme.« Er blinzelte sie an.

Jen lächelte zuckersüß. »Falls du nicht gleich brav bist, verpasse ich ihnen einen blauen Schimmer.«

Alex seufzte auf. »Immer diese Gewalt.«

Ein paar Spaziergänger schlenderten an ihnen vorbei, Autos brausten durch die Nacht. Die Spur führte von der Hauptstraße ab und kurze Zeit später standen sie vor einem heruntergekommenen Haus.

Die Läden hingen schief in den Angeln, die Fenster waren stellenweise mit Zeitungspapier abgehangen. Der Garten verdiente die Bezeichnung Dschungel und zwischen all dem Unkraut hatten die anderen Pflanzen keine Chance.

Das Haus besaß eine Veranda, auf der eine leere Hollywoodschaukel hin- und herschwankte. Leere Bierflaschen lagen daneben am Boden.

»Heimelig«, kommentierte Jen.

»Arme Sau«, kam es von Alex.

»Woher willst du das wissen?«, fragte sie.

»Schau es dir doch an. Wer so tief gefallen ist, kommt aus eigener Kraft nicht mehr hoch. Die Welt hat ihn vergessen, er säuft und geht vor die Hunde.«

Alex kannte unzählige Schicksale, die ähnlich abgelaufen waren. Jobverlust, die Flucht in eine Welt des Alkohols, das Zerbrechen der Familie. Es ging immer tiefer bergab, alles verselbstständigte sich und am Ende wartete ... gar nichts.

Die Tür war nicht verschlossen.

Sie betraten das Haus. Es roch nach dreckigem Geschirr, muffiger Kleidung, Schweiß und Alkohol.

Die Spur waberte in der Luft, schlängelte sich die Treppe hinauf und in das Schlafzimmer. Alex ließ den Zauber verwehen. Das Schnarchen wies ihnen den Weg auch ohne Magie.

Auf einer durchgelegenen Matratze lag ein schlafender Mann. Er mochte in den Fünfzigern sein, hatte graues lichtes Haar und eine Alkoholfahne, als hätte er gerade eine Schnapsbrennerei im Alleingang geleert.

Alex setzte sich auf die Bettkante und brüllte: »Hey!«

»Was?!« Der Nimag fuhr auf. Verwirrt blickte er sich um. »Hä?«

»Alex!« Er deutete auf sich selbst. »Jen!« Auf sie. »Wir sind nur ein Traum.«

Der Nimag nickte aus trüben Augen.

»Wir suchen die Schatulle«, rief Jen.

Die Augen des Mannes wurden zu schmalen Schlitzen. Mit zittrigen Fingern kniff er sich in den Arm. »Ihr seid gar kein Traum.«

»Toll«, kommentierte Alex. »Und ich wollte Essenz sparen.« Bevor der Nimag reagieren konnte, rief er: »Omnio Veritas!« Das Symbol, das er mit seinem Essenzstab gezeichnet hatte, sickerte in die Haut des Mannes ein.

Der Wahrheitszauber war leicht durchzuführen, seine Wirkung jedoch von der Stärke des Magiers und des Betroffenen abhängig. Ob Nimag oder Magier: Wer einen starken Geist besaß, konnte dem Zauber unter Umständen widerstehen. Daher war es am sinnvollsten, mit jemandem zu arbeiten, der gerade aus einem Schlaf erwachte oder betrunken war. In vorliegendem Fall traf praktischerweise beides zu.

»Wie heißt du?«, fragte Alex.

»Trent.«

»Hast du eine Schatulle an dich gebracht?«

»Ich habe sie gefunden. Bei den Engeln.«

Jen setzte sich ebenfalls auf die Bettkante, sprang aber wieder auf, als sie die Flecken auf dem Lacken sah. »Wo ist sie?«

»Verkauft«, erwiderte der Nimag. »Habe das Geld gebraucht.«

Jen fluchte herzhaft. Ihnen lief die Zeit davon.

»Verkauft an wen?«, fragte Alex.

»Chester.«

»Wer ist Chester?«, fragte Jen.

»Ein gieriges Arschloch.«

Jen stöhnte auf.

Alex grinste. »Hey, du hast gefragt.« Er wandte sich Trent zu. »Wo finden wir diesen Chester?«

»In seinem Laden.«

»Ha«, konnte Jen sich nicht verkneifen. »Du bist auch nicht viel besser.«

»Was für ein Laden?«, fragte Alex weiter.

»Pfandleihe.«

Jen zog ihr Smartphone hervor und begann auf dem Display herumzutippen. »Hab es. Ein kleiner Laden. Zu Fuß brauchen wir eine halbe Stunde.«

Alex löste den Zauber.

Trent sank zurück auf seine Matratze und schlief weiter. Wenn er erwachte, würde er all das für einen Traum halten.

»Wir könnten ihm helfen«, flüsterte er.

Jen atmete scharf ein. »Du weißt, dass wir das nicht dürfen.«

»Ein kleiner Zauber und er trinkt nie wieder Alkohol.«

Jen schloss für einige Sekunden die Augen. »Ich weiß. Aber es ist verboten. Keine Einmischung in das Leben der Nimags. Nur was durch Magie gewirkt wurde, darf korrigiert werden.«

Alex presste die Lippen zusammen.

»Du denkst an Chloe.«

Er nickte. »Ihr Traum war ... Der Schmerz ...« Von all seinen bisherigen Kämpfen und Erfahrungen waren die Ereignisse auf der Traumebene am intensivsten gewesen. »Wie schafft sie das? Wenn meinem Bruder etwas Derartiges passieren würde, ich *müsste* ihm helfen.«

»Und sobald die Ordnungsmagier es herausfänden, würden sie deinen Zauber neutralisieren und dich in den Immortalis-Kerker werfen. Oder sie löschen deine Erinnerung und kapseln dein Sigil ein. Du würdest ein Leben als Nimag führen und dich an nichts mehr erinnern, was du als Magier erlebt hast.«

Bei dem Gedanken kroch eine Gänsehaut über Alex' Nacken. »Wurde das denn schon gemacht?«

»Nicht oft, aber es kam vor«, antwortete Jen. »Was glaubst du denn, weshalb Chloe Jamie nicht hilft?«

Alex schwieg.

Er konnte täglich sehen, wie es in Chloe brodelte und hatte Angst, dass sie eine Dummheit beging. Gleichzeitig verstand er nur zu gut, was in ihr vorging. Eines Tages, das wusste er, konnte sie ihren Schmerz nicht länger zurückdrängen. Was mochte dann geschehen?

»Komm«, sagte Jen sanft.

Sie stiegen die Treppen hinab und verließen das Haus. Einstweilen war nur eines wichtig: Sie mussten die Schatulle finden.

3. Der Hort des Wissens

Chloe betrachtete die unscheinbare Holztür. »Das mit dem Zielen hat nicht so gut geklappt.«

Johanna schmunzelte. »Leonardos Kommentar war: aus dem Handgelenk, ganz geschmeidig. Man sieht ja, wie das funktioniert hat.«

Nachdem die Verbindung zum Archiv durch eine Intrige der Schattenfrau zerstört worden war, hatte es Monate gedauert, sie neu zu etablieren. Der Zugang vom Castillo aus war eine Tür, die mitten in einem Bücherregal der instand gesetzten Bibliothek erschienen war. Der eigentliche Platz, an dem sie sich hätte manifestieren sollen, lag ein paar Meter weiter links.

»Wenigstens waren keine Bücher an der Stelle«, kommentierte Nikki. Die junge Sprungmagierin wirkte frisch, ausgeruht und voller Tatendrang. Ein Windstoß trieb ihr ein paar dunkelblonde Strähnen ins Gesicht, die sie beiseitestrich.

»Immer positiv denken, gute Einstellung.« Johanna hob die rechte Hand. Am Gelenk trug sie ihr Permit. Es klackte. Die Holztür schwang auf. »Gehen wir.«

Die Unsterbliche bildete die Spitze. Nikki folgte dichtauf. Den Abschluss bildeten Chloe und Ataciaru, ihr Husky. Ein stolzes und schönes Geschöpf, das jedoch den Fehler begangen hatte, sich einen Braten aus der Küche zu stibitzen. Tilda hatte bereits angedroht, ihn in der nächsten Suppe zu verarbeiten, falls er das noch einmal tat. Die gutmütige Köchin kannte keinen Spaß, wenn es um ihre Domäne ging. Und dass sie mit einer Bratpfanne Armeen in Schach halten konnte, hatte sie längst bewiesen.

Ein Kribbeln breitete sich auf Chloes Haut aus, dann war sie auch schon auf der anderen Seite. Hinter ihr fiel die Tür ins Schloss.

Der Boden war mit weißem Marmor ausgekleidet, doch das war auch das Einzige, was sich als ›normal‹ bezeichnen ließ. Armaturen aus Hexenholz bedeckten die Wände, Zahnräder drehten sich darin. Chromblenden gaben den Blick auf Bernsteine frei und verbargen sie kurz darauf wieder. An zahlreichen Stellen ragten Wandleuchter mit bauchigen Birnen empor. Der Wolframdraht in ihrem Inneren glühte.

Eine große Halle breitete sich vor ihnen aus. Die Decke bestand aus Himmelsglas, verwoben mit Silber. Lesetische standen dicht an dicht, Regale wuchsen in die Höhe.

Chloe sog staunend die Luft ein, als einer der Archivare mit einer Handbewegung ein Regal aus dem Nichts entstehen ließ.

»Die Räume des Archivs sind überall auf der Welt verteilt«, fasste Johanna noch einmal zusammen. Ihr Haar war zu einem Pferdeschwanz gebunden und wippte auf und ab, als sie den Blick nach oben und unten schweifen ließ. »Wenn ihr hier durch eine Tür geht, legt ihr oftmals viele hundert Kilometer zurück. Manche Räume liegen in Dimensionsfalten oder sind an Splitterreiche angeschlossen. So konnte Jen von Dark London aus hierher wechseln – wenn auch nur als Astralprojektion.«

»Wer hat all das hier erbaut?«, fragte Nikki flüsternd.

Chloe hatte die gleiche Frage an Einstein gestellt, als sie erstmals im Unterricht vom Archiv gehört hatte.

»Das weiß nur die Archivarin«, erwiderte die Unsterbliche. »Es gibt Geheimnisse, Mythen und Legenden, deren Herkunft nicht einmal wir Unsterblichen kennen. Ich vermute, das Wissen ging über die Jahrhunderte verloren.«

Chloe wusste, dass beim Untergang von Iria Kon fast der gesamte damalige Rat der Unsterblichen ausgelöscht worden war. Zwar waren Monate später die neuen Räte aufgetaucht, doch das verlorene Wissen konnten sie nicht zurückbringen.

Sie gingen weiter, vorbei an den Lesetischen. Johanna führte sie zu einem Treppenaufgang, vor dem ein kleines Mädchen stand.

»Diese Treppe führt hinauf zum Büro der Archivarin«, erklärte Johanna.

Ataciaru reckte seine Schnauze in die Höhe.

Chloe ging vor dem Mädchen in die Knie. Sie sah verloren aus. »Und wer bist du, Kleine?«

»Du darfst mich Archivarin nennen«, kam es mit überraschend klarer Stimme zurück.

Chloe sprang auf. »Was?! Aber ...«

Das Mädchen hob die Hand. »Meine Art des ewigen Lebens ist eine andere als jene, die du kennst.«

Bevor sie weitersprechen konnte, kam Ataciaru herbeigeeilt, schnupperte an dem roten langen Zopf, der der Kleinen bis zu den Schultern reichte, und leckte ihr Gesicht ab.

Die Archivarin kicherte. »Glaube nicht, dass du mich damit beeinflussen kannst, nur weil ich kindliche Emotionen in mir trage.«

Ataciaru jaulte auf und kehrte zu Chloe zurück.

»Ich sehe dich«, sagte die Archivarin mit einem Blick auf den Husky. »Doch sei willkommen.«

»Du bist ein Kind«, entfuhr es Nikki.

»Um diesen Hort des Wissens zu stabilisieren und wieder an die Welt anzuschließen, musste ich viel Kraft aufwenden. Das ließ mich dahinwelken. So starb ich als alte Frau und kehrte zurück als Kind. Die Zeit hier vergeht anders, musst du wissen. In Kürze bin ich wieder erwachsen, werde altern und sterben. Der Zyklus wiederholt sich.«

»Ich verstehe«, flüsterte Nikki. »Deshalb können wir dich auch erst jetzt aufsuchen.«

Die Archivarin nickte huldvoll, was der Kleinen einen Anstrich von Arroganz verlieh. »Ich musste erst der Windelphase entwachsen.«

Chloe konnte ihr Lachen gerade noch als Husten maskieren.

»Du weißt, warum wir hier sind«, lenkte Johanna schnell die Aufmerksamkeit auf sich.

Die Archivarin nickte und bedeutete ihnen, ihr zu folgen. »Ich bin verbunden mit dem Wissen dieser Hallen. Die Informationen in den Folianten, den Mentigloben, den Papyri, Steintafeln und Artefakten erweitern meinen Geist. Doch es ist nicht immer leicht zu finden, was vor langer Zeit verborgen worden ist.«

»Du hast uns nicht hierhergerufen, um uns das zu sagen, oder?«, fragte Johanna direkt.

»Nein.« Die Mundwinkel des Mädchens kräuselten sich. Ihre Augen blickten weise auf. Das Wissen der Ewigkeit spiegelte sich darin. »Ich konnte Mentigloben ausfindig machen, in denen die Schattenfrau nach etwas suchte. Mag durch den Angriff auf das Archiv auch viel Wissen verloren gegangen sein, so gibt es doch noch immer genug, um ihr Vorhaben aus dem Schatten zu zerren.«

»Was hast du entdeckt?«

Ohne auf die Frage zu antworten, streckte das Mädchen die Hand aus. Eine weitere Tür öffnete sich. Sie traten hindurch. Erneut spürte Chloe das seltsame Kribbeln. Ihre Unterarmhärchen stellten sich auf.

»Auf jeden Fall nette Bude«, gab sie zu. »Und diese Türübergänge sind gesünder als ein Sprungtor. Kein Schleudertrauma.«

Die Archivarin blickte zu ihr auf. »Falls du deine Boots auf einen meiner Tische packst, werde ich dich an den Ohren herunterziehen und in das nächste Sprungtor werfen. Verstehen wir uns?«

Im ersten Augenblick wollte Chloe loslachen, da eine solche Drohung von einem so kleinen Menschen einfach schwierig ernst zu nehmen war. Doch das gefährliche Aufblitzen in den Augen ihres Gegenübers verdeutlichte die Macht, über die die Archivarin gebot. Der äußere Schein trog.

»Okay«, sagte Chloe schließlich, wenn auch mit einem gehörigen Grummeln im Magen.

»Wow!«, entfuhr es Nikki.

Chloe blickte ruckartig zu ihr hinüber. Erneut klappte ihr Mund gen Erdmittelpunkt.

4. Fragmente, Splitter und Trümmer

»Was ist das?«

Chloe ging näher. Der Raum war kreisrund und leer – bis auf einen Tisch in der Mitte. Darauf standen Mentigloben. Diese sahen jedoch anders aus als jene, die sie kannte.

»In früheren Zeiten führten Magier Experimente mit unterschiedlichen Zaubern und Materialien durch«, erklärte die Archivarin. »Aber das weißt du sicher aus dem Unterricht der Zaubereigeschichte.«

Chloe nickte gedankenverloren. »Aber dort habe ich nur Bleistiftsskizzen gesehen. Die hier sind echt.«

Nikki war nicht minder verblüfft. Die Sprungmagierin aus Neuseeland strich sanft über die Oberfläche der Artefakte, als hätte sie Angst, dass diese unter ihren Fingerkuppen zerbrachen.

Nur Johanna wirkte unbeeindruckt. Vielleicht lag da ein kurzer Schimmer der Wehmut in ihren Augen, doch er verschwand so schnell, dass es auch eine Täuschung gewesen sein mochte. »Sind das Erinnerungen unserer Feindin?«

»Nein«, antwortete die Archivarin. »Doch sie spielt darin eine Rolle. Vor langer Zeit begann sie mit einer Suche. Teile davon wurden in Erinnerungen festgehalten. Magier, die ihren Weg kreuzten – und überlebten –, fertigten die Mentigloben an. Ihr seht, dass sie beschädigt sind?«

Ataciaru sprang in die Höhe, legte seine Pfoten auf dem Tisch ab und schnupperte. Ein Knurren entrang sich seiner Kehle.

»Es geschah nur einmal in der Geschichte, dass das Archiv gestürmt wurde«, sprach die Archivarin. »Damals entkoppelte ich die Räume, doch ich konnte nicht alles beschützen. Mentigloben wurden zerstört, Bücher verbrannt, Artefakte zerschmettert. Jene Mentigloben gehörten zu den wenigen Stücken, die die Attacke überlebten. Sie wurden in den Trümmern geborgen.«

Erst jetzt realisierte Chloe, dass bei einem der Mentigloben der Sockel angeschmolzen war. Ein anderer – bestehend aus einem Bernsteinklumpen, über den ein Hexenholzgitter verlief – hatte Bruchstellen.

»Sie sind instabil«, sagte Johanna verärgert. »Damit ist das Eintauchen in die Erinnerungen gefährlich. Wir werden auf Lücken stoßen und es sind Abstoßreaktionen möglich.«

Die Archivarin deutete ein Nicken an. »Doch mehr konnte ich nicht tun. Das hier ist alles, was an Wissen die Zeiten überdauern konnte. In diesen Mentigloben verbirgt sich möglicherweise die Wahrheit über die Verschmelzung der Sigilsplitter.«

Chloe ging neben Ataciaru in die Hocke. »Du wartest hier, okay? Ich unternehme einen kleinen Ausflug. Wenigstens sind es Erinnerungen und keine Träume.«

Sie dachte mit einem Schauder an die Ereignisse auf Antarktika zurück. Ohne Jules Verne hätte sie sich in den Träumen verloren. Edison hatte ihr aufgetragen, sofort Wesley Mandeville aufzusuchen. Chloe zögerte es aber noch etwas hinaus, sie musste erst wieder Kraft sammeln, bevor sie sich mit den Ereignissen beschäftigen konnte.

Ataciaru gab ein zustimmendes Jaulen von sich, sank auf den Boden und verschränkte die Pfoten. Aufmerksam betrachtete er die Mentigloben und die Menschen.

»Ich wäre soweit«, verkündete Chloe.

Die Archivarin lachte auf. »Warum glauben Kinder nur stets, dass sie bereit sind?«

»Und das aus dem Mund ...«, setzte Chloe für einen Gegenschlag an, doch ein scharfer Blick Johannas ließ sie verstummen.

»Letztlich«, sagte die Unsterbliche, »sind wir niemals bereit. Doch wir passen uns an, lernen und bewältigen die Bürde, die uns auferlegt wird. Diese Mentigloben können Schimären enthalten, Chloe O'Sullivan.«

»Was sind Schimären?«, fragte Nikki.

»Entartete Erinnerungen«, antwortete Johanna. »Trugbilder. Manifestationen aus der Erinnerung, die so nicht stattgefunden haben, aber jeden attackieren, der sich darin bewegt. Etwas Derartiges kann den Geist eines Eintauchenden zerrütten, Schmerzen verursachen und sogar töten.« Sie atmete schwer aus. »Ich erinnere mich an einen Kampf vor langer Zeit. Damals war ich noch ein Mensch. Wir erstürmten die Burg eines Landesfürsten. Seine Magier zerstörten die dortige Bibliothek mit einem magischen Feuer. Doch sie sparten einen Teil bewusst aus. Als wir die Burg eingenommen hatten und unsere Magier die Mentigloben auslasen, wurden sie wahnsinnig.« Sie schüttelte den Kopf, um die Erinnerung zu vertreiben.

»War ja klar«, murrte Nikki. »So etwas Bescheuertes kann auch nur wieder uns passieren.«

Johanna schmunzelte. »Hier ist der Fall natürlich anders gelagert. Es wurden keine Fallen eingebaut, keine Zauber mit den Erinnerungen verwoben.« Mit einem fragenden Blick ergänzte sie: »Richtig?«

»So ist es«, bestätigte die Archivarin. »Wenn eine Gefahr besteht, dann geht sie nur von der Beschädigung aus. Das habe ich überprüft. Und natürlich stehen Helfer bereit, die uns unterstützen, falls etwas Bedrohliches geschieht.«

»Du wirst uns begleiten?«, fragte Johanna.

»Natürlich. Ich mag mit dem Wissen hier verbunden sein und kann sagen, wo sich was befindet. Doch um Details zu erfassen, muss auch ich eintauchen.«

»Die Reihenfolge?« Johanna ließ ihren Blick über die Mentigloben schweifen.

Sie standen ungeordnet auf dem Tisch, um den die Archivarin, die Unsterbliche, Nikki und Chloe Aufstellung bezogen hatten.

»Wir können uns nur chronologisch vorarbeiten«, verkündete die Hüterin des Wissens. »Andernfalls fehlt uns am Ende eine Information vom Anfang. Gefährlicher als Unwissenheit ist das Halbwissen.«

»Dem stimme ich zu. Also, welcher?«

Die Archivarin deutete auf einen Mentiglobus aus Messing, der in einen Holzsockel eingesetzt war. Am unteren Rand waren Worte in das Holz geritzt. Chloe ließ ihren Weitblick darauf ruhen und zoomte heran. Es waren altdeutsche Worte. »Das ist aber nicht der Zweite Weltkrieg, oder?«

Die Archivarin ließ ihre Hand über das Artefakt gleiten. »Nein. Wir werden viel weiter zurückgehen.«

»Wenigstens etwas«, murmelte Nikki.

Nacheinander legten sie ihre Finger auf das Metall. Der Messingglobus war kühl. Chloe atmete tief ein und wieder aus. Obwohl es nicht ihre erste Reise in die Erinnerung eines anderen Menschen war, fühlte sie Beklommenheit.

Ataciaru gab ein ermutigendes *Wuff* von sich.

»Du hast gut bellen«, murmelte Chloe.

»Achtet darauf, dass wir nicht getrennt werden«, mahnte Johanna an. »Falls es doch geschieht, beenden wir den Zauber sofort und beginnen von Neuem. Verstanden?«

Einhelliges Nicken von Nikki und Chloe war die Folge, die Archivarin ließ lediglich eine Braue in die Höhe wandern.

Johanna zählte auf drei, worauf jeder von ihnen die magischen Worte sprach: »Memorum Excitare.«

Erinnerungen wurden Realität.

Die Umgebung verging im Wirbel einer längst vergangenen Zeit.

5. Familientreffen

Chris hielt einen Augenblick inne.

Während Kevin und Max die Treppe vom Sprungraum hinaufeilten, wollte er einen Moment für sich sein, alles aufnehmen. In der Luft lag der sanfte Hauch von Lavendel. Auf einem kleinen Holzschränkchen entdeckte er das Schüsselchen mit den Blüten. Er musste unweigerlich lächeln.

»Hektik. Überall in der Welt nur noch Hektik«, drang die Stimme seiner Großmutter aus seinen Erinnerungen. »Ein bisschen Lavendel schadet nie. Vielleicht bleiben diese *Paniker dann endlich mal stehen und atmen durch.«*

»Wie recht du hast, Granny.«

Eine Holztreppe führte hinauf in den Salon, das Geländer war blank poliert und glänzte. Wären sie keine Familienmitglieder, hätte die Tür sich vor ihnen geschlossen, doch so konnte er den Sprungraum verlassen. Von oben drangen herzliches Lachen und Stimmengewirr an seine Ohren.

Seine Eltern begrüßten Max und Kevin.

Chris brachte die letzten Stufen hinter sich und fand sich prompt in einer Umarmung mit seiner Mutter wieder.

»Mein Junge.« Sie presste ihn derart fest an sich, dass er vermutlich gleich einen Reanimationszauber benötigte. »Lass dich anschauen.« Ihr Blick wanderte über seinen Körper. »Du isst zu wenig.«

Er stöhnte auf. »Mum.«

»Ist ja gut.«

Sein Dad zog ihn ebenfalls in eine kräftige Umarmung, ließ ihn aber gleich wieder los.

Seit dem Zusammentreffen in Irland, bei dem Ava und Ben – seine Eltern – das große Familiengeheimnis enthüllt hatten, hatte er sie nicht mehr gesehen. Nach der Offenbarung, dass Kevin und er durch den magischen Trank der Schattenfrau entstanden waren und das Sigil ihres nie zur Welt gekommenen dritten Bruders nun in Alex steckte, hatte er zu sich kommen müssen. Mittlerweile verstand er es jedoch. Und zugegeben: Alex war für ihn ebenfalls zu einem Bruder geworden.

»Johannas Nachricht hat uns erreicht«, verkündete Chris' Mutter. »Wir werden natürlich kämpfen.«

Das war zu erwarten gewesen. Kevin und er hätten es zwar lieber gesehen, wenn der Rest der Familie in einem sicheren Haus untergebracht worden wäre, doch selbst dort wäre vor einer möglichen Allmacht der Schattenfrau niemand wirklich sicher.

»... Granaten wegpacken. Jetzt gehen Sie in das Arsenal und holen ein paar hiervon. Die mit dem ordentlichen Wumms«, erklang eine Stimme aus dem angrenzenden Raum.

Eine Frau kam in den Salon. Ihr graues Haar war zu einem Dutt gebunden, sie trug ein gestärktes Kleid und darüber eine Bluse. Ihr Brillengestell bestand aus gezackten Metallblitzen, was ihren Kraftschlagblick perfekt unterstrich.

»Granny!«

Kevin und Chris stürmten beide auf sie zu.

»Immer langsam mit den alten Magierinnen«, sagte sie mit krächzender Stimme. »Ich bin zerbrechlich.«

»Natürlich«, erklang ein Murmeln von der Couch. »Das konnten wir letzte Woche sehen, Mutter, als du den Postboten gejagt hast.«

»Er hat nicht geklingelt und einfach eine Karte eingeworfen«, verteidigte sich Granny an ihre Tochter gewandt. »Es war eine wichtige Sendung. Da fragt man sich, wie die Nimag-Welt überhaupt funktioniert. Unsere Art der Briefzustellung gefällt mir da wahrlich besser.«

Chris schwieg, denn das war ein heikles Thema. Erst vor Kurzem hatte ein magifizierter Gartenzwerg, der ein Päckchen vorbeigebracht hatte, seine Mum derart erschreckt, dass sie von einem Stuhl gefallen war.

Sie betraten den Salon. Seine Großmutter schwang den Essenzstab und jeder landete mit Schwung auf dem Sofa oder in einem Sessel, jeweils ein Glas mit alkoholischem Inhalt in der Hand.

»So jung kommen wir nie wieder zusammen.« Sie strahlte Kevin an, ließ ihren Blick dann auf Max ruhen und ergänzte: »Ihr lasst euch mit der Heirat aber etwas viel Zeit, oder?«

»Annora!«, wurde sie von Chris' Mum zur Ordnung gerufen. »Jetzt lass die Jungs doch mal in Ruhe.«

»Was ist mit dir?« Ihr Blick taxierte Chris. »Hast du dich endlich in einem Bett niedergelassen oder wechselst du die noch immer?«

Chris musste lachen und spuckte prompt den Gin über den gesamten Tisch. Nachdem er wieder zur Ruhe gekommen war und Atem geschöpft hatte, erwiderte er: »Ich bin eben für Abwechslung.«

Seine Großmutter seufzte. »Ich bin gespannt, welche es schafft, dich zu bändigen.«

»Das wird nicht passieren.«

»Seid ihr hier, um beim Packen zu helfen?«, fragte sie.

»Du weißt aber schon, dass du die alten Magiegranaten nicht mit ins Castillo nehmen darfst«, gab Max zu bedenken. »Außerdem sind die doch bestimmt längst instabil.«

»Sind sie nicht«, sagte Granny triumphierend. »Ich habe vorhin zwei davon ausprobiert.«

»Wie bitte?« Chris' Dad erbleichte. »Wo?«

»Im Garten«, erwiderte sie. »Und schaut euch den Krater an. Da steckt noch ordentlich Wumms drin.«

»Den Gar...« Seine Mum sprang auf und hastete zur Balkontür. Ein Blick hinaus und sie japste nach Luft. »Meine Rosenbeete.«

Annora winkte ab. »Die kannst du neu bepflanzen.«

Chris kicherte lautlos. Er liebte seine Granny, aber vermutlich hätte sie ihn ebenfalls in den Wahnsinn getrieben, würde er noch hier wohnen. Sie war ein Sturkopf. Bereits vierundachtzig, gleichwohl noch immer geistig fit und meist rüstig.

Zwischen seiner Mutter und seiner Großmutter entstand ein wütendes Wortgefecht. Sein Vater, der das längst gewohnt war, schenkte Max, Kevin und ihm nach.

»Habt ihr auch Bier?«, fragte Chris leise.

»Ich hol dir später eins.«

Kevin und Max rutschten tiefer in die Sitzkissen. Chris wollte schon etwas sagen, als sein Blick auf den Kamin fiel. Darauf stand ein Foto. Seine Mum musste es aus dem Album gekramt haben. Ein Bleiklumpen entstand in seinem Bauch. Das Bild zeigte seine Eltern, Granny, Kevin und ... ihn. Damals musste er um die sechzehn gewesen sein. Niemand aus dieser Zeit würde ihn heute noch erkennen so sehr hatte er sich verändert.

»Wir wollten euch besuchen«, brüllte er, um den Streit zu unterbrechen und seine Gedanken loszuwerden, »um die Ereignisse zu besprechen. Bevor wir alle mit gezückten Essenzstäben im Castillo Spalier stehen.«

»Oh.« Seine Mum räusperte sich. »Natürlich.«

»Wurde ja auch Zeit, dass es mal ein paar Informationen gibt«, warf seine Granny ein. »Bisher tappen wir ja noch im Dunkeln. Wisst ihr mittlerweile mehr?«

Sie wussten alle sofort, worauf sie anspielte.

»Nein«, erklärte Max. »Was auch immer die Schattenfrau mit dem

Trank und der ganzen Sache bezweckt – ohne Marks Schatulle fischen wir im Trüben.«

»Wenn ich dieses Schattenweib je in die Finger bekomme ...« Die Stimme von Chris' Großmutter nahm einen gefährlichen Unterton an. Gleichzeitig schenkte sie ihrer Tochter einen Blick voller Sanftmut. »Aber immerhin ist etwas Gutes daraus erwachsen. Chris, Kevin und Alex.«

»Du kennst ihn doch gar nicht«, entgegnete Kevin.

»Natürlich nicht. Ich meinte das eher ... Bei allem, was ihr mir erzählt habt, gehe ich einfach davon aus. Immerhin seid ihr befreundet. Oder nicht?«

»Sind wir«, bestätigte Chris.

Der Gedanke, dass Alex und seine Großmutter gemeinsam Streiche ausheckten, erzeugte tief in seiner Brust den Drang zu kichern. Gleichzeitig fürchtete er sich vor dem Ergebnis.

»Bald wissen wir mehr«, antwortete er.

Sie tranken gemeinsam aus, unterhielten sich eine Weile, und er merkte, dass die Anspannung von allen abfiel. Sie würden bis morgen früh bleiben und dann gemeinsam ins Castillo wechseln.

Die Angestellten verschwanden im Laufe des Tages, um über das Sprungtor sichere Häuser aufzusuchen. Zurück blieb ein viel zu großes, leeres Haus.

6. Eine Hölle namens Jugend

Tock, tock. Die Welt drehte sich unaufhörlich. Holz schlug gegen seine Stirn. Er konnte seinen Essenzstab nicht greifen. Dann der Schlag. Wasser, überall Wasser. Die Enge hielt ihn in ihren Klauen, er konnte nicht mehr atmen.

Chris fuhr in die Höhe. Sein Herz raste, sein Hals schien zu pochen. Ein Schweißfilm glänzte auf seiner Stirn. Es dauerte einen Augenblick, bis er die Orientierung wiederfand. Richtig, das war sein Bett, daheim in Chicago. Nach dem Gespräch im Salon war er leicht angetrunken nach oben gewankt, hatte seine Jeans gegen ein paar graue Jogginghosen eingetauscht und war eingeschlafen.

Es klopfte erneut.

»Herein!« Schnell wischte er sich den Schweiß ab.

Es war seine Großmutter. Sie kam ins Zimmer und sank auf die Bettkante. »Wir sehen uns so selten, da wollte ich noch einmal vorbeischauen.«

»Ich hab schon geschlafen.« Chris rieb sich die Augen.

»Das sehe ich. Du hast von damals geträumt.«

Er zuckte zusammen. »Nein!« Auf einen scharfen Blick seiner Großmutter – ›Du sollst nicht lügen‹ – ergänzte er: »Ja.«

»Ich habe Ava gesagt, dass sie das Bild nicht aufstellen soll.« Ein trauriges Lächeln huschte über das Gesicht seiner Granny. »Die Geister der Vergangenheit lassen uns nicht los. Egal, ob im Großen oder Kleinen.«

»Es war nicht klein.«

Sie schüttelte den Kopf. »Nein, das war es nicht.« Sie legte ihm sanft die Hand aufs Herz. »Aber du lebst. Mag es dich auch gezeichnet haben.«

Eine seltsame Mischung aus Scham und Wut pulsierte durch seine Adern. Die Erinnerung an seine Jugend brachte stets auch das Gefühl der Schwäche mit sich. »Es ist schon lange vorbei.« Es gelang ihm nicht ganz, den Trotz aus seiner Stimme zu verbannen.

»Das ist es nie. Ein Teil von dir ist damals dort zurückgeblieben. So ist es immer.« Sie lächelte. »Als dein Großvater starb ...« Ein Glitzern trat in ihre Augen, das er noch nie dort gesehen hatte. »Ein Teil von mir wird den Kampf gegen die Schattenkrieger wieder und wieder durchleben und ich stelle mir vor, wie es anders hätte ausgehen können.«

Er nahm ihre Hand. »Dann vergisst man wohl nie.«

»Niemals«, sagte sie leise. »Aber man gewöhnt sich daran. Man muss lernen, den Teil zu akzeptieren, der mit der Vergangenheit verbunden ist.«

»Du hast noch nie davon erzählt, wie Großvater starb.« Die ganze Familie wusste, dass es bei einem Kampf geschehen war, doch Annora Grant sprach nicht über Details.

»Und das wird auch so bleiben, mein Schatz.« Sie hauchte ihm einen Kuss auf die Stirn. »So wie du nie jemandem erzählt hast, was damals geschehen ist.«

Er schluckte den Kloß in seinem Hals hinunter. Granny war die Einzige, die Bescheid wusste. Die anderen hatten sich gefragt, wieso er sich damals derart verändert hatte, es aber schließlich auf die Pubertät geschoben. Nicht einmal Kevin wusste es.

»Du solltest versuchen, noch ein wenig zur Ruhe zu kommen.« Seine Großmutter erhob sich. »Wir haben alles gepackt und können morgen früh aufbrechen. Deine Mutter hat mit Thomas Edison gesprochen. Im Castillo herrscht absolutes Chaos.«

Chris lachte auf, was die Schatten auf seiner Seele zurückdrängte. »Kann ich mir vorstellen. Es gab eine große Diskussion darüber, wie man am besten vorgehen sollte.«

»Macht gegen Macht«, sagte seine Granny nachdenklich. »Nur so kann sie noch aufgehalten werden, die Schattenfrau.« Sie seufzte. »Ich habe immer die kleine, stille Clara Ashwell vor Augen. Was hat dieses Monster von einer Mutter nur getan, damit es so weit kommen konnte?«

»Es war der Trank des ersten Stabmachers«, korrigierte Chris. »Nicht Claras Mutter.«

»Auch der böse Teil in deiner Freundin wurde einst geformt. In ihrer Kindheit, ihrer Jugend, all die Male, in denen jemand zu ihr sagte: Du bist nicht gut genug.«

Chris setzte zu einer Erwiderung an, doch die Worte blieben ihm im Halse stecken. Was, wenn es damals anders ausgegangen wäre? Trüge er dann heute ebenfalls Wut und Hass mit sich herum?

»Du passt auf dich auf, ja?«, sagte er.

»Ich passe auf *euch* auf«, stellte seine Granny klar. »Ich habe schon Schattenkrieger gejagt, da wart ihr noch ein Funkeln im Auge eures Dads.«

»Waaaah. Kopfkino.« Chris steckte sich die Finger in die Ohren. »Lalalala.«

Seine Granny grinste breit. »Du und Alex seid euch wirklich ähnlich.«

»Woher ...«

»Nach allem, was ich höre«, ergänzte sie schnell. »Und jetzt schlaf gefälligst. Morgen bringe ich dir einen Zauber bei, den heute kaum noch jemand kennt. Das wird spaßig.«

»Solange du die Tauben in Ruhe lässt.«

»Jetzt geht das wieder los.« Sie verdrehte die Augen. »Dieses Mistvieh flog über mich hinweg und hat in meine Teetasse gemacht. Ich wollte ihr einen Schrecken einjagen.«

»Klar«, kommentierte Chris. »Und am Ende flog sie mitten in einen Hotdog-Stand.«

»Zugegeben. Die Nimags haben gekreischt.« Sie kicherte. »Ein bisschen Spaß muss sein, sonst ist das Leben langweilig.«

»Wenn du das nächste Mal davon erzählst, wie wir dich als Kinder mit einem Kraftschlag aus dem Sessel geschossen haben, erinnere ich dich daran.«

»Das war nicht witzig«, stellte sie klar.

»Hängt von der Perspektive ab.«

Ein herzzerreißender Seufzer war die Folge. Seine Granny beugt sich nach vorne, hielt sich den Rücken und sagte: »Und das mir! Einer armen, alten, gebrechlichen Frau.«

Sie lachten beide.

Seine Großmutter streckte die Hand nach der Türklinke aus.

In diesem Augenblick verwandelte sich die Welt in ein Inferno. Steine flogen umher, die Wand war plötzlich weg und über ihnen klaffte der Sternenhimmel. Ein ohrenbetäubender Knall hallte durch die Nacht.

Chris lag am Boden und presste sich die Hände auf die Ohren. Ein durchdringender hoher Ton überlagerte alles. Er wollte aufstehen, Schwindel presste ihn jedoch sofort wieder zu Boden.

Sein Shirt war zerfetzt, blutige Schrammen zierten seinen Oberkörper. Ein greller Schmerz ging von seiner Stirn aus. Er hustete, wand sich.

»Es ist doch kein Familientreffen ohne mich!« Die Schattenfrau hing vor dem Sternenhimmel, von Rauch und Flammen umlodert wie ein zu unseligem Leben erwachter Dämon.

»Du!« Seine Granny kam in die Höhe. Sie wirkte mitgenommen. Haare hatten sich aus dem Dutt gelöst und standen wirr ab, das Gesicht war von Schrammen und Wunden übersät. Doch sie wankte keinen Millimeter.

»In voller Pracht«, erwiderte die Schattenfrau. »Annora Grant, du alter Knochen. Dich wirft nichts so leicht um, was?«

»Contego!«, brüllte seine Granny.

Die Schattenfrau zerschmetterte den Schutz im Keim. »Zwei Sigilsplitter, meine Beste. Dagegen kommt niemand an. Aber warum denn so garstig, hm? Ich komme und bringe Geschenke.«

»Was?« Für einen Moment war Chris' Granny verwirrt.

Der hohe Ton nahm langsam ab, Chris kam schwankend auf die Beine.

»Aber ja.« Das Lächeln der Schattenfrau verschwand wie ausgeknipst. »Ein Geschenk tödlicher Erkenntnis.«

7. Mit Schirm, Charme und Melone

Es klackte. Die Tür sprang auf.

»Besser als jeder Dietrich, so ein Essenzstab«, murmelte Alex.

Im Stillen pflichtete Jen ihm da bei. Ein Grund mehr, warum sie ihren eigenen möglichst schnell und funktionsfähig zurückhaben wollte. Es sah jedoch nicht danach aus, dass sich dieser Wunsch erfüllen würde. Sie konnte spüren, wie die magische Verunreinigung – die Vergiftung – immer stärker um sich griff.

Die Ladentür öffnete sich mit einem Knarzen.

»Soll ich zur Sicherheit die Elektronik lahmlegen?«, fragte Alex. »Bevor eine Alarmanlage losgeht.«

Er malte schwungvoll ein Zeichen in die Luft. Die bernsteinfarbene Essenz waberte. »Industria Silentium!«

Die Straßenlaterne erlosch.

»Das war ein bisschen viel des Guten«, kommentierte Jen.

»Lieber zu viel als zu wenig.«

Sie betraten den Laden von Chester Willard. Es roch muffig. Der Teppichboden schien seit Längerem nicht gereinigt worden zu sein und jeder Zentimeter des Ladens war vollgestopft mit Büchern, Möbeln, Gerümpel und Vitrinen. Darin befanden sich die wertvollen Stücke, geschützt durch Sicherheitsglas.

Jen ließ Alex den Vortritt und schloss die Hintertür. Sicherheitshalber zog sie den Vorhang davor, damit niemand von außen durch das vergitterte Glas etwas sehen konnte.

»Lux«, erklang Alex' Stimme.

Eine kleine Lichtsphäre, gerade mal handtellergroß, erleuchtete die Umgebung. Zwar fiel durch das Ladenfenster das Mondlicht herein, doch ein lautes Rumpeln, gefolgt von einem fluchenden Kent, machte deutlich, dass man nie genug Licht haben konnte.

Jen ließ ihren Blick schweifen. Erschrocken fuhr sie zurück, als sie sich Auge in Auge mit einer Büste gegenübersah, auf der eine Perücke thronte. Rote Locken, hässlich.

»Schau mal!« Alex grinste sie an. Er trug eine Melone auf dem Kopf und einen Schirm in der Hand. »Schirm, Charme und Melone. Jetzt brauchst du nur noch einen hautengen Lederdress, Ms Peel.«

»Wie bitte?«

Er verdrehte die Augen. »Das mit der Galerie kannst du vergessen. Du hältst Dylans Fragen nie stand. Banausin.«

Alex legte die Gegenstände wieder beiseite, worauf der Schirm sich öffnete und eine Ladung Bücher zu Boden polterte.

»Kent! Du bist der lausigste Einbrecher, den ich je gesehen habe.«

»Wie viele kennst du denn?«

Ich erwürge ihn. Spätestens morgen. »Hör auf, blöde Fragen zu stellen, und räum das wieder auf.«

»Ist ja gut.« Er hob die Schwerkraft der Bücher auf und ließ sie nacheinander zurück ins Regal schweben.

Jen erschuf in der Zwischenzeit einen eigenen Zauber. »Aportate Marks Schatulle!« Die magentafarbene Essenz zerstob in flirrende Funken, doch nichts geschah. »Mist. Meinst du, er hat sie bereits verkauft?«

Das letzte Buch flog zurück ins Regal. »Möglich. Aber wundern würde es mich schon. Vielleicht steht etwas im Kassenbuch?« Er schob sich an einer Ritterrüstung vorbei, durch den Spalt hinter die Theke und kramte das Kassenbuch hervor. »Dieser Chester Willard hat eine schreckliche Handschrift. Wieso hilft der Kontaktstein bei so etwas nicht?«

»Hab ich mich auch schon oft gefragt.« Jen beugte sich von der anderen Seite über das aufgeschlagene Buch. »Leonardo hat mich einmal voll zur Sau gemacht, weil man eine Notiz nicht lesen konnte, die ich hinterlassen hatte. Er hatte da etwas missinterpretiert und ein paar Ordnungsmagier organisiert, um mich zu retten.«

Alex kicherte. »Gibt es davon eine Mentiglobus-Aufzeichnung?«

»Wenn es die gegeben hätte, wäre sie längst vernichtet. Da!« Sie deutete auf eine Zeile.

»Stimmt. Er hat den Erwerb der Schatulle vermerkt. Bezahlt: 50 Dollar.« Alex' Augen huschten weiter über den Text. »Und da: *Versteigerung, mögliche Wertsache*.« Er stöhnte wütend auf. »Er hat die Schatulle an ein Auktionshaus gegeben.«

»Dieses blöde Ding«, sagte Jen wütend. »Hätte Mark mir das Teil nicht einfach geben können? Oder noch besser: mir alles erzählt. Aber nein, jetzt haben wir hier 'ne dämliche Schnitzeljagd. Wir müssen in das Auktionshaus einbrechen.«

»Ha!«

»Sag es nicht.«

»Wir sind Oceans Two.«

»Ich wusste es.« Jen schlug sich die Hand gegen die Stirn. »Womit habe ich das nur verdient? Warte mal. Wir könnten das Ding auch einfach ersteigern. Ich glaube kaum, dass da jemand groß mitbietet.«

»Aber wäre ein Einbruch nicht viel lustiger?«

»Nein!«, sagte Jen kategorisch.

»Effektiver?«

»Nein! Wir holen uns das Ding über die Versteigerung. Ende.«

Alex schmollte ein wenig, fügte sich jedoch in das Unvermeidbare. Jen war sich nicht sicher, ob tatsächlich nur wenig dafür geboten wurde, doch mit ihrem Gehalt konnten sie vermutlich jeden Bieterwettstreit gewinnen. Notfalls half ein kleiner Zauber. Damit würde die Schatulle ganz offiziell in ihre Hände wandern und die Sache war erledigt.

Es raschelte, als Alex das Kassenbuch schloss und wieder an seinen Platz legte. »Schau mal, hier in der Vitrine. Lauter Bernsteine.«

Jen warf einen kurzen Blick auf die Sammlung. »Hübsch. Aber davon haben wir genug.«

Alex kam hinter dem Tresen hervor.

Plopp.

Jen erkannte das Geräusch von verdrängter Luft und handelte instinktiv. Sie zog Alex zu sich heran und erschuf flüsternd eine Illusionierung. Glücklicherweise standen sie am Rand des Verkaufsbereichs, wodurch sie als zweite Ritterrüstung durchgingen.

Alex hatte blitzartig reagiert, schwieg und schmiegte sich eng an sie. Er roch nach Bodylotion und frisch gewaschenen Haaren.

Gut.

Jen sog tief die Luft durch die Nase, nur um den Kopf zu schütteln. Was tat sie hier eigentlich? Das war ein Einsatz!

Fast erwartete sie, Crowley um die Ecke biegen zu sehen. Doch sie wurde überrascht. Ein Mann und eine Frau betraten den Verkaufsraum. Sie trug ein eng anliegendes Lederoutfit, einen Einteiler. Bei ihm bestand das Outfit aus Lederweste, Hosen und Boots. Beide hatten Pilotenbrillen auf der Nase sitzen, um seine Hüfte hing ein Gürtel mit Bernsteinen.

Jen begriff.

Sie wussten längst, dass Agnus Blanc magische Konstruktionen erstellt hatte, durch die auch Nimags Magie sehen und wirken konnten. Einer seiner Partner war Moriarty gewesen. Doch es hatte weitere Fächer im unterirdischen Labor gegeben.

Der Mann trug den Sprunggürtel. Die Pilotenbrillen dienten der Neutralisierung der Magie des Walls, die alles Magische vor Nimag-Augen verbarg. An den Gürteln der beiden baumelten Essenzstäbe – oder etwas Ähnliches. Agnus Blanc hatte Bernsteine in normales Holz eingepasst und sie mit flüssigem Silber überzogen. Falls er sie mit Todesessenz befüllt hatte, würden sie tatsächlich funktionieren.

Die beiden Gestalten kamen näher.

8. Fuchs und Rabe

Schau nur.« Die unbekannte Frau deutete auf die Vitrine. »Bernsteine.«

Die beiden Einbrecher standen so nahe, dass Jen in ihrem Ledergurt einen eingebrannten Raben erkennen konnte. Bei ihm war es ein stilisierter Fuchs. Sie waren ein Paar, eindeutig. Dies verriet die Art, wie die Frau ihre rechte Hand sanft an seine Hüfte legte.

Der Mann setzte einen Glasschneider an. Er drückte den Saugnapf fest gegen das Glas der Vitrine und führte die dornartige Klinge im Kreis darüber. Es erinnerte Jen an die Zeit in der Schule, als sie mit einem Zirkel Kreise auf Papier gezeichnet hatte.

Die Hand der Frau tauchte durch das Loch im Glas und fischte die Bernsteine heraus. »Haben wir noch genug Blut, um alle zu füllen?«

»Müsste reichen«, sagte er. »Aber demnächst bräuchten wir Nachschub. Ich suche die Schatulle.«

Breit grinsend sah die Frau sich um. »Lauter Plunder.« Sie deutete auf die Perücke. »Kaum zu glauben, dass so ein Idiot von einem Pfandleiher tatsächlich in den Besitz eines magischen Artefakts gelangen konnte.«

»Wundert es dich?«, hallte die Stimme des Mannes aus dem hinteren Teil des Ladens. »Die Magier sind doch blind für alles, was uns Nimags angeht.«

»Gut für uns.« Die Frau machte einen Hüpfer und setzte sich auf die Kante der Ladentheke.

»Nicht wahr.« Der Mann kam zurück, glitt auf sie zu wie ein Raubtier und umschlang ihre Taille. Die beiden küssten sich, ihre Hand packte seinen Po.

Jen musste nicht zur Seite schauen, sie konnte Alex' Grinsen neben sich spüren.

Die beiden Einbrecher ließen nun voneinander ab.

»Die Schatulle ist nicht hier«, sagte er atemlos.

Die Frau sank nach hinten, griff nach dem Kassenbuch und kam wieder in die Höhe. »Frag nur mich, Schatz. Hier steht es.«

»Ohne dich wäre ich verloren«, hauchte er ihr ins Ohr.

»Bleibt nur eine Frage«, flüsterte sie zurück: »Was machen wir mit dieser scheußlichen Ritterrüstung?«

Beide blickten herüber.

Jen begriff schlagartig, dass diese Pilotenbrillen nicht nur die Wirkung des Walls neutralisierten, sondern auch jegliche Illusionierungen. Die Einbrecher hatten sie die ganze Zeit über erkannt. Sie ließ die Illusion der Rüstung verwehen.

»Na schön.« Jen verzichtete darauf, ihren angebrochenen Essenzstab zu ziehen. »Übergebt uns eure Artefakte.«

»Sie hat Humor.« Die Frau warf ihr schulterlanges braunes Haar zurück und lachte schallend.

Alex richtete seinen Essenzstab auf den Mann. »Wer seid ihr?«

»Darf ich vorstellen«, der unbekannte Mann deutete auf seine Gefährtin, »Raven«.

Die Frau spiegelte die Geste. »Fox.«

»Na toll«, kommentierte Alex. »Blanc hat zwei Bekloppte mit Artefakten ausgerüstet.«

»Irgendwie ist er knuffig.« Raven war mit einem Satz bei ihm, kniff ihn in seine linke Wange und schlenderte zurück zu ihrem Kerl.

»Für euch beide ist das vielleicht ein Spiel, aber ihr hantiert mit Dingen, denen ihr nicht gewachsen seid«, sagte Jen beschwörend. »Diese Artefakte sind gefährlich. Ihr besitzt keine Essenz. Alles kann passieren.«

»Sie macht sich Sorgen um uns, ist das nicht rührend?«, sagte Fox ironisch. Sein rotbraunes Haar war uneben geschnitten, als hätte ein Friseur mit stumpfer Schere daran herumexperimentiert. Sommersprossen lagen wie von einem Pinsel aufgetupft auf seinen Wangen.

Eigentlich machte er einen sympathischen Eindruck, fand Jen.

»Ihr sucht auch die Schatulle, was?«, fragte Raven. »Der gute Chester war unvorsichtig. Er muss einen Teil beschädigt haben.«

Innerlich erschauderte Jen. Hatte der Pfandleiher bei dem Versuch, das Kästchen zu öffnen, das magische Siegel gebrochen? Falls ja, leuchtete die Magie auf jedem Suchglobus auf. War das Castillo bereits aufmerksam geworden? Die Schattenkrieger?

»Wir müssen uns beeilen«, flüsterte Alex neben ihr. Auch er hatte begriffen.

»Mach sie bewegungslos und bereite eine Erinnerungslöschung vor«, bat Jen.

»Sorry.« Alex wirkte zerknirscht. »Ich kann sie in den Freeze versetzen, aber an Erinnerungen kann ich nicht ran.«

Jen fluchte lautlos. Um bestimmte Erinnerungen selektiv einzukapseln, benötigte es einen Essenzstab. Ihren konnte sie nicht benutzen und Alex konnte den Zauber nicht anwenden. »Ich könnte versuchen, deinen zu gebrauchen.«

»Hallo?«, rief sich Fox wieder in Erinnerung. »Ich möchte euren Plausch ja nur ungern unterbrechen, aber wir sollten hier etwas klarstellen.«

»Ach?« Alex hielt den Essenzstab unbeirrt auf den Einbrecher gerichtet, der jedoch völlig entspannt wirkte.

»Wir sind nicht einfach zwei kleine Diebe wie ihr«, erklärte Fox. Auf Jens entrüsteten Blick ergänzte er: »Ihr seid auch hier eingebrochen, also spar dir die Widerworte, Schätzchen.«

»Wir sind Künstler«, ergänzte Raven. »Das waren wir schon vor Agnus Blanc. Es gibt kein Schloss, das vor uns sicher ist. Keinen Tresor, der uns widersteht.«

»Wir haben Diamanten aus Museen gestohlen und Fälschungen hinterlegt, die bis heute nicht als solche entlarvt wurden.«

»Bravo«, kommentierte Alex. »Sonst noch was?«

Jen sah an seinen funkelnden Augen, dass er von den beiden beeindruckt war. Bonny und Clyde, nur ohne Todesopfer.

»Was wir damit sagen wollen«, sprach Raven einfach weiter: »Wir sind Profis. Und als solche bereiten wir unsere Einbrüche vor. Jeden davon.«

»Deshalb haben wir diesen Laden vor dem Einbruch auch bereits unauffällig als Touristen besucht. Während der normalen Öffnungszeiten.« Das Grinsen auf Fox' Gesicht jagte Jen einen Schauer über den Rücken.

»Um im Fall der Fälle unliebsame Cops oder mittelmäßige Magier loszuwerden.« Raven zwinkerte Alex zu. Ihre Hand berührte eine Schließe an Fox' Gürtel.

Etwas fiel zu Boden. Ein Holzei mit aufgeprägtem Bernsteinsymbol.

»Vors...« Die Worte wurden Jen von den Lippen gerissen. Da sie nicht wusste, aus welcher Richtung die Gefahr herannahte, konnte sie nicht reagieren. Ein Sog erfasste sie und riss sie nach hinten. Der erwartete Aufprall blieb jedoch aus. Die Ladenscheibe erwies sich als überraschend nachgiebig. Und klebrig. Wie eine Spinne im Netz hing Jen für alle sichtbar fest.

Alex war unterdessen in den Boden eingesunken, der sich in Treibsand verwandelt hatte.

Mit einem hämisch grinsend ausgesprochenen »Potesta« hatte Raven ihm den Essenzstab aus der Hand geprellt und mit flinken Fingern in eine Tüte gesteckt. Diese hängte sie nun mit einer Schnur an die Hand der echten Ritterrüstung.

»Aportate Essenzstab!«, brüllte Alex.

Nichts geschah.

»Diese Tüte ist gegen Magie imprägniert«, erklärte Raven, während sie vor ihm in die Knie ging – gerade außerhalb des wabernden Bodens. Wieder kniff sie ihm in die Wange. »So süß und tapsig.«

»Hör auf zu spielen«, rief Fox. »Wir müssen los. Diese Auktion findet in wenigen Stunden statt.«

Raven wandte sich ab. Mit einem letzten Blick auf Alex sagte sie: »Wenn der Boden fest wird, verschmilzt er mit deinem Körper. Ist wirklich unangenehm. Man möchte fast sagen: tödlich. Beeil dich besser, kleiner Möchtegern.«

Sie zwinkerte.

Plopp.

Beide verschwanden in einem Sprung.

»Ich hasse sie«, knurrten Alex und Jen gleichzeitig.

9. Der goldene Apfel

1529, Wien

Sie waren zusammengekommen, die Mächtigen der Loge.

»Wir sind eingeschlossen«, sagte Emil Ziegler und ergänzte voller Wut: »Nur noch fünf der Stadträte sind geblieben. Die anderen Feiglinge haben sich davongemacht.«

Paul lauschte schweigend. Er versuchte, nicht zu atmen, kein verräterisches Geräusch von sich zu geben. Das Erbe hatte ihn erst vor wenigen Wochen erwählt, seine Magiestufe lag am unteren Ende. Die Mächtigen der Ausbildungsloge zu Wien würden ihn zu Asche verbrennen, falls sie ihn hier entdeckten. Er hatte fliehen wollen, so wie die anderen. Doch dafür benötigte er die notwendigen Mittel. Wenigstens ein paar Bernsteinkörner hatte er mitnehmen wollen.

Eine Sondersitzung hatte ihm einen Strich durch die Rechnung gemacht. Nun kauerte er in einem der Schränke und betete, dass ihn niemand entdeckte.

»Die Türken haben uns eingekreist.« Die Verzweiflung in der Stimme von Anton Unger war nicht zu überhören. »Es sind über einhundertfünfzigtausend. Süleyman hat die stärksten seiner Magier geschickt. Wenn wir die Bernsteine nicht gerade aufgeladen hätten, läge die Stadtmauer längst in Schutt und Asche.« Anton Unger war ein feister Mann, der mehr auf seinen kunstvollen Schnurrbart gab als auf andere Menschen. Es sei denn, er selbst war dieser Mensch.

»Wie lange mag die Essenz noch halten?«, überlegte Marie Koller. Die hochgewachsene Frau trug mehr Falten im Gesicht, als es Hügel am Brennerpass gab, doch obgleich sie die siebzig längst überschritten hatte, leuchteten ihre Augen in eiskaltem, ungebrochenen Blau.

»Tage, möglicherweise Wochen«, erwiderte Emil Ziegler.

Paul konnte ihn durch die Gitterkonstruktion der Schranktür nicht sehen, doch er hörte das Kratzen seiner Finger auf dem weißen Bart.

»Wir haben nicht mehr genug Magier in der Stadt, um den Angriff zurückzuschlagen oder die Bernsteine neu aufzuladen«, stellte Anton Unger klar. »Wenn uns niemand zu Hilfe kommt, wird Wien fallen, wie Ungarn gefallen ist.«

»Das Castillo?«, fragte Marie Koller. »Wird uns jemand unterstützen?«

»Man erkennt die Gefahr«, bestätigte Emil Ziegler. »Doch die Kräfte sind gebunden. Sie haben irgendeinen Ordnungsmagier hierhergeschickt, der Pfalzgraf Philipp helfen soll, doch die übrigen Kampfmagier sind unabkömmlich.«

Marie Koller lachte auf. »Diese Idioten haben einen Kontrakt mit den Habsburgern geschlossen, um ihnen in Italien zu helfen. Karl will das Haus Valois stürzen. Die wiederum haben alle italienischen Magier um sich versammelt, derer sie habhaft werden konnten.« Ein patschendes Geräusch erklang, als sie mit ihrer flachen Hand auf den Tisch schlug. »Diese Idioten! Sehen sie denn nicht, was Süleyman plant? Die Gerüchte ...«

»Es sind mehr als nur Gerüchte«, wurde sie von Emil Ziegler unterbrochen. »Angeblich hat er ein erloschenes Tor aus der Zeit vor dem Anbeginn entdeckt und versucht, es wieder zu aktivieren. Er will das türkische Reich mit der alten Magie an die Spitze aller Länder stellen.«

Anton Unger winkte ab. »So wahninnig kann er gar nicht sein. Aber falls doch, werden wir uns um ihn kümmern.«

Ein Rauschen erklang. Schwarzer Rauch ballte sich zusammen und gab eine Gestalt frei. Sie war wunderschön, fand Paul. Ihr schwarzes Haar glänzte seidig und sie besaß volle, rote Lippen.

»Keine Angst, der goldene Apfel von Europa wird nicht in die Hand der Türken fallen. So weit reicht meine Geschichtskenntnis noch«, sagte sie.

Chaos brach aus.

Stühle fielen zu Boden, als die drei Hohen der Loge Kraftschläge und Wundenschlitzzauber abfeuerten. Doch die unbekannte Frau aus dem Schatten lachte nur. Sie schoss Anton Unger einen Kraftschlag durchs Herz. Röchelnd ging der feiste Kerl zu Boden, die Augen voller Unglauben aufgerissen. Marie Koller fiel neben ihn, nachdem ihr Kopf sich mit einem Ruck verdreht hatte und das Genick mit einem hässlichen Knacken gebrochen war.

Emil Ziegler wimmerte. Angsterfüllt wich er zurück. »Was wollt Ihr?«

»Das klingt doch schon viel besser als ein schnödes ›Potesta‹, findet Ihr nicht auch?«

Paul hielt seine Knie fest umklammert. Mochte er auch erst zehn sein, er musste nun Stärke beweisen. Sonst tötete sie ihn auch.

Ich bin nicht Paul, ich bin Chloe.

Die Umgebung erzitterte, waberte, als flimmere die Luft über einem erhitzten Feuer. Der Zauber wirkte anders als alle bisherigen. Sie sollte im Raum stehen, beobachten, doch Chloe war an Paul gefesselt. Ihr bewusstes Denken zerstob. Die Erinnerung lief weiter.

»Sagt mir, was Ihr über den Zwillingsfluch wisst«, flüsterte die Frau aus dem Schatten.

Die Augen von Emil Ziegler weiteten sich. »Deshalb ... Wir sind im Krieg und Ihr jagt einer Mär hinterher?!«

Die unbekannte Frau deutete auf die beiden Toten. »Braucht Ihr noch mehr Überzeugung? Ich liefere sie gerne.«

»Nein, nein.« Das Logenoberhaupt winkte ab. »Ich sage Euch, was Ihr wissen wollt.« Mit zitternden Fingern griff Emil Ziegler nach einem Glas. Nun konnte Paul ihn von seinem Versteck aus betrachten.

Das Logenoberhaupt hatte Angst. Seine Blicke suchten fahrig nach einem Ausweg, die Hand, die das Glas hielt, zitterte stärker. Zum ersten Mal seit seinem Erwachen begriff Paul, dass auch die Mächtigen Angst hatten. Und er durchschaute, dass – egal wie mächtig ein Magier war – es immer einen gab, der über ihm stand.

»Ich höre.« Die Stimme der unbekannten Frau knallte wie ein Peitschenhieb und schnitt blutige Streifen in das Selbstbewusstsein des Logenoberhauptes.

»Als Ungarn fiel, begannen wir mit der Suche«, berichtete Ziegler stockend. »Wir wollten Süleyman etwas entgegensetzen. Etwas Großes. Wir stießen auf verschiedene alte Schriften. Darunter auch Berichte über den Zwillingsfluch. Eine Legende, nicht mehr. Eine Mär.«

»Das zu beurteilen überlasst mir. Weiter!«

»Es gibt nicht viel mehr. Ein Seefahrer brachte eine Zeichnung mit nach Europa. Er besegelte die Westindischen Inseln. In dem Pergament ist die Rede von einer Macht, die nur Zwillingen innewohnt, beide geboren von magisch reinem Blut.«

Die Frau aus dem Schatten kicherte. »Und wie es der Zufall will, kenne ich welche. Oder werde sie kennen.« Auf den fragenden Blick von Ziegler hin winkte sie ab. »Das ist nicht von Belang.«

»Da Zwillinge in magischen Familien höchst selten sind, war die Schrift für uns wertlos. Schließlich kann man Zwillinge kaum künstlich erschaffen. Wir wendeten uns stattdessen dem Lehm-Golem zu.«

Täuschte er sich oder zuckte die unbekannte Frau bei der Erwähnung dieses Kreaturzaubers zusammen?

»Und sonst habt Ihr nichts gefunden?« Ihr Blick taxierte Ziegler.

»Nur den Hinweis auf Saint Domingue«, haspelte das Logenoberhaupt heraus.

»Danke. Das war doch gar nicht so schwer. Und nun tue ich Euch einen Gefallen.«

Emil Ziegler zitterte. »Das ist nett, aber nicht notwendig.«

»Ich bestehe darauf.« Das Lächeln eines Raubtiers teilte die Lippen der Frau. »Da Eure Loge nicht länger existiert, erlöse ich Euch von der Langeweile eines einsamen Lebens.«

»Nein!« Ziegler wich zurück. »Bitte.«

»Keine Sorge«, besänftigte die Unbekannte. »Falls Ihr wichtig seid für die Zeit, falls Ihr normalerweise überlebt hättet, werde ich an der Ausführung meiner Tat gehindert. Solltet Ihr allerdings nur eine unbedeutende Fußnote in der Geschichte sein oder der Tod durch meine Hand war bereits festgeschrieben, nun, dann fürchte ich, endet Euer Weg hier. Irgendwelche letzten Worte?«

»Ich habe Gold. Und Bernstein. Ein Vermögen. Ich habe es über die Jahre beiseitegeschafft, Ihr könnt alles haben.«

Die Frau seufzte. »Ihr erinnert mich an meine Mutter.«

Emil Ziegler atmete auf und lächelte zaghaft.

»Das war kein Kompliment. Gravitate Negum!«

Eine unsichtbare Kraft zerquetschte Emil Ziegler und ließ nur einen blutigen Klumpen aus Haut und Knochen zurück.

»Eine Schiffsreise also«, murmelte die Fremde. »Warum nicht? Aber davor habe ich noch etwas zu erledigen.« Sie schritt zum Fenster und schaute hinaus. »Und ich hätte so gerne gesehen, wie die Stadtmauer fällt.«

Ihr Lachen dröhnte Paul noch in den Ohren, als sie in einsetzendem Rauch verschwand. Er schob die Schranktür auf, fiel heraus und erbrach sein klägliches Frühstück auf den Boden. Zitternd kam er in die Höhe.

Er war ein wenig beeindruckt von Emil Ziegler. Selbst im Tod hatte er die unbekannte Frau belogen. Denn der Seefahrer hatte mehr mit zurückgebracht als eine bloße Zeichnung. Auf dem Pergament war die exakte Position der Statue vermerkt. Und Paul wusste, wo die Schriftführer sie abgelegt hatten.

Ein Lächeln erhellte sein Gesicht. Er würde Wien verlassen und selbst auf die Reise gehen. Sollte es ihm gelingen, dieses Rätsel zu lösen, konnte er zu einem mächtigen Magier werden. Könige und Kaiser würden sich darum reißen, ihn für sein Wissen zu entlohnen.

Und so zog er aus, den Zwillingsfluch zu enträtseln.

10. Schmerz aus Indigo

1681 – Saint Domingue

Chloe taumelte.

Verblüfft blickte sie sich um. Ringsum wuchsen Mangroven in die Höhe. Sie entdeckte gewaltige Baumfarne und Kakteen, deren Stacheln gefährlich blitzten. Die Sonne brannte vom Himmel. Binnen Sekunden war sie durstig, Schweiß rann über ihre Stirn. Die Erinnerung war über die Maßen real und intensiv.

Im Gegensatz zum letzten Mentiglobus war sie hier nicht im Körper und Geist des Jungen Paul gefangen. Der Zauber wirkte, wie er es sollte, sie war als geistiges Abbild in die Erinnerung inkludiert. Doch wo waren die anderen?

Das Rascheln von Blättern erklang. Jemand brach durch das Unterholz. Ein schwarzer Hüne kam direkt vor ihr zum Stehen. Schweiß perlte über seine Muskeln, seine Zähne blitzten schneeweiß. Eine Machete hing an seinem Gürtel. Die Kleidung bestand aus einfachem weißen Leinen.

»Ist es noch weit, Tyron?«, erklang eine keuchend ausgestoßene Frage.

Chloe machte einen Sprung zurück, als die Schattenfrau zwischen den Farnen auftauchte. Sie trug kurze Trekkinghosen, hohe Stiefel und ein kurzes Top. Hinter ihrem Gürtel hing der Essenzstab.

»Ein Stundenmarsch«, gab der farbige Mann zurück.

Es wirkte nicht, als sei Tyron ein Gefangener, vielmehr führte er die Schattenfrau. Dann musste das hier Santo Domingo sein, das spätere Haiti. Staunend sah Chloe sich um. Zuckerrohr, Baumwolle und Indigo, dazu blühender Sklavenhandel. Sie wusste nicht viel über die Geschichte der Westindischen Inseln, nur, dass die Kolonie eine der reichsten gewesen war. Doch nachdem die Sklaven sich befreit hatten und die Insel unabhängig geworden war, wurde Reichtum zu Armut.

Die gesamte Sklavenhistorie war nicht nur in der Nimag-Geschichte eine traurige, denn natürlich hatte es auch unter den unterdrückten Menschen Magier gegeben. Sie schüttelte den Kopf.

»Sie werden dich ewig jagen«, sagte die Schattenfrau in diesem Moment.

Chloe ging neben den beiden her und ertappte sich ein ums andere

Mal dabei, wie sie in den Augen ihrer Feindin nach der Wärme suchte, die Clara stets ausgestrahlt hatte. Doch da war nichts.

»Sollen sie«, gab Tyron zurück. »Lieber gejagt bis zum Tod als ein buckelnder Sklave, der sich unter Peitschenhieben wegduckt.« Der geflohene Sklave musterte die Schattenfrau. »Es gibt nicht viele Weiße, die das akzeptieren.«

»Ich mag Außenseiter.« Nun trat zum ersten Mal ein Funkeln in ihre Augen. »Außerdem habe ich das Gefühl, dass es demnächst ziemlich blutig wird.«

Chloe wurde übel.

Sie erreichten dichte Vegetation. Tyron zog seinen Säbel und spaltete Äste wie Blätter. In der Ferne plätscherte ein Bach, Blüten unterschiedlichster Farbe reckten sich der Sonne entgegen, Schmeißfliegen und Libellen surrten umher. Tyron wirkte unbeeindruckt, schlug nur ein ums andere Mal auf die Fliegen ein, die seinen Hals hinauf- und hinunterkrabbelten. Das klatschende Geräusch hallte überlaut wider. Von der Schattenfrau hielten die Tiere sich fern, als handelte es sich bei ihr um eine fleischfressende Pflanze. Was irgendwie gar nicht so falsch war.

Nach einiger Zeit merkte Chloe, dass Tyron nicht mehr auf die Pflanzen einschlug. Sie hatten einen natürlichen Pfad erreicht. Stille senkte sich herab, als die Geräusche von Flora und Fauna verstummten.

Die Schattenfrau zog ihren Essenzstab.

Mit neidischem Blick bedachte Tyron das Artefakt. Als Sklave durfte er keinen besitzen.

Wie ein Vorhang, der beiseitegezogen wurde, entblätterte sich die Lichtung vor ihren Augen. Eine Treppe aus unebenem Stein führte in die Höhe und in einen Krater. Im Zentrum stand eine Statue, umgeben von lehmiger Erde. Keine Pflanze wuchs hier, kein Tier war zu sehen.

»Tatsächlich«, flüsterte die Schattenfrau. »Die Logenoberhäupter haben nicht gelogen.«

Tyron grunzte fragend.

»Das ist jetzt über ein Jahrhundert her«, erklärte die Schattenfrau gelassen. »Es gab leider ein paar *Vorkommnisse*, die mich aufgehalten haben. Aber jetzt bin ich hier. Besser spät als nie.«

Gleitenden Schrittes ging sie zur Statue. Diese war etwa vier Meter hoch und drei Meter breit. Die dargestellten Personen waren zwei Jungen, die sich exakt ähnelten. Auf den ersten Blick ordnete Chloe sie den Inka zu. Sie berührten einander an den Händen.

»Der Zwillingsfluch«, murmelte die Schattenfrau. »Sein Ursprung liegt nicht hier. Aber wie kommt eine Statue der Inka auf diese Insel?«

»Piraten?«, schlug Tyron vor.

Chloe konnte sich zwar nicht vorstellen, dass eine Bande Piraten eine Statue via Schiff hierherverfrachtete und dann mal eben in einen Krater stellte, doch das interessierte sie aktuell auch nicht. Vielmehr wurde ihr Blick wie magisch angezogen von den Details, die der Bildhauer in die Figuren eingearbeitet hatte. Jeder Fingernagel, jedes Haar, jede Kleinigkeit war aus dem Stein gehauen worden.

Sie berührte das Material.

Und schrak zurück.

»Das kann nicht sein.«

Der Schattenfrau erging es ähnlich. Verblüfft betastete sie das Material. »Das ist kein Stein.« Stirnrunzelnd kletterte sie auf den Sockel und betrachtete die Gesichter der Zwillinge.

Chloe tat es ihr gleich.

Die Gesichtszüge der beiden Jungen waren auf ewig eingefroren in einem Moment höchster Qual.

Und da begriff sie. »Es sind keine Statuen.«

»Das waren echte Menschen«, gelangte die Schattenfrau zur gleichen Erkenntnis. »Sie wurden zu Stein oder etwas Ähnlichem.«

Angst loderte in Chloes Innerem empor wie ein alles verzehrendes Feuer, das – einmal entzündet – nicht mehr zu löschen war. Bedeutete das etwa, dass Chris und Kevin zu Stein wurden?

»Interessant«, murmelte die Schattenfrau. »Sie kamen hierher und wurden zu Stein. Doch wieso hier? Ein Nebeneffekt des Fluches? Ein unweigerliches Ende? Was bedeutet das nur?«

Tyron wies auf den Sockel. »Da sind Symbole.«

Die Schattenfrau ging in die Hocke und ließ ihren Essenzstab über die Zeichen gleiten. »Nicht magisch.«

Chloe betrachtete die Sätze ebenfalls. Glücklicherweise besaß die Schattenfrau einen Kontaktstein, weshalb die Schrift für sie – und damit für jeden, der die Erinnerung bereiste – lesbare Form annahm.

Um auf ewig zu ruh'n ohne Angst.
Der Zwillingsfluch vollendet.

»Das macht es jetzt nicht gerade verständlicher«, murrte die Schattenfrau. »Aber wir kommen der Sache näher. Ich habe da eine Vermutung.«

»Toll«, sagte Chloe. »Dann sprich sie verdammt noch mal aus. Ich nämlich nicht.«

»Tyron, sag mir ...« Die Schattenfrau unterbrach sich selbst und starrte verblüfft auf eine Holzkladde am Boden. »Jemand war hier.« Sie griff nach dem Gegenstand.

Im Inneren lagen Kohlestifte und Papier. Die Seiten waren dünn beschrieben, Notizen.

Ein Schauer rann über Chloes Rücken. Das Datum am oberen Rand machte deutlich, dass der Text im Januar 1550 geschrieben worden war. Einundzwanzig Jahre nachdem die Schattenfrau die Logenoberhäupter getötet hatte. Signiert waren die Rollen – auf denen die Beobachtungen der Reise zur Statue festgehalten waren – von Paul Winghammer.

»Er hat es tatsächlich bis hierhergeschafft«, flüsterte Chloe.

»Das ist das Emblem der Ausbildungsloge zu Wien«, flüsterte die Schattenfrau. »Kurz nachdem ich dort war. Aber wie ist das möglich?«

Sie wusste nichts von dem Jungen Paul, der im Schrank alles beobachtet hatte. Mittlerweile war er wohl nicht mehr am Leben, immerhin lag all das über ein Jahrhundert zurück.

Die Schattenfrau beschäftigte sich noch einige Minuten eingehend mit der Statue, dann sagte sie seufzend: »Ich muss dem guten alten Wien einen weiteren Besuch abstatten.«

»Dann ist unsere gemeinsame Zeit beendet?«

Sie nickte.

Tyron wandte sich ohne ein Wort ab.

»Dutty Boukmann!«, rief die Schattenfrau.

Tyron hielt inne.

»Schließe dich ihm an, wenn du deine Freiheit behalten willst.«

Der ehemalige Sklave überdachte ihre Worte, dann verschwand er zwischen dem dichten Grün wie ein wandelnder Geist.

»Oh ja, das wird blutig.« Die Schattenfrau lächelte. Sie blickte zu den Statuen. »Ich werde euch euer Geheimnis entreißen.«

Dann trat auch sie wieder in das Dickicht.

Und die Erinnerung verwehte.

11. Inferno

Pragmatismus konnte man seiner Großmutter nicht absprechen. Sie zielte kurzerhand auf den Boden und zerschmetterte das Gestein mit einem Kraftschlag. Zusammen mit ihr fiel Chris hinab, oder genauer: schwebte. Denn sie nutzte geschickt den Gravitate-Negum-Zauber, damit sie sanft aufkamen.

»Bist du in Ordnung?«, fragte sie.

Chris kam schwankend auf die Beine. »Aportate Essenzstab!«

Das Holz wirbelte um sich selbst rotierend durch die Luft und er fing es geschickt auf. »Alles bestens. Wir brauchen Hilfe. Das Castillo?«

»Mein Kontaktstein bekommt keine Verbindung. Er ist wie tot.«

»Diese verdammten Sigilsplitter!«, fluchte er. »Wir müssen Mum, Dad, Kevin und Max finden. Schnell!«

Rauch quoll in Puffwolken durch das Loch in der Decke. Ihre Verfolgerin nahte heran.

»Da wünschte man sich doch eine Dunstabzugshaube«, kommentierte seine Granny.

Chris musste unwillkürlich lächeln, obwohl ihm nicht danach zumute war. Die anderen waren noch am Leben, sonst hätten sie das Aurafeuer gespürt. Doch dass es so war, bedeutete nicht, dass es auch so blieb. Warum war die Schattenfrau hier?

»Los!«, rief seine Großmutter.

Gemeinsam spurteten sie an Trümmern vorbei aus dem Salon.

Hinter ihnen materialisierte die Schattenfrau. »Annora, Annora, das bringt doch nichts. Und hattest du nicht ein langes, erfülltes Leben? Irgendwann ist es auch mal gut.«

Flirrende, komprimierte Essenz schoss an ihnen vorbei und krachte in die Wand. Steine flogen davon, Zementstaub stieg in die Luft.

Sie rannten auf die Treppe zu, von der jedoch nicht mehr viel übrig war.

»Ich kümmere mich um Ava und Ben«, sagte seine Großmutter, »du um Kevin und Max. Schnell!« Er wollte schon losstürmen, als sie ihn zurückhielt. »Warte. Nimm das mit.«

Neben dem Abgang zum Sprungtor stand die Kiste mit den magischen Granaten. Sie warf ihm zwei Holzeier mit Chrombeschlägen zu, ein weiteres schleuderte sie in den Gang.

»Was soll das d...« Es gab einen Rumms, gefolgt von lautem Gepolter. Die Schattenfrau fluchte.

»Treffer. Ha!« Seine Großmutter grinste vergnügt. »Davon gibt es noch mehr!«, brüllte sie in Richtung Salon. »Los, was stehst du da noch rum?!«

»Gravitate Negum!« Chris schwebte über das Loch in der Treppe hinauf ins erste Stockwerk. Die Magiegranaten steckten in seinen Taschen, den Essenzstab hielt er umklammert.

Unter ihm erklang Gepolter. Kraftschläge surrten, Zauber wurden gebrüllt. Hoffentlich kam seine Großmutter überhaupt dazu, seinen Eltern zu helfen. Er schob den Gedanken an das, was alles geschehen konnte, beiseite und fokussierte sich auf die vor ihm liegende Aufgabe.

Kevins Zimmer glich einem Trümmerfeld. Die Decke war halb heruntergekommen, Möbel waren zerstört, die Fassade war weggesprengt. Er konnte von der Tür hinaus auf die Straße sehen. Nimags schlenderten über die Gehsteige, als sei nichts geschehen. Eine Illusionierung verbarg die Katastrophe.

Max lag bewusstlos an der Seite. Etwas Schweres musste ihn am Kopf erwischt haben. Überall war Blut, das aus mehreren Platzwunden floss.

»Agnosco!« Keine tieferen Verletzungen. Aber wo war Kevin? »Sanitatem Corpus.« Der Heilzauber tat bereits seine Wirkung. Die Wunden schlossen sich, wenn auch viel zu langsam.

Immer wieder schaute Chris zur Treppe, doch kein schwarzer Nebel wallte auf, kein süffisant-ironischer Satz wurde ihm vor den Latz geknallt.

Max stöhnte auf. »Was … wo?«

»Tief in der Scheiße, mein Freund.«

»Chris?«

»Die Schattenfrau ist hier.«

Max fuhr blitzartig in die Höhe und streckte seine Hand aus. Ohne dass er ein Wort gesagt hätte, wirbelte der Essenzstab aus den Trümmern in seine Hand.

»Wie hast du das gemacht?«, fragte Chris verblüfft.

»Oh. Training. Edison. Egal.« Er lehnte sich gegen die Wand und schöpfte Atem. »Wo ist Kev?«

»Sag du es mir.«

Max' Augen weiteten sich. Er deutete dorthin, wo das Bett gestanden hatte. Ein Trümmerhaufen bedeckte alles. »Die erste Explosion hat mich aus dem Bett katapultiert. Dann kam eine zweite.«

Chris rannte zum Steinhaufen und begann einen Trümmerbocken nach dem anderen vorsichtig beiseitezuräumen. Er traute sich nicht, die Schwerkraft zu beeinflussen. Wenn das schiefging, wurde alles nur noch schlimmer.

Max sprang neben ihn und half mit.

Stück für Stück legten sie die Steine beiseite.

»Da ist ein Hohlraum«, erkannte Chris. »Da!«

Kevin lag bewusstlos zwischen dem Bettgerüst, das zusammen mit den Streben des Lattenrostes einen Teil der Steine aufgehalten hatte.

»Lux!« Max dirigierte eine Leuchtsphäre durch den Spalt. Er erbleichte.

Chris schluckte seine Panik hinunter. Auf den ersten Blick sah er die gebrochenen Knochen und tiefe Wunden. »Schnell, zusammen!«

Sie führten ihre Essenzstäbe über ihn und wirkten den Sanitatem-Zauber. Heilende Essenz senkte sich auf Kevin wie eine lindernde Salbe, ein wärmender Verband. Sie konzentrierten sich zuerst darauf, die inneren Verletzungen zu heilen, bevor sie sich an die oberflächlichen machten.

Schließlich zuckte Kevin, ein Stöhnen drang aus seinem Mund. Dann ein Husten.

»Bleib ganz ruhig liegen«, beschwor ihn Max.

»Bruderherz, dich kann man nicht eine Sekunde allein lassen«, blaffte Chris. Innerlich hatte er tausend Ängste ausgestanden und atmete nun auf.

»Wir müssen die Steine abtragen, ohne dass etwas nachrutscht«, erklärte Max. »Du hast vermutlich noch Probleme, dich zu konzentrieren. Bleib einfach liegen. Nicht bewegen. Wir machen das.«

Sie zogen weitere Steine weg. Ab einem gewissen Punkt konnten sie die Gravitation verändern und den ganzen übrigen Schutt erfassen, noch aber wollte Chris kein Risiko eingehen.

»Ich habe eine Idee«, verkündete Max.

Er war ein pfiffiges Kerlchen und Chris empfand es als großen Verlust, dass er nicht mehr in ihrem Team war, seit Max und Kevin eine Beziehung eingegangen waren.

»Ich erschaffe eine Contego-Sphäre«, erklärte Max. »Dann veränderst du die Gravitation für den Schutt, auf diese Weise kann nichts auf Kevin rutschen.«

»Du müsstest die Sphäre seinen Körperkonturen anpassen«, führte Chris den Gedanken fort. »Bekommst du das hin? Eine Kugel ist einfach, aber so etwas benötigt absolute Konzentration.«

Max warf ihm einen ›Was denkst du, wen du vor dir hast‹-Blick zu.

»Okay, okay. Wir machen es.«

Max wob die Symbole. Dann schob er sich auf dem Bauch nach vorne und ließ die Contego-Sphäre langsam über Kevins Körper wachsen. Das Flimmern kroch über Kopf, Hals, Brust und Bauch.

»Es funktioniert«, flüsterte Chris.

Schließlich war Kevin vollständig geschützt.

Chris führte den Gravitate Negum aus, wodurch der gesamte Schutt beiseiteschwebte und dort zu Boden prasselte. Die Schutzsphäre fiel in sich zusammen.

»Wir haben es geschafft!«, rief Chris freudig.

Plopp!

Crowley erschien in der Hocke neben Kevin. »Danke für die Mühe, das wäre doch nicht nötig gewesen. Ich bin erneut beeindruckt, Max Manning, und werde Moriarty natürlich Grüße bestellen.« Er zwinkerte ihm zu.

Max sprang mit ausgestreckter Hand auf Kevin zu.

Plopp!

Crowley verschwand und nahm Kevin mit sich.

»Nein!«, brüllte Chris.

Die Faust eines Titanen sprengte den Türrahmen beiseite. Sie fuhren gleichzeitig herum.

Getragen von einer unsichtbaren Kraft schwebte seine Großmutter herein. Ihre Arme hingen schlaff herab. Dahinter kam die Schattenfrau. Sie hielt den Essenzstab erhoben und steuerte damit seine Granny, als sei sie eine Puppe, die an Fäden hing.

»Wann kapiert ihr es denn endlich? Gegen mich könnt ihr nicht gewinnen.«

»Und trotzdem geben wir niemals auf«, spie Max ihr entgegen.

»Du kleiner, wuscheliger Flummi«, säuselte die Schattenfrau, »und ich dachte wirklich, das Verlies hätte dich gebrochen.«

Der Kraftschlag kam so schnell und so heftig, dass Max aus dem

Zimmer geschleudert wurde und auf das Dach des Nachbarhauses prallte.

»Da sind wohl nur noch wir zwei Hübschen übrig.«

Die Schattenfrau ließ den bewusstlosen Körper seiner Großmutter zu Boden fallen, als sei diese nicht mehr, als ein Sack Müll.

Noch nie zuvor hatte Chris eine solch unbändige Wut in seinem Inneren gespürt. Wie alles verzehrende Flammen fraß sie sein logisches Denken, reduzierte ihn auf eine instinktgesteuerte Kreatur.

Mit hassverzerrtem Blick warf er sich der Schattenfrau entgegen.

12. Infernale

Max, Kevin, seine Eltern, seine Großmutter, sie alle verschwanden aus Chris' Gedanken, seinem Fühlen. Es gab nur noch sie. Seine Feindin. Das Böse.

»Falsche Richtung«, murmelte die Schattenfrau. »Aber wir nähern uns der Sache.«

Er schoss den Kraftschlag nicht auf sie ab, sondern auf den Boden. Sie taumelte. Die Magie-Granaten detonierten direkt vor ihr, spuckten magisches Feuer auf ihren Leib. Doch während ihre Kleidung zu Ascheflocken verwehte, blieben ihre Haut und ihr Körper unverletzt.

»Das war alles? Du Schwächling!« Sie verhöhnte ihn. »Ich habe euch beobachtet. Ich habe dich gesehen. Der dicke kleine Chris, ohne Freunde, ein Versager in der Kunst der Magie. Beinahe hätten sie dich umgebracht.«

Blut rauschte in seinen Ohren, Bilder aus der Vergangenheit schossen stroboskopartig an seinem inneren Auge vorbei.

»Du bist ein Versager. Das warst du immer und wirst du immer sein. Daran können auch stahlharte Muskeln oder häufig wechselnde Bettgespielinnen nichts ändern. Ich glaube, tief in ihrem Inneren sind deine Eltern enttäuscht von dir.«

Chris explodierte. Er entfesselte Stürme, ließ Feuerblumen auf sie herabregnen und schoss Wunden-Zauber ab. Doch sie parierte alles mit einem Federstrich ihrer Hand.

»Vielleicht hättest du damals sterben sollen«, sinnierte sie. »Damit hättest du deinen Eltern eine Menge erspart. Du hast doch gesehen, dass deine Mutter das Bild aufgestellt hat. Für sie bist du noch immer der kleine pummelige Junge, der über seine eigenen Füße stolpert.«

Tränen der Wut und des Hasses lösten sich aus Chris' Augenwinkeln. Er schien vor ungebändigter Essenz zu bersten, zog alles ab, was sein Sigil – was *ihr* Sigil – produzierte. Er brauchte die Macht, brauchte sie ganz.

Am Rande seines Unterbewusstseins erklang eine leise Stimme, die versuchte, ihn zu stoppen. Er teilte sich ein Sigil mit Kevin. Das mochte in der Summe die doppelte Kraft ergeben, doch jeder von ihnen benötigte seinen Teil. Verzehrte Chris alles, blieb für Kevin nichts. Einstein hatte sie beide gewarnt. Falls einer von ihnen die ganze Kraft aufbrauchte, konnten beide durch ein Aurafeuer sterben.

Doch er drängte die Stimme beiseite.

Das hier war seine Chance. Er konnte die Schattenfrau töten, sie aufhalten. Die Welt der Magier retten. Er ballte seine Fäuste. Die Muskeln seiner Arme wurden stahlhart. »Corpus transformere. Corpus physicorum.«

Er hatte den Zauber in Ägypten angewendet, um gegen Anubis zu bestehen. Nun tat er es erneut. Seine Haut wurde undurchdringlich, seine Muskeln zehnfach so stark, geschmeidig, schnell.

»Du bist lächerlich«, verhöhnte die Schattenfrau ihn weiter.

Er sprang voran, holte aus und ließ seine geballte Rechte auf sie fahren. Spielerisch wich sie aus, tänzelte um ihn herum. Obwohl er schnell war, seine Reflexe jedem überlegen, war sie dennoch einen Tick besser.

»Ich halte dich auf!«, brüllte er.

»Jaja, da müssen wir aber noch eine Menge Spinat essen, um das hinzubekommen. Wieso haben die Unsterblichen dich eigentlich aufgenommen? Als Straßenkehrer wärst du gut genug, da muss man nichts denken. Und für irgendwas müssen deine armseligen Muskeln ja gut sein.«

Chris hätte es nicht für möglich gehalten, doch seine Wut nahm noch eine Spur zu. Er entriss seinem gepeinigt aufschreienden Sigil die letzte Essenz, legte sie in einen Schlag und ließ seine Faust nach vorne schnellen. Er traf die Schattenfrau mit der vollen Wucht seines verbesserten Körpers.

Es war, als hätte er auf Metall geschlagen. Unbeeindruckt stand sie vor ihm. »Das kitzelt.«

Seine Wut wurde zu Panik. Was hatte er getan? Sein Sigil loderte schwach in seinem Inneren, er konnte die Angst von Kevin spüren, der mit verletztem Körper keine Essenz mehr besaß. Chris ließ den Zauber verwehen.

»Der Physicorum ist praktisch, oder? Ich halte ihn fast die ganze Zeit aufrecht. Mit der Macht von zwei Sigilsplittern ist das problemlos möglich.« Sie lauschte einer unhörbaren Stimme. »Soso, Kevin stand also kurz vor dem Tod durch Aurafeuer. Es stimmt also. Nur zu zweit.«

»Du hast mich hereingelegt.« Nur langsam konnte Chris wieder klar denken.

»Natürlich. Aber mach dir nichts draus, wenn man die richtigen Knöpfe drückt, kann man jeden zu unüberlegten Taten verleiten. Warte nur ab. Ich kenne jeden Knopf, den es gibt.«

Er ballte die Fäuste, fühlte sich jedoch müde und schwach. Und er schämte sich. Obwohl es so lange zurücklag, hatte er die damaligen Ereignisse nicht überwunden. Die Dunkelheit, die Enge, die Angst. Darüber das hämische Lachen der anderen.

Er ging neben seiner Großmutter in die Knie. Sie atmete gleichmäßig. »Sie lebt.«

»Aber ja. Noch. Ich fürchte aber, das bleibt nicht mehr lange so. Sie wird an gebrochenem Herzen sterben, sobald ihre beiden Enkel gemeinsam ein hübsches Auralagerfeuer zelebrieren.«

Er warf ihr einen angewiderten Blick zu. »Tu, was du nicht lassen kannst. Ist ja nicht so, als könnte ich dich aufhalten.«

»Du wärst überrascht«, flötete sie. »Aber ganz so einfach ist es dann doch nicht. Dein Tod führt über eine ziemlich holprige Straße namens Leid. Kenne ich nur allzu gut. Bei mir gab es natürlich ein großartiges Happy End, bei euch sehe ich das nicht.«

»Was ist mit meinen Eltern?«

»Liegen irgendwo in den Trümmern begraben.« Sie winkte ab. »Die gute Ava hat ihre Schuldigkeit getan und euch zur Welt gebracht.«

»Wenn wir so wichtig sind, wieso willst du uns dann töten?«

»Weil, mein lieber Chris, euer Tod der Schlüssel ist.« Ihre Stimme wurde zu einem Flüstern. »Der Schlüssel zur Allmacht.«

Ein Schock durchfuhr seinen Körper wie ein Stromschlag. »Deshalb hast du die Splitter noch nicht verschmolzen. Du brauchst uns!«

»Bravo, Muskelbirne. So sagt Chloe immer, wenn ich das richtig in Erinnerung habe. Ist lange her. So ein paar Jahrhunderte tun dem Gedächtnis nicht gut. Ich frage mich, wo das Taxi bleibt.«

»Du machst gemeinsame Sache mit Crowley? Dem Mann, der dich – der Clara – in den Zeitschacht gestoßen hat?«

Sie warf ihm nur einen überheblichen Blick zu. »Aus meiner Sicht hat er mir damit einen Gefallen getan. Aber du hast natürlich recht, Strafe muss sein.« Sie senkte ihre Stimme. »Zugegeben, er hilft mir nicht ganz freiwillig. Das ist ja der Spaß dabei.«

Plopp!

»Du hast gerufen«, sagte Crowley mit einem genervten Unterton. »Das Taxi ist da.«

»Der Spruch wird nie langweilig, er muss ihn jedes Mal aufsagen.« Sie kicherte. »Also schön, zuerst Chris.«

Der unsterbliche dunkle Magier griff nach Chris' Arm. Er wollte

Crowley packen und gegen die Wand pressen, doch es glich einem Wunder, dass er überhaupt aufrecht stehen konnte. Die Schwäche nach dem Physicorum-Zauber schlug unbarmherzig zu. Bevor ihm schwarz vor Augen wurde, verging die Welt in einem *Plopp*.

13. In Glanz und Glorie

»Ich werde sie erwürgen«, beschloss Alex.

Jen hing an der Fensterscheibe wie ein gefangener Schmetterling im Spinnennetz. In ihren engen Jeans, dem grünen Pullover und den eleganten Stiefeln sah sie verdammt heiß ...

Das Schwappen der Holzdielen würgte jeden seiner Gedanken ab. Da Raven fort war, fiel ihr Zauber in sich zusammen. Der durchlässige Bereich des Bodens wurde kleiner, zog sich zusammen.

»Aportate Essenzstab!«, brüllte Alex. Das verdammte Ding zitterte kurz, blieb ansonsten aber, wo es war. »Das ist jetzt echt peinlich.«

»Führst du Selbstgespräche?« Jen versuchte, ihre Hand zu bewegen. Vergeblich.

»Nein, mit dem Stab. Das ist eine lausige Performance.« Alex streckte seine Arme nach dem nächsten Schrank aus, doch ein paar Zentimeter fehlten. »Ich komme nicht ran.«

»Jetzt beruhige dich erst mal.«

»Das sagst du so einfach. Schon mal *Jumanji* gesehen? Wenn der Boden mit mir darin wieder fest wird, werde ich eingeschlossen.« Er ruderte mit den Armen.

»Kent!«

Seltsamerweise hatte es stets etwas Beruhigendes, wenn Jen ihn anbrüllte. »Ja?«

»Vergiss den Boden. Zuerst machst du dich jetzt schwerelos. Sofort.«

Er erschuf das Symbol. Noch während der Bernstein verblasste und seine Worte verhallten, verlor sein Körper jegliches Gewicht.

»Wenn du dich jetzt nicht mehr bewegst, wirst du nicht mehr weiter einsinken.«

Was die Frage offenließ, wie er hier wieder herauskam. Eine Gravitationsumkehr? »Gravitate Negum!« Zentimeter für Zentimeter glitt er in die Höhe. »Ha!«

Im nächsten Augenblick sackte er ab.

»Stopp den Zauber!«, brüllte Jen.

Alex gelang es gerade noch rechtzeitig. Bis zur Brust schwebte er bewegungslos in dem immer kleiner werdenden Kreis. »Dieses Miststück hat doch tatsächlich eine Sicherung gegen den Gravitate Negum eingebaut.«

»Wenn ich die beiden in die Finger bekomme«, knurrte Jen. Sie wand sich, setzte all ihre Muskelkraft ein, doch das magifizierte Glas ließ sie nicht los.

»Wenigstens können die anderen uns nicht so sehen«, sagte Alex. »Das wäre *wirklich* peinlich. Von zwei Nimags außer Gefecht gesetzt.«

»Hör auf, den Essenzstab in der Wunde umzudrehen und denk nach. Diese Raven hat dafür gesorgt, dass du nicht auf die direkte Umgebung einwirken kannst und ebenso wenig auf deinen Körper.«

Alex' Gedanken rasten. Ihm blieben vielleicht noch zwei Minuten. Jen würde ihm nicht helfen können und er ihr ohne Essenzstab auch nicht. Oder doch? »Potesta!«

Der Kraftschlag traf auf das Glas, das sich jedoch auch in dieser Hinsicht als immunisiert darstellte. Und es kam noch schlimmer: Der Kraftschlag surrte als Querschläger durch den Raum, fegte die Perücke vom Regal und ließ die echte Ritterrüstung scheppernd zu Boden krachen.

»Ich sage jetzt einfach mal nichts«, kommentierte Jen. »Argh!« Wütend stemmte sie sich gegen das Glas.

Alex' Blick rastete einem Fadenkreuz gleich auf der Ritterrüstung ein. »Ich habe eine Idee.«

»Gott steh uns bei.«

Er visierte das zerbeulte Eisen an und rief: »Dirigi!«

Wie ein Puppenspieler seine Figuren an Fäden lenkte, ergriff Alex die Kontrolle über die Ritterrüstung, was sich als äußerst kompliziert herausstellte. Zuerst musste er sie wieder aufstellen und in Form bringen. Erst dann konnte er sie herbeiholen. Bei jedem Schritt schepperte es, als ratterte ein mit Geschirr beladener Bollerwagen über ein Kopfsteinpflaster.

Finger aus Eisen senkten sich herab, ergriffen Alex am Kragen und zogen ihn aus der Falle. Dank seiner Schwerelosigkeit hatte die Rüstung keine Probleme damit. Sekunden nachdem er in Sicherheit war, lief ein letztes Wabern über den Boden, dann besaß dieser wieder die ursprüngliche Dichte.

»Das war knapp.«

Er ließ die Rüstung an ihren ursprünglichen Platz tappen und stellte seine eigene Schwere wieder her. »Aber was machen wir jetzt mit dir?«

Jen seufzte. »Kraftschläge fallen aus. Wenn ich das richtig vermute, haben sie nicht die komplette Scheibe gegen eine magische Version ausgetauscht, sondern nur die vorhandene magifiziert. Du könntest die Essenz ableiten.«

»Das ist eine tolle Idee. Ich habe nur leider keine Ahnung, wie das geht.«

Jen fluchte lauthals.

In der jetzigen Situation konnte sie ihm den Zauber unmöglich beibringen. Es ärgerte Alex, dass er zur Nutzlosigkeit degradiert war. Situationen wie diese führten ihm vor Augen, dass er noch immer ganz am Anfang stand und nur einen Bruchteil von dem wusste, was es zu wissen gab.

»Warte mal.« Er betrachtete das Glas genauer. »Die beiden sind Nimags. Die können nicht mehr wissen als ich. Wenn sie das Glas magifizieren, geht das mit einem normalen Zauber doch nur über ein paar Stunden. Und dafür ist bereits viel Essenz notwendig.«

»Richtig. Und?«

»Für einen Permanentzauber, der darüber hinaus wirkt, muss eine Quelle magisch aufgeladen werden.«

»Ein Bernstein«, begriff Jen. »Irgendwo hier muss einer sein. Verbunden mit dem Glas.«

Alex begann mit der Suche. Doch nirgendwo im Verkaufsraum war einer der Steine zu finden. Jene in der Vitrine waren von Raven und Fox mitgenommen worden.

Denk nach. Sie wollten die Quelle vor uns verbergen. Und viel Zeit benötigten sie ja auch nicht.

Er wendete sich dem Fensterrahmen zu, hielt aber gebührenden Abstand zu der Glasfläche. Schließlich wurde er fündig. Im Holzrahmen steckte ein Bernsteinsplitter.

Alex zog ihn heraus, rannte zur Plastiktüte und nahm seinen Essenzstab hervor. Er ließ stattdessen den Splitter in die Tüte fallen und verschloss sie.

Im gleichen Augenblick löste sich Jen vom Glas und fiel, einen Schrei ausstoßend, in die Auslage.

»Der sterbende Schwan.«

»Was hast du gesagt?!« Jen sah auf, die Augen vor Wut zu Schlitzen gekniffen.

»Iiich? Ich sage grundsätzlich nichts.«

»Gut so.« Sie kam in die Höhe. »Wir holen uns die zwei. Und die Schatulle.«

»Sehe ich genauso!«

Gemeinsam stapften sie zum Hinterausgang.

»Warum sind die gemeinen Frauen immer so hübsch?«, überlegte Alex laut.

»Was soll das denn heißen?« Jen musterte ihn gefährlich.

»Na ja, ich sag ja nur. Sie ist natürlich böse und so. Aber ihr Haar ...« Jens Blick verfinsterte sich noch weiter. »Und alles so.« Er verstummte. »Du natürlich auch.«

»Ich bin also gemein.«

»Was? Das habe ich nicht gesagt.«

»Du hast gesagt, alle gemeinen Frauen sind hübsch.«

»Äh. Damit meinte ich nur Raven.«

»Ich bin also nicht hübsch.«

Alex schluckte. An irgendeiner Stelle des Gesprächs war er falsch abgebogen, aber so genau wusste er nicht mehr wo. Kurzerhand verlegte er sich aufs Schweigen.

Erst als sie die Straße entlangrannten und er das leichte Zucken von Jens Mundwinkel sah, begriff er, dass sie ihn nur ärgerte.

Sag ich ja. Gemein und hübsch.

14. Schnell wie ein Pfeil

Fluchend beendete Jen den Kontakt zum Castillo. Überhaupt fluchte sie heute recht viel, fand Alex.

»Nikki ist mit Johanna und Chloe im Archiv, Cornelius und die anderen bringen Lichtkämpfer aus aller Welt nach Alicante.«

»Sprungportal?«

Jen schüttelte den Kopf. »Alle überlastet. Es gibt zwar mehrere Portale in Chicago, aber die Warteschlange ist gewaltig. Das Problem liegt an unserem Ende.«

»Wir könnten Chris, Kev und Max kontaktieren«, schlug Alex vor. »Wollten die nicht einen Abstecher zur Family machen?«

»Gönn ihnen doch die gemeinsame Nacht. Gerade Max und Kevin haben viel durchstehen müssen. Raven und Fox sind unsere Sache.«

»Aber dazu müssen wir nach Chicago. Und im Gegensatz zu unserem Ganovenpärchen haben wir keinen Sprunggürtel. Was, nebenbei gesagt, ziemlich armselig ist. Wieso haben wir so was nicht auch?«

»Weiß ich nicht. Du kannst Einstein gerne fragen.« Jen änderte abrupt die Richtung.

»Wohin rennen wir?«

»Zum Hafen.«

Alex erinnerte sich. Sowohl Green Bay als auch Chicago lagen am Lake Michigan. Es gab also eine direkte Wasserverbindung. »Sollen wir nicht einfach fliegen?«

»Das kostet zu viel Essenz«, entgegnete Jen, »Schwerelosigkeit, Vektor und Geschwindigkeit. Und wenn wir Pech haben, geraten wir in ein Unwetter. Diese Art zu reisen ist nicht meins. Das nächste Mal nehmen wir sicherheitshalber Tränke mit.«

»Als Adler wären wir zu langsam.«

»Nicht für die Luft. Tränke für das Wasser.«

Alex hatte von Max' und Leonardos Flucht aus dem Castillo gehört. Es hatte nur Stunden gedauert und Max war vom stigmatisierten Verräter zum Helden geworden, seine Flucht aus dem dunklen Castillo war bereits legendär. »Wobei man als Fisch in alle möglichen Netze geraten kann.«

»Das stimmt«, bestätigte Jen. »Deshalb nehmen wir auch ein Schiff.« Sie erreichten den Hafen.

Zahlreiche Boote waren in einer Reihe vertäut. Einige gehörten zu Touristen, wie die Flaggen deutlich machten. Alex erkannte eine schwedische und eine deutsche.

»Schau, ein britisches Boot. Das nehmen wir«, beschloss Jen. »Eine Delta 33, perfekt.«

Vor ihnen lag ein schnittiges, oben offenes Boot mit einem aus gepolsterten Bänken bestehenden Innenraum. Mit weißer Farbe war der Name *Charles* auf die blaue Backbordwand geschrieben worden.

»Können wir nicht ein anderes stehlen?«, fragte Alex.

Jen bedachte ihn mit einer hochgezogenen Augenbraue. »Wir bringen es ja zurück. Und das hier ist ein Notfall. Wer weiß, was diese beiden Irren mit der Schatulle machen. Mir gefällt das auch nicht, aber ab jetzt müssen wir pragmatisch sein.«

Womit sie recht hatte. Grundsätzlich unterstützte Alex diese Einstellung sofort. Trotzdem schmeckte ihm das Ganze nicht.

Jen erklärte ihm, wie er seinen Essenzstab benutzen konnte, um die Zündung zu aktivieren. Sie enttäute das Boot. Minuten später sausten sie über das Wasser.

»Wow.« Alex grinste über beide Ohren. Es war ein berauschendes Gefühl. Der Wind pfiff durch seine Haare, Wasserspritzer wirbelten durch die Luft. Der Bug der *Charles* teilte das Wasser wie ein Pfeil, der die Luft durchschnitt.

»Toll, oder?« Jen stand direkt neben ihm. Ihr Atem kitzelte seinen Hals, als sie sich näher zu ihm beugte, damit er ihre Worte verstand.

»Genial.« Noch nie zuvor war er auf einem Boot unterwegs gewesen, geschweige denn hatte er am Steuer gestanden. Glücklicherweise stellte sich die Bedienung als recht einfach heraus und der Lake Michigan war groß genug. Da um diese Uhrzeit kaum jemand unterwegs war, sank die Wahrscheinlichkeit einer Kollision auf ein Minimum.

»Meinst du, die haben das Auktionshaus schon erreicht?«, fragte er.

»Sie müssen ja nicht nur hin, sondern auch an die Schatulle herankommen. So einfach ist das nicht. Die Lagerbereiche sind riesig. Selbst wenn sie einbrechen können, kommen sie nicht einfach heran.«

Alex kam ein Gedanke. »Vielleicht tun sie das gar nicht.«

»Wie meinst du das?«

»Was, wenn sie einfach auf die Auktion warten? Dann wird die Schatulle aus dem Lager geholt.«

Jen ließ ihren Blick über das Wasser schweifen. »..e ...ee.«

»Was?!«

»Gute Idee«, brüllte sie. »Wir können sicherheitshalber ein paar Indikatorzauber anbringen, falls du dich irrst. Wenn nicht, schnappen wir uns die beiden morgen früh bei der Auktion. Und die Schatulle dazu.«

»Vielleicht doch ein kleiner Diebstahl?«

»Nope. Wir bieten mit und ersteigern das Teil völlig legal, wie besprochen.«

Alex spürte ein freudiges Kribbeln. Natürlich hatte er schon Dutzende Auktionen im Fernsehen gesehen. Er war jedoch noch niemals bei einer echten dabei gewesen. Und sie besaßen sogar genug Geld, um mitzubieten. Raven und Fox würden nicht an ihnen vorbeikommen.

»Wir schauen am besten im sicheren Haus vorbei und decken uns mit Ausrüstung und Geld ein«, sprach Jen weiter.

Alex nickte nur.

Jen erschuf eine spitz zugeschnittene Contego-Sphäre und beschleunigte das Boot auf die Geschwindigkeit eines A380. Damit würden sie Chicago in etwa vierzig Minuten erreichen.

Obwohl sie sich mitten in einem Einsatz befanden, genoss er diesen Moment: das Surren des Bordmotors, das vom Heckstrahl aufgewirbelte Wasser, den kalten Wind. Der Himmel war klar, Sterne funkelten am Firmament wie Abertausende Bernsteinkörner.

Jen hielt ihr Gesicht in den Wind. Ihr langes dunkles Haar wirbelte umher. Sie grinste, streckte beide Arme aus.

Ja, so fühlte sich Freiheit an. Unbeschwertheit. Und mochten es auch nur ein paar Minuten sein, bevor der ewige Kampf weiterging, so waren sie doch kostbarer als alles Geld der Welt. Wer konnte schon wissen, was morgen war?

In diesem Augenblick wollte er nicht an die Schattenfrau denken, nicht an Crowley, Saint Germain oder all die anderen. Nein, er wollte genießen.

Jen und er wechselten einen kurzen Blick. Sie grinsten einander an. In stillem Einvernehmen sprach keiner ein Wort.

Und so glitt die *Charles* durch die Dunkelheit über das schwarze Wasser des Lake Michigan auf Chicago zu. Was immer sie dort erwartete – sie waren bereit.

So glaubte er.

15. Familienehre

1683, Wien

Die Feder kratzte über Papier. Er hatte sie frisch angespitzt, um seine Untersuchungen niederzuschreiben. Stimmengewirr drang an sein Ohr. Die Verteidiger waren auf den Straßen unterwegs. Die Stadt wurde weiter befestigt. Der zweite Türkenangriff sollte gänzlich anders ausgehen als der erste. Dieses Mal war die Stadt vorbereitet.

Doch was dort draußen vorging, ob Armeen näherrückten, die Mächtigen gegeneinander stritten oder die Mauer zerbrach, war ihm egal.

Er, Marius Kern, würde vollenden, was seinem Ur-Urgroßvater nicht gelungen war. Auf seiner Reise zu den Westindischen Inseln hatte der Isabella kennengelernt. Sie gehörte einer Nebenlinie des Hauses Habsburg an, und obgleich es ein Skandal war, vermählte sie sich mit ihm. So wurde ihr Sohn geboren. Das Schicksal war diesem gewogen, weshalb er die magische Kraft seines Vaters erbte – jedoch nicht minder schwach war als dieser. Ihr Leben verlief in Mittelmäßigkeit, erst dessen Sohn entdeckte die Aufzeichnungen wieder, die Paul einst angefertigt hatte. Doch ihm war kein Erfolg beschieden, er starb recht jung, durch ein fehlgeschlagenes Experiment.

Damit blieb er, Marius, Letzter der Familienlinie. Er entdeckte schließlich in den Hinterlassenschaften seines Vaters die Unterlagen und begann damit, sie zu studieren. Zuerst die Tuscheskizze einer Statue. Dann Aufzeichnungen der Reise. Ein Teil davon war verloren gegangen. Schließlich fand er einen Mentiglobus, in dem sein Ur-Urgroßvater festgehalten hatte, was 1529 zu Wien geschehen war.

Die Frau aus dem Schatten, wer sie wohl war?

Marius hatte die Suche wieder aufgenommen, die sein Vater so sträflich vernachlässigt hatte.

Die Kerzenflamme, die ihm in der dämmrigen Kammer Licht spendete, zitterte. Wolken verbargen die Sonne und tauchten Wien in ein Zwielicht. Der Bernstein durfte nur noch für die Kriegsvorbereitungen verwendet werden. Selbst die Gilde hatte jeden Vorrat hergeben müssen.

Natürlich würde der Nachschub sie sofort erreichen, sobald die Belagerung beendet war. Genau deshalb war Wien so wichtig für die

Türken, genau deshalb trug es den Namen *Der goldene Apfel Europas.* Golden funkelnder Bernstein. Die Stadt lag am Schnittpunkt zwischen der Donau und der Bernsteinstraße, war der wichtigste Umschlagplatz für das kostbare Harz. Deshalb trug die Handelsstraße auch diesen Namen. Wien würde immer in Gefahr sein, immer Begehrlichkeiten wecken.

Er vertrieb die Gedanken mit einem Kopfschütteln. Sollte ihm sein Vorhaben gelingen, würde man ihn mit Bernstein, Hexenholz und Himmelsglas bis an sein Lebensende bedenken. Und nicht der fast nutzlose schwarze Bernstein, nein: honiggelb und frisch würde er sein. Damit wäre Marius der Reichste unter den Reichen. Falls er wollte, konnte er die Castillos, Paläste und Chateaus stürmen.

»Ein Fluch ist es nur für die Zwillinge, doch nicht für die Welt«, flüsterte er.

Seine Augen huschten über jenen Satz, den sein Vater niedergeschrieben hatte.

Um auf ewig zu ruh'n ohne Angst.
Der Zwillingsfluch vollendet.

Der Schlüssel lag in dem Wort *Angst.* Er konnte noch nicht genau sagen, was die Bedeutung war und was es mit der Statue auf Santo Domingo auf sich hatte, doch er kam des Rätsels Lösung näher. Ein Händler hatte in Marius' Auftrag Abschriften in der Bibliothek zu Köln angefertigt. Diese wiesen in eine eindeutige Richtung.

»Eure Mahlzeit«, erklang die Stimme der Bediensteten.

Marius blickte einen Moment auf.

Chloe erschrak.

Marius lächelte. »Ich danke dir.«

Es war ein schüchternes Ding, das erst seit Kurzem in seinen Diensten stand. In Kriegszeiten waren Stellen rar gesät, da viele des hohen Standes geflohen waren. Seltsamerweise hatte sie etwas Vertrauenserweckendes.

»Seid Ihr mit Euren Studien vorangekommen, Herr?«

Das geht dich nichts an. »Das bin ich.« Seine Lippen berichteten von ganz alleine. »Es scheint, als haben die alten Inka dereinst Experimente durchgeführt. Tränke wurden gebraut, um eine Armee zu erschaffen. Doch ich stoße immer wieder auf Ungereimtheiten.«

»Vielleicht kann ich Euch helfen.«

»Du?!« Ihre Hand legte sich sanft auf seinen Unterarm. »Du, natürlich.« Er lächelte, Wärme strömte in sein Herz. »Zweifellos kannst du das. Ein so hübsches ...«

»... und schlaues«, ergänzte sie.

»... und schlaues Weib.«

»Frau!«

»... und schlaues Frau«, sprach er nach.

Sie verdrehte die Augen, was ganz zauberhaft aussah. »Die deutsche Sprache, man mag es kaum glauben. Kommen wir zurück zum Kern der Sache. Die Inka also?«

»Aber ja. Ein barbarisches Volk, doch ihre Magier besaßen unglaubliche Wissensschätze. Die Magier der Herrscherkaste wurden am Hof von Iria Kon unterrichtet – bis es unterging.«

»Ja, Iria Kon.« Nun lächelte sie verzückt. »Ganz furchtbar war das.«

»Ängstige dich nicht.« Er tätschelte ihr beruhigend den Kopf.

»Durch Euch wird meine Angst gezügelt«, sagte sie auf eine seltsam trockene Art.

Doch Marius nahm es ihr nicht übel. »Ich kann nicht warten, bis die anderen sich melden. Ich muss tätig werden.«

»Die anderen?« Ein Schatten legte sich über ihr Gesicht.

»Gleichgesinnte. Suchende. Ich gab ihnen das Wissen um den Zwillingsfluch. Zumindest jenen Teil, den ich kenne.«

Nun erhob sie sich drohend. Absolut bezaubernd sah das aus.

»Was hast du ... habt Ihr Euren Gleichgesinnten übergeben?«

Seltsam, Marius fühlte sich unwohl. »Es sind Freunde aus Frankreich. Ein Orden, der sich der Gleichheit verschrieben hat und die Unsterblichen stürzen will.«

Nun fuhr sie regelrecht zusammen. »*Vie dans la Mortalité*. So konnten sie also die Experimente machen. Bei deinem Vater nahm alles seinen Anfang und ich habe nichts davon bemerkt.« Sie zog das Blatt vom Tisch, auf dem er bis eben geschrieben hatte. »Du hast alles aufgezeichnet?«

»Aber ja. Ganz wie ... Warum habe ich das getan?«

»Weil es so viel praktischer ist und ich nicht alles aus dir herausquetschen muss. Potesta Maxima.«

Der Kraftschlag durchschlug seinen Leib. Marius fiel blutend zu Boden. Sein Körper zuckte.

»Ab jetzt werde ich stets darauf achten, hinter mir aufzuräumen«, murmelte die Schattenfrau. »Damit so etwas nicht noch einmal vorkommt.« Sie warf einen Blick auf das Papier. »Yucatán also.«

Ohne ein weiteres Wort schritt sie davon.

Marius spürte eine friedliche Ruhe, während das Leben aus ihm herauspulsierte. Es erschien ihm seltsam, dass eine schlanke kleine Silhouette die Fensterläden aufstieß und in den Raum glitt.

Sie ging neben ihm in die Hocke, ein Mädchen in der Kleidung eines Diebes. Sie deutete auf den Mentiglobus in der Ecke, der von seiner Bediensteten nicht beachtet worden war. »Die Erlebnisse deines Vaters?«

Er nickte.

»Ich bringe den Mentiglobus ins Archiv.« Sie zog einen weiteren hervor. »Und ebenso den deinigen.« Ihr Finger malte sanft auf seiner Stirn. Kupferfarbene Essenz schimmerte. »Memorum Absitare.« Er ließ die Erinnerung los, auf das sie bewahrt bleiben sollte.

Das Letzte, was er wahrnahm, waren die Augen der Diebin. In ihnen lag ein Hauch von Ewigkeit.

16. Die letzte Pyramide

1685, Yucatán

Die Suche war vorüber.

Eine gefühlte Ewigkeit lang hatte sie gesucht, war von Wien nach Santo Domingo und wieder nach Wien gereist. Schlussendlich hatte sie den Dschungel durchquert, Hindernisse eingeäschert – wozu auch ein Inka zählte – und die Pyramide des letzten Hohepriesters erreicht. An einem Ort, an dem ursprünglich die Maya ansässig gewesen waren, hatte der letzte große Magier der Inka seine geheime Pyramide verborgen. Unauffindbar für Nimag und Magier.

Natürlich war die Schattenfrau nicht irgendwer.

Gemeinsam mit Anuk stand sie im Zentrum, tief unter der Erde. Sie beachtete weder die Tonarbeiten noch das Gold oder die herumstehenden Mentigloben. Die Archivare hätten sich um all das hier gerissen. Ihr war es egal.

In der Mitte des Raumes wuchsen Statuen in die Höhe. Um sie herum waren Holzrahmen angeordnet, in die Fäden gespannt waren. Quipus. Knoten, in Fäden unterschiedlicher Farbe eingearbeitet und von einem Hauptfaden abzweigend. Auf diese Art hatten die Inka ihre Nachrichten übermittelt. Während die Nimags der Zukunft diese Form der Kommunikation noch immer nicht entschlüsselt hatten, war es den Magiern gelungen und wurde damit auch zu einem Teil des Kontaktsteins, der um den Hals der Schattenfrau hing.

Trotzdem war es ungewohnt, keine Mentigloben, Papyri oder Tontafeln zu studieren, sondern Quipus. Schnüre. Sie honorierte die Leistung der herrschenden Kaste des Inka-Reichs, sich auf diese Art eine Individualität erschaffen zu haben, die ihresgleichen suchte. In den späten Zeiten der Zivilisation hatten trotzdem immer mehr Magier auf Mentigloben zurückgegriffen, bis die Spanier gekommen waren und das Ende herbeigeführt hatten.

»Du kannst es lesen?«, fragte Anuk.

Sie nickte. »Vergiss nicht, wer ich bin.«

»Ich weiß nicht, wer du bist. Wie sollte ich etwas nicht vergessen können, was ich nicht weiß.«

»Klugscheißer«, gab sie zurück.

»Was ist ein Klug...«

»Nichts Erstrebenswertes«, stellte die Schattenfrau klar.

Anuk war weder Magier noch Quipu-Knüpfer. Zudem gehörte er nicht zur herrschenden Klasse. Er konnte die Knoten also nicht lesen.

In der Anordnung verbarg sich das Zeugnis des letzten Hohepriesters. Er hatte tatsächlich versucht, seine Leute zu retten. Ein Orakel hatte das Herannahen der Spanier und ihrer Magier erkannt. Um das Land zu schützen, war der Hohepriester der Idee verfallen, einen alten Zauber zu verwenden. Generationen zuvor war er bereits eingesetzt worden, als ein Bürgerkrieg getobt hatte. Er galt als verpönt und wurde von jenen, die seinen Einsatz hautnah miterlebt hatten, als Fluch bezeichnet. Der Zwillingsfluch. Nahm eine Frau den Trank zu sich, bevor sie sich mit einem Mann vereinte, wuchsen Drillinge in ihr heran.

Doch nur zweien war das Leben vergönnt, während das dritte Kind nur durch sein Sigil ins Leben trat. Dieses Sigil besaß jedoch spezielle Eigenschaften.

Die Schattenfrau merkte, wie ihr Puls schneller ging.

Das Sigil suchte sich einen Erben, der jenen Charakter besaß, der den lebenden Zwillingen ähnelte. Darüber hinaus konnte es jedoch nach dem Tod des erwählten Magiers gesteuert werden. Und zwar von jener Person, die den Trank kreiert hatte.

Die Erkenntnis ließ die Schattenfrau taumeln. Damit war es möglich, einen Magier selbst zu erwählen. Einem ausgesuchten Nimag das Erbe zu verleihen.

Sie las die Zeile erneut.

»Ist es eine gute Nachricht?«, fragte Anuk.

»Oh ja.«

»Das ist schlecht.«

»Was?«

Der Inka wirkte betrübt. »Du bist eine böse Frau. Wenn du dich über das hier freust«, er deutete auf die Teppiche, »ist es nicht gut«.

»Damit hast du recht. Und jetzt schweig!«

Was dachte dieser Winzling sich nur? Sie hätte ihn direkt zu Staub zerfallen lassen, wenn er nicht möglicherweise noch als Kanonenfutter dienen konnte. Hier in der Pyramide waren ihre Fähigkeiten gedämpft. Sie war noch immer stärker als jeder andere – dank des Silberregen-Splitters an ihrem Hals –, doch nicht mehr so stark wie zuvor.

Ihr Blick wendete sich jenem Quipu zu, auf dem es um den Zwillingsfluch ging. Hielt er tatsächlich, was er versprach? Denn das war weitaus wichtiger als jener Teil zu dem Wilden Sigil, dem gesteuerten Erben.

Die Zwillinge wuchsen heran wie normale Kinder. Sie waren Magier und konnten über ihre Kräfte verfügen wie jeder andere. Eine Besonderheit gab es allerdings: Sie teilten sich ein Sigil.

»Kevin und Chris«, flüstert sie. »Es muss so sein. Natürlich. Ich werde die beiden erschaffen. Alles passt zusammen.«

Doch geschaffen aus Magie bargen die Zwillinge Macht und Fluch zugleich. Ihre Einheit, ihre Nähe, machte sie wertvoll und gefährlich.

Mit jedem weiteren Knoten, jeder Information, wuchs der Triumph im Inneren der Schattenfrau. Schließlich erreichte sie das Ende des hinterlassenen Textes.

Anuk wanderte auf und ab. Er ließ sich hinter einem Tonsockel nieder und begann, mit kleinen Stäbchen darauf herumzutrommeln. Sie ließ ihn gewähren, Hauptsache, er schwieg.

Viele der Zwillingskrieger wurden nach der gewonnenen Schlacht geehrt, doch die Gefahr, die von ihnen ausging, bedrohte die Gemeinschaft. Zu guter Letzt fanden die Magier eine Möglichkeit, den Fluch zu beenden. Dies bedeutete jedoch auch das Ende für die Zwillinge. Sie stiegen auf ein Podest, in dessen Innerem sich ein Hohlraum mit dem Trank befand, der sie einst erschaffen hatte.

Sie berührten einander und sprachen die vorgegebenen Worte. Schöpfungskraft wurde entfesselt und umgekehrt. Das Wilde Sigil kehrte zurück, verschmolz mit den Zwillingen und ließ sie zu Statuen werden.

So schied die Dreiheit aus der Existenz, wie sie zuvor gemeinsam erschaffen worden war.

Eine Gänsehaut überzog die Arme der Schattenfrau, als sie zurückwich. Alles fügte sich. Damit besaß sie den Schlüssel, den sie benötigte, um die drei Sigilsplitter zu vereinen. Oder sie würde ihn besitzen. Es blieb nur die Frage, wie der Weg dorthin weiter gestaltet werden musste? Sie benötigte ganz offensichtlich den Trank. Doch in den Quipus wurde auch davon gesprochen, dass es zahlreiche Rückschläge gegeben hatte. Sterbende Mütter. Der Trank war nicht ausgereift. Sie benötigte jemanden, der ihn perfektionierte, der die notwendigen Experimente durchführte.

Ein böses Lächeln huschte über ihr Gesicht. »Und da habe ich doch auch schon eine Idee.«

Anuk trommelte lauter, in kürzerer Frequenz jetzt.

»Hör auf damit!«, befahl sie.

Doch der Inka verweigerte den Befehl.

»Du erinnerst dich aber schon noch daran, wie ich deinen Freund eingeäschert habe? Hängst du so wenig am Leben?«

»Mein Leben ist bedeutungslos im großen Ganzen«, erwiderte er.

»Immer diese Idealisten«, fluchte die Schattenfrau.

Ihr lagen bereits die Worte für einen sehr schmerzhaften Tod des nervigen kleinen Subjekts auf der Zunge, als sie die Präsenz spürte – und begriff. Das Trommeln rief jemanden herbei.

Blitzschnell schleuderte sie Anuk gegen die Wand. »Was hast du getan?«

Er lächelte. »Möge der Zwillingsfluch über dich kommen.«

Dunkelheit überschattete das Licht. Tonscherben zerfielen. Die Knoten der Quipus wurden zu Staub. Es war, als habe eine Trinität aus Alter, Boshaftigkeit und Krankheit den Raum betreten.

Ganz langsam wandte die Schattenfrau sich um.

Sie sah.

Und schrie.

17. Um jede Sekunde

Steinbrocken lagen am Boden, bedeckt von Mörtel und Holz. Staub wirbelte durch die Luft. Der Moment schien eingefroren zu sein in einem ewigen Stillleben.

»Max!«

Sein Name, ausgesprochen mit bebenden Lippen, durchbrach die Ruhe. Der Moment implodierte in panischem Begreifen.

Max fuhr auf. »Kev. Die Schattenfrau.«

Ava stand über ihn gebeugt, eine Platzwunde auf der Stirn. Sie zitterte, vermutlich ein Schock. »Sie hat beide mitgenommen.«

Max kam schwankend auf die Beine. Im Reflex rief er den Essenzstab herbei und untersuchte seinen Körper mit einem schnellen Agnosco nach gefährlichen Wunden. Er war durch das Dach des Nachbarhauses gekracht und auf dem Boden des Speichers zum Liegen gekommen.

Der Agnosco ergab keine inneren Verletzungen. Weder bei ihm noch bei Ava. »Wo ist Ben?«

»Im Haus. Bewusstlos. Ich habe ihn geheilt, aber es hatte ihn schlimm erwischt. Ein notdürftiger Heilschlaf hält ihn stabil. Annora ist bei ihm.«

Max griff nach seinem Kontaktstein. »Theresa, wir brauchen dich.«

»Was ist passiert?«, kam es sofort zurück.

»Ein Angriff der Schattenfrau.« Max sandte das Bild des halb zerstörten Hauses. *»Ben Grant ist verletzt. Ava und mir geht es gut. Aber Kevin und Chris wurden entführt.«*

»Ich komme sofort.«

Die Verbindung erlosch. Gemeinsam mit Ava schwebte Max aus dem Speicher. Als sie in den Trümmern des Anwesens eintrafen, erschien Theresa zusammen mit Eliot Sarin, dem Obersten Ordnungshüter. Beide wurden transportiert von Cornelius. Der schwarze Lockenkopf war neben Nikki einer der wenigen Sprungmagier.

»Gib mir die Details«, forderte Eliot, während Ava Theresa zu Ben brachte.

Max fasste zusammen, was geschehen war. Viel wusste er nicht. Alles war so schnell gegangen. Sie hatten geschlafen, dann die Explosion und der Angriff.

»Wieso ausgerechnet die Zwillinge?«, überlegte Eliot. »Strategisch besitzen sie keinen Wert. Vermutlich emotional. Sie hegt noch immer Hass gegen euch.«

Max schluckte. »Wir müssen mit Edison sprechen.«

»Weshalb?« Als Max weiterhin schwieg, sagte Eliot nachdrücklich: »Ich weiß, dass du als Agent gewisse Freiheiten genießt, aber wenn es etwas gibt, das ich wissen sollte, dann raus damit.«

»Für deine Arbeit ist es nicht relevant.«

Nach einem abschätzigen Blick nickte der Oberste Ordnungsmagier zögerlich. »Also gut. Ich leite eine Suche ein. Cornelius, bring Max zu Edison.«

»Ich komme mit«, entschied Ava.

Es war an der Zeit, wenigstens einen der Unsterblichen einzuweihen.

Eliot machte sich daran, Zeitschattenzauber zu wirken, um die Ereignisse zu rekonstruieren. Da sie noch nicht lange zurücklagen, standen die Chancen gut, dass er das Geschehen betrachten und in einem Mentiglobus festhalten konnte. Theresa hatte Ben stabilisiert und bat Cornelius, sie beide danach abzuholen und direkt in den Krankenflügel zu transportieren.

Die Umgebung verschwand und wurde ersetzt von der Tür zum Turmzimmer. Hier war Edisons Büro untergebracht. Max ließ seine Faust wuchtig gegen das Holz donnern.

»Rein mit euch!«, erklang die Stimme des Unsterblichen.

Cornelius verschwand, Ava und Max traten ein.

Edison starrte grimmig auf ein vergilbtes Pergament, auf dem unzählige Tuschepunkte wie Ameisen innerhalb der Umrisse des Castillos herumwuselten. »Wenn das so weitergeht, müssen wir Zelte aufstellen.«

»Ist es nicht gefährlich, alle hierherzuholen?«, fragte Ava. Ihre grünen Augen betrachteten Edison neugierig.

»Normalerweise würde ich dir zustimmen«, erwiderte der Unsterbliche. »Würde es sich um einen gewöhnlichen Feind handeln, hätten wir die stärksten Magier in Pulks zu Sprungtoren gebracht, um sie von dort zeitgleich an die griechische Küste zu transportieren. Von dort könnten wir mit Schiffen Iria Kon angreifen, nun wissen wir ja, dass es noch immer da ist. Doch mit Taktik ist es nicht getan. Sollte die Schattenfrau das Castillo attackieren, benötigen wir jeden Verteidiger. Immerhin ist der Feuerblut-Splitter noch hier bei uns.«

Er musterte Ava und Max eindringlich. »Es gab also einen Angriff in Chicago?«

»Die Schattenfrau und Crowley«, bestätigte Max. »Sie wollten Chris und Kevin.«

Edison runzelte nachdenklich die Stirn. »Eine weitere Folter für Jen? Aber dann hätte sie genauso gut beide töten können. Entschuldige, Ava. Ich versuche nur zu begreifen, warum sie die beiden ausgerechnet jetzt entführt. Das hätte sie längst tun können.«

Max warf Ava einen auffordernden Blick zu. Er wollte es ihr überlassen. Die Zeit der Geheimhaltung war vorbei.

»Wir wissen nicht genau, wofür sie die beiden benötigt, aber ... Es hat allem Anschein nach damit zu tun, dass beide auf spezielle Art zur Welt kamen.« Sie berichtete stockend von ihrer Begegnung mit Kaja und der Schattenfrau, dem Trank und schließlich der Geburt der Zwillinge. Ihr Gesicht war ein Abbild ihrer Gefühle. Der Schmerz über die vergangenen Ereignisse, aber auch die Liebe zu ihren Söhnen wurden in jedem Wort deutlich.

Als sie geendet hatte, senkte sich Stille über das Turmzimmer.

Max ließ seinen Blick über die Drahtgestelle mit eingeschraubten Glühbirnen unterschiedlichster Art wandern, den Globus und die Pergamente, die überall verstreut lagen. Auf einem der entrollten Papiere war die Anleitung für einen Zauber zu erkennen. Eine Wand mit einem Spalt darin, von Symbolen umgeben.

»Weiß Johanna davon?«, fragte Edison, ohne eine Emotion zu verraten.

»Nein«, erwiderte Ava. »Sie reagiert auf das Thema nicht gut.«

»Weder sie noch Leonardo«, sprach Edison leise. »Das Gesetz, das diese Art der Unterstützung bei Schwangerschaften verbietet, wurde nicht umsonst von den beiden initiiert. Ich möchte nicht auf Details eingehen. Dass die Schattenfrau dir dazu verhalf, Kevin und Chris zu bekommen, lässt nichts Gutes vermuten. Du wirst dich für diese Tat vor einem Konzil verantworten müssen. Doch das ist jetzt nicht von Belang. Wir müssen Chris und Kevin finden, und das schnell.«

»Die Ordnungsmagier ...«, setzte Ava an.

»Wir übernehmen das«, sagte Edison entschieden. »Ich helfe euch.«

»Eliot ist schon bei der Arbeit. Er wird versuchen, die Kontaktsteine der beiden zu orten.«

»Und ganz zweifellos scheitern.« Edison verschränkte die Arme auf dem Rücken und ging auf und ab. Für ihn, der sich normalerweise keine Emotionen anmerken ließ, ein Zeichen äußerster Beunruhigung. »Sie steht kurz davor, ihr Ziel zu erreichen. Augenscheinlich sind die Zwillinge für diesen Teil wichtig. Doch weshalb? Wie?«

»Diese Fragen müssen zurückstehen«, entschied Max. »Die beiden zu finden, hat oberste Priorität. Das Warum kann später geklärt werden.«

Edison ließ eine Braue in die Höhe wandern. Ein leichtes Kräuseln der Mundwinkel deutete ein Lächeln an. »In der Tat.« Er wandte sich mit energischen Schritten der Tür zu. »Auf, auf, beeilen wir uns.«

18. Ms Danvers und ihr Sekretär

Die Glastüren wurden von zwei livrierten Angestellten, deren Finger in weißen Stoffhandschuhen steckten, aufgezogen. Jen bedachte die beiden mit einem huldvollen Lächeln, was Alex mit einem Murren quittierte.

»Immer noch sauer?«

»Nein«, log er. »Ich finde nur, es wäre viel authentischer, wenn du die Sekretärin wärst und ich der reiche Macho.«

»Das mit dem Macho hast du doch jeden Tag. Ein wenig Abwechslung tut dir gut.«

»Was soll das denn heißen?!«

»Was soll das denn heißen, Ms Danvers?«, korrigierte sie ihn.

»Pfff!«

Ein vorbeieilendes Paar betrachtete ihn pikiert.

»Gutes Personal ist heute schwer zu finden«, rief ihnen Jen lächelnd hinterher. »Wenn du so weitermachst, bekommst du ein ganz schlechtes Arbeitszeugnis. Und jetzt husch, besorg uns einen Katalog.«

Alex zog knurrend von dannen. Vermutlich sah man ihm an, dass er kurz davorstand, in die Luft zu gehen. Das würde er Jen heimzahlen.

Vom Anlegesteg aus waren sie direkt ins sichere Haus gerannt, um sich auszurüsten. Dazu bot die Kleiderkammer alle möglichen Utensilien. Er trug einen perfekt sitzenden Anzug – Magie war etwas Tolles –, dazu italienische Lederschuhe und eine goldene Rolex. Jen steckte in einem weißen Businesskostüm von Gucci, das ihre Figur betonte. Sie sah atemberaubend gut aus. Sein Vorschlag, sich als Ehepaar auszugeben, war jedoch rundheraus abgelehnt worden. Stattdessen hatte sie die Teamleiter-Karte gezogen und ihn zum persönlichen Sekretär degradiert.

Er warf einen Blick zurück, grinste und holte den Ehering aus der Tasche. »Wir werden ja sehen.« Einer der Angestellten reichte ihm einen Katalog und zwei Gläser Champagner, nachdem Alex ihre Daten übergeben hatte. Außerdem erhielt er ein Bieterschild. Er kehrte zu Jen zurück. »Ms Danvers, ihr Katalog.«

»Herzlichen Dank, mein Bester. Wollen wir in den Saal gehen?«

Sie bedeutete ihm huldvoll, vorauszuschreiten. Natürlich gefiel ihr das Spiel.

Alex steuerte die erste Reihe an.

»Wen haben wir denn da?«, erklang die Stimme von Raven. Sie hatte sich bei Fox untergehakt und musterte Alex. »Bisschen steif. Hat was von einer Ritterrüstung.«

»Manche Menschen haben Humor, du eindeutig nicht.« Er lächelte ebenso falsch zurück.

»Schauen wir doch einfach, wer zuletzt lacht.« Raven zwinkerte ihm lasziv zu.

»Miststück«, fluchte Jen leise.

»Sooo böse.« Sein Blick glitt über Ravens Taille, was ihm einen Ellbogenstoß von Jen einbrachte.

»Hey, du hättest mich haben können. In guten wie in schlechten Zeiten.« Er zwinkerte ihr zu. »Stattdessen wolltest du einen schnöden Sekretär.«

Plötzlich waren ihre Lippen direkt neben seinem Ohr. »Und du findest einen Sekretär langweilig? Ich kenne da ganz andere Geschichten.« Sie ging zu ihrem Platz.

»Welche Geschichten? He, warte! Welche Geschichten?« Er folgte ihr.

Ein Bediensteter des Auktionshauses durchschritt die Reihen und betrachtete jeden Anwesenden. Zufrieden verließ er den Raum.

Das Gemurmel erstarb, als ein älterer, distinguierter Herr hinter das Pult trat. Sein Haar bildete einen Kranz, die Augen schauten durch eine dicke Hornbrille. »Meine Damen, meine Herren, ich begrüße Sie herzlichst zur elften Großversteigerung in diesem Jahr. Ich darf Sie schon heute darauf hinweisen, dass unsere Nummer zwölf ein paar Überraschungen für Sie bereithält. Doch glauben Sie nur nicht, Sie wüssten, was heute ansteht. Oh, nein. Wir halten auch in unserer Nummer elf etwas Besonderes für Sie bereit. Beginnen wir die Auktion mit diesem wunderschönen Stück handgearbeiteter Kunst, das die Katalognummer ...«

Alex spürte, wie Müdigkeit ihn zu übermannen drohte. Er hätte einen Kaffee anstelle eines Champagners trinken sollen. Während hier in Chicago früher Morgen war, herrschte in Alicante später Nachmittag. Er sollte in seinem Bett liegen und schlafen. Die Stimme des Auktionators wurde zu einem monotonen Geplapper.

»He!«, zischte Jen. »Was tust du?«

Alex schreckte hoch.

»Zum Dritten«, verkündete der Auktionator. »Verkauft an die Nummer zwei.«

»Sind das nicht wir?« Alex blinzelte verblüfft. Entsetzt starrte er auf seinen rechten Arm, der das Bieterschild erhoben hatte. Mit ein wenig Verzögerung erkannte er die Wahrheit und blickte zu Raven.

Sie und Fox saßen links in der zweiten Reihe. Die Diebin lächelte ihm frech zu und applaudierte. »Glückwunsch«, formten ihre Lippen.

Alex wandte sich um und erkannte erst jetzt, was er ersteigert hatte. »Was ist das?«

»Ein Korsett«, erklärte Jen mürrisch. »Ich bin sicher, dass es dir ausgezeichnet stehen wird.« Sie riss ihm das Schild aus der Hand.

»Das war *sie*«, verteidigte er sich.

»Das ist mir klar. Aber du hättest vermutlich bemerkt, dass sie deinen Arm emporschweben lässt, wärst du nicht eingeschlafen.«

»Wie viel haben wir denn bezahlt?«

»5000 Dollar.«

»Was?!«

Jen winkte ab. »Wir nehmen es aus der Einsatzkasse. Und Chloe freut sich bestimmt. Die wird das Teil irgendwie zu Kunst verarbeiten, sobald sie ihre nächste kreative Phase bekommt.«

Der Auktionator machte weiter und so gingen ein Sekretär aus Kirschholz, eine antike Uhr, eine Vespa – was Alex kurz zusammenzucken ließ – und ein Grammophon an verschiedene Bieter.

»Kommen wir nun zu einem besonderen Stück, einer Schatulle aus tropischem Holz, die laut übereinstimmender Aussagen verschiedener Fachleute Mitte der Fünfzigerjahre des vergangenen Jahrhunderts gefertigt wurde«, verkündete der Auktionator.

Ein Angestellter legte die Schatulle auf dem Ausstellungstisch direkt neben dem Pult ab.

»Die Eisenornamente sind ein Beispiel für die außerordentliche Handwerkskunst jener Zeit. Ein spezieller Schließmechanismus lässt die Schatulle gleichzeitig als Tresor fungieren und, meine Damen und Herren, sie enthält einen bisher unbekannten Gegenstand. Der zukünftige Besitzer nimmt also möglicherweise einen Schatz entgegen.« Der Auktionator zwinkerte in die Runde. »Das Anfangsgebot liegt bei 900 Dollar. Höre ich mehr?«

»1500!«, brüllte Alex und riss Jens Arm in die Höhe, die aufgrund der Nähe seines Mundes zu ihrem Ohr zusammenzuckte.

»Bist du noch ganz dicht?«

»1500 für die Nummer zwei«, rief der Auktionator begeistert.

Und so begann es.

Fox und Raven zogen nach, und innerhalb weniger Minuten lächelte der Auktionator glücklich wie ein Kind am Weihnachtsmorgen, als er verkündete: »6100 Dollar für die Dame und den Herrn mit der Nummer 13. Und, wenn ich das sagen darf, Sie haben Geschmack.«

»So ein Schleimer. Geh mit«, drängte Alex.

»Das hatte ich vor.« Jen hob das Schild erneut.

Alex zog seinen Essenzstab, hielt ihn auf Höhe der Stuhlbeine und flüsterte: »Potesta.«

Der Kraftschlag surrte exakt auf das Stuhlbein von Raven, die das Bieterschild hielt, und zerfetzte es. Mit einem Aufschrei und rudernden Armen fiel die Diebin auf eine ältere Dame, die hinter ihr saß und gedöst hatte. Erschrocken über das abrupte Erwachen schlug die Dame mit ihrem Schild zu und schepperte es Raven mitten ins Gesicht.

»Das tut so gut«, murmelte Alex glücklich.

Der Auktionator hatte mit »... zum Zweiten« bereits das Finale eingeläutet, hielt nun jedoch inne.

»Du bist unmöglich«, sagte Jen. »Gut gemacht.«

Zwischen Raven und der alten Dame kam es zu einer lautstarken Auseinandersetzung, bis Fox das Ganze beendete. Er schickte die Dame wieder in einen seligen Schlummer und ein Bediensteter brachte einen Ersatzstuhl.

Bevor der Auktionator auch nur ansetzen konnte, riss Raven ihr Schild in die Höhe. »9000 Dollar.«

Der Mann keuchte verzückt auf, besann sich jedoch sofort seiner Kultiviertheit und nickte dezent.

»Na warte.« Jen wollte das Schild ebenfalls wieder erheben, doch ihr Arm sackte nach unten. »Sie hat es erschwert.«

Alex griff ebenfalls danach. Gemeinsam wuchteten sie das Schild, das gut und gerne ein Klavier hätte sein können, nach oben.

Zu spät bemerkte er den erhobenen Essenzstab von Fox, der auf den Auktionator deutete. Dieser bekam glasige Augen und sagte: »Zum Ersten, zum Zweiten und zum Dritten. Die Schatulle geht an das elegante, hübsche und überaus intelligente Paar mit der Nummer 13.«

Alex und Jen ließen ihr Bieterschild gleichzeitig los, das zu Boden krachte und den edlen Holzboden durchschlug.

»Jetzt reicht es mir!« Jen stand kurz vor der Explosion. »Die beiden schnappen wir uns. So nicht!«

19. Die Leiden des jungen Kent

Alex fühlte sich wie vor seinem ersten Schultag.

Natürlich mit weniger blauen Flecken, Beleidigungen und dem ersten Zigarettenzug nach der letzten Stunde (was er bis heute bereute, ihm war noch nie so übel gewesen).

Dieses Mal hatte er sich durchgesetzt. Jen stand in der Halle bereit, um mit einer Illusionierung einen angeblichen Wasserschaden zu verursachen. So konnten die wertvollen Stücke nicht mehr aus dem Lager geholt werden. Das verschaffte ihm ausreichend Zeit, die Schatulle zu besorgen.

Von hier oben sah alles so winzig aus. Er stand auf dem Dach gegenüber des Auktionshauses und starrte auf seine Rolex. Das Teil war ebenso protzig wie kitschig und er war froh, wenn er es wieder gegen seine gute alte Uhr mit Lederarmband eintauschen konnte.

Exakt zur abgesprochenen Zeit sprang er ab, hob die Schwerkraft auf und segelte gegen die Wand des Lagers. Für die Menschen auf der Straße sah er aus wie eine Taube, die mit ausgebreiteten Flügeln vor dem Fenster flatterte.

»Elementum transformere. Zement zu Nebel.«

Die Wand wurde zu weißem Dunst. Er tauchte hindurch und glitt in den Raum. Hinter ihm wurde die Wand wieder fest.

»Aportate Schatulle!«

Nichts geschah. Mark hatte das Ding also vollständig gegen Magie imprägniert. Damit blieb nur die gute altmodische Suche. Er ging tiefer in den Raum. Durch zwei kleine Panzerglasfenster fiel Licht in den Lagerbereich. Die Umgebung wirkte wie eine Miniatur-Lagerhalle. Metallregale wuchsen in die Höhe, vollgestapelt mit Gegenständen, an denen weiße Zettelchen hingen. Bedauerlicherweise standen darauf keine Katalognummern, sondern zehnstellige Abfolgen aus Buchstaben und Zahlen. Ein Muster war nicht erkennbar.

In der Luft lag der Geruch von kahlen Wänden und Alter. Eine Klimaanlage temperierte den Bereich auf ein perfektes Niveau und eine kaum wahrnehmbare Luftfeuchtigkeit.

In den Regalen lagen zusammengerollte Teppiche, Holzstatuen und alt aussehende Bücher. An den Wänden standen in Schutzfolie eingeschlagene Gemälde. Als er an der Corvette vorbeikam, hätte er sich am liebsten hineingesetzt.

Der Gang machte eine Biegung. Vor ihm stand die vorhin versteigerte Vespa Primavera. Die Erinnerungen stiegen wie ein Blitz in ihm empor.

Es war einer der Abende gewesen, den sein ständig schuftender Vater mit ihnen verbrachte. Gemeinsam mit Alfie lag Alex eingekuschelt auf der Couch, den Kopf auf den Schoß seiner Mum platziert. Sie fuhr ihm durch das Haar. Sein Vater trank Bier, saß im Sessel und blickte immer wieder mit vor Stolz leuchtenden Augen zu ihnen herüber. Im Fernsehen lief ein Film, in dem eine Frau auf einer Vespa durch die Innenstadt von Rom fuhr. Sie schoss durch die kleinen Gassen, ihr Halstuch wirbelte in der Luft. Tauben stoben empor, Menschen mit Eiswaffeln in der Hand sprangen beiseite. Am Ende erreichte sie einen Springbrunnen, wo ein Mann auf sie wartete. Seine Mutter hatte gesagt: »Irgendwann fliegen wir alle zusammen nach Italien und essen dort ein Eis.«

»Fährst du dann auch eine Wespe?«, hatte Alex verschlafen gefragt.

Seine Mutter und sein Vater lachten beide leise.

»Ja, deine Mutter wird dann auch Vesp*a* fahren. Und ich warte am Brunnen.«

Er hatte ihre Hand genommen.

Alex war mit einem Gefühl von Zufriedenheit eingeschlafen, wie Alfie es längst getan hatte.

Einige Wochen später war sein Vater gestorben.

Er schluckte den Kloß in seinem Hals hinunter, schüttelte den Kopf und vertrieb wütend die Gedanken an das Gestern. So war es eben, das Leben. Träume wurden niemals wahr, schreckliche Dinge geschahen, man war allein. Anderen ging es noch schlechter.

Alex ließ die Vespa hinter sich. Die Zeit drängte. Der Wasserschaden würde nicht ewig als Ausrede herhalten, und Jen würde zusätzlich die Verantwortlichen beeinflussen müssen, damit sie nicht die Feuerwehr holten.

Er rannte um die nächste Kurve und wäre beinahe gegen das ersteigerte Korsett gekracht. So schlecht sah das Ding gar nicht aus, auch wenn er sich beim besten Willen nicht vorstellen konnte, wieso es jemand freiwillig überstreifen sollte. Darin bekam man doch keine Luft.

Da!

Die Schatulle lag an der Seite des Regals. Alex stürmte darauf zu und griff nach ihr. Seine Finger berührten das glatte Holz. Da waren sie: die Antworten. Nur noch getrennt von einer dünnen Schicht Material.

Plopp.

Alex sog scharf die Luft ein und wandte sich langsam um. Er ahnte, was er gleich sehen würde. Die Vermutung wurde bestätigt. »Raven.«

»Ein Wasserschaden, wirklich? Ts, ts, ts. Ich hätte euch für kreativer gehalten.« Sie trug den Sprunggürtel. »Der Wasserschaden wird gerade behoben.«

Fox griff also Jen an.

»Warum tut ihr das?«, fragte Alex. »Die Schatulle hat keinen Wert für euch.«

»Aber für dich«, erwiderte sie. »Und damit auch für alle anderen. Bringt bestimmt ein hübsches Sümmchen.«

»Dafür müsstet ihr euch zu erkennen geben. Kein Magier würde euch akzeptieren, egal zu welcher Fraktion er gehört.«

»Wir werden sehen. Agnus Blanc hatte Geschäftspartner. Interessierte Gruppen in aller Welt. Für alles gibt es einen Käufer, für alles einen Schwarzmarkt.« Sie lächelte spitzbübisch.

»In dieser Schatulle sind Informationen verborgen, die für mich und meine Freunde überlebenswichtig sind.«

»Tja, das ist Pech, würde ich sagen. Niemand hat behauptet, die Welt sei gerecht. Wenn du das einmal verstanden hast, nimmst du dir einfach, was du haben willst.«

»Ich habe es längst verstanden«, erwiderte er. »Aber ich werde niemals so denken.«

»Dann wirst du eines Tages alles verlieren.«

Sie standen sich gegenüber, beide unnachgiebig. Und obwohl die Wut über das kalte, berechnende Vorgehen von Raven überwog, hörte er ganz tief in seinem Inneren eine flüsternde Stimme, die sagte: Sie hat recht.

»Eines ist sicher: Diese Schatulle verliere ich nicht.« Er hielt sie in der einen, den Essenzstab in der anderen Hand.

»Meinst du?« Raven schob den Rock ihres Businesskostüms lasziv nach oben, bis zu den Oberschenkeln.

»Also da... Du glaubst doch nicht ... Ich meine. Also du glaubst doch nicht, dass mich das ablenkt.«

»Falls dein Ehering nicht bedeutet, dass zu Hause dein Gatte auf dich wartet, weiß ich ziemlich genau, was meine Oberschenkel bewirken.«

Alex lachte auf. »Netter Versuch.«

In einer gleitenden Bewegung riss Raven das Messer hervor, das hinter einem Strumpfband steckte. Doch anstatt es auf ihn zu schleudern, schlitzte sie ihre Bluse auf. Ein flinker Schnitt und Blut lief ihre Wange hinab.

Alex schaute entsetzt auf das Geschehen. »Was tust du?«

Raven warf das Messer vor seinen Füßen zu Boden, griff nach einer antik aussehenden Vase und warf sie Alex zu. Im Reflex fing er sie auf, Essenzstab und Schatulle fielen zu Boden.

Die Diebin schnappte die Schatulle, sprang zurück, rollte sich ab und begann zu kreischen.

All das war so schnell geschehen, dass Alex noch immer entsetzt dreinschaute und die Vase in den Händen hielt, als die Wachleute hereinstürmten. Ihre Blicke erfassten die blutende Frau am Boden und die Vase in seinen Händen. Drei Pistolenläufe richteten sich auf ihn.

Tränen kullerten über Ravens Wangen. »Er hat mich geschnitten. Dieses Monster!« Sie schluchzte herzzereißend und völlig gekünstelt, doch die Miene der Wachleute zeigte, dass sie ihr jedes Wort glaubten.

»Also, das ist doch jetzt nicht euer Ernst«, fluchte Alex.

»Hände hoch!«, brüllte einer der drei mit Verzögerung.

Alex gehorchte im Reflex, ließ die Vase fallen und hob die Arme.

Das Artefakt zerschellte am Boden.

»Die war aber nicht *sehr* wertvoll, oder?«, fragte er.

Hinter den Wachleuten formte Raven lautlos grinsend das Wort: »*Antik.*«

Dann blinzelte sie ihm zu, zog den Essenzstab hervor und erschuf eine Illusionierung. Für die Wachleute sah es so aus, als würde Alex eine Waffe ziehen.

»Oh Shit«, entfuhr es ihm.

Raven verschwand mit einem *Plopp*, das im Hallen der Schüsse unterging.

20. Der Bewahrer des Fluchs

1685, Yucatán

Ein Oktopus aus Dunkelheit quoll in den Raum. Schwarze Wolken verdichteten sich und verwehten. Zurück blieb ein Geschöpf mit humanoidem Umriss, doch die Haut war ledrig schwarz. Die Augen, zwei dunkle Seen glitzernder Boshaftigkeit, liefen in Schlitzen aus. In dem geöffneten Mund sah sie zwei Reihen spitz zulaufender Zähne. Ein Grollen erwachte tief in der Brust des Wesens und wurde zu einem Knurren.

»Sie will das Geheimnis stehlen!«, rief Anuk.

»Du elende kleine Ratte«, flüsterte die Schattenfrau.

Die Gestalt verwandelte sich in eine blitzartige Abfolge aus Bewegungen. Blut spritzte, ein kurzer Schrei erklang, dann war von Anuk nichts mehr übrig außer einem Haufen aus Blut und Gebeinen.

»Oh, verdammt.«

Die Finger der Kreatur, zwei Pranken mit Krallen, bewegten sich, als webte sie ein unsichtbares Bild aus Fäden. Eine Träne, schwarz und tief, löste sich aus dem rechten Auge und tanzte über die ledrige Haut.

»Was bist du?«, flüsterte die Schattenfrau.

Die Kreatur blickte in die Höhe und brüllte. Das war ihr Signal. Blitzschnell wob sie ein Feld aus verdichteter Kraft und rannte davon. Der zweite Ausgang war kleiner als der Eingang und sie hatte keine Ahnung, wohin er führte. Tiefer in die Pyramide vermutlich.

Hinter ihr holte die Kreatur aus und zerschmetterte die Kraftsphäre mit einem Schlag. Diese Tatsache war ein Schock, denn die Macht des Splitters hätte nicht derart einfach gebrochen werden dürfen. Was ging hier vor?

Die Wände flogen an ihr vorbei, aus der Düsternis gerissen von einer Lux-Kugel, die über ihr schwebte. Am Rand des Lichtes kräuselten sich die Schatten, als wollten sie zurückströmen und das Licht aussperren. Die Magie dieses Ortes erkannte sie als Eindringling, wollte sie bekämpfen und vernichten.

War sie zu weit gegangen? Sich zu sicher gewesen? All die Jahrzehnte und Jahrhunderte war sie kaum gealtert und hatte dank des Silberregen-Splitters genug Macht, um jedem Feind zu trotzen. Natürlich hatte es immer wieder Konflikte gegeben, in denen sie hatte zurückweichen müssen. Doch die konnte man an einer Hand abzählen. Dank der Fülle an Essenz hatte sie so viel Bernstein anreichern können, dass sie als vermögend galt. Ihr Wissen über die Geschichte hatte ihr außerdem ermöglicht, für die Zeit nach dem Wall Vorbereitungen zu treffen. Sie würde reich sein an weltlichem Besitz. Häuser überall auf dem Globus, ein Netzwerk aus sicheren Verstecken und Depots. Hatte diese lange Zeit der Triumphe und der Überlegenheit sie blind werden lassen für lebensbedrohliche Angriffe und Situationen?

Etwas kam näher.

Sie spürte die Gefahr, bevor der Schlag sie traf. Die Wucht schleuderte sie durch die Luft, hinein in den nächsten Raum und in die Tiefe. Es war ein Schacht. Noch während der Schmerz sie gepackt hielt, erschuf die Schattenfrau den Zauber. Die Gravitation entließ sie aus ihren Klauen und so schwebte sie noch ein paar Zentimeter, bevor sie zum Stillstand kam. Direkt über den meterhohen Knochendornen, die sie zweifellos aufgespießt hätten wie es Vlad III. mit seinen Untertanen getan hatte, was ihm den Beinamen Drăculea einbrachte.

Sie schwächte den Zauber ab und kam elegant zwischen den Knochenspitzen auf. Über ihr erklang erneut das Gebrüll. Sie fragte sich, ob die Kreatur über Intelligenz verfügte oder einfach nur jagte, was sich in die Pyramide verirrte. Anuks Tod deutete auf Letzteres hin. Jeder Eindringling war ein Feind, war Beute.

In einer Seitenwand entdeckte sie eine verschlossene Tür. Vermutlich waren die Überreste jener, die in den Schacht gestürzt waren, vor langer Zeit darüber abtransportiert worden. Sie erschuf einen Kraftschlag. Es benötigte drei Anläufe, bis das schwere Holz der Tür krachend in der Dunkelheit verschwand. Außerhalb der Pyramide hätte sie das ganze Bauwerk mit einem einzigen Schlag einstürzen lassen können.

Die Schattenfrau hasste es, zur Gejagten degradiert worden zu sein. Sie sollte Jägerin sein, wollte alle anderen im Staub zu ihren Füßen kriechen sehen. Doch der Bewahrer der Pyramide war ein echtes Meisterwerk. Sie vermutete, dass ein Trank irgendeinen bedauernswerten Inka verwandelt hatte.

Über ihr rauschte es.

Reflexartig warf sie sich in den Gang.

»Corpus transformere. Corpus physicorum.« Kraft schoss durch ihre Adern, ihre Stiefelsohlen flogen in einem rasenden *Klack-Klack* über die Tonplatten. Der Zauber fraß jede Essenz innerhalb kürzester

Zeit, doch auch hier besaß sie dank ihres Sigilsplitters einen Vorteil. Theoretisch vermochte sie den Zauber viele Tage und Wochen aufrechtzuerhalten. Sie scheute noch davor zurück, da sie Nebenwirkungen befürchtete, die bisher noch niemand hatte bemerken können. Sie mochte es nicht, als Versuchskaninchen herzuhalten.

Vor ihr gabelte sich der Gang. Instinktiv wandte sie sich nach links, in der Hoffnung, dass die Kreatur einen anderen Pfad wählen würde. Eine trügerische Hoffnung, wie sich kurz darauf herausstellte. Alle drei Gänge mündeten in einem weitläufigen Gewölbe. In den Wänden reihten sich Alkoven aneinander, in denen Quipus auf Rahmen gespannt waren. Neben jedem lagen seltsam verkrümmte Äste. Beim genaueren Betrachten stellten diese sich als Essenzstäbe heraus. Die Schattenfrau betastete die Artefakte. Sie konnte den Essenzstrom in ihrem Inneren spüren.

»Was hast du hier noch alles versteckt?«

Steine polterten, als die Kreatur die Wand durchbrach. Den Nasenansatz in die Höhe reckend, kam sie näher.

Erneut warf die Schattenfrau sich herum und hetzte davon. Vorbei an Obelisken und Artefakten, zwischen aufgebauten Quipus hindurch und mit einem Satz über Webstühle hinweg. Das Grunzen blieb stets hinter ihr, sie konnte den Atem der Kreatur im Nacken spüren.

Ein Fehler, ein Stolpern – und es war vorbei.

Sie warf Kraftschläge hinter sich, doch nichts geschah. Ihr Gegner war ein unbesiegbarer Moloch. Alles prallte von ihm ab, er schien keine Müdigkeit zu kennen und sich an die Fersen jedes Eindringlings zu heften.

Ein Schlag donnerte in den Boden. Die Druckwelle ließ die Schattenfrau durch die Luft wirbeln und gegen einen harten Widerstand prallen.

Ihr Bewusstsein erlosch.

Nur zäh kämpfte sie sich aus der Schwärze zurück. Um sie herum herrschte eine Dunkelheit von absoluter Dichte.

»Fiat Lux!«

Die Kugel entstand über ihr, stieg weiter empor und erhellte den Raum. Aufschreiend wich die Schattenfrau zurück. Die Kreatur stand nur eine Armeslänge entfernt. Geifer tropfte von ihren Zähnen, möglicherweise auch Gift. Doch sie kam nicht näher.

Verblüfft registrierte die Schattenfrau den Bannkreis, der aus winzigen Tierknochen gezogen worden war. Der Schlag hatte sie hineinkatapultiert. Eine Säule ragte im Zentrum empor. Inmitten des Steins war ein Loch in die Oberfläche gebrochen und mit einem Holzrahmen ausgekleidet worden. Fäden spannten sich dazwischen, deren Knoten vom Sigilsplitter übersetzt wurden.

Um auf ewig zu streiten.
Geteilt durch Liebe, vereint in Angst.

Um auf ewig zu ruh'n ohne Angst.
Der Zwillingsfluch vollendet.

Ihr Blick ruhte auf den Worten.
Und endlich begriff sie.

21. Geteilt durch Liebe, vereint in Angst

Die Schattenfrau blickte zu der Kreatur und sah sie mit anderen Augen. Sie konnte nicht mehr nur die Macht und rohe Kraft spüren, die von dem schwarzledrigen Leib ausging. Nein, da war auch Angst.

Mit vorsichtigen Schritten näherte sie sich der Säule. Auf der flachen Oberseite ruhte eine Tonschale. In ihrem Inneren schimmerte eine schwarze Flüssigkeit, die in ihrer Konsistenz der Träne ähnelte, die aus dem Auge der Kreatur geflossen war.

»Ein Zauber«, wisperte die Schattenfrau.

Sie erschrak vor dem Klang ihrer eigenen Stimme, die in dem unterirdischen Gewölbe überlaut widerhallte. Natürlich. Irgendwie mussten sie die Kreatur an die Pyramide binden, andernfalls wäre sie längst im Dschungel Yucatáns verschwunden und hätte dort unkontrolliert gewütet. Doch das war nicht alles. Sie hatte es jetzt begriffen. Um den Zwillingsfluch zu aktivieren – und für die betroffenen Zwillinge war es zweifellos ein Fluch –, brauchte es Angst. Diese konnte natürlich aktiviert werden, indem man die Personen manipulierte, ihre Phobien herausfand und dann anwendete. Doch ebenso gut ging es durch einen Zauber.

Die Schattenfrau starrte verblüfft auf ein entrolltes Pergament. Natürlich. Auch vor den Inkas musste es jemand gegeben haben, der den Zauber entwickelt hatte. Sie studierte die Symbolschrift und korrigierte sich. Es war nicht möglich, mit einem einfachen Angstzauber den Zwillingsfluch auszulösen. Es musste *echte* Angst sein, die in beiden Zwillingen gleichzeitig entstand.

Todesangst.

Nur dann wurde der Fluch aktiv. Was im Umkehrschluss bedeutete, dass er *immer* ausgelöst wurde, wenn die Zwillinge eine derartige Angst empfanden.

»Aber das macht es auch unberechenbar. Wie soll man solche Kreaturen als Waffe einsetzen? Wenn sie Todesangst empfinden, ist es längst zu spät.«

Auf dem Pergament war die Tonschale aufgezeichnet, gefüllt mit der schwarzen Flüssigkeit. Würmer schwammen darin herum, wie sie jetzt sah. Vorsichtig ließ sie ihre rechte Handfläche über der Tonschale kreisen und tatsächlich: Die Flüssigkeit begann zu brodeln.

In dem Text wurde beschrieben, dass die Würmer bei Berührung unter die Haut von Menschen kriechen konnten. Sie waren dazu in der Lage, Informationen aus den Erinnerungen auszulesen und an jenen zu übertragen, der sie einsetzen wollte. Auf diese Art konnte einem Feind mit Leichtigkeit Wissen entrissen werden.

Gleichzeitig konnten sie dazu genutzt werden, in die umgekehrte Richtung zu beeinflussen. Der Träger der Würmer bekam bestimmte Gedanken eingepflanzt, die Erinnerungen auslösten, was zu Angst führen konnte.

»So haben sie es also gemacht«, flüsterte die Schattenfrau. »Sie haben euch beiden diese Parasiten eingesetzt und euch dann Erinnerungen der Angst neu durchleben lassen. Vermutlich in einem ewigen Kreislauf, um euch in diesem Zustand zu halten.« Die Worte des Quipus hallten in ihrem Geist wider: »Die Liebe teilt, die Angst verbindet.«

Das war das Rätsel des Fluchs.

»Ihr goldigen kleinen Viecher.« Sie betrachtete die Würmer aus der Nähe. »Mir fallen auf Anhieb tausend Dinge ein, für die ihr gut seid. Als Kind wollte ich ein Pony, aber ihr seid um Längen besser.«

Sie öffnete ihre Gürteltasche, nahm einen Glaszylinder hervor und ließ die schwarze Flüssigkeit hineinlaufen. Wie geballte Klumpen patschten die Würmer dazu. »Erledigt.« Sie wandte sich freudig um.

Vor ihr stieß die Kreatur ein Röhren aus.

»Richtig, du warst ja auch noch da.«

Nun verstand die Schattenfrau, was die Statue auf Santo Domingo zu bedeuten hatte. Irgendwann, wenn kein Krieg mehr tobte und niemand mehr angriff, wurden die Zwillinge zur Gefahr für ihre eigenen Leute. Sie zogen hinaus in die Welt, verbannt aus dem Reich der Inka. Schlussendlich stiegen sie auf das Podest mit dem Trank, vereinten sich und wurden durch die Verschmelzungsmagie eins mit dem Stein.

»Eine Schande ist das«, flüsterte sie. »Verschwendete Macht aus moralischen Gründen.« Sie musterte die Kreatur. »Aber dich haben sie hier zurückgelassen, hm? Ich wette, die Spanier haben ziemlich blöd geschaut, als sie hier eindrangen.« Was aber gleichzeitig deutlich machte, wie instabil der Zwillingsfluch als Waffe war.

Die Spanier hatten schließlich gewonnen.

»Es wird Zeit«, wisperte sie. »Beenden wir es.«

Die Schattenfrau griff nach der Tonschale und hielt sie in die Höhe.

Sie konnte den Zauber in der Flüssigkeit spüren, der mit den Würmern in Verbindung stand. »Aportate Würmer.«

Ein Brüllen hallte durch den Raum, wie sie es nie zuvor gehört hatte, brach sich als Echo an den Wänden und trug die Qual zweier Leben mit sich. Die Würmer wurden herausgezogen, drangen durch winzige Löcher unter der Haut hervor und flogen in die Schale. Ohne dieses Artefakt, ohne die Flüssigkeit, hätte sie die Würmer nicht mehr aus der Haut bekommen.

Ein Zittern lief über die ledrige schwarze Haut, ein Wabern erfasste die Kreatur. Risse entstanden auf dem Körper, Essenzlicht loderte empor, fast wie ein Aurafeuer.

Chloe schrie. Sie war hier und doch nicht hier. Der Schmerz der Zwillinge, der Triumph der Schattenfrau, das Versagen des Wächters – all das tobte durch ihr Innerstes. Die Erinnerung drohte zu zerbrechen.

Doch sie weigerte sich, die Verbindung aufzulösen. Nie zuvor war sie ihr so nahe gewesen. Der Schattenfrau. Sie nahm teil an ihren Erinnerungen, ihren Gedanken, dem Erlebten.

Ein Blitz zuckte.

Wo eben noch die Kreatur gestanden hatte, kauerten nun zwei Inka-Jungen auf dem Boden. Ihre abgemagerten Glieder zitterten. Ihre Blicke schauten auf, voller Pein und Trauer, aber auch Frieden. Denn die Angst war vorbei.

Sie vergreisten im Zeitraffer. Haut wurde faltig und zerfiel zu Staub, Knochen verwehten zu feinkörnigem Pulver und Asche.

»Die Kreatur altert nicht«, sagte die Schattenfrau in schockiertem Begreifen, »doch sobald ihr wieder entzweit seid, holt die Zeit sich zurück, was gestundet wurde. Wie lange habt ihr hier nur gewacht?«

Sie stand noch immer im Bannkreis. Allein. Das Rätsel war gelöst. Nun musste sie sich entscheiden, was weiter zu tun war. Es blieben Jahrhunderte, bevor sie die Verschmelzungsmagie benötigte.

»Geschichte, die sich selbst erfüllt. Ich liebe es.« Sie dachte an Chris und Kevin. »Ihr werdet mir dabei helfen, mein Ziel zu erreichen. Mein letzter Triumph. Ich mache euch zu meiner Waffe, meinem Trittbrett zur Spitze.« Sie lächelte geradezu versonnen. »Auch ihr könnt nichts mehr dagegen tun, Chloe, Nikki, ah, Johanna.«

Chloe zuckte zusammen. Mit geweiteten Augen wich sie zurück. Sie konnte die anderen nicht sehen, doch die Schattenfrau anscheinend schon. Hier stimmte überhaupt nichts.

»Denkt ihr wirklich, ich lasse meine Erinnerungen ohne Schutz zurück? Ich wusste, dass ihr eines Tages danach suchen würdet. Der Gedanke liegt doch nahe. Ich fürchte nur, ihr könnt nichts mehr damit anfangen.«

Chloe versuchte, den Zauber zu löschen, doch sie konnte die Erinnerung nicht verlassen. Etwas hielt sie fest wie zähflüssiger Teer, der tausend winzige Widerhaken in ihre Haut geschlagen hatte und sie nach unten zog.

»Jetzt kommt das Beste.« Die Schattenfrau deutete nach oben.

Der erste Quader krachte herab.

Unter Zittern und Beben fiel der Tempel in sich zusammen. Um sie alle zu begraben.

22. Versprich es mir!

Aufwachen, Dornröschen.«

Chris blinzelte. Direkt über ihm stand Crowley und blickte mit seinem typisch überheblichen Lächeln auf ihn herab.

»Süße Träume gehabt?«, fragte der Unsterbliche.

»Sie werden gleich noch viel besser.« Chris spannte seine Muskeln an und fuhr in die Höhe.

Ketten klirrten. Ein Röcheln erklang. Er hielt inne und sah sich um. Seine Arme und Beine waren mit magischem Eisen beschlagen, das die Anwendung von Magie unterdrückte und an eine Kette geschmiedet war. Sie lief in eine Säule und kam auf der gegenüberliegenden Seite wieder heraus. Dort lag Kevin. Sie waren miteinander verbunden. Zog einer an seinen Eisenfesseln, wurde der andere zur Wand gezerrt.

Schnell sprang Chris wieder zurück, damit sein Bruder nicht erwürgt wurde.

»Ah, bravo. Ich war mir nicht sicher, wie schnell du das Konzept verstehst.« Crowley sank auf einen Stuhl, der in der Mitte des Raumes stand, genau zwischen Chris und Kevin. Er trug das übliche Jackett, das über seinem Bauch spannte. »Ich denke, hier sind ein paar ehrliche Worte nötig.«

Auch Kevin kam nun stöhnend zu sich.

Sie befanden sich in einem alten Lagerhaus. Hier und da schimmerten Wasserpfützen in Vertiefungen des Bodens. Ein Teil der Scheiben war blind, eingeworfene Stellen waren mit Zeitungspapier abgehangen.

»Keiner von uns ist gerne hier. Wirklich. Ich könnte nun in unserem heimeligen Hort des Bösen sitzen, Neuerweckte ärgern und Zauber an ihnen ausprobieren. Aber nein, ich sitze hier mit euch. Bringen wir es also ganz schnell hinter uns.«

Er räusperte sich, stand auf und zog eine Kiste hervor. Mit einem Schwung seines Essenzstabes ließ er das Holz verwehen. Darunter kam ein Artefakt zum Vorschein. Ein aus mehreren Ebenen bestehender Holzturm. Streben verbanden die Plattformen. Auf der Spitze saß ein blutroter Rubin.

»Ich kenne das Teil«, flüsterte Kevin. Er schien wieder ganz bei Bewusstsein zu sein und Chris überzeugte sich mit einem musternden Blick davon, dass sein Bruder okay war.

»Fabelhaft. Du bist doch nicht der Dumme von euch beiden«, kommentierte Crowley. »Dieses schöne Stück wurde aus euren verbotenen Katakomben entfernt, als wir unseren *Arbeitsausflug* in die schönen Hallen des Castillos unternahmen.«

Chris sog scharf die Luft ein.

»Jaja«, Crowley winkte ab. »Böse Erinnerungen. Schlimm, ich weiß. Der gute Germain hat es der Lady in Black als Geschenk überreicht.«

»Und nun willst du es an uns anwenden?« Kevin funkelte Crowley an. »Du bist ein widerlicher Abklatsch von allem ...«

»Geschenkt. Spar dir deinen Atem. Ehrlich gesagt habe ich keine Ahnung, wozu das Ding da ist. Ich soll es nur aufstellen. Für euch beide gibt es etwas viel Schöneres.«

Erst jetzt bemerkte Chris die Tonschale, die an der Seite stand. Crowley nahm sie auf und stellte sie zwischen sich und Chris auf den Boden.

»Ehrlich, meiner Meinung nach hätte es die gute alte Folter getan, aber ich werde ja nicht gefragt.«

Er versetzte der Schale einen Tritt. Schwarze Flüssigkeit schwappte heraus, Würmer purzelten auf den Stein. Eine Spur aus der Tinktur hinter sich herziehend, krochen sie auf Chris und Kevin zu. Sie wichen vor den wimmelnden Kreaturen zurück, doch die Kette beschränkte den Radius.

»Gravis.« Schmutzigbraune Essenz umfing Chris und Kevin wie geworfener Lehm.

Crowleys Schwerezauber zog die Ketten herab und verhinderte, dass sie Abstand gewinnen konnten. Chris musste hilflos mitansehen, wie die Würmer über seine Haut krochen. Der erste erreichte sein Gesicht und schob sein winziges Vorderteil, aus dem Tasthärchen sprossen, in sein linkes Nasenloch. Ein anderer visierte sein Ohr an. Chris wand sich, schlug seine Wange gegen den Steinboden, doch es half nichts.

Dann kam der Schmerz.

Sein Körper verwandelte sich in einen einzigen großen Quell der Pein. Er schrie. Ein Schrei, dessen Echo aus Kevins Mund zu ihm herüberwehte.

»Das tut mir jetzt mehr weh als euch«, säuselte Crowley. »Okay, das war gelogen. Aber, tschakka: Ihr bekommt das hin.« Der Unsterbliche taumelte. »Oh, erster Rücklauf.«

Chris nahm nichts mehr wahr. Die Umgebung verwandelte sich, zerstob und entstand neu.

Ihr Haar schimmerte golden in der Sonne, ein fruchtiger Hauch wehte zu ihm herüber. Tessa Simmons lächelte. Ihre Augen hatten die Farbe grünen Smaragds, durchsetzt mit goldenen Sprenkeln. Chris konnte noch immer nicht fassen, dass sie hier mit ihm saß. Außerhalb der Stadt, in einem verlassenen Industriegebiet. Er hatte einen großen Gummireifen auf eine Anhöhe gerollt. Von hier aus konnte man die Skyline sehen. Die Sonne stand am Horizont, der Geruch eines Sommerabends lag in der Luft.

Er lächelte sie an.

Sie erwiderte es.

Ihre Lippen näherten sich einander an, ihre Saphiraugen waren ganz nah.

Da erklang das Lachen. Chris zuckte zurück, Tessa sprang auf. Plötzlich wirkte sie peinlich berührt.

Carson kam mit seiner Bande die Anhöhe herauf. Chris wurde schlecht. Mittlerweile ließen sie ihn im Castillo in Ruhe, nachdem Edison sie nach einem Zwischenfall in eine Kriegszauber-Gastvorlesung eingeladen und einen bestimmten Zauber nachdrücklich demonstriert hatte.

»Tessa, was machst du mit *dem Moppel-Prinz.«*

Chris schluckte. Seine Familie gehörte zu den einflussreichsten Magierdynastien, was ihm mit einem Fingerschnippen die Feindschaft der drei Neuerweckten eingebracht hatte. Obendrein zog seine Figur Spott und Häme an.

»Er hat mich überredet, *hierherzukommen«, druckste Tessa herum. »Voll peinlich.«*

Ein maximaler Kraftschlag hätte ihn nicht härter treffen können. Sie schämte sich für ihn.

»Hast du dazu nichts zu sagen, Moppel-Prinz?«, keifte Carson. »Denkst du, jede läuft dir nach, weil du was Besonderes bist?« Er hatte seinen Essenzstab gezogen. »Zeig doch mal, was du kannst.«

»Wir dürfen noch nicht außerhalb des Castillos zaubern.«

Für junge Neuerweckte und gebürtige Magier galten besondere Gesetze.

»Meinst du?« Carson zuckte mit den Schultern. »Potesta.« Der Kraftschlag warf Chris zurück. »Und jetzt? Werde ich verhaftet?«

Carsons Freunde kicherten.

»Was denkt ihr, *Jungs: Verpassen wir dem Moppel-Prinz eine Lektion?«*

Freudiges Grölen war die Antwort.

Chris wehrte sich nicht, als sie ein Fass herbeirollten und ihn hineinsteckten. Die Angst lähmte ihn. Der Deckel wurde mit einem Zauber befestigt, seinen Essenz-

stab warfen sie davon. Dann rollte das Fass den Hügel hinab. Er prallte gegen die Seite, wurde herumgeschleudert in der Finsternis. Es tat weh, doch das spielte keine Rolle. Viel schlimmer brannte die Scham.

Tessa fand ihn peinlich.

Das Fass knallte gegen etwas Festes, wurde herumgeworfen und kam schließlich nach einem weiteren kurzen Fall zum Liegen. Vermutlich in der großen Vertiefung am unteren Ende des Hügels.

Die anderen grölten und lachten, zogen schließlich davon. Er war allein.

»Potesta.« *Sein Kraftschlag war nicht stark genug. »Hilfe!«*

Niemand kam. Dann begann der Regen. Mit einem stetigen Tock, Tock *prasselte er gegen das Holz. Chris stemmte seine angezogenen Knie dagegen, doch sein Gefängnis hielt ihn fest.*

Er weinte.

Das Wasser begann zu steigen. Die Grube füllte sich allmählich damit. Immer höher stieg es. Verzweifelt kämpfte er um die Freiheit, doch er war zu schwach. Viel zu schwach. Und erbärmlich. Ein Nichtsnutz, den niemand außerhalb seiner Familie mochte.

Das Wasser schlug über ihm zusammen. Todesangst schoss durch seine Adern. Er würde sterben. Heute, hier, alleine.

Ein Krachen ertönte.

Das Holz zerbarst und wirbelte in alle Richtungen davon. Arme umfassten seinen zitternden Leib.

»Es ist alles gut«, sagte seine Großmutter.

Sie hatte ihn gefunden. Eng umschlungen kauerten sie im Regen. Irgendwann schaute er zu ihr auf. »Versprich mir, dass du es niemandem erzählst. Versprich es mir!«

»Niemandem.« Sanft strich sie ihm über das Haar.

Das war der Tag, an dem Chris beschloss, dass er jemand anderes sein wollte. Niemand erfuhr je von seiner Nahtod-Erfahrung, der Angst und der Scham. Nicht einmal Kevin.

»Das ging ins Herz«, kommentierte Crowley. »Ganz tief. Und was wurde aus dem dicken Kind von Chicago? Ein Muskelprotz mit Bindungsängsten.«

Chris lag zuckend am Boden. Noch immer tobte der Schmerz durch seinen Leib, er zitterte. Erst zögerlich setzte sich die Erkenntnis bei ihm durch, dass seine Erinnerung an Crowley übertragen worden war. Und nicht nur an ihn. Der entsetzte Ausdruck auf Kevins Gesicht verdeutlichte, dass auch dieser den Moment miterlebt hatte. Die Augen seines Bruders sagten: »Warum hast du mir nie etwas erzählt?«

»Schön. Das lief besser als erwartet. Behalten wir diesen wunderbaren Augenblick im Hinterkopf.« Crowley räusperte sich. »Also, Kevin. Dein Bruder hat offen und ehrlich über seine Gefühle gesprochen. Und da wir hier in einer sicheren Umgebung sind, lass uns die Gruppenoffenbarungen fortführen. Du bist an der Reihe.« Der Unsterbliche lächelte böse. »Und das war keine Bitte.«

Die Würmer gingen ans Werk.

Und Schmerz brachte Kevins Welt zum Erlöschen.

23. Im Stundenschlag der Ewigkeit

Chris konnte sehen, dass Kevin sich wehrte. Sein Bruder kämpfte gegen den Schmerz, die Erinnerung, die Angst. Doch es ging unbarmherzig weiter.

Die Würmer taten ihre Wirkung.

»Keine Angst«, sagte Johanna.

Kevin schluckte nur den Kloß in seinem Hals hinunter, sagte jedoch nichts. Die gewaltigen Flügeltüren schlossen sich hinter ihnen. Die Unsterbliche schritt erhobenen Hauptes vor ihm aus, er folgte ihr. Sie trugen je eine Kiste, um sie hier, in den verbotenen Katakomben, zu verstauen. Staunend betrachtete Kevin die Umgebung.

Sie schritten über einen Steg, von dem aus in alle Richtungen Kammern abzweigten – oben, unten, rechts und links. Die Wände drehten sich, wodurch die Kammern an ihnen vorbeizogen. Er wusste, dass man nur einen Schritt auf eine von ihnen zumachen musste, dann veränderte sich die Schwerkraft und zog einen hinein.

Trotzdem wurde ihm schwindelig.

Um seinen Hals baumelte der weiße Stein. Er neutralisierte den Alterungszauber und verhinderte, dass Kevin innerhalb kürzester Zeit zu verblichenen Knochen wurde.

»Ich bringe meine Kiste in diesen Raum.« Johanna deutete auf eine der Kammern. »Nimm du de*n daneben.«*

Er nickte zaghaft.

Wie sie ihm aufgetragen hatte, machte er einfach einen Schritt von dem Steg, als die Kammer in Sichtweite kam. Die Schwerkraft veränderte sich, ein Sog entstand. Er glitt hinüber und kam elegant an seinem Ziel auf.

»Chris wird neidisch sein«, flüsterte er zufrieden.

Er und sein Bruder waren seit Kurzem echte Lichtkämpfer. Seine Großmutter war stolz auf sie gewesen, ihre Mutter hatte nur Angst, dass ihnen etwas geschehen könnte. Johanna hatte sie mit den Worten »Das Castillo ist der sicherste Ort auf der Welt« beruhigt.

Kevin stellte die Kiste ächzend zu Boden. Sie prallte auf und der Deckel verrutschte. Er schob ihn zurück. Johanna hatte ihn beschworen, nicht hineinzuschauen.

Gerade wollte er den Raum verlassen, als er die weißen Flocken auf seiner Hand bemerkte. Er sah hinauf zur Decke. Nichts. Aber woher …?

Ein heißer Schreck schoss durch seine Adern, als er die Wahrheit realisierte.

Der weiße Stein zerbröselte. Schon war er zu einem daumennagelgroßen Stück geschrumpft und dann fort. Kevin taumelte, als die Wucht des Zaubers ihn traf. Seine Haut bekam Runzeln, die Gelenke schmerzten, er brach in die Knie.

»Johanna«, krächzte er mit sterbender Stimme.

Sein Haar fiel aus, schwebte zu Boden und zersetzte sich. Nichts von ihm würde zurückbleiben, seine Zukunft als großer Kämpfer wurde innerhalb von Sekunden ausgelöscht.

Kevin hatte Angst. Todesangst. Er begriff, dass er diesen Raum nie wieder verlassen, nie wieder etwas von der Welt dort draußen sehen würde. Die verbotenen Katakomben wurden zu seinem Grab.

Seine Finger krümmten sich vor Gicht, Zähne fielen einfach aus seinem Mund, seine Muskeln waren nicht länger dazu in der Lage, den Körper zu halten. Er fiel zu Boden, wehrlos und schwach. Das Ende kam.

»Kevin«, Johannas Stimme hallte an sein Ohr. »Kevin!«

Es gab einen Knall.

Verblüfft taumelte er zurück. Er stand noch immer vor der Kiste, auf die Johanna den Deckel geknallt hatte.

»Was?« Mit zittrigen Fingern betastete er den weißen Stein. »Er ist noch ganz. Ich bin nicht alt.«

Johanna lächelte verstehend. »Es war nur eine Illusion. Was du auch gesehen hast, was du glaubst erlebt zu haben – es war nicht echt.«

Er verstand.

Gemeinsam verließen sie die Katakomben. Das Artefakt blieb hinter ihm zurück, ebenso die Illusion. Doch die Erinnerung blieb. Und die Angst. Es war das erste Mal in seinem Leben, dass er echte Todesangst verspürt hatte. Er würde es nie wieder vergessen.

Die Erinnerung ließ von ihm ab und Chris kam wieder zu sich. Er war nicht Kevin, doch die Erinnerung war so real gewesen, dass auch er nun panisch prüfte, ob er noch sein normales Alter besaß.

»Da lobe ich es mir doch, niemals zu altern«, kommentierte Crowley. »Ihr beiden solltet dringend einen Psychologen aufsuchen. Oh, geht doch zu Wesley. Es wäre bestimmt ganz fabelhaft, wenn er diese Erinnerung mit euch erleben würde und als alter Knacker herumhumpeln müsste.« Crowley prustete los. »Herrlich.«

Chris lag müde am Boden. Seine Muskeln zitterten und er schwitzte, als läge ein Marathon hinter ihm. Sein Körper hatte sich verkrampft, als sein Geist die Erinnerung durchlebte.

»Ein Schlüssel mit zwei Seiten«, flüsterte Crowley. »Womit wir uns auch bereits dem Ende unseres kleinen Stelldicheins nähern.«

»Du willst uns töten?«, fragte Chris.

Der Unsterbliche verdrehte die Augen. »Immer dieses Melodramatische. Ich töte euch doch nicht.« Sein Grinsen erinnerte Chris an einen Haifisch. »Das werden andere übernehmen. Ich tippe ja auf Edison.«

»Du bist wahnsinnig!«, rief Kevin. »Er wird dich verfolgen und erledigen, aber sicher nicht uns. Und er wird dich kriegen.«

»Oh, ganz zweifellos. Seht ihr, dieser Ort hier ist nicht gegen Ortung geschützt. Der gute Max ist bestimmt ins Castillo geflitzt, hat den Finger gestreckt und durfte sprechen. Edison ist längst auf dem Weg.«

»Du stellst ihnen eine Falle«, begriff Chris.

»Ein Bonus«, kommentierte der Unsterbliche. »Immerhin muss ich etwas gutmachen. Die Sache mit dem Zeitportal ... Germain ist nachtragend. Wobei sich die Wut der anderen momentan glücklicherweise auf Moriarty konzentriert. Ich muss Mäxchen wohl dankbar sein.« Er klatschte in die Hände. »Also, kommen wir dann zum Ende.«

Crowley schwang seinen Essenzstab.

Die Würmer bewegten sich unter Chris' Haut, der Schmerz wurde allumfassend. Die Dunkelheit kehrte zurück, die Enge. Alles drehte sich. Dann kam das Wasser. Regentropfen prasselten auf das Holz. Die stakkatoartige Untermalung für den sich nähernden Tod.

Gleichzeitig nahm er Kevin wahr, dessen Jugend verwelkte. Er wurde alt, würde sterben. Es war zu Ende. Während sein Bruder zu Knochen und Staub wurde, würde Chris ertrinken.

Er stemmte sich gegen das Unvermeidliche, bot noch einmal alle Kraft auf, doch er war zu schwach. Die Angst schlug ihre Fänge unbarmherzig in sein Herz, seinen Geist, seine Seele. Er akzeptierte sie.

Im nächsten Augenblick brüllte er auf.

Die Ketten fielen. Kevin stand plötzlich vor ihm. Sie legten ihre Fingerspitzen aneinander. Sein Denken verwirrte sich, er war plötzlich Chris und Kevin. Haut verschmolz und wurde ledrig schwarz, Muskeln wurden dicker und härter, Knochen wuchsen zusammen.

Wirbelnde Essenz entstand, rotglühend wie der Schlund zur Hölle. Angst verschmolz mit Stärke, aus zwei wurde eins. Hass, Wut, Gier waren sein neues Ich.

Das Artefakt glühte auf, sog rote, wirbelnde Verschmelzungsmagie in sich auf. Ein Lachen erklang, uralt und wohlbekannt. Schatten wälzten sich durch die Luft. *Sie* kam und verschwand wieder mit dem Artefakt und der Tonschale.

Crowley schrie wütend auf.

Und der dritte Zwilling war geboren.

24. Wo Fuchs und Rabe sich Gute Nacht sagen

Jen rannte.

Dass ihr Plan gescheitert war, musste jeder Idiot mittlerweile begriffen haben. Alex hätte längst zurück sein sollen und auch der Wasserschaden sollte noch immer jeden Nimag in Schach halten. Sie hatte sich darauf vorbereitet, Fox gegenüberzutreten, doch der Dieb war einfach über eine Kellertreppe nach unten geflohen.

Jen übermittelte Alex ihren Standort via Kontaktstein und folgte Fox.

An einer Gangbiegung stellte sie ihn schließlich.

»Euer sauberer Plan hat wohl nicht funktioniert.« Jen hielt den Essenzstab gegen ihn gerichtet.

»Unsere Pläne funktionieren immer.« Das höhnische Lächeln auf seinem Gesicht ließ ihren Puls rasen.

»Ihr werdet die Schatulle nicht bekommen«, stellte Jen klar. »Eher jagen wir euch bis ans Ende der Welt.«

»Wie verlockend.« Fox zwinkerte ihr zu. »Aber ich passe.«

Plopp.

Raven erschien direkt neben ihrem Gefährten und legte ihre Hand auf seine Schulter.

»Darling, hattest du wieder deinen Spaß?«, fragte er.

»Dieses Kerlchen dachte wirklich, es ist mir gewachsen«, flötete sie.

»Was hast du mit Alex gemacht?!«

»Mittlerweile ist er vermutlich mit ein paar Kugeln garniert. Aber ihr bekommt ja immer direkt Nachwuchs, nicht wahr? Erben. Das ist praktisch.«

Jen war hin- und hergerissen zwischen ihrer Sorge um Alex und dem Bedürfnis, endlich die Schatulle in Händen zu halten.

Sie war gerade zu einer Entscheidung gelangt, als die Dinge sich überschlugen. Mit dem typischen Geräusch, mit dem ein Körper Luft verdrängte, erschien Alex an der Seite von Cornelius.

Raven riss entsetzt die Augen auf. Ihre Finger glitten zum Sprunggürtel.

»Sie hauen ab!« Jen ergriff den freien Arm von Cornelius.

Im gleichen Augenblick, als die beiden Diebe ihren Sprung einleiteten, tat Cornelius es ebenfalls. Mit den Worten »Ich hänge mich an sie« ging es los.

Sie materialisieren in kurzer Abfolge in Hinterhöfen, auf Straßen, in verrauchten Pubs und dunklen Ecken einer Großstadt. Die Panik im Blick von Raven und Fox nahm mit jedem Sprung zu. Gleichzeitig ging die Essenz im Gürtel des Ganovenpärchens zur Neige.

Dann ging es nicht mehr weiter.

Sie standen inmitten von Büschen, gepflasterten Wegen und Straßenlaternen. Jen erkannte den Geruch, die Geräusche, die Landschaft.

»Central Park, New York«, kommentierte sie.

Raven und Fox begannen zu rennen, Cornelius brach in die Knie.

Jen stieß einen Fluch aus. Gemeinsam mit Alex verfolgten sie die beiden Diebe.

»Ich konnte gerade noch hinter der Gangbiegung in Deckung gehen«, stieß Alex hervor. »Die hätten mich sonst durchsiebt. Die Wachen schlafen jetzt, aber ein Bieter wird sehr wütend über eine kaputte antike Vase sein.«

Jen konnte an seinem Gesicht ablesen, dass er tatsächlich stinksauer war. Keine Spur von der sonstigen Leichtigkeit, dem Humor. Es musste also knapp gewesen sein.

»Glücklicherweise kam Cornelius.«

»Er kam?« Jen sprang über einen Steinbrocken. Sie erreichten einen Hügel, in der Ferne wuchsen Bäume in die Höhe.

»Er sollte uns suchen. Auftrag von Johanna. Aber er hat keine Ahnung, um was es hier geht. Wir brauchen später eine gute Geschichte für ihn.«

»Potesta.« Der Kraftschlag surrte davon, schlug vor Raven ein und brachte die Diebin zum Stolpern.

Fox stellte sich Jen in den Weg, die Fäuste erhoben. »Normalerweise schlage ich ja keine Damen.«

Sie donnerte ihm kurzerhand die Faust ins Gesicht. Er taumelte zurück, fluchte und hielt sich die blutende Nase. Alex bückte sich nach der Schatulle, doch Raven fegte ihm mit einem Tritt die Beine weg. Im Reflex warf er das kostbare Artefakt zu Jen.

Sie fing es auf. Ein magentafarbenes Leuchten umhüllte die Schatulle. Das Schloss sprang auf. Es musste auf ihre Anwesenheit reagiert haben. Im Inneren lagen, eingeschlagen in roten Samt, zwei Kryptexe.

Fox' Kraftschlag traf die Schatulle frontal. Das Gefäß wirbelte durch die Luft, die Kryptexe flogen heraus und verschwanden zwischen den Bäumen.

»Nein!« Jen hob ihre Hand. »Apor...«

Fox' Stiefelsohle donnerte ihr gegen die Rippen. Aufkeuchend sackte sie in die Hocke. Ein weiterer Tritt traf sie gegen die Stirn. Blut spritzte aus einer Platzwunde, benetzte den Rasen.

»Ihr habt alles kaputtgemacht«, fluchte der Dieb. Mordlust stand in seinen Augen. »Der Gürtel ist dank euch leer.«

»Ich könnte jetzt behaupten, dass es mir leidtut«, gab Jen stöhnend zurück. »Aber das wäre gelogen. Ihr beiden seid gefährlich.«

Aus den Augenwinkeln sah sie Raven und Alex, deren Essenzstäbe aufeinanderprallten. Essenzblitze zuckten. Wie konnte ein künstlicher Essenzstab einem echten widerstehen?

Beinahe hätte der Gedanke sie endgültig den Sieg gekostet. Fox holte erneut aus, um seine Stiefelsohle auf ihren Rücken krachen zu lassen.

Sie drehte sich darunter weg und kam in die Höhe. »Potesta.«

Der Kraftschlag sauste auf Fox zu, der blitzschnell zwei Armbänder zusammenführte, die er am linken und rechten Handgelenk trug. Ein Contego-Schild entstand. Jen zollte Agnus Blanc im Stillen Hochachtung. Derartige Artefakte hätten sie ebenfalls gut gebrauchen können.

»So leicht mache ich es dir nicht«, keifte Fox. Als er die Arme herunternahm, verschwand das Schild wieder.

»Das hätte ich auch nicht gedacht. Gravitate Negum!« Sie schleuderte ihn durch die Luft gegen den nächsten Baum, wo er keuchend zu Boden fiel.

»Du Miststück!«, rief Raven herüber.

»Gleichfalls!«, antwortete Jen.

»Dann eben aufs Ganze.« Raven grinste diabolisch, als sie eine mit Wasser gefüllte Glaskugel aus der Tasche zog und auf Jen warf.

Das Gefäß vergrößerte sich innerhalb von Sekunden, und bevor sie reagieren konnte, glitt Jen durch die einseitig durchlässige Wand und fand sich im Inneren wieder. Im letzten Augenblick hatte sie Luft holen können, doch damit war es jetzt vorbei.

Die Kugel kullerte davon in Richtung des naheliegenden Sees. Jens Sauerstoff wurde knapp. Schon tanzten rote Schlieren in ihrem Sehfeld, schrie ihre Lunge nach frischer Luft. Doch ohne Essenzstab konnte sie nicht auf das Glas einwirken und Zauber auszusprechen kam logischerweise nicht infrage.

Sie trat gegen das Glas, doch es hielt stand.

Die Kugel rollte weiter, erreichte den See und glitt über die Wasserfläche. Mitten im Zentrum blieb sie auf der Oberfläche liegen, als sei sie schwerelos.

Jen boxte gegen das Glas. Ihre Fingerknöchel platzten auf, Blutschlieren tanzten durch das Wasser, als hätte jemand Tinte hineingeschüttet.

In der Ferne sah sie die wabernden Konturen von Raven und Alex. Sie hatte etwas nach ihm geworfen, ein Band oder etwas Ähnliches. Er griff sich an den Hals, fiel zu Boden.

Nein!

So durfte es nicht enden!

Doch das Schicksal nahm niemals Rücksicht. Ihre Lunge schrie das Bedürfnis zu atmen in ihren Geist. Und so öffnete Jen ihren Mund. Wasser schoss hinein, drang ihre Luftröhre hinab und in die Lunge. Ihre Muskeln erlahmten, ihr Körper glitt still durch das Wasser.

Alex war das Letzte, was sie sah.

25. Ein Rätsel in Gold und Hexenholz

Das Lederband sauste auf Alex zu, umschlang seinen Hals und zog sich zusammen.

»Wir wollten einfach einen netten kleinen Diebstahl durchführen.« Raven war stocksauer. »Aber nein, ihr müsst uns in die Quere kommen.«

Alex hätte darauf gerne etwas erwidert, doch er lag strampelnd am Boden und sein Sauerstoff ging zur Neige. Er hatte seine Finger in das Leder gekrallt, sein Essenzstab lag an der Seite.

Er musste sie aufhalten, musste Jen helfen. Wo war Cornelius? Der Sprungmagier schien wie vom Erdboden verschluckt.

»Wenn Fox etwas passiert ist, werde ich dich töten.« Ravens Gesicht war direkt vor seinem.

Alex hätte darauf gerne geantwortet, dass sie das doch sowieso bereits tat. Natürlich war das nicht möglich. Stattdessen kam nur eine Art Stöhnen aus seinem Mund.

»Was? Berühmte letzte Worte?«

Alex visualisierte ihr Gesicht und stellte sich vor, es wäre ein Fußball. Dann machte er einen sauberen, schwungvollen Kopfball. Seine Stirn krachte gegen ihre Nase, er fand es poetisch, dass nun beide Diebe ihre blutenden Nasen hielten.

Raven kippte hintenüber.

Das Lederhalsband entschwand ihrer Sicht. Wie er gehofft hatte, ließ dadurch der Zauber nach. Alex riss es ab und schleuderte das verdammte Ding davon. Keuchend japste er nach Luft.

Raven richtete ihre Handflächen auf ihn. Erst jetzt bemerkte er, dass sie sich zwei Symbole in die Haut hatte tätowieren lassen. »Potesta.«

Der Kraftschlag traf ihn völlig unvorbereitet, obgleich er das Symbol als jenes erkannt hatte, das diesen erzeugte. Doch wie war das möglich? Raven war keine Magierin.

Sie hatte ihm die Verblüffung angesehen und lachte. »Mit Bernsteinpartikeln angereicherte Tinte. Immer wieder aufladbar. Ich wundere mich über eure Einfalt. Keiner von euch war so schlau, selbst auf die Idee zu kommen. Ein Tattoo als Permanentauslöser für einen Zauber.«

Alex rappelte sich auf. »Schöne Sache. Und, wie viele Kraftschläge kannst du damit auslösen?«

Ravens Lachen entgleiste. »Wir sind euch immer überlegen. Und weißt du, warum?«

»Weil du einfach nicht die Klappe halten kannst und jeden mit deinem Geplapper in den Wahnsinn treibst?«

»Weil wir um unser Überleben kämpfen mussten. Weil wir in Slums groß geworden sind, nicht genug zu essen hatten, um zu leben. Die Reichen haben kein Recht, die Armen mit Füßen zu treten, ihnen das Notwendigste abzusprechen.«

»Aber *niemand* hat das Recht zu töten«, konterte Alex. »Keine Armut der Welt rechtfertigt das.«

Er konnte Raven sogar verstehen. Aufzuwachsen in Armut und zu sehen, was andere besaßen, man selbst aber nie haben würde, fraß Tag für Tag einen Teil der Seele. Immer wenn er als Jugendlicher Politiker im Fernsehen gesehen hatte, die von einer gerechten Gesellschaft sprachen, in der jeder die Chance hatte, aufzusteigen, wollte er ihnen zurufen: »Habt ihr euch die Realität mal angeschaut?«

Doch niemals hätte er aus Eigennutz, des Reichtums oder der Karriere wegen jemanden getötet.

»Da unterscheiden wir uns.« Raven lächelte. »Aber letztlich musst du heute ebenfalls entscheiden, was dir wichtiger ist. Fox und ich.«

»Oder?«

»Oder deine Partnerin, die gerade ertrinkt.«

Alex' Blick fuhr ruckartig zu Jen. Sie trieb leblos in der Glaskugel. Ohne ein weiteres Wort hetzte er in Richtung See.

»Kommt uns besser nie wieder in die Quere!«, rief Raven ihm hinterher.

Er beachtete sie nicht.

Jen!

Im Laufen schleuderte er einen Kraftschlag ab. Da dieser stets eine Mischung aus der zugrunde liegenden Kraft eines Magiers war und dessen Emotionen, schlug er so gewaltig in die Kugel ein, dass sie in tausend Scherben zerbarst. Er wendete den Gravitate Negum an, um Jen in der Luft zu halten und zum Rand des Sees schweben zu lassen. Neben ihr ließ er sich auf die Knie fallen, erschuf mit zitternden Fingern das Symbol und rief: »Sanitatem Corpus!«

Seine Essenz sickerte über den Stab in Jen ein. Sekunden verstrichen, Minuten. Nichts geschah.

»Cornelius!«, brüllte Alex.

Bitte nicht! Tu mir das nicht an, Jen.

Der Sprungmagier war nirgends zu sehen. Er wollte gerade über den Kontaktstein nach ihm rufen, als Jen sich zur Seite rollte und Wasser erbrach.

Alex ließ sich keuchend nach hinten fallen. »Boah. Was du immer für Sachen machst.« Er richtete sich wieder auf. »Wie viele Finger halte ich hoch?«

»Deine komplette Pranke«, gab Jen zurück.

»Ha, dir geht es gut. Kannst du mich testweise noch einmal beleidigen?«

»Beleidige dich doch selbst. Du kannst die Wasserfläche benutzen und reinschauen, das spiegelt. Ist das Beleidigung genug?«

Sie brachen beide in Gelächter aus.

»Danke für die Rettung«, sagte sie. »Ich nehme mal an, die beiden sind entkommen?«

Er nickte. »Von zwei Nimags besiegt zu werden – das ist sooo peinlich.«

»Was ist mit den Kryptexen?«

Sie rappelten sich auf und rannten zu den Bäumen. Aportate-Zauber erbrachten nichts. Sie erschufen eine Lux-Sphäre und suchten auf altmodische Art.

»Ich hab eines!«, rief Alex.

Sie suchten weiter, doch es stellte sich heraus, dass das zweite Kryptex verschwunden war. Halb niedergeschlagen, halb froh sanken sie neben einem der Bäume zu Boden. Jen war dank eines Zaubers mittlerweile wieder trocken.

Im Schein einer handtellergroßen Lux-Sphäre betrachtete Jen den goldenen Zylinder, dessen Außenseite aus den Oberflächen von fünf drehbaren, ringförmigen Elementen bestand. Diese setzten sich aus weißem Hexenholz zusammen und waren jeweils mit den Buchstaben A-Z und den Zahlen 1-9 beschriftet. Ein kleiner Dorn ragte auf der Oberseite über den Rand. An dieser Stelle musste durch Drehung der Ringe das Öffnungswort erzeugt werden.

»Tja. Wenn Mark dir das Passwort in einem Brief mitgeteilt hat, haben wir jetzt ein Problem«, stellte Alex fest. »Wir brauchen ein Wort mit fünf Buchstaben.«

»Magie?«, überlegte sie.

Alex drehte die Ringe. »Nein. Wäre auch zu einfach gewesen, oder?

Es muss etwas sein, was nur du kennst oder damit in den Zusammenhang bringst.«

»Engel«, schlug sie vor.

Alex versuchte es erneut, vergeblich. »Gehen wir das Ganze logisch an. Mark wollte, dass du die Kryptexe bekommst. Gleichzeitig ging er aber davon aus, dass du durch ihn darauf aufmerksam wirst.«

»Du meinst, er konnte davon ausgehen, dass ich weiß, in welche Richtung die Geheimnisse deuten? Dann ging es um das Thema Zwillingsfluch oder Wildes Sigil.«

Alex drehte die Ringe. Das Wort »Sigil« entstand. Doch nichts geschah.

»Zwilling ist zu lang«, überlegte Jen. »Aber was ist mit den Namen?«

Alex drehte die Ringe. Als das Wort »Chris« fertig gebildet war, klackte es leise. Er zog ein Röhrchen heraus, das an einem der goldenen Enden befestigt war. Im Inneren lag ein zusammengerollter Zettel.

Jen nahm ihn mit zittrigen Fingern entgegen und entrollte ihn. »Das ist Marks Handschrift.«

Sie beugten sich über das Papier und begannen zu lesen.

26. Zwillingsfluch

Hallo Jennifer.

Vermutlich schaust du jetzt wieder auf diese grummelige Art, die sagt: Wenn du mich noch einmal so nennst, jage ich dich durchs Castillo. Es muss ja seine Vorteile haben, wenn man tot ist. Sorry, das war vermutlich taktlos. Wenn alles wie geplant funktioniert hat, wirst du drei Tage nach meinem Tod den Brief erhalten haben und dieser hat dich zu den Engeln geleitet.

In den letzten Monaten habe ich erfahren, dass in mir das Sigil des dritten Zwillings von Ava und Ben Grant existiert. Ava hat ihre Schwangerschaft damals durch einen Trank der Schattenfrau ausgelöst. Damit ist auch erklärt, weshalb Kevin und Chris sich ein Sigil teilen. Doch die Wahrheit geht darüber hinaus.

Niemand weiß, woher der Trank eigentlich stammt. Die erste Spur führt zu den Inka. Sie nutzten ihn, um Zwillingskrieger zu erschaffen. Wenn die Zwillinge Todesangst verspüren, verschmelzen sie zu einem Wesen: dem dritten Zwilling, wie es genannt wird. Ein Wesen, stärker und schneller als alles, was wir kennen. Es ist unbesiegbar. Angriffszauber sind nur Wassertropfen auf seiner Haut, es besteht aus reinem Instinkt. Freund oder Feind, das spielt nach der Verschmelzung keine Rolle mehr, es tötet alles Magische in seiner Nähe.

Damit, und es tut mir leid, das zu sagen, werden Kevin und Chris zu einer Gefahr. Du darfst auf keinen Fall mit Johanna oder Edison darüber sprechen. Die Zwillinge dürften nie wieder den Schreibtisch verlassen, aus Angst, sie könnten verschmelzen. Die Magie manifestiert sich übrigens erst nach der Pubertät, was vermutlich erklärt, weshalb es nie zuvor geschehen ist.

Weder Ava noch Ben kennen die Wahrheit. Vielleicht ist es besser so. Ich weiß nicht, wie sie reagieren würden. Ich glaube, die beiden halten mich für eine Inkarnation ihres Sohnes, weil ich das Wilde Sigil in mir trage, jenes, das nach meinem Tod gesteuert werden kann. Das Ganze ist eine Misere erster Güte. Die beiden würden sofort vor einem Konzil landen, falls die Wahrheit ans Licht kommt. Das würde ein Beben auslösen. Sei also bei jedem deiner Schritte vorsichtig, Jen.

Ich durchschaue noch nicht alles. Die Schattenfrau muss einen Plan verfolgt haben, als sie Ava den Trank gab. Doch welchen? Was könnte sie daraus gewinnen, dass Kevin und Chris verschmelzen? Der dritte Zwilling würde sie zerreißen. Der Gedanke, dass sie ihn kontrollieren könnte, ist abstrus. Aber möglicherweise denkt sie genau das.

Ich fürchte, an diesem Punkt musst du weiterrecherchieren. Suche unbedingt die Archivarin auf. Sie ist eine ganz reizende ältere Dame. Nun, möglicherweise auch gerade ein verzogenes Gör. Genau weiß man das nie. Und falls du sie in der Pubertät erwischst, haust du besser direkt wieder ab. Als ich auf ihren Flirt nicht einging, hat sie mir gegen das Schienbein getreten und mich beleidigt. Glücklicherweise kam kurz darauf die nächste Wachstumsphase.

Ich habe sie also besucht und in alten Mentigloben recherchiert, jedoch nur wenige Hinweise zu dem Thema gefunden. Der Vie dans la Mortalité führte anscheinend vor vielen Jahren Experimente durch. Ein Kontaktmann in Wien lieferte ihnen Informationen zum Zwillingsfluch, die er irgendwo auf den Westindischen Inseln an sich brachte. Sie entwickelten den Trank weiter, was jedoch in katastrophale Ergebnisse mündete. Die Beteiligten starben. Alle. Sie wollten wohl eine weitere Waffe gegen die Unsterblichen in ihre Finger bekommen, um einen Umsturz einzuleiten. Niemand kann sagen, was in ihrem sagenumwobenen Depot mittlerweile für Waffen schlummern. Den Zwillingskrieger wollten sie wohl hinzufügen, was aber scheiterte.

Die Schattenfrau plant etwas Großes. Und wer immer sie auch sein mag, sie denkt weit voraus und um tausend Ecken. Vergiss das nicht, wenn du deine weiteren Schritte planst. Doch es gibt noch ein anderes Problem.

In den letzten Tagen lauerten mir immer wieder Schattenkrieger auf und versuchten, mich zu töten. Es hat gedauert, doch ich glaube nun zu wissen, weshalb. Das Sigil in mir ist das des dritten Zwillings. Sobald ich sterbe, wird das Sigil an einen Mann namens Alexander Kent aus London weitergegeben. Du fragst dich jetzt natürlich, woher ich das weiß, immerhin bin ich noch am Leben, wenn ich diese Zeilen zu Papier bringe. Du kennst jenen Alexander Kent vermutlich bereits. Nun, ich weiß es, weil er nicht zufällig ausgewählt werden wird. Denn er ist ein besonderer Nimag. Und genau da liegt unser Problem.

In den letzten Wochen hatte ich Visionen. In meinen Träumen sah ich ihn, Alex. Er ist wütend, hilflos und aufgewühlt. Mir ist nicht bekannt, dass ein Magier seinen Erben sehen kann. Doch mir ist es gelungen.

Und das ist eine Katastrophe. Ich habe nachgeforscht, ihn beobachtet, seine Familienlinie zurückverfolgt … nichts. Doch dann ging ich weiter, schaute in eine andere Richtung, die auf den ersten Blick nichts mit ihm zu tun hatte. Und da begriff ich es.

Jen, was auch immer du tust, du darfst Johanna und den anderen Unsterblichen nichts von dem erzählen, was ich dir jetzt schreibe. Erwähne niemals das steuerbare Sigil im Zusammenhang mit Alex, sprich kein Wort über das Opernhaus und beobachte ihn genau. Denn wenn die Träume beginnen, ist es zu spät. Es ist nicht abzusehen, was die Unsterblichen tun werden, wenn sie die Wahrheit erfah-

ren. Doch eines ist gewiss: Unsere Gegner wissen es längst. Denn die Schattenfrau wird Alex erwählen. Sie tut es im Auftrag. Es war ein Tauschgeschäft. Ob sie die Wahrheit kennt? Ich weiß es nicht, doch möglich ist es durchaus.

Meine Finger fliegen geradezu, die Worte purzeln nur so aus mir heraus. Alles hängt zusammen, wie im gewaltigen Netz einer Spinne. Als Ava damals den Trank zu sich nahm, hat sie etwas auf den Weg gebracht, das in seiner Gesamtheit noch nicht einmal jetzt von mir zu überschauen ist. Doch sollte ich tot sein, solltest du diesen Brief lesen, ist längst alles im Fluss und wir alle sitzen in einem Boot, das sich dem Wasserfall nähert.

Kevin, Chris, die Schattenfrau, Ava und schließlich Alexander Kent – all das sind Teile eines gewaltigen Mosaiks, das sich über die Jahrhunderte erstreckt. Und ja, Jen, auch du bist Teil des Bildes. Ich habe eine Vermutung, was dich betrifft. Und stellt sie sich als wahr heraus, ist es für euch überlebenswichtig, dass du mit Alex zusammenarbeitest.

Denn sein Geheimnis ist auch deines. Vergiss das nicht. Nun, ich merke, dass ich mich verliere, daher lass mich wieder auf den Punkt kommen. Alles begann mit den Unsterblichen, ihrer Wacht über die Magier und Nimags, die vor Äonen ausgesprochen wurde. Sie kennen die Wahrheit, denn sie sind ein Teil davon. Doch letztlich sind sie nicht mehr als Hüter und Bewahrer – auf beiden Seiten.

Ich habe lange gesucht, bis ich schließlich die Wahrheit gefunden habe, an jenem Ort der Mitte. Manchmal wünschte ich, ich wüsste nichts davon. Seltsamerweise bedeutet das alles vor allem eins: Ich darf nicht sterben. Und doch habe ich es getan.

Beschütze Alex vor den Unsterblichen, denn er hätte nie ein Magier werden dürfen.

Öffne jetzt das zweite Kryptex.

27. In ihrer Verzweiflung

Sie kauerten vor dem Tisch, noch immer entsetzt über die kollabierende Pyramide und starrten auf die Mentigloben. Ataciaru, der die Anspannung spürte, stellte sich an Chloes Seite und reckte die Schnauze stolz in die Höhe. Nikki schien noch nicht alles erfasst zu haben, was in den Erinnerungen geschehen war.

Die Trümmer waren herabgekracht. Doch während sich die Schattenfrau auflöste, hatten Johanna, Nikki und Chloe sich nicht von der Stelle bewegen können. Gefangen in einem Inferno hatten sie das Ende der Pyramide miterlebt. Bis die Archivarin erschienen war und sie gepackt hatte.

»Das war knapp«, keuchte Chloe.

Die Archivarin nickte. »Diese letzte Erinnerung gehörte der Schattenfrau höchstselbst. Sie fand ihren Weg über zahlreiche Verstrickungen der Geschichte hierher. Sie hinterließ eine Sicherung. Hättet ihr die Pyramide nicht rechtzeitig verlassen, hätten die Steine euch zermalmt und nur leere Hüllen zurückgelassen.«

Chloe schaute zu Johanna und erschrak. Nie zuvor hatte sie eine derartige Wut in den Augen der Rätin erlebt.

»Was hat Ava Grant getan?« Ihre Stimme war Beben und Flüstern zugleich. Natürlich hatte sie eins und eins zusammengezählt und war bei Kevin und Chris herausgekommen.

»Sie wollte ein Kind«, sagte Chloe leise.

Johannas Blick schoss schärfer als ein Pfeil zu ihr herüber. »Du wusstest es?!«

»Seit Kurzem weiß ich es«, gestand Chloe. »Aber nur, dass die Zwillinge durch den Trank geboren werden konnten. Mehr nicht. Der Rest«, sie machte eine allumfassende Armbewegung, die auch die Mentigloben einschloss, »ist neu«.

»Das ist es, was sie will«, sagte Johanna in abruptem Begreifen. »Wenn Chris und Kevin Todesangst empfinden, werden sie verschmelzen. Diese Magie kann die Sigilsplitter vereinen. Wir müssen die Zwillinge sofort ins Castillo bringen und bewachen lassen.« Sie wandte sich Nikki zu. »Bring mich zu ihnen.«

Ohne ein weiteres Wort eilte die Rätin hinaus, Nikki folgte ihr.

»Tja, das war's dann wohl.« Chloe nickte der Archivarin zu. »Nette Bude und so. Bis bald.«

Doch das Mädchen hielt sie zurück. Ihre Hand glitt in eine Rockfalte und kam mit einem Mentiglobus wieder hervor. »Diese Geschichte ist noch nicht zu Ende. Du musst alles erfahren, Chloe O'Sullivan.«

»Aber Johanna ist weg.«

»Dieser Teil ist für dich bestimmt und er wird nicht viel Zeit benötigen. Es ist eine reine Erinnerung, nicht zerstört. Danach werden wir uns unterhalten.«

Chloe nickte. Sie legte ihre Hand auf den Mentiglobus und löste den Zauber aus. Weich wie Butter glitt sie in das Gestern, schwebte hinab und stand plötzlich zwischen dicht an dicht gedrängten Menschen.

Ein innerer Drang lenkte sie in eine bestimmte Richtung, obgleich sie noch nicht erfühlen konnte, mit wem sie eins geworden war. Eine Ahnung kristallisierte sich heraus, als sie Zelte erkannte.

»Das ist der Markt«, flüsterte sie.

Schon einmal war sie in einer Erinnerung gewesen, die dieser geglichen hatte. Es war Ava Grant gewesen, die zwischen den Zelten hindurchgewandert war. Und tatsächlich, vor ihr tauchte das bekannte Zelt jener Frau auf, die sich Kaja nannte.

Sie schloss die Augen. Eine verzweifelte Mutter bat um Rat bei der Zigeunerin.

Chloe trat ein.

Da stand sie. Kaja, die Ava einst geholfen hatte. Soweit Chloe das beurteilen konnte, glich das Innere des Zeltes der Erinnerung, die durch den Mentiglobusstein in Avas Ring Kevin, Chris und ihr zugänglich gemacht worden war.

Würde die Mutter der Zwillinge gleich hereinstürzen und Hilfe erbitten?

Die Zigeunerin blickte mit gekräuselten Lippen in den Spiegel. Da war nichts Freundliches, nichts Nettes oder Hilfsbereites.

Dann geschah es.

Der Eingang wurde zurückgeschlagen, eine Frau trat ein. Chloe fuhr mit einem Aufschrei zurück.

»Ich brauche deine Hilfe«, sagte Johanna von Orleans. »Mir wurde gesagt, du seist die Richtige dafür.«

Kaja lächelte voller Güte. »Komm nur herein. Ich weiß, wer du bist, und ich weiß um dein Dilemma, Jean d'Arc. Die Unsterblichkeit, ewiges Leben – und doch ohne Nachkommen. Du willst es ändern.«

Johanna sank auf ein Sitzkissen und Minuten später wurde ihr eine Phiole mit einer silbernen Schale gereicht. Die Unsterbliche nahm sie dankbar an und ging.

»Er ist noch nicht perfekt«, flüsterte Kaja. »Aber du wirst ihn vollenden. Dank dir wird es gelingen.«

Dann drang ein Lachen aus dem Mund der Zigeunerin, das Chloe nur allzu gut kannte.

Die Erinnerung zerstob.

Niedergeschlagen blickte sie hinüber zur Archivarin.

»Alles, was sie benötigte, war eine verzweifelte Frau, die Mutter werden wollte.« Die Worte auszusprechen, tat ihr weh. »Doch damit war nicht Ava gemeint. Die kam erst später.«

»So ist es. Johanna von Orleans war diese Frau. Sie beging einen Fehler und perfektionierte den Trank, der später von Ava eingenommen wurde. Sie selbst wurde ebenfalls Mutter, doch das Glück war ihr und Leonardo nicht wohlgesonnen.«

Chloe schluckte. Sie wusste, dass die Archivarin ihr nicht mehr darüber erzählen würde und wenn sie ehrlich zu sich selbst war, wollte sie es auch nicht wissen.

»Die Geschichte, Fäden eines gewobenen Bildes, Knoten im Schicksal so vieler. Der Junge namens Paul wurde Zeuge des Mordes an den Logenoberhäuptern. Er begann mit einer Suche, die von seinem Sohn Marius weitergeführt wurde. Sein Wissen gelangte zum *Vie dans la Mortalité* und so spinnt sich der Faden weiter. Jahrhunderte später fand Mark Fenton diese Information und konnte daraus die richtigen Schlüsse ziehen. Auch er war hier.«

»Und die Schattenfrau benutzte Johanna, um den Trank zu verbessern, den sie in Yucatán in der Pyramide fand und später an Ava weitergab.«

»Die silberne Schale speicherte die Zutaten, so konnten sie ausgelesen werden«, bestätigte die Archivarin. »Sie gab den Trank in der Gestalt der Zigeunerin Kaja an Ava Grant, und damit kamen die Zwillinge zur Welt. Eins greift ins andere und wenn wir die vollständigen Knoten erkennen, sind sie bereits gewoben.«

»Was ist mit dem Sigil?«

Das junge Mädchen lächelte. »Du musst wissen, Chloe O'Sullivan, dass mir Erinnerungen entgleiten. Ich werde stets aufs Neue geboren in einem ewigen Kreislauf. Wenn ich nach etwas Bestimmtem suche, dann finde ich es. Doch dass ich mich daran erinnere, etwas Bestimmtes erlebt zu haben, ist nicht immer garantiert.«

»Du konntest uns also nicht warnen?«

Sie schüttelte verneinend den Kopf. »Dieser Ort dient dem Bewahren des Wissens. Doch Wissen muss stets erarbeitet werden.«

»Alles hängt zusammen«, flüsterte Chloe. »Ich weiß nicht, ob mir das gefällt oder nicht.«

»Du hast es verstanden. Es ist, wie es ist.«

Ataciaru schlich zur Tür. »Ich sollte wohl gehen. Die anderen brauchen mich. Chris und Kevin werden erfahren wollen, was hier passiert ist.« Kurz vor der Tür hielt sie noch einmal inne. »Wer war das Mädchen?«

Fragend erwiderte die Archivarin ihren Blick.

»Die Diebin, die Marius' Mentigloben in Wien gestohlen und hierhergebracht hat.«

»Oh. Das war keine Diebin.« Die Archivarin hob ihre Hand, und eine Lohe zimtfarbener Essenz flirrte durch die Luft. Wie winzige Körner regneten sie herab und Chloe beobachtete sie staunend.

»Du«, hauchte sie.

»Wo Wissen droht verloren zu gehen, bewahren wir es. Ich war damals in Wien und spürte den nahenden Verlust. So barg ich die Mentigloben. Meine Archivare sind überall auf der Welt und in Splitterreichen unterwegs, um Wissen zu schützen.«

Chloe verstand. Und es war beruhigend, das zu wissen. Dieser Ort würde bewahren, was sonst verloren ging.

»Wenn die Schattenfrau gewinnt, wenn das Castillo fällt und alles zugrunde geht, ...«

»... wird das Archiv überdauern und das Wissen erhalten. Eure Fallaufzeichnungen, die Erlebnisse von Magiern in den Kriegen, aber auch in den Friedenszeiten dieser Welt: Nichts wird vergessen.«

Chloe erwiderte den Blick der uralten Augen in dem jungen Gesicht. »Doch wer ist dann noch da, um das Wissen zu studieren?«

Sie verließ den Raum und zusammen mit Ataciaru schließlich das Archiv.

28. Der dritte Zwilling

Sie rückten auf das Gebäude vor.

Edison, Max, Nikki und eine Handvoll Ordnungsmagier. Der Ring wurde vervollständigt von Eliot Sarin und dessen Helfern.

»Bisher keinerlei Feindkontakt.« Edison wandte sich Max zu. »Das ist äußerst seltsam. Sie entführen die beiden und sichern den Ort nicht gegen Ortung?«

Max nickte schweigend.

Die Fabrikhalle hatte auf dem Suchglobus aufgeleuchtet wie die Kerzen eines Weihnachtsbaums. Ihm war speiübel. Er hätte Kevin und Chris besser schützen müssen, immerhin war er Agent. Was, wenn die Schattenfrau nach Gryff nun die nächsten aus ihrer Mitte riss, sie tötete?

Alles, was er wollte, war ein paar Tage Ruhe und Frieden für Kevin und sich. Gemeinsames Einschlafen und Aufwachen, der Geruch von Kaffee in der Luft und Sonnenschein, der durchs Fenster fiel. Stattdessen hasteten sie von einer Katastrophe zur nächsten.

»Wir werden vorrücken und ...« Edisons weitere Worte gingen in einer Explosion unter.

Eine Welle magischer Essenz brach aus der Halle hervor. Die Wände wurden von innen heraus weggesprengt, Trümmer regneten herab, einer der beiden kleinen Doppelschornsteine brach zur Seite weg. Schmutzigrote Essenz schwappte heran.

Max brach in die Knie. Er kannte die Farbe, kannte das Gefühl, das sie normalerweise auslöste. Doch sie fühlte sich falsch an, verzerrt und pervertiert. Schmutzig eben.

Die Welt schien sich zu drehen, die Ausstrahlung der Essenz verwirrte seine Sinne. Säure brannte auf seiner Haut, Teer blubberte in seiner Kehle, sein Hals schien anzuschwellen auf den doppelten Umfang.

Was ging hier vor?

Seine Sinne stemmten sich gegen die Illusion, doch sie klebte an Max wie flüssiges Gummi.

Sanft berührte ein Finger seinen Arm. Die Welt wirbelte und wurde wieder klar. Neben ihm stürzte Nikki auf die Knie, sie hatte mit ihm gemeinsam einen Sprung durchgeführt. Direkt in die Halle.

»Das Auge des Sturms«, stöhnte sie. »Ich dachte, hier ist es besser.«

Und sie behielt recht.

Max kam auf die Beine. Seine Sinne funktionierten wieder klar und scharf. Sie standen auf einem umlaufenden Steg mit Blick in die Halle. Eine Kreatur mit ledrig schwarzer Haut kauerte auf dem Boden. Die Essenzwelle war von ihr ausgegangen, kam jedoch langsam zum Versiegen. Crowley kauerte auf der Seite, die Hände gegen die Schläfen gepresst. Er wimmerte. Was auch immer hier geschah, es war nicht *sein* Plan. Natürlich nicht. Wenn es jemanden gab, der stets den Überblick behielt und alle manipulierte, dann war das die Schattenfrau.

Die Kreatur am Boden blickte in die Höhe und stieß einen markerschütternden Schrei aus.

Eine Gänsehaut kroch über Max' Arme. Er erkannte den Schmerz.

»Das ist Kevin«, flüsterte er entsetzt.

»Beide«, kam es von Nikki. »Schau doch. Die Schulter.«

Das Tattoo von Chris, sein Ornament, war noch immer zu erkennen. Schwarz auf Schwarz, leicht hervorstehend. Es schien von innen heraus zu glühen, als gehöre es nicht zu diesem neuen Körper, als sei es nur das anhängliche Überbleibsel einer vergangenen Existenz.

»Der dritte Zwilling«, hauchte Max. »Das ist es also. Sie hat beide entführt, um diese Verschmelzung einzuleiten. Das ist der Zwillingsfluch.«

»Aber wie können wir ihn stoppen?«, fragte Nikki.

Die Kreatur sprang in die Höhe. Mit einem Satz war sie bei Crowley, packte diesen am Hals und schleuderte ihn durch den Raum. Das Brechen von Knochen war zu vernehmen, als der Unsterbliche aufprallte. Kurz darauf verschwand er mit einem Sprung.

»Er unterscheidet nicht zwischen Licht und Schatten«, flüsterte Max. »Jeder Magier wird angegriffen.«

Wie aufs Stichwort stürmten Edison, Eliot und die Ordnungsmagier herein. Kraftschläge wurden abgefeuert, prallten jedoch ohne Wirkung an der Haut des Wesens ab. Edison versuchte einen Gravitate Negum, doch es geschah nichts. Die Kreatur absorbierte die Zauber, als seien sie nicht vorhanden.

»Wie sollen wir gegen so etwas kämpfen?« Nikki hielt ihren Essenzstab in der Hand, wusste aber sichtlich nicht, wozu dieser in der aktuellen Situation überhaupt gut war.

Die Kreatur schoss nach vorne, packte einen der Ordnungsmagier und schleuderte ihn durch den Raum. Max zuckte zusammen, als sie den Essenzstab des Gefallenen kurzerhand zerbrach. »Bring mich nach unten, aber halte den Kontakt«, bat er.

Nikki löste einen Sprung aus.

Der Kopf der Kreatur zuckte herum. Ihr Blick heftete sich auf Max.

»Kev, ich weiß, dass du mich hören kannst. Du musst dich wehren!«

Die Antwort war ein Grunzen, gefolgt von einem Schlag, der Max zu Boden gehen ließ. Er verlor den Kontakt zu Nikki. Aufschreiend wollte diese zu ihm eilen, doch der dritte Zwilling holte aus.

Mit einem *Plopp* verschwand Nikki.

»Hey!«, brüllte Edison. »Murum Orituro!«

Eine Mauer wuchs aus dem Boden rund um die Kreatur in die Höhe und schloss sie ein. Steine regneten herab, als sie von innen heraus weggesprengt wurde. Doch die wenigen gewonnenen Sekunden reichten Max aus, um auf die Beine zu kommen und davonzustürzen.

Die Ordnungsmagier wirkten mit Wundenzaubern, Vektorumkehrungen und sogar Wurzelzaubern auf den dritten Zwilling ein, doch dieser wurde geradezu spielerisch mit allem fertig. Es schien keinen Angriffspunkt zu geben. Direkt gewirkte Magie prallte ab, Manipulationen der Umgebung scheiterten an der Stärke des verschmolzenen Körpers.

»Es ist *ihre Angst«*, hallte Johannas Stimme plötzlich über die Kontaktsteine. »Todesangst erzeugt die Verschmelzung. Die Kreatur ist darauf geeicht, jede Magie im Umkreis zu vernichten. Die Verschmelzung wird erst aufgehoben, wenn die Angst fort ist. Sie wurde durch Würmer erzeugt.«

»Wie lautet der Zauber, der sie aus dem Körper zieht?«, fragte Edison.

»Er ist zu *komplex, als dass wir ihn auf die Schnelle erschaffen könnten. Ihr müsst die Kreatur irgendwie festsetzen. Kleopatra arbeitet bereits an einem Trank, der zu Nebel wird und eingeatmet werden kann. Doch sie benötigt noch einige Stunden.«*

Zeit, die sie nicht besaßen.

Max kam eine Idee. »Die Würmer.«

Edison blickte zu ihm herüber. »Ja?«

Es blieb keine Zeit für lange Erklärungen. Die Kreatur wütete unter den Ordnungsmagiern. Essenzstäbe zerbrachen, Körper wurden beiseitegeschleudert. In ihrer allumfassenden Wut zertrümmerte sie einen der Pfeiler, die die Decke hielten. Erste Brocken krachten herab. Das Gebäude würde einstürzen.

Max warf sich nach vorne. »Mea autem, vestra autem.« Die Willensunterwerfung. Doch er peilte damit nicht die Kreatur an, sondern die Würmer. Tatsächlich gab es gut ein Dutzend winzige Bewusstseinsinhalte unter der Haut des dritten Zwillings, wie Max erspürte. Sie erzeugten Angst. Max versetzte sie in Schlaf.

Nach und nach erloschen ihre Instinkte, gingen ihre Geister in einen unbewussten Zustand über. Der Strom an Angst versiegte.

»Die Würmer schlafen«, verkündete er.

Edison lächelte stolz. Doch nur für Sekunden, dann entgleiste sein Blick. »Runter!«

Die Faust des dritten Zwillings flog heran, um Max zu zerschmettern.

29. Ich erkenne einen Fluch, wenn ich ihn sehe

Der Schlag traf Max frontal.

Der Kraftschlag.

Edison hatte instinktiv gehandelt und rettete ihm damit, wie kurz darauf deutlich wurde, das Leben. Der Druck des Zaubers schleuderte Max unterhalb des erhobenen Arms des dritten Zwillings vorbei durch die Luft und den halben Raum gegen die nächste Wand.

Ein abrupter Schmerz schoss durch sein Bein, als es seitlich wegknickte. Er zeichnete das Symbol schon fast im Reflex und sagte: »Sanitatem Corpus.« Es knackte, als die Knochen sich wieder in die korrekte Position drehten und zusammenwuchsen.

Die Kreatur hatte zwischenzeitlich Edison als neues Ziel auserkoren. Ein Prankenhieb traf den Unsterblichen und riss ihm die Haut über den Hüftknochen weg. Blut spritzte, ein freudiges Grölen der Kreatur folgte. Ihr Fuß hob sich über dem Essenzstab.

»Aportate Essenzstab!«, rief Max.

Das magische Holz flog in seine Hand. Er warf es Edison wieder zu, der zur Seite stolperte und es geschickt auffing. »Rückzug!«

Max starrte ihn verblüfft an. »Was?!«

»Ich setze keine weiteren Leben aufs Spiel. Ohne die Würmer klärt sich das von alleine.«

Die Ordnungsmagier strömten aus der Halle. Eliot Sarin stützte einen seiner Leute, Nikki brachte zwei mit einem *Plopp* hinaus.

Die Kreatur schien nur noch Edison und Max zu sehen, doch ihre Wut war ungebrochen. Als habe die Welt und jeder Magier darin sie im Stich gelassen und sollte nun dafür bluten.

»Errichtet eine Contego-Sphäre rings *um das Gebäude und hebt mit Gravitation einen Graben aus«*, befahl Edison über den Kontaktstein.

Er wollte den dritten Zwilling hier im Gebäude einsperren. Vermutlich der beste Ausgang der Sache, auf die Max hatte hoffen können. Vorausgesetzt, es gelang.

Edison zog mit einem Zauber Metallstäbe aus der Wand, ließ sie zur Kreatur gleiten und diese umschlingen. Die Fesseln hielten nur Sekunden, bevor der dritte Zwilling sie in kleine Fetzen riss.

»Wir müssen auch weg!«, rief der Unsterbliche und ging langsam rückwärts.

»Kevin!«, brüllte Max.

»Zieh dich zurück«, forderte Edison.

Max ignorierte den Befehl und kurz darauf brachte Nikki den Unsterblichen fort.

Sie waren allein.

»Hör auf damit!«, brüllte Max. »Es gibt keinen Grund mehr, Angst zu haben.«

Er tauchte unter den Prankenhieben weg, griff jedoch nicht mehr an. Ein Unbeteiligter hätte einen anmutigen Tanz zwischen den beiden beobachten können. Einen mit potenziell tödlichem Ausgang.

Es ploppte erneut.

»Ich gehe nicht!«, brüllte Max. »Verschwinde, Nikki!«

»Ausgezeichneter Vorschlag«, erklang eine Stimme. »Diese Sache schaffen wir auch alleine.«

Annora Grant stand in der Halle. Die 84-Jährige wirkte alt und zierlich, aber gleichzeitig unbeugsam wie eine Eiche. »Ich wusste, dass das eines Tages geschehen würde.« Sie trat an Max' Seite.

Die Kreatur hielt inne, neigte leicht den Kopf.

»Ich erkenne einen Fluch, wenn ich ihn sehe. So wie damals, als ich ein Holzfass zerbrach und einen kleinen zitternden Jungen befreite, dessen Augen tiefschwarz leuchteten. Es brach mir das Herz, denn ich sah die Gefahr.«

Die Kreatur atmete schwer, ihre Muskeln zuckten, die Finger ballten sich zur Faust. Schwarze Tropfen glitten von der Hornhaut ab, fielen zu Boden und ätzten in den Stein.

Annora Grant stand einfach nur da, hielt den Essenzstab in der geballten Hand und lächelte den dritten Zwilling an. Ihre Anwesenheit schien etwas in der Kreatur zu berühren, nur so konnte Max sich erklären, dass sie den Kampf eingestellt hatte.

Vor der Halle waberte der Contego-Schild, verstärkt von Dutzenden Essenzstäben, die ausgestreckt darauf deuteten.

»Du wusstest es die ganze Zeit?«, fragte Max. »Wieso hast du nichts gesagt?!«

»Meine Tochter hat mich vor langer Zeit eingeweiht«, erklärte sie. »Ich habe ihr nie etwas von den schwarzen Augen erzählt, von dem Wissen, das ich mir aneignete. Letztlich wusste auch ich nicht, was dereinst geschehen würde. Nur, dass es um Angst geht. Der Zwillingsfluch ist genau das, ein Fluch. Aber auch ein Segen, denn er vermag Chris und Kevin in höchster Not zu retten.« Annora hatte sich Max langsam genähert und kam nun neben ihm zum Stehen.

Die Kreatur schien das Interesse an einem gepflegten Dialog zu verlieren. Kurzerhand rammte sie ihre Faust in den Boden. Steine splitterten, der Untergrund erzitterte. Sie setzte zum Sprung an.

Annora ergriff Max' Hand. »Mach mir den Zauber nach.«

Sie erschuf ein Symbol, das Max in dieser Form noch nicht gesehen hatte, das ihm aber seltsam vertraut vorkam. Ein Permanentzauber, der verwoben war mit etwas Uraltem.

»Was ist das?«, flüsterte er, während seine Hand wie von selbst das Symbol erschuf.

»Nur eine Erinnerung«, flüsterte Annora. »Vor langer Zeit gebannt in ein Tattoo.« Sie lächelte. »Omnio Pace!«

Max' eigene Essenz verwob sich mit der mintgrünen Annoras. Aus dem Rücken der Kreatur brach ein goldenes Strahlen hervor, das die Konturen eines wohlbekannten Tattoos aufwies. Pures Glück und absoluter Friede brachen sich in dem Gleißen und schwappten über sie hinweg.

Ein Bild erschien vor Max' innerem Auge. Ein Picknick an einem Sommertag. Blütenduft lag in der Luft, Chris und Kevin rauften lachend im Gras, Ava und Ben scherzten. Die Szene ging über in einen gemütlichen Abend vor prasselndem Kaminfeuer, der darin gipfelte, dass Annora ihren Enkeln eine Gute-Nacht-Geschichte vorlas.

Friede, Geborgenheit, Familie.

Die Kreatur wand sich, schrie, schlug um sich. Doch ihre Hiebe erlahmten, die Muskeln kamen zur Ruhe. Ein Wabern glitt über die Haut. Die Würmer fielen zu Boden, das Zucken ließ nach, der Körper teilte sich.

Aus einem wurden wieder zwei.

Der Zwillingsfluch verwehte.

Kevin und Chris lagen zitternd und wimmernd am Boden. Eingetrocknetes Blut klebte unter ihren Nasen, die Shirts waren zerrissen, die Hosen hingen in Fetzen an ihren Beinen.

Max eilte auf Kevin zu und schloss ihn in die Arme. »Alles ist gut.«

Annora tat das Gleiche bei Chris.

»Du hast eine Menge zu erklären«, flüsterte Max. »Dieses Tattoo ist weit mehr als ein einfacher Permanentzauber.«

Die Großmutter der Zwillinge lächelte sanft. »Ich tat, was notwendig war, um meine Familie zu beschützen. Doch der Zauber kann nur von jemandem ausgelöst werden, der echte Liebe für meine Enkel empfindet. Das ist alles, was jetzt wichtig ist. Den Rest sollten wir später besprechen. Du wirst alles verstehen.«

Die Contego-Sphäre kollabierte.

Schon waren die ersten Stimmen zu hören. Edison eilte herbei, Eliot Sarin in seinem Schatten.

»Ja«, sagte Max. »Später.«

30. Das zweite Kryptex

Johanna saß in ihrem Büro und genoss die Stille. Die Welt schien aus den Fugen geraten zu sein, heute mehr als je zuvor. Sie hatte die Wahrheit zu spät erfahren. Ein paar Stunden früher und sie hätten Chris und Kevin notfalls in eines der Splitterreiche gebracht und es abgeschottet. Doch nun war es zu spät. Alles war zu spät. Die Schattenfrau hatte mit einem Artefakt, das vor vielen Monaten aus den verbotenen Katakomben geholt worden war, die Verschmelzungsmagie des dritten Zwillings aufgefangen. Es brauchte keine Genialität, um zu begreifen, was sie damit vorhatte.

Allmacht.

War es das? Sollte es so enden? Im Laufe ihres Lebens hatte sie oft unmöglichen Herausforderungen gegenübergestanden. Letztlich hatte sie alle gemeistert. Das hier war eine der größten, die alles verändern konnte. Den Status quo, die Regeln – einfach alles.

»Wieso habe ich es nicht gesehen? Den Plan. Die Verbindungen.« Ein Hämmern an der Tür riss sie aus den Gedanken. »Ja!«

Cornelius trat ein. »Ich habe es.« Er trat an ihren Tisch und legte das Kryptex darauf ab. »Jen und Alex suchen nach mir, ich muss zurück.«

Sie nickte nur. »Danke.«

Mit einem *Plopp* verschwand der Sprungmagier.

Ein altes Sprichwort besagte, dass jede Sünde einen eines Tages einholte. War das ihre? Leonardo und sie hatten alles dafür getan, dass die Untersuchungen von Mark Fenton verschwanden. Sie hatten seinem Team die Unterlagen vorenthalten, alles ins Archiv eingelagert und Recherchen unterdrückt. Mark hatte sich einem Thema genähert, das tabu war. Selbst den an Jen geschriebenen Brief hatte Johanna nicht übergeben. Es war unmöglich. Zu viel stand auf dem Spiel.

Sie betastete das Kryptex. Gold und Hexenholz. Wenn ihre Vermutung zutraf, dann kannte sie das Passwort. Mit zittrigen Fingern verschob sie die goldenen Ringe, sodass das Wort entstand. Es gab einen Klicklaut und der Verschlussmechanismus öffnete sich.

Johanna zog das Pergament hervor, entrollte es und las. Die Worte wurden zu Zeilen und in ihrem Geist überschlugen sich die Erinnerungen. Mark schrieb vom Opernhaus, von der Ernennung und ... Alexander Kent. Johanna sog scharf die Luft ein. Sie nahm die Worte auf, doch selbst als der Brief sein Ende erreicht hatte, konnte sie es nicht fassen. Es war zu schrecklich, zu unglaublich. Wieso hatte sie es nicht gewusst?

»Er hätte niemals zu einem Magier werden dürfen«, flüsterte sie. »Das Sigil wurde in ihn gelenkt.«

Die Schattenfrau hatte es getan.

Wütend fegte Johanna die Gegenstände von ihrem Schreibtisch. So viele Fehler und keine Zeit, sie zu beheben. Ihre Gedanken wirbelten umher. Was konnte sie tun? Gab es überhaupt noch einen Ausweg? Die Schattenfrau stand kurz vor ihrem absoluten Sieg.

»Leonardo«, sagte sie nur.

Der Kontaktstein übertrug das Wort. Kurz darauf klopfte es erneut.

»Was gibt es?«, fragte Leonardo. Er wirkte noch mitgenommen von den Tagen seiner Gefangenschaft, doch das frisch geschnittene Haar und der rasierte Bart verliehen ihm einen Hauch neu gewonnener Jugend unter der Schicht aus Müdigkeit. »Ich habe mit Einstein gesprochen, wir ...«

Sie winkte ab. »Lies das.« Ein Fingerzeig auf den Brief.

Er ließ sich hinter dem Schreibtisch nieder und entrollte das Pergament. Mit jedem Wort, das er in sich aufnahm, entgleisten seine Gesichtszüge ein Stückchen mehr. »Mein Gott.« Seine Stimme war nur noch ein Hauch. »Wie konnte das vor unseren Augen passieren?«

Johanna hatte keine Antwort auf die Frage. »Was sollen wir tun?«

Er atmete schwer aus. »Nichts.«

»Wie bitte?«

»Der Kampf gegen die Schattenfrau steht bevor und ich möchte ja nicht unken, aber *alles* steht auf dem Spiel. Nichts anderes spielt eine Rolle. Das hier«, er deutete auf das Pergament, »ist dafür bedeutungslos«. Etwas leiser ergänzte er: »Hoffentlich.«

»Du bist wie immer ein Quell der Inspiration.«

»Weiß Alex etwas davon?«

Johanna schüttelte den Kopf. In kurzen Sätzen ergänzte sie für Leonardo das fehlende Wissen um Ava Grant, die Schwangerschaft, den dritten Zwilling und die Zusammenhänge.

»Man sollte doch meinen, dass wir als Unsterbliche recht gut darin sind, Langzeitpläne zu erkennen, aber ein derartiges Puzzle ...« Er schüttelte den Kopf. »Wir hatten keine Chance.«

Johanna spürte eine ungekannte Müdigkeit in sich aufsteigen. Das Castillo mochte einem Ameisenhaufen gleichen, in dem sich Kampfmagier sammelten und jeder Unsterbliche auf seinem Gebiet Vorbereitungen für den Ernstfall traf – sie selbst als Strategin eingeschlossen. Doch gleichzeitig war da dieses Gefühl der Hoffnungslosigkeit.

Leonardo trat zu ihr und zog sie in eine Umarmung. »Atme tief durch, entspanne dich, vergiss das Pergament und die Herausforderung.«

Johanna folgte seiner Stimme. Sofort fühlte sie wieder die absolute Einheit ihrer gemeinsamen Jahre. Ihre Atmung glich sich seiner an, der Stress fiel von ihr ab.

»Du kannst das. Wir erledigen sie und danach knöpfe ich mir Moriarty vor.«

»Es ist beruhigend, dass du Pläne für danach machst. Ich fange lieber nicht damit an. Wissen wir etwas Neues?«

Er schüttelte den Kopf. »Die Zwillinge wurden zurückgebracht, Theresa kümmert sich gerade um sie. Cornelius holt Jen und Alex. Die Familien haben alle zurückgemeldet, dass sie in Sicherheit sind. Die bewachten Häuser bersten geradezu aus allen Nähten. Aber kein Wort von der Schattenfrau.«

»Der Feuerblut-Splitter leuchtet vor sich hin, aber kein Signal von dieser Stelle.« Johanna trat an das Fenster und sah hinaus. »Damit können wir nur warten und uns weiter vorbereiten, so gut es geht.«

»Ich denke, du solltest eine Rede halten«, schlug Leonardo vor. »Alle warten auf den großen Knall, allein das zerrt an ihren Nerven. Niemand weiß, wo wir stehen und was möglicherweise geschieht.«

»Ist der Zwischenfall mit Kevin und Chris bereits nach außen gedrungen?«, fragte sie.

Leonardo verneinte. »Aber das wird er. Und spätestens dann müssen wir Ava und Ben vor ein Konzil bringen. Nicht zu vergessen Annora, die anscheinend etwas davon wusste, aber alles für sich behielt.«

»Alles zu seiner Zeit.« Johanna konnte spüren, wie der Moment der Schwäche in ihr verging. Sie war eine Kriegerin, und wenn das Schicksal es wollte, würde sie es erneut sein. So lange, bis ihre Wacht endete und ihr langes Leben ein Ende fand.

Sie griff nach ihrem Kontaktstein und stellte eine Verbindung zu allen Lichtkämpfern her, die auf der Erde weilten.

31. Das Wissen der Annora Grant

Trink das.«

»Ich habe keinen Durst.« Alex gab sich nicht einmal Mühe, seine Niedergeschlagenheit zu verbergen. Außerdem war er mittlerweile skeptisch, was kreierte Getränke von Tilda anging. Noch zu frisch war die Erinnerung an den Energy-Drink, wovon auch Einstein ein Lied singen konnte. ›Essenzfeuer‹ traf es ziemlich genau. Leonardo war jedoch angeblich mit einem Becher gesichtet worden und total begeistert davon.

»Trink!«

Er zuckte zusammen. »Ist ja gut.« Aus dem Becher, den Tilda ihm reichte, drang der Duft von Schokolade und Zimt. Bereits nach dem ersten Schluck fühlte er sich besser. »Danke.«

Die Köchin lächelte und machte sich wieder an die Arbeit. Diese bestand offensichtlich darin, Proviant für einen möglichen Feldzug gegen die Schattenfrau vorzubereiten.

Gemeinsam mit Jen, Chloe, Ataciaru und Max saß er im gemütlichen Sitzbereich der Küche, den Tilda für sie eingerichtet hatte. Kevin und Chris lagen noch im Krankenflügel. Ihnen ging es angeblich gut, zumindest körperlich. Theresa ließ sie noch schlafen.

Max wirkte nachdenklich und unruhig gleichermaßen. Er hatte sich verändert, war in sich gekehrter. Vermutlich wollte er zu Kevin, doch es war wichtig, dass sie sich zuerst gegenseitig auf den neuesten Stand brachten.

Jen und Alex hatten den anderen von den Ereignissen rund um das Kryptex berichtet, ebenso über dessen Inhalt. Doch das zweite Tresor-Artefakt blieb verschwunden. Gerade weil es darin anscheinend um ihn selbst ging, ärgerte das Alex über alle Maßen. Das Rätsel um die Zwillinge hatte sich auch so aufgeklärt. Wie sollte er nun mehr über das Wilde Sigil und sich selbst erfahren?

Das Klacken von Schuhsohlen auf Steinboden ließ ihn den Kopf heben. Annora Grant betrat den Raum. Ihr zu einem Dutt gebundenes Haar verlieh ihr eine Aura der Strenge, die von den sanften Augen jedoch aufgelöst wurde. Sie sank auf einen der freien Stühle und lächelte in die Runde. »Ich nehme an, ihr habt euch mittlerweile gegenseitig auf den neuesten Stand gebracht.«

Ihr Blick schweifte über die Gruppe und blieb überraschend lange auf Alex ruhen. »Schön, euch alle kennenzulernen.«

»Ohne dich wären Kevin und Chris noch eingesperrt«, flüsterte Max. »Danke.«

Annora schüttelte den Kopf. »Sie wären tot, Max.«

Alex keuchte auf. Jen versteifte sich neben ihm. Nur Chloe schwieg und beobachtete, neben ihr Ataciaru.

»Der dritte Zwilling kämpft, bis jede Magie um ihn herum ausgelöscht ist. Oder er geht selbst zugrunde. Ihr müsst wissen, dass die Wandlung nicht nur ausgelöst, sondern auch erhalten werden muss.«

»Essenz«, flüsterte Max.

»Entweder der dritte Zwilling gewinnt den Kampf und teilt sich wieder oder er kämpft, bis das Aurafeuer ausbricht. Eine der wenigen Möglichkeiten, ihn zu besiegen. Durchhalten, bis die Essenz des Sigils verbraucht ist. Die Inka kannten wohl noch andere Möglichkeiten, um ein solches Wesen dauerhaft am Leben zu erhalten, doch hier ist das anders.«

Max verbarg das Gesicht in seinen Händen. »Ich verstehe das alles nicht. Wieso ist es nicht früher geschehen?«

Annora schlug die Beine übereinander. Ihr Blick ruhte in weiter Ferne. »Der Fluch reift heran. Erst durch wahre Todesangst kann er ab einem gewissen Alter ausgelöst werden. Kevin und Chris hatten seit ihrer Pubertät nie wieder diese Art von Angst. Obwohl es manchmal sehr knapp war.«

»Das Fass«, sagte Max.

Annora nickte. »Eine schreckliche Erfahrung. Kein Jugendlicher sollte sie machen. Doch sie brachte für mich auch die Erkenntnis, dass es diesen Fluch gibt. An jenem Tag begann ich zu forschen und sprach Ava darauf an. Nachdem sie gestanden hatte, kam ich an gewisse Informationen. Von da an war es mein Ziel, einen Ausweg für meine Enkel zu schaffen – und sei er noch so klein.«

»Das Tattoo«, warf Alex ein. »Was hat es damit auf sich?«

Auch Tilda hatte mittlerweile aufgehört, mit Töpfen zu hantieren und Geschirr zu klappern. Sie stand schweigend am Herd und lauschte.

»Ich habe einen alten Freund um Hilfe gebeten.« Auf die bohrenden Blicke aller hin, gab sie sich einen Ruck. »Nemo. Ihr kennt ihn, habe ich gehört. Er hat Erfahrung mit der Magie vom Anbeginn.«

Jen sog scharf die Luft ein. »Das Tattoo ist Magie vom Anbeginn.«

Annora nickte. »Ich habe gesucht, aber nichts anderes gefunden. Die Tinte, mit der es gestochen wurde, ist versetzt mit Wolfram und

Todesessenz aus einem der alten Tempel. Dadurch kann sie Erinnerungen speichern und – im Notfall – freigeben. Chris war damals ganz erpicht darauf, sich ein solches Tattoo als Zeichen seiner neu gewonnenen Stärke stechen zu lassen.«

»Das passt so gar nicht zu all dem Schlechten, womit wir bisher bei der Magie vom Anbeginn konfrontiert wurden«, murmelte Alex.

Er erinnerte sich nur allzu gut an das Abenteuer in Nemos Unterwasserbasis. Sein dortiger Beinahetod hatte die Albträume um das Opernhaus noch einmal befeuert. Es war keine schöne Sache gewesen, das Ganze auf der Traumebene mehrfach zu durchleben.

»Wieso hat Nemo nichts zu Johanna und Leonardo gesagt?«, fragte Jen. »Hat er nichts geahnt?«

»Nemo ist ein Einzelgänger«, erklärte Annora. »Er lebt seit ewigen Zeiten auf dem Meeresgrund, schippert mit der Nautilus in unerforschten Tiefen und kartografiert die Meere. Zudem wusste er ja nicht, wofür die Tinte gut sein sollte.«

»Was können wir dagegen tun?«, warf Max abrupt ein. »Wie kann der Fluch gebrochen werden?«

Eine tiefe Traurigkeit schlug sich in Annoras Blick. »Gar nicht, Max. Der Fluch wird immer Teil des Lebens von Chris und Kevin sein. Sie müssen lernen, damit zu leben. Und ihr alle auch. Falls es erneut zur Verschmelzung kommt, könnt ihr sie wieder aufheben.«

»Leonardo und Johanna werden die beiden nie wieder in den Außeneinsatz lassen.« Max fuhr sich durch die Haare. »Und was ist mit Ben und Ava?«

»Wir werden sehen«, beruhigte ihn Annora. »Unser aller Blick ruht jetzt auf Iria Kon. Dahinter muss alles zurückstehen. Dieser Kampf entscheidet über die Zukunft der magischen Welt. Dass der Wall niemals vollendet wurde, war ein Schock. Niemand kann sagen, was Allmacht bedeutet und wie der Wall auf diese Art der neuen Macht reagieren wird. Alles ist offen, ungewiss und gefährlich.«

»Du gibst wirklich tolle Peptalks«, entfuhr es Alex. »Danach steigt bestimmt immer die Selbstmordrate.«

Annora starrte ihn verdutzt an und brach dann – zu seiner Verblüffung – in schallendes Gelächter aus. »Möglicherweise habe ich mich ein wenig von der Weltuntergangsstimmung mitreißen lassen, du hast völlig recht. Jeder wartet, jeder ist unruhig, niemand glaubt noch an einen Ausweg. Die Portalmagier sind dabei, den alten Ausgang auf Iria Kon zu reaktivieren. Ich sehe vor mir, wie Johanna uns alle über die Portale nach Iria Kon bringt. Doch selbst zu Tausenden können wir gegen die Macht der vereinten Splitter nur schwer bestehen.«

»Es muss noch einen Ausweg geben«, flüsterte Jen neben ihm. »Sie hat die Splitter noch nicht verschmolzen.«

Ganz kurz, vermutlich bildete Alex es sich nur ein, sah er ein Aufblitzen in Max' Augen. Als wisse dieser etwas, was allen anderen entging. Doch die Regung verschwand.

Bevor er etwas sagen konnte, spürte er ein wohlbekanntes Zupfen in seinem Geist. Die Blicke der anderen wurden bereits glasig, dann entstand Johanna von Orleans in seinem Geist. Sie sendete Worte und Bilder. Eine Ansprache. Alex lehnte sich zurück und lauschte den Worten der Unsterblichen.

32. Eine Krone aus Blut

»Noch nie zuvor standen wir an einem solchen Punkt«, begann Johanna. *»Mag es in der Vergangenheit auch zahlreiche Konflikte gegeben haben – vor und nach dem Wall –, so konnten wir diese immer bewältigen. Hier und heute stehen wir vor der größten Herausforderung für die magische Welt seit der Erschaffung des Walls. Der Schattenfrau, einer Lichtkämpferin aus unserer Mitte, ist es gelungen, auf Iria Kon alles zu vereinen, was sie für eine Verschmelzung der drei mächtigen Splitter benötigt. Wir dürfen nicht ...«*

Johannas Bild zerstob.

Verblüfft richtete sich Alex auf.

»Immer dieses heroische Geplapper.« Die Schattenfrau breitete die Arme aus. »Kürzen wir das Ganze doch einfach ab. Auf, auf ins Feld, lasst uns die böse Schattenfrau auf *Iria Kon angreifen. Nun, möglicherweise wird die Realität euch allen einen kleinen Dämpfer verpassen. In diesem Fall bin* ich *die Realität.«*

Der Mund ihrer Feindin verzog sich zu einem bösen Grinsen, während sie eine Hand ausstreckte. Etwas blitzte auf und der Feuerblut-Splitter erschien in der Luft.

Erst jetzt realisierte Alex, wo die Schattenfrau stand. Es war jener Raum auf der Spitze des höchsten Turms von Iria Kon. Überall schimmerte Himmelsglas, liefen Chrom- oder Hexenholzstreben entlang. Auf einem Podest neben ihr – wo zuvor die Sanduhr gestanden hatte – lagen der Silberregen- und der Ascheatem-Splitter. Am Boden ragte ein Artefakt in die Höhe, das aus mehreren Ebenen bestand. Er hatte die Erinnerung von Max noch nicht gesehen, aber dass es sich hierbei um den Sammler für die Verschmelzungsmagie handelte, war ihm sofort klar.

»Nein«, flüsterte Jen neben ihm.

»Ich besitze drei Splitter, die noch nicht einmal verschmolzen sind. *Und schaut, wozu ich in der Lage bin.«*

Sie hob die Hände und erschuf ein Symbol aus schmutzigem Orange. Alex hatte es noch nie zuvor gesehen, doch tief in seinem Bewusstsein regte sich die Erinnerung von Mark und sandte Wellen des Entsetzens durch seinen Körper.

»Porta Extingus Infinite!«

Über die Kontaktsteinverbindung konnte er die Erschütterung vieler anderer Lichtkämpfer spüren, die sich potenzierte und zu einer Welle anwuchs.

»Sie lässt die Portale kollabieren.« Annora Grants Stimme klang hart wie Metall und doch machtlos.

»Alle?!«, entfuhr es Alex.

Gleichzeitig schalt er sich einen Narren. Vor vielen Monaten hatte er selbst den Feuerblut-Splitter getragen, die Macht darin gespürt. Natürlich konnte sie das.

»Auf, auf, Johanna, schwing dein Schwert und führe deine Armee nach *Iria Kon. Ihr werdet allerdings den beschwerlichen Weg nehmen müssen. Und seid versichert, ich erwarte euch. Es ist Zeit für den lustigen Teil.«*

Alex wollte sie packen und aufhalten, etwas tun, um das Verhängnis abzuwenden. Doch wie alle anderen Lichtkämpfer auf der Welt konnte er nur zuschauen, wie es geschah.

Die Schattenfrau streckte die Hand aus. Der Feuerblut-Splitter, das Silberregen-Amulett und die Ascheatem-Phiole rotierten darüber.

»*Aportate Verschmelzungsmagie.«* Die Stimme der Schattenfrau klang rauchig, tief und böse. Als sei ein Dämon der Hölle entstiegen, in Form gegossen worden und holte nun aus, um das Armageddon einzuleiten. Was auf gewisse Art sogar stimmte.

Die Verschmelzungsmagie wirbelte durch die Luft, umfing die drei Splitter und fügte zusammen, was vor über einhundertsechsundsechzig Jahren bereits vereint hätte werden sollen.

Ein Beben lief durch die magische Welt, eine Erschütterung, die überall auf der Erde zu spüren war. Vermutlich auch in allen Splitterreichen. Das Machtgefüge verschob sich endgültig. Iria Kon erwachte aus seinem Schlaf, als unzählige Essenzfacetten auf das Himmelsglas brandeten. Am Rand seines Bewusstseins konnte Alex die Macht darin spüren, die Erinnerungen und Träume. Die Essenz der gestorbenen Magier.

Vergangenheit traf auf Gegenwart, über den Abgrund der Zeit hinweg. Und was damals begonnen worden war, wurde nun vollendet. Überall war Essenz, ballte sich zusammen, verschmolz, umfloss eine einzige kleine Gestalt.

Die Schattenfrau breitete erneut die Arme aus, als Magie sie vom Boden hob. Das Glas um die Turmspitze herum explodierte, doch die Splitter konnten ihr nichts mehr anhaben. In diesem Augenblick wurde eine gänzlich neue, noch nie dagewesene Macht geboren.

Neben ihm wimmerte Jen. Ein Laut, der von ihm selbst gespiegelt wurde. Ataciaru jaulte auf. Chloe starrte fassungslos vor sich hin. Tilda schlug die Hand vor den Mund.

Die Schattenfrau lachte.

Doch es war nicht einfach jenes böse Lachen, das sie ihnen dutzendfach entgegengeschleudert hatte. Es war Triumph. Purer, reiner Triumph.

Die Splitter verschmolzen, wurden zu einem geballten Wirbel aus Essenz, Macht und Magie. Der glühende Ball, so rein und wunderschön, wuchs und umfing die Schattenfrau, glitt in ihren Leib.

Sie streckte die Arme gen Himmel, als wollte sie danach greifen und ihn zu sich herunterreißen. Zweifellos besaß sie nun die Macht dazu.

Über Iria Kon ging eine Sonne aus blutroter Essenz auf. Eine blutige Krone für die Schattenfrau. Wie eine Gestalt gewordene Göttin, die ein allmächtiger Geist aus Lehm geformt und zum Leben erweckt hatte, stieg die Schattenfrau herab. Sie schwebte von ihrem Turm, glitt hinab über die zerstörten Straßen und die Skelette der gestorbenen Magier.

»Allmacht.«

Das Wort hallte durch die Kontaktsteine und wurde lauter und lauter.

»Ich. Bin. Allmacht.«

Sie lachte.

Und allein mit diesem Lachen begann das Ende. Alex konnte es spüren. Die Kontaktsteine zerbröselten überall auf der Welt. Sie nahm ihnen ihre Einheit, ihre Verbundenheit, ihre Möglichkeit zu kommunizieren.

Kristall wurde zu feinem Staub, der im Wind verwehte.

Zurück blieb nur Stille.

33. Ein Schritt zurück

»Warte hier«, bat Max.

Nikki nickte nur, starrte mit entsetztem Blick auf ihren Kontaktstein, der in diesem Moment zu Staub zerfiel. Das Gleiche geschah mit seinem.

Max hetzte durch die Gänge, vorbei an Gemälden und Erkern, bis er endlich das Studierzimmer erreichte.

Nostradamus sah ihm gelassen entgegen. Vor ihm auf dem Tisch lag ebenfalls ein Kristallstaubhaufen. »Sie hat alle Kontaktsteine zerstört.«

»Und die Portale kollabieren lassen. Ohne Nikki hätte ich dich nicht mehr erreicht.«

Der ehemalige Seher und Essenzstabmacher seufzte tief. »Ich hatte so sehr gehofft, dass ihr sie aufhalten könnt. Doch es scheint wahrhaft zum Äußersten zu kommen.«

»Dann stellt sich die Frage, ob du meinem Plan zustimmst.«

Michel de Nostredame zögerte.

»Sie besitzt die *Allmacht*«, betonte Max. »Was können wir denn jetzt noch verlieren?«

»Alles!«, brüllte der Unsterbliche. »Euch.«

»Wir können keinen Schaden anrichten«, bekräftigte Max. »Wenn wir einen Fehler machen, sterben wir und niemand sonst.«

Nostradamus stemmte seine geballten Fäuste gegen die Tischplatte. »Und doch verstößt es gegen jede Regel.«

»Die Zeit der Regeln ist vorbei«, stellte Max klar. »Wir wollen überleben. Menschen retten. Sollen wir ihr das Feld überlassen, weil wir uns an Regeln halten?«

Jede Kraft schien aus Nostradamus zu weichen. »Als du vor sechs Monaten zu mir gekommen bist, hielt ich dein Vorhaben für undurchführbar, ja: anmaßend. Ich dachte, die Trauer hätte dich zerfressen, der Verlust von Clara Ashwell dich aus der Bahn geworfen. Doch ich gebe zu, dass eine Chance besteht, mag sie auch gering sein.«

Max atmete auf. »Du unterstützt mich.«

Der Essenzstabmacher nickte. In einer fließenden Bewegung zog er eine der Schreibtischschubladen auf und entnahm ihr ein Kästchen. Es war mit Goldaufschlägen versehen, auf dem Deckel prangte eine magische Glyphe. »Hierin findest du alles, was du benötigst. Wähle dir

Mitstreiter aus, denen du vertrauen kannst. Doch wähle weise. Jeder, der dir folgt, begibt sich in absolute Lebensgefahr. Ich kann das nicht noch mehr betonen. Ich habe bereits Menschen sterben sehen, die gegen diese Regel verstießen.« Mit einem Flüstern ergänzte er: »Die Zeit schützt sich selbst.«

Max nahm das Kästchen grimmig entgegen. »Ich weiß. Doch wenn ich recht habe, dann kann es funktionieren.«

»Es ist das *einzige* Schlupfloch. Und ja, wenn du dein Ziel erreichst, kann es klappen. Doch der Weg dahin ist mit so vielen Fallen gespickt, dass es dich alles kosten kann. Ich vermag das gar nicht genug zu betonen.«

»Ich werde gehen. Das bin ich ihr schuldig.«

»Sie war eine gute Freundin …«

»Meine *beste* Freundin«, stellte Max klar. »Doch davon abgesehen geht es um weitaus mehr. Die Schattenfrau wird jede Armee zerschmettern, die Johanna gegen sie ins Feld führt. Es hat sie ein Fingerschnippen gekostet, die Portale kollabieren zu lassen und ein Lachen, um jeden Kontaktstein auf der Welt zu zerstören. Welche Erfolgschancen rechnest du unseren Freunden bei einem direkten Kampf aus?«

»Geringe«, gab Nostradamus zu. »Sie werden raffiniert vorgehen und es ihr schwermachen, doch am Ende wird es knifflig.«

»Diplomatisch formuliert. Was also wird bleiben, wenn ich das Risiko nicht eingehe? Eine dunkle Königin, die über Nimags und Magier herrscht? Grausam, brutal und unbeugsam. Oder hat sie etwas anderes vor? Will sie mehr als nur Herrschaft? Hatte ihre Machtergreifung ein bestimmtes Ziel?«

»Allein die Frage macht mir Angst«, gestand Nostradamus. »Denn wenn es so ist, gibt es nicht mehr viel, was sie aufhalten kann.«

Max nickte langsam. »Ich habe Monate in einem Kerker zugebracht, wurde gefoltert und gegen meine Freunde benutzt. Angst, Trauer, Einsamkeit – ich kenne alles. Die Wut kommt von alleine, wird zu Hass und verzehrt dich.«

»Warum bist du nicht entglitten?«, fragte Nostradamus. »Moriarty hat dich manipuliert, alle Grundlagen waren gelegt. Du hast deine Freunde gehasst, weil sie den Schwindel nicht durchschaut haben, und wärst beinahe gestorben.«

»Ich habe sie nicht gehasst, ich *dachte nur*, dass ich das tue. Aber verantwortlich waren die Schattenfrau und der Wechselbalg, niemand sonst. Ich habe niemals einen Gedanken daran verschwendet, genau diesem Bösen zum Sieg zu verhelfen, es zu unterstützen. Das war ich nie und werde ich nie sein. Wenn es eine Möglichkeit gibt, sie zu retten, dann nur diese eine.«

Nostradamus nickte. »Dann geh. Wage den Schritt und versuche es. Meine Gedanken und Hoffnungen sind bei dir.« Uralte Augen schenkten ihm einen Blick voller Hoffnung, durchbrochen von der Narbe, die die Schattenfrau dem Essenzstabmacher einst beigebracht hatte.

Max nahm das Kästchen auf und wandte sich ab. Nun galt es. Die Schattenfrau hatte sich selbst gekrönt und an die Spitze gesetzt. Ausgestattet mit Allmacht vollendete sie die Prophezeiung Joshuas und Max hatte den abschließenden Satz nicht vergessen.

Was war, wird wieder sein, was ist, wird nie mehr sein.

»Wir werden sehen.«

Er erreichte die Tür, den Blick von Nostradamus im Rücken. Als der Unsterbliche nun sprach, hätte Max ihn beinahe nicht gehört. Seine Worte waren nicht mehr als ein Wispern, doch sie trugen die Hoffnung mit sich, die Max seit Monaten im Herzen trug, den Plan, an dem er gearbeitet hatte.

»Rette Clara Ashwell. Rette das Licht.«

Ende

XII.I

Ein Kreis vollendet

Mein Leben und ich (Was bisher geschah)

Da fühlt man sich direkt wieder wie ein Nimag. Mein Name ist Alexander Kent, und ich schreibe diese Zeilen für die Nachwelt, während hier im Castillo alle herumrennen wie aufgescheuchte Hühner. Da die Mentigloben nicht mehr funktionieren, musste ich zu einem Füller greifen. Einstein jagt vermutlich jeden Lichtkämpfer aus seinem Büro, der noch einmal nach einem solchen fragt. Die Papiervorräte sind ebenfalls geplündert. In Kürze wechselt Teresa hinüber ins Archiv, um all unsere niedergeschriebenen Worte zu übergeben. Für die Nachwelt – falls es die geben sollte.

Vor einigen Monaten wurde ich durch ein Sigil zum Magier. Seitdem habe ich viel erlebt. Ich habe neue Freunde gefunden, wurde mit Essenzstäben, Wechselbälgern und Feuerblut-Splittern konfrontiert. Einen Großteil des Chaos durchlebte ich mit Jen – Jennifer Danvers. Zuerst hielt ich sie für arrogant und besserwisserisch, aber das hat sich geändert. Eigentlich ist sie ganz nett. Okay, ich mag sie ziemlich. Wehe, das hier darf jemand lesen, während ich noch am Leben bin.

Wir kämpften also gegen die Schattenfrau, eine bösartige Person hinter einem Schattenschleier. Am Ende stellte sich heraus, dass es sich dabei um Clara handelt. Mal ehrlich, das ist so, als öffne man die Wohnungstür und ein Killerclown steht davor. Wer rechnet denn damit? Entsetzen! Geschrei! Herzinfarkt!

Clara wurde durch ein Zeitportal in die Vergangenheit geschleudert und dort durch einen magischen Trank richtig böse. Böse ist untertrieben, sie wurde zu einem Monster. Ihr Ziel: drei Essenzsplitter zu vereinen, die bei der Erschaffung des Walls davongeschleudert wurden. Laut der Prophezeiung Joshuas – das war der letzte Seher – entsteht dadurch die Allmacht. Allein das Wort ist fies.

Nach einem Höllentrip unter das Meer und nach Antarktika, wo ich ein paar lustige Albträume durchleben durfte, hat sie es geschafft. Und mit einem gemeinen Trick natürlich alle drei Splitter zusammengefügt. Damit sitzen wir in der Scheiße.

Und als wäre das nicht genug, liegen mir alle paar Wochen irgendwelche Idioten damit im Ohr, dass ich eigentlich gar kein Magier sein dürfte. Gut, in mir ist ein Wildes Sigil, aber das ist doch ziemlich egal!

Wieso das also alle sagen, weiß ich nicht. Denn mein Vorgänger Mark war so schlau, alle Infos auf zwei Kryptexe aufzuteilen, und wir haben nur das erste gefunden. Wo das zweite ist? Gute Frage.

Alles sehr wirr. Ich vermisse Alfie, meinen kleinen Bruder. Und meine Mum. Was geschieht wohl mit ihnen, sollten wir verlieren? Die Schattenfrau wird über

Nimags und Magier herrschen – eine ungekrönte Königin. Magier sein ist toll. Aber es bedeutet auch Verantwortung. Und das heißt in unserem Fall: Krieg und Kampf. Ich habe Angst um meine Freunde.

Jen, Chloe, Max, Kevin und Chris sind für mich längst Familie. Wenn ich morgens mein Sandwich esse, tue ich das am liebsten in der Küche des Castillos. Wenn ich gerade von London über das Portal ankomme, stürme ich hinein, was mir immer einen tadelnden Blick von Tilda einbringt. Aber das Sandwich liegt schon bereit. Und der Kaffee steht daneben.

Jen lässt morgens direkt die Motivatorin heraushängen, krempelt die Ärmel hoch und bringt den ersten Pepptalk des Tages. Meist schaue ich müde über den Tassenrand hinweg zu Chris, der die Augen verdreht und seinen Kaffee schlürft. Chloe krault sowieso die ganze Zeit ihren Ataciaru. Kevin und Max turteln. Man könnte meinen, die beiden sind frisch verliebt.

Ich vermisse diese Momente mittlerweile.

Derzeit spricht jeder nur über Angriffszauber, Artefakte und Iria Kon.

Die Angst ist mit den Händen greifbar.

Was wird wohl sein, wenn alles vorbei ist?

Alexander Kent
(vor dem Angriff auf Iria Kon)

Nach ewigen, ehrnen,
Großen Gesetzen
Müssen wir alle
Unseres Daseins
Kreise vollenden.

(Johann Wolfgang von Goethe)

Prolog

Vor vielen Jahren

Geschrei und Geplapper verstummten schlagartig. So war es immer, wenn Thomas Alva Edison den Raum betrat.

Clara mochte ihn nicht. Er war groß, ernst und erinnerte sie an eine Sprungfeder, wie sie aus den Matratzen auf dem Speicher daheim hervorlugten.

Chris stupste sie und verzog das Gesicht zu einer Grimasse.

Clara kicherte.

Sofort fixierte Edison sie mit seinem Blick. Ihr wurde übel. Wenn ihre Mutter davon erfuhr, drohte ihr Leseverbot.

»Ich begrüße euch zu eurer ersten Stunde der Kampfmagie. Trotz eurer Jugend werde ich euch zur Seite stehen, wenn ihr heute jenen Zauber lernt, den ihr sowieso längst beherrscht.«

Ein Kichern ging durch die Reihe, verstummte jedoch sofort, als Edison die Lippen schürzte.

»Wer kann mir sagen, welcher Zauber das ist?«, fragte er.

Chris' Hand schoss in die Höhe. Bevor er aufgerufen wurde, brüllte er: »Potesta.«

Edison bedachte ihn mit hochgezogenen Brauen. Er musste nichts sagen, Chris wurde rot und zog den Kopf zwischen die Schultern.

»In der Tat. Ihr benutzt ihn bereits, obwohl eure Eltern euch regelmäßig die Ohren langziehen. Ein gefährlicher Zauber. Wenn ich jemanden hier erwische, der ihn außerhalb des Unterrichts gegen einen Klassenkameraden einsetzt, wird derjenige das Castillo verlassen!«

Clara erschauderte. Ihren Klassenkameraden ging es nicht anders, sogar Chris blickte betreten zu Boden.

Edison schwang seinen Stab. Ein magisches Symbol entstand. »Aportate Übungsfigur.«

Die Tür öffnete sich und eine Hexenholzfigur aus dem Trainingsraum kam herein. Sie nahm gegenüber der Tür Aufstellung.

»Ihr werdet nun einer nach dem anderen vortreten.«

Und so geschah es.

Mit kleinen Trippelschritten marschierten sie zum Pult, wo Edison ihnen genau erklärte, wie der Kraftschlag auszuführen war. Fast alle brachten die Figur zum Wanken, nur Clara nicht. Edisons Blick glitt über sie, mahnend, strafend, abwertend. Er erinnerte sie an ihre Mutter.

Der Rest der Vorlesung zog an ihr vorbei. Ihre Wangen brannten, die Scham schmerzte.

»Clara, bleibst du bitte noch einen Moment.«

Die anderen verließen den Raum. Erst jetzt bemerkte sie, dass sie das Ende der Übungsstunde erreicht hatten.

Edison bat sie, noch einmal nach vorne zu kommen.

Seine Augen blickten gutmütig auf sie herab. Seltsam. »Du musst keine Angst haben. Weißt du, der Potesta-Zauber ist einer der einfachsten, aber auch wichtigsten Zauber. Seine Stärke leitet sich von dem Willen des Magiers ab, zu zerstören, zu verletztten, zu schlagen.«

»Aber das möchte ich alles nicht«, piepste Clara.

Edison lächelte. Es war das erste Mal, dass er das tat, und nun würde Clara Judy Miller sagen, dass der Unsterbliche es doch konnte. Es gab Wetten zu diesem Thema.

»Das ist gut«, sagte er. »Denn einen anderen Menschen zu verletzen, sollte immer das letzte Mittel der Wahl sein. Doch der Zauber hilft dir auch, Türen zu öffnen, dich in höchster Not zu befreien.«

»Ich kann es nicht.«

»Doch, das kannst du. Du bist anders als alle anderen, das habe ich begriffen. Hast du einen besten Freund?«

Clara spitzte die Lippen. »Chris. Aber Mum findet das nicht gut.«

»Christian Grant ist ein guter Junge. Entscheide selbst über deine Freunde, Clara.« Edison wandte sich um und schwang den Stab. Am Boden entstand ein Bild von Chris. Er blutete. Die Holzfigur stand über ihm, richtete den Stab auf seine Brust.

Clara erschrak. »Potesta!«

Der Kraftschlag zerfetzte die Hexenholzfigur.

Stille senkte sich herab.

»Es tut mir leid«, presste sie hervor. Tränen rannen über ihre Wangen.

»Das muss es nicht«, sagte Edison sanft. »Du wolltest deinen Freund beschützen. Die Antriebskraft für dein Handeln ist Liebe, nicht Hass oder Wut. Vergiss das nie, Clara.«

Sie nickte zaghaft.

Edison verabschiedete sich.

Clara starrte noch lange auf die Splitter der Hexenholzfigur. An jenem Tag hatte sie ihren allerersten Zauber gelernt. Potesta. Viele Jahre später dachte sie an diesen Moment zurück, ...

... obwohl es längst zu spät war.

1. Ein verwegener Plan

»Du bist ein Einhorn.« Alex grinste frech.

Jen erwiderte seinen Blick mürrisch. »Was?«

»Ein Pummeleinhorn. Du weißt schon: flauschig, groß ...«

»Bezeichnest du mich gerade als fettes Plüschtier?«, hakte Jen nach. Ihre Stimme vibrierte gespannt wie ein Kraftschlag.

Alex ließ seinen Blick über ihre Lederjacke gleiten, die einen künstlichen Pelzkragen besaß. Er hatte ihn gerade befühlt. »Das war ein Kompliment. Vielleicht mache ich es zu deinem Spitznamen.«

Der Schlag auf den Hinterkopf traf ihn unvorbereitet. Verwirrt sah er sich um.

»Hör auf, Jen zu ärgern«, verlangte Tilda, bevor sie wieder an ihren Herd trat und die Sandwiches belegte. Überhaupt entwickelte sie momentan eine ungeahnte Agilität, wenn es darum ging, Brote zu schmieren und Essenspakete zu schnüren.

Alex schob die Unterlippe vor und schmollte ein bisschen, sagte aber nichts. Hier in der Küche herrschte fast so etwas wie Normalität. Es war surreal. Gleichzeitig wollte er sich daran festhalten. Sollte die Welt außerhalb doch untergehen.

Jen saß auf der Couch und schlürfte Kaffee, Nikki lag daneben und döste. Nach den zahlreichen Sprüngen der letzten Zeit sollte sie sich ausruhen. Chris und Kevin würden heute Morgen aus dem Krankenflügel entlassen werden, Teresa hatte es versprochen. Auf dem Tisch stand ein kleiner Kuchen mit zwei identischen Kerzen darauf. Chloe war irgendwo mit Ataciaru unterwegs, und Max ... Wo der sich gerade herumtrieb, wusste Alex nicht.

Der Schock saß noch immer tief. Die Schattenfrau hatte die Sprungportale mit einer Handbewegung versiegelt und die Kontaktsteine zerstört. Mit ein wenig Verzögerung hatte die Bibliothekarin festgestellt, dass Mentigloben nicht mehr ausgelesen oder mit Gedanken befüllt werden konnten.

Deshalb waren sie alle dazu aufgefordert worden, ein paar Zeilen für die Nachwelt festzuhalten, die ins Archiv gebracht wurden.

Was kommt als Nächstes?

Er wollte nicht daran denken.

Der Kaffee war nur noch lauwarm. Er trank ihn trotzdem. Jedes Stück Normalität tat gut, erdete, gab Kraft. Jen ließ sich nichts anmerken, wie immer. Trotzdem sah er in ihrem Blick die Hoffnungslosigkeit. Die Moral aller lag am Boden. Der Pepptalk Johannas war von der Schattenfrau mit einem Fingerschnippen ins Gegenteil verkehrt worden.

»Du lässt dich nicht aus der Ruhe bringen, oder?«, fragte Alex an Tilda gewandt.

»Ich saß einhundertsechsundsechzig Jahre in einem Castillo fest. Alleine.« Die Köchin unterbrach ihre Arbeit nicht. »Es gab nur mich und meine Bratpfannen. Da lernt man, dass es immer irgendwie weitergeht.«

Bei ihrer ersten Begegnung hatte Tilda kurzerhand eine jener Bratpfannen benutzt und sie Alex ins Gesicht gedonnert. Seither hatte er Respekt vor diesen Dingern. »Gutes Argument.«

Nikki schnarchte leise. Sie war vor einigen Minuten aufgetaucht, nachdem Max und sie verschwunden gewesen waren.

Sie wirkte jung und unschuldig wie eh und je. Vor einigen Stunden war ihm der Spitzname ›Bambi‹ entfahren. Nikki hatte ihn nur böse angefunkelt, worauf er beschlossen hatte, sie ab jetzt immer so zu nennen.

»Was hast du deiner Mum gesagt?«, fragte Jen.

»Geschäftsreise. Und du Dylan?«

»Geschäftsreise.«

Sie grinsten einander an, wenn auch mit einer Spur Bitterkeit im Blick. Überhaupt waren Freude und Unbeschwertheit in diesen Tagen rar gesät.

Vermutlich tanzte die Schattenfrau gerade freudig durch ihren Turm und brachte zur Feier des Tages ein paar Leute um, rottete eine Tierart aus oder versenkte einen Kontinent.

Polternde Schritte erklangen.

Max schoss in die Küche, die dunklen Haare zerzaust, die Wangen knallrot. »Ihr müsst mitkommen!« In der Hand hielt er eine Schatulle, in deren Holz ein Siegel geprägt war.

Alex sprang auf. »Was ist passiert?«

»Ich habe einen Plan. Und euch brauche ich dazu!«

»Worum geht es?«, fragte Jen neugierig.

»Um Clara«, ließ er die Bombe platzen. »Ich habe eine Idee, wie wir sie retten können.«

Alex, Jen und sogar Tilda starrten ihn an.

»Hä?«, entfuhr es Alex geistreich. Aber, was sollte man in einer derartigen Situation auch sagen?

Stille senkte sich herab.

Nikki fuhr hoch. »Was, wieso streitet niemand? Ist was passiert?«

»Das ignorieren wir jetzt einfach mal«, kommentierte Alex.

»Max, ich weiß, dass du mit Clara gut befreundet warst, genau wie Chris. Aber irgendwann musst du loslassen. Sie war meine beste Freundin und der Gedanke tut mir immer noch weh. Aber es gibt nun einmal keinen Ausweg ...«

»Hört auf zu reden und kommt mit.« Damit wandte Max sich um und raste wieder hinaus.

Es blieb ihnen gar nichts anderes übrig, als ihm zu folgen. Neugierige Blicke huschten ihnen hinterher, als sie die Eingangshalle durchquerten und in die kalte Winterluft traten. Die Bäume reckten ihre Äste kahl gen Himmel, der See lag einsam da, Wolken verdeckten die Sonne. Der Regen stand in den Startlöchern und würde bald über sie hereinbrechen, das konnte er als Londoner am Geruch der Luft erkennen.

Max führte sie in den angrenzenden Wald, auf den heruntergekommenen Spielplatz, der sich noch innerhalb der Ländereien des Castillos befand.

»Es wird auch Zeit«, motzte Chris. »Wir stehen hier herum und frieren uns zu Tode. Willst du, dass wir direkt wieder auf den Krankenflügel müssen?«

Das war maßlos übertrieben, trug Chris doch nichts außer einem schwarzen Muskelshirt und verschlissenen Jeans. Er fror kein bisschen und seine Muskeln zeichneten sich hart auf den Oberarmen und den Schultern ab.

Alex begrüßte die Freunde zufrieden. Zwischen ihm und Chris hatte sich eine intensive Männerfreundschaft entwickelt, was oftmals Spott von Jen hervorrief. Er glaubte allerdings, dass sie nur neidisch war.

Die Zwillinge wirkten erholt, aber in ihren Augen entdeckte Alex den Schein des erlebten Schreckens. Die Gewissheit, dass sie beide durch Todesangst zu einem Monster mutierten – dem dritten Zwilling –, stand ihnen ins Gesicht geschrieben.

»Wir haben leider wenig Zeit«, haspelte Max. »In den letzten Monaten habe ich mich oft mit Nostradamus unterhalten.«

»Ach?«, sagte Jen.

»Ich hatte einen Plan, aber dafür benötigte ich seine Hilfe«, erklärte

Max weiter. »Mittlerweile habe ich auch mit Kleopatra und Edison gesprochen. Wir haben ein ›Go‹.«

»Das ist toll«, kommentierte Alex fröhlich. »Wofür?«

»Also, das ist jetzt etwas komplizierter.« Max holte einmal tief Luft. Dann berichtete er von seinem Vorhaben.

»Du bist wahnsinnig«, stellte Jen fest, als er zum Ende gekommen war.

»Genial«, hauchte Alex, was ihm einen vernichtenden Blick von Jen einbrachte.

»Alter, um wie viele Ecken kann man denken.« Chris kratzte sich am Kopf, schürzte die Lippen und verschränkte die Arme. »Aber es könnte klappen.«

Kevin stand augenscheinlich kurz davor, sich die Haare zu raufen. »Wie kommt es eigentlich, dass immer dir solche absurden Ideen einfallen?!«

»Es ist eine Gabe«, erwiderte Max mit einem frechen Grinsen.

»Dabei kann alles schiefgehen.« Jen zog den Reißverschluss ihrer Jacke in die Höhe und ging auf und ab.

»Es geht um Clara.« Max blickte in die Runde. »Unsere *Freundin* Clara. Was gibt es da zu überlegen?«

»Du meinst: abgesehen davon, dass wir nur einen falschen Schritt machen müssen und alle sterben werden?«

»Genau das meint er. Ich bin dabei«, rief Alex sofort. »Das wird ein Spaß.«

Jen verdrehte die Augen. »Du wärst im Stande, die zivilisierte Welt zu zerstören. Egal, ob das theoretisch möglich ist oder nicht. Ich bin also gezwungenermaßen dabei.«

Die Zwillinge warfen sich einen Blick zu und nickten synchron. »Okay«, sagte Chris. »Wir sind dabei«, ergänzte Kevin.

»Ich habe ja schon zugesagt!«, rief Nikki.

Max schien verblüfft, als habe er mit größerem Widerstand gerechnet.

»Was ist mit Chloe?«, fragte Alex.

»Edison hat verboten, dass sie mitgeht. Chloe und Ataciaru werden hierbleiben müssen. Keine Ahnung, warum.« Er klatschte in die Hände. »Wir müssen zu Kleopatra.«

»Oh.« Alex spürte, wie seine Wangen sich röteten. »Dann sollten wir sie nicht warten lassen.«

Jen bedachte ihn mit einem mürrischen Blick.

2. Sucht euch was aus

Es waren keine privaten Räume, es war ein Palast.

Mit offenem Mund starrte Alex auf die verzierten Säulen, die von Hieroglyphen bedeckt waren. Im Boden war ein Pool eingelassen, befüllt mit dampfendem Wasser. Der Duft ätherischer Öle stieg ihm in die Nase.

»Was steht denn da?«. Er deutete auf ein rot umrandetes Rechteck und vermisste einmal mehr die Kontaktsteine.

»Zutritt für Römer verboten«, erwiderte Jen leise. »Diese Frau ist rassistisch.«

»Es sind lediglich schlechte Erfahrungen.« Eine Teenagerin mit schwarzen Haaren und edlen Gesichtszügen betrat den Raum.

Sie trug enge Shorts, ein Top und Sandalen. Die Sonnenbrille hatte sie nach oben geschoben. Während vor dem Castillo Kälte herrschte, war es hier drinnen sommerlich warm.

»Hi.« Alex wurde heiß. »Sie hat das nicht so gemeint.«

Kleopatra maß Jen berechnend von oben bis unten. »Sie kann nichts dafür. Jungen Menschen fehlt es an Weisheit.«

»Stimmt«, blaffte Jen zurück. »Die kommt erst mit dem *hohen* Alter.«

Die jugendliche Königin warf die Haare zurück und lachte glockenhell. Sofort stimmten Chris und Alex mit ein.

Gemeinerweise verdrehte Jen die Augen. Nikki war eindeutig beeindruckt und musterte sowohl die Umgebung als auch Kleopatra mit großen Augen. Kevin und Max wirkten, als würden sie das Schauspiel genießen und lediglich das Popcorn vermissen.

»Können wir uns dann bitte beeilen!«, fauchte Jen. »Oder wollt ihr vielleicht noch eine Liebeserklärung abgeben?«

Alex konnte nicht verhindern, dass seine Wangen brannten.

Chris zwinkerte Kleopatra freudig zu.

Die Unsterbliche glitt auf ihn zu wie ein wunderschöner Delphin im Wasser. Sie schob die Hand unter Chris' Muskelshirt und zog ihm selbiges über den Kopf. »Hast du trainiert?«

»Wir sollten uns wirklich beeilen!«, brüllte Alex so laut, dass Jen zusammenzuckte. Zog Kleopatra seinen besten Kumpel hier tatsächlich aus? Wie unfair ... unangebracht war das denn?

»Ich kann die Kraft spüren.« Kleopatras Finger glitten über das

Tattoo auf Chris' Rücken. »Die Magie vom Anbeginn, verwoben mit deinen Muskeln.«

Vermutlich hätte Chris im nächsten Augenblick gesabbert, wenn Jen nicht einfach den Zugang zum nächsten Raum angesteuert hätte.

Kleopatra hatte, wie jeder Unsterbliche, ein eigenes Büro mit angeschlossenem Raum. In diesem war durch ein Konstrukt aus Dimensionsfalten ein wahrer Palast untergebracht worden. Die Unsterbliche ließ sich nur ungern in die Karten schauen, doch Alex hatte aufmerksam die Phiolen registriert, die auf einem Regal aufgereiht lagen. Sie schien die Kunst der Zaubertrankzubereitung perfektioniert zu haben und konnte – wie er dank Chris und Chloe wusste – mit ihrem Essenzkampfstab ausgezeichnet umgehen.

Jen stieß das Portal auf. »Ich schaue mich dann mal um.«

Sofort ließ Kleopatra von Chris ab und stapfte ihr hinterher, die Wangen wütend gerötet.

Überhaupt war es Kleopatra zu verdanken, dass sie sich alle noch untereinander verstanden. Nachdem die Kontaktsteine fort gewesen waren und damit niemand mehr übersetzten konnte, wechselten sie ins Englische. Das beherrschten jedoch nicht alle. Dank eines Tranks von ihr wurde die Sprachbarriere überwunden, allerdings mussten alle paar Stunden ein paar Tropfen davon eingenommen werden. Die Übersetzung funktionierte außerdem nur bei gesprochenen Worten. Jeder von ihnen hatte eine kleine Phiole mit Pipette erhalten.

Der angrenzende Raum entpuppte sich als Ankleidezimmer. Mit Diamanten behangene Büsten standen überall, Kleidung hing an Bügeln oder lag zusammengelegt in Schrankfächern. Ringe, Armreife, verzierte Kampfstäbe – hier schien es alles zu geben. Erst beim zweiten Hinsehen erkannte Alex, dass die Kleidung unterschiedlichen Epochen zugeordnet werden konnte.

»Ich werfe Dinge nur ungern weg«, säuselte Kleopatra. »Ihr könnt euch gerne etwas aussuchen.« Ihre Miene gefror, als Jen nach einem Kleid griff. »Nein, das nicht.« Jen ging weiter. »Nein, das auch nicht. Wieso suche ich euch nicht einfach etwas aus?« Sie rempelte Jen förmlich beiseite.

»Pubertät«, zischte diese leise.

Alex nahm sie sachte am Arm und dirigierte sie an das andere Ende des Raumes. Weit fort von Kleopatra.

»Warum hängen hier auch Hosen und Hemden von Männern?«, fragte Nikki.

»Erinnerungen an meine Liebhaber.« Kleopatra strahlte. »Sie sahen ausgesprochen gut aus.«

Alex ließ seinen Blick über die Berge aus Männerkleidung schweifen. »Das sind aber viele.«

»Nicht, wenn man es herunterrechnet.« Kleopatra drehte gedankenverloren eine Haarlocke zwischen ihren Fingern. »Ein langes Leben bring Einsamkeit mit sich.«

Plötzlich wirkte sie traurig. Er hätte sie gerne in den Arm genommen.

Ein Klatschen ließ ihn zusammenzucken. »Also schön.« Max sah in die Runde. »Wir brauchen alle Kleidung aus den 1970er-Jahren. Der fixierte Tunnel führt immer genau vier Dekaden zurück. Das ist unser erster Zwischenstopp.«

Kleopatra wirbelte durch die Regalreihen und brachte Hemden, Schuhe und Schlaghosen mit.

Am Ende trugen Jen und Nikki einteilige Miniröcke, die mit einem bunten Muster versehen waren, und kniehohe Boots.

Alex bekam orange Schlaghosen, ein marineblaues Hemd und darüber eine orangefarbene Jacke. Kevin und Chris ein eher rotes Outfit, Max ein grünes. Scheußlich! Kleopatra setzte noch einen drauf, indem sie ihren Zauberstab schwang und ihnen allen buschige Locken verpasste.

»Ich mag die Siebziger nicht«, murrte Alex. »Das sieht aus, als hätte ich einen Clown gegessen und er würde sich nun rächen.«

Chris klopfte Alex auf die Schulter. »Denk nicht an uns, schau dir die Klamotten der Frauen an.«

»Irgendwie habe ich bei dieser Sache ein total ungutes Gefühl«, sprach Kevin leise zu Max. »Bist du sicher, dass es in den Siebzigern keine große Katastrophe gab, in die ein Team aus vier Magiern und zwei Magierinnen verwickelt war?«

Max kicherte. »Wundern würde es mich nicht.«

Die beiden begannen zu turteln. Jen und Nikki redeten auf Chris ein und erklärten ihm etwas von Emanzipation, was ihn ziemlich kleinlaut werden ließ. Kleopatra stand vor dem Spiegel und hielt sich ein Diadem vor den Hals. Alles wirkte irgendwie chaotisch, also normal. Als stünden sie nicht vor der größten Niederlage aller Zeiten.

Alex wich zurück und betrachtete die Szene.

Egal, wie das Ganze ausging: Er wollte es so in Erinnerung behalten. Chaotisch. Lustig. Schön.

Er lehnte sich an eines der tieferen Regale. Kurz darauf fuhr er erschrocken hoch. »Aua!«

Auf dem Regal lagen Scherben.

Kleopatra kam mit wütend funkelnden Augen herbei. »Eines meiner liebsten Stücke. Eine Büste, die einer meiner Liebhaber für mich gefertigt hat.«

»Was ist damit passiert?« Große und kleine Bruchstücke lagen dicht beieinander.

»Ich weiß es nicht. Jemand ist hier eingebrochen und hat sie zerstört. Eines Morgens fand ich sie so vor.« Ein Seufzen. »Kein Zauber könnte die Perfektion wiederherstellen. Vermutlich war Eifersucht der Grund«, sinnierte sie. »Manchmal lieben mich die Männer zu sehr.« Sie schaute zu ihm auf, griff nach seinem Kragen. »Dieses Hemd gehörte einem besonders leidenschaftlichen Liebhaber.«

Alex stöhnte auf.

Jen grinste natürlich frech. »Was für eine Ehre. Da freust du dich, Alex, oder?«

»Total. Können wir jetzt gehen? Die Welt retten und so?«

Jen hatte Erbarmen.

Und so verließen sie den Raum, das Castillo und Alicante, um die wichtigste Reise anzutreten, die jemals getan worden war.

3. Ein Angebot, das du nicht ausschlagen kannst

Vor einigen Wochen

Die Dielen knarzten bei jedem seiner Schritte. Sicherheitshalber zwickte er sich in den Arm. Nein, kein Traum. All das hier war echt. Die Steinblöcke, auf denen Vitrinen seltsame Apparaturen beherbergten; Zahnräder, Bernstein, dunkel schimmerndes Holz. Eine geschwungene Treppe führte auf eine Galerie voller Regale. Bücher standen darin, akkurat aufgereiht. Sie wirkten alt.

Hohe Fenster boten den Blick auf dichtes Grün. Die Sonne schien.

»Wo sind wir?«

»Nicht mehr in London«, erwiderte der bärtige Mann, der sich ihm als Markus vorgestellt hatte.

Doch das war nicht sein wahrer Name.

Alfie ging staunend zwischen den Vitrinen umher. »Und das alles hier ist ...«

»Magie«, unterbrach ihn Moriarty. »Apparaturen, die wahre Wunder vollbringen können.«

Er hatte es ihm erzählt. Alles. Dass der Wall das Wissen um die Magie ausgelöscht hatte. Machtgierige Magier hatten die Kontrolle an sich gerissen und überwachten die Nimags aus dem Verborgenen heraus. Hunger, Krankheiten, Armut – all das würde es ohne den Wall nicht geben. Denn mit Magie ließ sich die Ungerechtigkeit der Welt aufheben.

Diese machthungrigen Magier hatten auch die Geschichtsschreibung verändert. Moriarty war gar kein fiktiver Verbrecher gewesen. Er hatte lediglich gegen den Wall gekämpft. Und nun wollte er Alfie dabei helfen, ebenfalls Magie zu wirken.

Zuerst hatte er den bärtigen Mann für einen Irren gehalten, als der ihn an der Bushaltestelle angesprochen hatte. Auch, als der ihm eine Brille in die Hand gedrückt und schließlich einen Holzstab geschwungen hatte, wäre er beinahe davongelaufen.

Doch dann hatte der Regen sie nicht mehr erreicht, war an einem unsichtbaren Schild abgeprallt. Und der mitgeführte Hund hatte sich plötzlich in einen Menschen verwandelt.

Magie existierte.

»Warum ich?«, fragte er zum wiederholten Male.

»Du bist etwas Besonderes.«

Alfie lachte bitter auf. »Das nehme ich dir nicht ab.«

»Ich habe zeit meines Lebens Informationen gesammelt. Über Abstammungen, Blutlinien und Prophezeiungen, die diese betreffen. Du bist wichtig.«

»Damit gibt es offiziell genau *einen* Menschen, der das glaubt.« Alfie spürte den altbekannten Schmerz in sich auflodern. Traurigkeit, die längst in Bitterkeit und Wut übergegangen war.

Er erinnerte sich an die Abende daheim, vor dem Fernseher. Wie stolz Mum und Dad gewesen waren. Auf Alex. Den tollen großen Bruder, der immer alles richtigmachte. Zumindest glaubten sie das. Dann war Dad gestorben. Und Alex war schuld gewesen.

Kaum hatte sein Bruder einen guten Job, warf er mit Geld um sich und ließ sich kaum noch blicken. Dieser miese Verräter.

»Ich kann dich auch wieder nach Hause bringen«, schlug Moriarty vor. »Du wirst das alles hier vergessen und wieder ein ganz normaler Nimag sein.«

»Nein!« Etwas leiser ergänzte Alfie: »So war das nicht gemeint.«

»Gut, dann verlieren wir nicht länger Zeit. Komm mit!«

Moriarty öffnete eine unscheinbare Tür und führte Alfie hinab in ein Gewölbe. In einem gewaltigen Raum standen Figuren aus Holz, Trainingsmatten lagen aus und in einem Steinbecken kräuselte sich Wasser. Daneben gab es eine kreisrunde Feuerstelle.

»Der Übungsraum«, erklärte Moriarty.

Eine gesamte Wand wurde von Gerätschaften dominiert. Gürtel, Armreife, Ringe, Brillen, rüstungsähnliche Ledermonturen. Alles versehen mit Bernstein- und Chrom-Ornamenten, dazwischen lagen Glasfläschchen.

»All dies sind Artefakte, die es dir ermöglichen werden, Magie zu wirken.« Moriarty deutete mit einem Lächeln auf die Utensilien.

Daneben standen weitere Apparaturen. Metalleier, klobige Pistolen, sogar ein Degen. Dahinter gab es Kisten, die mit Bernsteinen gefüllt waren.

»Da du selbst kein Sigil besitzt und damit auch keine Essenz produzieren kannst, musst du diese aus Speichern abziehen. Es handelt sich dabei um ganz besondere Essenz, die aus dem Blut von Magiern gewonnen wird. Aber dazu später mehr. Das Wichtigste zuerst.« Er griff nach einer Schatulle und öffnete sie.

Ehrfurchtsvoll griff Alfie nach dem unterarmlangen Holzstab, der darin lag. In die Oberfläche waren magische Symbole eingebrannt und mit Metall ausgegossen worden. An verschiedenen Stellen ragte die gewölbte Oberfläche von geschliffenem Bernstein hervor. Chromfäden überzogen das Gebilde, bis hin zum Griff. Daneben lag ein Ring.

»Streife ihn über«, befahl Moriarty.

Alfie kam der Aufforderung nach und nahm den Essenzstab hervor. Er wog schwer in seiner Hand.

»Sobald die Essenz im Stab zur Neige geht, wird der Ring sich erwärmen. Du musst den Zauber dann beenden und frische Essenz in den Stab leiten. Entweder durch einen Speicher oder indem du dich bei einem Magier in deiner Nähe bedienst.«

Alfie riss die Augen auf. »Ich muss jemanden verletzen?«

»Oder jemand gibt dir freiwillig etwas von seiner Essenz.«

»Ich komme mir vor wie ein Vampir.«

Die Antwort bestand aus einem leisen Lachen. »Mit dem Unterschied, dass du gegen das Böse kämpfst.« Moriarty reichte ihm Augengläser, die wie eine der Fliegerbrillen aus dem Ersten Weltkrieg anmuteten. »Aufsetzen. Andernfalls kannst du deine eigenen Zauber nicht sehen, der Wall würde das unterdrücken.«

Der Unsterbliche führte Alfie zu dem Steinpodest, auf dem Holzscheite lagen. »Du wirst diese nun entflammen. Schau mir zu.«

Er vollführte Armbewegungen und erschuf eine grauweiße Spur, die an Ascheflocken erinnerte.

Alfie benötigte fünfzehn Anläufe, bis er endlich rufen konnte: »Ignis Aemulatio!«

Die Scheite vergingen in einer grellen Stichflamme.

»Ausgezeichnet«, flüsterte Moriarty.

»Wirklich?«

»Aber ja. Du hast den Zauber mit so viel Nachdruck vollführt, dass das Feuer alles zerfressen hat. Vorzüglich. Die Symbole werden dir in Fleisch und Blut übergehen.«

Und so lernte Alfie in jeder freien Minute Angriffs- und Verteidigungszauber. Er atmete unter Wasser, imprägnierte seinen Körper gegen Feuer und wechselte die Form von Mensch zu Tier. Mit Contego-Armbändern erschuf er Schutzsphären und dank des Sprunggürtels konnte er blitzschnelle Ortswechsel vollziehen.

Moriarty war ein ausgezeichneter Fechtmeister. Innerhalb kürzester Zeit führten sie einen gefährlichen Klingentanz auf, bestehend aus Battuta, Coupé, Finten und Riposten. Dann kam der Übergang zum Essenzstab, sie nutzten nicht länger Degen.

Essenzfunken sprühten, als Holz auf Holz traf und Magie wirkte.

Irgendwann sagte Moriarty: »Du bist soweit!«

»Wofür?«

»Für die Wahrheit.« Sein Blick nahm einen traurigen Zug an. »Es geht um deinen Bruder.«

4. Das schreckliche Wirken des Alexander Kent

Verletzte Menschen rannten durch die Straßen.

Verblüfft blickte Alfie sich um. »Was ist hier los?«

Moriarty bedeutete ihm schweigend, dem Magier zu folgen, in dessen Mentiglobus sie eingetaucht waren. Es handelte sich um einen Mittzwanziger mit rotblonden Haaren und lustigen Sommersprossen auf der bleichen Haut. »Das ist Jason. Er war vor Ort.«

Die Menschen besaßen alle einen südländischen Einschlag.

»Wir sind in der Türkei«, bestätigte Moriarty seine Vermutung. »Und das da war einst eine Bibliothek.«

Das Gebäude war aus hellem Sandstein gebaut und wirkte einladend mit seinen großen Fenstern. Oder hatte es zumindest getan. Denn das Taxi, das oben aus dem Dach herausragte, passte so gar nicht ins Bild.

»Dein Bruder und seine Gefährten hatten Angst, dass wir ein Artefakt bergen, das in der Bibliothek verborgen liegt«, erklärte Moriarty. »Es kam zu einem Kampf. Dass dabei auch Nimags verletzt wurden, hat keinen der sogenannten ›Lichtkämpfer‹ gekümmert.«

Alfie bebte innerlich, als er die panisch geweiteten Augen der Menschen ringsum bemerkte. Sie steckten ihre Köpfe zusammen und tuschelten.

»Man wird das Ganze einer Terrorvereinigung in die Schuhe schieben«, konstatierte Moriarty. »Der Lauf des Lebens.«

»Das glaube ich nicht.« Alfie schüttelte den Kopf. »Alex würde so was nicht tun. Niemals.«

»Ach nein?«

»Nein! Das war jemand anderes. Und alle glauben nur, dass er es war.« Tief in seinem Inneren wurde die Wut zu einem schmerzenden Geschwür. Er wollte Alex packen und vermöbeln, seit er wusste, warum ihr Vater gestorben war. Erst kürzlich war die Wahrheit ans Licht gekommen, als er den Zettel gefunden hatte.

Aber ein Mörder? Nein, das war er nicht.

Moriarty bewegte seine Hände.

Die Aschespur ließ die Erinnerung vergehen. Sie fanden sich unter Wasser wieder und im ersten Augenblick fuchtelte Alfie panisch mit den Händen.

»Jason kann atmen, also beruhige dich«, sagte Moriarty. »Es ist nur eine Erinnerung.«

Sie glitten auf eine Kuppel zu. Sie war wunderschön, geschaffen aus Gold, Silber und Glas. Der Eingang öffnete sich vor ihnen – eine Luke. Der erste Tote lag im Gang. Es waren prächtige Geschöpfe, die in ihrer Form Delphinen mit Armen und Beinen ähnelten.

Jason erbrach sich.

Beinahe wäre es Alfie ebenso ergangen.

»Dieses Massaker ...«

»Das war er nicht«, flüsterte Alfie.

Doch Jason ging gnadenlos weiter. In einer gewaltigen Halle voller Eier stand Alex. Er schoss um sich, wie ein Verrückter, neben ihm stand eine Inderin mit hassverzerrtem Gesicht. Die kleinen Delphine, die aus den Eiern krochen, wurden zerfetzt.

»Nein!« Tränen verschleierten Alfies Sicht.

»Schau hin!«, brüllte Moriarty. »Das ist dein Bruder. Er zerstört und vernichtet. Leben bedeutet ihm und seinen Kumpanen nichts. Das hier waren friedliche Geschöpfe, die seit dem Anbeginn existierten. Doch wer den Wall nicht akzeptiert, wer dagegen vorgeht, der wird eliminiert. Es spielt keine Rolle, ob Nimag, Magier oder magisches Wesen.«

Moriarty ließ den Traum verwehen.

Alfie sank schluchzend zu Boden, direkt neben seine Sporttasche. Eigentlich sollte er beim Boxen sein. Boxen! Noch vor ein paar Wochen war ihm das wichtig erschienen. Medaillen erringen, seine Gegner fertigmachen. An die Spitze gelangen, damit sie ihn endlich wahrnahmen, ihn sahen.

»Ich weiß, wie das ist«, sprach Moriarty mit rauer Stimme. »Bevor ich zum Unsterblichen und Magier wurde, bevor ich mein Netzwerk der Wissenden gründete – das heute in den Geschichten von Arthur Conan Doyle als Verbrecherimperium bezeichnet wird –, war ich ein gewöhnlicher Mann. Es gab eine Frau, die alles für mich war. Wochenlang machte ich ihr den Hof, führte sie aus, umwarb sie.« Er seufzte traurig. »Erst viel zu spät bemerkte ich, dass mein Bruder, den ich immer wieder um Rat gefragt hatte, eine Affäre mit ihr eingegangen war. Vermutlich haben sie sich königlich auf meine Kosten amüsiert. Meine Dummheit.« Er verzog abschätzig die Lippen. »Stärke ist alles, was zählt. Vertraue niemandem.« Der Unsterbliche streckte seine Hand aus.

Alfie ergriff sie. Er wischte die Tränen beiseite. »Was jetzt?«

»Ich zeige dir alles. Alles, was dein Bruder seit seiner Erweckung getan hat. Die Zerstörung der Kathedrale des Sehenden Auges, das Wechselbalg-Massaker, die Feuerblut-Morde in Indien, der tödliche Silberregen in einem Splitterreich und mehr. Du musst ihn als das erkennen, was er ist.«

Obgleich er mit eigenen Augen gesehen hatte, wozu Alex fähig war, suchte er noch immer nach einer Erklärung. Einem Ausweg. Bis Moriarty ihm auch die übrigen Erinnerungen gezeigt hatte.

Es gab keine Entschuldigung!

Von diesem Tag an trainierte Alfie doppelt so hart wie bisher. Zuhause ging er Alex aus dem Weg oder sie stritten. Er konnte sich einfach nicht zurückhalten, behielt den wahren Grund aber für sich. Um seine Mutter zu schützen, belegte er sie mit einer leichten Suggestion. Sie schlug Alex vor, dass er doch ausziehen sollte. Glücklicherweise bemerkte sein Bruder nichts von alldem und kam der Aufforderung nach.

Damit war sie in Sicherheit.

Mit dem Sprunggürtel wechselte Alfie beständig zwischen dem Übungsraum und London hin und her. Morgens ging er zur Schule, mittags erhielt er von Moriarty Unterricht in Magie, magischer Geschichte, Feindbeobachtung, Zaubertränken. Es ärgerte ihn ein wenig, dass sein Bruder Magie aus sich selbst heraus wirken konnte, während er dafür Hilfsmittel benötigte.

Die Tage zogen ins Land, aus Spätsommer wurde Herbst. Der Winter nahte.

»Ich bin bereit«, sagte Alfie irgendwann.

Moriarty bedachte ihn mit einem überheblichen Lächeln. »Das zu entscheiden, liegt bei mir. Ein Fehler und ein Taxi wird dich zermalmen. Willst du das?«

»Nein«, gab er murrend zu.

»Gut. Dann wird es Zeit, dass du dein Team kennenlernst.«

»Mein Team?« Alfie ließ den Essenzstab sinken, mit dem er gerade Aportate-Zauber geübt hatte. Um ihn herum lagen Bücher auf dem Boden.

»Du denkst doch nicht, ich lasse dich alleine ins Feld ziehen? Deine Gegner sind auch immer in Teams unterwegs. Egal, wie gut du bist – alleine hättest du keine Chance.«

»Hm. Okay. Na dann.«

Moriarty führte ihn nach oben. Ein altes Herrenhaus. Überall waren

Männer und Frauen unterschiedlichen Alters und unterschiedlicher Hautfarbe unterwegs.

»Ich wusste nicht, dass wir so viele sind.«

Moriarty schmunzelte. »Freut mich, dass du dich dazuzählst.«

Sie betraten einen gemütlichen Raum. Im Kamin prasselte ein Feuer. In den verschlissenen Sesseln lümmelten eine Schattenkriegerin mit schwarzem Lockenkopf und Jason, den er aus den Mentiglobus-Erinnerungen kannte.

»Damit wäre das Trio Infernale komplett«, kommentierte Moriarty.

5. Das Retro-Team

»Ich bin so aufgeregt«, jauchzte Alex zum hundertsten Mal.

Jen dachte erneut darüber nach, ihm einen Beruhigungszauber auf den Hals zu hetzen. Ihre innere Ruhe war brüchig, da tat es nicht gut, wenn er die ganze Zeit herumhibbelte.

»Das wird so toll«, ging es weiter. »Ich meine, 1977! Abba. Disco. Miniröcke.«

»Kent!«, brüllte Jen.

»Ja?«

»Kannst du dich jetzt bitte zusammenreißen!«

»Aber ich bin so aufgeregt.«

»Das habe ich mittlerweile begriffen. Wir alle. Aber das Ganze ist kein Spaziergang.«

»Das weiß ich doch«, murrte er. »Aber, wenn wir uns schon in Lebensgefahr begeben, können wir uns wenigstens darüber freuen. Okay, das klingt seltsam. Ich meine ...«

»Ich weiß, was du meinst.« Jen seufzte. Wie gelang es ihm nur immer wieder, dass sie ihn in einem Moment schlagen wollte und im nächsten ... Ja, was? Umarmen? Küssen? Selbst in diesen blöden Klamotten wirkte er nicht mehr wie das Teammitglied unter Welpenschutz, als das sie ihn bis vor wenigen Tagen gesehen hatte. »Freu dich einfach leiser.«

Er grinste sie nur an.

Plopp.

Nikki erschien mit den anderen. Dieses Mal hatte sie zwei Sprünge durchgeführt, um sie alle nach Neuseeland zu transportieren.

»Direkt vor deiner Haustür.« Max deutete auf eine Ansammlung von Felsen im dichten Immergrün.

Eine heiße Quelle blubberte in Sichtweite. Neuseeland war wunderschön und aufgrund seiner geographischen Lage von vielfältiger Vegetation.

Nikkis Augen leuchteten, als sie sich umsah. »Ich bin viel zu selten daheim.«

»Der Zeittunnel ist dort vorne.« Max deutete auf die Spalte.

Bereits im Unterricht erfuhren angehende Lichtkämpfer von diesem Tunnel. Da Einstein aber ebenfalls das oberste aller Gesetze nachdrücklich erklärte, »Die Zeit schützt sich selbst«, hatte fast niemand

Lust, ihn auszuprobieren. Ein falscher Schritt und man stolperte, fiel den Abhang hinunter und brach sich das Genick. Trotzdem gab es einige Mutige, die es wagten. Diese Chrono-Archäologen durchstreiften die Vergangenheit als Beobachter und zeichneten alles auf, ohne sich zu erkennen zu geben.

Der fixe Zeittunnel war aus der Not geboren worden. Zu Beginn instabil, waren die Ausgangsportale zwischen verschiedenen Epochen hin- und hergesprungen. Das hatte zu gefährlichen Phänomenen geführt. Die Unsterblichen hatten sich zusammengeschlossen, um den Strom zu stabilisieren. Seitdem war die Porta der Vergangenheit immer exakt vierzig Jahre entfernt zur Jetzt-Zeit und lief mit.

Wer also einen Tag in der Vergangenheit verbrachte, kam auch einen Tag später erst wieder in die Gegenwart zurück.

»Immerhin, der Tunnel scheint noch da zu sein«, stellte Max fest. Die zusammengekniffenen Augen deuteten darauf hin, dass er den Weitblick einsetzte. »Ich sehe nur keine Wächter.«

»Wieso gibt es überhaupt welche?«, fragte Alex. »Selbst, wenn ein Schattenkrieger den Tunnel benutzt: Er kann doch sowieso nichts an der Geschichte verändern.«

»Aber Informationen aus der Vergangenheit holen«, erwiderte Jen. »Und das kann genauso gefährlich sein. Das Schutzteam sollte uns längst bemerkt haben.«

Sie näherten sich dem Spalt, die Essenzstäbe gezückt.

Jen registrierte sofort, dass etwas nicht stimmte. In der Luft lag ein metallischer Geruch. Blut. Das Wächterteam lag am Boden. Drei Männer und zwei Frauen in bequemer Kampfmontur. Die hatte ihnen allerdings auch nicht geholfen.

Alex und Jen sicherten die weitläufige Höhle nach beiden Seiten.

Chris wob den Indikatorzauber. »Agnosco.«

»Es war Magie«, rief Max herüber.

Kevin trat vor das Portal. »Schaut euch das an.«

Mitten im Stein gab es eine runde Aussparung, in der es rötlich waberte.

»Erinnert mich an das Portal beim ersten Stabmacher, das Crowley aktiviert hat«, kommentierte Alex. »Aber was ist das?«

An der Seite stand eine Apparatur aus Zahnrädern und Metallzylindern, die in Messingbeschläge eingepasst waren. Eine analoge Uhr am Rand zählte die Zeit auf null herab. Metalldrähte verliefen zum Stein.

Jen sprang neben das Gerät und führte einen weiteren Agnosco durch. »Keine Offensivmagie.«

Viel mehr konnte sie nicht tun. Der Countdown war nur noch fünf Sekunden davon entfernt, die Null zu erreichen.

»Nikki, bring das Gerät weg«, befahl Jen.

Die Sprungmagierin bückte sich. Ein blauer Blitz spannte sich zwischen ihr und der Apparatur. Aufschreiend wurde sie durch die Höhle gewirbelt und krachte gegen die Wand.

Der Countdown sprang auf null.

Die bläuliche Energie schoss an den Metalldrähten entlang zum Stein. Blitze züngelten. Die rötliche Energie zuckte, das Portal schrumpfte.

»Nein! Schnell, zerstört die Maschine!«, rief Jen.

Alex deutete mit seinem Essenzstab auf die Apparatur. »Potesta.«

Die geballte Kraft traf auf ein unsichtbares Hindernis und sauste, sich abschwächend, davon.

Chris sprang zu Nikki. »Hey, wach auf.«

»Wir müssen durch das Portal!«, schrie Max. »Sofort!« Er trug einen Rucksack, in den er die Schatulle von Nostradamus und weitere Utensilien gesteckt hatte.

»Nimm Nikki auf die Arme«, befahl Jen.

Chris kam der Aufforderung nach.

Eine dumme Idee.

Als hätte jemand eine Bombe unter der Erdoberfläche gezündet, brach der Boden auf. Die Druckwelle schleuderte sie alle zur Seite und gab einen hämisch grinsenden Mann frei.

»Guten Tag allerseits«, begrüßte sie der Graf von Saint Germain. »Dachte ich es mir doch, dass einer von euch auf diese Idee kommt. Schick seht ihr aus. So Retro. Soll ich raten?« Sein Blick rastete ein. »Es war deine Idee, Maxwell?«

Max ballte schweigend die Fäuste.

»Wusste ich es doch. Du sprichst mit einem Experten für die Zeit. Ich weiß, dass es nur ein einziges Schlupfloch gibt. Und der Weg dorthin ist nur über dieses Portal möglich. Ich habe Hochachtung vor deiner Schläue.«

»Spar dir das.« Max verzog abschätzig die Lippen.

»Ich wollte es nur noch mal gesagt haben.« Seine Miene gefror. »Keiner von euch wird das Portal benutzen. Genauer gesagt werdet ihr diese Höhle nicht mehr lebend verlassen.«

Der Schlag kam so schnell, dass niemand reagieren konnte.

Chris hielt Nikki noch immer im Arm, weshalb er den Zauber nicht blockieren konnte. Er wurde gegen die Wand geschleudert, es knackte hässlich und zusammen mit Nikki prallte er auf den Höhlenboden.

»Wir wollen ja nicht, dass ihr beiden gleichzeitig Todesangst bekommt, nicht wahr?« Germain warf Kevin einen überheblichen Blick zu.

Er glich einem Raubtier, das jemand in eine menschliche Hülle gesteckt hatte. Jede Bewegung war fließend, ja: elegant. Er stürmte nicht vor, wägte stattdessen jede Geste, jeden Zauber ab und schlug blitzschnell zu.

Dass er dabei einfache italienische Slipper, eine Stoffhose und ein weißes Hemd trug, bei dem die obersten Knöpfe geöffnet waren, ließ ihn wirken, als befände er sich im Urlaub auf einer Promenade.

Jen würde seine Gefährlichkeit trotzdem keine Sekunde unterschätzen. »Wir werden sehen.« Ihre Stimme war ein raues Flüstern.

Saint Germain ließ eine Braue in die Höhe wandern. Seine Lippen kräuselten sich. »Das werden wir.«

Der Kampf begann.

6. Dancing Queen

Germain war ein gnadenloser Taktiker und das wurde binnen Sekunden deutlich.

Stein erwachte zum Leben, streckte sich, umschlang Max und kroch langsam über dessen Körper. Immer mehr von seinem Leib wurde umschlungen, Füße, Beine, Hüften. Kevin ließ Essenz in den Stein sickern, um ihn zu verlangsamen, doch das erforderte seine gesamte Konzentration.

Einzig Alex bewegte sich um Germain herum.

Dieser hatte nur Augen für Jen. »Die große Jennifer Danvers.«

»Der narzisstische Graf von Saint Germain«, gab sie zurück. »Du bist ein Idiot, wenn du *sie* unterstützt.«

»Die Seite der Gewinner. Es tut weh, zu verlieren. Aber du musst nicht sterben.«

»Was?« Verblüfft erwiderte sie seinen Blick.

»Wechsle die Seiten!«

»Das ist jetzt nicht dein Ernst.«

Kein Muskel regte sich in seinem Gesicht. »Die alte Ordnung fällt, Regeln werden von der Allmacht ausgelöscht. Die Fesseln werden fallen und der Wall keine Bedeutung mehr haben.«

»Du bist ein Narr«, fauchte sie. »Die Schattenfrau wird den Wall niemals zerstören. Die Sigilsplitter sind ein Teil davon. Sie müsste ihre Macht aufgeben.«

Sein Gesicht verzog sich zu einer Grimasse aus Hohn. »Denkst du, das weiß ich nicht? Das war nie der Plan. Mit der Allmacht kann sie die Wirkung des Walls aufheben. Aber nur für erwählte Magier.«

Ein eisiger Schauer rann Jens Rücken hinab. »Für jene, die mit ihr herrschen.«

»Egal, wie mächtig eine Königin auch sein mag: Nicht einmal mit der Allmacht kann sie alles überblicken. Sie benötigt Helfer. Möglicherweise einen König.«

Nun war es an Jen, haltlos zu lachen. »Und du glaubst, sie duldet ausgerechnet dich neben sich? Erwählt dich? Du warst nur ein Trittbrett zur Spitze. Und ich dachte, du wärst ein Taktiker.«

»Wir werden sehen.« Seine Lippen kräuselten sich. Wie sie diese Überheblichkeit hasste. »In dir steckt Macht, Jennifer Danvers. Mehr, als du ahnst. Du könntest einen wertvollen Beitrag leisten.«

»Habe ich dir eigentlich schon mal gesagt, wie sehr du mich anwiderst?« Jen ließ ihren Blick abschätzig über den Unsterblichen gleiten. »Du manipulierst, intrigierst, Leben bedeuten dir und deinesgleichen gar nichts. Und wofür? Macht! Was zur Hölle soll man mit Macht eigentlich tun? Herrschen und im Luxus schwelgen?«

»Zum Beispiel.«

»Das klingt für mich wertlos und einsam.«

»Ach Göttchen, weil treue Freunde natürlich viel wichtiger sind.« Er schüttelte den Kopf. »Ich hätte dich für klüger gehalten. Du vertraust Johanna und Leonardo, und obwohl Clara Ashwell dich verraten hat, hältst du an Emotionen fest.«

»Du wirst verlieren.«

»Und du klingst wie eine debile Greisin. Potesta!«

Natürlich hatte Jen damit gerechnet. Blitzschnell erschuf sie die Contego-Sphäre. Alex und sie griffen gleichzeitig an.

»Crepitus!« Alex schleuderte eine Explosion gegen die Sphäre.

»Potesta! Noctis Somnum!« Jen schickte einen Schlafzauber direkt hinter dem Kraftschlag her. Da ihr Essenzstab noch immer beschädigt war, musste sie die Symbole per Hand zeichnen und auf die verstärkende Kraft des Stabes verzichten.

Doch Germain parierte alles. »Gravitate Negum.«

Ihr Arm sauste in die Höhe. Der folgende Kraftschlag ließ Steine herabregnen.

Im Hintergrund versuchte Kevin alles, das Geröll um Max herum zu stoppen. Mittlerweile war es an dessen Brust angekommen.

Jen tauchte unter einem Kraftschlag hindurch. »Alex, die Maschine!«

Die Apparatur leitete weiter Essenz in das Zeitportal, das sich unaufhörlich schloss. Mittlerweile besaß es nur noch einen Meter im Durchmesser.

»Industria Silentium!« Bernsteinfarbene Essenz schwappte auf den Apparat zu, wurde aber sofort reflektiert und ließ Kevin zur Seite taumeln.

Umgehend beschleunigte sich der Steinwuchs.

»Levitatem Corpus!«, brüllte Alex.

Germains Körper hob sich ein paar Zentimeter, bevor er wieder auf den Steinboden sackte. »Ulcerus!«

Der Wundenzauber durchdrang Alex‘ Schutz in geschwächter

Form und brachte ihm eine Platzwunde an der Stirn bei. Blut spritzte, rann über sein Gesicht.

»Dirigi!« Jen lenkte einen Steinbrocken auf Germain zu. Die Wucht des Aufpralls schleuderte ihn durch den halben Raum und auf die Knie. »Murum Orituro!«

Um den Unsterblichen herum bildete sich eine Mauer aus dem Stein des Bodens.

»Alex, hilf Max. Wecke den Stein.«

»Was?«

»Lapitus Vitalis!«

Verwirrt erwiderte er ihren Blick.

Er hat ihn vergessen, begriff Jen. »Kevin!«

»Verstanden.« Die treuen Augen des Freundes blickten ängstlich auf Max, der bisher zwar Ruhe bewahrt hatte, langsam jedoch panisch wurde. Kevin brannte die Symbole in den Stein und rief: »Lapitus Vitalis!«

Der Stein wurde lebendig, formte sich zu einem Steinwesen und brach dafür von Max ab. Keuchend fiel dieser auf die Knie.

Kevin dirigierte die Steinkreatur zur Mauer, die in diesem Augenblick von Germain aufgesprengt wurde.

Jen eilte zu Nikki und Chris. »Hey, aufwachen!«

Vorsichtig schlug sie ihnen nacheinander auf die Wange. Ohne Essenzstab konnte sie nicht einmal den Heilzauber wirken.

Nikki kam zu sich. Stöhnend öffnete sie die Augen. Chris schien es schlimmer erwischt zu haben.

»Helft mir!«, rief Jen.

Alex, Kevin und Max eilten herbei.

Das Zeitportal hatte an Größe mittlerweile einen halben Meter im Durchmesser erreicht. Die Apparatur erzitterte, jagte aber noch immer blassblaue Funken durch die Metalldrähte.

Kevin nahm seinen Bruder auf die Arme.

Nikki kam taumelnd in die Höhe. »Mein Kopf.«

Mit einem lauten Rumpeln krachte die Steinfigur zusammen. Saint Germain stellte sich direkt vor das Portal, die Hand so fest um den Essenzstab geballt, dass die Knöchel hervortraten. »Ihr kommt nicht an mir vorbei. Und in wenigen Minuten wird es das Portal nicht mehr geben. Was immer ihr auch an Informationen beschaffen wolltet, das ist misslungen.«

Seine Augen blitzten mörderisch. Er wollte sie tot sehen. Alle.

Jen spürte ihre Wut wachsen, wie ein Geschwür, das sich langsam ausbreitete und jedes klare Denken auslöschte. Nur mit Mühe hielt sie sich zurück. Es ging um zu viel. »Nikki«, flüsterte sie. »Kannst du mit uns allen direkt in das Portal springen?«

Die Sprungmagierin blickte sie mit großen Augen an. »Ich ... weiß nicht.«

»Du kannst das, Bambi.« Alex legte ihr die Hand auf die Schulter. »Du bist stark.«

Nikki reckte sich. »Ich versuch's.«

Jeder von ihnen berührte sie.

»Was wird das? Gruppenkuscheln?«, fragte Germain. Seine Augen weiteten sich. Er begriff. »Nein!«

»Los!«, brüllte Jen.

Plopp.

Die Umgebung zuckte, implodierte. Rot wabernde Zeitmagie war überall. Sie fielen durch den Tunnel, der Vergangenheit entgegen. Doch etwas stimmte nicht.

Während die Gegenwart hinter ihnen zurückblieb, begriff Jen, dass sie einen furchtbaren Fehler begangen hatten.

7. Ankunft

Erde. Blätter. Kalte Luft.

Jen blinzelte. Wieso lag sie auf dem Boden? *Wann* lag sie auf dem Boden?!

Ruckartig richtete sie sich auf und bereute es sofort. Die Welt drehte sich, wirbelte wie ein Brummkreisel herum. Sie benötigte ein paar Minuten, atmete langsam und gleichmäßig, bis der Schwindel nachließ.

»Das nenne ich Achterbahn«, erklang neben ihr eine Stimme.

»Alex?«

»Wie er leibt und lebt. Na ja, zumindest behaupten die Gerüchte, dass ich noch lebe. Ich bin da unsicher.«

Gegen ihren Willen musste Jen kichern. »Dir geht es definitiv gut.« Endlich konnte sie sich auf die Umgebung konzentrieren. »Wo sind wir?«

»Und wann?«, ergänzte er.

Überall um sie herum standen Bäume, kahles Geäst ragte empor. Der Boden war feucht und hart, die Jahreszeit dieselbe wie bei ihrem Aufbruch, doch der Ort ein gänzlich anderer.

Von Chris, Kevin, Max und Nikki fehlte jede Spur.

»Der Sprung hat uns auseinandergerissen.« Alex erschauderte. »Hast du es auch gespürt?«

Jen wusste sofort, was er meinte. »Es wollte uns nicht. Das Portal hat sich gewehrt, wollte uns fortstoßen.«

»Als wären wir ein Fehler.« Alex' Stimme zitterte. »Es war knapp.«

Sehr knapp. »Meinst du, das hier ist die richtige Zeit?«

»Ich hoffe es.« Er deutete auf ein Gebäude in der Ferne. »Aber wir können ja mal nachfragen.«

»Das Castillo. Falls Max' Plan fehlschlägt, wird die Zeit sich gegen uns wehren. Vermutlich fällt uns dann ein ziemlich großer Stein auf den Kopf.« Es war ein seltsames Gefühl. Als wandelte man über ein Minenfeld, stets umgeben von einer unsichtbaren Gefahr, die jederzeit zuschlagen konnte. Eine Explosion, die einen zerfetzte, so schnell, dass man in der einen Sekunde sinnierte und in der nächsten tot war.

Doch sie hatten sich dafür entschieden, das unentdeckte Land zu erkunden, die Vergangenheit mit all ihren Tücken. Und das alles aufgrund einer vagen Hoffnung.

»Wir gehen vor wie geplant. Der Treffpunkt ist das Castillo.« Jen erhob sich. »Die anderen werden ihren Weg finden.«

Alex betrachtete sie eingehend. »Der Minirock steht dir.« Mit einem Schritt war er bei ihr und zupfte einen winzigen Ast aus ihren Haaren. »Hast du dich verletzt?«

Sein warmer Atem kitzelte ihr Ohr. »Nein, mir geht es gut. Und Kleopatra freut sich bestimmt über das Kompliment zu ihrem Rock.«

Alex' Ohren wurden rot. »Aber dir steht er viel besser.«

»Die Kurve bekommst du nicht mehr.« Sie schenkte ihm das liebenswürdige Lächeln eines Haifisches, wurde aber sofort wieder ernst. »Wie konnte Saint Germain unbemerkt den Zeittunnel in Neuseeland in Besitz nehmen?«

Sie schlugen den Weg in Richtung Castillo ein.

»Ohne die Kontaktsteine konnte die Wächtergruppe nicht um Hilfe rufen«, überlegte Alex laut. »Und Germain ist immerhin ein Unsterblicher. Er kennt alle Tricks.«

Jen wollte gar nicht an die Folgen denken. »Wenn der Tunnel kollabiert ist, wird das Ende in der Vergangenheit wieder hin- und herspringen. Und niemand weiß etwas davon.«

»Immerhin ahnte er nicht, was wir planen«, gab Alex zu bedenken. »Er denkt, wir suchen in der Vergangenheit nach irgendeiner Information.«

»Wenigstens etwas. Ich hätte der Schattenfrau zugetraut, dass sie uns hinterherkommt.«

»Das könnte sie vermutlich immer noch. Andererseits glaubt sie wohl nicht, dass wir hier Schaden anrichten können. Und ohne den Tunnel gibt es keinen Rückweg. Zumindest denkt sie das. Ich bin trotzdem froh, wenn wir das Ziel erreicht haben.«

»Bei unserem Glück wird vermutlich ...«

Erde wurde von einem gewaltigen Kraftschlag aufgewirbelt.

Jen sprang nach links, Alex nach rechts.

»... die Erde explodieren«, hörte sie ihn murmeln.

»Keinen Schritt weiter!«, erklang eine schneidende Stimme.

Vor ihnen stand eine Lichtkämpferin. Sie trug neongelbe Schlaghosen und ein eng anliegendes weißes Oberteil, das von Farbtupfern bedeckt war. Das braune Haar war im Jackie-Kennedy-Style drapiert. In der Hand hielt die Unbekannte einen Essenzstab, dessen Spitze mintgrün leuchtete. »Wer seid ihr?«

»Lichtkämpfer!«, rief Jen aus liegender Position zurück. *Und das hier dürfte tatsächlich das Jahr 1977 sein.*

»Das glaube ich nicht«, kam es zurück. »Ich kenne jeden Lichtkämpfer und jede Lichtkämpferin. Und euch beide habe ich noch nie gesehen.«

»Du brauchst eindeutig eine Brille«, kommentierte Alex.

Die Mundwinkel der Ordnungsmagierin zuckten – Jen entdeckte erst jetzt die Marke an ihrem Gürtel, die früher jeder Ordnungsmagier getragen hatte –, doch sie wurde sofort wieder ernst. Die Falten um die Augen deuteten darauf hin, dass die Frau gerne lachte.

»Du bist ein ganz Schlauer, was?«

Alex dachte kurz nach und erwiderte dann exakt das, was Jen vermutete: »Ja.«

»Wir sind Lichtkämpfer aus dem New Yorker Haus«, erklärte sie schnell. »Unser Rat schickt uns mit einer wichtigen Nachricht für Thomas Edison.«

»Aha. Das ist interessant. Nein, du lässt deinen Essenzstab liegen.«

Alex hatte die Hand ausgestreckt, zog sie nun jedoch eilig zurück. Langsam richtete er sich auf. Jen tat es ihm gleich. Ihr eigener nutzloser Stab steckte noch immer im Etui hinter dem Gürtel.

»Dumm für euch, dass ich kürzlich in New York war«, erklärte die Ordnungsmagierin. »Welches Ratsmitglied hat euch denn beauftragt?«

Mist. Jen fluchte lautlos. Natürlich hatte sie keine Ahnung, wer in den Siebzigern das Haus in New York geführt hatte.

»Falton«, sagte Alex.

»Hm.« Die Ordnungsmagierin schien zufrieden.

Er hat das echt recherchiert. Jen warf Alex einen beeindruckten Blick zu. »Genau! Und er möchte, dass wir *umgehend* mit Edison sprechen.«

Ihr Gegenüber hatte den Stab bereits sinken lassen, riss ihn nun aber wieder in die Höhe.

Alex stöhnte auf.

»Was?«, fragte Jen.

»Roberta Falton«, sagte Alex nur.

Verdammt! Es ist 'ne Frau. Jen hätte sich am liebsten selbst georfeigt.

»Also noch mal von vorne.« Wieder loderte das Mintgrün. »Wer seid ihr?«

»Das ist kompliziert«, begann Alex. »Und vermutlich würdest du uns nicht glauben.«

»Versuch es. Andernfalls schleife ich euch höchstpersönlich in eine Arrestzelle im Castillo.« Ihre Finger tasteten sich bereits zum Kontaktstein vor.

Mintgrün. Die Essenz kam Jen vertraut vor, erinnerte sie an jemanden. Die Frau mochte um die vierzig sein, wäre in der Gegenwart also gut und gerne achtzig.

Jen keuchte auf.

»Was?«, fragte Alex.

»Ihr beiden geht mir langsam auf die Nerven.«

»Du bist Annora Grant.«

Die Großmutter von Chris und Kevin zuckte mit den Schultern. »Und?«

Alex starrte sie mit weiten Augen an. »Du.Bist.Die.Großmutter?«

Annora warf ihm einen giftigen Blick zu. »Sicher nicht.«

Jen seufzte auf. »Das muss natürlich ausgerechnet uns passieren.« Sie begann zu erzählen.

8. Eine Spinne im Netz

Gegenwart, vor einigen Wochen

Die Wand glich einem gewaltigen Spinnennetz aus roten Fäden und Fotografien. Die Technik dahinter war faszinierend. Alfie benutzte die magifizierten Linsen einer alten Fotoapparatur, um Bilder aus seinen Gedanken auf Papier zu übertragen.

So war es am wenigsten auffällig.

Er hatte Jen dabei beobachtet, wie sie durch Menschenmengen in Großstädten streifte. Alex, der in einem Kaffee saß und mit Chris Kekse vertilgte. Nikki in Neuseeland. Und Kevin, der mit Max Hand in Hand durch Berlin schlenderte.

Auf gelbstichigem Papier – etwas Anderes gab es hier nicht – hatte er alle Informationen festgehalten. Er studierte die Schwächen der Lichtkämpfer. Aller Lichtkämpfer. Als Moriartys Agent musste er informiert sein.

Vor wenigen Monaten noch wäre es undenkbar gewesen, dass er seinen Bruder als Feind betrachtete. Immerhin hatte der nach dem Tod ihres Vaters sein Bestes gegeben, um für ihre Mutter da zu sein. Und ja, auch für Alfie.

Wieder loderte die Flamme des Hasses grell auf.

Heute kannte er den Grund. Schlechtes Gewissen war es gewesen, nicht mehr. Ihr Vater war gestorben, weil Alex nicht genug hatte bekommen können. Ein egoistisches Balg war er gewesen, sonst nichts. Der Brief hatte alles offenbart. Sie hatten nicht genug Geld gehabt, um Weihnachtsgeschenke zu kaufen und Alex hatte ihrem Dad schwere Vorwürfe gemacht. Dieser hatte sich das zu Herzen genommen. Er war fortgegangen, um etwas an der Situation zu ändern. Wegen Alex. Weil dieser nie genug bekam.

Zurückgekehrt war am Ende nicht ihr Dad, nein: uniformierte Konstabler waren es, die mit ernster Miene die Nachricht von seinem Tod überbrachten. Mum war zusammengebrochen. Alfie hatte es nicht so richtig verstanden und Alex' Miene war undurchdringlich gewesen.

Du bist schuld an allem.

Kaum zu glauben, was aus Alex geworden war. Ein Mörder, der seine Magie für egoistische Zwecke einsetzte und andere unterdrückte. Bei dem Gedanken zitterten Alfies Fäuste vor Zorn. Er durfte sich nicht zu sehr von seinen Emotionen leiten lassen, das sagte Moriarty immer wieder. Doch wie stellte man Gefühle ab?

Kurzerhand verließ er den Raum.

Er musste sich austoben, seine überschüssige Energie loswerden. Und was eignete sich dazu besser als dumme Holzfiguren!?

»Pugnus Maxima!«

Die Figuren erwachten zum Leben.

Alfie schlug seine Armbänder aneinander. Vor dem linken bildete sich ein Contego-Schild. In der rechten Hand hielt er den Essenzstab, über dessen Oberfläche nebelartige Essenz schwappte. Den Sprunggürtel benutzte er in den Übungen nicht mehr, da er damit zu viel Essenz verbrauchte. Die Brille ließ ihn zuverlässig alles Magische erkennen.

Mit Kontaktlinsen ginge das einfacher.

Virtuos setzte er die Zauber ein, die Moriarty ihm beigebracht hatte und kurz darauf lagen die Figuren reglos am Boden.

Alfie lächelte.

Der Ring signalisierte ihm, dass die Essenz im Stab zur Neige ging. Er musste ihn neu aufladen, ebenso die Armbänder. In den Kisten befanden sich noch ein paar Bernsteine, doch sie waren leer.

»Damit kommen wir zu deinem nächsten Training.« Die Illusionierung zerstob und gab Moriarty frei.

»Du hast mich beobachtet?«

»Ich wollte deinen Kampf nicht unterbrechen.«

Alfie warf die Pilotenbrille beiseite und streifte die Armbänder ab. Er trug Turnschuhe, eine Jogginghose und ein einfaches Shirt. Seine Mum glaubte, dass er wieder zum Boxen gegangen war. »Und welches Training wäre das?«

Der Unsterbliche deutete auf die Bernsteine. »Du musst sie wieder befüllen.«

Alfies Magen verwandelte sich in einen Klumpen. »Aber ich dachte, dass du ...«

Moriarty lachte auf. »Dass ich mir jedes Mal einen Schnitt verpasse und Essenz aus mir herausziehe?«

Alfie nickte. »Oder du lädst die Bernsteine selbst auf.«

Der Unsterbliche seufzte. »So einfach ist das nicht. Du benötigst mehr als nur normale Essenz. Agnus Blanc wusste das. Er benutzte ein Messer, mit dem er Magiern die Essenz entriss. Abscheulich, wirklich. Wir haben glücklicherweise zivilisiertere Methoden. Aportate Extraktor.« Ein Holzkästchen sauste herbei und landete auf den Bernsteintruhen.

Alfie öffnete es. Im Inneren lag, gebettet auf rotem Samt, ein Flakon. »Ein Zaubertrank?«

»In der Tat. Er ist versetzt mit Bernsteinpartikeln. Du trinkst ihn und wirst zu einem lebenden Speicher. Du musst allerdings die Essenz wieder abgeben, bevor der Trank seine Wirkung verliert, sonst verpufft sie.«

»Ich bin also eine Kurzzeitbatterie.«

Moriarty schmunzelte. »Exakt.«

»Und damit kann ich einfach so jedem Magier Essenz abziehen?«

»Ganz so einfach ist es nicht.« Nun lag ein schmutziges Grinsen auf dem Gesicht des Unsterblichen. »Andererseits dürfte dir das gefallen. Damit du die Essenz eines Magiers aus dessen Blut extrahieren kannst, muss er seine innere Barriere fallen lassen. Das geschieht in der Regel nur in wenigen Situationen.«

»Wenn er schläft?«

»Er würde wach werden. Nein, die Person muss sich fallen lassen.«

Alfie benötigte einen Moment, bis er endlich begriff. »Sex?«

»Exakt. Du musst deine Zielperson verführen und beim Sex die Essenz abziehen. Alternativ könntest du, wie gesagt, ein spezielles Messer ...«

»Nein! Das kann ich nicht. Egal, was die Lichtkämpfer auch sind, ich kann nicht einfach jemanden töten.«

Moriarty bedachte ihn mit einem durchdringenden Blick. Er hatte etwas Kaltes an sich, das manchmal zum Vorschein kam. Doch nur für ein paar Sekunden, dann lächelte er wieder voller Wärme. »Das ist eine ehrenwerte Eigenschaft. Irgendwann wird sich das ändern. Wenn du siehst, welche Gräueltaten sie vollziehen.«

Mit Schaudern dachte Alfie an diesen Max. Er war durch das Herrenhaus getobt, nachdem ein Artefakt die Magier zu Stein hatte erstarren lassen. Durch eine Vektorumkehr hatte er einen Steinbrocken in einen tödlichen Hagel verwandelt und über ein Dutzend Versteinerte umgebracht. Moriarty hatte ihm all das in den Erinnerungen von Madison gezeigt.

Er vertrieb die Gedanken.

Stattdessen lächelte er. »Ist wohl nicht die schlechteste Art, an Essenz zu gelangen.«

»Ich dachte mir, dass du das so siehst.«

»Wie oft werde ich denn Essenz brauchen?«

»Oft.« Moriarty deutete auf den Flakon.

Auf dem bauchigen Gefäß klebte ein vergilbter Zettel, der mit Tinte beschriftet war. *Essenzextraktor,* stand darauf.

»Wer hat ihn gebraut?«

»Ein alter Freund«, erklärte Moriarty. »Zumindest die Grundformel. Ich habe ihn verbessert, um den Output zu erhöhen.«

Alfie betastete sanft den Flakon. Nicht zum ersten Mal wurde ihm bewusst, wie viel Arbeit Moriarty in ihn investierte. Weshalb? Wieso ausgerechnet er? Eine wirkliche Antwort hatte er noch immer nicht erhalten.

»Ein Schluck genügt.«

Verblüfft schaute Alfie zwischen dem Unsterblichen und dem Trank hin und her. »Jetzt?«

»Wir machen einen kleinen Ausflug.«

9. Die Arbeit und das Vergnügen

Schwitzende Leiber wiegten sich im Takt der Musik, Bass ließ den Boden vibrieren.

Alfie grinste zufrieden. Er trug künstlich verschlissene Jeans, Sneaker und ein dunkles Hemd, dessen oberste Knöpfe offen waren und den Blick auf seine Halskette freigaben. Er roch nach Duschgel und Parfüm.

Die Disco lag in Soho. In London.

Moriarty hatte recherchiert und herausgefunden, dass jugendliche Lichtkämpfer hier öfter unterwegs waren. Alfie hatte die Menge kurz geprüft und dank der Brille einige Typen und Girls ausgemacht, die von einem weichen Schimmer umgeben waren.

Essenz.

Er hatte sich Gesichter und Kleidung eingeprägt und die Brille dann in seiner Jacke verschwinden lassen.

Sein erster Weg führte ihn zur Bar, wo er eine Cola orderte. Der Barkeeper stellte das Glas vor ihm ab und er warf einer Brünetten mit langen Haaren interessierte Blicke zu.

Mitternacht war längst vorbei und in einer guten Stunde würde die Tanzfläche sich leeren. Ein guter Zeitpunkt also, um mit jemandem nach Hause zu gehen. Alfie betrachtete die Körper, die dicht aneinandergedrängt tanzten.

Er hatte sich mit Absicht in die Nähe zweier Lichtkämpfer begeben und tatsächlich gelang es ihm irgendwann, Blickkontakt zu einer stupsnasigen Blonden herzustellen. Sie lächelte ihm zu. Eine Aufforderung, der er sofort nachkam.

Der Typ, mit dem sie bisher getanzt hatte, musterte Alfie von oben bis unten und tanzte davon.

»Bianca!«, brüllte sie.

»Alfie«, brüllte er zurück.

Der Rest verlief ohne Worte. Sie tanzten dicht an dicht, seine Hände auf ihren Hüften, ihre auf seinem Hintern. Ihre Blicke verfingen sich. Sie besaß tiefgründige Augen, Grübchen beim Lachen und roch verdammt gut.

Er stupste Biancas Lippen mit seinen an, sie verschmolzen. Ihre Körper wanden sich noch immer im Takt der Musik. Autopilot. Sein ganzes Denken konzentrierte sich auf diese Lippen, ihre Zunge in seinem Mund. Ihre Brüste pressten gegen ihn. Seine Hose wurde eng.

»Wollen wir gehen?«, fragte er.

»Kommt drauf an.«

»Worauf?«

Sie nickte zu dem Typen hinüber. »Das ist mein Freund. Wir wohnen zusammen.«

Nun war es an Alfie, den Typ abschätzig zu mustern. Schließlich nickte er. *Warum nicht?* Er war open minded. »Geht klar.«

Zu dritt verließen sie die Disco.

Während Bianca ein Taxi rief, wandte Alfie sich ab und nahm einen Schluck des Tranks. Der bittere Geschmack ließ ihn das Gesicht verziehen, sicherheitshalber nahm er einen Kaugummi dazu.

Auf dem Weg zu ihrer Wohnung wurde es auf der Rückbank des Taxis ziemlich eng. Alfie saß in der Mitte, abwechselnd lagen die Lippen von Bianca und Mario auf seinen. Er ließ es sich gefallen. Endorphine tobten durch seinen Körper, er ritt auf einer Welle der Euphorie.

Bianca öffnete die Tür, während Mario und Alfie sich küssten.

Er registrierte den Geruch von frisch gewaschener Kleidung, Kaffee und Bohnerwachs. Sie stolperten durch den Flur in Richtung des Schlafzimmers. Auf dem Weg verloren sie ein Kleidungsstück nach dem anderen.

Dann war da die Matratze. Haut, Küsse, leidenschaftliche Worte. Er vergaß sich. Bianca und Mario ging es genauso, er konnte es spüren. Plötzlich war es da. Ein warmer Schauer, der Frische herantrug. Kraft, Energie, Feuer.

Essenz.

Alfie griff danach.

Und während ihre Körper sich vereinten, Lippen und Haut sich berührten, Stöhnen durch die stille Wohnung drang und eine Welle der Ekstase sie packte, atmete er Essenz ein. Er fühlte sie. Sie drang aus Marios Poren, über die Lippen von Bianca, strömte aus ihnen heraus und in Alfie hinein.

Die beiden merkten nichts davon.

Zwei Stunden später saß er auf der Bettkante, zog seine Jeans in die Höhe und schloss den Gürtel. Bianca und Mario lagen eng umschlungen auf dem Bett und schliefen. Sie hatten nicht bemerkt, dass er die Essenz aufgenommen hatte. Die Bernsteinpartikel waren aufgeladen mit ihrer Kraft. Die beiden würden am Morgen erwachen, sich lächelnd an die Nacht erinnern und zufrieden frühstücken.

Alfie streifte die Jacke über und zog den Essenzstab hervor. Er musste nur innerlich loslassen, schon strömte Essenz in das magische Artefakt und lud es auf. Ebenso verfuhr er mit den Armbändern und dem Gürtel.

Den Rest der Essenz würde er in Bernsteine einlagern. Viel war allerdings nicht mehr übrig. Vermutlich genug für zwei Bernsteine.

»Ich werde wohl ziemlich oft solche kurzen Nächte haben.«

Der Gedanke trieb ein Grinsen auf seine Lippen. Gleichzeitig dachte er an Bianca und Mario. Ihre Leidenschaft war so rein gewesen, kaum zu glauben, dass die beiden zu den sogenannten Lichtkämpfern gehörten. Waren nicht alle machtgierige Mörder? Möglicherweise wurden sie von den Unsterblichen beeinflusst. Konnte das sein?

Diese Zweifel kamen ihm öfter.

Doch irgendwie konnte er in Moriartys Nähe seine Gedanken stets klären und auf das Ziel fokussieren.

Mit einem *Plopp* ließ er London hinter sich und kehrte zurück in den Übungsraum unter dem Herrenhaus.

»Ich wusste, dass es funktioniert.« Moriarty betrachtete ihn freudig. »Du strahlst förmlich und dein Essenzstab leuchtet. Hattest du Spaß?«

Alfie wurde rot. »Schon.«

»Gut so. Arbeit und Vergnügen in einem.«

Die Essenz floss in die Bernsteine. Entgegen seiner ersten Vermutung konnte er drei Stück befüllen. Danach waren die Bernsteinpartikel in seinem Blut geleert. In Kürze würden sie abgebaut und das Blut wieder frei von ihnen sein.

»Das war recht viel Essenz«, kommentierte Moriarty. »Sie lebt hoffentlich noch.«

»*Sie* ist in Ordnung. Und *er* auch.«

Moriarty ließ eine Braue in die Höhe wandern. »Das nenne ich Pragmatismus. Ausgezeichnet.«

Nun musste Alfie doch lachen. »Pragmatisch würde ich das jetzt nicht nennen. Aber in deiner Zeit war das wohl anders.«

»Das Zusammensein mit dem gleichen Geschlecht war verboten, obgleich in Adelskreisen stillschweigend toleriert. Man nannte es Sodomie, angelehnt an die biblische Stadt Sodom. In der magischen Gesellschaft gab es eine liberalere Strömung, daher war es nicht untersagt. Heute ist das alles offener und leichter. Die Menschen genießen das Leben viel intensiver als früher, lassen sich weniger einschränken. Ich musste mich erst daran gewöhnen, als ich zur Unsterblichkeit berufen wurde. Vermutlich geht es da einigen der anderen ähnlich.« Seine Mundwinkel kräuselten sich.

»Ich sollte langsam nach Hause springen, sonst wird meine Mutter sich Sorgen machen.«

»Gleich«, stoppte ihn Moriarty. »Zuerst muss ich noch ein wichtiges Thema mit dir besprechen. Und ein äußerst heikles.«

»Ja?« Alfie schloss die Kiste mit den Bernsteinen und sank auf die Tischkante.

»Es geht um einen Verräter hier im Herrenhaus, der mit der Schattenfrau paktiert. Wir sind alle in Gefahr.«

10. Elvis lebt

1977

Kevin blinzelte.

Vor ihm stand Elvis. »Euch beide hat es ja schlimm erwischt.« Er streckte die Hand aus.

Neben ihm fuhr Chris in die Höhe. »Was? Shit. Ist das Elvis?«

Stimmengewirr brandete auf. Wo waren sie hier nur gelandet? Überall standen Männer und Frauen in Kleidung der 1970er-Jahre. Die Joints konnte er nicht zählen, ringsum wurde Alkohol getrunken. Einige Jugendliche schluckten Pillen.

»Ein Musikfestival.« Chris saß wie Kevin im Gras und bestaunte die Umgebung.

Die zahlreichen Elvis-Verschnitte deuteten darauf hin, dass das Festival zu Ehren des Kings gegeben wurde. Da dieser 1977 gestorben war, erst wenige Monate zuvor, ergab das Sinn.

»Was haben sie euch denn angedreht?«, fragte Elvis. Er versicherte sich, dass beide okay waren und ging wieder in Richtung Menge.

»Hey, warte! Wo sind wir hier?!«, rief Kevin.

»Und wann?«, ergänzte Chris. »Also, welches Jahr?«

Elvis hielt inne. »Vielleicht chillt ihr besser noch eine Weile. Das hier ist Memphis.« Er machte ein Peace-Zeichen. »Und als ich das letzte Mal nachgesehen habe, hatten wir 1977. Im Jahr des Herrn und so.« Er kicherte. Dann war er zwischen den dicht gedrängten Leibern verschwunden.

»War das ganze Hippie-Zeug nicht in den 1960ern?« Kevin kratzte sich verwirrt am Kopf.

»Das sind wohl die Überbleibsel«, erwiderte Chris stöhnend. Er hatte überall blaue Flecken und Prellungen, ließ seine Blicke aber über die leicht bekleideten Frauen wandern. »Gefällt mir.«

»Dir muss es ja schon wieder gut gehen.« Kevn wirkte einen Heilzauber. »Irgendwas ist schiefgelaufen.« Er kam ächzend in die Höhe. »Wo sind die anderen?«

Chris wurde ernst. »Wir hätten wohl nicht in den Tunnel *springen* dürfen. Ich konnte mich nicht länger an den anderen festhalten. Aber immerhin stimmt die Zeit.«

Direkt neben ihnen brach ein junger Mann in die Knie und übergab sich über seine Schlaghosen.

»Manche Dinge ändern sich einfach nie.« Chris schlug dem armen Kerl Trost spendend auf die Schulter.

Kevin stellte erleichtert fest, dass sein Essenzstab noch da war. »Wie war das damals mit dem Sprungnetzwerk? Welche Städte waren angeschlossen?«

»Das fragst du mich? Keine Ahnung. Warte mal, hat Einstein nicht irgendwas davon erzählt, dass es in den 1950ern in Europa massiv ausgeweitet wurde?«

Kevin hatte keine Ahnung. Er hatte sich mit Mühe und Not die wichtigsten Portale des aktuellen Netzwerks gemerkt. Zu welchem Zeitpunkt welches Sprungportal entstanden war, war Gegenstand einer Klausur gewesen, doch die lag lange zurück. Sie hatten damals auf einer Weltkarte alle Städte eintragen müssen, die ein Portal besaßen, inklusive Jahreszahl der Entstehung. »In der Gegenwart hatte Memphis eines.«

»Manchmal beneide ich Nikki. Als Sprungmagier könnten wir jetzt einfach«, er schnippte mit den Fingern, »mit einem *Plopp* ans Ziel hüpfen«.

»Gehen wir.«

Es war Spätherbst und einzig Heizpilze gewährleisteten die Wärme auf dem Festival. Auf der Bühne in der Ferne startete eine Band ihren Auftritt.

Der Rasen ging alsbald in betonierte Straßen über und kurz darauf schlenderten sie auf die Innenstadt von Memphis zu. Backsteinhäuser und Läden schmiegten sich dicht an dicht, Chevrolets, Dodges und Buicks fuhren über saubere Straßen. Männer und Frauen in bunten Schlaghosen und Jacken mit Pelzkrägen eilten über die Bürgersteige.

»Das ist sooo cool«, flüsterte Chris.

»Und wenn wir einen Fehler machen, folgen wir Elvis ins Grab«, sagte Kevin.

»Spielverderber.« Sein Bruder knuffte ihn in die Seite.

Kevin musste lächeln. Kaum zu glauben, dass Chris damals der Schüchterne gewesen war. Ab einem gewissen Punkt hatte er sich verändert. Erst seit Kurzem wusste Kevin, was der Auslöser dafür gewesen war.

»Schau mich nicht so an«, knurrte Chris.

»Wie schaue ich dich denn an?«

»Als hättest du ein rollendes Fass vor dir, in dem ich stecke und kurz davorstehe, zu ertrinken.«

Sie strebten dem sicheren Haus zu, vorbei an Passanten, einem Gemischtwarenladen und einem Shop für Wackeldackel.

»Warum hast du es mir nicht erzählt?«

»Ich habe mich geschämt«, gab Chris zu. »Sie haben mich ausgelacht und in ein Fass gesteckt. Ohne Grandma wäre ich gestorben. Bis heute habe ich keine Ahnung, weshalb sie damals dort war und nach mir gesucht hat.«

»Der Grund ist mir egal«, sagte Kevin. »Ich bin einfach dankbar dafür. Kein Kind sollte Todesangst haben. Und der Gedanke, dass mein eigener Bruder sie hatte, tut mir weh. Was war mit den anderen Kids eigentlich?«

»Granny wollte sie sich vornehmen, aber das habe ich übernommen.« Chris grinste. »Sie hat mir einen ziemlich guten Zauber beigebracht. Am Ende hingen sie kopfüber an der Decke und die Unsterblichen haben einen ganzen Tag gebraucht, sie dort runterzuholen.«

Kevin kicherte. »Danach war Ruhe?«

»Einer hat es noch mal versucht, aber da hatte ich schon genug Muskeln. Und von dem Augenblick an war ich plötzlich beliebt.« Er zuckte mit den Schultern. »So geht's.«

»Und du hattest keine Ahnung, was es mit dem Tattoo auf sich hat?«

»Nicht die Spur. Der Gedanke, dass ich Magie vom Anbeginn mit mir herumtrage, ist nicht gerade prickelnd. Aber letztlich hat uns das gerettet. Granny sagt, dass jeder den Zauber auslösen kann, der uns beiden in Liebe verbunden ist. Da kann uns ja quasi nichts passieren.«

Kevin nickte schweigend. Noch immer ging ihm die Prophezeiung von Agnus Blanc nicht aus dem Sinn.

Der, den du am meisten liebst, wird sterben.

Die beiden Menschen, auf die das zutreffen konnte, waren eindeutig Chris und Max. Aber von welcher Art Liebe war die Rede? Und hatte Blanc ihn nur verunsichern wollen – oder stimmte es tatsächlich?

»Was ist los?«

»Nichts.« Kevin schüttelte den Kopf. Sie hatten andere Dinge, um die sie sich sorgen mussten. Und ändern konnte er sowieso nichts. »Aber sobald wir das alles hinter uns haben, bitte ich Johanna um ein Permit für das Archiv. Ich will alles wissen, was es zu diesem Zwillingsfluch gibt. Vielleicht könnten wir ihn irgendwie aufheben.«

»Du machst dir zu viele Sorgen, Brüderchen. Wenn das alles hier vorbei ist, trinken wir erst mal ein Bier.« Chris grinste breit. »Und jetzt entspann dich. Da vorne ist das sichere Haus.«

»Was wollen wir denen denn sagen?«

»Nichts. Wir gehen einfach rein. Schließlich haben wir Essenzstäbe und falls jemand einen Wahrheitszauber anwenden mag, darf er gerne unsere Namen erfragen. Immerhin reicht die Linie der Grants weit zurück.«

Ein simpler, aber effektiver Plan, fand Kevin.

Gemeinsam betraten sie das Haus. Ihre Sorge war unbegründet. Abgesehen von zwei schlafenden Lichtkämpfern im Wohnzimmer, wo es stark nach Gras roch, war niemand anwesend.

Sie stiegen die Treppen hinab und fanden das Sprungtor. Glücklicherweise hatte sich das Verfahren nie verändert und auch das Symbol für das Castillo war kein Problem.

»Porta Aventum«, rief Kevin, als das Symbol aus karmesinroter Essenz in der Luft waberte.

Das Portal manifestierte sich und gemeinsam traten sie die Reise zum Castillo an.

11. Der Blutstein

»Das ist lächerlich.«

Und damit hatten sie ein Problem.

Alex hatte Annora erzählt, wer sie waren – natürlich nur das Notwendigste. Jen hatte hier und da ergänzt. Bedauerlicherweise konnten sie der Ordnungsmagierin keinerlei Details verraten.

»Wenn wir dir mehr erzählen, kippt einer der Bäume um und erschlägt uns«, merkte Alex an. »Die Zeit schützt sich selbst. Ich hasse diesen Satz übrigens.«

Annora bedachte ihn mit einem durchdringenden Blick. »Damit hätten wir wohl einen Deadlock erreicht.«

»Wir sind Freunde deiner Enkel«, erklärte Jen. »Kevin und Chris.«

Es war ein Risiko. Jedes Wort war das. Doch anders kamen sie hier nicht weiter.

»Enkel«, flüsterte Annora.

»Sie sind mit uns hierhergekommen«, sprach Jen weiter. »Es ist ein wichtiger Auftrag. Wir setzen unser Leben aufs Spiel, um eine Katastrophe abzuwenden.«

»Ihr sucht nach einer Information?«

»Genau«, bestätigte Alex. »Allerdings haben wir keine blaue Telefonbox, nur einen ordinären fixen Tunnel.«

Annora lachte. »Dafür werdet ihr nicht so sehr herumgeschleudert.«

Jen verdrehte die Augen. »Grundgütiger, er hat ein Gegenstück gefunden.«

»Nimm es ihr nicht übel.« Alex winkte ab. »In der Zukunft werden manche Menschen ohne Humor geboren. Dafür kann Jen nichts. Wir müssen alle ganz lieb zu ihr sein.«

»Tatsächlich?« Annora wirkte entsetzt.

Der Schlag auf den Hinterkopf tat dieses Mal wirklich weh. »Nein, das stimmt nicht. Und meine Geduld neigt sich dem Ende entgegen.«

»Ich mag dich, Alex«, sagte Annora. »Kennen wir beide uns in der Zukunft?«

»Oberflächlich«, entgegnete er. »Aber mehr sollte ich nicht sagen.«

»Schön, ich bringe euch beide ins Castillo.« Annora deutete auf das Bauwerk. »Dort darf einer der Unsterblichen entscheiden. Aber ich muss euch warnen, die Nerven liegen gerade blank.«

»Wieso das?«, fragte Alex neugierig.

»Ein Lichtkämpfer-Team ist in einer wichtigen Mission unterwegs. Artefaktbergung.« Sie strebten auf das Castillo zu. Ein schmaler Pfad, den Alex auch aus der Zukunft kannte, führte durch den Wald. »Sie haben sich bisher nicht zurückgemeldet. Mir war von Anfang an nicht wohl bei der Sache.«

»Wo sind die denn unterwegs?«, fragte Jen neugierig.

»In Jugoslawien, Teilrepublik Slowenien.«

Alex benötigte einen Moment, um sich zu erinnern. Damals war es noch die Republik Jugoslawien gewesen, die aus einzelnen Teilrepubliken bestand. Erst 1991 war sie in Einzelstaaten zerfallen. Mit teils schrecklichen Folgen für den Kosovo.

Jens entsetzter Blick konnte jedoch nichts damit zu tun haben.

»Was ist los?«, fragte Annora.

»Der Blutstein?!«, brüllte Jen beinahe.

»Ja, sagte ich doch.« Die Ordnungsmagierin wurde unruhig. »Was weißt du?«

»Wir müssen sofort zu den Unsterblichen«, haspelte Jen. »Schnell!«

»Was ...?«

»Wir können dir nichts sagen, Annora. Kannst du vorangehen? Bitte!«

Nach kurzem Zögern fügte sich die Frau, die einmal die Großmutter von Chris und Kevin sein würde, doch Alex konnte sich denken, dass sie im Castillo sofort Alarm auslösen würde, um nach dem verschollenen Team zu suchen.

»Was hat es mit dem Blutstein auf sich?«, flüsterte Alex.

»Die Artefaktbergung damals ging furchtbar schief«, erwiderte Jen leise. »Das Team ist bereits tot. Der Stein extrahiert Lebensenergie aus Nimags und Magiern gleichermaßen. Er bringt dabei das Blut zum Kochen. Die betroffenen Personen sterben. Der Stein erhält durch die frische Energie mehr Kraft, einen größeren Radius und zieht weiter Blut an.«

»Oh, Mann.«

Jen nickte. »Das Notfallteam aus dem Castillo kam zu spät. Der Stein hatte bereits ein halbes Dorf ausgelöscht und wurde immer stärker. Am Ende mussten drei Unsterbliche ihre Kraft verbinden, um den Blutstein einzukapseln. Dabei verlor Leonardo so viel Energie, dass er zwei Monate ins Koma fiel.«

Nun begriff Alex. Sie benötigten alle Unsterblichen, um die Passage in die Zeit des Ersten Stabmachers möglich zu machen. Falls einer davon im Koma lag, konnte der Plan nicht länger durchgeführt werden. »Dann sollten wir Edison rasch überzeugen und er die anderen.«

»Andernfalls sitzen wir hier fest«, konstatierte Jen. »Und jedes Wort kann unsere Reise abrupt beenden. Außerdem würde es auffallen, sollten wir länger hier sein.«

»Wenn wir Pech haben, sind die anderen in der Dusche von Tomoe gelandet, dann sind wir das Tagesgespräch im Castillo.«

Der ganze Plan erwies sich als hochproblematisch und sie hatten ihre Zielzeit noch nicht einmal erreicht. Ein direkter Sprung war jedoch unmöglich, da das benötigte Portal in der Gegenwart nicht mehr existierte, seitdem Clara von Crowley hineingeworfen worden war. Alex hatte keinerlei Bedürfnis, das Refugium des Ersten Stabmachers aufzusuchen, doch genau dort mussten sie hin. Zusammen mit den Unsterblichen und einer kleinen Hilfe von Nostradamus.

Max' Plan war komplex. Sein Gelingen hing davon ab, dass sie hier, im Jahre 1977, von verschiedenen Personen unterstützt wurden und Utensilien erhielten.

Annora führte sie an dem Spielplatz vorbei, der nagelneu wirkte. Der Lack am Schaukelgerüst war noch nicht abgeblättert, das Holz der Wippe unbeschädigt und die Miniaturburg nicht eingefallen. Ein paar jüngere Lichtkämpfer tollten herum und spielten Paintball auf Magierart. Sie verschossen Farbzauber mit dem Essenzstab. Alex hätte am liebsten mitgemacht.

Das Portal des Castillos tauchte vor ihnen auf.

Die Anspannung war mit Händen greifbar und erinnerte Alex an daheim. Hier war es wohl der Blutstein, der dafür sorgte.

»Annora!« Ein gut aussehender Lichtkämpfer kam herbeigeeilt. Die braunen Augen blickten treu zu ihr herüber. »Wo warst du?«

»Patrouille«, erklärte sie mit einem sanften Lächeln, das ihre Züge aufweichte.

Alex hatte zwar noch nie ein Foto von ihm gesehen, doch er ging jede Wette ein, dass dies der Großvater von Chris und Kevin war. Die beiden warfen sich zumindest verliebte Blicke zu und Ava war bereits geboren.

»Wir hatten einen Eindringling«, erklärte der unbekannte Mann. »Eine Sprungmagierin. Ist mitten in der Halle erschienen und zusammengeklappt.«

»Nikki!«, entfuhr es Jen.

»Wer seid ihr?«, fragte Braunauge neugierig.

»Das ist nicht von Belang«, wiegelte Annora schnell ab. »Sie gehört also zu euch?«

»Wenn es Nikki ist, ja«, erklärte Alex.

»Euer Vertrauen in das Kristallnetz scheint nicht sehr ausgeprägt zu sein«, fügte Jen hinzu. »Schattenkrieger könnten doch gar nicht hier eindringen.«

Annora lachte auf. »Du hast ja keine Ahnung. Saint Germain und sein Trupp sind sehr kreativ.«

Alex konnte im Stillen nur zustimmen. Zu dieser Zeit war der Wechselbalg noch hier im Castillo, schlief in einem verborgenen geheimen Raum, um in etwa vierzig Jahren Max zu ersetzen.

»Wir müssen zu Edison«, sagte Annora. Im Gehen wandte sie sich noch einmal um. »Ruf die anderen zusammen. Wir müssen ein weiteres Team zum Blutstein schicken.«

Alex sagte nichts.

Über die Zeit nachzudenken sorgte einfach nur für Kopfschmerzen. Obwohl er Zeitreiseserien und -romane mochte, war das alles viel zu kompliziert.

Annora führte sie über die breite Treppe nach oben auf die Galerie und von dort zu jenem Turm, in dem Edison sein Büro besaß.

»Wer war das?«, fragte Jen.

»Mein Ehemann«, bestätigte Annora Alex' Verdacht. »Aber müsstet ihr ihn nicht kennen? Wenn ihr mit meinen Enkeln befreundet seid, müsstet ihr doch zumindest mal eine Fotografie gesehen haben.«

»Keine von 1977«, erwiderte Jen ruhig.

Alex bewunderte sie. In Wahrheit gab es keine Bilder von Braunauge. Sie wussten, dass er irgendwann in einem Kampf gestorben war, doch ohne Details. Annora sprach nicht darüber.

»Edison ist miserabel gelaunt«, erklärte Annora. »Bringt ihm das Ganze also schonend bei. Habt ihr euch darauf vorbereitet, ihn zu überzeugen?«

»Das wäre eigentlich Max' Aufgabe gewesen«, erklärte Jen. »Er muss auch hier irgendwo gelandet sein.«

»Na, dann wünsche ich euch viel Glück. Vielleicht sehen wir uns ja demnächst in einer Zelle wieder.« Sie grinste schelmisch.

»Ich mag sie«, sagte Alex an Jen gewandt.

In diesem Augenblick explodierte die Tür zu Edisons Büro in einem Regen aus Holzsplittern.

12. Ein großartiger Lehrer

Glücklicherweise landete er nicht auf dem Rucksack.

Die Beine voran schlitterte Max über einen voll beladenen Schreibtisch. Bücher, Pergamente, Kartons und ein Versuchsaufbau landeten auf dem Boden. Etwas klirrte. Glassplitter flogen aus dem Karton auf das Parkett. Glühbirnen verwandelten sich in Scherben.

Oh, oh!

Die Tür zum Nebenraum flog auf.

Ein grimmig dreinblickender Thomas Alva Edison stürmte mit erhobenem Essenzstab herein und interpretierte die Situation in Sekunden. »Potesta!«

Max konnte den Kraftschlag mit seinem Essenzstab abfangen und ein Contego-Schild erschaffen.

Pwap. Pwap.

Weitere Kraftschläge prasselten auf ihn nieder, während Edison gleichzeitig mit der anderen Hand das Symbol für eine Vektoränderung erschuf. Ein Trick, der zum Einmaleins gehörte. Mit Kraftschlägen ablenken, durch die Vektoränderung wehrlos machen und dann – ausschalten.

Doch so leicht würde er es Edison nicht machen.

Max nutzte den Contego-Schild als Angriffselement und schleuderte ihn auf den Unsterblichen. Er prallte gegen dessen Hand. Der Zauber entartete und verwehte. Max malte mit der Linken das Symbol für einen Aportate-Zauber und riss so den Globus hinter dem Unsterblichen aus der Verankerung. Der knallte gegen Edisons Beine und brachte ihn zum Taumeln. Mit der rechten Hand wendete Max ergänzend eine Gravitationsvektorumkehr auf den gegnerischen Essenzstab an, der schwer wie Blei wurde und zu Boden sackte.

»Du bist gut«, sagte Edison. »Du schaffst es, hier einzudringen und kannst ausgezeichnet mehrdimensional denken. Du hast einen guten Lehrer.«

Ein Lob, um ihn abzulenken. Die Taktik gehörte ebenfalls zu Edisons Repertoire. Er vollführte bereits wieder Bewegungen mit den Fingern und Essenz flammte auf.

Plötzlich verlor Max die Orientierung. Oben wurde unten und umgekehrt. Seine Sinne spielten verrückt. Edison hatte die winzigen Kristalle in Max' Innenohr beeinflusst.

»Wer hat dich geschickt? Saint Germain? Oder der Vie dans la Mortalité?«

Einen solch gezielten Zauber, wie die Beeinflussung eines bestimmten Organs umzukehren, war äußerst schwer, erforderte Zeit und Konzentration. Doch auch hier gab es einen Trick.

»Sanitatem Corpus!«

Der Heilzauber brachte alles in Max' Körper wieder in eine gesunde Form, wodurch die Änderungen an seinem Innenohr ebenfalls rückgängig gemacht wurden.

»Clever.« Edison bedachte ihn mit einem analytischen Blick. »Du bist ein Agent.«

»Exakt«, bestätigte Max. »Und mein Lehrer ...«

Der Holzboden explodierte. Dutzende kleiner Splitter wurden zu Pfeilen, die auf ihn zusausten.

»Ignis Aemulatio!« Eine Feuerwand entstand in der Luft. Nur Ascheflocken erreichten Max, wirbelten um ihn herum und sanken gemächlich zu Boden.

»Hör mir zu!«, brüllte Max durch das Feuer.

Doch Edison war wütend. Der Unsterbliche war bekannt für seine ruhige, emotionslose Art. Anscheinend war das 1977 anders gewesen.

»Dirigi!«, rief Edison.

Die Glassplitter der zerstörten Glühbirnen wirbelten auf Max zu. Gleichzeitig erschuf der Unsterbliche eine Contego-Sphäre um die Splitter herum, damit das Feuer sie nicht schmelzen konnte.

»Potesta Maxima!«, brüllte Max.

Der Kraftschlag war gewaltig, durchschlug die Sphäre und zermalmte die Glassplitter zu feinen Körnern. Die Druckwelle fegte durch das Büro, riss Bücher aus den Regalen, Bilder von den Wänden und ließ die Tür in einem Regen aus Splittern zerbersten.

Schreie erklangen.

Edisons Augen glühten vor Hass. »Murum Orituro!«

Der Mauerzauber wurde vom Unsterblichen verändert. Plötzlich schmolz die Wand hinter Max zusammen. Eine Pfütze bildete sich um ihn herum und wuchs in die Höhe. Er sollte lebendig eingemauert werden – schon wieder. Die Schattenfrau hatte das bei Nostradamus bereits erfolgreich zustande gebracht, weshalb der unsterbliche Essenzstabmacher stundenlang auf Hilfe hatte warten müssen. Magisch präparierter Stein ließ zwar die Luft zum Atmen durch, verdammte den Eingeschlossenen aber zur Bewegungslosigkeit.

Ein Kraftschlag prellte Max den Essenzstab aus der Hand, ein Contego-Band umschlang seine Arme und verhinderte, dass er die Finger bewegte.

»Halt!«, brüllte jemand.

Alex, Jen und eine Frau betraten den Raum.

Verblüfft riss Max die Augen auf. »Annora!« Er erkannte ihre Gesichtszüge sofort wieder. Kevin hatte ihm einmal ein Fotoalbum gezeigt, in dem auch seine Grandma abgelichtet gewesen war.

Edison blickte verwirrt zwischen Annora und Max hin und her. »Ihr kennt euch?«

»Nein«, erklärte die Großmutter von Kevin. »Aber vermutlich werden wir das.«

»Du bist mein Lehrmeister!«, rief Max Edison zu. »Wir kommen aus der Zukunft.«

Der Unsterbliche zuckte zusammen. »Aber ... So etwas würde ich niemals absegnen. Ihr verändert die Geschichte ... oder versucht es. Das ist unmöglich.«

»Etwas Furchtbares ist passiert«, erklärte Max. »Aber ich habe ein Schlupfloch gefunden. Dadurch können wir deine Hilfe in Anspruch nehmen, ohne etwas zu verändern.«

Der Stein hatte mittlerweile seine Hüfte erreicht.

»Falls das eine Falle ist ...«

»Ich glaube ihnen.« Annora ließ ihren Blick über Alex, Jen und schließlich Max gleiten. »Und ein Wahrheitszauber sollte sehr schnell offenbaren, ob sie lügen.«

Edison wirkte nicht überzeugt.

»Niemand konnte ahnen, dass sie sich am Ziel verstecken und uns aus dem Hinterhalt angreifen.« Sie warf ihm einen beschwörenden Blick zu. »Auch du nicht. Jeder macht Fehler.«

Was war hier passiert? Gab Edison sich die Schuld am Tod eines Lichtkämpfers? Davon hatte er nie etwas erzählt.

Der Stein härtete aus und zerbrach im nächsten Moment.

»Auf eure Erklärung bin ich sehr gespannt«, sagte Edison. »Und mir sollte besser gefallen, was ich höre.«

»Die 1970er machen keinen Spaß«, murrte Alex. »Irgendwie ist hier jeder komisch.«

Annora lächelte. »Ihr habt einen schwierigen Zeitpunkt erwischt.«

Jen ließ ihren Blick durch den Raum schweifen. »Hier war hoffentlich nichts Wichtiges dabei. Nicht, dass wir ein bedeutendes Experiment zerstört haben oder so.«

Edison hob lediglich eine Augenbraue. »Du gehörst nicht zu den Pfiffigsten, was? Ihr könnt hier nichts Elementares verändern. Ist der Unterricht in der Zukunft so schlecht, dass ihr nicht einmal das wisst?« Er wandte seine Aufmerksamkeit Max zu, während Jen vor so viel Frechheit der Mund offenstehen blieb. »Also, ihr seid hier, um Informationen zu beschaffen?«

»Nein«, stellte Max klar. »Wir sind hier, um etwas zu verändern, ohne es zu verändern.«

Edison betrachtete Max abschätzig. »Augenscheinlich vertraue ich dir irgendwann einmal, insofern sprich.«

Max deutete auf Annora. »Je weniger davon wissen, desto besser.«

Die Ordnungsmagierin hob die Hände. »Mir soll es recht sein. Falls gleich der Turm einbricht, weiß ich, dass die Zeit böse auf euch war.« Sie wandte sich ab und verließ den Raum.

»Wir brauchen deine Hilfe«, erklärte Max. »Und die von Nostradamus und den übrigen Unsterblichen. Wir wissen, wo das Refugium des Ersten Stabmachers ist. Dort gibt es ein Zeitportal, das weiter in die Vergangenheit führt. Ihr müsst es für uns öffnen.«

Edisons Gesicht zeigte keine Regung. Dann sagte er: »Seid ihr verrückt geworden?«

13. Team Alfie

Gegenwart, vor einigen Wochen

Sie hatte schwarze Haut, dichtes Kraushaar und einen Hüftschwung, der zweifellos tödlich sein konnte.

»Madison.« Moriarty ließ den Blick schweifen. »Jason. Wie weit seid ihr?«

»Geht so«, erwiderte Jason mürrisch. Seine Sommersprossen wirkten heute gar nicht fröhlich.

»Alfie hilft euch ab sofort«, erklärte der Unsterbliche.

Madisons Augen weiteten sich. »Ach. Baby-Kent ist uns nun dauerhaft zugeteilt?« Sie kam langsam auf ihn zu. Wie ein Raubtier, das seine Beute taxierte, wanderte ihr Blick über Alfie. »Nice.«

Plötzlich war Moriartys Mund direkt neben Alfies Ohr. »Ihr entziehst du keine Essenz, verstanden?«

»Klar.« Seine Stimme klang seltsam heiser. Woher kam das nur? »Hi.« Er begrüßte die beiden und kam sich gleichzeitig dämlich dabei vor. Beim letzten Mal hatten sie sich nur kurz kennengelernt, ein ›Hallo‹ zwischendurch.

»Hi.« Jason musterte ihn mit einem leichten Lächeln.

»Ab sofort geht ihr gemeinsam in den Einsatz«, erklärte Moriarty.

Sie nickten.

»Ausgezeichnet. Dann beschafft Ergebnisse.« Der Unsterbliche verließ die Bibliothek.

Erst jetzt kam Alfie dazu, sich umzusehen. Von oben bis unten war der Raum übersät mit nach außen gewölbten Regalen. Beim genaueren Betrachten begriff er, dass man sie drehen konnte. Ein Teil war in den Wänden verborgen.

»Du bist also der Bruder von Alex Kent.« Madison schürzte die Lippen. »Ich bin ein-, zweimal mit ihm aneinandergeraten.« Sie trug enge Jeans, die ihre Hüften hervorhoben und schwarze Stiefel. Ein dunkler Pulli betonte ... nun ja, alles.

Der altbekannte Hass loderte auf. »Ich hoffe, du hast ihn ordentlich fertiggemacht.«

»Klar.« Madison wirkte skeptisch. »Aber damit wir uns gleich richtig verstehen, so einfach traue ich dir nicht. Wir hatten hier schon mal einen Verräter. Moriarty mag clever sein, aber auf dem Auge ist er blind.«

»Lass ihn das nicht hören, Maddy.« Jason trat grinsend neben sie.

»Nenn mich nicht so!«, blaffte sie.

»Nimm es ihr nicht übel, Max hat uns alle ziemlich verarscht.« In Jasons Augen blitzte es verletzt auf, doch der lustig-freche Ton wirkte wie immer sympathisch. Er war schlank, trug zerschlissene Jeans und Sneaker. Alfies anfängliche Meinung, dass Jason und Madison etwas am Laufen hatten und er selbst nur störte, war eindeutig ein Trugschluss.

»Ich kenne das Gefühl.«

»War Daddy böse zum kleinen Alfie?«, fragte Madison keck.

»Der ist tot«, gab er knurrend zurück.

Für einen Augenblick entglitt ihre Maske der Coolness. Schuldgefühle vermengten sich mit Entsetzen. Der Moment verging. »Sorry, war nicht so gemeint. Willkommen im Team-Madison.«

Jason hüstelte. »Wir arbeiten noch daran, ihren Größenwahn …«

»Selbstbewusstsein«, unterbrach ihn Madison.

»… zurechtzustutzen.«

»Zu akzeptieren, meinte er.« Madison wuschelte Jason durch die Haare. »Unsere Sommersprosse hier hat sich Hoffnungen auf Mäxchen gemacht. Jetzt ist er ziemlich sauer.«

»Übertreib es nicht«, knurrte Jason. »Außerdem sollten wir uns auf die Arbeit konzentrieren.«

Er stapfte zu einem der Tische, die übersät waren mit Folianten und Mentigloben.

»Was hat dir Moriarty erzählt?«, fragte Madison.

»Nichts«, gab Alfie zu. »Das solltet wohl ihr übernehmen.« Er ließ sich in den Stuhl neben Jason fallen und betrachtete all die Bücher. Das sah langweilig aus.

»Im Rat rumort es«, verkündete Madison. »Moriarty wäre liebend gerne an der Spitze, aber Saint Germain macht sich dort breit. Allerdings sind die anderen nicht so begeistert darüber, dass unser Gräflein die Schattenlady unterstützt. Wir sollen einen Weg finden, den dritten Sigilsplitter in die Finger zu bekommen, bevor die Lichtis das tun. Oder die Dampfturbine.«

»Dampfturbine?«

»Du weißt schon, schwarzer Rauch, Schleier – Schattenlady.« Jason kicherte.

Nun musste Alfie ebenfalls lachen. »Okay. Das mit den Splittern hat mir Moriarty erklärt. Habt ihr denn schon eine Spur?«

»Nemos Basis.« Jason stach mit dem Zeigefinger auf eine vergilbte Karte ein. »Wir wissen, dass die Lichtis dort waren. Bestimmt wollten sie den Ort wissen, an dem die Silberknochen aufbewahrt werden.« Er erklärte kurz und knapp, worum es sich dabei handelte. »Leider wissen wir auch nicht, wo die sind. Nach dem Traumkrieg hat Jules Verne sich geopfert und Nemo dessen Gebeine an einen sicheren Ort gebracht.«

»Und wir wissen nicht, wohin?«, hakte Alfie nach.

»Schnellmerker«, gab Madison zurück. »Ein paar Beobachter sind auf dem Meer unterwegs, aber bisher wurde die Nautilus nirgends gesichtet. Möglicherweise ist es ein Unterwasserversteck.«

»Gibt es keine Mentiglobus-Aufzeichnungen?«, fragte Alfie nach.

»Wenn ja, wissen wir nicht, welche«, erklärte Jason. »Die Unsterblichen haben mit ihrer gemeinsamen Kraft ein Splitterreich erschaffen. Einen Mentiglobus-Tresor. Das Gegenstück zum Archiv der Lichtkämpfer. Aber da darf niemand von uns Normalos rein. Und da Moriarty vermeiden will, dass der Graf auf uns aufmerksam wird, müssen wir hier in den Schwarten suchen. Offiziell ist es eine Strafrecherche, weil wir Max haben entkommen lassen.«

»Hätte er die Uhr von H. G. Wells nicht gehabt, wäre das nicht passiert«, fluchte Madison. »Damit kann man die Zeit anhalten. Egal. Der kriegt schon noch sein Fett weg.«

»Also, wenn ich Nemo wäre, dann hätte ich die Silberknochen nicht einfach nur versteckt«, überlegte Alfie. »Ich hätte sie an einen Ort gebracht, an dem kein Magier sie je erreichen kann.«

»Also ein Splitterreich«, sagte Madison.

Alfie schüttelte den Kopf. »Die können doch betreten werden, oder?«

»Nicht alle«, warf Jason ein. »Sie haben ja ganz eigene Regeln. Manche sind auch instabil oder enthalten Fragmente kopierter Zeit. Sehr ungemütlich. Maddy könnte dir da etwas von einer Version Londons erzählen.«

»Will sie aber nicht«, blaffte Madison.

»Ich meinte auch etwas Anderes. Gibt es keinen Ort, an dem Magier aufgrund ihrer Natur nicht hindürfen? Einen feindlichen Ort?«

»Nicht, dass ich wüsste«, gestand Jason. »Aber ich bin noch Newbie. Was sagst du, Maddy?«

In aller Ruhe schlug Madison einen Folianten zu, holte aus und pfefferte Jason das Buch auf den Kopf. »Nenn mich nicht so.« Sie warf den Wälzer wieder auf den Tisch. »Einen solchen Ort gibt es nicht. Das Einzige, was nahe drankäme, wäre Antarktika, weil wir dort keine Magie wirken und die Unsterblichen es nicht betreten können.«

Sie fasste zusammen, warum das so war.

»Könnten wir den Kontinent überwachen?«, fragte Alfie.

»Ich kann ein paar Beobachter in die Nähe umleiten, aber ehrlich gesagt ...«

»Mach!«, sagte Alfie aufgeregt.

»... glaube ich nicht ...«, sprach sie ungerührt weiter.

»Mach schon!«

»... boah, du nervst. Von mir aus.«

Madison eilte aus dem Raum.

Jason lehnte sich im Stuhl zurück und musterte Alfie wieder mit diesem eindringlichen Blick. Offenbar hatte er Max ziemlich schnell überwunden.

Madison kehrte kurz darauf zurück.

»Die Beobachter sind umgeleitet, die Nautilus wurde entdeckt.« Mit deutlichem Widerwillen ergänzte sie: »Du hattest recht.«

»Yes!« Alfie reckte die Faust gen Himmel. »Und jetzt?«

»Machen wir einen kleinen Ausflug«, erklärte Madison. »Ich hoffe, du hast lange Unterhosen mitgebracht, denn es wird verdammt kalt.«

14. Drei Engel für Moriarty

Während die Lichtkämpfer sich der Nautilus bedient hatten, stiegen Madison, Jason und Alfie in einen Zeppelin. Es hätte wohl schnellere Beförderungsmöglichkeiten gegeben, doch Moriarty bestand weiterhin darauf, dass niemand von ihrer Suche erfuhr. Da Saint Germain mit der Schattenfrau paktierte, hätte er sie aufgehalten oder diese gewarnt.

Der Kapitän der *East End* war ein Vertrauter Moriartys, ein gewisser Billy Joe, der den Zeppelin im Geheimen hatte anfertigen lassen. Gewaltige Turbinen beschleunigten das Gefährt auf die Geschwindigkeit einer Boeing 747. Innerhalb des gewölbten Zeppelins waren mit Essenz befüllte Bernsteine angebracht, die diese im Flug freisetzten. Die Turbinen bestanden aus Hexenholz und waren mit geschmolzenen Chromsymbolen bedeckt. Die Essenz floss in diese hinein, ein Zauber entstand und generierte Beschleunigung. Der Gravitate-Negum-Zauber, der in das Holz der Kabine eingelassen war, hielt das Gefährt in der Luft.

Es gab aber noch den Nimagmodus, wie Jason stolz verkündete. Wurde dieser angeworfen, füllte sich der Ballon mit Helium, die Essenz wurde deaktiviert und gleichzeitig ein Motor aktiviert. Damit wurde die *East End* zu einem gewöhnlichen Nimag-Zeppelin und besaß keinerlei magische Ausstrahlung mehr, war durch Artefakte, die auf Essenz reagierten, also nicht mehr zu orten.

»Wir können bis Antarktika im Essenzmodus fliegen«, erklärte Billy Joe. Er trug eine Pilotenbrille und eine Uniform, die einem Steampunk-Roman entliehen schien. An seinem Gürtel baumelte ein Degen mit Hexenholzgriff. »Von da ab geht es nur noch im Nimagmodus.«

Aktuell bewegte sich die *East End* auf Antarktika zu, wo sie in zwei Stunden eintreffen würde. Madison, Jason und Alfie hatten es sich im Aufenthaltsraum gemütlich gemacht. Zwar besaß jeder eine eigene Kabine, doch trotz aller Frotzeleien fühlte Alfie sich in der Gegenwart der anderen beiden wohl.

Sie spielten Karten und er erzählte dabei, wie Moriarty ihn gefunden und mit Artefakten versorgt hatte. Den beiden war längst aufgefallen, dass er nur mit Hilfsmitteln zaubern konnte. Natürlich hatte er die Pilotenbrille, Essenzstab und Siegelring sowie den Sprunggürtel (für Notfälle) dabei. Im Gepäck befand sich außerdem der Essenztrank.

Moriarty hatte ihm verboten, Madison Essenz abzuziehen, doch von Jason war nie die Rede gewesen. Bei dem Gedanken bekam Alfie allerdings ein schlechtes Gewissen.

Nur im Notfall.

Die *East End* erreichte Antarktika und wechselte in den Nimagmodus. Billy Joe rief sie in die Beobachtungslounge, einen kleinen Raum, der vollgestopft war mit Suchgloben, Beobachtungsgläsern und ausschleusbaren Beobachtern. Auf einer gewölbten Linse, eingepasst in eine Holzarmatur, war die Nautilus zu sehen.

»Vermutlich ist ein Team aus Lichtis irgendwo da unten unterwegs«, überlegte Madison laut. »Wir müssen den Bereich abfliegen. Magische Ortung kommt nicht infrage.«

Die *East End* glitt über die schneeweiße Fläche. Madison, Jason und Alfie hielten ihre Blicke starr auf die Linse gerichtet und schließlich wurden sie fündig. Eine gewaltige, ins Eis geschlagene Kathedrale tauchte auf. Eine kaum mehr definierbare Kreatur vom Anbeginn war aus dem Eis gehauen worden und wachte über den Eingang zu den magischen Stätten.

»Gruselig«, flüsterte Alfie.

»Wir gehen runter«, entschied Madison.

Sie schlüpften in gefütterte Steppjacken, die mit Pelz ausgekleidet waren. Alle magischen Utensilien blieben in der *East End*, sie mussten sich sogar an einer Strickleiter in das ewige Eis abseilen.

Eisiger Wind fand seinen Weg unter die Kapuzen und Alfie fröstelte. Die Antarktis war nimag- und magierfeindlich. Nichts konnte hier auf Dauer überleben. Sie waren Fremde; Eindringlinge, die heiligen Boden entweihten. Er konnte es bis in die tiefste Faser seines Seins spüren. Den anderen ging es ähnlich, das sah er an ihren Blicken. Selbst Madison wirkte unnatürlich bleich.

Sie stapften in das gewaltige schwarze Loch.

Madison kramte aus ihrem Rucksack ein paar Fackeln hervor und entzündete sie. Die Dunkelheit wich zurück. Wie drei tanzende Funken eines Feuers, das kurz davorstand, ausgelöscht zu werden, tauchten sie ein in die Überbleibsel einer längst vergangenen Zeit. Alfie fragte sich, wie die Kreaturen vom Anbeginn ausgesehen hatten. Bisher hatte er nur die Eisskulptur gesehen, die mehr Tier war als humanoides Wesen. Oder waren sie gar nicht humanoid?

»Hör auf, so laut zu denken, Baby-Kent«, blaffte Madison.

»Hä?«

»Man sieht es auf deinem Gesicht«, erklärte Jason. »Sei nett, Maddy, wir sind alle ein wenig überreizt.«

Sie folgten dem Gang, der mal breiter wurde, mal schmaler. Eine Wendeltreppe führte in die Tiefe. Alfies Beklemmung wuchs. Er atmete auf, als sie endlich das untere Ende erreichten. Doch wie ging es von hier aus weiter?

Gewaltige Statuen ragten schräg aus der Wand über einen noch gewaltigeren Abgrund; Wesen, so bizarr, dass sein Verstand allein von ihrem Anblick schmerzte. Die Luft war eisig kalt. Eine Kälte, die aus den Schatten heraus auf sie zukroch und jede Hoffnung zu zermürben drohte.

»Wir müssen über den Abgrund«, sagte Madison leise. »Dort vorne ist ein Steg.«

Sie stapften über die Brücke ohne Geländer. Rechts und links war nur Schwärze auszumachen. Einmal glaubte Alfie, dass sich dort unten etwas bewegte, doch vermutlich war es nur sein überreizter Geist, der ihm einen Streich spielte.

Sie erreichten die andere Seite und atmeten auf.

Alfie versuchte, nicht darüber nachzudenken, dass sie den gleichen Weg auch wieder zurückmussten. Wie gerne hätte er jetzt im behaglichen Salon der *East End* gesessen und mit den anderen Karten gespielt, eingehüllt in eine Wolldecke, vor sich eine Tasse dampfend heißen Tees.

Eine Kreuzung tauchte auf.

»In welche Richtung?«, fragte Jason. »Und wehe, einer von euch schlägt vor, dass wir uns trennen.«

Alfie lachte auf. »Wir bleiben zusammen.«

Madison nickte stumm. Nach kurzer Überlegung deutete sie nach links. »Versuchen wir unser Glück hier.«

Der Gang fiel leicht ab und endete vor einer steinernen Tür, die mit allerlei Symbolen beschlagen war. Es war simples Eisen, doch Alfie spürte eine Bösartigkeit davon ausgehen, die bis in sein Innerstes vordrang.

Madison fasste nach dem Griff und versuchte, die Tür zu öffnen. »Verschlossen.«

Alfie trat neben sie und betrachtete die eingeschlagenen Symbole. »Ich kann das Zeug nicht lesen, aber es macht mir Angst.« Er ging in die Knie und hielt sich am Griff fest, um nicht das Gleichgewicht zu verlieren.

Mit einem Klacken öffnete sie sich nach innen.

»Wie hast du das gemacht?«, fragte Jason aufgeregt.

»Keine Ahnung.«

Madisons Blick glitt in die Dunkelheit hinter der Tür. »Wenn ich wetten müsste, würde ich sagen, es liegt an der einen Sache, die dich von uns unterscheidet. Du bist ein Nimag.«

Jasons Augen weiteten sich. »Aber das bedeutet, ...«

»... dass noch nie ein Magier zuvor hier war«, unterbrach ihn Madison. »Denn diese Tür haben sie nicht aufbekommen. Und ich glaube kaum, dass die Lichtis einen Nimag mit hierhergebracht haben.«

Sie übertraten die Schwelle und tauchten ein in eine bizarre Welt.

Als habe jemand einen Schalter umgelegt, sickerte fahles Licht aus dem vereisten Gestein der Wände. Überall ragten Statuen empor, eine hässlicher und grotesker als die andere.

Jason, Madison und er zuckten synchron zusammen, als hinter ihnen die Tür ins Schloss fiel.

»Das war eine dumme Idee«, flüsterte Jason. »Wenn die Tür nie zuvor aufging, können die Lichtkämpfer nicht hier sein. Die Silberknochen also auch nicht.«

»Wieso?«, fragte Alfie. »Wenn Nemo einen Nimag benutzt hat, um die Knochen zu verstecken, haben die anderen sie noch nicht gefunden.«

Der Raum war sechseckig, ein exaktes Hexagon. Gegenüber der Eingangstür führte ein Torbogen in einen weiteren Raum.

»O Gott«, entfuhr es Madison. »Das sind erloschene Portale vom Anbeginn.«

An jeder der sechs Wände ragte ein aufrecht stehender Bogen auf. Das Innere bestand aus gehärtetem Wolfram. Alfie bekam eine Gänsehaut. Moriarty hatte ihm nicht viel über die Zeit des Anbeginns erzählt, was einfach daran lag, dass niemand etwas davon wusste.

»Sie sind nicht versiegelt«, flüsterte Jason, »nur erloschen. Das ist nicht gut.«

Im Zentrum des Raums ragte ein Podest empor, auf dessen flacher Oberseite eine schwarze Glaskugel ruhte.

»Was ist das?«, flüsterte Jason.

Sie machten einen Schritt nach vorne ...

... und überschritten die Linie.
Die Welt versank in Schwärze.

15. Déjà-vu

1977

Es war nicht leicht, Edison zu überzeugen. Letztlich gelang es Max jedoch, indem er den Plan in all seinen Facetten ausführte und die Holzschatulle öffnete, die er mitgebracht hatte. Im Inneren lag ein Brief. Von Edison an Edison. Seinen eigenen Argumenten konnte der Unsterbliche sich schwer widersetzen.

»Na schön, ich werde die anderen Ratsmitglieder überzeugen. Wir öffnen das Portal für euch und löschen am Ende jede Erinnerung daran, dass ihr hier wart oder wo sich das Portal befindet.«

Alex nickte erleichtert.

Damit würde ihr Hiersein keinerlei Auswirkung haben. Keine Spur würde zurückbleiben und niemand etwas über die Zukunft wissen.

»Gut, dass wir Annora nicht dabeihaben«, kommentierte Edison. Auf die fragenden Blicke aller hin ergänzte er: »Sie hat eine besondere Fähigkeit. Ihr wisst, dass sich bei manchen Magiern eine solche manifestiert? Die Sprungmagier sind so ein Beispiel.« Alle nickten. »Annoras Erinnerungen können nicht manipuliert werden, Vergessenszauber wirken nicht bei ihr.«

»Sie wird sich also immer an all das hier erinnern?«, fragte Max. »Oh. Das erklärt, weshalb sie vor einigen Wochen, als wir Chris' und Kevins Eltern besuchten, immer wieder auf Alex zu sprechen kam.«

»Auf mich?«

»Jap. Sie fand dich sympathisch, obwohl sie dich ja ›offiziell‹ noch nicht kennengelernt hatte. Auf Nachfrage hat sie immer wieder gesagt, dass sie das aus den Erzählungen über dich schließt. In Wahrheit kannte sie dich aber bereits.«

»Weil sie dich«, Jen deutete auf Alex, »heute hier kennengelernt hat.«

»Cool.« Alex grinste. »Ich mag sie auch. Und anscheinend habe ich bleibenden Eindruck hinterlassen.«

»Bei wem nicht«, sagte Jen trocken. »Einstürzende Gebäude, explodierendes Bier, Cosmopolitan in Flaschen.« Beim letzten Punkt schlich sich der Hauch eines Leuchtens auf ihr Gesicht.

Alex spürte Wärme in seinem Bauch aufsteigen und verfluchte sich im Stillen dafür.

Edison unterbrach den Moment und schickte sie hinaus. Er selbst rief den Rat zusammen. Dank Annora wussten sie, dass Nikki im Krankenflügel lag.

Die Sprungmagierin wirkte blass und müde, war aber bei Bewusstsein. Sie wurde von Teresa behandelt.

Nikki wurde unter freudigen Rufen begrüßt.

»Was machst du nur für Sachen, Bambi?« Alex verwuschelte ihre Haare.

»Es war knapp«, flüsterte sie. »Der Zeitstrom hätte mich beinahe zerrissen. Noch einmal dürfen wir so etwas nicht tun. Und bis zum nächsten Sprung muss ich regenerieren.«

Nach allen möglichen Belehrungen durfte Nikki den Krankenflügel verlassen. Zusammen suchten sie die Küche auf, wo ein grimmig dreinblickender Koch sie verscheuchte.

»Ich vermisse Tilda«, seufzte Alex.

Sie trotteten in den Essenssaal und machten sich über Schmorbraten mit Kartoffelbrei her. Zwei Stunden später betraten Chris und Kevin den Raum. Max begrüßte Kevin überschwänglich, worauf Chris nur die Augen verdrehte und Würgegeräusche machte.

Die beiden erzählten abwechselnd von ihrer kleinen Odyssee.

»Das hätte auch schlimmer ausgehen können«, kommentierte Jen.

Nikki fröstelte. »Ich hatte das Gefühl, dass der Zeitstrom mich auseinanderreißt und wieder zusammensetzt.«

»Scheint aber noch alles da zu sein«, merkte Alex grinsend an. »Oder warte, der Pickel da ist eindeutig neu.«

Nikki benutzte ihren Löffel als Katapult und Kartoffelbrei als Munition. Ein Batzen der gelben Pampe wischte Alex' Grinsen beiseite. Sofort hoben alle zu einem Gekicher an.

Dass keine Essensschlacht ausbrach, verdankten sie Edison. Der bestätigte, dass die übrigen Unsterblichen sich geeinigt hätten. Man würde dem Plan zustimmen.

Im Gänsemarsch ging es zu Kleopatra, die ihnen wiederum passende Kleidung liefern sollte.

Der Ankleideraum sah fast genauso aus wie in der Zukunft. Nur ein paar ältere Kleider und Hosen hingen herum.

»Diese Hose gehörte Casanova«, säuselte die Unsterbliche und hielt mit verträumtem Blick eine schwarze Lederhose mit Schnüren an der Vorderseite in die Höhe. »Wie oft habe ich die für ihn geöffnet.«

Jen ließ es sich nicht nehmen, wieder nach dem gleichen Kleid zu greifen wie in der Zukunft.

»Das nicht«, sagte Kleopatra. »Das auch nicht.«

»Ich habe ein Déjà-vu«, kommentierte Jen grinsend.

Sie erhielten einfache Stoffgewänder, wie sie zur damaligen Zeit üblich waren. Kleopatra stattete sie außerdem mit Bernsteinkörnern aus, die als Zahlungsmittel verwendet wurden.

»Dann hätten wir alles«, freute sich Alex. Vergnügt lehnte er sich an das Regal.

Es krachte, als die Büste hinter ihm zu Boden fiel und in tausend Scherben zersprang. »Oh. Das tut mir leid.«

Kleopatras Augen weiteten sich. »Das war eine Erinnerung an einen meiner Liebhaber!«, rief sie. Eine Träne kullerte über ihre Wange.

Alex fühlte sich schrecklich.

»Keine Sorge«, flüsterte Chris aus dem Mundwinkel. »Nach der Erinnerungslöschung wird sie denken, dass es ein Einbrecher war. Ein Neuerweckter, der sich in ihr Privatquartier geschlichen hat, weil er eifersüchtig war. Das hat sie doch vor einigen Stunden gesagt.« Er zwinkerte ihm zu.

Begleitet von einem finsteren Blick stapften sie hinaus.

Alex fragte sich, was Edison den Unsterblichen erzählt hatte. Leonardo, Johanna, Einstein und Tomoe sprachen sie nicht an. Auch Kleopatra verlegte sich aufs Schweigen. Niemand wollte das Risiko eingehen, dass eine unbedachte Bemerkung eine Katastrophe auslöste.

Ein Sprungtor brachte sie in die Türkei.

Unter der dortigen Bibliothek nutzten sie den Tunnel und von dort das Sprungtor in das Refugium des Ersten Stabmachers.

Edison bildete das Schlusslicht und ordnete sogar den Staub wieder so an wie zuvor, damit niemandem auffiel, dass jemand hier gewesen war. Ein Sprungmagier, den Alex nicht kannte, begleitete sie. Er ging auf die fünfzig zu und lebte in der Gegenwart vermutlich nicht mehr.

»Jetzt habe *ich* ein Déjà-vu.« Alex' Blick glitt traurig über die Wände und Türen. Hier war Clara gefoltert worden, mochte es auch Jahrhunderte zurückliegen.

Als habe Jen seine Gedanken gelesen, flüsterte sie: »Jahrhunderte entfernt und doch nur Sekunden. Wir werden gleich dort sein.«

Sie betraten den Raum, in dem Crowley das Portal geöffnet hatte. Die hölzernen Bänke, die Statuen aus schwarzem Stein: Alles stand noch immer so, wie sie es kannten. Gemeinsam mit Clara, Jen und Nikki war Alex hier gewesen – würde hier sein. Unweigerlich fuhr er sich an die Brust. Die Wunde war vollständig verheilt, keine sichtbare Narbe war zurückgeblieben.

Edison reichte Max eine goldene Taschenuhr. »Ich habe sie aus den Katakomben geholt. Wenn eure Mission beendet ist, verstaue sie dort, wo wir es besprochen haben.«

»Sie wird die Jahrhunderte überstehen und du kannst sie aus dem Versteck holen, um sie in die Katakomben zurückzulegen«, erwiderte Max. »Die Uhr von H. G. Wells.«

Aus den Katakomben würde sie dann von den Schattenkriegern gestohlen werden. Max würde sie seinerseits an sich bringen und benutzen, bis sie schließlich aufgrund des Einsatzes durch Leonardo zerstört werden würde.

Doch das war noch nicht alles. Edison zog eine kleine Phiole aus der Tasche. In einer durchsichtigen Flüssigkeit schwammen Symbole aus schwarzer Tinte. »Contego Maxima«, sagte er. »Nostradamus hat mir einen Teil davon gegeben.«

1977 gab es noch ausreichend davon, die Schattenfrau hatte es noch nicht gestohlen.

Jen, Chris, Kevin, Nikki, Max und schließlich Alex nahmen jeweils einen Schluck. Auf ihrer Haut erschienen Abbilder der Symbole.

Damit waren sie bereit.

Die Unsterblichen hoben ihre Essenzstäbe und riefen synchron: »Porta Aventum.«

Inmitten der Monolithen erschien das wabernde Portal, in das dereinst Clara fallen würde. Sie hatten die Unsterblichen gebeten, sich bei der Erschaffung auf das Bild von Clara zu konzentrieren. Dank neuer Kontaktsteine, die sie nun alle besaßen, war das problemlos möglich gewesen.

So sollte sichergestellt sein, dass sie nicht vierzig Jahre vor Claras Ankunft in der Vergangenheit landeten.

Erneut nahmen sie sich an den Händen.

Und sprangen.

Das Letzte, was Alex aus dem Jahr 1977 sah, war der durchdringende Blick von Thomas Alva Edison. Und obgleich sie nicht ausgesprochen wurde, begriff er in diesem Augenblick die Wahrheit.

Er wird die Erinnerungen der anderen löschen, aber nicht seine eigenen.

Alex hatte sich immer gefragt, wieso Edison nach allem was geschehen war, ausgerechnet Max zum Agenten ausgebildet hatte. Nun wusste er es. Der Unsterbliche hatte gewusst, was geschehen würde. Dass Max eines Tages zurücksprang. Deshalb hatte er gewusst, dass er ihm vertrauen konnte. Deshalb hatte er gewusst, dass Chloe nicht dabei gewesen war und folglich nicht dabei sein durfte.

Und so fügte sich alles.

Die rötlich wabernde Zeitmagie riss an Alex.

Er schrie.

Das Echo des Schreis hallte aus den Kehlen seiner Freunde an sein Ohr und durch die Jahrhunderte.

16. Der Weg ist das Ziel

Der Zeittunnel spie sie aus wie der Lauf einer Pistole die Kugeln. Sie sausten durch die Luft und landeten hart auf dem Erdboden.

»Aua!« Alex schwor sich, nie wieder einen Zeittunnel zu benutzen. Im gleichen Augenblick hatte er das Gefühl, als würde eine dämpfende Schicht von ihm abbrechen wie die Schale eines Eies. Frische Energie und Kraft durchströmten ihn. Wie kühles Wasser, das seinen Körper an einem heißen Sommertag benetzte. »Was ist das?«

»Der Wall ist fort«, flüsterte Jen. »So fühlt es sich also an.«

Sie waren in einem dicht bewaldeten Gebiet herausgekommen, und es war schieres Glück, dass keiner von ihnen einen Baum getroffen hatte.

Chris stieg fluchend aus einem nahegelegenen Teich und zog sich ein paar Schlingpflanzen aus dem Haar. »Ich weiß schon, warum ich meinen Urlaub am liebsten in einem Fünf-Sterne-Hotel verbringe.«

»Immerhin hat dich kein Goldfisch angefallen«, frotzelte Alex. »Wah, was ist das?« Ein Fluginsekt von der Größe seiner Handfläche surrte heran.

Jen vertrieb es mit Klatschen. »Vergessen wir nicht, *wann* wir sind. In der Gegenwart ist kaum noch etwas über diese Zeit bekannt. Die Mentigloben und Schriften wurden beim Untergang von Iria Kon vernichtet.«

Nikki wirkte wieder kräftiger. »Mein Sigil regeneriert sich viel schneller als gedacht. Ich muss schon sagen – ohne Wall ist das echt toll.«

»Gewöhnen wir uns nicht daran.« Max legte seinen Essenzstab auf die Erde und sprach die Worte: »Locatorum Clara Ashwell.« Der Stab richtete sich aus.

Chris wirkte einen Trockenzauber, dann machten sie sich auf den Weg. Es war Spätsommer und die Luft mild. In ihr lag Blütenduft, Insekten summten und Vögel zwitscherten. Ein Idyll.

»Dort vorne!« Jen deutete auf einen Hang, vor dem ein Leib verkrümmt am Boden lag. Sie rannten zu der Stelle. »Das ist der Erste Stabmacher, Aywen. Verdammt. Die gute Nachricht ist, dass wir nicht Jahre warten müssen, in denen Clara gefoltert wird. Die schlechte ist, dass sie ihn umgebracht hat und bereits auf dem Weg nach Iria Kon ist.«

Max ging neben dem alten Mann in die Knie. Er hatte Clara auf furchtbarste Art gefoltert und nicht weniger verdient als den Tod. »Agnosco.« Burgunderfarbene Essenz flirrte durch die Luft. »Er starb erst vor einer guten Stunde, durchbohrt von seinem Essenzstab.« Der Holzgriff ragte noch immer aus seiner Brust.

»Dann haben wir noch einen Vorsprung«, erklärte Jen. »Clara ging von hier aus zurück in sein Refugium, rüstete sich aus und reiste dann nach Parthenope, um mit dem Schiff nach Iria Kon überzusetzen.«

»Wenn wir vor ihr bei der Hafenstadt sind, können wir es noch schaffen«, sagte Chris.

Sie ließen den Essenzstabmacher liegen und machten sich auf den Weg zur Hafenstadt.

Alex war fasziniert und entsetzt gleichermaßen. Der Gedanke an eine Zeitreise hatte ihn freudig erregt. Doch das hier hatte nichts mehr mit *irgendeinem* Einsatz zu tun. Sie waren Jahrhunderte von zu Hause getrennt und ein einziger Fehler konnte die Mission zunichtemachen. Ab jetzt galt es. Max' Plan sah vor, dass sie ebenfalls nach Iria Kon reisten, um dort exakt im richtigen Moment zuzuschlagen. Alles davor würde Veränderungen mit sich bringen und daher unmöglich funktionieren. Danach war es zu spät. Ihnen blieb ein Zeitfenster von wenigen Sekunden.

Die Proviantrucksäcke waren gefüllt. Jeder überprüfte sein Bernsteinsäckchen am Gürtel, dann machten sie sich auf den Weg.

»Ist das nicht schön?« Nikki strahlte. »Unberührte Natur, saubere Luft und überall grünt und blüht es.«

»Gefährliche Stechmücken, ein irrer Essenzstabmacher und Iria Kon steht kurz vor dem Untergang«, gab Chris zurück. »Ich würde das jetzt nicht als Paradies bezeichnen.«

»Ist unser Chrissilein noch ein wenig crumpy wegen seinem Bad?«, neckte Kevin. »Da ist der Schmutz hinter den Ohren wenigstens mal weg.«

Chris ging auf seinen Bruder los, worauf eine wilde Rauferei entbrannte.

Nikki kicherte. Max feuerte Kevin an, Alex und Jen lachten. Die Stimmung war gelöst. Für ein paar Tage würde es keine Gefahr durch die Schattenfrau geben, Clara die Hafenstadt noch nicht erreicht haben und sie mussten nicht fürchten, einen falschen Schritt zu tun.

Alex bemerkte, wie die Anspannung von ihm abfiel. Ein solch friedvolles Gefühl hatte er schon lange nicht mehr gespürt. Er ließ sich ein wenig zurückfallen.

»Alles klar?« Jen tauchte neben ihm auf.

Die anderen schielten kurz zu ihnen, bevor sie tuschelten und schneller gingen. Wie nett. Sie wollten ihnen ein wenig Zweisamkeit gönnen.

»Klar.« Alex' Wangen wurden schon wieder heiß. »Alles super. Bestens quasi. Toll.«

»Aha.« Jen musterte ihn eingehend. »Du bist komisch.«

»Selber.«

»Werde nicht kindisch.«

»Selber.«

Sie lachte auf. »Na gut, dann sei eben kindisch.«

Alex lächelte. »Okay.«

Eine Weile gingen sie schweigend nebeneinander her. Es war ein angenehmes Schweigen, brachte eine stille Vertrautheit mit sich, die einfach da war.

»Ich kann es noch gar nicht glauben«, sagte Jen irgendwann. »Der Gedanke, dass wir Clara möglicherweise retten können und damit einen Ansatzpunkt gegen die Schattenfrau haben, das ist so ...«

»Surreal?«, schlug Alex vor.

»Ja, genau. Als der Schattenschleier gefallen ist und sie plötzlich vor mir stand, konnte ich es nicht begreifen. Mittlerweile habe ich es verarbeitet, aber jetzt könnte es sein, dass alles anders ist, als wir bisher dachten.«

»Es war anders, weil wir es anders machen werden.« Alex grinste. »Zeitreisen sind eigentlich ganz simpel.«

»Ha! Wenn du das sagst.«

Sie marschierten zügig weiter. Vermutlich war Clara nun ebenfalls bereits auf dem Weg. Am Abend ließen sie sich abseits des Weges nieder, machten ein Feuer und aßen mitgebrachte Brote. In der Luft lag der Geruch von trockenem Holz, Lagerfeuerrauch und Sommerabend.

Ein wenig fühlte Alex sich schuldig. Den anderen im Castillo war eine solche Ruhepause nicht vergönnt. Dabei hatte sie jeder nötig.

Unter Anleitung von Max, dem kleinen Streber, wurden Blätter zu Decken vereint und der Boden damit zu einem weichen Lager aufbereitet. Das Ganze war besser als die modernste Matratze. Sie sprachen bis tief in die Nacht über alles, was in den letzten Wochen geschehen war, aber frei von jeglichem Druck.

Chris und Kevin waren noch dabei, den Zwillingsfluch zu verdauen. Max berichtete von seinem schlechten Gewissen gegenüber einem Jason, mit dem er bei den Schattenkriegern Freundschaft geschlossen hatte – was dazu führte, dass Kevin ihn nachdrücklich an sich presste.

Jen - die Stimmungskanone – berichtete von ihrer Nahtoderfahrung in der Kugel, die von der Diebin Raven erschaffen worden war. Das brachte Alex auf sein Erlebnis mit Huan und dem Bund des Sehenden Auges. Damals hatte alles angefangen. Es kam ihm wie eine Ewigkeit vor. Zwischen jenem Abend, an dem er auf einer verregneten Baustelle am Rand von Angell Town sein Sigil erhalten hatte, und heute.

Dabei ist es nur ein gutes Jahr.

Es mochte ihm Kampf gebracht haben, aber ebenso Freunde und Glück. Alex gefiel das Leben so, wie es war. Egal, was da noch kommen mochte und wie es ausging. Nie zuvor war für ihn der Weg mehr das Ziel gewesen als jetzt.

Sie plauderten und plauderten.

Irgendwann lehnte Jens Kopf an seiner Schulter.

Aneinandergekuschelt schliefen sie ein.

17. Der Schmerz des Anbeginns

Gegenwart, vor einigen Tagen

Goldenes Licht fiel durch die Fenster, es roch nach würzigem Fleisch und gedünstetem Gemüse. Seine Mum stand am Herd.

»Du musst das doch nicht alles alleine machen.« Er eilte an ihre Seite, um zu helfen.

»Das passt schon.« Sie lächelte. Ein seltsames Lächeln.

Er trottete ins Wohnzimmer, kickte seine Sneakers beiseite und warf sich auf die Couch. Die Jogginghose hatte Risse, er brauchte eine neue.

Auf dem Tisch stand eine Box.

Der Absender ließ ihn elektrisiert hochfahren. Auf dem beiliegenden Zettel stand in Beamtensprache zu lesen, dass die Kiste persönliche Gegenstände seines Dads enthielt. Mit zitternden Fingern griff er hinein, fand einen vergilbten Zettel, auf dem mit krakeliger Schrift etwas stand. Seine Mum musste das geschrieben haben, an dem Abend, an dem sein Dad gegangen war.

»Alex hat es nicht so gemeint. Er hasst dich nicht, weil wir arm sind. Mach keine Dummheiten. Ich liebe dich«, murmelte Alfie.

Der Zettel entfiel seinen Fingern.

Seine Mum weinte in der Küche leise Tränen.

»Er ist schuld«, flüsterte Alfie. »Dad ist wegen Alex gestorben.«

An jenem Abend war sein Dad gegangen und nie zurückgekehrt. Er hatte das Geld beschaffen wollen. Für Geschenke. Alfie erinnerte sich noch an den Weihnachtsbaum, unter dem er gesessen und gewartet hatte. Doch anstelle seines Dads waren Konstabler erschienen. Mit ernster Miene hatten sie von den Ereignissen berichtet.

Alfie sprang auf und floh aus der Wohnung.

Er rannte durch die Nacht, brüllte seine Wut hinaus. Am Ende des Tages bestritt er ein Boxmatch. Alex wollte ihn danach abholen. Alfie würde ihn zur Rede stellen, ihn anbrüllen, ihn niederboxen.

So saß er danach auf der Bank in dem kleinen Bushäuschen und wartete auf seinen Bruder. Doch der kam nicht.

Aus den Augenwinkeln sah er einen Mann näherkommen. Er führte seinen Hund Gassi.

An diesem Abend traf er zum ersten Mal auf Moriarty, der sich ihm als Markus vorstellte. So war es gewesen. Stattdessen setzte sich jedoch ein anderer Mann neben ihn. Er blutete aus zahlreichen Wunden.

»Dad?«

»Du hast Alex nicht zur Rede gestellt. Hast ihn nicht büßen lassen«, flüsterte er. Blut spritzte aus seinem Mund.

»Es tut mir leid.« Alfie wich zurück.

»Ich bin tot. Dein Geplapper ist nicht von Bedeutung.« Ganz langsam drehte er seinen Kopf. »Wir sind alle tot.«

Haut platzte auf, Knochen verformten sich. Eine Kreatur wuchs heran, die seit Generationen nicht mehr existieren sollte.

Alfie brüllte. Er wand sich.

Etwas zerbrach.

Keuchend fuhr er in die Höhe. Wo war er? Sein Körper zitterte, er wollte sich krümmen vor Angst. Wimmernd kauerte Alfie sich zusammen. Die erloschenen Tore wirkten wie die aufgerissenen Mäuler urtümlicher Kreaturen, die ihn verschlingen wollten.

Und die Kugel?

Sie schimmerte schwarz, war umgeben von einem nebligen Gespinst, ähnlich einem Spinnennetz. Was ging hier vor? Was war hier los?

Jason und Madison lagen noch immer bewusstlos am Boden. Sie krümmten sich und zitterten. Von ihren Körpern ging ein Schimmer aus. Essenz floss zur Kugel hinüber. Erst jetzt bemerkte Alfie die Hitze, die sein Siegelring verströmte. Wie war das möglich? Der Essenzstab lag auf der *East End*. Die Kugel hatte die Verbindung zwischen ihm und dem Stab ausgenutzt und ihn geleert. Und das Gleiche tat sie nun mit Jason und Madison. Sie saugte die Essenz aus deren Sigil. Beide würden sterben.

Ängstlich robbte Alfie auf sie zu. Er war wohl nur erwacht, weil seine Essenz aufgebraucht war. Als Nimag konnte er das überleben. Ein Magier wäre im Aurafeuer verbrannt.

Madisons Puls raste, Jason ging es nicht besser. Schweißtropfen glitten über ihre Gesichter, sie stöhnten beide. Die verkrampften Muskeln zitterten. Lange würden sie nicht mehr überleben. Doch wie konnte er sie retten?

Zögerlich streckte Alfie seine Hände nach der Kugel aus. Sie war kalt. Fast eisig. Er spürte die Schatten darin lauern, bereit hervorzubrechen, um ihn zu verschlingen. Die Magie des Anbeginns war klebrig wie Teer und zersetzend wie Säure.

So ging es nicht.

Er konnte keine Magie verwenden, besaß keinerlei Artefakte oder Hilfsmittel. Welchen Ansatz gab es noch?

Nur einen.

Die Kugel musste weg.

Kälte biss in Alfies Haut, als er aus der Jacke schlüpfte. Er wickelte sie um seine Hände und griff nach dem Artefakt.

Angst fraß sich in seine Haut, Verderben in seinen Geist und das Grauen in seine Seele. Ein Schrei brach sich an den Wänden, ausgestoßen von einem bis ins Innerste erschütterten Geist. Seinem eigenen.

Wohin mit der Kugel?

Zur Tür? Nein. Er taumelte …

… und die Tore reagierten.

Je näher er einem davon kam, desto stärker waberte der Inhalt, verflüssigte sich immer mehr. Die Kugel konnte sie also reaktivieren.

Je näher er einem der Wolframtore kam, desto stärker fühlte er einen Gegendruck. Als versuchte er, zwei gleichpolige Magneten aufeinander zuzuführen. Immer langsamer kam er voran, immer stärker wurde die Gegenkraft.

Der Schrei nahm an Pein zu. Die gesamte Umgebung schien zu erzittern, zu wabern, als fiele ein Stein in die Realität und erzeugte dabei Wellen. Längst rannen Tränen Alfies Wangen hinab, heiß und gefüllt mit Traurigkeit.

Zentimeter um Zentimeter näherte sich die Kugel einem der Tore. Das Wabern nahm zu.

Die Oberfläche berührte das Tor.

Im gleichen Augenblick wurde sie hineingerissen. Alfie wankte nach vorne, beinahe wäre er ihr gefolgt. Nur Millimeter von der Oberfläche entfernt kam er zum Stillstand.

Das Tor härtete aus.

Jason fuhr in die Höhe. »Was? Wo?«

Alfie brach in die Knie und erbrach sich.

Auch Madison kam wieder zu Bewusstsein. Die beiden unterhielten sich hektisch, abgehackt, torkelten auf ihn zu. Hände griffen nach ihm.

Schnee und Eis zogen vorbei, als sie zurückkehrten durch den Tunnel, den Steg erfolgreich passierten und die Leiter erreichten. Einen Fuß vor den anderen setzend, kletterte Alfie die Strickleiter in die Höhe und purzelte in die Kabine.

Madison landete neben ihm, Jason kam zuletzt.

Sie holten die Leiter ein. Billy Joe berichtete, dass die Nautilus mittlerweile aufgebrochen war. Wer auch immer den letzten Sigilsplitter erbeutet hatte – es war vorbei.

Alfie kauerte sich zusammen. Er wollte allein sein. Angst, Traurigkeit und das furchtbare Grauen des Anbeginns klebten an ihm, zehrten ihn aus. Obgleich es nur Schatten waren, Erinnerungen, wurde er sie nicht los.

Die *East End* erreichte das offene Meer.

»Generate Somnus«, erklang Madisons Stimme.

»Omnio Pace«, sagte Jason.

Der Zauber des Schlafes vermengte sich mit jenem für inneren Frieden, umfing Alfie und ließ die Wirklichkeit vergehen.

18. Über den Wolken

Es war weich. Und warm. Jemand lag rechts neben ihm. Links auch.

Alfie blinzelte. Die Schrecken waren verblasst, obgleich sie noch immer in einem fernen Winkel seines Bewusstseins lauerten. Der Gedanke an die Dunkelheit ließ ihn frösteln.

»Hey.« Jason schaute zu ihm herüber, strich ihm eine Strähne aus der Stirn. »Alles klar?«

»Glaub schon. Und bei dir?«

»Keine Ahnung.« Jasons Augen wirkten kraftlos und müde. »Ich war in einem Eisblock gefangen, konnte mich nicht bewegen und überall huschten Schatten umher.«

»Aua«, sagte Madison. »Mir tut jeder Knochen im Leib weh.« Ihr Blick hatte sich verändert. Sie betrachtete Alfie mit Hochachtung. »Danke, Baby-Kent.«

Er schmunzelte. »Gerne, Maddy.«

Sie verpasste ihm einen Stoß in die Seite. »Ich lass dir das diesmal durchgehen. Aber nur, weil du unser Leben gerettet hast, Nimag.«

Die Nähe tat gut.

Sie lagen nebeneinander, ihre Körper berührten sich, und die Wärme vertrieb die Schatten. Wandlampen mit bauchigen Glühbirnen warfen einen warmen Lichtschein in die Kabine. Es war die von Alfie, aber die anderen hatten eindeutig hier neben ihm geschlafen.

Auf einem kleinen Tisch hatte jemand ein Tablett mit Tassen und Broten abgestellt. Ein Regal war voll mit Büchern englischer Schriftsteller. Es gab undurchsichtige Metallplatten in der Wand, an die ein Schieber angebracht war. Wenn man ihn von links nach rechts bewegte, das hatte er längst herausgefunden, wurde das Metall durchsichtig.

Er liebte dieses Schiff.

Alles hier war Magie. Er blickte hinüber zu seinem Essenzstab, der in einer Schatulle lag.

Jason folgte seinem Blick. »Leer?«

Alfie nickte. Er wusste nicht, warum, doch aus einem Impuls heraus – Vertrauen - erzählte er davon, wie er den Stab wieder aufladen konnte.

»Echt jetzt?« Madison blinzelte ihn an. »Sex für Essenz?« Sie prustete los. »Du schnappst dir also Lichtis und verführst sie?«

Alfie nickte. »Es macht Spaß und am Ende habe ich Essenz, die für mehrere Tage reicht. Normalerweise. Das dort unten hat mich komplett ausgesaugt.«

»Frag uns mal«, kommentierte Jason. »Ein paar Minuten länger und wir wären Aschehaufen gewesen. Moriarty wird sich sehr für diese Tore interessieren.«

Hatten die anderen überhaupt bemerkt, dass sich eines davon wieder aktiviert hatte? Bisher hatte er noch nicht erzählt, wie er die Kugel losgeworden war. Immer wieder erschauderte Jason und Madison zitterte. Sie waren länger mit dem Artefakt verbunden gewesen und eindeutig noch nicht wieder in alter Form.

»Du könntest also auch uns Essenz entziehen?«, fragte Jason unschuldig. Seine Wangen nahmen einen leichten Rotton an.

»Theoretisch schon. Ich müsste natürlich den Trank einnehmen und ... Na ja, ihr müsstet euch fallen lassen. Also emotional und körperlich.« Nun wurde ihm ebenfalls heiß. »Ich würde das natürlich nie tun.«

»Nicht?« Jason wirkte enttäuscht.

»Baby-Kent ist nicht so open minded, wie er von sich glaubt«, flötete Madison.

»Bin ich sehr wohl.«

»Ach?« Sie kam näher. »Bist du das?« Plötzlich lagen ihre Lippen an seinem Ohr.

Von der anderen Seite schob sich Jasons Hand unter Alfies Pulli, Lippen berührten seine Wange. Die Kälte verschwand. Es gab nur noch drei Körper, deren Haut glühte. Jeder Gedanke an Dunkelheit, Magie vom Anbeginn oder das Grauen im Eis verschwand.

Langsam, die Welt dort draußen vergessend, schälten sie sich gegenseitig aus Hosen, Pullis und allem, was störte. Natürlich nahm er den Trank nicht zu sich. Überhaupt zerstob jeder logische Gedanke.

Er spürte Lippen auf seiner Haut, seinem Mund, überall. Einen anderen Körper unter sich, leidenschaftliche Bewegungen. Eine Woge der Lust spülte über sie hinweg.

Stunden später lagen sie müde und auf seltsame Art befreit nebeneinander. Ihre Seelen waren durch den intimen Moment gereinigt worden.

Das stetige Wummern der Turbinen, die mittlerweile wieder von Essenz befeuert wurden, wiegte Alfie in einen warmen Schlaf. Er fühlte etwas, das er seit langer Zeit nicht mehr gespürt hatte. Nähe. Geborgenheit. Vertrauen. Madison und Jason schien es mit ihm ähnlich zu gehen, er hatte es gespürt. Es war ein zaghaftes Herantasten an das Ich der anderen beiden und umgekehrt. Sie mochten einander. Wie sehr, würde die Zukunft zeigen.

Alfies Gedanken richteten sich auf den Albtraum. Er hatte den Augenblick erlebt, in dem er die Kiste entdeckt und den Zettel gefunden hatte. Zuvor hatte er von Alex' Schuld nichts geahnt. Erst an diesem Tag war sie offenbar geworden. Mum hatte es bestimmt nicht angesprochen, immerhin hatte sie auch zuvor geschwiegen. Warum, das wusste er nicht.

Was würde geschehen, wenn er Alex gegenüberstand?

Moriarty und er hatten darüber gesprochen, denn ewig würden sie einander nicht aus dem Weg gehen können. Was dann? Kam es zum Äußersten? Alex war ein Mörder, das hatte Alfie in den Mentigloben gesehen, doch er war auch sein Bruder.

Sie hatten Ideen erörtert, was man unternehmen konnte. Eine Gefangennahme war unumgänglich. Aber was dann? Bernstein? Oder der magische Kerker? Alfie wusste es nicht. Nur, dass Alex nicht länger dort draußen herumrennen durfte, um andere ins Unglück zu stürzen.

»Du denkst schon wieder«, kommentierte Madison. »Da kommt Rauch aus deinen Ohren.« Sie kroch unter der Decke hervor und schlüpfte in ihre Kleidung. »Ich mache meine Mentiglobus-Aufzeichnung. Solltet ihr auch tun.« Sie tätschelte Alfie den Kopf. »Das war gute Arbeit, Baby-Kent.« Ein Zwinkern und sie verließ die Kabine.

Jason kicherte. »Da kann ich nur zustimmen.« Auch er zog sich an.

Alfie beschränkte sich auf Shorts. Er trat an das Fenster und blickte hinaus auf das Wolkenfeld. Hier oben war alles so friedlich.

Jason hauchte ihm einen Kuss auf die Schulter, dann ging auch er. Bei der Rückkehr würde Moriarty die Mentiglobus-Aufzeichnungen umgehend sehen wollen. Der Kapitän hatte bereits durchgegeben, dass die Mission nicht erfolgreich verlaufen war. Kein guter Start für das Supertrio. Aber was hätten sie tun sollen? Es war mehr Glück als Verstand gewesen, dass er das Artefakt hatte entsorgen können.

Sowohl Lichtkämpfer als auch Schattenkrieger waren auf Antarktika aktiv gewesen. Da dort keine Magie als Waffe eingesetzt werden konnte, funktionierten Waffenstillstände ganz gut. Doch nie zuvor hatte jemand etwas entdeckt, das hatte Alfie in den Berichten zum Kontinent nachgelesen. Vermutlich hätten die Wächter sonst reagiert.

Doch wie Madison sagte, war bisher kein Nimag mit dabei gewesen. War die Tür für Magier im Normalfall überhaupt erkennbar?

So viele Fragen. Um Antworten sollte sich der Rat kümmern. Alfie wollte nie wieder nach Antarktika zurück. Die Albträume in den kommenden Nächten waren vorprogrammiert.

Seine Fingerkuppen glitten über den geleerten Essenzstab. Sobald sie wieder im Herrenhaus waren, würde er Jason noch einmal aufsuchen. Dieses Mal aber mit eingenommenem Trank. Auf die Art ging es am schnellsten und er musste nicht erst irgendwo in eine Disco auf die Pirsch gehen. Vorausgesetzt natürlich, Jason stimmte zu.

Seltsam.

Sie hatten erst eine einzige Mission miteinander bestritten, doch er spürte bereits jetzt Geborgenheit. Obwohl so viel Schlimmes passiert war und er sogar seinen Bruder verloren hatte – und daran gab es keinen Zweifel –, fühlte er sich wohl.

Alfie lächelte.

19. Parthenope

Obgleich Nikki mittlerweile ausreichend Essenz aufgetankt hatte, beschlossen sie, auch den Rest des Weges zu Fuß zurückzulegen. Clara musste das schließlich auch tun und konnte sie damit nicht mehr überholen.

Am folgenden Tag erreichten sie eine Straße aus Lehm, die von Karren befahren wurde. Vereinzelt marschierten Menschengruppen an ihnen vorbei. Ein paar trugen Essenzstäbe, andere – eindeutig Nimags – besaßen Artefakte mit Bernsteinen, die sie bei Bedarf aktivierten. Ein Händler nutzte Holzplatten mit Bernsteinen, um mit dem Aporta-te-Zauber Waren zu transportieren.

Magie und gewöhnliche Nimag-Technologie gingen Hand in Hand. Zumindest hier, im Dunstkreis von Iria Kon, schien es keine Gewalt zu geben. Alex nahm nur friedfertigen Handel und glückliche Gesichter wahr.

Jen wirkte ebenfalls irritiert. »Ich habe mir das alles immer düsterer vorgestellt. Intrigierende Magier und überall Krieg.«

»In den Büchern stand, dass Iria Kon das Zentrum der zivilisierten Welt darstellte und Symbol für ein friedfertiges Miteinander war.« Nikki hüpfte fröhlich vor sich hin und summte.

Sie passierten einen Hang.

Dahinter lag die Hafenstadt Parthenope. Der Geruch von Salzwasser drang an Alex' Nase. Die Straßen waren voller Menschen, die miteinander schwatzten, der Horizont war voll mit Schiffen. Gewaltige Dreimaster mit aufgeschlagenen Symbolen aus Messing, Chrom und Gold. Bernstein-Intarsien waren in das Holz eingelassen. Jen hatte von Claras Erinnerung berichtet, dass die Schiffe schneller als gewöhnliche fahren konnten und im Notfall Contego-Sphären aktivierten.

»Wir dürfen keine Zeit verlieren«, sagte Jen, nachdem sie den Ausblick bewundert hatten.

»Chill mal.« Alex legte ihr den Arm um die Schulter. »Weißt du eigentlich, wie besonders das hier ist?«

Verdutzt starrte sie ihn an. »Ja. Ich dachte eher, dass du der Banause bist.«

Alex schaute wieder zum Meer. »All das hier ist längst vergangen. Ich empfinde es als Ehre, das zu sehen. Es ist eine völlig andere Gesellschaft. So friedlich.«

Jen starrte ihn mit offenem Mund an.

»Und schau mal, wie kurz die Röcke der Frauen sind.«

Sie verdrehte die Augen. »Und ich hatte mich für eine Sekunde gefragt, ob du erwachsen geworden bist.«

»Nie«, sagte er nachdrücklich.

Gemeinsam schlenderten sie in die Stadt. Vorbei an den Säulen, die die Kraft von Magiern anmessen konnten und ein Warnsignal an Ordnungskräfte sendeten. Zwar war ihre Essenz durch den Wegfall des Walls viel stärker als zuvor, doch das Magiepotenzial in ihnen allen war Standard. Kurz fragte sich Alex, ob die Säulen bei Jen anschlagen würden. Immerhin wusste er, dass sie in Momenten höchster Wut zu explodieren schien.

Doch nichts geschah.

Unbehelligt erreichten sie den Hafen.

»Wow.« Chris deutete auf eine Galeere von der Größe eines halben Fußballfeldes. »Das ist ein schwimmender Palast.«

»Ich würde mir das so gerne alles ansehen«, sinnierte Kevin, wobei er sich immer wieder durch die Haare fuhr, weil der Meereswind sie durcheinanderwirbelte. »Die Archäologen und Chrono-Archäologen werden sich auf unsere Mentigloben stürzen.«

»Vorausgesetzt wir können überhaupt wieder welche befüllen. Aber ich glaube nicht, dass Edison die freigeben wird«, sagte Max bedauernd. »Das hier ist eine geheime Mission. Das Risiko für Nachahmer ist zu groß. Außerdem ist der fixe Tunnel kollabiert. Die meisten Chrono-Archäologen sitzen in 1977 fest und müssen erst mal wieder zurückgeholt werden.«

Kevin zog Max in den Schwitzkasten und rubbelte mit der Faust über seinen Kopf. »Du bist so eine Spaßbremse, Mister Bond.«

»Vorsicht, ich hab die Lizenz zum Töten.« Er grinste frech. »Und zum Kitzeln.«

Kurz darauf rangen die beiden miteinander, während Chris weiter die Galeere bestaunte und Nikki ihre Beine von der Promenade ins Wasser hängen ließ.

Jen betrachtete die anderen lächelnd, dann trat sie ganz nahe an den Rand der Promenade, breitete die Arme aus und sog die Luft ein. Ihre Haare wirbelten im Wind, ein befreites Lächeln lag auf ihrem Gesicht.

Es fiel Alex schwer, ihr keinen Schubs zu geben. Sie stand so nah am Wasser. Und wäre das nicht lustig gewesen? Doch er verzichtete darauf, als er in ihr entspanntes Gesicht blickte. Für diesen Moment wirkte sie frei. Keine Sorgen, keine Verantwortung, keine Kontrolle – sie hatte losgelassen.

Er trat neben sie und schaute schweigend auf das Meer hinaus.

Sein Weitblick enthüllte kleine Boote, die von Anlegestegen zu den großen Schiffen weiter draußen wechselten. Andere waren direkt angetaut. Matrosen und Matrosinnen schlenderten über die Decks, inspizierten Arbeiten oder wirkten Zauber. Andere luden die Bernsteine auf.

Ihm kam eine Idee.

Er eilte zu einem der Promenadenstände und kaufte von einem bärtigen, freundlich dreinblickenden Mann Fruchtfleischspieße. Die anderen begannen begeistert zu kauen und es entstand eine Diskussion darüber, um welche Frucht es sich handelte.

Kurz darauf verschwand Jen.

Als sie mit einem zufriedenen Grinsen zurückkehrte, wusste Alex, dass das letzte Durchatmen vorbei war.

»Ich habe eine Überfahrt für uns gebucht«, erklärte sie. »Die *Erbe von Kon* läuft in einer Stunde aus.«

Sie gingen sofort an Deck.

Das Bordpersonal begrüßte sie herzlich, niemand ahnte, dass sie aus der Zukunft kamen. Die Kabinen waren weiträumig, ja: luxuriös. Die mit Essenz aufgeladenen Bernsteinkörner besaßen immensen Wert.

Kevin und Max belegten eine Kabine, ebenso Alex und Jen. Sie bestand darauf, dass Nikki eine eigene bekam. Bei Chris wusste man nie. Am Ende begannen die beiden in tiefster Vergangenheit eine Affäre. Um das zu vermeiden, musste Chris eine Doppelkabine mit einer reisenden Magierin beziehen. Sie war auf dem Weg nach Iria Kon, um dort ein Artefakt zu erwerben.

Alex musste innerlich breit grinsen. Sie sah aus wie ein Supermodel, mit langen schwarzen Haaren und einem süßen Lächeln. Keine Frage, dass Chris sofort mit dem Flirten begann.

»Gut, dass die Zeit sich selbst schützt«, knurrte Jen, als die Tür hinter den beiden zufiel.

»Gönn den beiden doch ihren Spaß«, erwiderte Alex. »Immerhin kann nichts passieren.«

»Bei unserem Glück zerschmettert die nächste Welle das Schiff.«

Sie betraten ihre eigene Kabine.

»Das ist gar nicht nötig«, sagte Alex traurig. »Iria Kon wird morgen oder übermorgen ausgelöscht. Clara wird das nach ihrer Transformation tun. Wer immer diese Frau ist, sie wird die Stadt nicht mehr verlassen können.«

Jen sank seufzend auf einen gepolsterten Holzstuhl. »Du hast recht. Ich vergesse immer, dass dieses Idyll hier kurz vor dem Ende steht. Als mache man einen Streifzug durch Pompeji, bevor der Vulkan ausbricht.«

»Genau genommen fahren wir auf den Vulkan zu«, sinnierte Alex. »Selbst, wenn Max‘ Plan funktioniert, haben wir kaum Zeit, wieder zu entkommen.«

»Alles ist offen.« Jen trat ans Fenster und blickte schweigend auf die Wellen. Das Schiff legte ab. »Jetzt gilt es.«

Iria Kon wartete.

20. Claras Ankunft

Ein Gasthaus war schnell gefunden.

Sie schwärmten in Zweierteams über die Stadt aus. Da sie mittlerweile wieder mit Kontaktsteinen eingedeckt waren, konnten sie sich problemlos verständigen und hielten Ausschau nach Clara.

Gemeinsam mit Jen betrat Alex den Ratsturm. Chris und Kevin behielten den Hafen im Auge. Clara würde mit dem Schiff *Irias Stolz* hier eintreffen und auf Jasun stoßen. Dieser brachte sie dann zu Merit von Totam. Das Ratsmitglied würde Clara jedoch nicht helfen, sondern sie töten wollen. Dadurch wurde die Katastrophe ausgelöst.

Max und Nikki streiften durch die Stadt, um Jasun im Blick zu behalten.

»Wie willst du dir Zutritt verschaffen?«, fragte Alex. »Wir können nicht einfach eine Anfrage stellen. Sonst sitzt plötzlich dieser Merit vor uns.«

»Hab ich nicht vor.«

Stattdessen buchten sie eine Führung, wie es zahlreiche Besucher taten. Ein Teil des Turms stand der Allgemeinheit offen. Ihre Führerin war spindeldürr und hörte auf den Namen Arla. Immer wieder stach sie mit knochigen Fingern nach Gemälden oder Einrichtungsgegenständen, um dies oder das zu erklären. Ihr Haar war grau und zu einem Dutt gebunden, der Mund verkniffen.

»Die macht das eindeutig schon zu lange«, flüsterte Alex, was ihm einen Rippenstoß von Jen einbrachte.

Der Boden war mit Platten aus Marmor ausgekleidet, die Oberflächen und Intarsien aus Himmelsglas, Hexenholz und Bernstein. Als hätte ein König oder Kaiser seinen Palast ganz in Gold und Silber erbaut. Das Ganze war einfach nur protzig.

»Der Saal der tausend Spiegel.« Arla öffnete eine Flügeltür. Dahinter kam ein runder Raum zum Vorschein, dessen eine Wand vollständig mit gerundeten Spiegeln bedeckt war. »Von hier aus kann jeder Ort auf der Welt beobachtet werden. Einzig die Splitterreiche entziehen sich dem Zauber. Aufgrund des Friedensvertrages von Torin hat der Rat die Spiegel erlöschen lassen. Denn Freunde spionieren einander nicht aus.«

Zustimmendes Gemurmel brandete durch die Gruppe.

Alex starrte die Spiegel an und wandte seinen Blick Jen zu. »Die

Dinger sind hoffentlich kaputtgegangen, als Clara hier alles zerstört hat. Andernfalls ...«

»... könnte sie mit der Allmacht alle reaktivieren und jeden Fleck auf der Welt beobachten. Dann würde ein Angriff in einem Desaster enden.«

Arla begann darüber zu schwadronieren, dass Merit von Totam, das geschätzte Ratsmitglied, den Vertrag mitausgehandelt hatte.

»Clara ist da«, erklang Kevins Stimme über die Kontaktsteine und ließ Alex und Jen synchron zusammenzucken.

Er übermittelte ein Bild.

Die *Irias Stolz* legte am Hafen an. Clara verabschiedete sich von Reto, mit dem sie eine kurze Affäre gehabt hatte, und betrat die Stadt.

Alex wusste nicht, was er erwartet hatte. Es war einfach Clara. Ihr schwarzes Haar war etwas länger und sie trug ein altertümliches Gewand dieser Zeit. Ihre Augen verströmten ein Echo des Schmerzes, den Aywen, der Erste Stabmacher, ihr zugefügt hatte. Mehrere Jahre lang hatte er sie gefoltert, bevor sie ihn hatte töten und entkommen können.

Trotzdem war es noch immer Clara. Da war kein vernichtender Hass, keine Wut. All das würde erst später kommen.

Eine einzelne traurige Träne rann über Jens Wange.

Alex ergriff sanft ihren Oberarm. »Wir retten sie.«

Jen räusperte sich, nickte und griff nach dem Kontaktstein. »Max, Nikki, kommt hierher. Chris, Kevin, behaltet Clara im Auge.«

Das war der Augenblick, in dem alles schiefging.

Ein Knall ertönte, gefolgt von einem grellen Lichtblitz, direkt vor dem Fenster. Für eine Sekunde waren Max und Nikki sichtbar, im nächsten verschwunden.

Arla war zusammengezuckt, verströmte nun jedoch wieder ihre typische knöcherne Ruhe. »Ein Eindringlingsversuch. Traurigerweise ist dies bereits der fünfte Anschlagsversuch in den letzten zwei Wochen. Unser Turm ist natürlich gegen Sprungmagier geschützt. Die Ordnungsmagier werden sich darum kümmern.«

Schon war das Getrappel der Garde zu hören, die über die Stufen nach unten rannte.

»Wenn sie die beiden verhören ...«, flüsterte Alex.

»Los.« Sie rannten unter dem verdutzten Blick von Arla aus dem

Raum. »Ich glaube nicht, dass wir uns groß vorsehen müssen. Iria Kon geht unter. Wir können also keinen Schaden anrichten, die Zeit nicht verändern. Die einzige Gefahr geht von Clara aus. Sie muss in den Turm und angegriffen werden. Alle anderen ...«

»... werden sowieso sterben«, vollendete Alex.

Jen hatte recht. Die Zeit musste sich hier nicht schützen, denn niemand würde Informationen weitertragen oder durch veränderte Erlebnisse beeinflusst werden.

Max und Nikki waren in einem Park materialisiert und zu Boden gegangen. Die flanierenden Menschen strebten davon, die Ordnungsmagier auf sie zu. Sie hielten ihre Essenzstäbe erhoben und blickten grimmig drein.

»Vermutlich halten sie Nikki und Max jetzt für Terroristen«, flüsterte Alex.

Jen zerbiss einen Fluch zwischen den Zähnen.

Ein einziger verdammter Fehler.

Pwap. Pwap.

Die ersten Kraftschläge schlugen in die Contego-Sphären ein, die Nikki und Max hochgezogen hatten. Die Ordnungsmagier verteilten sich in einem Ring, um die Freunde einzuschließen.

»Chris, Kevin, wo seid ihr?«, fragte Jen.

»Clara hat soeben diesem Jasun geholfen. Die beiden sind auf dem Weg zum Turm.«

Panik schlich sich in Jens Blick. »Wenn wir zu spät kommen, ist alles verloren.«

»Es sind zwölf Ordnungsmagier.« Alex deutete auf die Kämpfer. »Das wird heftig.«

Hinter der Contego-Sphäre streifte Max seinen Rucksack ab, während Nikki den Schutz aufrechthielt. Schon zeigten sich erste Risse in der Hülle aus verdichteter Essenz.

»Clara hat soeben den Turm betreten«, übermittelte Kevin. »Was sollen wir tun?«

Sie konnten Clara nicht aufhalten, sich ihr nicht nähern. Doch die Überzahl der Ordnungsmagier war zu groß.

»Wir müssen ihnen helfen.« Alex machte sich zum Kampf bereit. »Ein Wurzelzauber müsste das hinbekommen.«

»Warte.«

»Levitate Radix!« Der Boden erzitterte, die Erde brach auf. Wurzeln schlängelten sich hervor und fesselten zwei der Ordnungsmagier am Boden.

Die anderen wurden darauf aufmerksam, dass etwas nicht stimmte und teilten sich auf. Fünf davon verstärkten die Attacke auf Max und Nikki, die Übrigen wandten sich Jen und Alex zu.

Kraftschläge surrten heran.

Jen zog einen Contego-Schild in die Höhe, während Alex sich weiter darauf konzentrierte, die Wurzeln wachsen und angreifen zu lassen.

»Gerade ist Merit von *Totam an uns vorbeigeeilt*«, meldete Kevin. »Er ist auf dem Weg hinauf zu Clara. Es passiert. Sie wird zur Schattenfrau. Wir haben nur noch wenige Minuten. Max muss sofort *hierherkommen.*«

Hinter der Contego-Sphäre brach Nikki in die Knie. Immer mehr Risse überzogen den Schutz. Max kramte hektisch im Rucksack.

Der Boden unter Alex wölbte sich auf und schleuderte ihn durch die Luft.

Die übrigen Angreifer schossen Kraftschläge ab, die wie Trommelfeuer auf Jens Schild trafen. Risse erschienen, der Schutz brach zusammen. Die Ordnungsmagier zielten auf Jen. Multiple Kraftschläge lösten sich und surrten auf sie zu.

21. Vom Winde verweht

Gegenwart, vor einigen Tagen

Glasscherben zersplitterten unter seinen Stiefelsohlen. Ein sanfter Sommerwind wehte durch das Anwesen, der Geruch von verbranntem Holz mischte sich darunter. Draußen loderte ein Lagerfeuer. Auf der Terrasse stand ein Glas mit blutrotem Rioja.

Wie passend.

Moriarty betrat den Salon.

Ein Buch lag auf dem Boden neben dem edlen Ledersessel. Darin saß ein Mann mit Hemd, Chinos und ledernen italienischen Schuhen.

Alles hier trug die Handschrift von Saint Germain. Die magisch erzeugte Sommerumgebung, der Wein, die Gerüche. In ein Domizil einzudringen, hatte Monate der Vorbereitung bedurft. Moriarty hatte die gestohlenen Artefakte aus dem Castillo präpariert, von dem eines seinen Weg hierher und schließlich zur Schattenfrau gefunden hatte. Von innen heraus hatte ein Zauber den Schutz des Anwesens zerfressen. Nicht zu vergessen: Madisons Beitrag. Während sie gemeinsam mit Max – bei dem Gedanken an ihn ballte Moriarty wütend die Fäuste – ins Haus von Lord Trenton eingebrochen waren, hatte sie dort einen Zauber entwendet.

»Und nun bin ich hier.«

Saint Germain saß mit geweiteten Augen im Sessel. Er konnte nicht einmal zittern. Das Gift war eigens für ihn zusammengebraut worden, um ihn zu demobilisieren. Hören, sehen und riechen war möglich, darüber hinaus jedoch nichts.

»Der große Anführer hat es nicht kommen sehen«, sagte Moriarty und sank in den Sessel gegenüber seines Rivalen. »Du bist ein Idiot. Natürlich möchtest du dich verteidigen, mit mir argumentieren, aber das ist bedeutungslos. Deine Meinung zählt nicht länger.« Er legte die Holzschatulle auf den Tisch und schlug die Beine übereinander. »Du hast uns in den Abgrund geführt. Mit der Schattenfrau zu paktieren war das Dümmste, was du je tun konntest. Niemals wird sie den Wall zerstören. Aber das wusstest du, nicht wahr?«

Selten gönnte Moriarty es sich, nach außen Wut zu zeigen. In der Regel zerstörte er Gegenstände, wenn er alleine war, oder schleuderte ein paar Nimags vor ein Auto. Doch heute war das anders.

»Du wolltest Macht. An ihrer Seite stehen und über die Welt herrschen, nicht wahr? Anstatt den Wall zu vernichten, hättest du ihn akzeptiert und nun sind wir in einer ausweglosen Situation. Lassen wir die Schattenfrau herrschen, sind wir Sklaven. Besiegen wir sie, wird der Wall entstehen und alles noch schlimmer machen.«

Derart ausgesprochen wurde es nicht besser. Doch glücklicherweise besaßen die Schattenkrieger einen gewissen Spielraum. Moriarty hatte Vorkehrungen getroffen. Was bedeutete, dass er mit *ihr* zusammenarbeiten musste. Er würde jedoch nicht tolerieren, dass Germain weiterhin an der Spitze der Schattenkrieger stand.

»Du fragst dich, was ich mit dir vorhabe, nicht wahr? Eine Ewigkeit im Novum Absolutum? Nein.« Er öffnete die Schatulle mit einer flinken Handbewegung. »Du wirst heute deine Wacht beenden.«

Die Angst in Germains Augen wurde zu einer ausgewachsenen Panik. Moriarty genoss das Gefühl der Kontrolle und Überlegenheit.

»Die anderen unterstützen mich, wollen mich als den neuen Anführer sehen. Natürlich ist der Angriff auf einen Unsterblichen verboten. Ich werde deinen Tod daher der Schattenfrau in die Schuhe schieben. Und wir wissen ja, dass die Art des Todes am Ende nicht mehr feststellbar sein wird.«

Germains Finger zuckten. Er gab alles, um die Wirkung des Giftes zu überwinden. Vergeblich.

»Bist du nicht auch gespannt, wer der nächste Unsterbliche sein wird? Wen sie uns schicken werden?« Moriarty lachte leise. »Du wirst es natürlich nicht erfahren.«

Er nahm den angepassten Essenzstab aus der Schatulle. »Während du damit beschäftigt warst, die Schattenfrau zu unterstützen, habe ich mich um Alfie Kent gekümmert.«

Tatsächlich war Germain noch geschockter, als Moriarty ihm sein geheimes Tun enthüllte. »Er wird die Waffe sein, die ich benötige. Und dank ein paar kleiner Manipulationen hasst er seinen Bruder. Ich liebe es, an den Fäden meiner Puppen zu ziehen.«

Der Essenzstab lag schwer in seiner Hand. Es handelte sich um eine Spezialanfertigung, die nur einem Zweck dienen sollte.

»Was meinst du: Kann die Unsterblichkeit beim Tod eines Trägers aufgefangen werden?«

»Hmmmpf«, stöhnte Germain.

»Das sehe ich ganz genauso.« Er richtete die Spitze auf seinen Kontrahenten. »Dein Dienst endet nun. Finale Worte? Nein?« Er schenkte Germain einen letzten eiskalten Blick. »Potesta Maxima!«

Der Kraftschlag schoss aus dem Essenzstab und zerfetzte Gewebe, Blut und Knochen. Saint Germains Gesicht gefror, das Leben wich aus den geweiteten Augen. Etwas rieselte zu Boden, wurde vom Wind davongetragen und zu einem Teil von Allem und Nichts. Es war Germain selbst, der zerbröselte, als sei er nicht mehr als eine Sandskulptur.

Am Ende saß ein schwarzes Skelett im Sessel. Goldene Symbole waren in die Knochen geritzt und begannen nun zu funkeln. Überirdisches Licht drang daraus hervor. Es war schön und schrecklich, warm und kalt zugleich.

Moriarty spürte den Sog.

Er leitete seine Kraft in den Essenzstab und zerrte an dem goldenen Licht. Es waberte, wehrte sich, wollte enteilen, kam jedoch nicht davon. Das war es! Die Substanz, aus der die Unsterblichkeit gemacht war. Er wollte sie besitzen, wollte die Macht über das ewige Leben an sich reißen.

Doch der Gegensog wurde stärker.

Für einen endlosen Augenblick war alles wieder da. Die Erinnerung. Der Übergang vom Tod als Nimag an den einen Ort, wo die Wacht ihren Anfang nahm. Er sah das Gesicht, spürte die Macht und sah die Globen vor sich. Der Gedanke verwehte, war einfach fort, und er konnte ihn nicht zurückholen. Vergessen war grausam.

Er brüllte voller Wut.

Das goldene Gespinst ballte sich zusammen und floh durch die Poren der Wirklichkeit, den Schleier der Realität, an jenen Ort, wo alles seinen Anfang genommen hatte.

Wütend ließ Moriarty seinen Essenzstab sinken.

»Dann werde ich ihn wohl verbessern müssen, bevor ich mich dem nächsten Unsterblichen zuwende.« Schließlich würde der Nachschub nie enden. Es waren immer zwölf.

Flammen züngelten über die Knochen, verbrannten sie zu schwarzer Asche. Nichts blieb zurück. Moriarty fragte sich erneut, wie es Jules Verne gelungen war, das Siegel für die Traumebene stabil an seine Knochen zu binden. War es die Silberverkleidung? Oder ein Zauber? Was es auch war: Keiner der Unsterblichen konnte sich ihnen nähern, also auch keine Untersuchungen anstellen. Bedauerlich, doch aktuell nicht seine größte Sorge.

Die Schattenfrau würde vom Tod Saint Germains erfahren. Doch würde es sie auch berühren? Vermutlich nicht. Sie gierte danach, die Allmacht zu benutzen, um sich zur Herrscherin aufzuschwingen.

»Und damit bleibt uns nur eine Wahl«, flüsterte Moriarty.

Ob sie sich für oder gegen die Schattenfrau stellten – sie mussten nach Iria Kon. So oder so gab es dort einen Kampf zu bestreiten. Taktisches Gespür war vonnöten, um die Schattenkrieger durch diesen Sturm zu lotsen. Andernfalls war alles verloren.

»Niemand kann mir vorwerfen, dass ich eine Herausforderung scheue«, flüsterte er. »Und wer weiß, vielleicht ergibt sich die Gelegenheit für einen Plausch mit Max. Das wäre doch herzallerliebst.«

Er warf dem Aschehaufen, der langsam vom Wind abgetragen wurde, einen letzten Blick zu.

Die Glassplitter knirschten unter seinen Stiefelsohlen, als er das Haus eines Toten verließ.

22. Alles oder nichts

Aus!

Alex nahm alles zugleich wahr, wie in einem grauenvollen Stillleben. Der kollabierende Contego-Schild von Jen, er selbst, der durch die Luft flog. Dazu der Gedanke, dass Clara soeben das Turmzimmer betrat, ja: vielleicht schon angegriffen wurde.

Stillleben?

Er krachte gegen die Wand, spürte aber keine Schmerzen. Die Umgebung war tatsächlich in absolute Bewegungslosigkeit getaucht. Max und Nikki standen neben ihm, obwohl sie eben noch weiter vorne im Park unter dem Ansturm der Angreifer zu Boden gegangen waren.

»Was ...?« Verdattert blickte Alex auf seine Freunde.

Max hob eine goldene Taschenuhr in die Höhe. »H. G. Wells sei Dank.« Er eilte zu Jen und nahm sie ebenfalls in das Zeitfeld auf.

»Wir müssen uns beeilen«, sagte Nikki unruhig. »Die Uhr raubt Lebenszeit von Max.«

Ohne auf seinen Protest zu achten, nahm Jen die Uhr an sich. »Dann bedient sie sich jetzt erst einmal bei mir.«

»Und schwups, ich sehe die erste Falte«, konnte Alex sich nicht verkneifen zu sagen. »Ach, halt. Die war schon immer da. Kommt vom vielen Grummeln.«

Gemeinsam eilten sie zum Turm.

Eine handtellergroße Fliege hing über einem Blütenkelch, Kinder schauten lachend in die Luft, wo ein Ball schwebte. Alle waren sie eingefroren in einem einzigen Moment.

Und die meisten werden sterben. Alex schluckte die aufkommende Traurigkeit hinunter. Er musste konzentriert bleiben. Das hier war Geschichte.

Sie eilten an Arla vorbei, die noch immer vor der Besuchergruppe stand und wie das lebende Abbild einer Xanthippe wirkte. Im Stillstand verlor sie nichts von ihrer knöchernen Bedrohlichkeit.

Jen berührte Chris und Kevin.

»Wow, wo kommt ihr denn her?«, fragte Chris.

»Keine Fragen, schnell«, erwiderte Jen.

Sie flitzten über die gewundene Treppe nach oben ins Turmzimmer. Hier würde Jen dereinst von der Schattenfrau gefangen gehalten werden, während sie die Erinnerung durchlebte.

Jasun war bereits tot, Merit nach hinten ausgewichen, während die Ordnungsmagier mit ihren Essenzstäben auf Clara zielten. Sie hatte die Phiole bereits entkorkt und an ihre Lippen geführt.

»Ihr wolltet echt bis zur letzten Sekunde warten, oder?«, kommentierte Kevin.

Max zog das Holzkästchen aus dem Rucksack. An dieser Stelle würde sich zeigen, ob die Vorbereitungen ausreichend gewesen waren. Er nahm eine Phiole, öffnete sie und eilte zu Clara. Vier Tropfen fielen in ihren Mund. »Okay. Zurück. Dort vorne, in dem Erker kann uns niemand sehen.«

Sie versteckten sich.

»Gib mir die Uhr.« Alex streckte die Hand aus.

Jen ließ die Zeit wieder laufen und reichte das Artefakt an ihn weiter.

Der Zaubertrank des Ersten Stabmachers vermengte sich mit den Tropfen, die Max in Claras Mund gegeben hatte. Die Wirkung trat ein.

»Wieder anhalten«, forderte Max.

Alex stoppte die Zeit und spürte sofort, wie etwas an ihm zerrte. Ähnlich abfließender Essenz, nur fühlte sich das, was ihm entrissen wurde, kostbarer an.

Max rannte zu Clara und deponierte einen Lehmklumpen neben ihr. »Wenn der Trank korrekt verändert wurde, wird er Clara aufspalten. Ihre böse Seite wird in den Lehm fließen, und damit ...«

»... war die Schattenfrau die ganze Zeit über ein Abbild von Clara, aber nicht sie selbst«, vollendete Jen. »Und das Gute bleibt in ihr.«

Max nickte. »Die Schattenfrau wird denken, dass sie Clara ist, obwohl sie nur eine Manifestation der bösen Seite darstellt. Und während ein normaler Golem-Zauber nach kurzer Zeit wieder zerfällt, bleibt dieser dank des Silberregen-Splitters permanent. Der ersetzt quasi das Sigil, das die Schattenfrau gar nicht besitzt.« Ein burgunderfarbenes Symbol entstand in der Luft, als Max den Essenzstab schwang. »Generate Golem!«

»Ich höre immer: Generate Gollum«, kommentierte Alex.

Nur Chris schmunzelte.

Alle anderen blickten starr auf Clara. Sie war so nah. Konnte es tatsächlich gelingen, die Zeit auf diese Weise auszutricksen? Geschichte, die sich selbst erfüllte und bedingte. Die Zukunft als Kausalität für die Vergangenheit, ein Zeitkreis, der mit dieser Tat geschlossen wurde.

Der Golem nahm Form an. Ein exaktes Ebenbild Claras. Vorsichtig dehnte Alex das Zeitfeld auf die Freundin aus. Schmutzig-orangene Essenz strömte aus ihrem Sigil in den zum Leben erweckten Lehm. Damit war die Schattenfrau ein aus Bösem manifestiertes Leben. Es erklärte, weshalb der Trank des Ersten Stabmachers anders gewirkt hatte, warum die Schattenfrau dauerhaft böse war.

»Weil sie das Böse ist«, murmelte Alex. »Erschaffen aus Clara heraus.«

Die Übertragung endete. Die Schattenfrau blieb eingefroren in der Zeit. Fehlte nur noch ein Element. Jen trat an Clara heran und streifte vorsichtig den Silberregensplitter von deren Hals. Es widerstrebte ihr sichtlich, doch sie legte ihn der Schattenfrau um. Das Artefakt würde sich mit ihr verbinden und fortan – ohne dass diese es merkte – ihre einzige Kraftquelle sein. Der Lehmzauber wurde dadurch erhalten.

»Es hat funktioniert«, hauchte Alex. »Ich kann es nicht fassen.«

Max schien es ähnlich zu gehen. Obwohl er den Plan ausgeknobelt hatte, wirkte er entgeistert. Als erwartete er noch immer, dass der Boden unter ihnen wegbrach oder manifestierte Zeit sie einfach zerquetschte.

»Hol sie in das Feld«, hauchte Jen mit kratziger Stimme.

Alex benötigte ein paar Sekunden, um zu begreifen, dass Jen ihn gemeint hatte. Dann tat er es.

Ein Wabern ergriff Clara.

»Ich ...« Verblüfft sah sie sich um. »Jen? Alex? Max?« Ihre Blicke huschten von einem zum anderen. Dann kullerten Tränen über ihre Wangen. »Ihr seid gekommen!«

Plötzlich waren Jen und Clara nicht mehr voneinander zu unterscheiden, so fest umklammerten sie sich. Schluchzend brach Clara in die Knie, während Jen ihren bebenden Körper festhielt.

»Gib mir die Uhr.« Chris streckte die Hand aus.

Alex legte sie hinein. Sofort endete das Ziehen und er atmete auf.

Erst jetzt bemerkte Clara die Kopie ihrer selbst, die vor den Ordnungsmagiern und Merit von Totam stand. »Was ist das?«

»Ein Schlupfloch«, erklärte Jen ihr sanft. »Wir konnten der Zeit nicht anders ein Schnippchen schlagen.«

»Es ist also wahr«, hauchte Clara. »Ich bin die Schattenfrau.«

»Nein!«, stellte Jen kategorisch klar. »Der Trank hat den bösen Teil deiner selbst manifestiert.« Sie fasste Max' gesamten Plan zusammen.

»Du warst nie die Schattenfrau. Sie wird ihren zerstörerischen Weg gehen, aber …«

»Sie trägt mein Gesicht.« Clara ging langsam zu ihrem bösen Ich, umschritt es, betastete es. »Mag sein, dass ihr einen Weg gefunden habt, mich zu retten, doch sie ist ich. Ein Teil von mir. Wir müssen sie töten.«

Max trat an Clara heran. »Du weißt, dass das nicht geht. Das alles hier ist Geschichte. Wir wissen, wie es ausgeht. Jen hat es in den Erinnerungen der Schattenfrau gesehen. Eine Veränderung der Vergangenheit ist unmöglich. Sobald wir zurück in der Gegenwart sind, ist der Zeitkreis vollendet. Ab dann ist alles wieder offen, nichts mehr durch irgendwen vorherbestimmt.«

Kevin übernahm die Taschenuhr, was Max bemerkte. »Wir müssen hier weg. Die Schattenfrau darf dich nicht sehen, sie denkt, sie sei Clara Ashwell.«

Niedergeschlagen ließ Clara sich von Max zum Ausgang zerren. Kevin hielt das Zeitfeld aufrecht, während sie durch die Straßen zum Hafen eilten. Der Untergang von Iria Kon war nur noch Minuten entfernt.

Sie sprangen auf die *Pfeil von Kon.*

»Okay, deaktiviere die Uhr«, wandte sich Max an Kevin.

Das Zeitfeld kollabierte.

Keuchend brach Clara in die Knie. »Ich kann sie spüren. Ihren Hass.«

Die Matrosen an Deck kamen verblüfft herbeigeeilt.

»Du bist mit ihr verbunden.« Max strich Clara sanft über die Haare. »Du kannst ihren Hass fühlen.«

»Ihre Taten sind wie ein Schatten am Rand meines Gesichts«, flüsterte Clara. »Sie tötet.« Wieder rannen Tränen über ihre Wangen.

Max nahm sie in den Arm und spendete ihr Trost.

Alex blickte hinüber zum Turm von Iria Kon. In diesem Augenblick trat die Schattenfrau auf die Balustrade.

Und das Sterben begann.

23. Aus dem Schatten in das Licht

Die Freude war dem Schrecken gewichen.

Alex betrachtete immer wieder Claras Gesicht und fühlte den Schmerz, den sie verströmte. Sie standen auf dem Deck der *Pfeil von Kon*. Das Schiff war schnittig und schnell, was ihnen allen nun zugutekam.

Die Schattenfrau ließ ihre Macht spielen. Verstärkt durch die Materialien, aus denen die Stadt erbaut worden war, nutzte sie die Macht des Silberregen-Splitters, um zu töten. Nur jene hatten eine Chance zu entkommen, die sich in der Nähe des Hafens befanden.

Die *Pfeil von Kon* legte ab.

Das Deck war randvoll. Niemand wusste, was in der Stadt geschah. Nur, dass es sich um einen Angriff von innen heraus handelte.

Clara zitterte wie Espenlaub.

Jen, Chris, Kevin und Nikki bildeten einen schützenden Kreis um die Freundin. Der Strom aus Tränen versiegte nicht. Claras Augen hatten sich in zwei spiegelnde Flächen verwandelt. Nur warfen sie nicht das Abbild der Person zurück, die hineinschaute. Stattdessen zeigten sie die Schattenfrau.

Sie sind auf ewig verbunden. Gegensätzliche Seiten einer Münze. Gut und Böse. »Wie geht es dir?«, fragte Alex.

»Ich kann ihren Hass spüren«, flüsterte Clara. »Sie ist ein Monster.«

»Und sie wird Jahrhunderte wirken«, gab Jen ebenso leise zurück. »All das ist längst Geschichte.« Sanft streichelte sie Claras Wange.

Die Magier an Bord tuschelten aufgeregt. Immer wieder deuteten sie hinüber zur Stadt, die stetig kleiner wurde. Vereinzelt hatten Männer und Frauen das Wasser ausgehärtet und rannten hinter flüchtenden Schiffen her. Sie wurden aufgenommen.

»Das war Iria Kon.« Max sprach so leise, dass niemand außer Alex ihn hören konnte. »Der Ausgangspunkt der magischen Zivilisation. An diesem Tag wurde der Untergang eingeleitet. Die Macht zersplitterte auf die einflussreichen Häuser, die Familien und Fürstentümer. Die Idee des Walls wurde geboren, um Gleichheit herzustellen – und schließlich umgesetzt.«

Darüber hatte Alex noch nie nachgedacht. »Du meinst, wenn die Stadt nicht untergegangen wäre, hätte es den Wall nie gegeben?«

Die Antwort bestand in einem Schulterzucken. »Wer weiß das

schon. Aber wenn über die Jahrhunderte Stabilität von hier in die Welt geschwappt wäre, wer hätte den Wall dann noch benötigt?«

Alles hing zusammen. Kettenglieder einer Geschichte, die hier zu Ende ging und doch begann. Und was war davor gewesen? Wann war die Stadt erbaut worden, welche Unsterblichen hatten sie regiert? So viele Fragen.

Doch von diesem Tag an gab es keine Aufzeichnungen mehr in den Bibliotheken. Die Stadt verschwand. Niemand hatte sie seither gefunden. Alle gingen davon aus, dass sie bei der Katastrophe zerstört worden war.

»Es ist traurig«, murmelte Alex. »All diese Menschen. Hier und später, die Folgen ... Und jedes Mal denke ich darüber nach, wie es angefangen hat.«

»Ein Kreis hat keinen Anfang und kein Ende. Es ist passiert, weil es passiert ist«, sagte Max. »Crowley hat den Zeitkreis geöffnet, weil er es getan hat und tun würde. In dem Zusammenhang von Schuld zu sprechen, ist unmöglich.«

»Aus unserer Perspektive, mit unserem beschränkten Verstand«, fand Alex. »Aber auch ein Zeitkreis muss irgendwie entstehen. Irgendwann. Durch irgendwen.«

Eine gewaltige Welle schwappte heran. Sie ließ das Schiff wie einen Brummkreisel auf dem Wasser tanzen und holte seine Gedanken zurück in das Hier und Jetzt.

Alex ging neben Clara in die Knie. In ihren Augen sah er die Stadt. Skelette in Kutten lagen darin, die Essenzstäbe in der Hand, die Kontaktsteine um den Hals. Von einer Sekunde zur nächsten war tausendfaches Leben ausgelöscht worden.

»Was habe ich getan?«, flüsterte Clara.

»Nein!«, rief Jen verärgert. »Hör auf damit! Das dort bist nicht du! Es ist ein verdorbenes Abbild, ein Zauber, gegen den niemand etwas hätte tun können. Die Geschichte schützt sich selbst. Weder du noch wir noch irgendwer sonst hätten etwas tun können. Nur eines stand in unserer Macht: dich zu retten.«

»Du willst dieses Scheusal bekämpfen?« Alex nahm Claras Hände in seine. »Das kannst du. Daheim, in der Gegenwart. Verstehst du denn nicht: Du bist ihre Schwäche.«

Zuerst erwiderte Clara seinen Blick verwirrt, dann erschien ein Funken des Begreifens in ihren Augen und vertrieb die Lethargie. »Natürlich! Sie ist mit mir verbunden! Könnte ich den Zauber auflösen?« Sie sprach mehr zu sich selbst als zu ihnen.

Doch Max antwortete. »Du müsstest nahe genug an sie herankommen. Der Zauber ist im Lehm verankert. Aber falls das gelingt, würde das Element zusammenfallen, das sie erhält. Das Böse in ihr würde wieder auf dich übergehen.«

Clara wirkte erschrocken, weshalb Jen schnell ergänzte: »Damit wärst du wieder die, die du vorher warst. Mit allen Facetten deines Charakters, wozu auch diese Seite gehört.«

Sie alle hielten sich an diesem Gedanken fest. Clara würde die Schattenfrau zerstören, die Allmacht teilen und alles konnte wieder so sein wie zuvor. Ohne Tote, ohne Verletzte, ohne einen Krieg. Clara würde wieder im Castillo wohnen, sie säßen gemeinsam in Tildas Küche und würden heiße Schokolade trinken.

An Weihnachten ging Alex nach Hause, setzte sich mit seiner Mum vor den Christbaum, löste den Streit mit Alfie, und sie konnten friedvolle Feiertage genießen. Falls ein paar Schattenkrieger in Häuser einbrachen und Kraftschläge auf Weihnachtsbäume abfeuerten, würden sie die fertigmachen. Und ein paar Plätzchen klauen.

Er lächelte bei dem Gedanken.

Auch in den Gesichtern der anderen sah er Hoffnung.

Sogar Clara wirkte energetischer als zuvor. Sie schüttelte sich, worauf die Bilder in ihren Augen erloschen. Iria Kon verschwand. Es würde für Jahrhunderte verschwunden bleiben.

Und die Schattenfrau begann ihr Wirken.

Die *Pfeil von Kon* glitt über das Meer, angetrieben von der Essenz aller Magier an Bord. Sie erreichten Parthenope, wo die Kunde vom Untergang bereits eingetroffen war. Wie ein Meer aus Bernsteinkörnern ergossen sich die Magier an den Strand, drangen ein in die Stadt und wurden Teil der Geschichte. Einzig Jen, Kevin, Chris, Max, Nikki, Clara und Alex waren dabei, sich von ihr zu lösen. Sie verließen die Stadt auf direktem Weg. Keiner von ihnen wollte Teil der Traurigkeit sein, der unaufhörlichen Tränen des Verlustes.

Mit jedem Schritt blieb die Geschichte hinter ihnen zurück, die Vergangenheit, die Zeit nach dem Untergang. In den Historienbüchern würden sich Fakten mit Fiktion mischen, Errungenschaften vergessen werden und die Saat des Misstrauens aufgehen. Fürsten und Könige würden die Flüchtlinge aufnehmen, doch für einen hohen Preis. Und aus Allianzen würden Kriege entstehen, die die Geschichte der Menschheit durch die Jahrhunderte prägten.

»Es ist, wie es war. Und es war, wie es ist«, murmelte Alex traurig. »Aber mit etwas Glück beenden wir wenigstens einen Krieg.«

Ihr Ziel lag dort, wo heute Europa war. Der letzte Schritt in Max' Plan.

Auf dem Weg berichteten sie Clara von den Ereignissen in der Gegenwart, vom Moment ihres Sturzes durch den Zeittunnel bis zum Ergreifen der Allmacht durch die Schattenfrau. Mal kam die Freundin ganz gut mit den Erzählungen zurecht, mal sprudelten die Tränen. Doch sie hielt sich tapfer.

Dann erreichten sie ihr Ziel.

24. Dornröschen in London

»Das ist London?«

Verdutzt starrte Alex auf grüne Hügel. Nur vereinzelt schlängelte sich Rauch in die Luft. Holzhäuser standen spärlich über die Insel verteilt, doch von geordneter Zivilisation war nichts zu sehen.

»Keine Ahnung, wann wir genau sind«, erklärte Clara, »aber ich vermute so etwa 500 vor Christus. Da waren noch nicht mal die Römer hier angekommen. Die haben England später erobert.«

»Kleopatra wüsste das bestimmt sehr genau«, kommentierte Chris. »Die bösen Römer.«

Alex kicherte. »Oh ja. Vielleicht streift sie hier ja irgendwo umher.«

»Schwierig«, erklärte Clara. »Sie ist nämlich noch nicht mal geboren. Das dauert noch etwa 400 Jahre. Ich wünschte, es gäbe eine andere Möglichkeit.«

Der letzte Teil des Plans bestand darin, dass sie Nostradamus' Amulette benutzten, um in ihre Zeit zurückzukehren. Bernstein war verflüssigt und zu einem Oval gegossen worden. Im Inneren war Contego Maxima eingebettet. Der Klumpen war von Silber umgeben. Für jeden von ihnen gab es ein solches Amulett, das sich nur einmalig benutzen ließ. Es würde die Reise nicht überstehen. Doch der Seher hatte ihnen nur sechs Stück mitgegeben.

Denn Clara konnte den Sprung nicht mitmachen. Sie war verbunden mit der Schattenfrau.

Auf dem Weg hatten sie außerdem die Uhr von H. G. Wells wie besprochen deponiert, damit Edison sie in der Zukunft fand und zurück in die Katakomben brachte.

»Wenn wir dich mitnehmen, würde sie ebenfalls den Sprung machen, was nicht möglich ist«, erklärte Jen, obwohl sie es schon mehrfach durchgesprochen hatten. »Du musst den langen Weg gehen.«

»Dornröschen in London«, kommentierte Alex. »Oder Irgendwann-mal-London.«

»Dort.« Max starrte durch ein handtellergroßes Stück Glas. »Da wird das Haus stehen.«

Alex trat neben ihn. Auf der anderen Seite des Glasstücks war die Gegenwart zu sehen.

»Durch das Glas hindurch kann man die Eigenzeit sehen«, erklärte Max. »Egal, wo und wann man sich befindet.«

Sie zückten ihre Essenzstäbe.

»Gravitate Negum«, begann Jen.

Erde wirbelte durch die Luft und bildete alsbald einen kleinen Hügel in Sichtweite.

»Den Keller hätten wir erreicht«, sagte Max irgendwann. »Jetzt ein Stück westlich.«

Eine Höhle entstand. Chris und Kevin gingen davon, um Steine zu besorgen. Damit war es ein Leichtes, die Höhle auszukleiden. Ein Raum bildete sich, etwa fünf auf fünf Meter groß.

Max zog das letzte Artefakt hervor, das er für den Plan vorbereitet hatte. Ein Holzkästchen, an dessen Seite Zahnräder hervorlugten. Es klackerte und sie drehten sich, der Deckel sprang auf. Ein Bernstein kullerte hervor und wuchs innerhalb von Sekunden zu einem großen Block heran, dehnte sich und wirkte schließlich wie ein gläserner Sarg aus gelbem, halb-durchsichtigen Harz.

»Bist du schon müde?«, witzelte Alex, doch niemand lachte.

»Es wird ein langer Schlaf«, hauchte Clara.

»Ich habe alles überprüft. Diese Stelle wurde nie bebaut, nirgendwo hier ging in einem der Weltkriege eine Bombe nieder, alles ist sicher.«

»Wir werden natürlich Schutzzauber hinterlassen, die sich aus der Bernsteinsubstanz speisen«, erklärte Jen. »Es wird trotzdem genug übrig bleiben.«

»Na gut.« Claras Stimme klang rau wie Schmirgelpapier. »Dann sollte ich wohl schlafen gehen.« Wieder kullerte eine Träne über ihre Wange. »Ich bin heute ein wenig emotional.«

Es war seltsam.

Clara hatte Jahre der Folter erlebt, während für sie alle nur ein paar Monate verstrichen waren. Sie wirkte verändert und doch irgendwie gleich.

Sie umarmten die Freundin nacheinander und verabschiedeten sich. Max ließ Clara in die Luft schweben und danach langsam in den Bernstein gleiten. Ihr Jahrtausende währender Schlaf begann.

Nacheinander ließen Chris, Kevin, Max, Nikki, Jen und dann Alex Essenz in den Bernstein sickern und erschufen die Schutzzauber, die den Raum vor Nimags und Magiern gleichermaßen verbergen sollten. Am Ende wurde die Erde wieder aufgetragen und das Gras erneuert.

Nichts sah mehr so aus, als läge tief unter der Erde Clara Ashwell begraben. Beschützt von der Magie ihrer Freunde und verbunden mit ihrem albtraumhaften Abbild würde sie die Jahrhunderte durchleben.

»Also schön.« Max grinste über beide Ohren. »Mission erfolgreich.«

Jen riss ihn in eine Umarmung. »Du Meisterstratege! Ab sofort bist du ein echter James Bond für mich.«

Chris und Kevin wuschelten Max' Haare ordentlich durch. Danach sah er aus, als hätte die Schattenfrau einen Tornado auf ihn losgelassen.

Nikki hauchte ihm einen Kuss auf die Wange.

»Danke«, sagte Alex nur und umarmte Max herzlich. »Niemand hat mehr daran geglaubt, nur du. Wir haben es geschafft.«

Max räusperte sich und möglicherweise waren seine Augen feucht, aber der Moment verging. Er straffte die Schultern. »Dann wird es Zeit.«

Sie traten in einen Kreis.

Jeder von ihnen legte eine Hand an das Amulett und die andere auf den Nebenmann oder die Nebenfrau.

»Bereit?«, fragte Jen.

»Bereit«, erwiderten alle.

Ein Windstoß fuhr über die Ebene und ließ das Gras flattern. In der Ferne grollte Donner und der Geruch nach Feuchtigkeit und aufkommendem Regen zog heran.

Der richtige Zeitpunkt, um sich zu verabschieden.

Jeder erschuf das magische Symbol aus seiner Essenz und verwob es mit dem Amulett.

»Tempus Fugit!«, rief Jen. »Tempus Reversus.«

Die Vergangenheit blieb zurück und die Magie trug sie durch die Jahrhunderte.

25. Home sweet home

Und damit war es bewiesen: eine Zeitreise funktionierte niemals so, wie sie es sollte.

Alex knallte gegen die Wand. Wasser prasselte von oben auf ihn herab. Er stand in einer Dusche. Reflexartig schlug er auf die Armatur, worauf der Regen endete.

Vorsichtig stieg er aus der Dusche und wirkte einen Trocknungszauber.

Er verließ den Raum und betrat ein gemütlich eingerichtetes Wohnzimmer. An den Wänden hingen Gemälde von Personen unterschiedlicher Epochen. Ein leerer Rüstungsständer brachte ihn schließlich auf den richtigen Gedanken. »Das sind Johannas private Räume.«

Doch niemand war hier.

Er rannte zur Tür und stürmte hinaus auf die Gänge des Castillos, durch den Verbindungsgang in den Hauptflügel. Von der Galerie im ersten Stock blickte er hinab in die Halle. Leer. Keine Menschenseele war hier.

»Hallo?!«, erklang eine Stimme.

»Jen!« Er eilte hinab.

»Alex! Gott sei Dank. Diese blöden Zeitamulette. Ich kam in der Speisekammer heraus. Tilda hat dort Fallen hinterlassen, falls jemand ohne ihre Erlaubnis eintritt.« Sie rieb sich den Hintern. »Die kann was erleben.«

»Hier ist niemand.«

»Nein«, bestätigte Jen. »Ich konnte keinen entdecken. Sie müssen bereits auf dem Weg sein. Ich verstehe das nicht. Edison wusste doch, dass wir versuchen, Clara zu retten.«

»Aber konnte er warten? Wie lange waren wir fort?«

Sie wechselten einen kurzen Blick und eilten in das Turmzimmer. Hier hatten sie ihre Smartphones zurückgelassen. Alex aktivierte seines. Es verband sich mit dem Internet und aktualisierte Uhrzeit und Datum. »Wir haben drei Tage benötigt. Weniger, als wir eigentlich fort waren. Aber wieso haben uns die Amulette nicht einfach ein paar Sekunden nach unserer Abreise wieder zurückgebracht?«

»Keine Ahnung.« Jen fuhr sich unruhig durch die Haare. »Aber in drei Tagen kann viel passieren. He, was ist das?« Sie deutete auf einen Mentiglobus, vor dem ein Zettel lag.

Plopp.

Nikki erschien aus dem Nichts. »Hier seid ihr. Ich hatte schon Angst, dass ich tausend Jahre in der Zukunft gelandet bin.«

»Entwarnung«, sagte Jen trocken.

Kurz darauf stürmten Max, Kevin und schließlich Chris herein.

»Alter, meine Nerven machen das nicht mehr mit.« Er hatte sich eine Bierflasche aus der Küche besorgt. »Ständig purzeln wir irgendwohin. Ich bin vor den verbotenen Katakomben gelandet. Was, wenn dieses blöde Ding mich dort drinnen abgesetzt hätten.«

Kevin wurde bleich. »Dann wärst du jetzt schon Staub und Knochen.«

»Ich habe festgestellt, dass der Onyxquader ziemlich hart ist«, erklärte Max. »Bin direkt darauf gelandet. Von Deckenhöhe. Was ist das?« Auch Max hatte den Mentiglobus entdeckt. »Das ist Chloes Schrift.«

Mit ihrer typisch krakeligen Klaue hatte die Freundin auf einen weißen Zettel notiert: »Beeilt euch!«

»Sie hat uns Informationen dagelassen«, schloss Alex. »Was immer in den letzten drei Tagen passiert ist: Chloe wusste, dass wir hierher zurückkehren.«

Der Mentiglobus hatte ein Podest, in dem Bernsteine eingelassen waren. Vermutlich wurde so die notwendige einzusetzende Essenz gemindert und eine Erinnerungsspeicherung war noch möglich.

Auf die Freundin war Verlass.

»Dann sollten wir nachschauen.« Chris pickte mit dem Zeigefinger nach dem Mentiglobus. »Wenn Chloe es geschafft hat, einen zu befüllen, muss etwas Wichtiges darauf sein.«

»Wir haben keine Zeit zu verlieren«, widersprach Jen. »Nikki, du und Chris springt zum sicheren Haus in London. Geht in den Keller und öffnet den verborgenen Raum. Holt Clara aus dem Bernstein.«

»Aye, aye, Ma'am.« Nikki salutierte und packte Chris.

Er wollte noch nach seiner Bierflasche greifen, doch die Sprungmagierin war zu schnell. Mit einem *Plopp* verschwanden beide. Die Flasche wackelte.

Freudig schnappte Alex sie sich. »Nett, dass er mir was zu trinken dagelassen hat.«

Jen verdrehte die Augen. »Manche Dinge ändern sich nie.«

»Ich glaube, dass Edison seine Erinnerung niemals gelöscht hat«, warf Max ein. »Er hat also ebenfalls damit gerechnet, dass wir zurückkehren. Nachdem wir 1977 weiter zurückgesprungen sind, hat er die Erinnerung der anderen ausradiert. Wir wissen, dass Kleopatra nicht mehr wusste, wer ihre Büste zerbrochen hat.«

Alex verschluckte sich, hustete und bekam heiße Wangen. »Das erzählen wir ihr auch nicht, klar?«

Jen bedachte ihn mit einem leichten Grinsen. »Dein Geheimnis ist bei uns sicher.« Sie wandte sich Max zu. »Du glaubst, dass Edison sein Wissen behielt? Genau wie Annora Grant?«

Max nickte. »Annora wusste nicht viel. Vermutlich hat sie sich einiges zusammengereimt, als Kevin und Chris geboren wurden und schließlich Alex auf der Bildfläche aufgetaucht ist. Aber Edison wusste alles.«

»Er hat trotz seines Wissens nicht eingegriffen«, überlegte Jen. »Aber Vorbereitungen konnte er treffen.«

»Deshalb hat er mich zum Agenten ausgebildet«, sinnierte Max. »Er wusste, dass er mir vertrauen konnte, weil ich 1977 bei ihm war.«

»Ich bin so froh, dass dieser dämliche Zeitkreis jetzt geschlossen ist«, sagte Alex. »Und das, obwohl ich Zeitreisen im Fernsehen echt mag.«

»Wie auch immer«, Jen winkte ab: »Es spielt keine Rolle, was Edison wusste und was, wie, warum geschehen ist. Wir sind im Hier und Jetzt. Alles ist bereinigt, die Geschichte hat sich selbst erfüllt. Und damit stehen wir immer noch vor einem gewaltigen Scherbenhaufen.«

»Dann kehren wir ihn zusammen.« Max zog den Mentiglobus heran. »Schauen wir nach, was Chloe uns hinterlassen hat. Und danach kümmern wir uns um die Schattenfrau.«

Jen nickte. Mit grimmiger Entschlossenheit legte sie ihre Fingerspitzen neben jene von Max auf die milchige Glaskugel, die neongrün schimmerte.

»Dafür.« Kevin legte seine Fingerspitzen auf die Oberfläche.

»Alle für einen und einer für alle.« Alex stellte die Bierflasche ab und berührte die Kugel.

Sie sprachen gleichzeitig: »Memorum Excitare.«

Der Erinnerungszauber wurde aktiv und entführte sie drei Tage in die Vergangenheit. Aus wirbelnder, neongrüner Essenz entstanden Chloes Erinnerungen vor ihren Augen.

Und das Ende zog herauf.

XII.II

Allmacht

Es ist besser, geliebt und verloren zu haben,
als niemals geliebt zu haben.

Samuel Butler der Jüngere (1835 - 1902)

26. On stage

Vor drei Tagen

Die Fenster wirkten, als habe sie jemand in Milch getaucht und diese ausgehärtet. Staub flirrte in der Luft, dicke Flusen bedeckten die morschen Dielenbretter. Dämmerlicht lag über alten Möbeln, mit Tüchern verhüllten Gemälden und mit krakeliger Schrift beschrifteten Kartons.

Ataciaru nieste.

Sie warf dem Husky ein Lächeln zu. Noch immer fiel es ihr schwer zu glauben, was auf Antarktika geschehen war. Eine Verbindung war entstanden zwischen ihr und dem Wächterhund. Sila hatte akzeptiert, dass Ataciaru mit Chloe fortgegangen war.

Und der Hund fühlte sich wohl, das konnte sie spüren.

»Habt ihr es gefunden?«, erklang die Stimme von Thomas Alva Edison aus dem Nebenraum.

»Nein!«, gab Chloe zurück.

Er war plötzlich aufgetaucht, hatte sie zu Konstantin geschleppt und gemeinsam waren sie in eines der sicheren Häuser gesprungen, um etwas zu besorgen.

»Wieso befindet sich das Artefakt überhaupt hier und nicht in den Katakomben?«, fragte sie.

Im Nebenraum rumpelte es, etwas knallte zu Boden und Edison kam hustend und von Staub bedeckt herbeigeeilt. »In den Verbotenen Katakomben lagern die gefährlichen Stücke. Das hier ist eher ein kompliziertes Stück.« Er klopfte sich den Staub von seinem Frack.

»Und es steht hier einfach so auf dem Speicher herum?«

»Du wirst es verstehen, sobald du es siehst.« Er schmunzelte. »Damals konnten sie es nicht so einfach fortschaffen, Johanna hat es mir genau beschrieben.«

Das kann ja nur schiefgehen. »Wo sind wir überhaupt?« Der Geruch von Wasser und die typischen Geräusche ein- und auslaufender Schiffe fielen ihr auf.

»Ein sicheres Haus in Hamburg, Deutschland«, erklärte der Unsterbliche. Gespannt wie eine Bogensehne und mit Augen so wach und blitzend wie die aufgehende Sonne schritt er tiefer in den Raum.

Mit seiner Präsenz nahm er umgehend jede freie Fläche ein. Der Staub wirbelte bei jedem Schritt auf.

Ataciaru reckte neugierig die Schnauze hierhin und dorthin, begutachtete jede Ecke.

Sie suchten lediglich zu dritt. Konstantin ruhte sich in der Küche bei einer Tasse Kaffee aus, damit er schneller regenerierte. Von den Sprungmagiern wurde in diesen Stunden viel gefordert. Sie waren sich einig, dass selbst alle fünf zusammen niemals die ganze Streitmacht nach Iria Kon transportieren konnten. Mit der Versiegelung der Portale hatte die Schattenfrau einen Coup gelandet.

»Da ist es!« Edisons Stimme klang erfreut. Überhaupt schien er in diesen Tagen überraschend viele Emotionen zu zeigen. Gute wie schlechte.

Chloe eilte an seine Seite. »Was ist das?«

Der Speicher wuchs im rückwärtigen Teil in die Breite. Vor ihnen stand eine kleine Bühne. Ein roter Vorhang war geteilt und links wie rechts festgebunden. Treppen führten auf beiden Seiten hinauf, auf der anderen Seite jedoch nicht wieder hinab.

»Wollen wir ein Theaterstück aufführen?« Chloe ließ ihre Gelenke in den mit Nieten besetzten fingerlosen Handschuhen knacken.

»Diese Bühne ist etwas ganz Besonderes. Vor langer Zeit wurde sie benutzt, um im Geheimen Stücke aufzuführen. Verbotene. Zu Zeiten von Königen und Kaisern wurden kritische Stimmen ungern gehört. Doch diese Bühne ist ein magisches Kunstwerk. Wenn sich genug Macht zusammenfindet und der Vorhang sich öffnet, führt die Bühne an einen sicheren Ort.«

»Ein Portal?« Mit einem Mal sah Chloe das verdreckte Ding mit anderen Augen.

»Ein stabiler Durchgang, bis der Vorhang wieder geschlossen wird«, bestätigte Edison. »Allerdings benötigt dieses Portal seit dem Wall so viel Essenz und ... alte Macht, dass nur noch ein Unsterblicher den Weg öffnen kann. Für denjenigen geht das mit erheblichen Folgen einher.«

»Ist das nicht immer so? Was blüht demjenigen denn?«

Ataciaru glitt über die Treppen auf die Bühne. Die Muskeln unter seinem Fell bewegten sich, das Raubtier in dem Husky – der Wolf – wurde für Sekunden sichtbar. Elegant, schnell, schön.

»Der Zeitgewinn, den all diejenigen erhalten, die das Portal durchschreiten, bindet den Unsterblichen genauso lange an diese Bühne.«

»Was?!« Chloe erwiderte Edisons Blick entsetzt. »Aber, wenn Tausende von Magiern nach Iria Kon wechseln, dann würde das den Unsterblichen ...«

»... für viele Wochen, Monate oder Jahre an die Bühne binden. Genau lässt sich das nicht abschätzen. Und natürlich würde das die Machtverhältnisse verschieben. Es hat seinen Grund, dass die Bühne hier Staub ansammelt.«

Unter Chloes Fingerkuppen fühlte sich das Holz rau an. »Wer hat sie erbaut?«

»Das weiß – wie bei so vielen Artefakten – niemand mehr. Wir wissen, dass es vor dem Wall geschah, mehr aber auch nicht.«

»Kann sie den Weg an jeden Ort ebnen?«

»Gut mitgedacht.« Edison schenkte ihr einen lobenden Blick. »Sie konnte einst auch den Pfad ins Castillo öffnen, heute allerdings nicht mehr. Zu Beginn besaßen die zentralen Häuser kein Kristallnetz, der Schutz war noch rudimentärer. Erst später, als immer wieder Feinde Schlupflöcher fanden, wurde das Kristallnetz erschaffen.«

»Dann wollen wir hoffen, dass die Schattenfrau nicht vorgebaut hat.« Chloe dachte an Claras Raffinesse, die sich über die Jahrhunderte mit Hass vermengt hatte. Eine gefährliche Kombination.

»Sie schwelgt in ihrer neu gewonnenen Macht.« Edison stieg bedächtig die Stufen empor und stellte sich neben Ataciaru in das Zentrum der Bühne. »Ich glaube, sie will, dass wir kommen. Sie möchte der Welt ihre Macht demonstrieren und uns Unsterbliche stürzen sehen. Ein neuer König hat erst dann wirkliche Macht errungen, wenn die alten Herrscher gefallen sind und das Volk ihn oder sie anerkennt.«

»Wieso erzählst du das mir?«, fragte Chloe. »Du hättest einen der anderen mitnehmen können. Oder nur Konstantin. Weshalb bin *ich* hier?«

Edison erwiderte ihren Blick vielsagend. »Ausgezeichnet. Du hast einen scharfen Verstand. Es wäre mir lieber gewesen, dich mit ihnen zu schicken. Aber das ging nicht. Du warst nicht dort, damals. Folglich durftest du nicht mit ihnen reisen.«

Chloe versteifte sich, worauf Ataciaru sich knurrend Edison zuwandte. Dieser ignorierte den Husky jedoch völlig. »Wen schicken? Wohin?!«

»Alex, Jen, Chris, Kevin, Max und Nikki befinden sich auf einer Mission. Einer sehr gefährlichen, obgleich immens wichtigen.«

»Dann sollte ich bei ihnen sein!«, fuhr Chloe auf.

»Und doch ist es nicht möglich. Ich wollte das alleine mit dir besprechen, denn niemand sonst sollte davon erfahren.« Mit einem Satz sprang er von der Bühne auf den Boden. »Sie sind in die Vergangenheit gereist.«

Eine Zeitreise! »Warum?«

»Weil sie uns einen Funken Hoffnung zurückbringen möchten.« Edison zog sich auf die Kante der Bühne, ließ die Beine baumeln und wirkte plötzlich entspannt.

Er nahm sich Zeit und berichtete Chloe von Max' Plan und dem, was er aus dem Jahr 1977 noch wusste.

»Du hast deine Erinnerung nie gelöscht?«

»Nein«, verriet er ihr. »Ich holte die Uhr von H. G. Wells, die Max korrekt deponiert hatte. Das ließ mich hoffen. Danach lebte ich einfach weiter, viele Details über das Kommende wusste ich sowieso nicht. Da die fünf den fixen Tunnel genutzt hatten, begriff ich, aus welcher Zeit sie kamen. Darüber hinaus hielt ich mich bedeckt.«

»Du wusstest, wo das Refugium des Ersten Stabmachers ist, hast es aber niemandem gesagt?«

»Du weißt, wie die Zeit funktioniert. Meine Möglichkeiten waren begrenzt. Ich konnte nur eine Sache tun: Max so gut wie möglich auf alles vorzubereiten.«

»Und so fügt sich am Ende alles«, flüsterte sie. »Du glaubst, sie haben es geschafft? Aber müssten sie dann nicht sofort wieder hier sein?«

»Geben wir ihnen noch ein wenig Zeit.« Edison sprang auf und klatschte in die Hände. »Wir haben Vorbereitungen zu treffen. Egal, ob die fünf erfolgreich sind oder nicht – die Schattenfrau wartet auf uns.«

Chloe nickte langsam, während sie das Gehörte verdaute. Wo immer ihre Freunde auch gerade waren, sie wünschte ihnen alles Glück der Welt.

27. Die Opferrolle

Ich mache es.« Einstein schlug die Beine übereinander und sah gelassen in die Runde. »In diesem Kampf benötigt ihr keinen alten Mann.«

Kleopatra verdrehte genervt die Augen. »Du bist doch nur äußerlich ein alter Mann.«

Chloe musste ein lautes Lachen unterdrücken. Natürlich fiel der Diva nicht auf, dass sie den Wissenschaftler gerade beleidigt hatte.

Ataciaru hatte sich zu Chloes Füßen zusammengerollt, hielt die Ohren jedoch gespitzt. Sie durften ausnahmsweise an der Ratssitzung teilnehmen, obschon sie keine Ahnung hatte, weshalb. Ein solches Vorgehen war ungewöhnlich.

»Wir brauchen deinen Intellekt, Albert«, widersprach Johanna.

»Einer von uns wird für mehrere Monate durch die Magie der Bühne gebunden sein«, fasste Leonardo noch einmal zusammen. »Er wird nicht nur im Kampf fehlen, sondern auch an den Tagen danach. Wie immer diese aussehen mögen. Das Artefakt wird verschwinden und erst dann wieder auftauchen, wenn die gewonnene Zeit ausgeglichen ist.«

»Das schließt auch Tomoe aus«, fügte Johanna hinzu, wobei sie der schlanken japanischen Unsterblichen mit den feinen Gesichtszügen einen Blick zuwarf. »Du bist nicht nur eine Kriegerin, du leitest auch die Geschicke unserer Finanzen. Dein Fehlen in den letzten Monaten hat seine Spuren hinterlassen.«

Tomoe nickte lediglich, wie immer waren ihr wenig Gefühle anzusehen. »Auf dem Börsenparkett ab es einige Turbulenzen. Trotzdem stehen wir noch ausgezeichnet da. Ich sollte das Ganze jedoch im Auge behalten. Wir müssen den Kampf gegen die Schattenkrieger schließlich finanzieren.«

»Letztlich ist jeder von uns bedeutsam«, meldete sich Edison zu Wort. »Ich selbst bin ein versierter Kampfmagier, Kleopatra beherrscht die Kunst, auch kurzfristig Zaubertränke zu mischen. Leonardo erbaut Kriegsartefakte, und Johanna ist eine Taktikerin und Kriegerin.«

»Können wir einen der anderen bitten?«, fragte Johanna in die Runde. »Nostradamus benötigen wir für die Essenzstab-Verteilung, Nemo wird sich nicht darauf einlassen. Was ist mit ...«

»Einen der anderen zu überzeugen, wird in der Kürze der Zeit kaum möglich sein«, fiel ihr Edison ins Wort. »Vergesst nicht, dass die Schattenfrau uns jederzeit das Castillo einstürzen lassen kann. Es geht um jede Stunde.«

»Zieht ein Streichholz«, rief Chloe. Auf die verblüfften Blicke hin zuckte sie die Schultern. »Wenn die Zeit drängt und ihr eine schnelle Entscheidung benötigt, bringt es nichts, das auszudiskutieren. Einer wird es tun müssen.«

Leonardo grinste lausbubenhaft. Überhaupt schien er im Zuge des heraufziehenden Kampfes wieder etwas von seiner Abenteuerlust zurückgewonnen zu haben. In seinen Augen blitzte der Enthusiasmus vergangener Zeiten auf und Chloe konnte sich gut vorstellen, dass er einmal mit selbstgebauten Fluggeräten über Venedig geschwebt war. »Warum nicht?«

»Auch Krieger vertrauen auf ihr Glück.« Tomoe nickte.

»Kindisch.« Kleopatra wedelte mit der Hand. »Aber von mir aus.«

Auch die anderen stimmten zu. Es war an Chloe, die Streichhölzer aus der Küche zu besorgen, wo Tilda gerade in der Speisekammer rumorte. »Ich baue eine Falle«, erklärte sie auf Nachfrage. »Wenn wir fort sind und sich jemand an den Vorräten zu schaffen macht, wird er eine böse Überraschung erleben.« Sie kicherte.

Die Unsterblichen warteten bereits ungeduldig, als Chloe zurückkehrte. Sie brach eines der Streichhölzer ab und hielt den Rest in der ausgestreckten Hand. Reihum wurde gezogen.

Einstein pflückte das kürzeste Holz. »Seht ihr. So ist es das Beste. Ich ebne euch den Weg und mache dann ein wenig Urlaub. Sorgt nur dafür, dass nicht die Schattenfrau über alles herrscht, wenn ich zurückkomme.«

»Versprochen.« Johanna lächelte ihm liebevoll zu.

Mit seinen zerzausten grauen Haaren wirkte Einstein wie ein freundlicher Großvater. Gleichzeitig wartete man nur darauf, dass er die Zunge herausstreckte, wie auf dem berühmten Bild von ihm, das überall hing.

Die Unsterblichen begannen über Strategien und einzusetzende Artefakte zu sprechen, über Verteilungspläne und die Essensversorgung. Sie gingen davon aus, dass der Kampf gegen die Schattenfrau andauern würde. Ihr konnte es nicht daran gelegen sein, alle Lichtkämpfer zu töten. Stattdessen würde sie ihr Augenmerk auf die Unsterblichen richten. Es ergab also Sinn, einzelne Waben zu bilden, die jeweils von einem der Ihren angeführt wurden.

Gleichzeitig benötigten sie eine Strategie, um die Schattenfrau von ihrer Machtquelle abzuschneiden. Denn letztlich beruhte die Allmacht auf den vereinten Sigilsplittern.

»Wir haben zwei Möglichkeiten«, fasste Edison zusammen: »Entweder uns gelingt es, ihr das Artefakt wegzunehmen – oder wir splittern es wieder auf.«

Eine Diskussion entbrannte.

Chloe hielt sich zurück und dachte sich ihren Teil. Wenn es nach ihr gegangen wäre, hätten sie jeden der Splitter vernichtet. Selbst einzeln bargen sie zu viel Macht, als dass jemand sie besitzen sollte. Die Missbrauchsgefahr war zu groß.

Die eigentliche Frage lautete allerdings, wie sie nahe genug herankommen sollten, um die Allmacht zu erbeuten. Die Schattenfrau würde kaum freiwillig abtreten.

Was also tun?

»Ich habe eine Idee.« Erst auf die einsetzende Stille hin begriff Chloe, dass sie gerade ihre Gedanken laut ausgesprochen hatte.

Die Unsterblichen starrten sie an.

»Nur heraus damit«, forderte Johanna sie auf. »Jede Idee ist willkommen.«

Sie gab eine kurze Zusammenfassung und entwickelte den Plan weiter, während sie sprach.

»Das könnte tatsächlich funktionieren«, sagte Leonardo in die nachdenkliche Ruhe hinein.

»Ein bisschen weniger Verblüffung, bitte«. Chloe bedachte ihn mit einem bösen Blick.

Leonardo grinste sie frech an.

»Trotzdem müssten wir dafür nahe an sie herankommen«, überlegte Johanna laut.

»Sie wird zu uns kommen«, sagte Edison, »früher oder später. Die Frage ist, wen sie sich zuerst vornimmt. Denn davon hängt es ab, wie wir die Gruppen aufbauen.«

»Wir sollten besser richtigliegen«, warf Kleopatra ein. »Immerhin steht unser Leben auf dem Spiel.«

Und schon wurde weiterdiskutiert.

Schließlich einigte man sich auf einen Gruppenaufbau, die Art der Umsetzung von Chloes Plan und eine Taktik. Die Sonne stand am Horizont, als die Unsterblichen vor die Lichtkämpfer traten.

Konstantin hatte das Kabinett zusammen mit drei anderen Sprungmagiern von Hamburg hierhergebracht. Es stand auf einer Lichtung in der Nähe des verfallenen Spielplatzes hinter dem Castillo.

Die Lichtkämpfer sammelten sich davor. Es waren Hunderte. Vertreter mächtiger Familien, Ordnungsmagier und bunt gemischte Teams aus aller Welt. Chloe entdeckte Tilda, Annora Grant, die Eltern von Chris und Kevin und ein paar von Claras Brüdern. Jamie McDowell, der Anführer der irischen Lichtkämpfer, war gekommen, ebenso Lord Mortimer Trenton. Ein wenig abseits standen Frau Franke, die Lehrerin für Pflanzenmagie, und Theresa.

Johanna trat vor der versammelten Menge auf die Bühne und begann mit magisch verstärkter Stimme zu sprechen.

28. Der Übergang

Tag wird mit unserem Sieg enden. Die Geschichte der Magie ist voller Kriege, Scharmützel und Kämpfe, doch am Ende vermochte das Gute sich stets durchzusetzen. Wir sind bereit, für unsere Ideale in die Schlacht zu ziehen. Es ist nicht schön, doch notwendig. Uns gegenüber steht eine machthungrige Kreatur, die die absolute Kontrolle anstrebt. Wir ziehen nach Iria Kon mit der Macht unserer Gemeinschaft, unserer Freundschaft und unserem Streben nach Frieden und Gleichheit. Gemeinsam.«

Aus hunderten Kehlen wurde das Wort »Gemeinsam« wiederholt.

Edison trat an Chloes Seite und hielt ihr einen Mentiglobus entgegen. »Sobald das Team aus der Vergangenheit zurückkehrt, müssen sie wissen, was wir planen und wo wir sind.«

»Ich dachte, die Mentigloben funktionieren nicht mehr?«

»Dieser hier schon. Einstein hat auf meinen Wunsch hin ein paar Veränderungen vorgenommen. Es war kompliziert und nach einmaligem Auslesen wird er schmelzen.«

»Ah, ein Einmal-Mentiglobus.«

»Befülle ihn mit deinen Erinnerungen.« Er drückte ihr den Globus in die Hand und kehrte zurück zur Gruppe.

Die Teambildung hatte sich schwieriger gestaltet als angenommen. Nahezu alle männlichen Lichtkämpfer waren zu Kleopatra gestürmt, die im Schein der Aufmerksamkeit gebadet hatte. Erst nach ein paar wütenden Worten Leonardos hatte eine vernünftige Verteilung stattfinden können.

Die Vermutung lag nahe, dass die Schattenfrau sich Johanna oder Leonardo zuerst zuwenden würde. Darauf fußte der Plan.

»Hoffentlich irren wir uns nicht«, flüsterte Chloe. »Nur so kann es funktionieren. Anders kommen wir nicht nahe genug heran.«

Einstein trat an die Bühne heran. Seine Hände berührten den Holzrahmen, an dem der rote Vorhang aufgehängt war. Noch war er geöffnet und der Spielplatz im Hintergrund sichtbar. Mit seinem Essenzstab ließ Einstein magische Symbole in das Holz sickern. »Spatium Aventum.«

Das Holz glühte und pulsierte wie ein schlagendes Herz, dem jemand unheiliges Leben eingehaucht hatte. Einsteins Körper schien zu entmaterialisieren. Im Einklang mit dem Pulsieren des Artefaktes wurde er durchscheinend und wieder fest. Ganz langsam schloss sich der Vorhang, glitt von links und rechts in Richtung Mitte. Der Spalt wurde kleiner und kleiner, bis er schließlich geschlossen war.

Mit dem Schwung ihres Essenzstabes ließ Johanna beide Seiten wieder aufgleiten.

Es wirkte, als habe jemand mit dem Holzrahmen der Bühne ein Stück aus der Realität geschnitten und kurzerhand ein anderes eingesetzt. Auf der anderen Seite erkannte Chloe gewaltige Häuser aus Himmelsglas und Hexenholz, beschlagen mit Chrom und Gold. Der Stein der Straßen war aufgebrochen, tiefe Risse zogen sich durch das Fundament. Bäume und Sträucher waren verwelkt. In der Ferne konnte sie das Rauschen des Meeres hören.

»Gruppe 1, los!«, rief Johanna.

Der Sturm auf Iria Kon begann.

Die Lichtkämpfer eilten über die breiten Holztreppen, die vor der Bühne aufgebaut worden waren, und glitten auf der anderen Seite wieder hinab. Sofort rannten sie davon, um der nächsten Gruppe Platz zu machen.

Einstein stand noch immer an derselben Stelle. Es floss keine Essenz mehr aus ihm heraus, doch er verblieb in durchscheinendem Zustand.

Tomoe trat neben Chloe. »Sobald der Vorhang sich wieder schließt und die Verbindung aufhebt, wird die Bühne zusammen mit Einstein verschwinden und erst wiederkehren, wenn der zeitliche Ausgleich geschaffen wurde.«

»Wenigstens kann ihm nichts passieren«, flüsterte Chloe.

Tomoe trug die altertümliche Rüstung einer Samurai. Auch Johanna hatte ihre alte Rüstung angelegt und Leonardo Lederkleidung, wie er sie wohl in seiner Jugend getragen hatte. Doch die Beeindruckendste war erneut Kleopatra. Ein wenig erinnerte sie Chloe an Wonder Woman. Ihr Kostüm bestand aus Gold- und Blautönen. An ihrem Gürtel hingen Phiolen mit Zaubertränken. In der Hand hielt sie den Essenzstab, allerdings in dessen Mitte. Chloe wusste von Chris, dass die Unsterbliche mit ihrer Essenz gerne an beiden Seiten Verlängerungen erschuf und auf diese Art einen Kampfstab generierte.

Tilda trug eine Bratpfanne mit sich, die sie hin und her kreisen ließ. Wesley Mandeville wirkte unruhig, ja: fahrig. Vermutlich kam er nicht allzu oft mit echten Kämpfen in Kontakt.

Der Platz um das Castillo leerte sich.

Chloe erschuf den Zauber und ließ ihre Erinnerungen in den Mentiglobus sickern. Sobald Alex, Jen, Chris, Kevin, Max und Nikki zurückkehrten, mussten sie wissen, wie sie nach Iria Kon kamen und vor allem, was sie dort erwartete.

»Hoffentlich findet ihr uns nicht alle tot auf der Straße liegend.«

Jen hatte die Erinnerungen geteilt, die sie von Clara gezeigt bekommen hatte. Iria Kon nach dem Fall. Es war entsetzlich gewesen, aber immerhin wusste Chloe, was sie erwartete.

»Also, Leute: Tut mir einen Gefallen und schwingt eure Ärsche nach Iria Kon. Wir brauchen euch. Egal, wie das Ganze ausgeht. Ich hoffe, ihr habt Clara dabei. Ach ja, Max: Wenn du das nächste Mal einen so dämlichen Plan hast, komm doch bitte zuerst zu mir. Meine Boots machen dann Bekanntschaft mit deinem Hinterteil und wir besprechen das Ganze.« Sie musste grinsen, wurde aber sofort wieder ernst. »Ehrlich, Leute: Ich könnte euch hier gerade gebrauchen.« Sie wusste, dass ihre Emotionen klar aus den Erinnerungen hervorsickern würden. »Diese Sache macht mir Angst. Der Plan ist ziemlich verzweifelt. Aber hey, eurer ja auch.« Sie ließ ihre Gelenke knacken. »Ich schicke den Mentiglobus mit Dirigi hoch ins Turmzimmer. Man sieht sich.«

Sie schloss die Erinnerung ab und ließ das Artefakt davongleiten.

Dann begab sie sich zur letzten Gruppe und wechselte über die Bühnenbretter hinüber nach Iria Kon.

29. Spieglein, Spieglein an der Wand

Blitze zuckten zwischen ihren Fingern.

Die Schattenfrau fühlte pure Macht durch ihre Adern strömen, als habe diese das Blut ersetzt. Ein Fluss aus Energie, Kraft und etwas, das mit Worten nicht zu beschreiben war.

»Ich habe es geschafft.«

Damit war sie am Ziel angelangt. Niemand konnte ihr mehr standhalten, keiner sich gegen sie stellen. Obgleich viele es natürlich versuchen würden. Zu Beginn. Es galt, zügig ein Exempel zu statuieren. Die versiegelten Portale und zerstörten Kontaktsteine waren eine Sache, doch das reichte nicht aus. Auch die Essenzbarriere bei Mentigloben derart stark zu erhöhen, dass kein Magier sie mehr nutzen konnte, war lediglich ein Nadelstich.

Sie wollte zerstören.

Und töten.

»Bald.«

Der Saal der tausend Spiegel war ein Mysterium. Wie war es den Mächtigen von Iria Kon gelungen, ein solches Meisterwerk zu erschaffen? Niemand wusste es.

Die Spiegelsplitter wieder zu einem Ganzen zu verschmelzen, war dank der Allmacht eine Fingerübung gewesen. Nun sah sie alles: das Castillo, das dunkle Refugium, jeden Ort auf der Welt.

Verblüffenderweise war der Graf von Saint Germain nicht auffindbar. Eventuell hielt er sich in einem Splitterreich auf – diese konnten nicht eingesehen werden. Sobald er zurück war, mussten sie sich über seine Befugnisse unterhalten.

»Nun beeilt euch schon.« Sie blickte auf den Strom aus Lichtkämpfern, der sich über die magische Bühne nach Iria Kon ergoss. Sie hatten sich Zeit gelassen, aber besser spät als nie. »Das nächste Mal erschaffe ich ein Portal nur für euch.«

Sie schwärmten aus, wie nicht anders zu erwarten gewesen war. Was für einen Plan sie sich auch immer zurechtgelegt hatten, es spielte keine Rolle. Wichtig war nur, dass sie hier waren.

Ein weiteres Bild erschien in einem der Spiegel. Ein Raum, tief unter dem Castillo. Ein schwarzer Quader aus Onyx, der von innen heraus zu leuchten und zu pulsieren schien. Das mächtigste Artefakt auf Erden.

»Zuerst kümmere ich mich um unsere Lichtkämpfer, dann komme ich zu dir. Mit der Allmacht bin ich stark genug.«

Wie von Zauberhand schien jedes Teil perfekt an seinen Platz zu fallen. Nach einem Leben in einem Gefängnis, gesteuert von der Zeit, war sie endlich frei. Ketten hielten sie nicht länger, Regeln besaßen für sie keine Gültigkeit mehr, Angst war nie wieder nötig.

Der Spiegel veränderte seine Einstellung ...

... und erlosch.

»Ihr elenden kleinen Wächter.«

Trotz der Allmacht konnte sie Antarktika nicht sehen oder mit Magie angreifen. Der blinde Fleck bestand weiterhin. Sie rief sich zur Räson. Ungeduld war unangebracht. Sie besaß die Ewigkeit, um ihre Herrschaft aufzubauen und zu festigen. Niemand würde vor ihr sicher sein. Nirgendwo auf der Welt. In keinem Splitterreich. Und in keiner Zeit.

Die Lichtkämpfer hatten den Boden von Iria Kon fast vollständig betreten.

Erneut runzelte die Schattenfrau verblüfft ihre Stirn. Sie fand weder Jen noch Alex, Chris, Kevin, Max oder Nikki. Nur Chloe war mit der Streitmacht angekommen.

»Was habt ihr jetzt schon wieder angestellt?«

Die Spiegel fanden ebenfalls kein Zeichen der Gesuchten. Das deutete auf ein Splitterreich hin. Gab es irgendwo etwas oder jemanden, der ihr gefährlich werden konnte?

Jen war alles zuzutrauen.

Die Schattenfrau richtete einen der Spiegel neu aus. Ein grimmig dreinblickendes Gesicht starrte ihr entgegen. »Ah, Moriarty. Die Tatsache, dass du am Schreibtisch des guten Germain sitzt, lässt mich Böses erahnen.«

»Es gab einen Machtwechsel«, erwiderte der Unsterbliche gelassen.

»So?« Sie ballte die Faust und Moriarty brach röchelnd zusammen. »Vielleicht sollten wir gleich noch einen zweiten anhängen?«

Er keuchte, zitterte, die Lippen wurden blau. Es wäre ihr ein Leichtes gewesen, jeden Unsterblichen mit einem Fingerschnippen auszulöschen. Doch sie hielt sich zurück. Es gab Geheimnisse, verborgene Artefakte und sichere Häuser, die sie nicht kannte - noch nicht. Dafür benötigte sie ein oder zwei Überlebende.

»Es.Tut.Mir.Leid«, presste Moriarty hervor. Speichel benetzte seinen Vollbart.

Sie öffnete ihre Faust, damit er durchatmen konnte. »Das muss dir schwergefallen sein. Die Entschuldigung, meine ich. Und natürlich hast du sie nicht ernst gemeint. Willst du leben?«

»Ja.« Er ballte die Fäuste. Die Wut brodelte in ihm.

Gut so. »Dann solltest du genau das tun, was ich verlange. Andernfalls sehe ich keine rosige Zukunft für dich.«

»Was willst du?«, blaffte er.

»Wir werden uns in Kürze über deinen Tonfall unterhalten. Aber bis dahin öffne ich ein Portal. Schicke die Schattenkrieger hierher, nach Iria Kon. Und sag Rasputin, dass Leonardo hier ist. Das wird ihn freuen. Überhaupt sind alle Lichtkämpfer hier.« Sie zwinkerte. »Das gibt ein Familienfest. Und alle haben sich lieb.«

Sie beendete die Verbindung und entsiegelte das Portal von Iria Kon sowie jenes bei den Schattenkriegern in Sibirien.

Ihr Plan sah vor, dass auch diese anwesend waren. Bis dahin konnte sie die Lichtkämpfer anders unterhalten.

Die Sonne stand am Himmel, doch ein rauer Wind wehte vom Meer heran, als die Schattenfrau vor die Balustrade des Balkons trat. Tief unter ihr lagen die Straßen von Iria Kon. Und in ihnen die Skelette; das, was von jenen Magiern geblieben war, die damals gestorben waren. Im Licht der herabfallenden Sonne leuchtete das Himmelsglas, angefüllt von den Erinnerungen der Unsterblichen, die sie darin eingebettet hatte.

»Ihr habt dieses Spiel schon verloren, doch ihr wisst es noch nicht.«

Die Toten erhoben sich gegen die Lebenden.

Die Straßen erfüllten sich mit Schreien, Essenz leuchtete, Eisen klirrte.

»Oh, große Jean d'Arc, einmal mehr erweist sich deine Taktik als unzureichend gegen mich.« Sie stieg hoch in die Luft und ließ ihren Blick über die Straßen gleiten.

Durch das Schattenportal kamen Rasputin, Dschingis Kahn und die ersten ihrer Krieger. Immer mehr wurden es.

»Das, meine lieben Lichtkämpfer, nennt man einen Zweifrontenkrieg.«

Die ersten Kämpfer trafen aufeinander.

»Und das ist erst der Anfang.«

Sie glitt zurück in das Turmzimmer.

Immer mehr Schattenkrieger trafen ein. Dann endete der Strom. Sie waren da. Alle. Lichtkämpfer und Schattenkrieger vereint auf dem Boden, auf dem alles begonnen hatte.

Keiner von ihnen sah die Gefahr, obwohl sie es doch wussten. Die Schattenfrau flüsterte den Zauber, der zu einem Sturm wurde und das Verhängnis mit sich trug.

30. Auferstanden

Immerwährender Hass.

Die Jahrhunderte zogen vorbei in einem Gewirr aus Tod, Rache, Abscheu und Intrigen. Zwischen Wachphasen und Träumen gefangen, fühlte Clara sich entblößt und doch sicher - tief unter London, begraben in einer Hülle aus Bernstein. Sie war eins mit der Schattenfrau, verbunden und doch von ihr getrennt. Eine Münze mit zwei gänzlich verschiedenen Seiten.

Erst nach und nach begriff Clara, dass sie schlief. Sie spazierte durch die Ebene der Träume, es war leicht, diese zu beeinflussen. So erhielt sie sich ihre Individualität.

Vermutlich wäre sie trotzdem am Schmerz zerbrochen, der sie in ihren Träumen heimsuchte und peinigte, doch eines Tages gab es jemanden, der ihr half. Der sie einlud in einen stabilen Bereich in all dem Chaos. Tage, Wochen und Monate besuchte sie ihn. Jules Verne. Er war tot und doch lebendig, existierte als Abbild auf der Traumebene, während seine Knochen tief unter Antarktika ruhten.

Bewusste Phasen wechselten sich mit unbewussten ab, in denen sie sich durch Träume treiben ließ, sich ihrer selbst nicht gewahr. Die Jahre verstrichen und irgendwann erklangen die erlösenden Worte.

»Somnus Finis.«

Zäh wie klebriger Honig zog sich der Schlaf zurück. Sie schwebte durch die Luft, sanft wie eine Feder, und kam auf dem Boden auf. Der Stein war hart. Luft strömte in ihre Lungen. Wo war sie? Wer war sie?

»Clara?«, fragte Chris vorsichtig.

Die Erinnerung brach über sie herein wie ein Tsunami. Unbarmherzig, brutal, zerschmetternd. Clara krümmte sich zusammen, presste ihre Hände auf die Ohren und erzitterte.

»Es ist alles gut.« Nikki kniete neben ihr. Ihre Stimme klang frisch wie sprudelndes Quellwasser. »Du bist in der Gegenwart.«

»Sie hat so viel Böses getan.« Die Bilder hatten sich tief in Claras Seele gebrannt.

Chris sank nun ebenfalls auf den harten, kalten Boden. Zusammen mit Nikki bildete er einen schützenden Kokon. »Du hast es mitbekommen?«

»Nicht alles«, flüsterte Clara. »Ich konnte mich auf der Traumebene abschotten. Manchmal. Dank Jules Verne.«

Sie ließen ihr Zeit, sprachen nicht, ließen die Stille wirken.

Der Schmerz zog sich nur zögerlich an den Rand ihres Bewusstseins zurück. Sie war nicht die Schattenfrau. In dieser Erkenntnis drängte sie die Verbindung zurück, ließ sie zusammenschrumpfen auf die Größe eines Nadelöhrs. »Ich bin soweit. Denke ich.«

Vorsichtig zogen sich Nikki und Chris zurück. Clara erhob sich. In der Wand des Raumes klaffte ein Loch. Die Erhabenheit des Moments ließ eine Gänsehaut über ihren Körper kriechen. Die Steinbrocken lagen überall verstreut, und Clara musste sich vorsehen, nicht darüber zu stolpern. Hinter dem Loch lag ein Kellerraum, der in eine knarzende Holztreppe überging. Oben angekommen, erwartete sie der bekannte Geruch alter Bücher, muffiger Kissen, von Tee und Kaffee.

Ein ausladender Raum nahm sie auf. Dicker Teppichboden dämpfte jeden Schritt, die Regale ragten krumm in die Höhe und waren vollgestellt mit Büchern. Einige hatte Clara selbst gelesen. Eckige und runde Fenster waren chaotisch nebeneinander angeordnet und boten einen Blick auf das verregnete London. Vor dem Fenster fuhren Autos durch die Straßen. Moderne Autos.

Claras Finger betasteten das Glas, als sei es eine Barriere zwischen ihr und der Wirklichkeit. Nur wenige Zentimeter entfernt pulsierte das Leben, während sie hier im sicheren Haus hinter einem Schleier zu existieren schienen. Alex, Jen und sie waren vor einer Ewigkeit von diesem Ort aus in die Katakomben von Paris aufgebrochen.

»Ich bin daheim.« Ihre eigene Stimme klang rau. Kein Wunder - sie hatte seit Jahrhunderten nicht mehr gesprochen.

Damit war es vollendet. Der Zeitkreis existierte nicht länger, keine Geschichte, die sich selbst bedingte. Clara war wieder dort, wohin sie gehörte.

»Was hat sie in der Zwischenzeit getan? Wie lange wart ihr fort?«

»Drei Tage«, erklärte Chris.

»Das Castillo ist leer«, ergänzte Nikki. »Die anderen lesen gerade einen Mentiglobus von Chloe aus, wir wollten dich aber sofort holen.«

Ein Wechselbad der Gefühle tobte in ihr. In der einen Sekunde fühlte sie Erleichterung über ihre Heimkehr, gefolgt vom Nachhall jenes Schmerzes, den die Schattenfrau über Jahrhunderte gesät hatte. Die Schuld fegte jede Barriere hinfort, bevor rationales Denken sie wieder festigte.

Chris verschwand, rumorte in der Küche und kam mit einem Tablett zurück. Beim Anblick dampfenden Kaffees und Gebäcks knurrte Claras Magen. Der Bernstein mochte einen Menschen am Leben erhalten und konservieren, doch nach dem Erwachen war jeder hungrig.

»Danke.« Clara griff herzhaft zu, schaufelte Kekse in ihren Mund und genoss das sättigende Gefühl. Allein der Geruch von Kaffee hatte schon eine belebende Wirkung.

Immer wieder glitt ihr Blick zu den Büchern. Echte, gebundene Bücher. Die Folter durch den Ersten Stabmacher hatte eine Ewigkeit gedauert. Erst danach hatte sie begriffen, dass er sie mehrere Jahre lang gefangen gehalten hatte. Viel von dem, was er getan hatte, war fort. Ihr Geist hatte es verdrängt, ausgeblendet. Vermutlich war das gut so, hätte es sie andernfalls doch zerbrochen.

»Wie lange liegt Iria Kon für euch zurück?«, fragte Clara.

»Minuten«, erwiderte Chris. »Wir haben dich in den Bernstein verfrachtet, sind zurückgesprungen und haben dich sofort geholt.« Er warf Clara einen verwirrten Blick zu. »Hast du gemerkt, wie die Zeit verstrich? Ich meine: richtig gemerkt?«

»Manchmal.« Clara schob den letzten Keks in den Mund, kaute und labte sich am Geschmack. »Manchmal habe ich viele Jahrzehnte unbewusst geschlafen. Dann kam es immer wieder zu Treffen mit Jules Verne. Wir haben in seiner stabilen Zuflucht auf der Traumebene über alles Mögliche gesprochen. Philosophie, Geschichte, Bücher.«

»Aber das war erst im 20. Jahrhundert«, flüsterte Nikki. »Was war davor?«

»Er war auch vorher schon da. Damals konnten einige starke Magier die Traumebene betreten – so kam es zum Traumkrieg. Später war es nur noch Jules. Manchmal konnte ich mir bewusstmachen, dass ich träume und dann andere Menschen und Magier ein Stück begleiten. Bevor der Wall erschaffen wurde, war das ziemlich leicht.«

Ab der Erschaffung des Walls war es nicht mehr so einfach gewesen. Die Menschen träumten noch immer, aber die Ebene konnte nicht mehr betreten werden, die einzelnen Träume waren voneinander separiert. Von diesem Moment an hatte Jules Verne sie holen müssen, denn er konnte von seiner Position aus überall herumspazieren und auch Träumende zu sich holen.

Jules hat mich gerettet. »Also gut. Kehren wir heim.«

Chris zog sie in eine Umarmung. »Schön, dass du wieder da bist.«

Nikki legte zaghaft ihre Hand auf Claras Arm.

Plopp.
Die Welt verging.

31. Unter der schwarzen Sonne

Die Schattenfrau kam nicht.

Anfänglich hatte sich Chloe gewundert, dann jedoch sofort begriffen. Die Skelette, die noch immer in den Straßen lagen, hatten sich erhoben und ihren Angriff begonnen. Magie hatte Knochen und Gewänder erhalten. Kurze Zeit später strömten die Schattenkrieger aus einem Portal.

Die Gruppen wurden aufgerieben. Zweier- und Dreierformationen fanden sich zusammen und duellierten sich mit ihren Gegenstücken bei den Schattenkriegern.

Rasputin stürzte sich auf Leonardo, Dschingis Khan ging Johanna an. Moriarty kreuzte seinen Essenzstab mit Tomoe, und Crowley sah sich Kleopatra gegenüber. Edison tauchte überall zugleich auf, verschwand und kehrte zurück.

Seltsam fand Chloe, dass sowohl Saint Germain fehlte als auch der Verräter, der einst zu den dunklen Unsterblichen übergelaufen war. Bedauerlicherweise wurde das durch die Skelette mehr als ausgeglichen.

»Potesta.« Der Kraftschlag sauste durch die Rippen eines Knochengerüsts.

Bevor Chloe einen weiteren Zauber anwenden konnte, hatte sich die Kreatur auf sie geworfen, die Knochenfinger um ihre Kehle gelegt und zugedrückt. Ein Knurren erklang. Ataciaru zerbiss die Gebeine des Knochenmanns.

»Ignis Aemulatio!«

Magisches Feuer flammte auf, erfasste das zurücktaumelnde Skelett und ließ es zu Asche verbrennen.

»Danke.« Chloe schenkte Ataciaru einen gütigen Blick und stürzte sich wieder in das Getümmel.

Mit einem Dirigi-Zauber warf sie einen Steinbrocken auf einen vorlauten Schattenkrieger. Einem anderen hetzte sie eine Illusion auf den Hals, die ihn ablenkte, worauf eine Vektorumkehr ihn gegen die nächste Häuserwand schleuderte.

Wo blieb die Schattenfrau?

Wieso griff sie nicht ein?

Als sei ihr Gedanke der Auslöser gewesen, schob sich eine dunkle Scheibe vor die Sonne. Mit einem Mal wirkte das Gestirn nicht länger hell und kraftspendend, sondern düster und bedrohlich.

Eine schwarze Sonne.

Blitze zuckten aus dem Himmelsglas, schossen in die Höhe und schlugen um sie herum wie Hagelgeschosse in den Boden ein. Die Umgebung verwandelte sich in ein Inferno.

»Wen haben wir denn da?«, erklang eine süffisante Stimme. »Chloe – ich kleide mich wie eine Bettlerin – O'Sullivan.«

»Ach nein, Madison – ich habe Pate für das Wort ›Bitch‹ gestanden – Harper.«

Neben ihr standen zwei Schattenkrieger. Ein Blonder mit Sommersprossen und ein Braunhaariger, der eine Pilotenbrille und verzierte Manschetten trug. Erst beim zweiten Hinsehen begriff Chloe, dass es sich um Artefakte von Agnus Blanc handelte. Vor ihm musste sie sich in Acht nehmen. Vermutlich konnte er ein paar Tricks anwenden und schonte seine Essenz.

»Max geistert hier nicht zufällig herum?«, fragte Madison mit einem mörderischen Funkeln in den Augen. Ihr rabenschwarzes Lockenhaar stand bauschig in alle Richtungen ab, eine Wunde zog sich über ihre Stirn.

»Wieso, willst du noch mal besiegt werden? Aller guten Dinge sind ja bekanntlich drei.«

Ataciaru knurrte.

»Du bist genauso verlaust wie dein Hund. Potesta Maxima!« Ein Kraftschlag sauste heran.

Gleichzeitig brüllte der Blondschopf »Transformere Elementum!« Der Boden wurde flüssig.

»Crepitus!« Der Essenzstab von Pilotenbrille erschuf eine Explosion vor ihr.

Während Chloe noch begriff, dass seine Essenz direkt aus dem Stab kam - er war ein Nimag! –, flog sie zur Seite, knallte gegen eine Wand und wurde zurückgeschleudert. Der weiche Boden nahm sie auf.

Wo war Unterstützung?

Der Kampf hatte sich verlagert. Die gebrüllten Zauber und aufeinanderprallenden Essenzstäbe waren in der Ferne auszumachen. Explosionen erblühten unter der schwarzen Sonne, Kraftschläge sausten in Häuser. Himmelsglas reflektierte die Zauber, ließ sie als gefährliche Querschläger niedergehen. Hexenholz splitterte, Chrom ließ einzelne Zauber entarten und die Essenz verändert zurückkehren. Die Luft war erfüllt von Magie und Gefahr.

Eine Vektorumkehr ließ Chloe in die Luft steigen. Unter ihr härtete der Boden wieder aus.

Knapp. Verdammt knapp.

Ataciaru stürzte sich auf Sommersprosse und verbiss sich in dessen Arm. Damit lenkte er auch den Nimag ab, der den neuen Gegner anvisierte.

»Contego!« Chloe warf eine Schutzbarriere vor Ataciaru.

Der Kraftschlag des Nimags prallte daran ab.

Damit gab sie sich jedoch eine Blöße vor Madison, die ein Symbol erschuf und rief: »Immobilus!«

Der Erstarrungszauber legte sich auf Chloes Arme, und bevor sie etwas dagegen unternehmen konnte, verkrampfte sich ihr Kiefer. Die Wirkung glich einem Versteinerungszauber, war aber weniger permanent. Durch Willenskraft konnte sie die Starre bekämpfen, doch dafür benötigte sie Zeit.

Langsam kippte sie nach hinten und knallte auf den Asphalt.

Ataciaru jaulte außerhalb ihres Sehfeldes.

Weitere Blitze zuckten aus dem Himmelsglas hervor, erhellten das Firmament und gingen überall in der Stadt nieder. Wieder erklangen Schreie, dieses Mal in höchster Not.

Nur wenige Meter neben Chloes Gesichtsfeld krachte einer der Blitze auf den Boden. Sie wollte in die Sicherheit eines Hauses flüchten, doch der Erstarrungszauber saß fest.

Ataciaru jaulte noch einmal auf, dann war er still.

»Geht es?«, fragte der Nimag.

»Es tut weh.« Sommersprosse sog scharf die Luft ein.

»Ich wirke gleich einen Heilzauber«, versprach Madison. »Du schonst erst mal deine Kräfte, Baby Kent.«

Kent?!

Eine dunkle Ahnung stieg in Chloe auf.

»Aber zuerst kümmere ich mich um dieses Miststück.« Madison beugte sich über Chloe, brachte ihr Gesicht ganz nahe heran. »Wie fühlt es sich an, bewegungslos auf den Tod zu warten? Meinen Freunden erging es ähnlich, als Max seinen Schauer geschickt hat. Jetzt wird er deinen Tod betrauern dürfen.« Sie spuckte die Worte förmlich aus.

Hoch über ihnen veränderte sich erneut etwas. Die Blitze verdichteten sich, verschmolzen miteinander und bildeten ein Glimmen über dem Himmelsglas. Um das magische Material herum verdichtete sich die Luft, pulsierte das Licht wellenartig und wogte davon. Dazwischen zuckten Blitze herab, zunehmend weniger allerdings.

Die Spitze von Madisons Essenzstab berührte Chloes Stirn. »In der einen Sekunde am Leben, in der nächsten reduziert auf tote Haut und verbleichende Knochen. Wo ich herkomme, wo ich aufgewachsen bin, gibt es kein Mitleid. Und für dich wird es das jetzt auch nicht geben. Ich richte Max von dir Grüße aus.«

Chloe bäumte sich auf.

Sie wollte den Zauber abstreifen, um ihr Leben kämpfen, Madison zeigen, dass sie nicht so einfach aufgab. Sie dachte an ihre Eltern in Irland, die von alldem, was hier geschah, nichts wussten. Das Bild von Jamie, ihrem kleinen Bruder, erschien vor ihrem inneren Auge. Er lag in seinem Krankenbett, angeschlossen an Maschinen, und siechte vor sich hin.

Warum habe ich ihn nicht gerettet? Scheiß auf die Konsequenzen!

Doch es war zu spät.

Madison richtete sich auf, mit der Spitze des Stabes noch immer auf Chloes Stirn zielend. »Potesta Maxima!«

32. Traumfeuer

Die Welle schwappte über sie alle hinweg.

Verblüfft registrierte Chloe, dass sie noch immer am Leben war. Madison hatte den Zauber gesprochen, doch die Welle, die vom Himmelsglas ausgegangen war, hatte sie alle getroffen und den Kraftschlag im Flug ausgelöscht. Und nicht nur ihn. Jeder Zauber war erloschen, jede Essenz verpufft.

Keuchend rollte Chloe sich zur Seite und sprang auf. Ihre Glieder zitterten. Beinahe wäre sie tot gewesen. Einfach so. Besiegt von Madison Harper.

Tot.

Sie ging in die Knie und erbrach sich.

»Reiß dich zusammen, O'Sullivan!«

Ein Jaulen ließ sie herumfahren. Ataciaru lag auf der Seite, eine tiefe Wunde im Leib.

Sie eilte zu ihm. »Sanitatem Corpus.« Die Wunde schloss sich.

Neben dem Husky lag Sommersprosse. Genau wie Madison hatte die Welle ihn ausgeknockt. Chloe schaute suchend umher. Nach der Welle hatte sie ein Japsen gehört. Und Schritte. Der Nimag war nicht bewusstlos, er rannte hier noch herum.

»Wieso bin ich okay?«

Ataciaru bellte.

»Du? Hast du mich irgendwie geschützt?«

Sie fühlte den Puls von Sommersprosse. Er atmete gleichmäßig, seine Pupillen bewegten sich.

»Er träumt«, begriff Chloe. »Sie hat es getan. Über die Jahrhunderte hat sie all die Intrigen und Fehlentscheidungen, jede kaltblütige Tat der Unsterblichen in das Himmelsglas gebannt. Eine einzige Mentiglobus-Fläche. Und nun enthüllt sie den Magiern jedes schmutzige Geheimnis.« Sie blickte betroffen zu Ataciaru. »Wenn sie die Unsterblichen danach tötet, wird man sie als Herrscherin akzeptieren.«

In einem Feuer aus Träumen würde die Loyalität gegenüber den Unsterblichen zu Ascheflocken verbrennen. Wer hatte in seinem Leben keine Fehler gemacht? Die Unsterblichen hatten eine Ewigkeit gehabt, um falsche Wege zu beschreiten, Dummheiten zu begehen und andere gegen sich aufzubringen. Da spielte die Zugehörigkeit zu einer Seite keine Rolle. Aus dem Kontext gerissen würde das alles auf die anderen Magier einprasseln.

»Patricia Ashwell wird sich freuen«, flüsterte Chloe. »Wir müssen das irgendwie stoppen.«

Doch wie?

Die gesamte Armee war gerade außer Gefecht gesetzt worden, lag am Boden und träumte.

Mit Ataciaru an der Seite rannte sie durch die Trümmerstadt, hoch über ihr schickte die schwarze Sonne ihre Strahlen gen Boden und das Himmelsglas funkelte bläulich. Die Skelette standen starr neben den Schlafenden. Zuerst pirschte Chloe sich vorsichtig heran, doch die Gerippe reagierten nicht auf ihre Anwesenheit.

Die Schattenfrau ging davon aus, jeden erwischt zu haben. Das war gut.

Nirgendwo in den Trümmern fand Chloe die Unsterblichen. Sie waren fort. Alle. Ob Lichtkämpfer oder Schattenkrieger.

Die übrigen Magier schliefen, soweit sie das überblicken konnte. Auch der Nimag blieb unauffindbar. Handelte es sich bei ihm tatsächlich um Alfie Kent? Hatten die Schattenkrieger den Bruder von Alex ausgebildet?

»Das gibt eine Katastrophe«, begriff Chloe. »Das trägt Moriartys Handschrift.«

Sie wussten um die Prophezeiung, dass die gefährlichste Waffe aus der Mitte heraus erwuchs. Johanna war davon ausgegangen, dass es sich um Max handelte, obwohl der nur von Edison als Agent eingesetzt worden war. Wenn die Prophezeiung allerdings trotzdem zutraf, war die Rede nie von den Lichtkämpfern gewesen.

»Aus der Mitte der Familie«, realisierte Chloe. »Alex' Familie. Wir haben Moriarty ausgetrickst, aber er uns ebenso. Max war nur die Ablenkung.«

Ataciaru lauschte ihr mit angelegten Ohren und bellte zustimmend.

»Aber wie hätten wir darauf kommen sollen?«

Ihre Boots knallten auf den Boden, als sie wütend durch die Straßen stapfte. Wind pfiff durch ihr Haar, ihre Boots krachten fest auf den Boden, das Leder quietschte.

Was konnte sie noch tun?

An erster Stelle kam die Sicherheit der Schlafenden. Chloe suchte die Gruppen auf und brannte Schutzsymbole in Steine, die sie kreisförmig anordnete. Dann legte sie Lichtkämpfer hinein. Sobald die Symbole einen Kampfzauber orteten, erschufen sie eine Contego-Sphäre. Diese hielt zwar nur wenige Sekunden, aber das würde ausreichen, damit die Erwachten sich orientieren konnten. Oder, falls der Nimag versuchte, sie im Schlaf zu töten, würde Chloe aufmerksam werden und eingreifen können.

So verfuhr sie bei allen Lichtkämpfern, die sie finden konnte.

Gegen die Schattenfrau half das alles jedoch nichts. Vermutlich ging es den Unsterblichen gerade schlecht, doch wie konnte Chloe ihnen helfen? Alleine überhaupt nicht. Auch der Plan, den sie sich ausgedacht und mit den Unsterblichen zusammen geschmiedet hatte, ließ sich nun nicht mehr umsetzen.

Erst bei diesem Gedanken realisierte sie, dass neben den Unsterblichen weitere Personen fehlten.

»Vielleicht haben wir doch noch eine Chance.«

Die Schattenfrau befand sich vermutlich im zentralen Turm. Eine Information, die Chloe aktuell jedoch kein bisschen weiterhalf. Sie benötigte Unterstützung. Sollte sie ins Castillo wechseln und Hilferufe an die verbliebenen Unsterblichen ausschicken?

Nemo konnte mit der Nautilus vielleicht vom Meer aus angreifen.

Sie verwarf den Gedanken.

Wenn es der versammelten Macht des Rates nicht gelungen war, sich länger als eine Stunde zu halten, würde es der Verstärkung genau so ergehen. Macht half hier nicht weiter, sie brauchten Finesse.

»Wie besiegen wir eine allmächtige Person?« Chloe schaute fragend zu Ataciaru.

Dieser wedelte kurz mit dem Schwanz und blickte zum Turm hinüber.

»Dort finden wir darauf keine Antwort«, sagte Chloe. »Das ist die Höhle der Bitch. Und was für Zaubertricks du auch immer beherrschst, so als Wächterhund: Gegen *sie* kommst du nicht an.«

Mit einem Mal kam Chloe sich nutzlos vor. Dann begriff sie etwas. Es mochte nicht gegen die Schattenfrau helfen, aber falls es ein *Danach* geben sollte, konnte sie die Grundlage für eine Ruhepause schaffen.

»Zurück zum Lager unserer Gruppe.«

Sie benötigten nur wenige Minuten.

Im Monolog mit Ataciaru wählte sie aus den mitgeführten Artefakten eines aus.

Dann machte sie sich auf den Weg.

33. Was ist hier passiert?

Es war ein seltsames Gefühl.

Das Castillo war ein bekannter und doch gänzlich fremder Ort. So viel Zeit war vergangen, seit Clara zuletzt durch diese Hallen gewandelt war. Für die anderen nur einige Tage, für sie viele Jahre.

»Bereit?«, fragte Jen.

Clara zwang sich dazu, nicht in Gedanken abzuschweifen und nahm den letzten Gürtel entgegen. An ihm hingen Essenzgranaten, Zaubertrankphiolen und Kurzstreckenbeobachter in Form kleiner Holzvögel.

Die Bühne stand noch immer dort, wo Chloe die Aufzeichnung mit dem Mentiglobus beendet hatte. Von hier aus war die gesamte Streitmacht nach Iria Kon aufgebrochen. Einstein stand nach wie vor an der Seite, berührte das Holz der Bühne und blieb durchscheinend.

»Wenn ich das richtig verstehe, benötigt der Erhalt des Übergangs keine Essenz, sondern lediglich der Aufbau des Portals«, sagte Max. »Die Menge leitet sich von der Zeit ab, die gespart wurde und normalerweise für das Zurücklegen der Distanz benötigt worden wäre. Und so lange muss Einstein dann auch in diesem Zustand verharren.«

»Habe ich schon mal erwähnt, dass mich diese Artefakte mit ihren blöden Nebenwirkungen total nerven?«, grummelte Alex.

Clara lächelte. Er hatte sich in der Zeit ihrer Abwesenheit nicht verändert. Immer wieder haute er einen Witz heraus, er war eine treue Seele. Doch er begann zu vergessen, das hatte sie längst bemerkt. Die von Mark vererbten Zauber mussten dringend erneuert werden. Aber da war noch etwas Anderes; eine Information über ihn. Die Schattenfrau hatte sie im Verlauf ihrer Suche erhalten, doch Clara blieb sie noch verborgen. Es war wichtig, das spürte sie, doch sie konnte es nicht greifen.

Gemeinsam stiegen sie auf die Bühne.

»Wieso liegen alle am Boden?« Kevin deutete auf zwei Personen. Schattenkrieger.

Alex wollte schon auf die andere Seite wechseln, als Jen ihn zurückhielt. »Wenn es etwas in der Luft ist, trifft es uns auch.«

»Agnosco«, erschuf Max einen Indikatorspruch, doch die Essenz verwehte ohne Effekt. »Von hier aus geht das nicht.«

»Wir verlieren Zeit.« Clara sah immer wieder zu den am Boden Liegenden. Ihr Weitblick verriet ihr, dass deren Brust sich weiterhin hob und senkte. »Sie sind am Leben.«

»Wartet hier.« Ohne Diskussion wechselte Chris auf die andere Seite. »Agnosco!« Karmesinrote Essenz flirrte und wirbelte um die am Boden Liegenden. »Sie schlafen nur. Ein Zauber verbindet sie mit dem Himmelsglas, aber er holt keine neuen Personen hinzu.«

»Sie glaubt, alle erwischt zu haben«, schlussfolgerte Jen und trat durch den Vorhang nach Iria Kon.

Alex folgte ihr im gleichen Atemzug, Kevin, Max, Nikki und Clara schlossen sich an. Man spürte nichts beim Übergang. Als träte man einfach von einer Fläche auf eine andere. Kein Wirbeln, Erschaudern oder Farbwechsel.

»Praktisch, diese Bühne«, kommentierte Alex. »Ich ziehe sie jedem Portal vor.«

»Nikki, Chris: Geht auf Erkundung. Kein Feindkontakt, nur springen, beobachten und zurückkehren«, befahl Jen.

Die Sprungmagierin und Chris verschwanden mit einem *Plopp*.

»Kevin, Max: Ihr sucht unsere Leute. Stellt sicher, dass es ihnen gutgeht«, sprach Jen weiter.

Die beiden nickten. Max wirkte einen Suchzauber, worauf eine burgunderfarbene Spur sich durch die Luft schlängelte.

»Was machen wir?«, fragte Alex.

»Die Schattenfrau suchen«, antwortete Jen und warf Clara einen fragenden Blick zu.

»Wenn ich nahe genug an sie herankomme, um den Lehmzauber zu lösen oder ihr das Artefakt entreißen kann, wird sie zerfallen«, erklärte Clara. »Und da sie selbst nicht weiß, dass sie nur eine manifestierte Lehmkopie ist, wird sie zumindest für einige Sekunden geschockt sein.«

Es stand außer Frage, dass sie den normalen Weg in den Turm nicht nehmen konnten. Doch mit ein wenig Glück würde die Schattenfrau nicht damit rechnen, dass noch jemand in der Stadt bei Bewusstsein war und daher den Balkon nicht überwachen. Sie stiegen auf eines der Häuser. Es waren Bauten unterschiedlicher Höhe, die in Quadraten angeordnet waren. In jedem Quadrat gab es einen hohen Turm, der alle anderen Gebäude überragte.

»Wenn wir hinaufsteigen, könnten wir weiterschweben bis zum zentralen Turm.«

Clara kannte Iria Kon lediglich als lebendige, pulsierende Metropole, in der Menschenmassen durch die Straßen drängten. Gelehrte, Magier und Nimags, die Seite an Seite daran arbeiteten, die Zivilisation und das friedliche Miteinander zu festigen. Doch nach ihrem Jahrhunderte währenden Schlaf war nichts davon geblieben. Wieder spürte sie den altbekannten Stich in ihrem Innersten. Schuld. Ein Teil von ihr war für all das verantwortlich.

Schnell schüttelte sie den Kopf und verbannte die Gedanken.

Die Tür war nicht verschlossen. Problemlos konnten sie die Wendeltreppe nach oben steigen.

»Was ist das für ein Turm?«, fragte Alex. »Wohnen konnte man hier nicht.«

»Das ist historisch bedingt«, erklärte Clara. »Als Iria Kon gegründet wurde, gab es zahlreiche Feinde, die das verhindern wollten. Sie fürchteten eine Ballung der Macht unter der Kontrolle des Rates der Unsterblichen. Aus diesem Grund erhielt jedes neue Viertel einen Beobachtungsturm. Nur die stärksten Magier wurden für die Wachen eingeteilt. Wenn sie mit ihrem Weitblick ein Schiff bemerkten oder etwas Unvorhergesehenes in den Vierteln geschah, entzündeten sie ein Signalfeuer, das speziell dafür entwickelt worden war, und schwebten hinab, um einzugreifen. Oder sie warnten die Hafenwache. Der Signalzauber ist bis in die heutige Zeit erhalten geblieben. Du kennst ihn als Signum Maxima.«

»Ja! Max hat das Leuchtfeuer eingesetzt, nachdem er und Leonardo die unsichtbare Grenze um das Domizil der Schattenkrieger überschritten hatten.«

»Genau.« Clara lächelte. Sie liebte Geschichte. Alles hatte einen Ursprung, nichts geschah ohne Grund. Fehler konnten vermieden werden, wenn man sie nicht wiederholte. Denn sie alle waren schon mal dagewesen. Doch die Menschen vergaßen.

Die Wendeltreppe endete.

Gemeinsam traten sie vor die umlaufende Balustrade hinaus.

Die gesamte Stadt lag unter dem fahlen Licht einer schwarzen Sonne begraben. Jede Hoffnung schien davon aufgesogen zu werden. Natürlich war die Sonne nicht wirklich schwarz. Die Schattenfrau musste einen Schleier über Iria Kon gelegt haben, der das Licht filterte und veränderte. Doch weshalb?

»Dort vorne.« Jen deutete auf den zentralen Turm.

Clara nickte. Weit oben hatte sie Merit von Totam getroffen, der sie hatte töten wollen. Iria Kon hatte ihr kein Glück gebracht. Doch vielleicht half es ihr nun, einen Albtraum zu beenden, den sie selbst erschaffen hatte.

»Also, gehen wir?«, fragte Clara.

Jen wollte etwas erwidern, doch ihre Miene entgleiste. Plötzlich war da noch jemand. Er trug eine Ledermontur mit Pilotenbrille. Sein Gesicht war hassverzerrt.

Alex erstarrte. »Alfie?!«

Der Neuankömmling warf sich gegen Alex und gemeinsam fielen sie über die Balustrade in die Tiefe.

34. Die Gebrüder Kent

Der Turm wurde kleiner und kleiner, über ihm funkelte das schwarze Licht der Sonne. Alex war zu keiner Regung fähig. Er stürzte einfach, gefühlt wie in Zeitlupe, dem Boden entgegen.

Alfie.

Sein Bruder war hier. Oder doch nicht? Natürlich! Es gab nur eine Erklärung: Die Schattenfrau nutzte einen weiteren Wechselbalg.

»Gravitate Negum!«, brüllte Alex.

Sein Fall ging in ein Schweben über. Er glitt sanft zu Boden und kam auf der zerbrochenen Straße auf. Nur wenige Meter entfernt ging der Wechselbalg nieder. Er würde der Kreatur keine Zeit lassen, an seine Emotionen zu appellieren, ihn zu manipulieren.

»Crepitus!« Eine Explosion erblühte. »Potesta Maxima!« Der Kraftschlag surrte. »Transformere Elementum!« Die Hauswand wurde zu Nebel, glitt auf den Wechselbalg zu und nahm wieder feste Form an. »Ignis Aemulatio!«

Die Kreatur schlug zwei Armschellen aneinander, eine Contego-Sphäre wurde erzeugt. Alex hatte etwas Ähnliches bereits gesehen, als Jen und er gegen die beiden Diebe Fox und Raven gekämpft hatten. Auch der Essenzstab wirkte wie ein künstlich erschaffenes, halbmaschinelles Konstrukt.

Er trägt einen Sprunggürtel.

Natürlich. Wenn der Wechselbalg die Form eines Originals annahm, kopierte er auch dessen Fähigkeiten. Sein Bruder war aber kein Magier.

»Ich hatte Zweifel!«, rief das Wesen. »Aber du bist wirklich ein Mörder. Moriarty hatte recht.«

Die Worte sickerten nur langsam in Alex' Geist und entfalteten sich wie ein schleichendes Gift. Eine Ahnung stieg in ihm empor. War es möglich?

»Alfie?«

Der Hass, der aus den Augen seines kleinen Bruders auf ihn zuschoss, traf schlimmer als jeder Kraftschlag. Konnte es tatsächlich sein?

»Als Moriarty mir die Erinnerungen gezeigt hat, war ich ... Ich konnte es nicht glauben.« Der verfestigte Stein, der sich um Alfies Körper gelegt hatte, zerbarst. Alle anderen Attacken waren an der Sphäre abgeglitten. »Aber in dir ist wirklich nichts Gutes mehr. Selbst als du noch ein Mensch warst, hast du ... Du bist schuld!« Die letzten Worte brüllte er.

»Du kannst nicht hier sein. Du bist ein Wechselbalg. Oder eine Illusion.« Die Worte klangen selbst in Alex' Ohren hohl und leer.

»Moriarty hat mich ausgerüstet und ausgebildet. Ich bin seine Waffe!«

Die Erkenntnis schlug über Alex zusammen wie eine tödliche Welle, die ihn auf ein Riff schmetterte. Die Prophezeiung hatte sich nie auf Max bezogen. Moriarty hatte Alfie auf seine Seite gezogen.

»Du darfst ihm nichts glauben! Moriarty hat dich belogen.«

»Oh, natürlich. Vermutlich hat er den Zettel geschrieben, den Dad hinterlassen hat. Er hat in der Kuppel all diese Wesen getötet und in der Türkei gewütet.« Für eine Sekunde wirkte Alfie geradezu verzweifelt. »Ich schäme mich, dein Bruder zu sein. Aber jetzt ist Schluss. Ich sorge dafür, dass du keinen Schaden mehr anrichten kannst. Moriarty steckt dich in einen Bernstein.«

Er hat ihm eine Gehirnwäsche verpasst. »Ich werde dir helfen.« Theresa wusste bestimmt, wie man Alfie heilen konnte. Er war sein kleiner Bruder, verdammt noch mal.

Bevor Alex etwas sagen konnte, berührte Alfie ein Symbol an seiner Brust. Der Anzug veränderte seine Beschaffenheit, ein Wabern glitt darüber. »Infinite Mobilus!« Der Geschwindigkeitszauber.

In einem Moment stand sein Bruder noch mehrere Meter entfernt, im nächsten direkt vor ihm. Der Geschwindigkeitszauber konnte einen Menschen blitzschnell werden lassen, brachte jedoch auch alle damit einhergehenden Probleme mit sich. Abrupte Richtungswechsel konnten Knochen brechen lassen, der Anstieg des Tempos tödlich sein.

Alex blieb noch genug Zeit zu realisieren, dass Alfie den Anzug verfestigt hatte, damit ihm all das nicht geschah. Dann war sein Bruder heran und ein Faustschlag donnerte in Alex' Gesicht. Er flog durch die Luft, seine Nase brach, Blut spritzte. Irgendwie gelang es ihm, den Essenzstab festzuhalten.

»Potesta!«, rief Alfie.

Der Schlag traf die Hauswand. Steine brachen über Alex zusammen und prasselten herab wie tausend Fausthiebe, die auf ihn einhämmerten. Er keuchte, Haut wurde abgeschürft, Knochen geprellt.

»Contego!« Die Sphäre erzitterte kurz, stabilisierte sich dann jedoch.

Der folgende Kraftschlag prallte ab.

»Warum tust du das?« Stöhnend rappelte Alex sich auf.

»Irgendjemand muss dich aufhalten.« Alfie hatte die Unterlippe vorgeschoben, wie er es immer tat, wenn er wütend war. Was hatte Moriarty nur angerichtet? Sein Bruder, ein Nimag, stand in den Straßen von Iria Kon und griff Alex an. Die Welt befand sich am Abgrund und Moriarty spielte Psychospiele, benutzte Alfie als Schachfigur.

»Moriarty hat dich belogen«, sagte Alex flehend. »Ich habe niemanden umgebracht.«

»Keine Kreaturen in Nemos Basis?«

»Nun ja, doch. Aber das waren ...«

»Ich will keine Rechtfertigungen hören!« Schmerz vermengte sich mit Hass. Die Gefühle standen Alfie ins Gesicht geschrieben. Er wollte ihn nicht angreifen und gleichzeitig doch nichts sehnlicher als genau das.

Ich muss ihn besiegen, um zu ihm durchzudringen, begriff Alex. Er wollte nicht gegen seinen eigenen Bruder kämpfen, doch ihm blieb keine Wahl. Dafür würde Moriarty bezahlen. »Immobilus!«

»Transzendere.« Alfie blockierte den Erstarrungszauber über eine Ableitung. Da nach einem gewirkten Zauber nur Sekunden blieben und der Transzendere-Zauber exakt auf den Angriff abgestimmt sein musste, wurde er nur selten eingesetzt. Es zeigte sich, wie gut Alfie trainiert worden war.

Alex ließ eine Eruption entstehen, der Boden brach auf. Alfie taumelte zurück. Die Contego-Sphäre erzitterte und erlosch.

Das war die Chance!

Alex rannte auf ihn zu, zielte und rief: »Dirigi.« Er wollte den Essenzstab seines Bruders.

»Infinite Mobilus!« Wieder wurde Alfie zu einem Schemen, als er seine Geschwindigkeit erhöhte.

Die Essenzstäbe prallten aufeinander. »Dann eben so.« Alfie blitzte ihn wutentbrannt an.

Bernsteinfarbene Essenz vermischte sich mit einem schillernden Messington wie geschmolzenes Metall. Ein Surren lag in der Luft, als habe jemand zwei Metallstäbe elektrisch aufgeladen, die nun aufeinanderprallten. Funken sprühten.

»Du weißt nicht, was du tust«, presste Alex hervor.

»Es war mir noch nie klarer«, erwiderte Alfie.

Sie sprangen zurück, umkreisten einander lauernd, abschätzend, jederzeit bereit. Die Essenzstäbe glühten.

Alfie lächelte böse. »Du bist kein guter Kämpfer.«

»Bist jetzt halte ich dir stand.«

»Wohl kaum. Du lässt dich einfach nur ablenken.«

Etwas surrte hinter Alex' Rücken durch die Luft und krachte gegen ihn. Flüssiges Feuer rann durch seine Adern. Er kippte zu Boden. Der Essenzstab fiel aus seiner erschlaffenden Hand.

»Ich gewinne«, spie Alfie ihm entgegen.

35. Eine alte Rechnung

Der Schlafzauber ist verknüpft mit dem Himmelsglas«, stellte Max fest. »Damit sind alle Magier betroffen, außer den Unsterblichen und allen, die zum Zeitpunkt des Zaubers nicht anwesend waren oder geschützt wurden.« Er begutachtete den Steinkreis, in den Schutzsymbole eingebrannt waren.

»Das ist Chloes Handschrift.« Kevin ging in die Knie und betrachtete die Symbole genauer. »Eindeutig.«

Max musste trotz der Schwierigkeit der Situation lächeln. Nach allen Problemen der vergangenen Monate, inklusive seines angeblichen Verrats, waren die Schmetterlinge in seinem Bauch stärker als zuvor zurückgekehrt. Er genoss die Nähe zu Kevin.

Sein Freund spürte den Blick und sah auf. Ein Strahlen erschien auf seinem Gesicht. »Hör auf, mich verliebt anzuschauen.«

»Warum? Das vertreibt die düstere Stimmung.« Max fühlte sich erlöst. Er hatte die Gefangenschaft durch den Wechselbalg überstanden, erfolgreich Leonardo aus den Fängen Moriartys befreit und Clara zurückgeholt. Sie konnten alles schaffen.

»Wie immer hast du recht.« Kevin war mit einem Satz bei ihm, zog ihn in eine Umarmung und gab ihm einen sanften Kuss.

»Und wer weiß, vielleicht sind wir morgen schon tot.«

Kevin knuffte ihn in die Seite. »Das ist nicht witzig.« Das Lächeln verschwand.

»Hey, keine Sorge. Wir sind unverwüstlich, das ist doch mittlerweile klar.«

Da war dieser seltsame Blick, den Kevin immer wieder in den letzten Wochen aufsetzte. Schuldgefühle? Angst? Max konnte es nicht deuten. »Was ist denn los?«

»Nichts.« Er winkte ab. »Du hast recht, wir sind unverwüstlich.«

Sie lösten sich voneinander und machten sich auf die Suche nach der letzten Gruppe. Danach wollten sie Chloe finden. Sie mussten dem Zauber ebenfalls entkommen sein und hier herumstreifen.

»Beängstigend, oder? Eine komplette Stadt und alles leer. Nur diese Skelette stehen überall herum.«

Alle paar Meter verharrte eines der Gerippe in völliger Apathie. Dazu war alles in schwarzes Licht getaucht.

»Wenn das hier vorbei ist, gehen wir sofort in Urlaub«, sagte Max vehement. »Wir nehmen uns ein Ferienhaus in Neuseeland und werfen die Kontaktsteine weg.«

Seit ihrer Rückkehr aus dem Jahr 1977 waren sie vermutlich die einzigen Lichtkämpfer, die wieder über Kontaktsteine verfügten. Max hatte den anderen bereits ein Bild von dem Steinkreis geschickt, den Chloe zum Schutz der Schlafenden aufgebaut hatte.

Kevin blieb ruckartig stehen.

Vor ihnen auf der Straße lag ein Mann. Er trug schwarze Jeans, einen dunklen Pullover und einen Vollbart.

»Moriarty«, flüsterte Max.

Kevin machte einen Schritt.

Die Illusion fiel in sich zusammen. Eine Holzplatte mit Chrombeschlägen wurde sichtbar. Sie lag auf dem Boden, Kevin stand genau im Zentrum. Symbole leuchteten auf. Schmutziggraue Flocken wirbelten. Kevin erstarrte. Nur seine Augen bewegten sich noch, sein Körper war paralysiert.

Moriarty erhob sich. »Auf diese Art können wir uns ohne Störung unterhalten.« Ein kalter Ausdruck lag auf seinem Gesicht. »Als wir uns das letzte Mal sahen, hast du mich einen Wasserfall hinuntergeschleudert.«

Max legte sich in Gedanken die Abwehrzauber zurecht.

»Bevor du Dummheiten machst, solltest du etwas wissen.« Moriarty deutete auf Kevin. »Schau hin. Ein Flimmern kriecht von unten nach oben über deinen Freund. Es sorgt dafür, dass die Organe ihre Arbeit einstellen. Wenn es das Herz deines Freundes erreicht, ist er tot.« Der Unsterbliche zog einen kleinen Stab aus der Tasche. »Wenn du ihn retten willst, musst du diesen Stab zerbrechen. Alternativ übernehme ich das, dann stirbt er sofort.«

Max sah panisch zu Kevin. »Du ...«

Moriarty winkte ab. »Wir beide kämpfen. Ohne Zauber. Essenzstab gegen Essenzstab. Gewinnst du, kannst du deinen Freund befreien. Gewinne ich, sterbt ihr beide. En garde!« Er ließ Max keine Zeit zum Nachdenken. Schon war der Essenzstab heran.

Beide Stäbe berührten einander.

Die rohe Kraft Moriartys war in seinem Essenzstab deutlich erkennbar. Im direkten Kampf konnte jeder Streiter mit Empathie den Kern des gegnerischen Stabes ausmachen. Meist ging dies aufgrund des Adrenalins und der Konzentration auf Angriff und Abwehr unter.

Doch Edison hatte Max' Wahrnehmung geschärft. Er behielt die Ruhe und las in den Bewegungen, dem Essenzstab, den Attacken den Charakter und die Art zu kämpfen seines Gegners.

Angriff folgte auf Abwehr, Finten wechselten sich mit echten Attacken ab. Moriarty beherrschte die Fechtkunst wie kein anderer. Außer vielleicht Edison, der sein Wissen an Max weitergegeben hatte. Immer wieder kam es zum abrupten Auflodern von Essenz, wenn die Stäbe besonders fest gegeneinandergeführt wurden; burgunderfarben brandete gegen die schweren weißgrauen Ascheflocken.

Die Luft war angefüllt von ihrem Keuchen und der wabernden Essenz. Es roch nach Kampf, Magie und einer heraufziehenden Entscheidung.

Moriarty täuschte eine Finte an und zog die Spitze seines Essenzstabes über Max' Brust. Ein tiefer Schnitt entstand, Blut floss. Die Gegenattacke brachte dem Unsterblichen eine Wunde am linken Arm bei, von der er sich jedoch nicht beeindrucken ließ. Seine Attacken wurden schneller, zielsicherer, effektiver. Immer mehr Wunden erschienen auf Max' Armen, dem Oberkörper, ein Schnitt verlief über seine Stirn.

Er spielt mit mir.

Max begriff die Wahrheit. Moriarty würde gewinnen. Der Unsterbliche war ihm überlegen. Um Längen. Doch er wollte Max leiden, die Hoffnung zerbrechen sehen. Und seine aufkommende Panik genießen, denn Kevin blieben nur noch Sekunden.

In einer verzweifelten Attacke griff Max zu einer List, deutete einen Schlag an und wirbelte um Moriarty herum. Tatsächlich schien dieser verblüfft zu sein, er bemerkte nicht, dass Max den Holzstab aus seiner Tasche riss.

»Genug gespielt.« Der Unsterbliche hob die Hand. Etwas blitzte.

Entgeistert starrte Max an sich hinab.

Ein Dolch steckte in seinem Oberkörper. Die Klinge hatte sich bis zum Heft in ihn gebohrt, Haut, Fleisch und Knochen durchdrungen.

Einfach so.

Sein Essenzstab fiel zu Boden. Das Holz sprang einmal in die Höhe, kullerte ein paar Zentimeter weit davon und blieb liegen. Die Welt vollführte eine wirbelnde Bewegung, plötzlich lag er auf dem kalten rissigen Stein. Blut pulsierte heiß aus der Wunde.

»Du wirst feststellen, dass ich meine Rechnungen stets angemessen begleiche.« Moriarty verstaute seinen Essenzstab hinter dem Gürtel.

Jenem von Max schenkte er keine Beachtung. »Ich führe die Schattenkrieger nun an. Es ist kein Platz mehr für Fehler oder Versagen. Eine neue Zeit bricht an.« Er warf einen Blick zu Kevin. »Ihr könnt euch gegenseitig beim Sterben zusehen.«

Gemächlich ging er davon, verschwand zwischen den Ruinen.

Max' Glieder waren schwer, die Muskeln jeder Kraft beraubt. Nur reinem Willen verdankte er es, dass seine Finger das Holzstück aus der Tasche ziehen und zerbrechen konnten.

Kevin fiel keuchend auf die Knie.

Blut sickerte pulsierend in die Risse der Straße. Das Ende kam.

36. Krieg kennt keine Gewinner

Er musste den Dolch entfernen.

Kevin umschloss mit zitternden Fingern den Griff der Klinge. Max' Lippen bebten, doch er schwieg. Gut so. Reden verbrauchte Kraft.

»Es wird wehtun.« Kevin zwang jede Emotion in den hintersten Winkel seines Verstandes zurück. Mit professioneller Distanz konnte er Max am ehesten helfen.

Der Griff war warm. Seltsam. Vorsichtig zog er daran, jederzeit bereit, den Sanitatem-Zauber anzuwenden. Doch der Dolch ließ sich nicht aus Max' Brust ziehen. Er saß fest – wie in Zement gegossen.

»Nein.«

Kevin zog stärker daran. Max bäumte sich schmerzerfüllt auf.

»Moriarty hat die Klinge magifiziert.« Kevin ließ los. »Ich muss sie mit einem Zauber lösen. Halte durch.«

»Unverwüstlich.« Max lächelte. Blutbläschen zerplatzten vor seinen Lippen.

Mit einem Mal nahm Kevin seine Umgebung gestochen scharf wahr. Den Geruch von Blut und Staub. Das dunkle Licht, das in alles einzusickern schien. Die Stille, die alles im Würgegriff hielt.

Der, den du am meisten liebst, wird sterben, hallten die Worte von Agnus Blanc in seinem Geist wider.

»Nein! Das lasse ich nicht zu!«

Max' Hand legte sich auf seine. »Ruhig. Du kannst das.« Seine Lider flatterten. Es fiel ihm bereits schwer, nicht in die Bewusstlosigkeit abzugleiten.

»Natürlich schaffe ich es.« Kevin betrachtete die Klinge genauer. Sie war alt. Der Griff bestand aus Eisen, doch an beiden Seiten gab es einen Streifen durchsichtiger Oberfläche, durch die man in das Innere des Griffs blicken konnte. Ein Haar war darin eingegossen worden. Da er nirgendwo Bernstein entdeckte, musste die Magie von diesem Haar ausgehen. Der Zauber selbst kam von winzigen eingravierten Symbolen, die Kevin jedoch nicht lesen konnte. Er betastete den Kontaktstein vor seiner Brust. Wieso interpretierte dieser die Zeichen nicht?

»Dieser Zauber muss 1977 noch unbekannt gewesen sein«, flüsterte er. »Verdammt!«

Max hustete. Blut spritzte in die Luft. Sein Körper bäumte sich auf.

Am Rande seines Bewusstseins konnte Kevin ein bekanntes Zupfen spüren. Ein Aurafeuer kündigte sich an. Vermutlich war es nicht das erste des Tages, im Kampf waren viele gestorben. Doch das hier war nah, sehr nah.

Nein, bitte nicht! Wir haben uns doch gerade erst wiedergefunden. »Sanitatem Corpus.« Kevin erschuf den Zauber. Sie würden die Klinge einfach später entfernen. Doch auch das hatte Moriarty ins Kalkül einbezogen. Die Essenz sickerte in Max' Körper ein, zeigte jedoch keine Wirkung.

Max griff nach seiner Hand. »Es ist zu spät.«

»Nein! Hör auf, so etwas zu sagen!«, brüllte Kevin zurück und bettete den Kopf seines Freundes sanft in den Schoß. »Wir sind unverwüstlich.«

»Unverwüstlich«, bestätigte Max.

Kevin lachte. Und weinte. Die Tränen rannen heiß über seine Wangen, unaufhaltsam und schmerzhaft. Sein Innerstes tobte, brüllte, wollte das Unvermeidliche nicht akzeptieren und suchte nach einem Ausweg.

Doch es gab keinen.

Er konnte den Zauber nicht lösen, die Klinge nicht aus der Wunde ziehen, nichts gegen den Blutverlust tun.

»Wir brauchen eure Hilfe«, brüllte er über die Kontaktsteinverbindung hinaus.

Doch niemand antwortete.

Hörten sie ihn denn nicht?

Sanft strich er Max ein paar Haare aus der Stirn. Sie waren blutverklebt. Überall hatte er Wunden vom Kampf davongetragen, wirkte aber noch immer so hübsch wie an jenem Tag, an dem sie sich kennengelernt hatten. »Du hast mich gesehen und einen Zauber versaut.« Kevin streichelte sanft Max' Wange.

»Und ausgerechnet den Schwebezauber.« Ein Lachen, Blutblasen zerplatzten, Sprenkel trafen Kevins Wange. »Jen ist aus drei Metern Höhe auf den Boden geknallt. Edison hat mich angebrüllt und danach den Wundheilzauber demonstriert.«

Kurz darauf hatten sie angefangen zu daten, es aber natürlich geheim gehalten. Schließlich befanden sie sich im gleichen Team und Max war ein Neuerweckter. Doch mit jedem Tag, den sie sich sahen, jedem gemeinsamen Essen, Filmschauen, zusammen Einschlafen und Aufwachen, wurden ihre Gefühle stärker. Schließlich wurden sie von Leonardo erwischt.

Er hatte nur die Augen verdreht, »dachte ich es mir doch« gemurmelt und Max einem anderen Team zugeteilt. Kurz darauf hatten sie ein gemeinsames Zimmer bezogen – wobei man dank Dimensionsmagie eher von einer Wohnung sprechen konnte.

Unter Max hatte sich eine Lache aus Blut gebildet. Es war dunkler, als Kevin gedacht hätte. Und dickflüssiger. Wieso grübelte er jetzt darüber nach?

Er streichelte weiter sanft Max' Wangen, versuchte, die Tränen wegzublinzeln und den Schmerz nicht zuzulassen. Stärke zeigen. Irgendwie.

»Hilf den anderen«, flüsterte Max. »Trauere später.«

»Hör auf, mir Anweisungen zu geben«, erwiderte Kevin kraftlos. »Es passiert, was passiert.«

Und war es nicht immer so? Er hatte die Prophezeiung ignoriert, die Agnus Blanc getätigt hatte. Als ob es dadurch hätte verhindert werden können. »Es tut mir leid.«

»Dich trifft keine Schuld. Das weißt du. Halte dich nicht ... mit Schuldgefühlen auf.« Max versuchte zu lächeln, doch es geriet zur Grimasse. »Ich habe da Erfahrung. Wir sind Getriebene des Schicksals.«

»Wirst du auf deine alten Tage Philosoph?« Es kostete Kevin jedes Quäntchen seiner verbliebenen Kraft, Humor an den Tag zu legen.

»Wer ist hier alt?«

»Du musst durchhalten!« Kevin barg Max in seinen Armen, um ihn vor der Welt zu beschützen. »Bitte. Irgendwie. Wir schaffen es.«

Max erzitterte. Dieses Mal waren es Tränen, die über seine Wangen rannen. Er weinte. Kraft sickerte aus ihm heraus. Pures Rot aus der Wunde, Schmerz aus den Augen.

Es waren die letzten Minuten in einem grausamen Spiel. Die Mächtigen stritten und die Streiter fielen. Wie unwichtig das Kämpfen doch war, wie bedeutungslos die Macht. Am Ende zählte jedes einzelne Leben mehr, als alles Materielle es je tun konnte. Nicht, dass die Erkenntnis neu war oder etwas änderte. Das tat sie nie.

»Krieg kennt keine Gewinner«, murmelte er die Worte, die seine Großmutter ihm einst zugeflüstert hatte. In einem Augenblick der Schwäche, als ihr die Tränen gekommen waren. Auch sie hatte verloren. Jeder Mensch verlor. Das Leben war eine Abfolge aus Momentaufnahmen. Schmerz. Freude. Einsamkeit. Liebe. Krankheit. Freiheit. Ein ständiges Auf und Ab.

»Ich liebe dich«, flüsterte Max. Eine weitere Blutblase zerplatzte vor seinen Lippen.

»Ich liebe dich auch.« Kevin hauchte ihm einen sanften Kuss auf die Lippen, schmeckte Blut und Tränen.

Ein Lächeln erschien auf Max' Gesicht, als ihr Blick sich fand. »Unverwüstlich.«

Es war das letzte Wort, das er sprach. Seine Lider flatterten, der Herzschlag wurde langsamer, stoppte schließlich. Ein letzter Atemzug verließ seinen Mund.

Krieg kannte keine Gewinner.

37. Vertrauen

Ein Schlag schleuderte Alfie davon.

»Weg von ihm!«, rief Jen.

Sie kam elegant neben Alex auf. »Alles okay?«

»Mein zweiter Name ist ›blühendes Leben‹«, entgegnete er.

Natürlich tat ihm jeder Knochen im Leib weh, Jen war nicht blind. Zumindest vorerst aber schien er außer Lebensgefahr zu sein. Da ihr Essenzstab nicht einsetzbar war, konnte sie Alex nicht heilen.

»Jennifer Danvers.« Alfie hatte seine Contego-Sphäre wiederaufgebaut. »Die zweite Massenmörderin. Da haben sich zwei gesucht und gefunden.«

»Was faselt er da?«, fragte sie an Alex gewandt.

»Gehirnwäsche.«

»Moriarty?«

»Eindeutig.« Er ballte die Fäuste.

Damit hatten sie ein Problem. Denn Alex war kaum noch in der Lage zu kämpfen und Jen besaß keinen Essenzstab. Niemand konnte vorhersagen, wie viel Essenz Alfie gebunkert hatte, doch in Voraussicht auf dieses Zusammentreffen hatte Moriarty ihn zweifellos instruiert.

Als sei Jens Gedanke der Auslöser gewesen, schlug Alfie los. Er nutzte den Dirigi-Zauber, um die Skelette unter seine Kontrolle zu bringen und auf Alex und Jen zu hetzen. Gleichzeitig ließ er Kraftschläge und Explosionen auf ihre Schutzsphäre donnern, immer wieder unterstützt von Elementtransformationen. Alex schlug zurück und auch Jen setzte all ihre Kraft ein. Doch Alfie wechselte mit dem Sprunggürtel immer wieder die Position.

»Moriarty hat ganze Arbeit geleistet«, keuchte Jen.

Alex ließ gerade eines der Skelette zu Ascheflocken verwehen. »Er hat dieses ganze Zeug. Und weil er kein Magier ist, scheint der Schlafzauber nicht bei ihm gewirkt zu haben.«

»Er macht uns fertig«, sagte Jen grimmig. »Das geht auf gar keinen Fall.« Eine weitere Explosion donnerte gegen die Sphäre, die erste Risse aufwies. »Wir müssen ihn in die Zange nehmen. Gemeinsam.«

Alex warf ihr einen seltsamen Blick zu, als realisiere er etwas. »Wir sind so dumm.«

»Sprich nur für dich.« Jen ließ magentafarbene Essenz in die Sphäre fließen und fegte mit einer Druckwelle zwei Skelette davon. Doch weitere kamen nach, von Alfie gerufen und gelenkt. »Was hast du ausgeknobelt?«

Mit einem Mal wirkte Alex seltsam ruhig. Ja, entschlossen. »Zieh deinen Essenzstab.«

Schwungvoll zog Jen den Stab aus dem Etui. Er war nur noch ein Schatten seiner selbst. Schwarze Spinnweben verliefen über die Oberfläche; wie die Adern eines Parasiten, der sich tief in das Leben des Artefakts gebissen hatte. Magisches Gift. In Kürze würde der Essenzstab sterben. Erst dann konnte Jen Ersatz wählen, falls sich ein passender Stab fand. Andernfalls hätte Nostradamus einen neuen erschaffen müssen, was momentan unmöglich war.

»Vertraust du mir?«, fragte Alex.

Die Frage elektrisierte Jen. Er hatte sie schon einmal gestellt. Hoch oben auf dem Dach des Castillos. Jen hatte es für einen Trick der Schattenfrau gehalten. So hatte sie die falsche Wahl getroffen, nur sich selbst vertraut und war in den Abgrund gesprungen. Beinahe ein Todesurteil. Doch Alex war ihr gefolgt und kurz vor dem Kopfsteinpflaster hatte er den Traumzauber gelöst.

Ihre Emotionen, ihr Herz hatten sich längst entschieden. Eigentlich schon immer entschieden gehabt. »Ja, ich vertraue dir.«

»Dann ist doch klar, was wir tun müssen.« Er lächelte und erschuf ein Symbol in der Luft, das sie sofort erkannte.

Er malte die eine Hälfte, sie vollendete es.

Magenta und Bernstein flossen ineinander.

Im gleichen Atemzug sprachen Alex und sie das Wort: »Unum!«

Ihre Blicke trafen sich. Sekunden dehnten sich zur Ewigkeit, der Angriff um sie herum schien sich in Zeitlupe abzuspielen. Die aufeinanderfolgenden Explosionen, Feuer, Rauch und Kraftschläge, die Skelette und Alfie schrumpften zu einem winzigen Punkt im Hintergrund der Realität zusammen. Da waren nur die klaren, strahlenden Augen von Alexander Kent, die sie musterten.

In diesem Moment sah sie alles, was er war. Das freche Glitzern seiner Augen, den treuen Blick, Sturheit und absolute Ehrlichkeit; Kummer und Schmerz, aber auch Lebenslust und Unbeschwertheit. All das vereinte er in sich, seiner Seele, seinem Ich, seiner Essenz.

Ein einzelner Blutstropfen rann aus der Wunde auf der Stirn, glitt über seine Wange und den Hals hinab. Er kämpfte stets bis zuletzt.

Ihre Essenzstäbe wurden aufeinandergezogen, als suchten sich zwei gegenpolige Magnete, um sich zu vereinen, um als neues Ganzes zu verschmelzen und zu existieren.

Magenta loderte um Bernstein, Bernstein um Magenta. Magie floss in die Essenzstäbe, leuchtete hell wie die Sonne und rein wie eine neugeborene Seele.

Vertrauen traf auf Kraft.

Schwarze Flocken lösten sich von ihrem Essenzstab, glitten herab und gaben unverletztes Holz frei. Ihre Essenz strömte hinein. Jen atmete auf. Sie fühlte die Unversehrtheit des Artefaktes, das Lächeln eines alten Freundes, der sie begrüßte, der geheilt worden war, weil sie vertraute. Dieser einen Person.

Ein neues Gefühl. Ungewöhnlich. Zaghaft. Fremd.

Und da war mehr.

Alex' Innerstes lag vor ihr wie ein offenes Buch. Sein Ich, seine Gefühle, was er war. Tief verborgen spürte sie, was er ihr gegenüber empfand.

Liebe.

Und es fühlte sich richtig an. Als würde ein Schlüssel in ein Schloss eingefügt, das lange darauf gewartet hatte. Zwei Seiten einer Münze wurden geprägt, eine Einheit geschaffen.

Das leuchtende Wabern ließ nach. Der Unum-Zauber hatte seine Wirkung entfaltet und verwehte nun.

In der einsetzenden Stille erwiderte Jen Alex' Blick. Niemand sagte ein Wort, niemand wollte die Erhabenheit des Augenblicks zerstören.

Alfie besaß weniger Feingefühl.

Ein greller Blitz schlug in die Contego-Sphäre ein und ließ den Schutz zerbersten. Die Skelettkrieger sammelten sich und drangen in einem Pulk auf sie ein. Alfie hob die Hände und erzeugte einen grellen Feuerball.

Jen blieb völlig gelassen.

Sie wusste, dass sie ihn besiegen konnten. Gemeinsam. Ein Blick genügte.

Alex ergriff ihre Hand. Er hielt den Essenzstab in seiner geballten Linken, sie in ihrer Rechten. So bildeten sie eine Einheit.

Alfie starrte verblüfft zu ihnen herüber.

»Impulsa«!, riefen Alex und Jen gleichzeitig.

Eine gewaltige Druckwelle baute sich auf, erfasste die Skelette und Alfie und schleuderte sie davon. Steine polterten, eine Hauswand stürzte ein.

Stille senkte sich herab, als sie einander losließen.

»Ich sollte ihn suchen«, flüsterte Alex. »Er muss ins Castillo gebracht werden.«

»Wir machen das gemeinsam.« Jen zuckte zusammen. »Spürst du das?«

Alex starrte sie mit geweiteten Augen an. »Was ist das?«

»Die Vorboten«, flüsterte sie. »Ein Aurafeuer kommt. Aber es ist niemand aus unserem Team, sonst würden wir es klarer spüren. Wer ...«

»Max«, flüsterte Alex. »Es ist Max.«

38. Ein Opfer für die Ewigkeit

Stiefelschritte klackten auf Stein. Jemand kam näher.

Kevin war es egal. Er hielt Max in seinen Armen. Sein letzter Herzschlag war getan, der Körper erschlafft. Noch immer steckte der Dolch in seinem Oberkörper.

Die Schritte verklangen.

»Krieg. Es ist stets dasselbe.« Edison ging neben Max in die Knie. »Und die Welt dreht sich weiter, das Streben nach Macht führt zu Kriegen.«

Kevin konnte nicht aufhören zu zittern, die Tränen rannen unaufhörlich. Ihre Quelle war alles verzehrender Schmerz. »Er hatte keine Chance. Moriarty war stärker.« Er hob den Blick. »Wo wart ihr?!« Die Frage kam als Brüllen und trug heiße Wut mit sich. »Ihr hättet ihn beschützen müssen!«

»So ist es«, sagte Edison sanft. »Aber das ist die Tragik unserer Existenz. Jene, die wir schützen sollen, gehen stets vor uns. Und wir können sie nie wahrhaft und allumfassend schützen.« Schweigen. »Fast nie.« Edison erhob sich. In seinem Blick lag eine Entschlossenheit, die Kevin erschaudern ließ. »Wer sind wir, wenn wir jene nicht schützen können, die uns zum Schutz anvertraut wurden? Wenn wir nicht alles geben?«

Wind kam auf.

Verwirrt blickte Kevin sich um.

Edison trat einen Schritt zurück, richtete seinen Blick gen Himmel und lächelte. »Ich, Thomas Alva Edison, geboren als Nimag im Jahre des Herrn 1847, auserwählt für das unsterbliche Leben, beende meine Wacht für die Zitadelle und verzichte auf meine Unsterblichkeit.«

Kevin erschrak. Was geschah gerade? Er konnte nicht mehr klar denken. Etwas erschien. Nicht greifbar, mit keinem Sinn zu erkennen – und doch war es hier.

Ein goldener Punkt manifestierte neben Alva Edison, wurde größer und nahm schließlich die Form des Globus an, der in seinem Büro auf einem Gestell geruht hatte. Erst in diesem Augenblick realisierte Kevin, dass ein solcher Gegenstand in *jedem* der Büros stand. Er vergaß es in der gleichen Sekunde.

Edison sprach erneut: »Ich, Thomas Alva Edison, geboren als Nimag im Jahre des Herrn 1847, auserwählt für das unsterbliche

Leben, beende meine Wacht für die Zitadelle und verzichte auf meine Unsterblichkeit.«

Der Wind nahm zu, war erfüllt von einem Wispern und Raunen. Die Präsenz der Macht wurde stärker, drückender, intensiver.

Edison warf Kevin ein Lächeln zu. »Passt aufeinander auf.«

Kevin nickte nur, den Blick verschleiert.

Der Unsterbliche legte seine Hand auf den Globus. »Ich, Thomas Alva Edison, geboren als Nimag im Jahre des Herrn 1847, auserwählt für das unsterbliche Leben, beende meine Wacht für die Zitadelle und verzichte auf meine Unsterblichkeit.«

Das Sein selbst schien zu erzittern, die Wirklichkeit in einem Regen aus Splittern zu vergehen und der Hauch von etwas Uraltem ihn zu streifen.

»Dreimal ausgesprochen findet deine Bitte *Gehör*«, wisperte eine Stimme. Sie war rein und klar, alt und jung, überall und nirgends. »Thomas Alva Edison, Kind der Unsterblichkeit und Bewahrer der Ordnung*: Dein Dienst für die Zitadelle endet nun. Sterblich hast du gelebt, unsterblich gedient und jenen Pfad beschritten, der dir bestimmt war. Die Ordnung wurde erhalten, die Waage ausgeglichen. Nenn mir nun jenen, der dein letztes Geschenk erhalten soll.«*

Wie erstarrt lauschte Kevin den Worten, die seinen Geist erschütterten. Sie waren nicht für seine Ohren bestimmt, doch er vernahm sie und eine Ahnung von etwas Großem ließ seine Seele erzittern.

Edison deutete auf Max. »Bring jenen ins Leben zurück, den ich lehrte, den ich formte und auf seinen Pfad entsandte. Heile seine Wunden, auf dass er weiterschreitet und in meinem Namen handelt.«

»So sei es.«

Max bäumte sich auf. Blitze zuckten über seinen Körper. Eine unsichtbare Kraft trieb Kevin zurück und ließ den verwundeten Leib in die Höhe schweben. Moriartys Dolch bebte, Dampf stieg auf. Eine leuchtende Aureole zuckte vom Firmament herab. Der Dolch verschwand. Wunden schlossen sich, Blut wurde durchsichtig und war fort, als hätte es Max' Körper nie verlassen. Sanft schwebte er zu Boden. Seine Brust hob und senkte sich gleichmäßig, das Gesicht wirkte ausgeruht und frisch.

Edison blickte zufrieden zu Max hinüber. »Öffne den Pfad.«

»So kehre zurück an den Anfang und das Ende.«

Der Globus zerbarst und aus seinem Inneren quoll pures, reines

Licht. Es glitt auf Edison zu und umfing ihn, nahm sein Ich auf und zog es mit sich fort. Für eine einzige Sekunde sah Kevin alles.

Licht und Schatten, Unsterblichkeit und Tod. Uralte Mächte, die Ahnung von etwas Bedeutendem. Ein Kreuzpunkt, eine Wurzel, eine Saat, ...

... ein Opernhaus.

Dann war es fort. Und so sehr Kevin sich auch bemühte: Seine Gedanken waren wie leergefegt, die Erinnerung ausgelöscht.

Edisons Körper zerbröselte. In schwarze Knochen, auf denen goldene Symbole eingebrannt waren. Sie leuchteten auf, eine Lohe entstand, Feuer tanzte. Zurück blieb ein Aschehaufen.

Max blinzelte. Er erwachte, kam auf die Beine und betrachtete mit Tränen in den Augen den Aschehaufen. »Er hat sich geopfert. Ich konnte es spüren. Das Licht ... Es war so rein.« Er zitterte. »Warum hat er das getan?«

»Er wollte nicht mehr beim Sterben zuschauen«, erwiderte Kevin.

All die Jahre hatte Edison mit grimmiger Entschlossenheit Kampfmagie unterrichtet. Für Humor war kein Platz gewesen. Sie hatten ihn alle für einen kaltblütigen Kämpfer gehalten. Doch die Wahrheit war so einfach wie offensichtlich: Er hatte sie schützen wollen; mit Wissen, Können und Magie. Jeder Zauber, den er mit Eifer und Standhaftigkeit vermittelt hatte, sollte sie im Kampf besser machen.

Damit sie nicht starben.

Kevin zog Max in eine Umarmung.

Er spürte eine grenzenlose Erleichterung, weil sein Freund ins Leben zurückgeholt worden war. Gleichzeitig bebte sein Körper noch immer unter dem Schock des Verlustes. Trauer über Edisons Ende vermengte sich mit Dankbarkeit für dessen Opfer.

Max erging es ähnlich. Kevin spürte es. Sie trieben von Sieg zu Niederlage, von Verlust zu Hoffnung. Sie lachten und weinten, brüllten und scherzten.

»Er hat sich geopfert«, flüsterte Max, als könnte er es noch immer nicht glauben. »Ich war tot.«

Kevin schloss die Augen.

Die Prophezeiung von Agnus Blanc hatte sich erfüllt und nur Edison war es zu verdanken, dass Kevin jene Person nicht verloren hatte, die er am meisten liebte.

Sanft strich er über Max' unverletzte Wange. Kein Kratzer war geblieben, keine noch so kleine Wunde.

»Wir müssen zu den anderen«, sagte Max.

Der Kampf war noch nicht vorbei.

Kevin hätte ihn am liebsten gepackt, zum Bühnenportal geschleift und nach Alicante verfrachtet. Doch Edisons Opfer kam mit einem Preis: Verantwortung. Andere konnten nicht ins Leben zurückgeholt werden, würden tot bleiben. Sie mussten diesen Krieg beenden. Niemand sollte mehr sterben, trauern oder leiden.

»Gehen wir«, sagte Kevin entschlossen.

Er ergriff Max' Hand.

Gemeinsam eilten sie der Entscheidung entgegen.

39. Der Überraschungsgast

P*lopp.*

Ihre Hoffnung hatte sich bewahrheitet. Im Gegensatz zu damals war der zentrale Turm nicht gegen Sprungmagier gesichert.

»Holen wir die anderen«, flüsterte Nikki.

»Warte«, stoppte sie Chris. »Aufklärung bedeutet, dass wir uns kurz umsehen.«

»Aber, wenn sie uns entdeckt?« Nikkis Augen wurden groß. »Das ist fahrlässig.«

In diesem Moment erinnerte die Sprungmagierin tatsächlich an ein unschuldiges, goldiges Bambi. Chris zwinkerte ihr zu. »Ein bisschen Risiko.«

Nikki wurde rot. »Na gut. Aber wenn auch nur ein Hauch Gefahr besteht, bin ich weg.«

Der Sprung hatte sie in einem kleinen Raum abgesetzt, den Chris nicht zuordnen konnte. Sie schlichen hinaus und huschten durch die Gänge. Der Boden war mit einem dunklen Holz ausgekleidet, an den Wänden hingen magifizierte Gemälde, die fotorealistisch Landschaften abbildeten. Es roch nach Staub und Alter.

Ein Schrei erklang, ausgestoßen von einem Mann.

Sie stiegen eine gewundene Treppe in die Höhe und erreichten einen Raum, dessen Flügeltür weit offenstand. Vorsichtig pirschte Chris sich heran.

Es musste sich um den Saal der tausend Spiegel handeln. Wie tausend Augen blickten die Glasflächen in den Raum. Die Schattenfrau stand direkt davor. Über ihr schwebten die Allmachtssplitter wie ein manifestierter Heiligenschein.

An der gegenüberliegenden Wand hingen die Unsterblichen. Johanna, Leonardo, Tomoe und Kleopatra. Daneben Moriarty, Rasputin, Dschingis Khan und Crowley. Ihre Körper wurden von unsichtbaren Fesseln gehalten.

Auf einem der Spiegel war Thomas Edison zu sehen, der zu schwarzen Knochen wurde und schließlich zu Asche.

Nikki, die ihren Kopf an Chris vorbeigeschoben hatte, schlug die Hand vor den Mund.

»Saint Germain – tot. Edison – tot.« Die Schattenfrau lachte auf. »Herrlich. Ihr nehmt mir meine Arbeit ab.« Sie betrachtete höhnisch die

Unsterblichen. »In diesem Augenblick träumen Hunderte von Magiern eure Sünden. Sobald sie erwachen, wird ihre Loyalität gebrochen sein und niemand wird euch nachweinen. Ich werde euch auslöschen und eure Nachfolger auf ewig in Bernstein konservieren. Das Regnum der Unsterblichen ist vorüber.«

»Ob Mensch oder Nimag, keiner beugt sich einer Diktatur auf ewig!«, rief Leonardo. »Du magst sie zurückschleudern und zerbrechen, trotzdem widersetzen sie sich.«

»Wir werden sehen«, sagte die Schattenfrau kalt. »Ich habe alle Zeit der Ewigkeit und die Allmacht auf meiner Seite.«

»Es gibt keine Allmacht.« Tomoes Stimme war klar wie ein plätschernder Gebirgsbach und unbeugsam wie das Wasser darin. »Viele haben vor dir davon geträumt, es werden auch viele nach dir tun. Niemand ist unbesiegbar. Du nennst die Verschmelzung Allmacht, weil dir der Wall offensteht und eine Prophezeiung davon kündet. Doch es ist eine trügerische Sicherheit.«

»Die große japanische Kriegerin.« Die Schattenfrau taxierte ihre Gefangene. »Zerbrochen im Gefängnis der Schattenkrieger und nun eine bessere Buchhalterin. Verzeih, wenn ich deine Worte nicht ernst nehme.«

»Niemand kann alleine regieren«, versuchte es Crowley. »Ich könnte ...«

Die Schattenfrau schnippte mit den Fingern und seine Worte wurden zu lautlosen Bewegungen der Lippen. »Besser. Nun werde ich mal nachschauen, was meine Freunde so treiben. Die gute Chloe hat eindeutig gecheatet.« Sie wandte sich den Spiegeln zu und hob die Hand.

Nichts geschah.

Chris war nicht weniger verwirrt, bis das Gesicht einer Person auf dem kreisrunden Spiegel in der Mitte auftauchte.

»Jules Verne«, stieß die Schattenfrau aus.

Er saß in einem Ledersessel, hatte die Beine übereinandergeschlagen, und schlürfte Tee. »Ich fürchte, ich kann diese Beobachtung nicht länger zulassen.«

»Du dummer alter Narr, glaubst du tatsächlich, dass du von der Traumebene aus gegen mich vorgehen kannst? Ich kann in einem Wimpernschlag Antarktika erreichen und deine Knochen zerfetzen.«

»Mitnichten, meine Liebe. Selbst die Allmacht gebietet nicht über diesen Kontinent. Doch es wäre sicher amüsant zu sehen, wie du es versuchst. Ich habe mir erlaubt, auch die schlafenden Magier im Traum zu schützen. Sie fühlen sich gerade alle sehr wohl und deine Mentiglo-ben-Erinnerungen können sie nicht erreichen.«

Chris grinste freudig. Der alte Halunke hatte der Schattenfrau ein Schnippchen geschlagen.

»Du schützt alle Magier auf dem Boden von Iria Kon und versiegelst meine Spiegel. Das kannst du nicht lange durchhalten.«

»Damit hast du zweifellos recht.« In enervierender Gelassenheit nahm der alte Mann einen Löffel, rührte damit in der Tasse herum, schlug ihn gegen den Rand, legte ihn ab und trank einen Schluck. »Doch ich werde mein Bestes geben. Die Traumebene ist mein Reich. Und ich werde jeden schützen, solange ich kann.«

»Wenn das hier vorbei ist«, stieß die Schattenfrau mit rauchiger Stimme aus, »werde ich Antarktika versenken«.

»Für meinen Geschmack bist du ein wenig zu melodramatisch«, erklärte Jules Verne. »Es gab Gegner vor dir, mit weit mehr Format. Du bist nur zweite Klasse.«

»So?« Die Augen der Schattenfrau begannen zu glühen. »In diesem Moment entsteht eine gewaltige Flutwelle, die auf Antarktika zurast. Ein Sturm bildet sich, Beben erschüttern die Kontinentalplatte des Landes. Ich mag dort keine Magie wirken können, doch alles in der Umgebung ist mir unterworfen. Ich werde dein Land zerstören, Jules Verne.«

»Die Wächter werden sich dem entgegenstellen.«

»Eine heroische Tat, doch zum Scheitern verdammt.« Sie schürzte ihre Lippen. »Ich werde jeden zerschmettern, der sich meiner erwehren will. Das mag für dich wie Gerede klingen, doch wie die Portale versiegelt wurden, die Kontaktsteine zerfallen sind und Mentigloben nicht mehr ausgelesen werden können, so werde ich euch alles nehmen. Am Ende gibt es nur *einen* Thron. Ich werde alles kontrollieren.«

Jules Verne gähnte. »Entschuldige, aber in meinem Alter lässt die Konzentration schnell nach.«

Mit diesen Worten wurden die Spiegel schwarz. Jede einzelne Fläche sah aus, als habe jemand schwarze Tinte darauf geleert, die Rohrschachmuster entblätterte und das Glas schließlich gänzlich bedeckte.

»Alter Narr«, flüsterte die Schattenfrau. »Wenn du glaubst, dass diese Taschenspielertricks mich aufhalten, irrst du dich.« Sie wandte sich wieder den Unsterblichen zu. »Bevor ich mich also wieder unseren schlafenden Freunden widme, bringen wir es hier doch zu Ende.«

Erst jetzt nahm Chris das Podest wahr, auf dem die gesammelten Essenzstäbe der Gefangenen aufgereiht lagen. Sie hatten ihre Waffen verloren.

»Aber mit wem fangen wir an?«, überlegte die Schattenfrau laut. »Um es mit Crowleys Worten zu sagen: Eeny, meeny, miny, moe.« Ihr ausgestreckter Zeigefinger verharrte auf einem der Unsterblichen.

Nikki keuchte auf.

Chris erstarrte.

40. Team-up

Alex' Augen waren leer.

Jen konnte seinen Schmerz spüren, wie sie zuvor seine Liebe ihr gegenüber erfasst hatte. Der Kampf gegen Alfie hatte ihn erschüttert und gleichzeitig in Rage versetzt. Moriarty sollte ihm besser nicht über den Weg laufen.

»Max!«, rief Jen, als sie Kevin und ihn endlich entdeckte.

Sie waren dem zupfenden Aurafeuer gefolgt, das dann doch nicht gekommen war. Plötzlich lag jeder dem anderen in den Armen.

»Was ist passiert?«, fragte Alex.

Kevin und Max fassten in kurzen Worten abwechselnd zusammen, was geschehen war. Nachdem der erste Schock verdaut war, berichtete Alex von Moriartys perfidem Spiel mit Alfie.

»Wir müssen zum Turm«, beendete Jen das Gespräch. »Clara ist garantiert dort. Wir haben sie aus den Augen verloren.«

Sie machten sich auf den Weg.

»Ich glaubte immer, dass Saint Germain gefährlich ist«, sprach Kevin aus, was alle dachten, »aber Moriarty schlägt ihn um Längen.«

Immer wieder trafen sie auf bewusstlose Schattenkrieger, die verstreut in den Gassen lagen.

»Wir könnten sie alle ausschalten.« Max schnippte mit den Fingern. »Einfach so.« Er wirkte betroffen.

»Gut, dass wir niemanden einfach so töten«, sagte Alex nachdrücklich. »Mir gefällt unsere Seite besser.«

Jen schenkte ihm ein Lächeln. Sie hielt ihren Essenzstab in der Hand und fühlte sich endlich wieder vollständig.

»Wurde aber auch Zeit!«, brüllte plötzlich jemand.

Die Freunde fuhren synchron zusammen.

»Chloe!« Max riss sie in eine Umarmung.

»Wuschelkopf, du hast ja wieder mächtig auf die Pauke gehauen.« Sie verstrubbelte seine Haare. »Brain-Twin!« Sie umarmte Kevin. »Eure Majestät.« Jen war an der Reihe. »Und Peter Pan.«

»Ich kann doch gar nicht fliegen«, sagte Alex. »Oh, halt: kann ich ja doch.«

»Und obendrein wirst du immer ein Kind bleiben.«

Chloe und Alex grinsten sich an.

»Was tust du hier?«, fragte Jen.

Chloe bedeutete ihr, zu schweigen. »Moment.« Ein Knall ertönte und in der Ferne stieg eine Rauchwolke empor. »Ich habe eines der mitgebrachten Artefakte durch das Portal ins Refugium der Schatten geworfen.«

»Du hast was?« Jen starrte die Freundin mit offenem Mund an.

»Es war *die* Gelegenheit. Alle Schattenkrieger sind hier, und jetzt ist ihr hübsches Herrenhaus kaputt. Keine Ahnung, ob der Artefaktkeller und diese Statue überlebt haben. Ihr Archiv ist vermutlich sicher. Aber der Rest ist jetzt ein hübscher Krater.«

Max lachte. »Das ist die verspätete Revanche für den Einfall im Castillo.«

»Exaktement«, bestätigte Chloe. »Als Nächstes wollte ich alle hier in den Gassen einsammeln und fesseln.«

»Das musst du auf später verschieben«, erklärte Jen. »Wir müssen zum Turm. Clara ist dort.«

Chloes Miene war eine Maske des Unglaubens. »Sie ist zurück? Ihr habt es geschafft?«

Alex nickte eifrig. »Und sie ist wieder Blümchen-Clara. Ich wette, sie würde sich über ein Pummeleinhorn freuen.«

Jen gab ihm einen Klaps auf den Hinterkopf, den er aber gar nicht wahrzunehmen schien. *Zukünftig fester.*

»Also, ich mag dieses Einhorn«, gestand Alex. »Nur fürs Protokoll.«

»Wenn ich das jetzt gesagt hätte ...« Kevin verschränkte die Arme.

Lachend strebten sie dem Turm entgegen. Für ein paar Sekunden hatte Jen sich befreit gefühlt. Mit ihren Freunden zu lachen half stets, doch nun schlug die Wirklichkeit wieder gnadenlos zu. Sie befanden sich nicht auf dem Weg zu einem Kaffeekränzchen, sondern ihrer Hinrichtung – falls sie einen Fehler begingen.

Chloe weihte sie in den Plan ein, den sie ersonnen hatte.

»Da gibt es nur ein kleines Problem«, stellte Alex fest: »Um das durchzuführen, fehlen zwei wichtige Komponenten und wir haben keine Ahnung, wo die sind.«

»Ich tippe auf einen Kerker im zentralen Turm«, sagte Jen. »Clara ist unsere beste Chance.«

»Von der wir ebenfalls nicht wissen, wo sie ist«, bemerkte Alex.

»Hoffentlich kommen wir noch dazu, sie einzusetzen.«

Mittlerweile musste in Spanien längst tiefste Nacht sein, doch die ständige Düsternis über Iria Kon ließ keinerlei Unterscheidung der

Tageszeiten zu. Die Lichtverhältnisse änderten sich nie und die Dunkelheit schien ewig zu währen.

Wie es den Unsterblichen wohl erging?

Hatte die Schattenfrau sie längst getötet? Und was träumten die anderen Magier? Jen musste zurückdenken an jene Nacht in der heimischen Villa, als alles begonnen hatte. Sie akzeptierte mittlerweile, dass sie das Schicksal nicht kontrollierte und der eigentlich Schuldige am Tod ihrer Mum und von Jana ihr Vater war. Seine Gewalt hatte die Katastrophe verursacht.

Ihr Blick wanderte zu Alex. Einen Teil der Erkenntnis verdankte sie ihm. Und mehr als das: Während sie in ihm lange Zeit einen schlechten Ersatz für Mark gesehen hatte, musste sie nun zugeben, dass das mehr als unfair gewesen war. Sie hatte es ihm schwergemacht. Und darüber hinaus nicht gesehen, wie er wirklich war.

Shit.

Ihre Gedanken wanderten zu Dylan. Der stand vermutlich im OP und rettete ein Menschenleben. Er war das Gegenstück zu Alex. Während dieser Leben mit Magie rettete, nutzte Dylan die Möglichkeiten, die ein Leben als Nimag boten. Als großartiger Chirurg verdankten ihm unzählige Menschen ihre Gesundheit.

Er würde nach der Operation nach Hause gehen, sich ein paar Fingerbreit Rotwein in eines seiner bauchigen Gläser gießen und von der Terrasse seiner Wohnung auf das verregnete London hinabsehen.

Dann würde er nach dem Smartphone greifen, um Jen zu erreichen. Die letzten Tage hatten sie sich nicht gesehen, langsam wurde er sicher unruhig. Zu Recht? Sie hatten zwar mittlerweile einen gemeinsamen Besuch ihrer Galerie vereinbart, die musste Jen allerdings erst einmal aufbauen. Mit ein wenig Illusionierung würde das funktionieren. Doch da war noch Alex.

Was empfand sie für ihn?

Und war es fair gegenüber Dylan, die Beziehung weiterzuführen, wenn sie doch an ihren Gefühlen zweifelte? Und dass sie das tat, musste sie sich nun endgültig eingestehen.

»Alles klar?«, fragte Alex vorsichtig.

Hatte er bemerkt, dass seine Emotionen zu ihr herübergeschwappt waren? Wusste er, dass sie wusste, was er fühlte? *Wenn ich so weitermache, sterbe ich an Kopfschmerzen.* »Alles gut. Soweit es das sein kann.«

Er nickte schweigend.

Sie stiegen erneut auf einen der Türme und nutzten den Gravitate-Negum-Zauber, um sich dem Zentrum der Stadt zu nähern. Von hier oben wirkten die schlafenden Schattenkrieger in den Gassen wie kleine Spielzeugfiguren. Und waren sie das für die Schattenfrau letztlich nicht auch? Spielfiguren auf einem gewaltigen Feld, das sich durch die Epochen der Menschheitsgeschichte zog.

Das hier war das letzte Kapitel des Spiels.

Jen konnte spüren, dass die Entscheidung näherrückte. Mit jedem Meter, den sie sich dem Turm näherten.

41. Der Plan

Clara strich mit der Hand über den porösen Stein der Wand und Bilder stiegen in ihren Erinnerungen auf. Hier war sie von der Schattenfrau abgespalten worden, in diesem Raum. Sie hatte gehofft, in Iria Kon Hilfe zu erhalten. Stattdessen war sie angegriffen, beinahe getötet und schließlich durch einen Zaubertrank gerettet worden.

Ein Poltern erklang.

Clara fuhr herum.

Vor ihr stand Tilda. Sie hielt die Bratpfanne zum Schlag erhoben. Daneben richtete Wesley Mandeville die Spitze des Essenzstabes auf sie.

»Halt!«, stoppte Clara die herannahende Bratpfanne. »Ich bin es.«

»Potesta!«, rief Wesley.

Glücklicherweise hatte Clara den Kraftschlag erahnt und sich rechtzeitig geduckt.

»Warte.« Tilda drückte die Hand des Psychologen mit der speziellen Gabe herab. »Das ist nicht die Schattenfrau.« Ungläubig kam sie näher. »Clara?«

»Ich bin es.« Sie fiel Tilda um den Hals.

Die Köchin des Castillos verkrampfte, begriff aber schließlich, dass sie keiner Feindin gegenüberstand, und drückte sie fest. »Wie ist das möglich?«

Clara erklärte es ihr.

»Wie kommt ihr hierher?«

»Der Schlafzauber hat uns nicht betroffen«, erklärte Tilda. »Vermutlich, weil ich kein Sigil besitze. Wesley war so nett, mir ein wenig Essenz abzugeben, damit ich ein paar Zauber wirken kann.«

Die Köchin gehörte zu jener seltenen Form der Magier, die zwar mit Essenz hantieren konnten, selbst aber kein Sigil besaßen, um sie zu erzeugen.

»Ich bin nur kurz in eine Erinnerung abgeglitten«, erklärte Wesley. »Dann wurde ich wieder wach.«

Der Psychologe gehörte zu den Unsterblichen, wenn auch mit einer Besonderheit: Er besaß die Fähigkeit, Personen innerhalb ihres Lebens zurückzuführen, um sie durch Erinnerungen zu therapieren. Dabei nahm er stets das Äußere der jeweiligen Epoche und das Alter seines jeweiligen Klienten an.

»Wir haben gesehen, wie ein Zauber die Unsterblichen fesselte und in den Turm schweben ließ, also sind wir ihnen gefolgt«, erklärte Tilda. »Die Schattenfrau ist im Saal der tausend Spiegel, aber nun wissen wir nicht, wie wir am geschicktesten losschlagen.«

»Losschlagen«, echote Clara. »Seid ihr verrückt? Ihr könnt sie doch nicht zu zweit angreifen.«

»Zugegeben, der ursprüngliche Plan sah anders aus. Wir ...«

Ein Schrei erklang.

»Wer war das?« Clara fuhr herum.

»Leonardo.« Tilda wurde bleich.

Sie stürzte hinaus. Clara blieb gar keine andere Wahl, als der rundlichen Köchin zu folgen. Wesley schloss sich an. Sie erreichten den östlichen Zugang zum Saal.

Die Unsterblichen schwebten an der Wand. Alle, bis auf einen. Leonardo kniete am Boden, krümmte sich und schrie.

»Und dabei war unsere Nacht so leidenschaftlich.« Die Schattenfrau schien es zu genießen, den Unsterblichen zu foltern. »Aber ich war nur eine unter vielen. Gut, dass ich das vorher schon wusste. Aber Strafe muss trotzdem sein.«

Wieder brüllte Leonardo auf. Gerade er, der schon genug der Folter erduldet hatte, war am Ende seiner Kräfte. Seine Muskeln spannten sich unter dem schwarzen Shirt an, die Trekking-Hose schleifte auf dem Steinboden.

»Für dich habe ich mir etwas Besonderes ausgedacht«, enthüllte die Schattenfrau. »Denn du bist nicht der Erste, der stirbt. Du bist der Letzte. Schau!« Sie deutete auf Johanna, die von der Wand zu Boden glitt, ihrer Fesseln beraubt. »Da steht die Schattenfrau.«

Leonardo rollte zur Seite, sein Essenzstab glitt in seine Hand. Er schien die Welt ringsum zu vergessen, hatte nur Augen für Johanna, in der er jedoch die Schattenfrau sah. Eine individuelle Illusionierung.

»Ich frage mich, wer von euch beiden gewinnt?«, überlegte die Schattenfrau.

Johannas Essenzstab flog in deren Hand. Gerade rechtzeitig. Schon griff Leonardo an und die beiden magischen Hölzer trafen aufeinander. Essenzfunken stoben in die Luft.

»Du kämpfst nicht richtig, Johanna«, beschwerte sich die Schattenfrau. »Dabei ist dein Gegner doch ... die Schattenfrau.«

Johannas Blick wurde glasig. Nun sah auch sie in ihrem Gegner –

Leonardo – die Feindin. Immer heftiger drangen beide aufeinander ein, gaben alles, den Gegner zu besiegen. Zauber wurden gebrüllt, Kraftschläge geschleudert, sie umtanzten einander, belauerten sich.

»Er wird sie umbringen«, flüsterte Tilda.

»Sie wird ihn töten«, kam es gleichzeitig von Wesley.

Der Kampf zwischen den beiden Unsterblichen wogte hin und her, bis Leonardo ein Fehler unterlief. Er stolperte. Johanna nutzte dies gnadenlos aus, fesselte ihn mit gehärteter Essenz an den Boden und hob ihren Essenzstab. Die Spitze glühte in flammendem Essenzfeuer.

Plopp.

Mitten im Raum erschienen Chris und Nikki. Die Sprungmagierin griff nach Johanna, um sie fortzubringen.

Plopp.

Die Schattenfrau schnippte mit den Fingern.

Aufschreiend erschien Nikki wieder und flog durch die Luft davon, Johanna und Chris purzelten zu Boden.

»Wen haben wir denn da, den dümmeren der beiden Zwillinge? So eine Überraschung. Und ich dachte, du schläfst dort draußen und träumst von größeren Muskeln.« Sie ließ Chris und Johanna in die Höhe schweben, presste Leonardo zu Boden.

»Räumen wir ein wenig auf. Tut mir leid, Muskelbirne, aber hier wird es zu eng. Und du bist entbehrlich. Irgendwelche schlauen letzten Worte? Nein? Ist mir auch lieber.«

Die Schattenfrau hob beide Arme. Zwischen ihren Fingern entstand ein gleißender Ball aus schwarzem Licht. Er verströmte eisige Kälte, doch Clara zweifelte keine Sekunde daran, dass er sein Ziel verbrennen würde. Und dieses Ziel hieß Chris.

Der Freund, der ihr stets zur Seite gestanden hatte, der mit seinem Bruder in die Vergangenheit gereist war, um sie zu retten, sollte sterben. Durch die Hand der Schattenfrau. Das konnte sie nicht zulassen. Was es auch kosten mochte.

Doch bevor Clara reagieren konnte, brachte ihre Feindin das schwarze Licht auf den Weg. Wie ein in Form gequetschtes Raubtier glitt es auf Chris zu, um ihn in einem Atemzug auszulöschen.

Es erreichte ihn nie.

Es zerbrach, wurde zu Essenzfetzen und ...

... verwehte *nicht*.

Tilda hielt beide Arme ausgestreckt, als sie den Raum betrat. Wie ein

Schwamm saugte sie die Essenz auf, die von der Schattenfrau zu Magie manifestiert wurde. »Los!«

Wesley sprang hervor. Er deutete auf die Schattenfrau und rief einen Zauber. Deren Lider flatterten. Magie versetzte sie in ihrer eigenen Lebenszeit zurück, ließ sie Erinnerungen neu durchleben. Die Kleidung des Psychologen veränderte sich, wurde zu einer kurzen Trekking-Hose, einem Muskeltop und Boots. Ein wenig wirkte es, als habe man einen englischen Lord in Frauenkleidung gesteckt und in den tiefsten Urwald verfrachtet.

Doch die Schattenfrau träumte nun. Und ihre Essenz war abgeschöpft.

Das war Claras Chance, den Zauber aufzulösen und das in Lehm manifestierte Böse auszulöschen. Sie sprang in den Raum und rannte auf ihre Gegnerin zu.

42. Die Wahrheit

Von einem Augenblick zum nächsten herrschte Chaos.

Clara rannte auf die Schattenfrau zu. Aus den Augenwinkeln erkannte sie, wie Jen, Alex, Max, Kevin und Chloe den Raum betraten.

Die Fesseln der Unsterblichen lösten sich auf.

Leonardo sprang auf und blickte sich verwirrt um, Johanna ebenso.

»Die Allmacht gehört uns«, brüllte Dschingis Khan.

Die Schattenkrieger riefen ihre Essenzstäbe herbei und griffen an. Magie prallte aufeinander. Unsterbliche kämpften gegen Unsterbliche. Dazwischen versuchten Alex, Jen und die anderen sich einen Weg zu bahnen. Tilda und Wesley wichen an den Rand des Raumes zurück, um nicht in die Schusslinie zu geraten. Niemand rührte sie an. Jeder wusste, dass die beiden mit ihren Fähigkeiten die Schattenfrau in Schach hielten.

Für einen Augenblick hielt Clara inne und vergaß alles um sich herum. Direkt vor ihr, nur Zentimeter entfernt, stand ihr Spiegelbild, die Schattenfrau. Eine Woge des Bösen ging von ihr aus. Was hatte sie nur alles angerichtet? Und das in Claras Namen, mit ihrem Antlitz. »Aber jetzt endet es.« Die Haut ihrer Feindin war glatt, als Clara darüberstrich. Über ihr schwebte noch immer die vereinte Allmacht. Das Fragment eines Traums von allgegenwärtigem Frieden, der auf schreckliche Weise pervertiert worden war. Es gab nur einen Ort, an den diese Macht gehörte: in den Wall.

Damit endgültig entstehen konnte, was seit über einem Jahrhundert den Schutz aller gewährleistete, aber eine Lücke aufwies.

Ein Kraftschlag surrte durch den Raum, krachte gegen den Spiegel und wurde reflektiert. Einer der Unsterblichen schrie, Jen warf sich zu Boden. Alex schnellte nach vorne, weitete seinen Contego-Schild aus und schützte sie so. Moriarty schien entsetzt über den Anblick von Max, der gemeinsam mit Kevin auf den Unsterblichen einstürmte.

Tilda hob die Hand und schleuderte eine Druckwelle auf Dschingis Khan und Rasputin, die Rücken an Rücken kämpften. Obgleich beide mächtige Magier waren, konnten sie dem Angriff nicht standhalten. Es mochte nur eine geringe Menge an Allmachtsessenz in Tilda wabern, doch es war genug.

Vorsichtig berührte Clara die Schattenfrau an verschiedenen Stellen. Sie durfte keine Zeit mehr verlieren.

»Aportate Essenzstab!«

Ein Surren erklang. Um die eigene Achse wirbelnd, kam ihr Essenzstab in den Raum geflogen und landete in Claras Hand. Ein Schauer rieselte durch ihren Körper. Ihr alter Freund war zurückgekehrt, verband sich mit ihrem Sigil und schenkte ihr Stärke. Die Schattenfrau hatte den Essenzstab von Aywen, dem Ersten Stabmacher, benutzt, ihren ursprünglichen aber nie vernichtet. Nun war er wieder dort, wo er hingehörte. Bei Clara.

»Du wolltest nicht an deine schwache Seite erinnert werden, habe ich recht?«

Aywens Essenzstab besaß immense Macht. Er verstärkte die Essenz viel gewaltiger als der ursprünglich von Nostradamus erschaffene, den er Clara verliehen hatte.

Mit fliegenden Fingern zeichnete sie magische Symbole auf die Handinnenflächen der Schattenfrau, ihre Stirn und durch die Stiefel auf die Füße. Ein letzter Schwung und Linien entstanden auf dem Bauch unter dem Shirt. Die Essenz sickerte ein, entfaltete ihre Wirkung. Ein verwirrendes Tasten ging von der Allmacht aus. Sie erkannte Clara. Und doch wieder nicht.

»Deine Macht ist nicht für uns bestimmt«, flüsterte sie. »Dein Platz ist im großen Ganzen.«

Rasputin und Dschingis Khan hatten sich aufgerichtet, wurden nun jedoch von Kleopatra bedrängt. Sie mochte das Äußere eines Teenagers besitzen, doch ihr Kampf-Essenzstab wirbelte schneller durch die Luft, als es jeder noch so erfahrene Kämpfer zustande gebracht hätte.

Tomoe hatte sich mit Crowley angelegt, der zwar behäbig wirkte, aber durch die Fähigkeit zu springen gefährlich schnell attackieren und wieder verschwinden konnte. Leonardo und Johanna wirkten noch benommen.

»Beeile dich!« Max deutete auf die Schattenfrau. »Sie erwacht wieder.«

Tatsächlich. Ihre Lider flatterten. Sie wehrte sich gegen die Beeinflussung durch Wesley. Dem Psychologen standen Schweißtropfen auf der Stirn, seine Augen blickten fahrig umher. Tilda hatte seine Hand ergriffen und unterstützte den Zauber mit der Allmachtsessenz. Wie lange das noch gut gehen mochte, stand in den Sternen.

»Sep...«

Sie wollte den Zauber aussprechen, doch etwas hielt Clara zurück. Ein Druck, ein Zwang, eine Präsenz. Die Schattenfrau hatte bemerkt, was sie vorhatte, wollte den Angriff verhindern. Das Band zwischen ihnen bestand noch immer. Die Allmacht mochte die Essenzquelle für die Lehmkreatur sein, doch Clara war der Ausgang ihrer wahren Lebensquelle. Hass. Die manifestierte böse Seite spürte, dass ihre Existenz beendet werden sollte.

»Clara!«, rief Max. »Du musst ...« Ein Schlag traf ihn gegen die Seite. Wie eine Puppe segelte Max durch den Raum und knallte benommen zu Boden.

»Wie viele Leben du auch immer hast«, spie Moriarty aus, »ich werde sie dir alle nehmen. Und dieses Mal kann sich kein Edison für dich opfern.«

Kevin stellte sich dem Unsterblichen entgegen. Wieder prallten Essenzstäbe aufeinander. Doch Moriarty war flink und drängte Kevin zügig zurück.

Alex und Jen kämpften Rücken an Rücken gegen Crowley, der sich mittlerweile auf sie eingeschossen hatte.

Teams wurden aufgebrochen, fanden sich neu zusammen, Angriffe wurden geführt, Attacken abgewehrt. Der Raum war erfüllt von gerufenen magischen Worten und lodernden Symbolen aus Essenz.

»Separate ...«, presste Clara hervor.

Mit ihrem Essenzstab malte sie das Initialsymbol in die Luft. Sie mochte zittern, doch es gelang.

Ein einziges Wort trennte die Schattenfrau von ihrer Nichtexistenz, dem Ende der Allmacht und des Krieges.

»... Golem.«

Der Zauber loderte, flirrte, brannte sich in den Leib der Schattenfrau und hob den Zauber auf, der dem Lehm seine Form verlieh.

»Wir haben es geschafft.«

Clara wankte zurück und starrte auf ihr ebenfalls wankendes Spiegelbild. Wesleys Zauber fiel in sich zusammen und die Schattenfrau kehrte aus ihren Erinnerungen zurück. Auch Tildas Essenz war aufgebraucht. Sie stützte Wesley. Beide schauten mit geweiteten Augen auf die Schattenfrau, wie auch der Rest der Kämpfer. Für eine Sekunde schien das Schicksal den Atem anzuhalten.

Die Schattenfrau taumelte, griff sich mit den Händen an den Hals, röchelte. »Argh ... Ich sterbe.« Aus ihrem Röcheln wurde ein Lachen.

Claras Körper gefror. »Das ist unmöglich.«

Langsam glitt ihre Feindin näher, strich sanft über Claras Wangen. Ihr Blick war eiskalt. »Ich wusste es die ganze Zeit.«

Stille senkte sich herab, so gnadenlos und endgültig, dass jede Hoffnung zu sterben schien.

»Ich bin eine Manifestation des Bösen. Und das ist gut so. Dein Hass, deine Wut, das Böse in dir, all das bin ich. Die Folter durch den Ersten Stabmacher hat jenen Teil von dir gestärkt, wachsen lassen und schließlich wurde durch den Zauber ich manifestiert. Mein Körper kann nicht brechen, meine Seele sich nicht wandeln, meine Macht niemals erlöschen. Ich bin kein schwaches Fleisch, keine zerbrechlichen Knochen, keine zarte Seele.« Sie breitete ihre Arme aus. Flammen tanzten über ihr Shirt und verbrannten es zu Asche. Auf ihrem nackten Körper war ein magisches Symbol in die Haut geritzt, das Clara noch nie zuvor gesehen hatte. »Hast du es jetzt begriffen?« Als sie die Worte sprach, hallten sie durch die Stille wie Donnerschüsse. »Ihr hattet nie eine Chance.«

43. Die alte Ordnung fällt

Rings um Clara herum fielen alle Anwesenden einfach zu Boden. Jen, Alex, Max, Kevin, Chloe, Chris, Nikki – einfach alle. Als habe ein Puppenspieler die Fäden seiner Marionetten zerschnitten.

»Beenden wir das Spiel.« Mit ausgebreiteten Armen trat die Schattenfrau ins Zentrum des Raums. Die Spiegel erwachten zum Leben. »Dank Wesleys Attacke konnte ich eine Verbindung zur Traumebene herstellen und den guten Jules Verne in seine Schranken weisen.«

Die Spiegel konnten nicht länger von dem Unsterblichen blockiert werden. Auf der reflektierenden Oberfläche waren die Lichtkämpfer und Schattenkrieger zu sehen, die sich verwirrt auf den Straßen von Iria Kon erhoben.

»Heute fällt die alte Ordnung.« Die Stimme der Schattenfrau hallte in Claras Geist wider und sie begriff, dass jeder Lichtkämpfer, jeder Schattenkrieger und jeder Unsterbliche in den Straßen von Iria Kon und dem Rest der Welt hörte und sah, was sich hier im Turmzimmer zutrug. Es war wie bei der Kontaktsteinverbindung.

»Das ist Allmacht. Ihr dachtet, ihr könnt hier hereinspazieren, euch in sicheren Häusern verstecken oder geheime Waffen konstruieren. Nichts von alldem kann mir etwas anhaben.« Sie deutete auf Clara. »Ich bin nicht Clara Ashwell. Ich bin ein Wesen, geschaffen aus dem Bösen selbst. Über die Jahrhunderte wurde ich zu etwas Einzigartigem. Ihr lebt in einer Welt und glaubt, sie zu kennen. Doch in all der Zeit habt ihr lediglich an ihrer Oberfläche gekratzt. Die wahren Geheimnisse bleiben euch verborgen. Ihr seid nicht reif für sie, für das Wissen, das die Mächtigen verwahren. So zumindest glauben sie. Doch es gibt nur noch eine Königin. Das Leben jener, die wachen, wird heute enden. Mit der Allmacht werde ich dafür sorgen, dass kein neuer Unsterblicher mehr seinen Weg zurück ins Leben findet.« Ihre Stimme wurde leise und bedrohlich. »Die Zitadelle wird keinen Einfluss mehr auf unser Tun haben.«

Zitadelle? Da war ein Zupfen in Claras Geist. Der Hauch eines Schattens einer Erinnerung. *Opernhaus.*

Sie konnte es nicht zuordnen, nicht greifen. Doch da war etwas. Und die Schattenfrau kannte die Wahrheit.

»Ihr alle, jeder einzelne Magier, werdet heute Zeuge, wie ich die alte Ordnung auslösche.« Auf einem der Spiegel erschien ein palastähnliches Gebäude. »Castillos, Chateaus, indische Tempel und weitläufige Anlagen in Kanada. Es wird keine Häuser mehr geben.«

Sie ballte die Hand zur Faust.

Eine gewaltige Feuerlohe ging über Indien nieder und zerstörte das Haus der dortigen Lichtkämpfer innerhalb von Sekunden.

»Die alten Symbole haben keinen Platz mehr auf dieser Welt. Iria Kon ist das neue Zentrum meiner Macht und hier wird jeder Magier leben.«

Weitere Flammen erblühten. Häuser in aller Welt – jene von Lichtkämpfern und jene von Schattenkriegern – zerbarsten in Explosionen, wurden von Erdbeben verschlungen oder Flammen eingeäschert.

»Meine Macht kennt keine Grenzen, mein Wille ist Gesetz, und ich kenne keine Gnade. Solltet ihr das jetzt noch immer nicht verstanden haben, werde ich ein Exempel statuieren.«

Die Schattenfrau machte eine Handbewegung.

All jene, die am Boden lagen, erhoben sich in die Luft. Erst jetzt begriff Clara, dass sie nur bewegungslos gewesen waren, aber alles gehört und gesehen hatten.

Auf einem der Spiegel wurde ein Sprungmagier in die Luft gehoben. *Konstantin.*

Die Schattenfrau schnippte mit den Fingern. Ruckartig wurde sein Gesicht auf den Rücken gedreht. Ein Aurafeuer verbrannte den Körper, das Sigil sauste davon. Der nächste Sprungmagier wurde von einer Holzstrebe durchbohrt. Die nächsten beiden explodierten in einem Regen aus Blut. Vier Sigile kehrten zurück in die Ursubstanz, um von dort neue Erben zu erwählen.

»Ich kontrolliere die Portale und ich bin die Einzige, die springt.« Ihr Blick glitt zu Nikki. Die junge Sprungmagierin hing neben Johanna in der Luft. »Die Einzige.«

»Nein!«, brüllte Clara.

Die Schattenfrau ließ den Arm wieder sinken. »Clara Ashwell. Du schwaches, dummes Ding. Bis heute magst du gedacht haben, dass ich ein Teil von dir bin, aber ich bin längst mehr.«

»Du bist ...«

»... die Summe deines Wissens, deiner Erfahrungen, aber gepaart mit Stärke. Mit dem Willen zur Macht. Du bist gar nichts!«, brüllte die Schattenfrau. »Du warst ein verängstigtes kleines Mäuschen, das stets allen gefallen wollte. Du hattest nie eine Chance, Patricias Erwartungen zu erfüllen, aber dein Streben danach hat nie geendet. Sinnlos. Aussichtslos. Vergeblich. Und als du dich endlich losgesagt hattest, ging es weiter. Du fandest dich nicht hübsch genug, nicht schlau genug, nicht perfekt genug, hast dich in Büchern verkrochen, um der Welt zu entfliehen. Dabei hättest du so viel mehr tun können.«

Die Schattenfrau ballte ihre Fäuste und brüllte vor Wut.

»Du wurdest als Ashwell geboren. Wieso hast du deine Familie nicht einfach ausradiert und die Kontrolle über die Artefakte, das Wissen und das Vermögen an dich gerissen? Weil du schwach bist.«

»Weil ich *gut* bin!«, rief Clara.

»Ich kann nicht fassen, dass wir beide miteinander verbunden sind.« Die Schattenfrau spuckte tatsächlich auf den Boden. Es hätte Clara nicht gewundert, wenn der davon verätzt worden wäre. »Ich werde dich in Bernstein eingießen und aufbewahren. So kannst du miterleben, wie ich die Welt verändere, ohne eingreifen zu können. Wie gefällt dir das?«

Allein der Gedanke, je wieder in dem magischen Harz eingegossen zu sein, erzeugte Panikgefühle in Claras Brust. Die Zeit ihrer Gefangenschaft war vorbei und durfte nie wiederkehren. »Eher sterbe ich.«

»Als ob ich dir eine Wahl lasse. Aber zuerst das Wichtigste: Du darfst dabei zuschauen, wie ich jeden Unsterblichen auslösche. Und direkt danach sind deine Freunde an der Reihe.«

Der Hass in ihrem Spiegelbild war grenzenlos. Die Schattenfrau blickte zurück auf jene Zeit, in der Clara und sie noch eins gewesen waren – und sah nur Schwäche. Dafür machte sie den guten Teil verantwortlich, der nun aufgesplittet vor ihr stand. Sie waren tatsächlich zwei Seiten einer Medaille. Unterschiedlich und doch von gleicher Herkunft.

Was ihre Mutter wohl dachte?

Sie sah all das hier ebenfalls. Natürlich würde sie Angst haben. Doch war sie auch stolz? Die Schattenfrau war all das, was Patricia von Clara immer gewollt hatte. Gnadenlos zu sein, machthungrig, Grenzen ignorierend.

Sie entledigte sich des Ballasts und ging in die Zukunft, ohne einen Gedanken an andere Menschen zu verschwenden – mochte es sich um Nimags oder Magier handeln.

Clara konnte die Blicke der Welt spüren, die unter der Macht der Schattenfrau erzitterten. Wer würde der Nächste sein? Wer sollte ausgelöscht werden?

Die Hoffnung existierte nicht länger.

Es gab niemanden, der noch etwas tun konnte. Denn die Schattenfrau war unbesiegbar. Ihre einzige Schwäche ...

Claras Gedanken stockten. Ihr Blick suchte den von Max. Dessen Augen weiteten sich. Er wehrte sich gegen die Fesseln, schüttelte leicht den Kopf.

Du wusstest es.

»So also muss es enden.«

Sie hob den Essenzstab.

44. Der erste Zauber

Ein Lachen hallte durch den Raum.

Verächtlich dreinblickend deutete die Schattenfrau auf Claras Essenzstab. »Und damit willst du mich nun angreifen?«

Mit unbewegter Miene hielt Clara den Stab in der Hand und deutete damit auf das Herz der Schattenfrau. »Ja, das werde ich.«

»Immerhin kämpfst du bis zuletzt. Das ist fast schon rührend. Aber auch dumm.«

Mit geneigtem Kopf taxierte Clara die Schattenfrau. »Wie hast du es geschafft? Wieso konnte ich den Zauber nicht lösen und unsere Verbindung kappen?«

Verwirrt runzelte die Schattenfrau die Stirn. »Das ist in der Top Ten der unwichtigsten Fragen nicht einmal enthalten. Es gab jemanden, der mich gewarnt hat. Der mir zeigte, was ich bin und verriet, wo ich dich aufspüre. Ich reiste nach England, drang in den sicheren Raum vor, wo ich dich fand. Schlafend. Der Zauber, den Max auf Iria Kon erzeugte, war einseitig. Daher hättest du ihn jederzeit kappen können. Doch ich habe ihn von meiner Seite ebenfalls erzeugt. Du und ich sind auf ewig verbunden, es sei denn, wir lösen den Zauber ganz bewusst beide. Es steht außer Frage, dass ich das niemals tun werde.«

Nun war es an Clara zu lachen.

»Bist du nun wahnsinnig geworden?«, fragte die Schattenfrau misstrauisch.

Die Welt sah dabei zu, als Clara beide Arme ausbreitete, wie ihr Spiegelbild es zuvor getan hatte. »Ich bin deine Schwäche.«

»Da sind wir uns einig.«

»Der Zauber verwebt unser beider Leben, unsere Existenz vollständig. Du bist unbesiegbar, besitzt Allmacht, kannst von niemandem mehr von deinem Thron gestoßen werden.«

»So ist es«, sagte die Schattenfrau mit einem Lächeln. »Endlich hast du es verstanden.«

»Ich allerdings bin ein gewöhnlicher, sterblicher Mensch.« Mit einer gleitenden Bewegung deutete Clara mit der Spitze ihres Essenzstabes auf das eigene Herz. »Wenn ich sterbe, stirbst auch du. Und die Welt ist frei.«

Die Miene der Schattenfrau entgleiste. »Du Närrin! Du willst dein Leben wegwerfen. So dumm kannst nicht einmal du sein.«

»Wie du bereits sagtest: Ich bin gut. Ich will jedem gefallen. Und jetzt sieht die Welt zu. Sie werden sehen, wie du fällst.«

»Dirigi«, brüllte die Schattenfrau.

Ein unsichtbares Band schlang sich um Claras Faust und zog diese fort. Oder wollte es. Doch ihr Wille trotzte der Allmacht. Sie wusste nicht, ob es daran lag, dass die Schattenfrau und sie verbunden waren und Clara damit ebenfalls von der Allmacht erkannt und akzeptiert wurde oder es eine Frage des Willens war. Doch der Grund war letztlich egal.

Ihre Hand wurde zur Seite gezogen, doch sie wehrte sich dagegen, kam langsam wieder zurück. Die Spitze des Essenzstabes deutete direkt neben das Herz.

Langsam, zitternd ruckelte sie von links nach rechts.

»Das kannst du nicht tun.« Die Stimme der Schattenfrau klang schrill und ängstlich. »Es ist dein Leben, unser Leben! Dazu hast du kein Recht.«

»Das Recht der Stärkeren«, erwiderte Clara gelassen. »So wolltest du es doch. Ich bin die Schwache, die Weiche, werde nur angetrieben von Mitgefühl, Freundschaft und Liebe. Es muss dir doch ein Leichtes sein, mich zu schlagen.«

»Contego!«, brüllte die Schattenfrau und warf eine Schutzsphäre vor Claras Brust.

Der Dirigi-Zauber verlor an Kraft. Immer näher kam die Spitze des Essenzstabes ihrem Herzen. Clara rief sich Konstantin zurück in Erinnerung. Seinen brechenden Blick, seinen Tod. Die anderen drei Sprungmagier waren ebenfalls einfach umgebracht worden. Und Nikki, sie war die letzte. Ihr Schicksal war besiegelt, falls Clara versagte. Sie musste gewinnen. Für ihre Freunde.

Die Erinnerung kam in einem Wimpernschlag, war einfach da.

Sie war ein kleines Mädchen und stand im Castillo. Zitternd, ängstlich tapste sie nach vorne. Ein Wunder, dass sie den Essenzstab hatte halten können. Edison hatte ihnen den Potesta-Zauber beigebracht. Der allererste Zauber. Ein Kraftschlag.

Viel später erst hatte Clara begriffen, dass ihrer der stärkste gewesen war. Denn im Gegensatz zu allen anderen war es ihr Wunsch gewesen, zu beschützen, zu retten, zu bewahren.

»Du wolltest deinen Freund beschützen. Die Antriebskraft für dein Handeln ist Liebe, nicht Hass oder Wut. Vergiss das nie, Clara«, hatte Edison gesagt.

Und Clara erinnerte sich.

Obwohl es längst zu spät war.

Oder?

Die Schattenfrau beobachtete jede ihrer Bewegungen mit Augen so glühend vor Hass wie Kohlestücke. Ihr Leben hing davon ab, Clara aufzuhalten. Eine starke Antriebsfeder.

Johanna hing in der Luft und hatte längst begriffen, was Clara vorhatte. Sie lächelte. Es war das Lächeln einer Kriegerin, die einer anderen Kriegerin Respekt zollte und doch traurig darüber war, sie zu verlieren. Tomoe, Leonardo und Kleopatra blickten mit stiller Akzeptanz zu ihr herüber. Wie viele Freunde hatten sie schon sterben sehen?

Alex versuchte wütend, die Fesseln abzustreifen. Er wollte Clara helfen. Jens Blick drückte Panik aus. Verlustangst. »Nein!«, schrie ihr Blick.

Am meisten schmerzte es Max. Er hatte den Ausweg gesehen, es Clara jedoch verschwiegen. Vermutlich hatte er geglaubt, dass sie sich sonst geopfert hätte.

Du wolltest mich zurückholen und beschützen.

Sie schenkte ihm ein Lächeln voller Liebe.

Kevin und Chris ruckten ebenfalls hin und her – aufeinander zu. Es war für Clara klar, was sie tun wollten. Der dritte Zwilling sollte erscheinen. Aber entweder hatten sie keine Todesangst oder die Schattenfrau verhinderte, dass der Fluch sich manifestierte.

Das waren ihre Freunde. Das war ihre wahre Familie. Die Menschen, an deren Seite sie Abenteuer bestritten und Leben gerettet hatte. Und genau das sollten sie weiter tun: die Nimags der Welt beschützen und verhindern, dass Unsterbliche wie Moriarty ihre dunklen Pläne verwirklichen konnten. Es durfte keine weitere Schattenfrau geben. Nie wieder.

Und ich kann dafür sorgen, dass sie leben. Dass sie ihre Chance erhalten und die Welt zu einem besseren Ort machen.

Nach all den Gefechten war Clara müde.

Doch noch ein letztes Mal musste sie kämpfen, durchhalten, den Sieg davontragen.

Die Welt blickte auf das stille Duell, das beide Seiten einer Münze ausfochten. Eine Seite des Spiegels würde gewinnen, die andere in tausend Scherben zerbrechen.

Clara lächelte. »Du hattest nie eine Chance.«

Die Schattenfrau öffnete den Mund.

Die Spitze des Essenzstabes deutete auf Claras Herz. »Es endet, wie es begann.« Sie schickte ein letztes Lächeln hinüber zu Jen. Dann sprach sie jenen einen Zauber, mit dem ihre Reise begonnen hatte. Ihre Reise im Castillo, das Lachen mit ihren Freunden, die haarsträubenden Abenteuer, gemütlichen Abende vor dem Kaminfeuer, Trips in Splitterreiche und durch die Zeit. Sie dachte an Jen, mit der sie durch Menschentrauben getaucht war, und Chris, der mit ihr über Hausdächer geschwebt war. Sie erinnerte sich an Max und ihre Muffin-Wettessen und Chloe, die sie mit auf eine Demo genommen hatte. Sie dachte an Kevin, mit dem sie als Delphin durch das Meer getaucht war und an ...

... Gryff. Seine warmen Augen, die starke Brust und sein Atem, der ihr Ohr gekitzelt hatte.

Die Tränen rannen über ihre Wangen, doch sie lächelte. Ein Grinsen ließ ihr Gesicht erstrahlen, als sie leise von all ihren Freunden Abschied nahm.

Gryff.

»Nein«, hauchte die Schattenfrau.

»Potesta«, sagte Clara leise und von ganzem Herzen.

Der Kraftschlag löste sich aus dem Essenzstab und durchschlug den Contego-Schild, als bestünde er aus Papier.

45. Das letzte Opfer

Die Fesseln verschwanden von einem Augenblick zum nächsten.

Alex kam auf dem Boden auf und keuchte vor Schmerz. Jen rannte zu Clara, die zitternd am Boden lag. Der Kraftschlag hatte den Contego-Schild ebenso durchschlagen wie das Herz der Freundin. Doch sie lebte noch. Alex ahnte, weshalb. Sie starben gemeinsam. Die Schattenfrau und Clara.

Er umklammerte fest seinen Essenzstab und rannte zur Schattenfrau hinüber.

Sie lag am Boden. Hoch über ihr zuckten die Flammen der Allmacht. In deren Schein wurde die Haut der Schattenfrau zu Ton und zerbröselte. Von unten nach oben zerbrach die Manifestation von Claras bösem Teil.

Sie erwiderte seinen Blick, als er in die Hocke sank. »Du hast verloren.«

»Habe ich das?« Die Schattenfrau lächelte sphinxhaft. »Ich sterbe, ja. Aber ihr habt doch nicht gewonnen. Ganz besonders du nicht.«

»Was soll das heißen?«

»Das Opernhaus.«

Er zuckte zusammen. »Was?«

Ein leises Lachen drang über ihre Lippen, wie das Rascheln von Ästen, die sich im Wind bogen. »Alexander Kent, der Magier, der keiner sein darf. Der vom Opernhaus träumt. Der für die gute Sache kämpft und doch keine Ahnung davon hat, wer er ist.« Ihr Blick bohrte sich in sein Innerstes. »Sie werden dir alles nehmen. Ich sterbe in der Gewissheit, dass dein Vertrauen erschüttert werden wird, dass du alles verlierst, was dir etwas bedeutet. Du wirst fallen, durch die Hand jener Menschen, denen du am meisten vertraust.«

Ihr Blick glitt hinüber zu den Unsterblichen.

Johanna und Leonardo schauten beunruhigt zur Schattenfrau und ihm, blieben aber, wo sie waren. Denn ihre Gegenspieler hatten wieder die Essenzstäbe erhoben.

»Der Wall wird nun entstehen«, flüsterte die Schattenfrau. »Der Onyxquader gibt sein Geheimnis preis. Doch du wirst es nicht mehr erfahren. Leb wohl, Alexander Kent.«

»Was hat es mit dem Opernhaus auf sich! Sag es mir!«

Doch das Gesicht der Schattenfrau wurde zu Lehm, erstarrte und zerbröselte.

»Nein!«, brüllte Jen in der Mitte des Raums.

Die Allmacht waberte und blitzte. Risse erschienen. Aus einem Ganzen wurden wieder drei einzelne Manifestationen. Der Ascheatem verging im Rauch und ein Blitz reiner Essenz fuhr in etwas, das überall um sie herum war.

Der Wall erzitterte.

Beben glitten durch die Wirklichkeit. Alex spürte, wie etwas wuchs.

Das Feuerblut-Sigil zerbarst und abertausend Funken verschwanden durch die Poren der Realität, sickerten ein in den Wall und bildeten das vorletzte Stück.

Einzig das Amulett hing noch über ihnen. Wofür einst Silberregen gefallen war und ein Opfer sie alle gerettet hatte, funkelte nun Essenz.

Die Spiegel zerbarsten in tausend Scherben.

Und dann geschah es.

Eine nebulöse Silhouette glitt aus dem Amulett hervor. Risse überzogen es, die Essenz wurde zu Silbertropfen. Doch sie verschwand nicht. Noch nicht. Denn etwas verhinderte es. Wie schon einmal vor einhundertsechsundsechzig Jahren weigerte sich ein wichtiger Teil, den Wall zu vollenden.

Direkt vor Alex stand ein kleiner Junge mit braunem zerzaustem Haar und einer Zahnlücke. Er grinste ihn dankbar an, lachte und rannte hinüber zu Jen und Clara.

Gryff.

Das Echo jenes Mannes, der Clara einst geliebt hatte und gestorben war, kehrte zurück. Zumindest sein Sigil. Gestorben durch die Sigilklinge war es nie in die Ursubstanz zurückgekehrt, sondern im Silberregensplitter aufgegangen.

Alex glitt neben Jen und packte sie am Arm, zog sie von Clara zurück.

Gryffs Silhouette wurde zu reinem, gleißenden Licht, das in den leblosen Körper eindrang und ihn erfüllte. Clara schien in purem Gold zu baden. Jen hielt sich schluchzend an Alex fest. Sie zitterte. Blicke waren gebannt auf jene Frau gerichtet, von der jeder geglaubt hatte, dass sie die Schattenfrau war.

Doch Clara hatte sie alle gerettet.

In einem letzten großen Opfer, dargebracht aus Liebe.

Das Glimmen wurde schwächer, verblasste und verschwand. Clara lag noch immer am Boden, beide Hände ausgestreckt wie ein gefallener Engel. Neben ihren geöffneten Fingern der rechten Hand lag der Essenzstab. Ihre Brust hob und senkte sich gleichmäßig, keine Wunde war mehr zu sehen.

Für einen winzigen Augenblick erschien vor Alex' Auge das Bild eines grinsenden kleinen Jungen mit einer Zahnlücke und Wuschelschopf. Es war das letzte Mal, dass sie Gryff sehen würden, das konnte er fühlen. Sein letztes Geschenk an die Frau, die er als Mensch einst geliebt hatte.

Der Silberregen verschwand.

Wie flüssiges Quecksilber floss er ins Nichts davon. Noch einmal erzitterte die Welt. Jeder Magier fühlte, wie der Wall erwachte, vollständig zusammengesetzt aus den zwölf Ursprungssigilen.

Die Zukunft würde zeigen, was das bedeutete.

Clara fuhr in die Höhe.

Jen stürzte sich auf die Freundin, umarmte sie und ließ sie nicht mehr los.

Crowley schnappte sich seine unsterblichen Gefährten.

»Ich werde Alfie von dir grüßen, Alexander Kent!«, rief Moriarty. »Er gehört jetzt zu uns.«

Plopp.

Sie waren fort.

Johanna taumelte und wurde von Leonardo gestützt, dem es jedoch nicht viel besser ging. Die Attacken hatten beide schwer mitgenommen, sie wirkten müde und ausgezehrt. Tomoe und Kleopatra untersuchten die Stelle, an der die Schattenfrau gestorben war. Die ehemalige ägyptische Königin zog einen Flakon hervor und nahm ein wenig Lehm auf, vermutlich, um ihn genauer zu untersuchen.

Max und Kevin umarmten einander, aufatmend.

Chloe kraulte Ataciaru, Chris hielt die schluchzende Nikki im Arm.

Erst jetzt realisierte Alex, dass mit Konstantin und den drei anderen Sprungmagiern, Menschen gestorben waren, die Nikki nahestanden. Sprungmagier bildeten sich aufgrund ihres einzigartigen Talents gegenseitig aus. Kein anderer konnte das tun, da niemand sonst den Kern der Kraft verstand.

Unter seinen Stiefelsohlen zerbarsten Scherben, als Alex auf das Fenster zutrat. Tief unter ihnen ragten die Silhouetten von Lichtkämpfern auf, die mit erhobenen Essenzstäben auf Attacken der Schattenkrieger warteten. Doch die kamen nicht.

Stattdessen verschwanden einzelne Punkte.

Die Sprungmagier von Moriartys Leuten evakuierten. Doch wohin? Die Schattenfrau hatte Dutzende von Gebäuden beider Fraktionen vernichtet. Was war geblieben? Wohin konnten sie sich zurückziehen?

Sie hatten den Krieg gewonnen, die Allmacht war vernichtet, die Schattenfrau besiegt. Doch der Preis war hoch, die Zukunft ungewiss.

Alex' Blick erfasste Johanna und Leonardo. Oh ja, er hatte die Worte der Schattenfrau noch sehr genau im Ohr. Ebenso die Blicke der beiden vor Augen. Sie wussten etwas. Dieses Mal würde er sich nicht abspeisen lassen. Er wollte Antworten.

Zeit für ein Gespräch.

Langsam ging er hinüber.

46. Die Ruhe nach dem Sturm

Der Vorhang schloss sich.

In einem letzten Aufwabern verschwand die Bühne, zusammen mit Einstein.

Ringsum standen die Lichtkämpfer in kleinen Gruppen zusammen und sprachen über das, was geschehen war. Immer wieder flogen Clara Blicke zu. Einige waren misstrauisch, doch die meisten dankbar. Sie hatte auf ihr Leben verzichten wollen, um sie alle zu retten.

»Du bist eine Heldin«, sagte Jen.

»Und ein Monster.« Clara ließ ihren Blick schweifen. »Ich hätte nie gedacht, dass ich eines Tages wieder hier stehen würde. Nur ich. Keine Schattenfrau mehr.«

Jen spürte, wie der Druck von ihnen allen abfiel. Es war vorbei. Die Unsterblichen waren in das Castillo zurückgekehrt. Tilda war bereits dabei, alle mit Essen zu versorgen, Theresa behandelte Wunden und Wesley sprach jenen Mut zu, die Freunde verloren hatten.

Die Portalmagier arbeiteten daran, die Siegel zu brechen, damit das Netzwerk wieder zugänglich war und jeder nach Hause zurückkehren konnte. Einige der Kämpfer aus anderen Ländern würden hier im Castillo bleiben, da ihre Hauptquartiere vernichtet worden waren. Aufgrund der vielen Toten würde es bald vor Neuerweckten nur so wimmeln.

»Aua!«, rief Clara.

Alex hatte ihr seinen Zeigefinger in die Seite gestupst. »Fühlst du dich irgendwie anders? Böse? Hinterhältig? Willst du mich umbringen?«

»Dich will jeder ständig umbringen«, erklärte Jen süffisant.

»Gar nicht. Ich bin liebenswert.« Er klimperte mit den Wimpern.

Während die anderen in Gelächter ausbrachen, spürte Jen ein vertrautes Kribbeln im Magen, das sich mit einem Stich schlechten Gewissens vermengte. Zum ersten Mal seit Monaten musste sie sich keine Sorgen um die Zukunft machen, nicht ums Überleben kämpfen oder ein Geheimnis aufdecken. Damit blieb Zeit, über Persönliches nachzudenken.

»Ich hoffe, Moriarty und Konsorten wissen, dass *ich* ihre hübsche Basis zerstört habe«, bekräftigte Chloe, »nicht die Schattenfrau«.

»Die hat den Rest übernommen.« Chris stand mit verschränkten

Armen an der Seite und blickte über die verstreuten Gruppen. »Kaum zu glauben, dass eine einzige Person so etwas anrichten konnte.«

Trotz des Sieges war es vor allem Nikki, die traurig in die Runde blickte. Jen wollte sich gar nicht ausmalen, wie sie selbst sich gefühlt hätte, wenn ihr gesamtes Team innerhalb weniger Minuten ausgelöscht worden wäre. Gar nicht zu reden von der Verantwortung, die bald auf der einzig verbliebenen Sprungmagierin lasten sollte.

Eine sanfte Berührung am Arm holte sie zurück in die Wirklichkeit. »Kann ich dich kurz alleine sprechen?«, bat Clara.

Sie entfernten sich ein paar Schritte von den anderen.

»Was ist los?«, fragte Jen.

»Ich werde gehen.«

»Gehen? Wohin?«

»Hinaus in die Welt«, erklärte Clara. »Nein, hör mir zu. Ich war mit *ihr* verbunden. Sie hat überall auf der Welt Furchtbares getan. Ich weiß, dass ich dafür keine Verantwortung trage, aber sie besaß mein Gesicht. Ich muss es wiedergutmachen, verstehst du? Es gibt dort draußen Menschen, die verletzt wurden. Geheime Verstecke mit furchtbaren Artefakten und gefährlichen Zaubern. Ich werde mich darum kümmern.«

Die zaghafte Freude über den Sieg verflog. Jen wünschte sich nichts sehnlicher, als zurückzukehren in die Zeit vor der Schattenfrau. In die Normalität. Doch als ihr Blick über die Gruppen wanderte, die Mischung aus Schmerz, Hoffnung und zaghafter Freude, erkannte sie die Wahrheit. Die Ereignisse hatten alles verändert. Im Kleinen wie im Großen. Einstein und Edison waren fort, fast alle Sprungmagier tot und die Kontaktsteine vernichtet. Sie spürte die stärker werdende Präsenz des Walls bereits, ihr Sigil loderte nicht mehr ganz so stark wie zuvor.

Alles ist anders. Wir müssen so viel neu denken, neu erschaffen.

Mit Moriarty stand zudem ein wahrhaft gefährlicher Anführer an der Spitze der Schattenkrieger.

Nicht zu vergessen Alfie Kent. Alex mochte nach außen hin so tun, als sei er wieder der alte Witzereißer, doch etwas war anders. Seine Augen wirkten nicht mehr ganz so fröhlich und unbeschwert wie zuvor. Er würde alles daransetzen, seinen Bruder aus Moriartys Fängen zu befreien. Sie musste auf ihn aufpassen.

»Ich verstehe.« Und sie tat es wirklich. »Du hast recht. Geh. Heile die Wunden, die die Schattenfrau gerissen hat.« Sie konnte nicht verhindern, dass ihre Wangen nass wurden. »Aber pass auf dich auf.«

»Tue ich das nicht immer?« Clara lächelte.

»Du wolltest dich gerade umbringen.«

»Gezwungenermaßen. Aber das zählt nicht. Gryff hat mich gerettet.« Nun standen sie sich beide mit feuchten Wangen gegenüber. »Ich konnte ihn noch einmal spüren, seine Seele, sein Ich. Er war die ganze Zeit da und hat auf mich gewartet. Diese zweite Chance ist etwas so Kostbares und ich werde ihr gerecht werden. Das muss ich. Wir müssen alle heilen.«

Jen zog Clara in eine Umarmung. »Vergiss uns dabei nicht.«

»Nie. Ihr habt mich geholt und davor bewahrt, zur Schattenfrau zu werden.« Sie trat einen Schritt zurück. »Und letztlich bin ich doch immer nur einen Sprung weit entfernt.« Clara löste sich aus der Umarmung. »Sag den anderen ›bis bald‹ von mir, ja? Noch mehr Gefühle gehen heute einfach nicht. Von Max und Chris habe ich mich schon verabschiedet.«

»Feigling.« Jen lachte.

»Du warst eben schon immer die Stärkere von uns«, sagte Clara.

Ihre Blicke trafen sich. »Das hast du nur immer gedacht. In Wahrheit warst du es.« Jen wandte sich ab und ging langsam davon. »Pass auf dich auf.«

»Wir sehen uns.«

Dann war Clara fort. Vorerst. Doch Jen fühlte, dass sie sich wiedersehen würden. Bald. Letztlich war die Welt ein Dorf und dank der Magie schrumpften Entfernungen auf einen Wimpernschlag zusammen. Sie würde ihre beste Freundin nie wieder verlieren.

Die anderen hatten sich zwischenzeitlich verstreut. Chris hielt Nikki in den Armen, um ihr Trost zu spenden. Kevin und Max waren nicht zu sehen. Chloe streifte mit Ataciaru durch die Reihen und spendete Trost. Wo immer der Husky auftauchte, erstrahlten die Gesichter und er wurde gestreichelt.

Alex wartete auf sie. »Sie geht?«

»Ja.«

»Dachte ich mir.« Er lächelte. »Sie ist und bleibt Clara.«

Eine Weile standen sie schweigend nebeneinander und überblickten das Geschehen.

»Ich wollte helfen, aber ...«, er schaute zu Boden, »... ich habe einen weiteren Zauber vergessen.«

»Ab morgen gehst du wieder in die Vorlesungen. Und das ist keine Bitte. Ich sorge dafür, dass du jeden noch so kleinen Zauber bis zum Umfallen paukst.«

»Aye, Ma'am.« Er salutierte.

»Du Kind.«

»Selber.«

Sie mussten beide lachen.

Jen wurde ernst. »Können wir unter vier Augen reden?«

»Gerne. Aber ich muss zuerst nach Hause. Nach der Sache mit Alfie ... Ich muss nach meiner Mum sehen.«

»Brauchst du Hilfe?«

»Danke, aber das muss ich alleine machen. Wir können uns später gemeinsam Leonardo und Johanna vorknöpfen.«

»So machen wir es. Ich halte dir ein Bier kühl. Aber wundere dich nicht, wenn es in einem Cosmopolitan-Glas serviert wird.«

»Du vergisst nie, was?« Alex grinste wie ein kleiner Junge und für einen Augenblick schien er die Sorge um seinen Bruder zu vergessen. »Dann bis später, Danvers.«

»Bis später, Kent.«

Nikki schien bereits auf Alex gewartet zu haben. Als er auftauchte, erhob sie sich, griff nach seiner Hand und brachte ihn mit einem *Plopp* nach London.

Jen machte sich daran, den Verwundeten zu helfen.

47. Ein Hauch der Zukunft

Die Sonne versank am Horizont und tauchte den Berg in blutrotes Licht. In der Ferne ragte das Castillo empor, schien mit seinen Spitzen den glutroten Ball zu streifen.

Max hatte sich an Kevin gelehnt, sog den Duft der klaren Abendluft tief ein und genoss den Anblick. »Es ist so friedlich.«

»Die Ruhe vor dem nächsten Sturm«, erwiderte Kevin.

Max verpasste ihm einen Ellbogenstoß. »Du Pessimist.«

»Nur Realist. Wir genießen die ruhigen Momente, bevor es weitergeht.« Er strich Max sanft eine Strähne aus der Stirn. »Ich dachte wirklich, du bist tot.«

»War ich auch.« Max schluckte. In seine Augen trat ein Glanz, den Kevin noch nie zuvor darin gesehen hatte. Er konnte ihn nicht deuten.

»Hast du etwas ... gesehen?«

»Du meinst das Licht am Ende des Tunnels?«

»Spinner.«

Max kicherte, wurde aber gleich wieder ernst. »Das Einzige, was ich am Ende gespürt habe, war das Sigil. Es wollte gehen, aber etwas hat es zurückgehalten.«

»Edison?«

»Ich glaube schon. Er kam genau im richtigen Augenblick.« Max seufzte. »Er hätte noch so viel Gutes tun können.«

»Jemand wird kommen und es an seiner Statt tun. Außerdem hat er sein Wissen an dich weitergegeben.«

»Zumindest einen Teil davon«, bestätigte Max. »Meine Missionen werden nicht einfacher werden, jetzt, wo der Wall unsere Fähigkeiten noch stärker dämpft.«

»Immerhin gilt das auch für die Schattenkrieger. Das ewige Gleichgewicht wird erhalten.« Kevin konnte sich einen süffisanten Unterton nicht verkneifen.

»Wie geht es deiner Grandma und deinen Eltern?«

»Mum hat ein paar Schrammen und Dad will nie wieder schlafen. Granny ist fit wie ein Turnschuh und poltert durch das Castillo. Sie hat Clara vorhin so fest auf die Schultern geklopft, dass die gestolpert ist. Danach hat sie sich Eliot und die Ordnungsmagier vorgeknöpft.«

»Weil?«

»Sie ist der Meinung, sie können nicht vernünftig Kraftschläge abfeuern, geschweige denn zielen. Sie wollte es ihnen beibringen. Glücklicherweise gibt es hier keine Tauben.«

Max kicherte erneut. »Ich mag deine Granny. Die bringt immer Leben in die Bude.«

»Manchmal vielleicht ein wenig zu viel.«

Max lehnte seine Stirn an Kevins Brust und ließ all die Verantwortung, den Stress und die Bilder des Kampfes von sich abfallen. Unter den Lichtkämpfern galten sie als Helden. Irgendwie hatte sich ihre Mission – der Ausflug in die Vergangenheit – herumgesprochen.

Er wollte nicht an morgen denken oder darüber hinaus. Kevin hatte recht. Es ging weiter und weiter, endete nie. Aber war nicht genau das auch das Schöne? Und ein wenig Ruhe war ihnen sicher vergönnt.

Der Onyxquader hatte bisher keinen Neuerweckten verkündet.

Verblüfft stellte Max fest, dass Kevin ihn mit glänzenden Augen betrachtete. Unweigerlich wurde ihm heiß. »Hey.«

»Hey.« Kevin legte seine Stirn gegen die von Max. »Ich habe mich immer gefragt, welcher der richtige Moment sein könnte.«

»Was meinst du?«

Kevin wich einen Schritt vor ihm zurück. »Ich möchte nicht länger dein Freund sein.«

»Was?!« Eine eisige Klaue packte Max' Innerstes und drohte es zu zerquetschen.

Kevin hob seinen Essenzstab. »Aportate Ring.«

Max starrte ihn nur an, unfähig zu begreifen, was vor sich ging.

»Für einen Agenten bist du überraschend langsam.« Kevin grinste lausbubenhaft. Ein Rauschen erklang, geschickt fing er eine Schatulle auf.

Mit großen Augen starrte Max auf das kleine Etui.

Kevin ging auf die Knie. Im Inneren der schwarzen Schatulle befand sich ein Ring. Doch nicht irgendeiner. Ein Band aus Silber hielt eine Einfassung aus Himmelsglas, in die ein Tropfen Bernstein eingegossen war. Der Familienring der Grants war von Ava behütet worden wie ein Augapfel.

»Max Manning ...«, begann Kevin.

»Ja.«

Breit grinsend sprach er weiter. »... willst du mich ...«

»Ja, ja, ja.«

»... heiraten. Du bist wirklich unverbesserlich.«

Kevin glitt in die Höhe, steckte Max den Ring an den Finger und zog ihn in eine Umarmung. »Und als dein zukünftiger Ehemann befehle ich dir, dass du besser auf dich Acht gibst.«

»Okay.«

Ein Seufzer entrang sich Kevins Kehle. Natürlich würde dieser wildgewordene Flummi von einem Agenten weiter alle möglichen kreativen Ideen für haarsträubende Einsätze entwickeln. Missionen wagen, bei denen allerlei zu Bruch ging und er mit angesengtem Haar und vor lauter Stolz strahlend ins Castillo zurückkam.

Aber ich liebe ihn so, wie er ist.

Sie hatten gemeinsam Abenteuer bestritten, waren in die Vergangenheit und in Splitterreiche gereist. Sie hatten eine Freundin verloren und wiedergefunden. Max war in Gefangenschaft geraten, hatte Überläufer gespielt und war schließlich auf Iria Kon gestorben.

Kevin hatte erfahren, dass er durch einen verbotenen Trank geboren worden war, ein wildes Sigil daraus entstanden war und Alexander Kent es erhalten hatte. Er und Chris waren zwei Teile eines Fluchs und seine Eltern würden nun vor einem Konzil landen.

Man konnte ihr Leben keineswegs als langweilig bezeichnen, so viel war sicher.

In manchen Augenblicken glaubte er, dass nichts sie besiegen konnte. Im nächsten begriff er, dass sie nicht mehr als ein Strohhalm im Wind waren. Der Wind, das Schicksal, trieb sie vor sich her und schlug immer dann erbarmungslos zu, wenn sie es am wenigsten erwarteten.

Hand in Hand schlenderten sie die gewundene Straße hinab, zurück zum Castillo. Der Geruch von Gegrilltem lag in der Luft. Ein Lagerfeuer war entzündet worden, überall wurde geplaudert und getröstet. Hier und da zogen sich Pärchen zurück, die sich neu gefunden hatten, um einander Nähe zu spenden oder zu feiern, dass sie überlebt hatten.

Tilda verteilte eifrig Essen und schwatzte mit allen. Auch die Köchin hatte sich durch ihre Tat hervorgetan. Die Gemeinschaft der Magier war an diesem Tag geschrumpft, aber auch näher zusammengerückt.

Sie hatten viel verloren, doch auch etwas ganz Besonderes gewonnen.

Gemeinsam mit Max ließ sich Kevin auf einem der Steine nieder. Sie aßen, tranken, lauschten den Geschichten von Einsätzen und hielten einander fest. Nicht nur sie vergaßen für eine Nacht die Angst, auch die anderen atmeten auf. Das Böse war besiegt. Niemand hätte es mehr für möglich gehalten, doch die Magier und Nimags, die so nah am Abgrund balanciert hatten, hatten es geschafft.

Lächelnd betrachtete Kevin Max' Finger. Das Mondlicht brach sich im Himmelsglas und ließ den Bernstein in überirdischem Licht erstrahlen.

Er fühlte nichts als inneren Frieden und Glück.

Was auch immer kommen mochte: Sie waren gerüstet.

So dachte er.

Epilog

Ich habe versagt.

Die Worte hallten in seinem Inneren wider wie der grausame Richterspruch eines allmächtigen Gottes namens Schicksal.

Obwohl ihm als Magier alle Möglichkeiten offenstanden, war es ihm nicht gelungen, auf Alfie zu achten. Alex hatte seinen Bruder verloren. An Moriarty. Irgendwie war es den beiden gelungen, auch seine Mum zu beeinflussen. Sie hatte vergessen, dass sie neben Alfie je einen anderen Sohn besessen hatte.

Der Wind frischte auf. Kalte Regentropfen prasselten gegen sein Gesicht. Die Jogginghose war durchnässt. Er hätte sich mit einem Zauber schützen können, verzichtete aber darauf. Ein Wirbelsturm tobte durch seinen Geist. Im Castillo wartete Jen auf ihn. Mit einem Bier und einem Cosmopolitan in der Hand.

Sie hat es gespürt.

Der Unum-Zauber hatte nicht nur ihre Essenzstäbe verbunden, auch Alex' Gefühle waren herübergeschwappt. Und ihre zu ihm. Die Verwirrung, zaghafte Akzeptanz und Begreifen.

Der verfallene Spielplatz blieb zurück und Alex steuerte die ewige Baustelle an. Betongerippe ragten in den Nachthimmel, beschienen von fahlem Mondlicht.

Hier hatte ihn das Sigil gefunden, war er zum Magier geworden. Eine neue Welt hatte sich ihm offenbart. Unsterbliche, Sprungmagier und Heiler. Zeitreisen, Splitterreiche, Wilde Sigile – und ein Zwillingsfluch. Er hatte gegen die Schattenfrau gekämpft, alte Tempel bereist und geheime Räume erkundet.

Immer weiter hatte er sich entfernt von seinem Leben als Nimag. Alfie und seine Mum waren aus dem Blickfeld verschwunden und schließlich hatte das einen Preis gekostet.

Er sank auf die Knie, blickte anklagend gen Himmel. »Kann nicht *ein Mal* alles gut sein?!« Das Brüllen hallte durch die Nacht. »Muss jeder Preis so hoch sein?«

Der Regen klatschte ihm auf das Haar, doch er blieb am Boden. Kniete, wollte sich nicht bewegen und alles vergessen. Sie hatten gewonnen. Wieso schmeckte der Sieg dann wie eine Niederlage?

Der Wall war vollendet. Jen hatte ihn nicht weggestoßen, sie wollte mit ihm reden. Clara lebte und war wieder sie selbst, die Schattenfrau besiegt. Alles war gut.

Der Regen ebbte ab.

Verblüfft sah Alex auf.

Es regnete noch immer, doch direkt über ihm war eine gewölbte Contego-Sphäre entstanden. Er sprang auf, zog seinen Essenzstab.

Jemand trat aus den Schatten. »Ich wollte dich nicht erschrecken.«

»Johanna!« Alex ließ den Essenzstab sinken. »Was tust du hier?«

»Es tut mir leid.«

»Ich verstehe nicht.«

»Du hättest niemals Magier werden dürfen.« Sie blickte betreten zu Boden.

»Könnt ihr bitte damit aufhören, das ständig zu sagen!«, brüllte Alex. »Oder mir erklären, was das Problem ist!«

Johannas Blick traf den seinen. »Ich habe das zweite Kryptex von Mark geöffnet.«

»*Du* hast es?« Entsetzt starrte Alex sie an. »Aber wie?«

»Konstantin.«

»Ich verstehe«, sagte er enttäuscht.

»Vor vielen Generationen wurde ein Pakt geschmiedet. Er sollte die ewige Gleichheit besiegeln. Zwei Nimags und zwei Magier als Symbol für beide Welten und beide Seiten.«

»Was hat das mit mir zu tun?!« Der Regen war vergessen, ebenso der Wind.

Die Welt schrumpfte zusammen auf die Worte, die aus Johanna heraussprudelten. Doch sie ging nicht auf seine Frage ein, sprach einfach weiter. »Jeder, der war, jeder, der einst sein würde, kam ins Opernhaus. Dort wurde es vollendet. Seit diesem Zeitpunkt wachen wir über das Gleichgewicht, bis die Linie vollendet ist.«

»Welche Linie? Soll das heißen, dass ich ein Nachfahre dieses Nimags bin?«

Johanna schüttelte den Kopf. » Du bist etwas ganz Besonderes. Ein Teil des Ewigen Krieges – und seiner Lösung.« Sie lächelte. »Aber um die Wahrheit zu begreifen und deinen Platz einzunehmen, ist das größte Opfer notwendig, das du nur geben kannst. Um zu Wissen, musst du vergessen.«

Alex wich zurück. »Das ist unmöglich.«

»Du hättest nie ein Magier werden dürfen. Die Folgen sind noch nicht absehbar.« Sie machte eine blitzschnelle Handbewegung mit ihrem Essenzstab und schleuderte seinen davon. »Es tut mir leid. Aber ich muss dich schützen. Und das geht nur auf eine Art und Weise.«

»Du kannst mir mein Sigil nicht nehmen!« Alex ballte die Fäuste.

»Nein«, bestätigte sie sanft, mit Tränen in den Augen. »Aber ich kann dafür sorgen, dass du vergisst, es je erhalten zu haben. Dass du vergisst, ein Magier zu sein.«

Alex wich zurück. »Das kannst du nicht tun!«

»Für dein Wohl muss es sein. Und für die Welt.«

Ohne nachzudenken, warf sich Alex herum und rannte davon. Regen und Wind zerrten an ihm, verlangsamten seine Flucht. Er musste entkommen, musste zu Jen. Gemeinsam ...

Er stolperte, war vermutlich zu schnell gerannt. Worüber hatte er nachgedacht? Der Gedanke war fort. Seltsam. Vermutlich Lampenfieber. Morgen stand eine wichtige Präsentation an.

Über matschigen Boden, vorbei an der Baugrube, trabte er zurück in die Stadt. In seinem Kopf berechnete er statistische Werte, ging die letzte Sitzung durch und bereitete sich auf die neuen Bewerber für die vakante Stelle vor. Schließlich trug er Verantwortung.

Die Leere in seinem Inneren ignorierte er.

Alles war gut. Alles war so, wie es schon immer gewesen war und sein sollte.

Dies war der Tag, an dem Jennifer Danvers vergeblich auf Alexander Kent wartete. Es war der Tag, an dem der Onyxquader seinen ersten Riss aufwies, das erste Stück zu Boden fiel. Dies war der Tag, an dem die alte Ordnung gefallen war, unbemerkt von aller Augen.

Und es war der Tag, an dem Johanna von Orleans den furchtbarsten Fehler ihres Lebens beging, ohne es zu ahnen.

Denn Alexander Kent war wieder ein Nimag. Und das Verhängnis nahm seinen Lauf.

Ende des 1. Zyklus

»Das Erbe der Macht« kehrt mit dem zweiten Zyklus zurück. Davor wartet jedoch ein Spin-off-Roman rund um die Unsterblichen auf euch. Mehr dazu in den Seriennews.

Vorschau

In den Ruinen von Iria Kon wird ein Mentiglobus entdeckt. Er wurde von Johanna und Leonardo befüllt, doch die beiden haben ihn nie zuvor gesehen. Beide begeben sich auf die Reise in ihre eigene Geschichte, um die Wahrheit zu ergründen.

Seriennews

Es ist immer etwas ganz Besonderes, ein Finale zu scheiben. Viele Monate arbeitet man auf diesen Punkt hin, verwebt die Fäden, erzählt die Geschichte und dann ist es plötzlich soweit. Mit dem 12. Roman endet der erste Abschnitt einer großen – zusammenhängenden – Geschichte. Ich hoffe, ihr seid auch beim zweiten Abschnitt mit dabei.

Allmacht und die Folgen

Die dramatischen Ereignisse aus dem Finale des 1. Zyklus werden in den zweiten Zyklus hinein spielen. Einstein ist erst mal aus dem Spiel, Edison tot und ebenso Saint Germain. Das wird für einiges an Fluktuation bei den Unsterblichen sorgen. Zwei Plätze werden neu besetzt. Bis dahin gibt es allerdings einen Mangel an Lehrern und gleichzeitig viele Neuerweckte.

Clara muss sich mit dem Erbe der Schattenfrau auseinandersetzen. Max und Kevin sind erst mal glücklich – aber wie lange? Chloes Band zu Ataciaru wächst weiter und wir werfen einen Blick auf die Magie des Hüterhundes. Nikki wird an ihre Grenzen gehen müssen, um die Springer unter den Neuerweckten zu unterrichten.

Und dann ist da natürlich noch Alex. Ohne Erinnerungen fristet er ein Leben als Nimag. Jen ist außer sich vor Wut und will das ändern. Doch wie? Und was hat es mit den vier Blutlinien auf sich, von denen Johanna sprach? Nicht zu vergessen den Onyxquader, der zu zerbrechen droht.

Es wird natürlich ein Wiedersehen mit zahlreichen bekannten Figuren geben.

Eine große Geschichte

Beim Erbe der Macht erzähle ich euch eine Geschichte, die weit zurück reicht und sich über 4 Zyklen erstrecken wird (inklusive großem Finale). Das Thema des nächsten Zyklus baut auf dem ersten auf und es gab bereits zahlreiche Hinweise auf die große Geschichte. Im zweiten wird sie nun endgültig enthüllt.

Der Spin-off-Roman

Bevor es mit dem zweiten Zyklus losgeht, werde ich euch ein Spin-off präsentieren. Darin spielen Johanna und Leonardo die Hauptrolle, aber auch viele weitere Unsterbliche haben Gastauftritte. Wir erleben die Reise der beiden Unsterblichen und erkunden ein paar ihrer dunkelsten Geheimnisse.

Während das Spin-off bei Heliosphere, »Das Marsprojekt«, sechs einzelne Romane umfasste, die parallel zur Hauptreihe monatlich erschienen, wird es hier ein einzelnes dickes Buch sein.

Eure Rezension für Erbe der Macht

Wie immer hier ein kurzer Aufruf: Wenn euch die Reihe gefällt, hinterlasst doch eine Rezension beim Shop eures Vertrauens. Ihr unterstützt mich damit sehr und helft anderen Lesern bei ihrer Entscheidungsfindung, ob sie zur Serie stoßen wollen.

Und für die Zeit ohne neuen Roman?

Natürlich schreibe ich recht zügig weiter, allzu lange werdet ihr also nicht auf neuen Lesestoff warten müssen. Für die Zeit dazwischen empfehle ich euch einen Abstecher nach Barrington Cove (www.einmordsteam.de) oder auf die HYPERION (www.heliosphere2265.de). Darüber hinaus findet ihr auf Facebook die Gruppe, in der ich mich mit Lesern austausche. Dort könnt ihr auch selbst posten.

Und natürlich den Newsletter, der euch immer auf dem neuesten Stand hält. Eintragen könnt ihr euch auf www.erbedermacht.de. Dann bekommt ihr noch eine Mail mit einem Link, um die Anmeludng zu bestätigen. Und schon seid ihr dabei.

Damit bin ich auch schon wieder am Ende angekommen. Ich hoffe, Allmacht hat euch gefallen und ihr seid wieder dabei, sobald es weitergeht.

Karlsruhe, 25.01.2018
Andreas Suchanek

Die Serie

Facebook www.facebook.com/ErbeDerMacht | Twitter www.twitter.com/ErbeDerMacht | Web www.erbedermacht.de

Der Autor

Facebook www.facebook.com/Andreas.Suchanek.Autor | Twitter www.twitter.de/AndreasSuchanek | Instagram www.instagram.com/gesuchanekt Web www.andreassuchanek.de

GALERIE

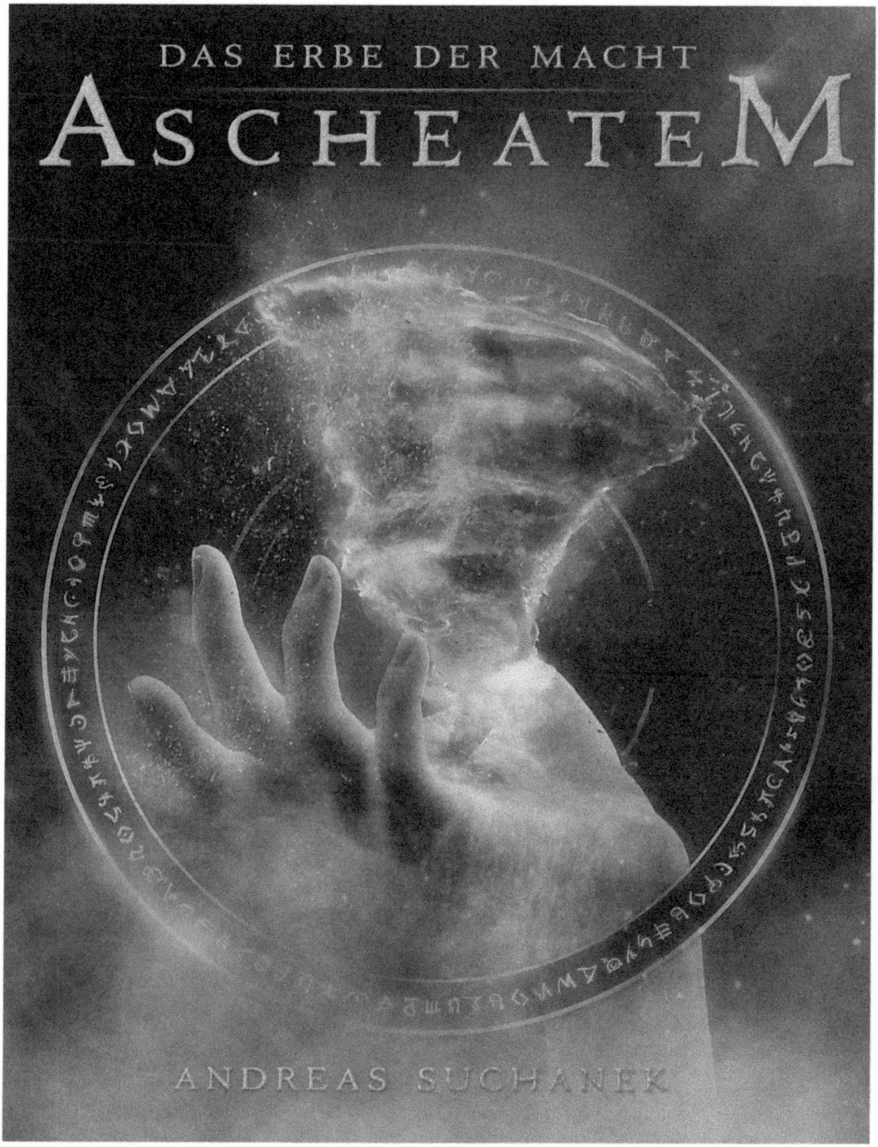
DAS ERBE DER MACHT
ASCHEATEM
ANDREAS SUCHANEK

DAS ERBE DER MACHT
ZWILLINGSFLUCH
ANDREAS SUCHANEK

DAS ERBE DER MACHT
ALLMACHT
ANDREAS SUCHANEK

DAS ERBE
DER MACHT

DAS ERBE
DER MACHT

DAS ERBE
DER MACHT

DAS ERBE DER MACHT
Alexander Kent

DAS ERBE DER MACHT
Jennifer Danvers

Weitere Reihen der Greenlight Press

EIN MORDS-TEAM
WELCOME TO
BARRINGTON
COVE
Wer tötete Marietta King?
EIN MORDS-TEAM
DER
LAUTLOSE
SCHREI
ANDREAS SUCHANEK
EIN MORDS-TEAM
GEFÄHRLICHE
SPIELE
ANDREAS SUCHANEK
EIN MORDS-TEAM
DAS BÖSE
IM
SPIEGEL
ANDREAS SUCHANEK
EIN MORDS-TEAM
DIE
MACHT
DES
GRAFEN
ANDREAS SUCHANEK
WWW.EINMORDSTEAM.DE
Eine Serie der greenlight Press

HELIOSPHERE
2265
Die SCIENCE-FICTION-SERIE
von PERRY RHODAN-Stardust Autor ANDREAS SUCHANEK
Eine Serie der Greenlight Press
NEU ALS HÖRSPIEL
Von den Mark Brandis-Machern
Mit bekannten Stimmen aus Film und Fernsehen
SEIT NOVEMBER 2012
Jeden Monat als E-Book, alle zwei Monate als Taschenbuch
Drei mal nominiert als „Beste Serie" beim Deutschen Phantastik Preis
MEHR INFOS UNTER
Web www.greenlight-press.de | Twitter @Heliosphere2265 | Facebook www.facebook.com/Heliosphere2265

Die Chroniken der
Seelen Wächter
Vom Jäger zum Gejagten.
Um die Kreaturen des
Schattens zu besiegen, muss er
das Böse entfesseln...
Das Böse in sich.
Seraph
2015
Wir sind
nominiert!
Longlist 2015
„Entfesselt den Jäger"
www.die-seelenwaechter.de
www.greenlight-press.de
Eine Serie der greenlight Press

Glossar

Personen

Anuk

Inka, der mit der Schattenfrau in die Pyramide geht.

Seine Haut ist tiefbraun und ledrig, das schwarze Haare zu einem Zopf gebunden. Er trägt die typischen Kniehosen – Huara –, darüber das kurzärmelige Hemdchen – Anacu und ist mit einer Bola bewaffnet.

Trent

Nimag, der die Schatulle findet.

Chester Willard

Pfandleiher, Green Bay

Annora Grant

Großmutter von Kevin und Chris. Körperlich und geistig fit.

Ihr graues Haar ist zu einem Dutt gebunden, sie trägt ein gestärktes Kleid und darüber eine Bluse. Ihr Brillengestell besteht aus gezackten Metallblitzen, was ihren Kraftschlagblick perfekt unterstreicht. Essenz: Minzgrün

Fox

Rotbraunes Haar. Sommersprossen. Arrogant. Schlank. In den dreißigern. Lederhose, Boots und Weste. Dazu magische Pilotenbrille.

Raven

Lederner Catsuit, schulterlanges schwarzes Haar. Magische Pilotenbrille

Paul Winghammer

Der junge in der ersten Mentiglobuserinnerung in Wien, der später nach Santo Domingo reist und dort seine Aufzeichnungen verliert.

Marius Kern

Nachfahre von Paul Winghammer. Führt die Suche nach dem Zwillingsfluch fort und trifft schließlich wie sein Vorfahre auf die Schattenfrau.

Zauber

Omnio Veritas = (Wahrheitszauber) Ein Wahrheitszauber
Je nach Stärke des Geistes und Zustands kann der Betroffene sich aber wehren (egal ob Nimag oder Magier).

Dirigi (Lenkzauber) = Gegenstände können so über Distanz gesteuert werden. Wie ein Puppenspieler seine Puppen lenkt.

Murum Orituro = Lässt eine Mauer wachsen

Mea Autem, vestra Autem = Mein Wille, sei dein Wille. Zwingt einer Person den Willen einer anderen auf.

Omnio Pace = Absoluter Friede. Zauber im Tatoo von Chris, der die Angst vertreibt. Es ist Magie vom Anbeginn, gebunden an die Tinte und gesättigert mit Erinnerungen.

Porta Extingus Infinite = Lässt ein Sprungportal kollabieren.

Memorum Absitare = Schöpft Erinnerungen ab und leitet sie in einen Mentiglobus. Der Betroffene kann sich aber leicht dagegen wehren.

Diverses

Im Sockel der Statue auf Santo Domingo steht folgender Spruch

Um auf ewig zu ruhn ohne Angst.
Der Zwillingsfluch vollendet.

In der Pyramide des letzten Hohepriesters steht schließlicher der vollständige Spruch.

Um auf ewig zu streiten.

Geteilt durch Liebe, vereint in Angst.

Um auf ewig zu ruhn ohne Angst.
Der Zwillingsfluch vollendet.

Die Prophezeiungen von Joshua

Dreimal dreht sich der Schlüssel,
Verrat, Feuer, Tod.
Im Licht des Avakat-Sterns,
die Erde getränkt in Blut.

Die Zeit ist es,
verbirgt vor euch, was euch lieb ist.
Ein Riss, ein Netz, ein Bruch.

Was einst war, wird wieder sein.
Was nun ist, wird nie mehr sein.
Feuerblut, Silberregen, Ascheatem.

Aus Licht wird Schatten,
Schatten erstarkt.
Getrennt durch gestern, heute, morgen,
wird Licht zu Dunkelheit.

Ein Krieg am Anfang, am Ende, immerdar.
Zwei Seiten im ewigen Streit.
Schnee und Asche, Asche und Schnee.
Ein Zyklus für die Ewigkeit.